王国维词

新释辑评

[加] 叶嘉莹
安易 ◇ 编著

北方联合出版传媒(集团)股份有限公司
万卷出版有限责任公司

果麦文化 出品

王国维（1877—1927），字静安，号观堂，又号永观，浙江海宁人。

他做过逊帝溥仪的南书房侍从，又是清华研究院开创之初的"四大导师"之一。这位生活在社会转轨与文化转型之二十世纪初的大学者，曾以一篇《殷周制度论》的史学论文轰动了当时的学界，曾以他的"二重证据法"为新时期文史研究开启了科学的门径。在文学方面，他的《宋元戏曲考》开创了一向不被旧时代学者重视的戏曲史研究；他的《红楼梦评论》是以西方哲学阐释中国小说的首次尝试；他的《人间词话》熔西方文学思想与传统文学批评于一炉，为诗词评赏拟具了科学理论的雏形；他的《人间词》则给词的创作开辟了一条精微深美的"哲理化"境界之新道路。

郭沫若称他为"新史学的开山"（见郭沫若《十批判书》），陈寅恪说他的著作"皆足以转移一时之风气而示来者以轨则"（见陈寅恪《王静安先生遗书序》）。他不仅是中国近代学术史上的一个奇才，而且是致力于中西文化融合的一位先驱。他在各方面的成果几乎都具有开创性，对20世纪学术研究产生了重大深远的影响。

王国维给人们的印象是一个只知学术不问世事的学者，但实际上他和一般受过儒家思想熏陶的知识分子一样，对人生和世事有一种出自内心的、自发的关怀。青年时代的王国维，面对五光十色的西方文化选择了哲学，并不是为了做一个以阐释别人的学说为事业的"哲学史家"，而是希望借助这西方的智慧来解决现实中人生的困惑。因此，后来当他对西方哲学研究有成却发现它们无助于解决现实的人生困惑，而他自己也不可能创建出一个可以解决这些困惑的哲学系统的时候，很快就把研究方向转向了文学和史学。

但西方哲学所留给他的绝不仅仅是叔本华唯意志论的那一个简单的哲学构架，而是一种对探索宇宙普遍规律及人生终极价值的兴趣与追求。这使他的胸襟、眼界大大超越了当时尚热衷于争论是坚持国粹还是中体西用抑或全盘西化的一般学者，并以一种追寻"天下万世之真理而非一时之真理"（《静安文集·论哲学家与美术家之天职》语）的勇气去构建一座属于未来的中西文化接轨之桥梁。这座桥梁，也许直到近百年后的今天，才有更多的人真正体会到了它的重要。因此我们根本就无法想象：在二十世纪初那个社会剧烈动荡、人心无所适从的时代，抽象的哲学思维与儒家务实的传统在这位学者敏感的心灵中曾产生过多么激烈的冲突。我们也无法想象：这种与众不同的清醒甚至使他无法像许多传统文人常做的那样从老庄思想中借来一点点对人生的慰藉以维持内心的平衡，这是一种什么样的痛苦！然而，也正是这种理智与感情之间矛盾冲突的痛苦成就了他的《人间词》，使他能够在词体发展似乎已经尽善尽美的基础上有新的突破，成功地写出了一种古人没有写过的新境界。

词这种体裁不同于诗。它本是晚唐五代文人士大夫在歌酒筵席上写给歌女去演唱的歌词。那些士大夫不幸生于末世，本已没有什么"治国平天下"的儒家志意可言；逢场作戏模仿歌女的口吻写歌女的相思来显示自己的才华，亦谈不上作者真正的情意之所在。但爱情这种题材是富有象喻能力的。当那些文人用美丽的语言、美丽的形象去描写美丽的女子对爱情的忠诚、期盼与幽怨的时候，他们自己内心深处某些尚未彻底熄灭的对理想的追求和失意的哀怨，以至某些难言的苦闷，或者是自己的人格修养，有时候就于无意中流露在写美女爱情的小词之中了。这种不经意的流露就使得这些歌词在美女爱情的表层形象之外又产生了一种深隐幽微的、富含言外意蕴的美。这也就是王国维在《人间词话》中所说的词之不同于诗的"境界"之美，它是晚唐五代直到北宋初文人小令之佳作中的美感特质之所在。但是词没有停留在"歌词之词"的阶段，到北宋开始向抒情言志的诗的方向发展了。苏东坡突破了词在内容与风格方面的局限，开始用词这一体裁来直接抒写自己真实的情志，从而提高了词在文学中的地位，使它有了和诗一样的功能。因此，以苏、辛的词为代表的这一类直接抒情言志的词，可称之为"诗化之词"。然而苏词之所以好，却不仅仅因为他以诗为词，而在于他用世的志意与超旷的襟怀相结合之后在词中所呈现的超出于所言情志之外的一种人生境界之美。它既有开阔博大的一面，又有曲折深厚的一面。这种人生境界之美是一般人难以达到的，它不但与苏轼本人的人品、情意及学识修养有关，而且与苏轼所处的时代及他的人生经历有关。辛弃疾的词也是一样，其好处不仅仅在于豪放，而更在于他收复中原国土的理想不能实现又不断受到猜忌打击，内心之中激愤与压抑冲突激荡而形成的一种"欲飞还敛"的姿态，这又是另外的一种"境界"之美。

"歌词之词"与"诗化之词"的境界之美都出于一种自然的感发而不是出于作者有意的安排。倘若你没有晚唐五代末世文人内心那种苦闷与挣扎的体验，没有北宋初晏、欧等人那种丰满的性格和深厚的学养，你所写的美女爱情的歌词就容易趋于浅俗和淫靡；倘若你没有苏、辛那样丰富的心灵和复杂的人生经历，你所写的诗化之词就有可能走向直白或叫嚣。那么怎样才能够使词这种神奇微妙的"境界"之美有一个可以攀跻的阶梯，使更多的作者能通过人工的努力来把握和创造这种美呢？于是在苏东坡之后，另一位北宋词人周邦彦就开创了以有心用意的思索安排来产生境界之美的"赋化之词"。也就是像写赋那样，通过立意构思、勾勒描写、象征寄托等人为的手段来丰富词的意蕴，从而使读者在词的表层美之外感受到一种深层美。这类词在南宋中、后期出现了姜夔、吴文英等许多名家和大量作品,所以词学家习惯把"赋化之词"称为"南宋词"。当然,也有的人不喜欢这类以"人巧"代替"天工"的作品,不过不可否认的是:"赋化之词"虽然与晚唐五代及北宋的词有了较大的不同,但其中好的作品同样保持了词体所特有的那种富含言外意蕴的"境界"之美。

词发展到这一步,可以说已经完成了它的演进过程。因此胡适有一个说法,认为从元代起词就死了,已经转世投胎化而为曲。至于清词,它所能做的只是对前人的模仿,可称为"词的鬼影的时代"(见胡适《词选序》)。然而,胡适这样说是有其实用目的的,他是为了推广白话文学而把诗与词也纳入他的白话系统。他的注意力都集中在语言问题上,从而对词在美感特质方面的发展演变有所忽视。他甚至没有注意到他所钦佩的学者王国维在词之境界上的新发展。

王国维其实是一个很自负的学者,在词的创作上也不例外。他对词之与诗不同的美学特质有深刻的体悟,对词体的发展演进有宏观的把握,因此他写词有明确的目标:不是单纯的"诗余"之消遣,不是对前人的一味模仿,而是要在前人似乎已经走尽的道路上再走出一条新路来。正如他在《静安文集续编》的自序中所说的:"余之于词虽所作尚不及百阕,然自南宋以后,除一二人外尚未有能及余者,则平日所自信也。虽比之五代北宋之大词人余愧有所不如,然此等词人亦未始无不及余之处。"

从这段话里可以看出,王国维欣赏的是五代北宋词,也就是词体演变之前期的"歌词之词"和"诗化之词"。这一类词中之佳者多为小令,其共同特点是能够使读者一读之下立即产生直接的感发。对南宋以后逐渐占领词坛主导地位的"赋化之词",王国维是不甚欣赏的。这可能是因为他性喜自然不喜人工造作,而南宋词正好是以人工造作取胜的缘故。这一点,我们也可以从《人间词话》对南宋与北宋作者的评论中得到验证。可是，王国维还说，五代北宋之大词人"亦未始无不及余之处"。这个"不及余之处"指的又是什么呢？从《人间词》的创作来看，它与五代北宋词的不同主要有两点：第一是"有意"与"无意"的区别，第二是在词之境界上的发展。

在对词之美学特质的追求上，五代北宋词人是无意识的和不自觉的，而南宋词人是有意识的和自觉的。王国维虽然不喜欢南宋词，但他追求词所特有的"境界"之美却同南宋词人一样也是有意的和自觉的。理性的发展是人类进化的标志，但理性也常常对人类本性的自然与真实有所斫丧。清代词学家周济在其《介存斋论词杂著》中说："北宋词，下者在南宋下，以其不能空且不知寄托也。高者在南宋上，以其能实且能无寄托也。南宋则下不犯北宋率率之病，高不到北宋浑涵之诣。"这是对北宋词与南宋词很确切的评价。王国维以南宋词人写赋化长调的认真态度与求新创意写北宋风格的小令，有意地和自觉地在词中表现自己的情志甚至哲理，却能够取得五代北宋词那种自然和无意识流露的"浑涵之诣"的效果，这是他比北宋、南宋词人都高明的地方。就以《乙稿序》里提到过的他自己最满意的那一首《蝶恋花》（昨夜梦中多少恨）来说："对面似怜人瘦损，众中不惜褰帏问"写痴情如在目前，但这么真切的感情却只是一个梦，与梦中之温情慰藉相对照的是梦醒后的烛灭蜡凝和今生永恒的思念——"人间只有相思分"。那不是一首悼亡的作品，因为那首词发表的时候他的前妻还没有去世。那么，词中女子是他梦中的情人吗？是他心中的某种向往吗？可以说都有可能，但也可以说都不是。你只能感觉到词的深层可能隐含着许多作者不肯说、不想说或者没有办法说出来的深意，但你却找不到一点点把柄可以坐实这些意思，最后只能承认这都是自己读后的感发联想而已。你不能不佩服他这首词在构思和立意上真是做到"羚羊挂角无迹可寻"

了。这首词，应该说是兼具了"歌词之词"情景真切、"诗化之词"抒情言志和"赋化之词"创意巧妙的好处，在感性和理性的完美结合上做出了一个成功的榜样。

当然，理性思考对自然与真实的干扰也不是那么容易克服的。《人间词》虽然以情景真切和自然不隔见长，但由于作者心中其实有很明确的创作意识，因此也常常有理性思考偏强、人工作意痕迹较重的时候。如《乙稿序》中同前边的《蝶恋花》一起提到的那首《浣溪沙》（天末同云黯四垂）就是如此。这首词有比较明显的理性寓托之意，但仍不失为一首被许多人称道的好词。其原因，就涉及前边所说的第二点——与古人境界的不同了。

《人间词》的境界，产生于王国维对人生的哲学思考和他内心深处执着于现实人世的儒家传统之间的矛盾。像这首《浣溪沙》，就是从两种不同立场的视角观察同一事物得出不同印象，从而感受到生存竞争是一种必然与合理的存在。这表现了他哲学思维的智慧。以雁为喻体，采用上下片对比的方法来表现这种抽象的思维，这是他在创作上有意寓托的用心。倘若仅仅如此，则这首词说不上境界之美，只不过是以巧妙的比喻说出了一种哲理而已。这首词的境界美在于：他内心对人世的理想不能够接受这种哲学思维的结论，因此从词的形象、语言和口吻之中都流露出一种深沉的、近于绝望的悲哀。正是这种悲哀，在不知不觉之间就深深地感动了我们。这种理智与感情产生如此强烈冲突的哲理境界，在古人的作品中是不容易找到的。在古人的诗词中，凡是谈到"哲理"的时候，常常只是为了用老庄思想给自己内心寻求某些宽慰和平衡，所要的不过是一份风平浪静和自由超脱的心境而已；而王国维则是燃犀入水探其究竟，其结果必然在自己内心搅起可以覆舟的波涛。我们试看他的"辛苦钱塘江上水，日日西流，日日东趋海"（《蝶恋花》），试看他的"偶开天眼觑红尘，可怜身是眼中人"(《浣溪沙》),哪一个不是冷静理智与固执感情的纠结缠绕?冷静得令人无从慰藉,固执得令人无可奈何!可以说,王国维所追求的词学新境界的殿堂,是以他自己内心深处那些无法解决的矛盾所造成的伤痕和痛苦为材料砌筑起来的。这是《人间词》能够使读者产生丰富感发的最根本的原因。

尽管"五四"以后写旧体诗词的人不多了,但王国维在词的创作上对后世是有影响的。像前辈学者顾随有一首《临江仙》:"记向春宵融蜡,精心肖作伊人。灯前流盼欲相亲。玉肌凉有韵,宝靥笑生痕。不奈朱明烈日,炎炎销尽真真。也思重试貌前身。几番终不似,放手泪沾巾。"在生动真切的形象中融入了富于哲思的情意,俨然以写南宋长调的手段来写北宋的小令。还有像女词人沈祖棻有十首以"游仙"为主题暗咏时事的《浣溪沙》,写得美丽要眇而又扑朔迷离,若没有程千帆的笺注,恐怕一般人很难读懂。小令可以写到这一步,"始作俑者"是王国维。

《人间词》最早分甲稿和乙稿两部分,甲稿61首,乙稿43首,分别于1906年4月和1907年11月发表在《教育世界》杂志上。1923年,王国维从中选了20首,加上未发表过的3首,收入《观堂集林》。这23首词后来就被称为《观堂长短句》。1927年王国维去世后,罗振玉主持编辑出版了《海宁王忠悫公遗书》,除收入载有《观堂长短句》的《观堂集林》外,还将《观堂长短句》之外的所有新旧词作共92首皆收入"遗书"中的《观堂外集》,题名为《苕华词》。这115首词,就是迄今为止我们所能见到的王国维的全部词作。1940年,商务印书馆出版了《海宁王静安先生遗书》,其中词的作品仍维持原貌分为《长短句》和《苕华词》两部分。我们这本《王国维词新释辑评》所用的王词底本,是上海古籍书店1983年出版的《王国维遗书》。它就是根据商务印书馆1940年石印本影印的。但在词的排列次序上，我们改为按发表时间的次序排列，即：甲稿的 61 首、乙稿的 43 首、《观堂集林》之《长短句》中新增加的 3 首、《观堂外集》之《苕华词》中新增加的 8 首，共 115 首。另外，我们还开列了王国维词的一些版本附录于书后。

关于本书的"辑评"，我们收集了 69 家作者的 86 种有关王国维词的文章或专著，以发表时间为先后次序，并列表附于书后。对收有两篇或两篇以上的，我们以所收第一篇作品的发表时间为准。但由于条件所限，我们收集的作品并不是很全，有些作品，如缪钺的《诗词散论》等，并不是最早发表时的版本，所以，"辑评"排列的次序尚不足以反映各家作者研究王国维词的时间先后。另外，由于篇幅所限，辑评对各家评论只能做部分截取，读者若需要全面了解某家观点，可根据书后附录去寻找原文。其中，北京国家图书馆现藏一部《人间词》手稿，内有王国维的朋友吴昌绶于 1909 年阅读后所作的批语，这应该是对《人间词》最早的评论了。此手稿所收 98 首词皆见于《观堂长短句》和《苕华词》。但从手稿中可看出，《观堂长短句》、《苕华词》与甲、乙稿中的异文，有的可能就是王国维生前根据吴的意见作出的修改。因此我们将这一部分批语也录入了"辑评"中。

这部《王国维词新释辑评》，是在我的老师叶嘉莹先生的指导和参与下完成的。在编写过程中，叶先生对每一篇稿子都作过不止一次的详细审批和修改，"辑评"材料中的海外部分，也全都是叶先生搜集提供的。叶嘉莹先生早在 1980 年就发表了王国维研究之专著《王国维及其文学批评》，此书在海内外曾多次再版；1992 年出版的《词学古今谈》中，又收入了《论王国维词》和《对传统词学与王国维词论在西方理论之观照中的反思》两篇新的论文。本书中对《人间词》的讲解，就是在这些理论基础上所作的评赏实践。其中《浣溪沙》（山

寺微茫背夕曛）、（月底栖雅当叶看）、（本事新词定有无），《蝶
恋花》（窈窕燕姬年十五），《鹧鸪天》（阁道风飘五丈旗）五首，
是叶先生以前发表过的旧稿；其他各首则是与叶先生讨论之后由我执
笔撰写的。

安易

2003 年 11 月

增订版说明

　　《王国维词新释辑评》从 2003 年完稿至今已近 20 年了。在此期间，国内又有不少关于王国维的论著、传记和回忆资料陆续发表，其中亦不乏对王国维词的赏析与研究。正如王国维在《人间词话》中所说过的，"诗之境阔，词之言长"，词与诗有所不同，好的词往往能够引起读者丰富的回味与联想，从而也就充满了多种诠释的可能性。因此我们又搜集了近 20 年来一些新的对王国维词的评论补充到本书的"辑评"中，以期读者参考这些不同的意见和看法，更加深入地理解在百年前激烈的社会变革浪潮中这位大学者的内心世界。

安易

2022 年 4 月

目 录

《人间词》甲稿

《人间词》甲稿

本卷收录王氏1906年4月发表于《教育世界》上的词61首，其中3首被收入《观堂集林》之"长短句"，分别为：

《少年游》（垂杨门外），
《阮郎归》（美人消息），
《蝶恋花》（昨夜梦中）。

人間詞　　　　　　海寧王國維

浣溪沙

路轉峰迴出曲塘，一山楓葉背殘陽。看來渾是一秋光。隔座聽歌人似玉，六街歸騎月如霜。客中行樂只尋常。

臨江仙

過眼韶華何處也，蕭蕭又是秋聲。極天衰草暮雲平。斜陽漏處，一塔枕孤城。獨立荒寒誰語，蔫紅頭宮

如梦令

点滴空阶疏雨。迢递严城更鼓。睡浅梦初成，又被东风吹去。无据。无据。斜汉垂垂欲曙。

　　这首小词写一夜失眠的感受，较注重构思与技巧。它是《人间词甲稿》里的第一首，当是王国维的早期之作。

　　古诗写失眠比较直率，像《关雎》的"悠哉悠哉，辗转反侧"，像《古诗十九首》的"忧愁不能寐，揽衣起徘徊"，都是直接说出来的。词人写失眠就不大喜欢直说，如温庭筠的《更漏子》："梧桐树，三更雨，不道离情正苦。一叶叶，一声声，空阶滴到明。"不言失眠而失眠自见。王国维这首词，也采用了温庭筠那种委婉曲折的表现方法。

　　"点滴"的"空阶疏雨"和"迢递"的"严城更鼓"都不是足以影响人睡眠的声音。然而在寂静的春夜里，这两种若有节奏的声音一近一远互相应和，不免使睡不着的人更加心烦意乱，从而也就更加难以入睡。这两句是写景，但景中已融合有人的感受。

　　"睡浅梦初成，又被东风吹去"是说，好不容易才朦胧入梦了，可是一下子又从梦里惊醒。作者不直接说自己从梦中惊醒，而说是梦被

空阶：无人行走之阶。南朝梁何逊《临行与故游夜别》诗："夜雨滴空阶，晓灯暗离室。"｜迢递：远貌。唐刘长卿《荥阳湾北答崔载华问》诗："迢递人烟远。"｜严城：戒备森严的城池。唐皇甫冉《与张谭宿刘八城东庄》诗："云树近严城。"｜更鼓：旧时报更的鼓声。宋刘过《贺新郎·赠张彦功》词："听画角、吹残更鼓。"｜无据：没有凭据。谓梦境无凭。宋徽宗《燕山亭》词："怎不思量，除梦里、有时曾去。无据。和梦也、新来不做。"｜斜汉：天将明时银河偏斜，故称斜汉。唐钱起《山斋独坐喜玄上人夕至》诗："前峰曙更好，斜汉欲西回。"｜垂垂：低垂貌。唐薛能《鳌屋（Zhōuzhì）官舍新竹》诗："满风轻撼叶垂垂。"

东风吹去。把抽象的、无形的梦说成似乎是有形的、可以被风吹动的东西，这又是一种故作曲折的技巧。"无据"，是"没有凭据"。这里所指的是"被东风吹去"的那个初成之梦——刚开始就结束了的梦。那么这是一个有关爱情的梦还是一个有关理想的梦？梦见的是"众中不惜搴帷问"的"天人"（见《蝶恋花·昨夜梦中》《荷叶杯·昨夜绣衾》）？是"万顷蓬壶"的"萦回岛屿"（见《点绛唇·万顷蓬壶》），还是"摘得星辰满袖行"的"峥嵘心事"（见《鹧鸪天·列炬归来》）？他没有说，似乎也来不及去想，因为这时候窗外天空银河已经低垂，天很快就要亮了。

这么短的一首小词，能用比较委婉曲折的表现手法，来写出彻夜失眠的感受，可见作者在构思与技巧上下了一番功夫。但若论感情的分量，则显然不如《乙稿》中同样写彻夜失眠的那一首"恨来迟，防醒易。梦里惊疑，何况醒时际"（《苏幕遮·倦凭阑》）。当然，《苏幕遮》是一首悼亡词。作者在经受了生离死别的巨大打击之后彻夜悲恸以至恍惚迷离，那种感情并不需要任何巧妙的修辞技巧和构思安排，只要直接说出来就足以深深地感动读者了。另外，"梦境无凭而梦亦难成"的这种构思其实也不是王国维的创造，它来自宋徽宗《燕山亭》词的"怎不思量，除梦里有时曾去。无据。和梦也新来不做"。正如一些学者曾指出过的，王国维有时喜欢套用或改造前人的句子。对于套用和改造的效果，我们当然要看具体的作品。但就这种做法来说，则显然也是一种对技巧和文采的刻意追求。由此我们也可以看出，王国维论词虽然崇尚五代北宋词的"天工"，但他在自己的创作中却并不排斥——有时还在刻意追求——"人巧"。

王国维从小"体素羸弱，性复忧郁"（《静安文集续编·自序一》），而且他从二十一岁就离家在外，长期过着客居异地的生活，可能经常有夜中不寐的时候。不过相对来说，他这首词中的忧郁情绪还不很重，尤其是结尾"斜汉垂垂欲曙"一句，虽然是为一夜不寐作结，但景色比较开阔，不似后来的作品那样沉重。

辑评

萧艾 《人间词甲稿》此词列为第一首。按《东坡乐府》：元丰七年十二月，苏轼浴泗州雍熙塔下，戏作《如梦令》两阕，注云："此曲本唐庄宗制，名《忆仙姿》。嫌其名不雅，故改为《如梦令》。"盖因庄宗此词卒章有"如梦，如梦"迭句也。此词为单调，坊本中有从"无据，无据"下分为两片者，误。

陈永正 此词列于《人间词·甲稿》之首，当为现存静安词最早之作。撰于光绪三十年（1904）春。时静安在南通通州师范学校任教，因积劳过度而患病，故词中写春夜的情怀，有如秋宵般萧瑟。也许是怀念江南的故乡，也许是想望久别的亲人，淡语深情，一似秦观佳作。（《校注》）

陈鸿祥 《人间词》的命名，固然由于词中屡见"人间"，但这只是其表面，其内蕴之意，则在对社会人生之不尽感叹。故其《如梦令》虽非必"君颇以词自娱"的第一首，而王氏自编《人间词》及《苕华词》，皆以此词作首篇，盖取"人生一大梦"之意耳。（《注评》）

佛雏 拟系于1904—1905年。

钱剑平 （系于1905年）

祖保泉　有人说，这首词意在叹息人生如梦。我以为纵如此，亦了无新意。因此，我认为这首词不算王氏词中的佳作，鸡肋而已。(《解说》)

饶芃子、李砾　我们认为《如梦令》有可能写于 1906 年早春王国维初到京城之际。依创作时间排列，是《人间词甲稿》的最后一首词。倘若如此，它就是在《甲稿》编排定稿时，特意被置于词稿之首的。如果不视王氏填词仅为自娱，这就助于解答我们关于王氏为什么要把它列在《甲稿》卷首的追问了——《如梦令》是《人间词》所作所悟的点睛之笔。……它昭示着王国维由究哲学转而治文学美学了。(《人间词和〈人间词话〉审美鉴赏理论的形成》)

浣溪沙

路转峰回出画塘。一山枫叶背残阳。看来浑不似秋光。

隔座听歌人似玉，六街归骑月如霜。客中行乐只寻常。

　　这首词写客途景色和客中情味，但那情绪的曲线却总是从高峰处低垂下来，于是直到最后我们才知道他所要写的其实是客中的寂寥。

　　在单调乏味的行程中突然峰回路转，面前出现了一个美丽如画的绿色池塘，这在旅途中是一个惊喜。它使我们联想到欧阳修的"峰回路转，有亭翼然临于泉上"（《醉翁亭记》）、陆游的"山重水复疑无路，柳暗花明又一村"（《游山西村》），以及王国维自己的"路逐峰旋。斜日杏花明一山"（《减字木兰花》）。而"一山枫叶背残阳"，则是在发现"画塘"之后的又一个新发现：当你的目光越过画塘再向前望去时，只见夕阳西下，远山上的红叶在夕阳照耀下更加娇艳夺目。近景和远景，形成了鲜明的色彩搭配。在萧瑟的秋天里，在单调的旅途中，居然还有这么好的颜色，是令人意想不到的，所以是"看来浑不似秋光"。

　　"看来浑不似秋光"，当然是对客途景色的赞美，但那"看来"的委婉、"不似"的曲折，从口吻上又给人一种还有些话没有直接说出

路转峰回：谓山势曲折，道路随之迂回。宋欧阳修《醉翁亭记》："峰回路转，有亭翼然临于泉上。" | 画塘：如画的池塘。 | 浑不似：完全不像。唐唐求《题常乐寺》诗："殿台浑不似人寰。" | 隔座：邻座。唐李商隐《无题》诗："隔座送钩春酒暖。" | 六街：唐代长安城中左右有六条大街。后泛指京城大街。 | 客中行乐：旅居他乡时的消遣娱乐。寻常：普通，平常。谓没有多大意思。

来的感受。首先，作者很清楚地知道现在是秋天；第二，秋天的景色本不该如此美丽；第三，因此，这美丽并非秋天的常态，它是暂时的而不是永久的。不似秋光而又确是秋光，这里边已隐含有一种美好的东西不能久长的遗憾。于是，前边那种对客途中美丽景色的惊喜就在这一句中被悄悄地淡化了。其效果颇似李商隐的"夕阳无限好，只是近黄昏"。

既然美丽的景色难以使好心情长久保持下去，那么人的情味呢？客途中的交往娱乐呢？作者说，"隔座听歌人似玉"——那位在酒席上唱歌的女子人长得极美，而且她就坐在我的邻座，那歌喉的婉转，那衣袂的芳香，简直可以让人忘记一切忧愁。酒席散后又是如何呢？李后主有句曰"归时休放烛花红，待踏马蹄清夜月"（《玉楼春》），而这里是，"六街归骑月如霜"。"六街"指京城的大街，不过有的时候也用作一些繁华都市的大街之美称。宽敞平坦的大街，再加上满地月光如此明亮，归途中自然别有一番风味。不过，李后主的"待踏马蹄清夜月"完全是兴犹未尽的好情绪，而"六街归骑月如霜"的"归骑"却不是归家而是回到客舍。回客舍而曰"归"，就隐隐透露着一种客中的寂寥。王国维很喜欢写月下独归的场景，如"列炬归来酒未醒，六街人静马蹄轻"（《鹧鸪天·列炬归来》），"归路有余狂，天街宵踏霜"（《菩萨蛮·玉盘寸断》）等。月的明亮和霜的寒冷可以使人从酒酣耳热之中逐渐清醒，可是要知道，"人间总被思量误"（《蝶恋花·窗外绿阴》），清醒中的思索所得出来的结论是现实的，而现实的结论往往是比较煞风景的。为什么面对画塘枫叶的美景会产生"秋光"的警醒？为什么"隔座听歌人似玉"的欢乐要对以"六街归骑月如霜"的寒冷孤独？结句"客中行乐只寻常"的"客中"二字就是答案。对于一个作客他乡的游子来说，"客中"是现实的和长久的，"行乐"是短暂的和虚幻的。尽管他想尽各种办法来提高兴致克服自己的思乡和寂寥之感，但多么欢乐的酒筵也有散的时候，多么美丽的风景也只是旅途和他乡。酒酣耳热时也许会"乐不思蜀"，席散人归后不能不考虑"吾归何处"。故乡之思，是最难以化解的一种感情。王国维年轻时为求学和谋生长年离家在外，这首词当是他对羁旅生涯的真实感受和体会。

辑评

周策纵 《扫花游》前半阕云："疏林挂日，正雾淡烟收，苍然平楚；绕林细路，听沉沉落叶，玉骢踏去；背日丹枫，到眼秋光如许；正延伫，便一片飞来，说与迟暮。"岂仅使人如置身其境，且能使人有无穷尽之感，是诚能现真氛围与真情景者，亦真能有境界者。此处"背日丹枫，到眼秋光如许"与《浣溪沙》中"路转峰回出画塘，一山枫叶背残阳，看来浑不似秋光"景物有类似处，但感情则不同。盖后者豁悟之情更为显然，我之自觉更多。略近于杜牧"远上寒山石径斜，白云生处有人家，停车坐爱枫林晚，霜叶红于二月花"诗意。故整个境界亦异。

萧艾 苏州作。

陈永正 写秋日郊游宴乐的情景。上半阕极写秋光之美，秋日黄昏登山远眺，当得此景。末句点出旨意，表现了诗人客中索寞的心境。于1904年秋初赴苏州江苏师范学堂任教时作。（《校注》）

陈鸿祥 王国维于1904年农历九、十月间，随罗振玉赴苏州，任江苏师范学堂教职。词中"画塘""枫叶"，皆苏州城郊野景，"看来浑

不似秋光"，点出时令在秋冬之间。江南有"十月小阳春"之称，故曰"不似"。此词盖记初抵苏州，郊游娱乐。（《注评》）

佛雏 此词属《人间词甲稿》，玩词中"秋光""隔座听歌""客中行乐"云云，似本年（1904）秋初赴苏州"江苏师范学堂"任教时作。

叶嘉莹 我们先从王词中之出于"观物"的以写自然景物为主的近于"无我"的"写境"之作看起。这一类作品我认为乃是王词中最为薄弱的一环，盖王氏固正如《乙稿》樊序所言，乃是一位"以意胜"的既具有深挚的感情又耽于哲理之思考的作者，所以纯然写景而表现出一种自然之风致的作品比较少，但却也并非全然没有。举例而言，如其"波逐流云，棹歌袅袅凌波去。数声和橹。远入蒹葭浦。 落日中流，几点闲鸥鹭。低飞处。菰蒲无数。瑟瑟风前语"的一首《点绛唇》词，以及"舟逐清溪弯复弯。垂杨开处见青山。毵（sān）毵绿发覆烟鬟"和"路转峰回出画塘。一山枫叶背残阳。看来浑不似秋光"等《浣溪沙》词，便都能将景物写得极为自然真切，饶有风致。像这一些作品当然都可以作为王氏所说的属于"写境"一类的能写"真景物"之作的例证。

钱剑平 （系于1904年）

祖保泉 这首词，重点在纪游：欣赏秋山枫林，别无深思奥想，但反映了作者初到苏州的愉快心情。（《解说》）

临江仙

过眼韶华何处也，萧萧又是秋声。极天衰草暮云平。斜阳漏处，一塔枕孤城。

独立荒寒谁语，蓦回头宫阙峥嵘。红墙隔雾未分明。依依残照，独拥最高层。

这首词像一幅画，画得气象开阔，色彩对比鲜明。词中虽有"宫阙""红墙"等语，但其所写之地却不似北京。理由有二：第一，"孤城"这个词，不适宜用于指代作为国都的北京城。第二，这首词属《甲稿》，发表于 1906 年 4 月，而王国维此时初到北京，不会写出秋天的景色；另外，这首词在《甲稿》中排在第三首，似当是王国维的早期之作。对词中所写之地，有人认为是南通，有人认为是苏州。不过也许在什么地方所写并不重要，重要的是作者通过暮秋荒寒的景色所要写出的那种既开阔又悲凉的感觉。

这虽然是一首以写景为主的词，但开头两句却是意味深长的慨叹。

过眼韶华：谓在眼前经过但很快就消失了的春光。宋晁补之《梁州令叠韵》词："好景难常占。过眼韶华如箭。" | **萧萧**：风雨声或草木摇落声。 | **秋声**：秋时西风作，草木零落，多肃杀之声，曰秋声。宋欧阳修有《秋声赋》。 | **极天衰草**：直到天边的枯草。 | **漏处**：指光线透出的地方。 | **枕**：临，靠近。《汉书·严助传》："会稽东接于海，南近诸越，北枕大江。" **荒寒**：荒凉寒冷。南宋王沂孙《水龙吟》词："太液荒寒，海山依约。" | **谁语**：没有人可以交谈。 | **蓦**（mò）：突然。 | **峥嵘**：高峻貌。宋欧阳修《鸧鸹（bēi jiá）词》："龙楼凤阙郁峥嵘。" | **依依**：依恋不舍的样子。 | **残照**：落日余晖。唐李白《忆秦娥》："西风残照，汉家陵阙。" | **最高层**：宋王安石《登飞来峰》："不畏浮云遮望眼，自缘身在最高层。"

"韶华"和"秋声"有一个鲜明的对比："韶华"是"过眼"的韶华，而且是"何处也"；"秋声"是"萧萧"的秋声，而且是"又是"的再一次到来。"日月忽其不淹兮，春与秋其代序"，春去秋来本是自然的规律，但春天为什么总是那么虚幻那么短暂，而秋天为什么总是那么现实那么难以逃避？这两句，以极简洁的笔法拉开了"悲秋"的序幕。

"极天衰草暮云平"和王维《观猎》的"回看射雕处，千里暮云平"有些相似，一样是诗中有画。我们可以想象：那画面的下部是枯黄色的无边衰草，上部是暗红色的一天乱云，夕阳染红了地平线上的云彩，从云层缝隙中洒出的霞光给那"一塔"和"孤城"的剪影勾出金色的光圈。这是一幅很有气势的横幅画面。"斜阳漏处，一塔枕孤城"，那"漏"的金光云气、"枕"的居高临下、"一塔"和"孤城"的肃静沉寂，在秋的荒寒和暮的昏暗衬托之下，透出了一种庄严肃穆之美。

天地的寥廓，愈发衬托出人的渺小；天地的永恒，愈发衬托出人的无常。面对着开阔苍茫的宇宙，不同的人会产生不同的感慨，这感慨一定是与性格有关的。有的人悲从中来："念天地之悠悠，独怆然而涕下。"（陈子昂《登幽州台歌》）有的人志在进取："欲穷千里目，更上一层楼。"（王之涣《登鹳雀楼》）有的人雄心勃勃："问苍茫大地，谁主沉浮？"（毛泽东《沁园春》）而王国维则产生了一种强烈的孤独寂寞——"独立荒寒谁语"。这一句在这首以写景为主的词中，是意味深长的。"谁语"，是"向谁诉说"。显然作者有许多要说的话，但实际上却一句也没说。因为这里并没有一个理解他和倾听他的对象。他只是回过头来继续写眼前景色，于是这些景色突然之间就似乎有了一种"造境"的迷离恍惚之致。

"独立荒寒谁语，蓦回头宫阙峥嵘"两句，在格律上有些问题。按照格律，此一体的《临江仙》下片重头，也应是前边七个字后边六个字，如鹿虔扆（yǐ）《临江仙》上片开头曰：“金锁重门荒苑静，绮窗愁对秋空”，下片开头曰：“烟月不知人事改，夜阑还照深宫”，平仄格式完全相同。而王国维这首词上片开头是“过眼韶华何处也，萧萧又是秋声”，下片开头却是“独立荒寒谁语，蓦回头宫阙峥嵘”。这是不合格律的。在《人间词》中，不合格律的地方并非仅此一处。其他如《西河》中的“千帆过尽，只伊人不随书至”，“西风吹断，伴灯花摇摇欲坠”，按格律都应该是七、四停顿的句子，却都用了四、七的停顿。又如《贺新郎》一调，《词律》中特别指出“至于两结三字，用仄平仄，是此调定格”，而王国维《贺新郎》上片结尾的“天地窄”却是“平仄仄”。这说明，王国维很在意词的内容和境界，对格律却不是像南宋词人那样精益求精的，至少在早期是如此。

“蓦”字强调一种突然产生的感觉。“宫阙峥嵘”，是指“孤城”中的“宫阙”。它虽然在红墙和烟雾的笼罩之中，似乎有些虚无缥缈，却仍然显得高峻伟岸。而且，夕阳的那最后一点光线始终在宫阙“最高层”徘徊不去，似有依依难舍之意。这首词的上片和下片都是远望，都写到斜阳下的景色，但比较而言，上片的写景是比较客观的，而下片的写景则比较容易令人产生言外之意的联想。像“宫阙”“红墙”“高层”这些词语都容易使人联想到一个国家的政治中心；而那“红墙隔雾未分明”，一方面是说红墙和红墙中的宫阙看不清楚，一方面也可以说红墙中的某些事情外边的人看不清楚。比如，未来的当权者将是谁？穷途末路的大清王朝还有没有转机？中国的未来向何处去？这一切，当时都在未知之数，所以是“未分明”。至于那“最高层”的宫阙，它可以象征皇帝，可以象征清王朝，但也可以象征作者的某种理想或他对民族复兴的愿望。可是倘若作者说：我这首词根本就没有那些意思，我只是把我所看到的景色描写下来而已。——那我们什么办法也没有，因为我们不能够把读者自己的联想强指为作者的本意。

辑评

周策纵 "极天衰草暮云平，斜阳漏处，一塔枕孤城。"词中有画。

蒋英豪 "极天衰草暮云平，斜阳漏处，一塔枕孤城。"很明显是从秦少游《满庭芳》"山抹微云，天粘衰草，……斜阳外，寒鸦万点，流水绕孤村"化出。其实《人间词》中写到遗世独立和孤寂之情的例子很多。《临江仙》"过眼韶华"一首全是写遗世独立的寂寞。

萧艾 在南通时作。南通师范在千佛寺，其南则为狼山支云塔，已见《诗笺》。此词沈本有按语曰："按静安此词前起一七一六，后起一六一七，似无此体。恐系排错。应前后起句相同，俱作一七一六。后起句疑是'独立荒寒谁与语，回头宫阙峥嵘'之误。但手边既无确定本子可以校勘，姑志于此存疑。"据《钦定词谱》：《临江仙》词共十一体，以和凝所作为正体。一阕四句，上下阕同。一、三、四句每句七字，二句六字。然宋元人无照此填者。填《临江仙》调最多者为上下阕各五句，一、三句为七字，二句为六字，四、五句为五字，属对。静安此词，基本上系照此体填。但下阕一句六字，二句七字（中间作顿），确无此体。沈氏疑系排误，固有道理。然"独立荒寒谁语，蓦回头、宫阙峥嵘"，又不似有误排疵（cī）病。《人间词》最早发表在《教育世界》之《甲稿》，固如是也。鄙意此乃静安有意变动旧腔，学前人自度之类。未知是否？敢以质之高明。

陈永正 诗人眼中所见的南国水乡苏州竟是如此荒寒，"西风残照，汉家陵阙"，静安当有同样的感受吧。以苍凉的景色来渲染人物孤独的情绪，换头一语尤为沉劲。作于1904年秋。（《校注》）

陈鸿祥 萧萧秋声，韶华过眼。夕阳残照，虎丘登高。此首当作于王国维任教苏州时。岁月峥嵘，奋发好学。"独立荒寒"，实开一代伟人"独立寒秋"（毛泽东《沁园春·长沙》）之境，系王国维《人间词》最显意气风发的豪壮之篇。（《注评》）

佛雏 属《甲稿》，疑为本年（1904）秋在苏州时作。词中有"萧萧又是秋声"句；又"一塔枕孤城"，或指虎丘塔，"宫阙"或指吴宫。

马华 等 王国维向以清遗老自居，他对辛亥革命推翻帝制是不满的，是痛苦的。因此，这首词所写是他于京城秋季登高远眺清皇宫时的切身感受。"依依残照，独拥最高层"。依旧是这一独特心态的抒写。就思想而言，今日可斥之为"反动"，但就情感而言，却是内心深处充满矛盾痛苦的真实流露。

钱剑平 （系于 1904 年）

祖保泉 这首词的下片头两句，在句式上小有更动，因而有人说："疑是'独立荒寒谁与语，回首宫阙峥嵘'之误。"我以为这疑问可以成立，但未识破王氏故意更动句式的用心。用心何在？在于强调自己的孤高，强调"蓦回首"对"宫阙峥嵘"的感慨与寄托。这七字句正是全篇抒情的核心所在，作者故意如此造句，引起人注意。就句式说，偶有一字属上读或属下读，这无伤大雅……我以为这首词在王氏词中是意境浑融的佳作，是典型的"苕华词"。（《解说》）

浣溪沙

草偃云低渐合围。珊弓声急马如飞。笑呼从骑载禽归。

万事不如身手好，一生须惜少年时。那能白首下书帷。

在金庸的武侠小说里，有一位武功盖世的高手总是不以自己的武功为然却要在围棋上与人争胜，而他的棋艺其实并不高明。这可能是概括了世人的一种心态：越是自己做不到的事越想去做。文人在这方面其实更典型，像苏东坡《江城子》说："为报倾城随太守，亲射虎，看孙郎。"孙郎射虎，历史上有记载。苏东坡也射过虎吗？但那并不是作者有意欺骗读者，因为他渴望为国家抵御外侮，建功立业，对西北战场的戎马生涯有很强烈的向往。可以说，那首词在内心感情的表达上是真实的。

王国维虽然"体素羸弱，性复忧郁"（《静安文集续编·自序一》），但作为一个诗人，他内心深处也不乏浪漫的向往。《人间词》中有两首《浣溪沙》都是写豪侠少年的，但格调和口吻不甚相同。这一首的写作时间可能比较早，词中所表现的，虽然也可能是一场真的围猎，但更多的是作者内心那种对打破现实生活模式的渴望。

草偃：草被风吹而倒伏。《论语·颜渊》："草上之风必偃。"｜**合围**：四面包围。此指围猎。**珊弓**：有雕饰的弓，亦为弓的美称。｜**从骑**：骑马的随从。唐韩翃《祭岳回重赠孟都督》："从骑尽幽并，同人皆沈谢。"｜**身手**：此指本领、技艺。唐杜甫《哀王孙》："朔方健儿好身手。"｜**白首**：谓年老。｜**下书帷**：谓教书，亦引申指闭门苦读。《史记·儒林列传》："董仲舒……孝景时为博士，下帷讲诵，弟子传以久次相受业，或莫见其面。"唐李白《行行且游猎篇》："儒生不及游侠人，白首下帷复何益。"

上片三句，写出了一场围猎从开始到结束的全部过程。围猎，是一种先从四面包围然后再捕杀围中鸟兽的大规模射猎活动。"合围"，是这场射猎的开始。"草偃云低"本是写围场景物，但放在"合围"的前边就给人一种天罗地网的感觉，好像天地草木也在听从人的指挥参与对鸟兽的包围。"珊弓声急马如飞"是写豪侠少年高超的骑射本领；"笑呼从骑载禽归"是写围猎结束满载猎物而归时的得意心情。这首词中豪侠少年的形象与作者在另一首《浣溪沙》中所写的那个"闲抛金弹落飞鸢"的豪侠少年形象有一些不同。那一首中的少年形象仅仅是风流潇洒、射艺出众，而这首词中"草偃云低"的描写，使这个少年还带有一种指挥者的威严之气。史载赤壁之战前曹操致书孙权曰："今治水军八十万众，方与将军会猎于吴。"自古以来，围场可以喻指战场，打猎可以喻指用兵。王国维把自己想象成围猎活动的主人公，在这场"战事"中大振神威，说明他内心中同样有一种对戎马生涯的渴望。为什么会有这样的渴望？这应当与时代背景有一定关系。在19世纪末20世纪初，中国接连败于列强并被其瓜分，这段历史，我们今天读起来都有沉重的压抑之感，更不用说当时身历其境的作者了。也许，这首作品就是作者发泄内心抑郁之需求的产物。

于是，便有了"万事不如身手好，一生须惜少年时。那能白首下书帷"的牢骚。人们常说，"万般皆下品，唯有读书高"。但乱世的文人，读了一辈子书，既无权势以骄人，又无缚鸡之力以自卫，卫、霍的功勋自不用提，游侠的气概也谈不上。倘说读书是为了明理，则明理恰足以给自己带来"世人皆醉我独醒"的痛苦。扬雄投阁，龚生竟夭，文人的悲剧古已有之。所以，习文不如习武，年轻人有一副好身手，纵不能替天行道，总不致像那些文人在乱世中连保全自己的能力都没有！

下片是谈理想，但我们如果结合作者的实际情况来看，则这理想近于虚幻。因为，"体素羸弱"而称"万事不如身手好"，有一种无能为力的悲哀；人近三十而言"一生须惜少年时"，有一种无可奈何的遗憾；身为文人却说"那能白首下书帷"，有一种不肯甘心于现状的苦闷。王国维是一代大师，他对自己走过的文人道路尚有如此的牢骚和苦闷，我们由此也可以看到当时那种社会环境和政治气候对读书人的压抑与困扰。

辑评

周策纵 静安于《人间嗜好之研究》一文中谓：人心以活动为生活，不可须臾离者。心得活动乃快乐，否则有消极的苦痛，即空虚的苦痛。"空虚的苦痛比积极的苦痛尤为人所难堪。何则？积极的苦痛犹为心之活动之一种，故亦含快乐之原质；而空虚的苦痛则并此原质而无之故也。"……至《观堂集林》中《浣溪沙》下半阕云："坐觉无何消白日，更缘随例弄丹铅，闲愁无分况清欢。"尤为此种思绪之反映。盖坐觉无以消磨时日，即空虚之苦痛，随例弄笔，乃为一种力量所驱迫，不能不有所发泄，以求解除此种苦痛，然此种动作，甚且逊于闲愁，盖闲愁尚含有一部分积极的苦痛，尚有心之活动，今随例而作，则并此亦无，何况清欢乎！此盖最苦痛的空虚之境也。考静安此种苦痛之根源，乃因其少时原具有极强烈的积极活动之生命欲，其后为个性与环境等所致，强逼此强烈的欲望成为内倾，于是对空虚的苦痛益能敏感。试读其《浣溪沙》云："六郡良家最少年，戎装骏马照山川，闲抛金弹落飞鸢。何处高楼无可醉，谁家红袖不相怜，人间那信有华颠。"及（下引本词从略），盖极富于游侠少年之浪漫情绪，然而残酷之现实终迫之不能不走向"白首书帷"之路，此其所以虽觉"因病废书增寂寞"与"百年那厌读奇书"，而仍不能不常有"掩卷平生有百端"，"掩书涕泪苦无端"及"跌宕歌词，纵横书卷，不与遣年华"之叹也。

萧艾 此乃长城之游有所见而自责其儒冠误身之非策。

陈永正 静安词时有壮语。雄奇壮阔的景色是动人的，天远草枯，纵马驰骤，弯弓射猎，喧笑同归，在这激烈的活动中，词人领略到健康和力的美。过片一联，骨格苍劲，末句也是对自己一向的读书生涯的反省。作于 1904 年秋。(《校注》)

陈鸿祥 苏轼《浣溪沙·游蕲水清泉寺》下片："谁道人生无再少？门前流水尚能西。休将白发唱黄鸡。"王国维取其意而转进一层：人老白首，纵然尚可奋发，但毕竟已入晚境。他一生"唯以书册为伴"，并以自己成就大学问的业绩，为此词作了最好的答案。(《注评》)

佛雏 乃誉《日记》屡载春郊纵马。如辛卯正月初四："一路夕阳老树，试马春郊，颇堪悦目。"静安少年时亦曾如此。此词或当在海宁作。拟系于 1904—1905 年。

周一平、沈茶英 这里透露出一些青少年时读书太少求知欲望没有得到满足的感叹、怨恨。这正是王国维痛苦的生活遭遇的写照。

钱剑平 (系于 1905 年)

祖保泉 打猎，以马队弯弓射"禽"(如野雉、斑鸠之类)，而不是"兽"(如獐、狍、鹿、兔之类)，怪事！用今天的话来说，这是重炮打麻雀，也许有讽刺味吧。总之，二十九岁的儒生王国维，身体羸弱，不曾打猎而又未见过围猎，才在创设围猎场景时出现如此破绽。(《解说》)

浣溪沙

霜落千林木叶丹。远山如在有无间。经秋何事亦屏颜。

且向田家拚泥饮，聊从卜肆憩征鞍。只应游戏在尘寰。

这是一首羁旅悲秋的词，上片写途中景色，下片写自家心情。口气略带自嘲自讽，但实际上感情是严肃的，态度是认真的。

"霜落千林木叶丹。远山如在有无间"与《浣溪沙·路转峰回》的"一山枫叶背残阳"相似，都是写秋日远山红叶的美丽景色，只不过"霜落千林"比"一山枫叶"显得更为寒冷萧飒一些。"经秋何事亦屏颜"的"经秋"，说明此时已不是初秋而到了暮秋时候；"屏颜"，同"巉岩"，就是险峻的山岩，而险峻的山岩一般都是陡峭嶙峋，缺乏秀润的。暮秋霜降的时候，山上的树叶都凋落了，那一山红叶的美丽景色也随之消失，山变得瘦骨嶙峋，一点儿也没有以前那种秀润丰满或隐约朦胧的样子。在这里，我们要注意那个"亦"字。它说明，"屏颜"所形容的并不只是远山而还包括了其他东西，比如说——旅途中那个孤独憔悴的人。

因此，接下来的"且向田家拚泥饮，聊从卜肆憩征鞍"就说到游

千林：大量树林。千，泛指多数。唐杜甫《阻雨不得归瀼西甘林》诗："诸侯旧上计，厥贡倾千林。" | **木叶**：树叶。《楚辞·九歌·湘夫人》："洞庭波兮木叶下。" | **何事**：为什么。 **屏（chán）颜**：形容山的高峻不齐的样子。《别雅》卷二："屏颜，巉岩也。" | **拚（pān）**：不顾一切地干。五代牛峤《菩萨蛮》词："须作一生拚，尽君今日欢。"拚通"拼"，平声。 | **泥（nì）饮**：强留饮酒。此处亦有久饮、痛饮之义。 | **卜肆**：卖卜的铺子。《史记·日者列传》："游于卜肆中。" | **憩（qì）征鞍**：谓旅途中休息。 | **游戏尘寰**：即游戏人间，有玩世不恭义。

子了。这两句，虽然只是写游子在旅途中的消遣，但它的用词和口吻令我们联想到一些历史的"出处"。首先，到田家去喝酒而且是"泥饮"，令人想起杜甫一首诗的题目《遭田父泥饮美严中丞》。杜甫是一个渴望"致君尧舜上，再使风俗淳"的人，可是当他流落蜀中的时候，也曾结交了一些"田夫野老"的朋友，所谓"纵酒啸咏，与田夫野老相狎荡"（《旧唐书·文苑传》）。田夫野老也许没有文化，不会吟诗，但他们质朴坦荡，待人热诚，不似官场的虚伪冷淡。对于作客他乡寄人篱下的游子来说，这种质朴的友情是弥足珍贵的。所以这"且向田家拚泥饮"就不仅仅是到老乡家喝酒，同时还令人想到羁旅游子对质朴坦荡的友情与安慰之寻求和向往。其次，卜肆是卖卦问卜的地方，这使我们联想到屈原常常提到的问卜。在《离骚》中，屈原请灵氛和巫咸为他占卜前途，那两位一个劝他去国远逝，一个劝他慢慢等待，但这都不是屈原所能够接受的。以屈原的性格，他已经下了"虽九死其犹未悔"的决心。他的问卜，其实不是真的因拿不定主意才去向卜者请教，而是一种对天道不公的困惑和怨愤。因此在《卜居》中，当屈原提出一系列问题请太卜郑詹尹为他占卜时，郑詹尹扔掉占卜用的龟策对他说："天下的事情没有完美的，你既然一定要追求完美，那么就按你的心意去做吧，龟策没有办法帮助你。"人在悲愤之极的时候便要呼天，然而，"倘所谓天道，是邪？非邪？"（司马迁《伯夷列传》语）同样，当古人提到问卜的时候，其实也不一定都是真的要去算卦，有时候就暗含有这种对天意的质问与责难。

　　使我们联想到这些深意并不是没有原因的，原因就在于这两句话的口吻。到田家去豪饮一番本来是很快乐的事，为什么要用"泥饮"而且是"拚"泥饮？既然"拚"就要豁出去一醉方休，为什么又用"且向"两个字？这几个起修饰作用的词表达了一种很曲折很复杂的情绪，这种情绪总的指向就是"不得已"和"无可奈何"。寻求友谊是快乐的，理想失落是悲哀的。对作者来说，寻求友谊的快乐并不能抵消理想失落的悲哀。"聊从卜肆憩征鞍"的"聊"，也有"姑且"或"无可无不可"的意思。看到路旁有个卜肆，就无可无不可地下马向那里走过去，不是虔诚地去求卜算卦，也许只是以算卦为借口到那个地方歇歇脚而已。这两句的口气互相呼应，就产生了引读者产生联想的可能性。

结尾一句"只应游戏在尘寰"，古来有很多人说过类似的话。如张元幹《八声甘州》的"何妨游戏，莫问栖迟"，吕渭老《水调歌头》的"偶逢游戏到人间"，刘克庄《贺新郎》的"且伴我，人间游戏"，那都是表现一种"玩世不恭"的姿态。但王国维对人生的态度是严肃的，并不是一个玩世不恭的人。他生逢民族灾难接连不断的清王朝末世，又由于身负养家糊口的重担而不得不长年累月地奔走四方羁旅他乡，但是他有理想，有热肠，而且异常执着，不肯放弃。他喜好叔本华哲学，所以人们常常说他悲观。但悲观不等于厌世，我们只看他在一生中勤勤恳恳地为中华文化做了多少开创性的工作，我们只看他那些充溢着天才与智慧的累累学术成果，就可以了解他是以何等的勤奋与执着来完成他的人生。我们可以想象得出：以王国维这样一个活得如此严肃认真的人，当他说"只应游戏在尘寰"的时候，那已绝不仅仅是单纯的自我安慰与排解，而是凝聚着他内心深处对当时那个时代的全部困惑和悲愤。

辑评

陈永正 小词中反映出作者的人生态度。人生是漫长的征程，只能偶然在路旁片时歇息，静安早就有厌世的思想了。末句是强作旷达之语，正由于他过于执着，以严肃的态度对待人生，所以才不胜于征

途的跋涉，如果是游戏尘寰的话，静安也可能会长乐终老了。作于1904年秋。（《校注》）

陈鸿祥 词中"霜落千林""远山""屏颜""卜肆"等语，皆甚"古雅"，而抒写的却是全新的"欲破坏旧文化而创造新文化"的尼采"超人"之思。"聊从卜肆憩征鞍，只应游戏在尘寰"，不正是尼采的"势力炎炎""高视阔步""游戏宇宙"吗？故"屏颜"实被赋予了"超人"新意。（《注评》）

佛雏 拟系于1904—1905年。

马华 等 中国古代之文人有两种，一如屈原，到处远游却永不逍遥；一如庄子，并不远游却永远逍遥。这是两种不同的人生态度的反映。王国维这首词表示他也想学庄子，采取另一种人生态度。但这并非王国维的本性，他的本性近屈原而远庄子，故其最终仍步屈原之后尘。

钱剑平 （系于1905年）

祖保泉 祖国的领土，如当时的香港、台湾、琉球、胶州湾等都被英、日、德等帝国主义侵占，因而王氏有"远山如在有无间"的伤感！大清国的命运已进入衰微期，因而王氏惊问："经秋何事亦屏颜！"（《解说》）

好事近

夜起倚危楼，楼角玉绳低亚。唯有月明霜冷，浸万家鸳瓦。

人间何苦又悲秋，正是伤春罢。却向春风亭畔，数梧桐叶下。

这是一首把悲秋的感情和哲理的思致结合起来的小词。但悲秋的感情中结合了对人间的关爱，哲理的思致中也夹杂了一些放不开的执着。

一般来说，古人的诗词在写到"夜起"和"倚危楼"的时候，都是由于内心有某种难以言说的忧愁郁闷。比如，《古诗十九首》说，"明月何皎皎，照我罗床帏，忧愁不能寐，揽衣起徘徊"，那是欲归不得的羁旅愁怀所致；阮籍《咏怀》诗说，"夜中不能寐，起坐弹鸣琴"，那是由于他在夜深酒醒时感受到强烈的孤独和恐惧；辛弃疾《摸鱼儿》词说，"休去倚危栏，斜阳正在烟柳断肠处"，那是因为当时国家的命运不容乐观；而李商隐《北楼》诗说，"此楼堪北望，轻命倚危栏"，则是由于远方有他希望的所在，纵然断肠也在所不惜。所以，"夜起倚危楼"虽然可能是在写实，但"夜起"与"倚危楼"的组合，却暗

危楼：高楼。唐杜甫《中夜》诗："中夜江山静，危楼望北辰。"｜楼角：高楼的檐角。｜玉绳：星名。《春秋元命苞》："玉衡北两星为玉绳。"南朝齐谢朓《暂使下都夜发新林至京邑赠西府同僚》诗："金波丽鳷鹊，玉绳低建章。"此处泛指群星。｜低亚：低压的样子。亚，通"压"。宋柳永《抛球乐》："弱柳困，宫腰低亚。"｜鸳瓦：即鸳鸯瓦，屋瓦一俯一仰扣合在一起叫鸳鸯瓦。宋柳永《斗百花》词："飒飒霜飘鸳瓦。"｜数（shǔ）：计算。｜梧桐叶下：《广群芳谱·木谱六·桐》："立秋之日，如某时立秋，至期一叶先坠，故云：梧桐一叶落，天下尽知秋。"

示了作者内心也有某种难以言说的忧愁和郁闷。

"楼角玉绳低亚"是登楼之所见。"玉绳"是星名，"低亚"是低压的样子。天上的星星显得如此之低，几乎接近了楼的檐角，这是在描写夜空，同时也强调"危楼"之高。但作者的目光并没有停留在夜空，而是随着霜天寒冷的月光转向对人间的俯瞰。在月光下从城市的高楼向下看，最显眼的大约也就是一片屋顶了。但作者不说"万家屋顶"而说"万家鸳瓦"，并非只是因为"鸳瓦"这个词更美丽。瓦，是为人们遮风蔽雨的；而"鸳"是成双成对的。所以"万家鸳瓦"令人想到人间千家万户的美好生活。"浸"，是浸透。一个"浸"字把寒霜冷月与人间万象联系起来，令我们联想到：秋天已经来了，人间一切美好的东西已不可避免地、一无遮蔽地浸透在寒霜秋月之中。由此可见，作者所悲的不是"小我"之秋，而是整个人间的"大我"之秋。王国维喜欢从高处向下俯瞰，这种习惯当与他悲天悯人的内心感情有关。

下片虽然有"春风亭畔"有"梧桐叶下"，似乎也是写景，实际上却是议论，哲理的思致主要表现在下片之中。伤春与悲秋是诗人的传统，但伤春其实是不愿意看到青春和美好欢乐时光的离去，悲秋其实是不愿意看到衰老和摧伤打击的到来。这种感情本来是人人共有的，诗人只是用诗的语言把这种悲哀表达出来而已。而四季的轮换和春秋的代序是自然规律，又怎能因人的愿望而改变？同样，人的过去和未来也不是自己所能够完全把握的，一生之中不断为此而悲伤痛苦岂不是徒寻烦恼？所以说，"人间何苦又悲秋，正是伤春罢"。

正是由于有了这种觉悟，一个人才能够对春秋的代序和盛衰的交替有一种冷静的明察，能够"却向春风亭畔，数梧桐叶下"。这一句，说得实在很妙。"春风"，是欣欣向荣的春天的象征；而梧桐是秋天落叶最早的树木。当梧桐的第一片叶子飘落下来的时候，秋的肃杀便开始一天比一天逼近了。所谓"日中则仄，月盈则食"，盛中埋伏着衰的开始，衰中也未尝没有隐藏着盛的萌芽。老子说，"祸兮福之所倚，福兮祸之所伏"；陶渊明说，"衰荣无定在，彼此更共之"，讲的就是这种事物发展的盛衰之理。一个诗人倘若明白了这种道理，便进入了哲人的层次，从而在春意盎然的春风亭畔就已经觉悟到秋风秋雨的必然到来。所谓"春风亭"，不一定真有此亭，作者只是通过春风与梧桐的对比来表现出这种对哲理的体悟而已。

不过，能否体悟到盛衰之理的自然规律是一回事，能否真正以冷漠的态度来对待无情的自然规律是另外一回事。作者能够说"何苦又悲秋"，能够在"春风亭畔"看到"梧桐叶下"，这是一种理性的洞察。但那"却"字的转折和"数"字的计较，却透露出一种微妙复杂的感情。人能够洞察盛衰祸福之理，这是其他动物所不能及的，但人的意志又不甘心受盛衰祸福之规律的摆布而总是渴望春的美好繁荣长存永在，因而就不可避免地陷入苦恼之中，这种苦恼也是人所独有的，尤其是像王国维这种情感与哲思兼长的人。

辑评

周策纵　美感固人类之通性，故有可相识处。然究其精微，则所感几人人殊，故作者笔下之此种经验，亦只能令人"似曾"相识耳。且有此迷离之境乃更妙。《人间词》中《好事近》云：（下引本词略）此无可奈何之悲秋情绪，为吾人所能同感者，若悲秋时犹觉尚在春风亭畔，则谓为吾人似曾相识之感，亦无不可。

蒋英豪　王国维《好事近》："唯有月明霜冷，浸万家鸳瓦。"实效清真《解语花》"桂华流瓦"。《人间词话》卷上:"词忌用替代字。美成《解语花》之'桂华流瓦',境界极妙,惜以'桂华'二字代'月'耳。"可知王国维极欣赏此句,由于反对用代字,便直道"月明"。"桂华流瓦",神髓全在"流"字,王国维词易"流"为"浸",同样高妙,灵感还是从清真"流"字来。王国维词同样用到这种技巧的还有:"潋滟金波,又幂青松顶。"(《蝶恋花》)"沉沉暝色笼高树。"(《菩萨蛮》)曰"幂"曰"笼",还是从"流"字衍生出来。

陈永正 叶嘉莹曰:"静安先生词有古诗之风格:词之为体原较诗为浅俗柔婉,而静安先生词则极为矜贵高古,其气体乃迈越唐宋而直逼汉魏,而用意之深,则又为古人所无。"(《说静安词〈浣溪沙〉一首》)可称静安知己。古诗之风格,政不易到。非有深沉挚厚的个性,不能作此独立清苦之语。作于1904年秋。(《校注》)

陈鸿祥 仰望星空、梧桐叶落、江天寥廓、人间苍苍,萦绕于胸的人生之问题,隐现于字里行间。(《注评》)

佛雏 拟系于1904—1905年。

叶嘉莹 像这一类从叙写眼前的景物开始,却引发出多层要眇深微之意蕴的作品,在王词中还有不少。即如其"辛苦钱塘江上水。日日西流,日日东趋海"一首《蝶恋花》词,"夜起倚危楼,楼角玉绳低亚"一首《好事近》词,"西园花落深堪扫。过眼韶华真草草"一首《玉楼春》词,便都在所写的景物以外,更有一种幽微深远的意蕴。

鲁西奇、陈勤奋 此词用"危楼""玉绳低亚""月明霜冷""万家鸳瓦"等词造出了一个冷清至极的情境，来感叹人世间永恒的凋零。

马华 等 "春风亭"当是一亭廊的名称，因亭名而想象春风徐来之景象。而眼前，尽管秋声萧瑟，毕竟还有春风亭在。于是，坐在亭中，细细地数着纷纷坠落的梧桐树叶。这里表现的是一种闲在、无奈，同时又充满希望的杂糅的感情。

钱剑平 （系于 1905 年）

祖保泉 春秋代序，何其迅速，转眼之间，作者年将三十，在做人、为学的道路上将何去何从，能不深思？此词全篇显示：作者在寂静中沉思。我以为作者的三十岁《自序》中，有句话可移用为此词的注脚："此近二三年中最大之烦闷。"烦闷无眠，夜起倚楼啊！（《解说》）

好事近

愁展翠罗衾，半是余温半泪。不辨坠欢新恨，是人间滋味。

几年相守郁金堂，草草浑闲事。独向西风林下，望红尘一骑。

这首词用的是思妇口吻，从词中情调和所用词语来看，也许是为前妻莫氏夫人所写。但作者通过写妻子对自己的思念也间接地写出了自己对世俗社会和羁旅生活的厌倦。

"愁展翠罗衾"，不过是小词中常用的情节和词语，没有什么可说的地方。但"半是余温半泪"，写得就比较巧妙。一方面，这是写女子自己留在罗衾上的余温和泪痕，说明她可能整夜都在衾中枕上默默地流泪。另一方面，"半是余温"也可以是回忆昔日丈夫在家时的温馨，"半泪"则是今日之孤独寂寞的眼泪。于是这里边便有了一种时空的混合，而由这种时空的混合便引出了"不辨坠欢新恨"的"人间滋味"。"坠欢"指已失去的往日团聚的欢乐；"新恨"，指新近离别的憾恨。往日欢乐的记忆增强了新近离别的憾恨，而新近离别的憾恨又格外令

翠罗衾：绿色丝织品制成的被。｜**坠欢**：往日的欢乐。南朝宋鲍照《和傅大农与僚故别》诗："坠欢岂更接，明爱邈难寻。"｜**新恨**：新产生的怅惘憾恨。唐戴叔伦《赋得长亭柳》："送客添新恨，听莺忆旧游。"｜**人间滋味**：尘世的苦乐感受。｜**相守**：谓夫妻相厮守。**郁金堂**：《玉台新咏》卷九引南朝梁武帝《河中之水歌》有"卢家兰室桂为梁，中有郁金苏合香"之句，描绘卢家妇莫愁的居室。后因以"郁金堂"美称女子芳香高雅的居室。宋贺铸《试周郎》词："乔家深闭郁金堂，朝镜试梅妆。"｜**草草**：匆忙仓促或草率。｜**浑闲事**：谓完全视为寻常之事。宋王质《鹧鸪天》词："鱼儿得了浑闲事，未得鱼儿未肯归。"｜**西风林下**：秋风中的树林之下。｜**红尘**：车马扬起的飞尘。佛教、道教等亦称人世为"红尘"。

人怀念往日团聚的欢乐。苦与乐互为因果，令人说不清到底是"欢"还是"恨"。一时的悲欢离合是如此，整个儿人生不也是如此吗？妙就妙在"是人间滋味"一句，作者本来是在写思妇的哀怨，但无意之中就流露出自己的声吻，俨然一副"偶开天眼觑红尘"的姿态。如果说前三句颇有"花间词"风味的话，那么这最后一句就流露出《人间词》风味了。

"几年相守郁金堂，草草浑闲事"是说：几年来我和你厮守在家中，我以为夫妻生活本来就应该是这个样子，并没有特别加以珍惜，但没想到那种生活很快就结束了。现在你已经离开我长年作客在外，我才体会到当年那些团聚的日子是多么珍贵难得。——人，总是在思念过去和向往未来，唯独不知道珍惜现在。王国维写这首词的时候莫氏夫人还在世，他们之间的悲哀还仅仅是聚少离多的悲哀，而在1907年莫氏夫人去世后，就变成了人天永隔的悲哀。我们看《乙稿》中那些悼亡之词，所谓"送得归人，不遣居人住"（《蝶恋花·落日千山啼杜宇》），所谓"香印成灰，总作回肠字"（《苏幕遮·倦凭阑》），那真是"人生过处惟存悔"（《六月二十七日宿硖石》），失去之后就再也不能挽回了！

"独向西风林下，望红尘一骑"两句结尾很妙：前边都是写女子的"情"，唯独这两句在写情的同时还描绘出一幅"景"的画面，画的是思妇独自站在秋风之中树林之下忧愁地遥望远方征尘中的一人一骑。那是不是她所思念的人？那个人是在归来还是在远去？作者都没有说。也许是目送征人远去，也许是盼望征人归来。这就与"过尽千帆皆不是，斜晖脉脉水悠悠"（温庭筠《梦江南》）或"昨夜西风凋碧树，独上高楼，望尽天涯路"（晏殊《蝶恋花》）那种单纯的"怨"似乎有一点点不同。因为，"红尘"和"林下"这两个环境形成了一个对比："红尘"，可以是车马扬起的飞尘，但更多的时候可以引申为忧愁烦恼的人世；"林下"，可以是幽静的树林之下，但古人也常说"归隐林下"。王国维这首词是写思妇的，思妇站在树林之下，征人没入红尘之中，这是写离别的悲哀，是作品的主题和作者的本意。但他或有意或无意地用了"红尘"和"林下"这两个词来做对比，就容易使读者对这幅画面产生更多的联想。因为在古代社会，男子在红尘中为名为利而奔波，不懂得珍重人生中那些更为永恒的东西；相比之下倒是妇人女子因所处地位不同反而比男子清醒，但她们的爱情往往唤不回沉溺在世俗名利中的男子。她们是无可奈何的，就像佛陀对执迷的众生也无可奈何一样。因此，"独向西风林下，望红尘一骑"，这凝望之中似乎还隐约含有一种怜悯和召唤的含义。它本是写一个思妇对征人的思念与召唤，但若结合整个《人间词》来看，也难免使人联想到作者站在俯瞰人生的角度对红尘人间的关怀与怜悯。

辑评

陈永正　此与上首（指《好事近·夜起倚危楼》）当为同时之作，结二句用语亦近。写别后的怨愁和寂寞，宛曲动人。柔中有刚，最见笔力。作于 1904 年秋。（《校注》）

陈鸿祥　"望红尘一骑"，实亦抒"游戏尘寰"之意。（《注评》）

佛雏　拟系于 1904—1905 年。

马华　等　"红尘一骑"用杜牧《过华清宫》"一骑红尘妃子笑，无人知是荔枝来"典，隐写"妃子笑"，反衬今日少妇之不能笑，表明了一种盼望、期待的心情。

钱剑平 （系于 1905 年）

祖保泉 末尾两句的意思是独望红尘中一骑，奔向西风林下——逃出尘世，归隐山林。这表示，作者此时有看破红尘、向往隐逸的思绪。（《解说》）

采桑子

高城鼓动兰釭炧，睡也还醒。醉也还醒。忽听孤鸿三两声。

人生只似风前絮，欢也零星。悲也零星。都作连江点点萍。

凌晨是人头脑最清醒的时候，此时天空几声雁叫引起了作者对人生的回忆。他忽然感悟到：所有那些已经逝去的人生悲欢其实都像柳絮和浮萍一样没有意义和不成片段。人的一生，本来就不是自己所能够把握的。

"高城鼓动"，说的是凌晨时分。凌晨击鼓本是唐代京城的作息制度：长安城里各条大街上都设有街鼓，入夜击鼓后城门和坊市门关闭，宵禁开始；凌晨击鼓后城门和坊市门打开，宵禁结束。后代虽然不一定都有这种制度，但诗人写作旧体诗时都喜欢以古说今，王国维常常也不能"免俗"，比如写少年则"六郡良家"，写宫院则"宜春院""披香殿"等，用的都是汉唐制度。"兰釭炧"，是说油灯已经点干了油自己熄灭了。耳中听到城中的晨鼓声，睁眼看到油灯已经熄灭，在这个时候，不管你睡得多香也该清醒了，不管你醉得多深也该清醒了。

高城鼓动：谓城中晨鼓响起。按，唐代京城置街鼓，黄昏击鼓以戒行人，凌晨击鼓以解宵禁。见《新唐书·百官志》。｜**兰釭（gāng）炧（xiè）**：谓油灯熄灭。兰釭，燃兰膏的灯，古代用泽兰子炼制油脂，可以点灯。亦泛指精致的灯具。炧，指灯烛熄灭。宋张元幹《浣溪沙》词："夜久莫教银烛炧。"｜**孤鸿**：三国魏阮籍《咏怀诗》："孤鸿号外野，朔鸟鸣北林。"｜**零星**：零碎，少量。｜**连江**：满江。唐王昌龄《芙蓉楼送辛渐》："寒雨连江夜入吴。"｜**点点萍**：宋苏轼《再和曾仲锡荔支》诗："柳花着水万浮萍，荔实周天两岁星。"自注："柳至易成，飞絮落水中，经宿即为浮萍；荔支至难长，二十四五年乃实。"

因为夜已结束，新的一天又开始了。在"睡也还醒。醉也还醒"这两句的口吻中，有一种不甘心和不情愿的情绪在。从表面的一层看，那只是不情愿起床还想睡个回笼觉而已；但若从深意的一层来看，则无论"睡也"还是"醉也"，都是一种对人生的逃避，而不管你逃入醉乡还是逃入梦乡，都不可能没有一个醒来面对现实的时候。不过，醒来面对现实又有什么不好呢？人生又有什么不乐呢？作者没有说。而实际上，"忽听孤鸿三两声"就是一种含蓄的回答。"孤鸿"就是"孤雁"，它令我们想起"天末同云黯四垂，失行孤雁逆风飞"的那只孤雁。它在风雪欲来的恶劣环境中勇敢地奋斗过，结果还是做了人家盘中的佳肴，它的一切理想和愿望都落空了。而且，"孤鸿"意味着在奋斗的道路上没有伴侣和得不到理解。它是孤独的，既没有人分享它的快乐，也没有人分担它的痛苦。所以那"孤鸿三两声"其实就是作者自己在人生中的感受。对于一个有理想而又好学深思的人来说，他不可能终日逃入梦乡和醉乡，但清醒中的孤独又是难以忍受的。所以，在极不情愿地醒来之际，那天外的三两声孤鸿一下子就把作者的情思又引向了令他烦恼和困惑的人生。

有的人把人生悲欢看得很重：得意则"富贵不归故乡如衣锦夜行"；失意则"出门即有碍，谁谓天地宽"；恋爱则"得成比目何辞死，愿作鸳鸯不羡仙"；分离则"天长地久有时尽，此恨绵绵无绝期"。其实人生只不过像一场戏，纵然台上演得轰轰烈烈如醉如痴，观众却只是逢场作乐消愁解闷，散场之后又有几人把戏当真？"风前絮"，是说柳絮。暮春时节柳絮飞时纷纷扬扬，把天地搅得一片朦胧，但那一团团逐队成球的柳絮，不管是有飞上青云之喜还是有逐水沾泥之悲，其分量又有几何？其价值又有多少？那真是"欢也零星。悲也零星"，不值得收集，不值得保留，不值得记忆。"都作连江点点萍"是说，人生的悲欢和风前的柳絮一样，最后结局只是化作满江浮萍随流水而去。关于柳絮化为浮萍的说法大约始于苏东坡，他在一首诗的自注中说："飞絮落水中，经宿即为浮萍。"李时珍《本草纲目》则认为柳絮中藏有细黑子，"子着衣物能生虫，入池沼即化为浮萍"。诗人们对这种说法大感兴趣，于是就常常把柳絮和浮萍并提。因为柳絮在诗词中常代表着一种缠绵、迷惘的情意，落入水中化为浮萍是这美好情意的一种令人感伤的结束。当那漫天飞舞的青春生命之憧憬梦想全部落入水中化为异物的时候，春天也就结束了。佛教有三生轮回的说法，但三生轮回又有什么用？柳絮只能受风的摆布，浮萍只能受水的摆布，人生真正属于自己的东西又有多少？"人生只似风前絮，欢也零星。悲也零星。都作连江点点萍"这几句，似乎已经把人生看透了。然而倘若真的把人生看透了，他就应该像庄子那样鼓盆而歌，又何必为春天的结束而悲哀怅惘呢？所以，这首小词虽然很短，却也很真实地反映了王国维内心那种理性与感情之间的矛盾。

辑评

周策纵 静安善写空虚感，如前所引"坐觉无何消白日，更缘随例弄丹铅"是。至《荷叶杯》"谁道闲愁如海，零碎。雨过一池沤。时时飞絮上帘钩，愁摩愁！愁摩愁！"，又《采桑子》（下引本词从略），不但以萍末、池沤、飞絮状零星之闲愁，深得其神髓，且枕边宛转，忽听孤鸿，尤能显无可奈何之情景。此闲愁之境，似在一分积极的苦痛与二分空虚感之间。

蒋英豪 像这种运情入景，以景作结，令人回味不尽的，还有《采桑子》"高城鼓动"一首。下半阕云："人生只似风前絮，欢也零星，悲也零星，都作连江点点萍。"造句方面颇与上面所举的《青玉案》(指"江南秋色垂垂暮"一首)相似。以点点江萍比喻悲欢之零星,当然很妥帖,意象极其鲜明。而且拘执的感情冲淡了,便有飘逸之致,韵味也更加深远。

陈永正　此词有情而无格,有韵而乏气。"也"字四句,语浅而近滑,转在过春山、王时翔之下矣。静安得毋有"以曲入词"之病欤? 作于 1904 年秋。(《校注》)

Joey Bonner　This poem reveals Wang's continuing belief in the illusory nature of human life. The poet is spending a restless, sleepless evening brooding on the character of existence (the wild goose crying in the distance symbolizes his loneliness and bewilderment). It is already very nearly dawn, as suggested by the beating of the drums and the burnt-out lampwick. Life, he reflects unhappily, is as fragile fleeting and mutable as willow catkins which, as he thinks, turn into duckweed when they fall in water.

陈鸿祥　通篇明白如话,语语如在目前。而收尾"连江点点萍",直如汉乐府之"莲叶何田田"。王国维崇尚自然,反对"矫揉作态",此词当为佳例。(《注评》)

佛雏　拟系于 1904—1905 年。

吴奔星、施新亚　这首词虽未悉写作年月,但反映了他在辛亥革命后一贯消沉情绪,似可看作他投湖自尽的谶语。

鲁西奇、陈勤奋　此词以"孤鸿""风前絮""点点萍"象征人生的孤独、无奈和无常。

马华 等 《红楼梦》第 31 回林黛玉说："聚时欢喜，到散时岂不清冷？既清冷则生伤感，所以不如倒是不聚的好。"王国维对《红楼梦》有着精深的研究，称《红楼梦》为"悲剧之悲剧"，而林黛玉这句话恰是对"悲剧之悲剧"的概括，也恰是"欢也零星，悲也零星"的阐释。

钱剑平 （系于 1905 年）

祖保泉 作者写这首词时二十九岁。他，二十成婚，二十二岁开始，为谋生和求学，漂泊异乡，形同流萍（二十二至二十四岁在上海；二十五岁春夏在日本东京，夏末回上海；二十七岁在南通；二十八至二十九岁在苏州）。七年里他对漂泊生涯颇有感触，作此词。（《解说》）

西河

垂柳里。兰舟当日曾系。千帆过尽，只伊人不随书至。怪渠道著我侬心，一般思妇游子。

昨宵梦，分明记。几回飞度烟水。西风吹断，伴灯花摇摇欲坠。宵深待到凤凰山，声声啼鴂催起。

锦书宛在怀袖底。人迢迢、紫塞千里。算是不曾相忆。倘有情、早合归来，休寄一纸无聊相思字。

这是一首以女子口吻写的长调，内容是传统词中常见的思妇游子之相思怀念。王国维二十岁与莫氏夫人结婚，二十二岁即离家出外谋生、求学，在家的日子很少。莫氏夫人的早卒使王国维非常悲痛，他写过不少悼亡的词，如《蝶恋花·落日千山》《苏幕遮·倦凭阑》等，对婚后十年的会少离多深感负疚。其实，在莫氏生前他也未必就没有

兰舟：舟的美称。木兰树质坚固，可为舟楫，称为兰舟。宋柳永《雨霖铃》词："兰舟催发。"| 千帆过尽：唐温庭筠《梦江南》词："过尽千帆皆不是。"| 伊人：那个人。指所思之男子。| 渠：他。| 我侬：我。吴地第一人称代词。唐司空图《力疾山下吴村看杏花》诗："我侬试舞尔侬看。"| 一般：同样。| 烟水：雾霭迷蒙的水面。唐刘长卿《自鄱阳还道中寄褚征君》诗："故人烟水隔，复此遥相望。"| 吹断：谓风吹断。| 待到：将到。| 凤凰山：山名，浙江省和辽宁省都有凤凰山。唐张潮《江南行》："妾梦不离江水上，人传郎在凤凰山。"| 啼鴂：即鹈鴂，杜鹃鸟之别称。| 锦书：即锦字书，一般指妻子给丈夫的书信，但此处指丈夫给妻子的书信。| 宛在：宛然犹在。宛然，真切清晰貌。| 紫塞：北方边塞。晋崔豹《古今注·都邑》："秦筑长城，土色皆紫，汉塞亦然，故称紫塞焉。"| 算：推测，料想。| 早合：早就该。合，应该。| 一纸无聊相思字：指那男子的书信。

这种负疚之感，只不过少年夫妻羞言别离之苦，所以就托作古人征夫思妇的口吻以出之。

词本来就是一种起源于民间的诗体，虽然文人接手之后风格日趋典雅，但浅近生动仍不失为词的一种原始的本色。《人间词》本以哲理的"深"见长，但作者偶尔尝试写这种浅近的、口语化的词，也能写得真切生动，把别人的心中事体会得如在眼前。

《西河》这个词调比较长，分为三段。一般来说，长的词调一定要注意结构安排。王国维这首词在段落上是比较清晰的。第一段写女子接到男子书信后的情思，第二段写昨夜梦中的思念，第三段写对男子的责备。我们先看第一段：

"垂柳"和"兰舟"是前人写离别最常用的词句，不过这里写的是离别之后的情景，是这个女子徘徊在当日送别的渡口等待游子归来。"千帆过尽"，用了温庭筠的《梦江南》："梳洗罢，独倚望江楼。过尽千帆皆不是，斜晖脉脉水悠悠，肠断白蘋洲。"但温词的最后一句"肠断白蘋洲"又是用了南朝柳恽的《江南曲》："汀洲采白蘋，日落江南春。洞庭有归客，潇湘逢故人。故人何不返，春华复应晚。不道新知乐，只言行路远。"因此，温词表面是写"思"，实际是写"怨"，是女子怀疑她所思念的那个男子在外另有新欢才托词路远不肯归来。"只伊人不随书至"，就是沿着这个思路写下来的：这个女子收到了男子的书信，这是一"喜"，但书信中只说相思，人却不肯归来，这又是一"悲"。"怪渠道着我侬心，一般思妇游子。""渠"是"他"，"我侬"是"我"，这女子说：我真是感到奇怪，他在信中所述的相思之情怎么竟句句都说到了我的心里，令我如此感动？可是细细想来也并不奇怪，因为千古以来思妇游子的感情差不多都是一样的。这话的言外之意是：信中那些令我感动的话语，到底是不是出自他内心的真诚之意呢？

这第一段，把女子那种望眼欲穿的相思怀念和由此而生疑生怨的百转柔肠表现得既细腻又曲折。其内容以别后的思念为主，"思"中有"怨"，但那"怨"却含而不露，要到第三段才明白表现出来。

第二段是通过梦魂的描写来述说自己的思念之苦。古人是有这种写法的，如杜甫《梦李白》的"魂来枫林青，魂返关塞黑。君今在罗网，何以有羽翼"，还有姜夔《踏莎行》的"淮南皓月冷千山，冥冥归去无人管"。但那都是从居者的一方去体会来者的一方，而这里是叙述者自述梦魂的跋涉。这里边用的都是一些最朴实的、明白如话的词语，但却把女子相思苦恋的深情表现得很动人。例如，"分明"的意思是"清楚"，而它所指的却是最难分明最不清楚的梦境；"几回飞度"是艰辛不屈的尝试，而进行这种尝试的，却是一个柔弱女子的梦魂。这里边就有一种爱情思念所产生的神奇力量。"西风吹断，伴灯花摇摇欲坠"同第一段中的"千帆过尽，只伊人不随书至"一样，都是适应句子的需要，把按正式格律本该是七、四的停顿变成了四、七的停顿。"西风吹断"的宾语"梦"被省略了。"西风"，可能是梦中烟水上的西风，也可能是现实中窗外的风声。这女子在梦醒之后，发现屋里的灯还亮着，但灯花一直没有剪，光线已很暗淡。这说明，她入梦的时间并不是很长。结合上边说过的"几回"，可见这个女子始终没有睡熟，总是一回一回地从梦中惊醒。这就是作者在他的另一首词《苏幕遮》里也写过的那种"恨来迟，防醒易。梦里惊疑，何况醒时际"的心有所思、梦魂不安的感觉。"宵深待到凤凰山"，夜深时她终于入梦了，这一次的梦可能稍长一点儿，所以梦中走过的路也就稍长一点儿。"凤凰山"不一定实指某个地名，而是指那个男子的所在或距离那个所在已不很远的地方。"待到"是将要到，就在她快要到达目的地但还没有到的时候，梦却不能接着做下去了，因为一夜已经过去，凌晨的鸟叫声已经在催人起床了。"啼鴂"是杜鹃鸟，那也是一种很悲哀的鸟。被啼鴂催醒，意味着从充满希望的梦里又回到了无可奈何的现实，这一段完全写相思之苦，写得很悲哀很缠绵。

　　第三段是由"思"而生"怨"。"锦书宛在怀袖底。人迢迢、紫塞千里"的"锦书"，就是"只伊人不随书至"的那封书信；"紫塞"是古人写征人思妇时常用的一个词，泛指遥远的边塞。古诗云："置书怀袖中，三岁字不灭。一心抱区区，惧君不识察。"把书信保存在贴身的怀袖之中，书信上的字经久不灭，这里边不但有一种亲切、一种珍重，而且还有一种持久不变的忠诚。但是你远在千里之外，你能够同样珍重我对你的这一份感情吗？"算是不曾相忆"——想来你并不像我思念你这样地思念我。如果你把我们的感情看得高于一切，那么你早就不顾一切地回来了，怎么会只用信上这些相思的话来搪塞我？这就是"怨"了。这种"怨"的创意恐怕还是从古诗中来的。《饮马长城窟行》说，"长跪读素书，书中竟何如？上言加餐食，下言长相忆"；《古诗十九首》说，"浮云蔽白日，游子不顾返"。一个说书中只言相忆而未定归期，一个以浮云蔽日暗喻游子不归可能另有其因，那种由思而生的怨表达得都很委婉含蓄。而现在作者却用很通俗的语言把这种怨化为对游子的责备直接说出来。"倘有情、早合归来，休寄一纸无聊相思字"直白浅显，完全是现实生活中妇女说话的口吻，这是它的好处。但它的缺点在于把要说的话都说尽了，比较缺乏"词之言长"的余味。另外，这种创意虽然新颖贴切，却在《人间词》中多处出现，如《荷叶杯》的"矮纸数行草草。书到。总道苦相思"，《清平乐》的"满纸相思容易说。只爱年年离别"，同一个意思一用再用，难免给人重复的感觉。

辑评

　　陈永正　《人间词话》谓词之长调近于排律，并谓排律之体，"于寄兴言情，两无所当，殆有均之骈体文耳"。静安对长调似有偏见，其集中长调仅得九首，又对南宋擅长调诸家（除稼轩外）均无好感，盖其于此体涵泳未深所致，故词话中论及长调之语，亦多乖谬。宋人长词，多盘旋作势，开阖跌宕，极有姿致，焉能以板滞之排律骈文设喻哉！静安每以小令之法作长调，语势萎弱，意浅易尽，匪独未窥两宋之堂奥，即清初诸子之意境亦未能到也。光绪三十年（1904），秋暮，静安赴苏州，执教于江苏师范学堂。此词当为别后思家之作。然写相思之情，迹近元、明散曲，语滑而味薄。（《校注》）

陈鸿祥 王国维写《人间词话》，落笔第一句是《诗·蒹葭》。此诗采入吴歌，亦寓《蒹葭》"伊人"之意，高古而有"风人深致"。（《注评》）

佛雏 拟系于 1904—1905 年。

吴蓓 "书信"是情爱词中常用的一个意象，一般说来，它总是思妇们望眼欲穿的"宠物"，但在静安词里，却出现了"倘有情早合归来，休寄一纸，无聊相思字"（《西河》）的字样。这是勘破了情书非但不能解得相思反而更添思念的"虚伪"本质，因而它不再显得那么美丽。（《无可奈何花落去》）

马华 等 这首《西河》以"书"为全篇机杼，等待、相思、梦遇、怨怅，皆由此而起，写得巧妙。

钱剑平 （系于 1905 年）

祖保泉 末两句，按《词律》要求，通常应作："倘有情早合归来休寄，一纸无聊相思字。""寄""字"相叶成调。（《解说》）

摸鱼儿
秋柳

问断肠、江南江北。年时如许春色。碧栏干外无边柳，舞落迟迟红日。沙岸（《甲稿》作"长堤"）直。又道是、连朝寒雨送行客。烟笼数驿。剩今日天涯，衰条折尽，月落晓风急。

金城路，多少人间行役。当年风度曾识。北征司马今头白，唯有攀条沾臆。君莫折（《甲稿》作"都狼藉"）。君不见、舞衣寸寸填沟洫。细腰谁惜。算只有多情，昏鸦点点，攒向断枝立。

王国维具有多方面的才能。他不喜欢南宋词，但却也能够把南宋风格的咏物长调写得很到位。这首咏秋柳的词刻画细腻，极具巧思，同时也不乏《人间词》中常有的那种人生世事无常的感慨，做到了"咏物而不沾滞于物"。不过，这首词上片借鉴了周邦彦《兰陵王》的景色，

年时：当年。南宋辛弃疾《鹧鸪天》词："十分筋力夸强健，只比年时病起时。"｜如许：像这样。唐张继《明德宫》诗："摩云观阁高如许，长对河流出断山。"｜碧栏干：绿色的栏杆。唐韩偓《已凉》诗："碧栏干外绣帘垂。"｜迟迟：阳光温暖、光照时间很长的样子。《诗·豳风·七月》："春日迟迟，采蘩祁祁。"｜数驿：指好几个驿站那么远的路程。古人称两个驿站之间的路程为一驿。｜衰条：此指柳树的枯枝。｜金城：东晋时丹阳郡江乘县地名。《世说新语·言语》："桓公北征经金城，见前为琅邪时种柳，皆已十围，慨然曰：'木犹如此，人何以堪！'攀枝执条，泫然流泪。"后遂用"金城柳"为世事兴废之典。桓公，东晋桓温。行役：旧指因服兵役、劳役或公务而外出跋涉。亦泛称行旅、出行。｜风度：美好的举止姿态。｜北征司马：桓温。桓温仕东晋，曾为大司马。｜攀条沾臆：攀执枝条，泪水沾胸。臆，胸。｜沟洫（xù）：田间水道。《周礼·考工记·匠人》："匠人为沟洫……深四尺谓之沟……深八尺谓之洫。"｜细腰：此指柳枝。｜昏鸦：日暮归鸦。唐杜甫《野望》："独鹤归何晚，昏鸦已满林。"｜攒（cuán）：簇集，聚集。东汉张衡《西京赋》："攒珍宝之玩好。"

下片模仿了辛弃疾《摸鱼儿》的句式，虽然自有境界，毕竟人工安排的痕迹多了些，其感发终不如其小令中的同类感发如《蝶恋花》的"最是人间留不住，朱颜辞镜花辞树"、《浣溪沙》的"坐觉清秋归荡荡，眼看白日去昭昭。人间争度渐长宵"等那么直接和强烈。

"问断肠、江南江北。年时如许春色"是一个问句，意思是：现在这令人断肠的江南江北广漠的大地上，当年竟也存在过这么美好的春色吗？"碧栏干外无边柳，舞落迟迟红日"，则是对当年春色的描写：栏干外大堤上那一眼望不到头的柳树在春风暖日中袅袅摆动着柔软的枝条，可以说是享尽了春天的美好。"沙岸直"原作"长堤直"，显然是从周邦彦《兰陵王》的"柳阴直"和"隋堤上"化来。由此我们想到，"碧栏干外无边柳，舞落迟迟红日"其实也是由《兰陵王》的"烟里丝丝弄碧"化来，只不过两处稍有不同："烟里丝丝弄碧"的描写比较单纯，只是创造一种离别的环境和气氛；"舞落迟迟红日"的含义似乎更丰富一些，除了渲染春天的美好之外，也暗示着这美好的一切正在不知不觉之中慢慢地消失。

"沙岸直，又道是、连朝寒雨送行客"的"沙岸"，《甲稿》原作"长堤"。它令我们联想到周邦彦的"隋堤上，曾见几番，拂水飘绵送行色"，不过周词写的全是春天，而王国维从这句开始就又回到秋天了。"连朝寒雨送行客"表面上似乎离开了柳。事实上，柳是长堤上的柳，人在长堤上送行，且古人送行时有折柳枝相赠的习惯，如周邦彦《兰陵王》就有"长亭路，年去岁来，应折柔条过千尺"，所以实际上仍没有离开柳。而且，"连朝寒雨"和前边的"迟迟红日"是相对的，写的是柳的生活环境在春天和秋天的巨大变化。由此我们可以看到这首词在勾勒描绘上的绵密和细致。"烟笼数驿"令我们想到周词的"回头迢递便数驿"，不过后者是从行人的感受落笔，而前者则又是一个"杜鹃千里啼春晚"的广角镜头。王国维善于写景，而且很喜欢写这驰骋望眼的大景观。古人称两个驿站之间的路程为一驿，那么"数驿"就是很长的路程，而这些路程一眼望去，都被无边的柳烟笼罩着，可见柳树当年有多么繁盛多么茂密。

可是，长堤上这些一直排列到天涯的柳树今天怎么样了？在那"连朝寒雨"的摧残之下，在那些离别者的攀折之下，眼前的景色是"衰条折尽，月落晓风急"。曾经是"烟笼数驿"的无边之柳，曾经是"舞落迟迟红日"的活力旺盛不知忧愁之柳，今天变成这等模样，这是一种从盛到衰的巨变。"晓风"呼应了"寒雨"，是一种自然气候的伤害；"折尽"呼应了"行客"，是一种人间悲哀的"殃及"；而"天涯"虽然可能是从周邦彦的"望人在天北"脱胎而来，但一直望到天涯，所有的柳树都在寒风中"衰条折尽"的景象给人一种秋天的大气候无可逃避的感受，因此那里边所包含的感情，就不仅仅是个人离别和相思的悲哀，而俨然是一种对整个人间的瞭望了。

这首词初看起来，上片只是写景，下片情景交融，动人的句子都在下片。但细读起来，下片是以抒发个人的羁旅之悲为主的，上片却以"年时"和"今日"景色的对比给了读者一种"天下皆秋"的感发。

"金城"用东晋桓温事。据《世说新语》记载，东晋大司马桓温年轻时做过琅邪郡守，治金城，曾在当地种过一些柳树。后来他带兵北伐时从那里路过，看见那些柳树已经长得非常粗大了。桓温手执柳条，慨叹年华的流逝，因而流下泪来，说："木犹如此，人何以堪！"辛弃疾的《水龙吟·登建康赏心亭》就用过这个典故。不过，桓温和辛弃疾那都是"英雄之慨"，而这里只是"征人之慨"。王国维年轻时长期离家在外，因此他的词有许多是抒发羁旅忧伤的。"金城路，多少人间行役"是说：不仅桓大司马北征从这里经过，古往今来，还有多少行役之人也从这里经过。"当年风度曾识"其实就是"曾识当年风度"。"曾识"被省略的主语本是行役之人，宾语"风度"是指柳树的风度，也就是柳树那"舞落迟迟红日"的风采。但若结合下文来看，则主、宾亦可以互换，即"曾识"的主语也可以是柳树，而"曾识"的宾语"风度"也可以是作者自己当年的风采。因为，"北征司马"实际上就是作者自指。倒不是王国维以桓温自命，他只是取自己羁旅忧劳而又徒劳无益的这一点与桓温有相似之处而已。他说：我这一辈子像桓温一样东奔西走没有闲暇之时，如今头发都白了还在奔走，理想和事业却一事无成，当我伸手拉下一枝柳条的时候，泪水早就沾满了胸襟。在这里，"所咏之物"的柳树已经和作者本人融合到一起了，写秋柳的不幸也就是自己的不幸，对秋柳的悲悯也就是对自己的悲悯。——当然，王国维写这首词时也不过三十岁左右，但叹老嗟卑在诗人当中本来是有传统的，我们也不必和他斤斤计较。

"君莫折"，在《甲稿》中本来作"都狼藉"。"狼藉"，是形容一种纵横散乱的样子。秋柳落了满地的败叶残枝是"狼藉"，人的一生失败得一塌糊涂也是"狼藉"，它可以兼指人和柳二者，而"君莫折"则单指柳。"君不见、舞衣寸寸填沟洫"是说，如果把春风中的柳树看作一个舞蹈中的女子，那么碧绿的柳叶和柔软的柳条就是她舞衣的长袖和绸带。但这些美丽的东西现在不但都凋落了，而且都落入了沟洫的泥水之中。"寸寸"和"填"都是下得很重的字，从这些字的口吻中我们可以感受到一种美好的东西在冷酷的环境中被彻底摧毁和践踏的凄惨与悲凉。"君莫折。君不见、舞衣寸寸填沟洫"的句式显然来源于辛弃疾《摸鱼儿》的"君莫舞。君不见玉环飞燕皆尘土"。辛弃疾那两句的口吻愤怒多于悲哀，有一种英雄之气；而王国维这两句的口吻则悲哀多于愤怒，有一种"幽咽怨悱"之音。

"细腰谁惜"仍然是把柳比作美丽的女子，她那柔软的腰肢和美丽的舞姿曾经点缀过当年的春色，可是现在却寸寸折断被风吹落到沟洫之中，得不到一点点同情和怜悯。只有那些日暮归鸦三五成群地落在柳树光秃秃的断枝上，似乎还没有忘记那些"千万丝陌头杨柳，渐渐可藏鸦"（周邦彦《渡江云》语）的美好日子。结尾这几句，把镜头从沟洫里残枝败叶的近景特写拉远，回到上片"碧栏干外无边柳"和"烟笼数驿"的位置，但出现在镜头里的已不是原先那些葱茏的烟柳，而是夕阳下一大片光秃秃的枝干，如果说还能找到些微生气的话，那就是栖息在断枝上为柳哀悼的"点点昏鸦"了。

这首词是咏秋柳的，全词句句不离柳，但柳和人同病相怜，哀柳的用意仍在于哀人；而在哀人和哀柳之中有意无意地流露出一种对整个大环境的悲悯和无奈。因此这首词中所回荡的，仍然是《人间词》里那种为整个人间悲哀的主旋律。

辑评

吴昌绶 □第二、三字均当作平，□客送字宜平，□字嫌与韵溷（hùn），宜用上去字。□□二字宜酌。（按：空格处原文缺损）

冯承基 "君莫折，君不见，舞衣寸寸填沟洫。"拟自稼轩之"君莫舞，君不见，玉环飞燕皆尘土"。

蒋英豪 《摸鱼儿·秋柳》，章法模仿辛幼安《贺新郎·别茂嘉十二弟》，连缀前人有关柳的词句而成。词云（下引本词从略）"舞落迟迟红日"，用晏小山《鹧鸪天》"舞低杨柳楼心月"；"月落晓风急"，用柳耆卿《雨霖铃》"杨柳岸晓风残月"；（"又道是连朝寒雨送行客"，亦用"寒蝉凄切，对长亭晚，骤雨初歇。都门帐饮无绪，留恋处，兰舟催发"意。）"君莫折，君不见舞衣寸寸填沟洫"，用幼安

《摸鱼儿》"君莫舞，君不见，玉环飞燕皆尘土"句法，而幼安此词亦与柳有关，末句云："斜阳正在，烟柳断肠处。""算只有多情，昏鸦点点，攒向断枝立"，用少游《水龙吟》"念多情，但有当时皓月，向人依旧"，少游此词也是与柳有关，其中有"柳边深巷"之句。

祖保泉 这曾经在春光里摆弄舞腰的柳枝，如今枝枯叶落，在寒雨晓风中受煎熬；不忍离开她的，只有站在断枝上哀啼的几点昏鸦。看，这秋柳，不就是风雨飘摇中的清廷形象吗？依恋断枝的昏鸦，不就是王国维自己和几个封建老顽固吗？

萧艾 一九○五年秋作。"君莫舞！君不见，玉环飞燕皆尘土"，读辛稼轩《摸鱼儿》词，未有不情动于衷者。而静安此词"君不见"以下数语，尤为悲凉。谁谓《苕华词》长调不工耶？世之言静安但长于小令者，皆为静安瞒过。

陈永正 静安长调中，以此词为最佳，令人想起渔洋诸作。景中见情。咏物而能扑入身世之感，便得风人深致。《人间词话》谓，"咏物之词，自以东坡《水龙吟》为最工，邦卿《双双燕》次之"。然苏、史之作，是何等和婉，较诸静安此词之凄厉紧迫，自有时代身世之异。此词借咏秋柳以寄行役之情。当作于1904年秋。（《校注》）

陈鸿祥 王国维此词，可谓"人间"的点题之作……盖王氏早年"静观人生，感慨系之"，不正是感慨"人间行役"吗？无论是百战将军，还是细腰美女，不都是"连朝寒雨"中的"行客"吗？战功赫赫的"北征司马"既已头白，翩跹而舞的多情美女亦填了沟洫。词云"昏鸦点点"是景语，亦情语，犹曹雪芹叹"光灿灿胸悬金印"，"威赫赫爵位高登，

昏惨惨黄泉路近"。这就是词人"往复幽咽"的"人间"！（《注评》）

佛雏 拟系于1904—1905年。

马华 等 杨柳在漫不经心之中，红日被舞落，而日来昼往，寒更暑迭，这样的舞落绵绵不休，在它们翩跹的舞蹈中，人世的兴替只在弹指之间。……"舞衣寸寸填沟洫"一句再次点出"舞"字，此一舞，沧海桑田，盛衰无间，岂止令"北征司马""攀条沾臆"呢？

钱剑平 （系于1905年）

祖保泉 王氏这首《摸鱼儿》，就原稿改动两处，表明作者守律从严。我套用万树《词律》卷十九，论析《摸鱼儿》的音律要求说：王氏原句"长堤直（叶）""都狼藉（叶）"，皆作"平平仄（叶）"，虽无明显差误，然而不如作"平仄仄（叶）"为佳，因而王氏改定为"沙岸直（叶）""君莫折（叶）"。……王氏此词读起来够味，关键在于他守律从严。（《解说》）

彭玉平 王国维之于长调，非不能也，实不愿意多为者也。（《"与晋代兴"与王国维长调创作的矜持之心》）

蝶恋花

谁道江南（《甲稿》作"人间"）秋已尽。衰柳毵毵，尚弄鹅黄影。落日疏林光炯炯。不辞立尽西楼暝。

万点栖鸦浑未定。潋滟金波，又幂青松顶。何处江南无此景。只愁没个闲人领。

写秋景和暮景，但不衰飒，不凄苦，全以一种艺术的眼光和欣赏的态度出之，而其中又不乏某种人生感受的启示，这是这首小词的好处。

古人说，"悲落叶于劲秋，喜柔条于芳春"（陆机《文赋》），而这首词写暮秋景色却不提落叶偏要用柔条，可谓有意别出心裁了。"毵毵"，是形容细长的柳条垂拂纷披的样子；"鹅黄"，本来是形容初春季节柳条上刚刚萌发嫩芽时淡黄的颜色，在这里却用来描写秋天树叶转黄时的柳条，而且还加上一个"弄"字，把秋日衰柳写得风姿婀娜，意兴盎然，并不比芳春的柔条逊色。另外，"衰柳"是衰老凋零的，"鹅黄"是青春美丽的，这两个对比强烈的词组合在一起所给予读者的就

毵毵：垂拂纷披貌。唐施肩吾《春日钱塘杂兴》之一："钱塘郭外柳毵毵。"｜**鹅黄**：淡黄，像小鹅绒毛的颜色。｜**疏林**：稀疏的林木。｜**炯炯**：光亮貌。｜**暝**：日暮，昏暗。｜**栖鸦**：寻找栖宿之地的归鸦。宋秦观《望海潮》词："但倚楼极目，时见栖鸦。"｜**浑未定**：全没有止息。浑，全。｜**潋滟**：水波荡漾貌，引申为光耀貌。宋蔡絛《铁围山丛谈》卷五："一坐遂尽如秋天夜晴，月色潋滟，则秋毫皆得睹。"｜**金波**：谓月光。《汉书·郊祀歌·天门》："月穆穆以金波，日华耀以宣明。"注："言月光穆穆，若金之波流也。"｜**幂**：覆盖，罩。宋晁补之《洞仙歌》词："青烟幂处，碧海飞金镜。"｜**闲人**：清闲无事的人。｜**领**：领会，领略。晋陶潜《饮酒》诗之十三："醒醉还相笑，发言各不领。"

不仅是直接的感发,而是产生了一些哲理的味道。宋人赵师秀有句曰"远爱柳林霜后色,一如春至欲黄时"(《再过吴淞》),那两句就有点儿"理"的味道,但在形象的描写上却不如王国维这两句生动活泼。"落日疏林光炯炯"是说,暮秋的树林虽不像夏日那样浓荫遮蔽,但却显得疏朗清秀;夕阳的光线虽不强烈,但也很清晰明亮。正是由于暮秋的景色如此美丽可爱,所以作者才为了它而"不辞立尽西楼暝"。"立尽西楼暝"是站在楼上凭栏观赏一直到天色完全昏暗什么都看不见的时候,其用意当然是赞美暮秋景色美丽值得人如此耽溺。可是冯延巳说,"日日花前常病酒,不辞镜里朱颜瘦"(《蝶恋花》),李商隐说,"此楼堪北望,轻命倚危栏"(《北楼》),那里边,就隐隐有了一些不能满足的悲哀和不肯放弃的执着。"立尽西楼暝"的形象是静态的,但此时作者的内心却绝非静态。这一点,他是通过"万点栖鸦浑未定"的景物表现出来的。陶渊明《饮酒》诗说"山气日夕佳,飞鸟相与还"。我们可以想象晚霞之中"万点栖鸦"的杂乱身影,甚至可以想象听到它们那一片杂乱的叫声。这是日暮景色的写实。而那群鸦的纷乱和"未定",也正是作者此时内心之纷乱和"未定"的写照。但紧接下来,"澱滟金波,又幂青松顶"却又是一幅静谧美丽的图画:落日虽然消失了,可是月亮又出来了,水波一样宁静美丽的月光覆盖了冬夏不凋的青松。那一份安宁,那一份恬静,恰好与"万点栖鸦浑未定"的纷乱不安形成了一个鲜明的对照。原来,大自然的变化是无穷无尽的:春天有春天的美,秋天也有秋天的美;白日有白日的美,夜晚也有夜晚的美。当你执着于芳春的艳美时,你可曾注意到清秋的秀丽?当你流连于落日余晖的时候,你可曾想到过明月的金波?同样的道理:当你为蹉跎岁月和逝水年华而悲哀时,是否也能够为另一些新的起点而振奋?当你为人生中失去的东西而痛苦时,是否也能想到你在人生中有哪些收获?

江南暮秋景色是每个人都能看到的，但不见得每个人都从中体会出这些人生的道理。"何处江南无此景。只愁没个闲人领"的"闲人"，是"消闲无事的人"，但也可以引申为"不相干的人"。古代诗人悲秋，是从草木的零落联想到了自己人生的失意，是先有了这种利害相关的得失关系然后才会悲从中来。可是，如果你能够抛开那些得失之心，站在一个完全超脱的立场去欣赏大自然的美，也许你就能得到一种更高层次的享受，领悟到一种哲理和智慧的乐趣。可惜，这个世界上的大多数人都沉迷于名利得失的计较之中，有几个人能有这种超脱的意兴？真是辜负了这美好的江南秋景！

辑评

蒋英豪 （见《好事近·夜起倚危楼》辑评）

萧艾 一九〇五年秋海宁作。

陈永正 写江南日落黄昏的美景。词人认为，只有像自己这样沉醉在其中的人，才能领略到它的美。《人间词话》指出，作品要"有境界"，首先就要词人对景物有生动真切的感受，写出真景物真感情。这与本词的词旨是一致的。作于 1904 年秋暮。（《校注》）

陈鸿祥 辛词写宋都杭州元宵"东风夜放花千树"灯会盛况，又有"蛾儿雪柳黄金缕"之初春景色。此词"衰柳毵毵，尚弄鹅黄影"，殆"衰柳"即"雪柳"，"鹅黄影"即"黄金缕"，鹅黄色之柳丝也。（《注评》）

佛雏 拟系于 1904—1905 年。

吴蓓 作者从无人到的废苑朱藤间，从衰柳残枝上，寻觅到了一缕残余春意，从而提出了反诘。但是，这样的反诘总显出几分气弱。因为，反过来看，在这些作品里，即使是美景，也是与清冷、幽僻、荒远联系在一起的，或是在夜幕下展开的，因而它实在是别有怀抱之人的独到发明。其体物之新奇细微，物象之幽深荒远，有类中晚唐七绝之风；而从中体现出的心灵内敛的幽深孤寂以及与之而来的一缕孤芳自赏，则与自古以来中国士大夫为显示操守人格而崇尚的"冷香"品味有一贯之处。（《无可奈何花落去》）

钱剑平 （系于 1905 年）

祖保泉 有人把这里"衰柳"枝条"尚弄鹅黄影"当作证据，说"此词写江南春景"，我不敢苟同……江南柳在特殊的山川气候条件下，秋冬之际，衰柳"尚弄鹅黄影"乃是实景。因此，我认为把衰柳"尚弄鹅黄影"说成是"写江南春景"，不妥。（《解说》）

彭玉平 可能王国维在《摸鱼儿》一词中流露的情感过于沉郁凄紧，在此后不久王国维另写的一首《蝶恋花》，虽同样以"秋柳"为核心意象，但情绪已稍有上扬……词中人间、衰柳、栖鸦、江南等意象，与《摸鱼儿》一词重合较多。但《摸鱼儿》写衰柳便真是写衰柳，而《蝶恋花》则不忘其"尚弄鹅黄影"之明丽。《摸鱼儿》词兼写清晨与黄昏，其中之人则悲情万斛。而《蝶恋花》则专写落日之时，其人则宛然一"闲人"。如此种种变化，当然可见王国维心态调整之轨迹。（《"与晋代兴"与王国维长调创作的矜持之心》）

鹧鸪天

列炬归来酒未醒。六街人静马蹄轻。月中薄雾漫漫白，桥外渔灯点点青。

从醉里，忆平生。可怜心事太峥嵘。更堪此夜西楼梦，摘得星辰满袖行。

这首词当是作者 1905 年在苏州任教时所作，写的是一次酒筵散后深夜归来时一路上的所见所感。词中那种朦胧与清醒、豪放与怅惘的结合，实际上也就是作者感性与理性的一种微妙的结合。

"列炬"这个词出于杜诗的"列炬散林鸦"，本是写除夕守岁之后打着灯笼火把出去拜年。王国维多次用这个词，有的是写除夕，如《八声甘州》的"列炬严城去"；也有的不是，如这首词提到"月中薄雾"，大年三十晚上是没有月亮的，所以显然不是描写除夕景色。王国维之所以用这个词，乃是以灯笼火把的"动"来衬托六街月夜的"静"。从"列炬归来酒未醒"到"六街人静马蹄轻"和"月中薄雾漫漫白，桥外渔灯点点青"，是一种环境和气氛的转变，其意境颇似冯延巳《抛球乐》的"酒罢歌余兴未阑。小桥流水共盘桓。波摇梅蕊当心白，风

列炬归来：谓打着灯笼火把夜归。列炬，唐杜甫《杜位宅守岁》："盍簪喧枥马，列炬散林鸦。"｜**漫漫**：无涯际貌。汉扬雄《甘泉赋》："指东西之漫漫。"｜**渔灯**：渔船上的灯火。唐李九龄《荆溪夜泊》诗："点点渔灯照浪清。"｜**从醉里**：在酒醉之时。｜**心事**：心中所思虑或期望的事。此指志向，志趣。唐李贺《致酒行》："少年心事当拿云。"｜**峥嵘**：山峰高峻貌，引申为特出、不平凡貌。唐杜荀鹤《送李镈游新安》："邯郸李镈才峥嵘。"｜**更堪**：岂堪。

入罗衣贴体寒"。二者都是从繁华热闹的人间生活转向冷清孤寂的自然景色，从中体现出内心的一种感受。"酒未醒"也就是"兴未阑"，正由于兴未阑，所以感觉到深夜的大街上特别冷清，只剩下马蹄的声音伴随着自己。

"月中薄雾漫漫白"和"桥外渔灯点点青"都是现实的写景：在月光之下，眼前所有景物都像是罩上了一层迷蒙的白雾；苏州多水多桥，此时雾中的一切都是朦胧的影子，唯有远处水边桥外有渔船上的几点灯光在这静谧迷蒙的画面深处闪闪发亮。这两句，以工整的对仗构成了一幅美丽的月下风景。但值得注意的是，那同时似乎也是作者内心的一种感受：月下的景色是朦胧的，"酒未醒"的朦胧醉眼在朦胧的月色中捕捉那一闪一闪的光亮，这令人联想到在酒意中松弛下来的意识在自由地捕捉那一点一滴的往事。

由于前边的写景中已经有了这种隐约的暗示，所以过片的"从醉里，忆平生"就承上启下，顺理成章了。从醉里忆平生和清醒时忆平生是不同的。清醒时有许多理性考虑的干扰，所以有时候反而不够真实；而在喝醉的时候内心完全放松，不受任何约束，说出来的才是真正的心里话。那么作者对自己平生的反省是什么呢？是"可怜心事太峥嵘"。"峥嵘"本来是山峰高峻的样子，作者用它来形容自己理想志向的特出和不同一般。理想志向太高有什么不好？志向太高了就容易遭受失望的打击。如果一个人的理想只是取得个人温饱也许是容易满足的，但实际上人除了要求温饱之外还有更高层次的精神需求，尤其是受儒家思想影响的中国知识分子，还有一个"士当以天下为己任"的理想。像杜甫，他说自己是"许身一何愚，窃比稷与契"（《自京赴奉先县咏怀五百字》）。稷和契都是辅佐舜的贤臣，而尧舜时代则是儒家理想中的盛世。杜甫身处安史之乱的战乱时代，以一个"布衣"的身份而怀抱有这样的理想，其不现实可想而知。可是他说，"盖棺事则已，此志常觊豁"——只要我不死，我就要为实现我这个理想而努力。杜甫的一生是贫穷的，直到晚年，在"亲朋无一字，老病有孤舟"的境况下，他还在为国家的战乱和人民的流离而悲伤："戎马关山北，凭轩涕泗流。"（《登岳阳楼》）这是"窃比稷契"的理想给他带来的苦恼。王国维也是一个关怀人生的人，而且比杜甫更进一步，他还渴望解释人生。然而，人生问题到底有没有一个答案？这种思索真是自寻烦恼，是"可怜心事太峥嵘"！"可怜"这个词用得很巧妙，因为它既有"值得怜悯"的意思，也有"可爱"的意思。因"心事太峥嵘"而造成一生的苦恼，值得自怜；为不同凡俗的理想而付出，虽苦犹甜，值得自傲。到底是自怜还是自傲？那种分辨是理性的事，现在他只是说出自己的感受，而这感觉里不知不觉地就渗透了作者清醒时意识形态里所存在的那种理智与感情的矛盾。

正是由于归途中有了这种对平生的反省，所以此夜就做了一个美丽的梦，梦见自己在天上御风而行，轻而易举地就"摘得星辰满袖"。天上的星辰，象征着光明、高远、晶莹、皎洁，在现实中是可望不可即的，而作者在梦中却能够"摘得"，而且"满袖"。那种达成意愿的圆满，那种无求无待的自由，真是一个人在清醒的现实之中连想都不敢想的。一个浑浑噩噩对自己的平生从来都没有过反省的人不会有这样的梦，一个除了物欲与金钱之外再也没有更高向往的人也不会做这样的梦。可以说，"摘得星辰满袖行"不但是对"心事太峥嵘"的一种形象化的解释，而且流露出一种潜意识里对理想的坚持。

然而，"更堪"这个词却是一种理性的反映：高远的理想给人的一生带来的只有失望和痛苦。梦中的理想越是美满，梦醒后的失望越是痛苦，所以是"更堪"——怎么能够再受得了！梦中的意气风发和醒后的失望痛苦形成了强烈的反差，因此这个结尾余音袅袅，有许多没有说出来的东西值得我们慢慢地咀嚼品味。

辑评

周策纵 意境近似(指与《少年游·垂杨门外》),而结语尤高远而蕴藉。按少陵固有 "盍簪喧枥马,列炬散林鸦" 之句,然静安于整个意境,亦有所改进。

蒋英豪 "从醉里,忆平生,可怜心事太峥嵘。" 道出天才的寂寞。

萧艾 一九〇五年春在苏州作。是年三月,静安第三子贞明生。

陈永正 以诗入词,得峻健之致。"月中" 一联着意,极近王安石 "新霜浦溆(xù)绵绵白,入晚林峦往往青" 的格调。下片发抒悲慨之情,末二语似豪宕而实苍凉,是入世人作出世语。1905 年春作于苏州。(《校注》)

陈鸿祥 此词当作于 "姑苏城外寒山寺" 的苏州。"桥外" "渔灯",皆姑苏郊景也。(《王国维传》) 又:下片 "从醉里,忆平生" 由景而情,写峥嵘心事,西楼之梦。西楼原系古代契丹楼名。执炬骑马,竟遥想自己来到了北漠西楼(在今内蒙古自治区),狩猎驰骋了! 这当然是梦。然而,还不止于此。乘着醉意,词人展开想象的翅膀,又由西北大漠,飞上了茫茫苍穹,终于要 "摘得星辰满袖行" 了! ……当王国维在苏州作《人间词》的时候,曾通过主编《教育世界》杂志,相继译介了西方 "写实派" 的莎士比亚、"理想派" 的拜伦,以及 "先锋派" 的戏剧家等。从艺术上来说,这首 "古雅" 的《鹧鸪天》词,实在是着了现代新诗意象的先鞭。(《注评》)

佛雏 拟系于 1904—1905 年。

鲁西奇、陈勤奋 相对于梦中"摘得星辰满袖行"的豪情，现实人生是多么的无力。

马华 等 王观堂的学术文章，独步当世，自然会禁不住地心事峥嵘，摘星而行，自信自雄，引领着读者的意绪一起随他上升，其乐观奔放，十分具有感染力。

钱剑平 （系于 1905 年）

祖保泉 "西楼"，在《甲稿》中凡三见，皆指王氏在苏州师范任教时的居所。……王氏填词，自以为可以媲美往代词人，把自己所填的词，看作如同从天上摘下来的星辰。他不便如此直说，只好托之梦呓。（《解说》）

点绛唇

万顷蓬壶，梦中昨夜扁舟去。萦回岛屿。中有舟行路。

波上楼台，波底层层俯。何人住。断崖如锯。不见停桡处。

在我国诗歌的历史上，本来有"游仙"的一类。这个传统的开端，也许要上溯到屈原的《离骚》。但屈原是在"信而见疑，忠而被谤"的极端悲愤之中开始他那穿越时空的浪漫旅程的，他的描写都有"美人香草以喻君子"的象征含义。到了魏晋时候，由于现实的黑暗和战争的频繁，人们渴望从现实中超脱出去，所以游仙诗逐渐多了起来，其中写得比较好的要数郭璞的十四首游仙诗。郭璞以方外之士的面目游于方内，他的游仙诗其实很多也都是有寄托的。唐代"诗仙"李白，一方面嘲笑秦皇汉武求仙的愚昧无知，一方面自己也写了许多游仙之诗，这种做法其实正好反映了他内心中极尖锐的出世与入世的矛盾，这个矛盾他终生都没有能够解决。到了中晚唐，游仙诗又发展出另外的一途，那就是假托女仙来写爱情。像元稹、李商隐、曹唐等都有这样的诗。到了宋代，女词人李清照写过一首《渔家傲》，借梦魂在天上的遨游写出了一个旧时代的女子在现实中无法实现的雄心与抱负，

蓬壶：即蓬莱。古代传说中的海中仙山。晋王嘉《拾遗记·高辛》："三壶则海中三山也。一曰方壶，则方丈也；二曰蓬壶，则蓬莱也；三曰瀛壶，则瀛洲也。形如壶器。"。| **萦回**：盘旋往复。唐王勃《滕王阁序》："鹤汀凫渚，穷岛屿之萦回。"| **层层俯**：此谓楼台之水中倒影。| **断崖**：陡峭的山崖。唐李白《题舒州司空山瀑布》："断崖如削瓜。"| **停桡**（ráo）**处**：可以停船登岸之处。桡，船桨。

这其实已不是传统意义上真正的"游仙"了。而王国维的这首《点绛唇》也是一样，他是借梦境中的寻仙，写出了在新旧世纪之交中国知识分子渴望开辟未来走向新世纪但又不得其门而入的彷徨与焦虑。

"蓬壶"，就是蓬莱。《史记》的《秦始皇本纪》中说，秦始皇统一天下之后想追求长生不老，齐人徐市（fú，一名徐福）投其所好上书说，海上有蓬莱、方丈、瀛洲三个神山，是神仙居住的地方，并自告奋勇率童男童女数千人出海去寻找，结果耗资巨万找了好几年也没有找到。后来西汉武帝步其后尘寻找蓬莱也没有成功。据《史记》的《封禅书》说，这三座神山其实并不太远，上面不但住有仙人，而且有"不死之药"；仙岛上的禽鸟和走兽都是白色的，岛上的宫阙都是用黄金和白银建筑的；从远处望去，神山似在云中，到了近处才发现其实是在水下。而且，当你的船要靠近它的时候，总会有一阵风把船吹开，让你永远对它可望而不可即。王国维这首词，就是以记梦的方式写对蓬莱神山的追求。

"万顷蓬壶，梦中昨夜扁舟去"虽然只是简单的叙述，但字里行间已有一种比较强烈的感发。因为"蓬壶"已经是无数前人历尽千辛万苦也难以找到的仙岛，"万顷"又是一个茫茫无边的广大区域；而"梦中昨夜"是多么短暂仓促，"扁舟"又是多么渺小轻微！目标的远大、艰难，与时间的仓促、手段的简陋之间的对比，就突出了人的意志之坚强与实力之薄弱。"萦回岛屿。中有舟行路"是已经进入神山海域，在群岛之间穿行搜索，传说中的蓬莱仙岛已经近在咫尺了。这两句，让我们感受到一种经过千难万险之后终于接近目的地的兴奋和对继续有新发现的渴望。

"波上楼台，波底层层俯"就是新的发现，这是写神山仙阁及其水中的倒影。王国维善于写各种不同的水中倒影，比如《八声甘州》的"直青山缺处是孤城，倒悬浸明湖"，是一幅山明水秀的静止画图;《浣溪沙》

的"旋解冻痕生绿雾，倒涵高树作金光"，则抓住了清晨光线瞬时的变化。而这首词写层层楼台倒立于水中，又多了一种光怪迷离的感受。这种感受，与梦的环境是相合的。

神山就在眼前。那是能够给迷惘的人类以希望的所在，那是古今多少有志之士终生追求而不可到达的地方。今天你居然来到了这里，真是幸何如之！可是且慢，自古到今从来就没有人能够停靠在那个岛屿的海岸，那里是"断崖如锯。不见停桡处"——就像用一把天工开物的大锯把高山纵向锯开的剖面，那么陡峭那么光滑，不要说向上攀登，你连一个可以系缆停船的地方都找不到！所谓"人力有时而尽"，所谓"天道幽远难求"，从希望到失望，从坚持到困惑，虽说只是一个梦，但它写出了一个追求者在追求探索的道路中真实的心理历程。

王国维是中国现代学术的开山巨匠，是中国封建社会与现代社会交替的历史过程中觉醒最早的人物之一。但觉醒自有觉醒的痛苦，一个人在觉醒之后发现那新的目标和新的理想像传说中的海上神山一样可望而不可即，那种痛苦与焦虑是一般大梦方酣者所不能体会的。这首小词就以记梦和游仙的方式表现了这样一种境界。

辑评

冯承基 余如《点绛唇》之"波上楼台，波底层层俯"。与另一阕："岭上金光，岭下苍烟沍（hù）。"及《蝶恋花》之"见说他生，又恐他生误"。与另一阕"到得蓬莱，又值蓬莱浅"。及另一阕："不见春来，那识春归去。"又一阕："君似朝阳，妾似倾阳蕣。"亦属此类，而各句于各词中，居同一部位，用同一手法，几成套数。凡此如偶见一二，未尝不醒人耳目；连篇累牍，便近八股矣。

周策纵 "波上楼台，波底层层俯。何人住？断崖如锯，不见停桡处。"是明丽语。爱伦·坡《海市》一诗中亦曾写波底楼台，其想象则以辉煌诡丽胜。

萧艾 此词予亦效叶嘉莹教授说《浣溪沙》一词所云：如认为确有此梦境则误矣。作者盖标举一超出尘寰之理想境界，此理想境界可望而不可即，"断崖如锯，不见停桡处"。较之静安平日最感注之"我瞻四方，蹙蹙靡所骋"，及"终日驰车走，不见所问津"，所谓诗人忧生忧世之怀，更深一层。

陈邦炎 但可悲的是：尽管楼阁在望，执着以求，而终于难以攀登，如下面两首词所说：（下引本词及《浣溪沙·昨夜新看》从略）明明舟行有路而停桡无处，明明金焦在眼而苦难攀登，这就只有愁颜以对了。而更为可悲的是：（下引《蝶恋花·忆挂孤帆》从略）海上神山，似在咫尺，而几度棹转，无由到达，固然令人惘然若失，却还存在着到达彼岸的希望；而令人希望彻底破灭的，则是"到得蓬莱，又值蓬莱浅"，见到的竟只是"金阙荒凉瑶草短"而已。静安在《红楼梦评论》中说："生活之本质何？欲而已矣。欲之为性无厌，而其原生于不足。不足之状态，苦痛是也。既偿一欲，则此欲以终。然欲之被偿者一，而不偿者什百。一欲既终，他欲随之，故究竟之慰藉终不可得也。"又说："苦痛而无回复之快乐者，有之矣；未有快乐而不先之或继之以苦痛者也。"这是静安在叔本华哲学影响下所形成的人生观。而上面几首词所写的求索（无论是物质上的求索还是精神上的求索）的痛苦，正是这一人生观的意象化。（《论静安词》）

陈永正 静安词中颇多"造境"之语……这里所言之理想，实指词人想象中之境界，古来浪漫主义诗人，如屈原、李白辈，其作品中率多此类虚构之境，想落天外，横被六合，以表现比现实生活更为高远超妙之意。此词写梦中所历，萦回岛屿，曲折舟行，楼台波上，层层倒影，惝恍迷离，殆《离骚》"漫漫求索"之意欤？此词疑作于1905年6月自苏州返里途中。词人把途中所见的情景升华为梦中所历，以寄情托意。可与下一首《点绛唇》词同读。（《校注》）

陈鸿祥　写梦中仙境，犹陶渊明写武陵人捕鱼为业，"忽逢桃花林"，特一为海，一为溪，海中有仙岛，而溪边有"桃花源"。（《注评》）

佛雏　"不见停桡处"亦是"千门万户是耶非"，找不到"入口"之意。拟系于1904—1905年。

马华　等　这首词所传达的理念，已经不只是停留于诗仙李白所发的牢骚——"人生在世不称意，明朝散发弄扁舟"，它分明比这种幻想式的侥幸想得更深一层，硬生生地揭穿这种中国文人墨客借以心灵逃遁的梦想的实质，……这种偶或一有的游戏式的想望的破灭，写出了王国维心中深深的悲凉、幻灭，乃至自嘲的意味。

钱剑平　（系于1905年）

祖保泉　我以为这首词写得太清瘦，未能充分展开幻想，写出仙境的奇异。古代方士传说，仙岛上"禽兽皆白"，作者何不加以想象而入词？既认定仙岛山势不同寻常（断崖如锯），那么山中必有人所未见的奇花异草，词人因何不著一字？究其根柢，我以为根在作者选调失策，选用了只有四十一字的曲调，因而不容展现更多的幻想。（《解说》）

点绛唇

高峡流云，人随飞鸟穿云去。数峰着雨。相对青无语。

岭上金光，岭下苍烟沍。人间曙。疏林平楚。历历来时路。

    这首词与《踏莎行·绝顶无云》都是写在凌晨天还没完全亮时爬上山顶凭高远望的感受，两首词的境界中都含有对人生之了悟的成分。不过，两首词之间也有一些不同的地方。

    《踏莎行》着重写爬上绝顶之后的所见所感，而这首词着重写攀登过程中所见的景物。王国维特别善于写景，"高峡流云，人随飞鸟穿云去"写出了一种类似杜甫"荡胸生层云，决眦入归鸟"（《望岳》）或王维"白云回望合，青霭入看无"（《终南山》）的那种攀登到半山高处所特有的景象。山下可能刚刚下过雨，山顶是晴天，山腰处乱云飞动，正是雨收而云未散的时候。杜甫和王维写的是晴天的浮云，所以只是"荡胸"和"回望合""入看无"。而这里却是在风中迅疾流动的浓云，人在云里看不到静止的参照物，就觉得云是静止的而自己却像鸟一样在密云之中飞快地移动，很快就要穿云而过。

    而当云越来越少的时候，一幅明朗美丽的画面就展现在攀登者眼前：对面山峰在雨后显得特别青翠；自己攀登的这个山峰已经快要到顶，

高峡：两边山很高的峡谷。| **金光**：指清晨的阳光。唐李白《经乱后将避地剡中留赠崔宣城》诗："赤霞动金光，日足森海峤。"| **沍**：冻结，凝聚。《庄子·齐物论》："大泽焚而不能热，河汉沍而不能寒。"| **平楚**：谓从高处远望，丛林树梢齐平。南朝齐谢朓《宣城郡内登望》诗："寒城一以眺，平楚正苍然。"| **历历**：清晰貌。《古诗十九首》："玉衡指孟冬，众星何历历。"

顶上的阳光已经清晰可见；但回头下望，山谷里还很阴暗，好像凝结着一片黑色的烟雾。"数峰着雨。相对青无语"，似乎是套用了姜夔《点绛唇》的"数峰清苦，商略黄昏雨"，但这"相对"，也许解释为人与"数峰"的相对更好。因为对面青山一直就在那里静静地看着人在云雾里攀登，而人却是在穿过半山的云雾之后才注意到这"着雨"的青山。青山虽然不会说话，却在以雨后的美丽令人惊喜。王国维在他的一首题为《游通州湖心亭》的诗中也说过："山川非吾故，纷然独相媚。嗟尔不能言，安得同把臂。"那也是把青山当作人来看待的。

"岭上金光，岭下苍烟沍"是说：抬头看，朝阳初照的峰顶已然在望；低头看，脚下深谷苍烟凝结，一片昏暗。这种描写很有王国维的特点。王国维这个人勇于进取而又勤于反省，既敢于"试上高峰窥皓月"，又不忘"偶开天眼觑红尘"。他似乎很喜欢写那种从高处向下俯视的景色。不过，此处的俯视与"偶开天眼觑红尘"的俯视还有一些不同。因为在这里，从"岭下苍烟沍"到"人间曙。疏林平楚。历历来时路"还有一个时间的过程：随着太阳的渐渐升高，黑暗山谷中的景色也渐渐能够看清了，刚才攀登途中所经过的那些高高低低的丛林，现在都已落在自己脚下。"历历"，是看得清清楚楚的样子。在山下仰望攀登的道路，只能有"危乎高哉"的惊叹而说不上"历历"；刚才在山腰穿越云层的时候，恐怕也只有迷茫更说不上"历历"；只有在经过艰苦的攀登穿越乌云见到光明时，才能够有这种"历历"的回顾和反省。人生不也是如此吗？在乱云飞渡的时候，你是否因惊惶失措而走错了方向？在畏途巉岩的地方，你是否因看不到希望而裹足不前？人常常并不能真正清清楚楚地了解自己，必须在人生旅途中历尽风雨之后才能有这种自知之明。著名历史学家缪钺先生有诗曰："少时仁兴亲书卷，如向深山踽踽行。触眼峰峦乱稠叠，回头脉络尽分明。九原随会犹能作，并世扬云敢互轻？后世视今今视昔，夜灯下笔悟平生。"（《夜读》）

读书治学如此，人生涉世如此，甚至一个国家和一个民族的发展与进步也是如此。当我们站在今天的历史高度去回顾我们民族近百年所走过的足迹时，所有那些曲折、艰难、经验、教训，不是也清清楚楚、历历在目吗？王国维的性格是悲观的，但他更具有透彻了解人生和历史的智慧，也不乏对社会未来光明前途的期盼。"人间曙。疏林平楚。历历来时路"，就是这种智慧和这种期盼在写景之中的一种隐隐的流露。

辑评

吴昌绶 写景绝高，佩佩。

冯承基 "高峡流云，人随飞鸟穿云去，数峰着雨，相对青无语。"则直取白石词——《丁未冬过吴松》上阕："燕雁无心，太湖西畔随云去，数峰清苦，商略黄昏雨。"全数套用，并韵亦未尝易。尤可异者，《人间词话》云："白石写景之作，如'二十四桥仍在，波心荡，冷月无声''数峰清苦，商略黄昏雨''高树晚蝉，说西风消息'虽格韵高绝，然如雾里看花，终隔一层。梅溪、梦窗诸家写景之病，皆在一"隔"字。北宋风流，渡江遂绝，抑真有运会存乎其间耶？"既指白石此词为隔矣，又从而效之，得无诛邓析而乐竹刑乎？又：（见《点绛唇·万顷蓬壶》辑评）

周策纵 静安尝谓：姜白石《点绛唇》中写景名句"数峰清苦，商略黄昏雨"，"虽格韵高绝，然如雾里看花，终隔一层"。按此原非"物我两忘"之境，但极富于移情作用。静安自作《点绛唇》中句云："高峡流云，人随飞鸟穿云去。数峰着雨，相对青无语。"则"境多于意"，虽亦未能物我两忘，然与物更近。惟如衡以其自己"语语都在目前，便是不隔"之标准，则略有未逮。至其《玉楼春》中"数峰和雨对斜阳，十里杜鹃红似烧"，前句似欲直写无我之境，堪称不隔。然结句颇露宋诗影响。

蒋英豪 王国维对姜白石词毁誉参半，但他也有学白石的地方。《点绛唇》"数峰着雨，相对青无语"，出于白石同调"数峰清苦，商略黄昏雨"。白石此二句，则取诸王禹偁《村行》："万壑有声含晚籁，数峰无语立斜阳。"《人间词话》云："白石写景之作，如'数峰清苦，商略黄昏雨'，虽格韵高绝，然如雾里看花，终隔一层。"白石此二语诚极纤巧，却苦于见痕迹，而且冷然如阴界之物，与人相远。王国维的两句较钝，却是浑然无迹。

萧艾 疑与上两词（指《浣溪沙·六郡良家》《点绛唇·厚地高天》）同时作。

陈永正 《人间词话》评姜夔《点绛唇》词"数峰清苦，商略黄昏雨"云："虽格韵高绝，然如雾里看花，终隔一层。"在本词中，静安竟作效颦之举。三、四两句，隔则不隔矣，而格韵较诸白石，则相去何止以道里计也。其实，只要是人间好言语，则隔亦何妨，雾里看花，自有其特殊的风致。真切与朦胧，同样可臻美的最高境界。乙巳年六月初二（1905年7月4日）静安一度由苏州返里。此词当作于途经海宁峡山之时。（《校注》）

陈鸿祥 （作于）赴苏任教以前，甲稿词《序》所谓"每夜漏始下，一灯荧然，玩古人之作，未尝不与君共；君成一阕，易一字，未尝不以讯余"，其在沪与樊君"共赏"之词，试以意揣测，则如《鹧鸪天·阁道风飘》"层楼突兀与云齐""千门万户是耶非"，如非寓居"十里洋场"

之上海，恐不能有此描写。又如：《点绛唇·高峡流云》"人随飞鸟穿云去""岭上金光，岭下苍烟迤"，与辛亥后所作《昔游》诗中"大江下岷峨，直走东海畔"意境颇为相近；而《浣溪沙·昨夜新看北固山》，当为追记上海至武昌途经京江（今镇江）游览所感。再如：《踏莎行·绝顶无云》《浣溪沙·山寺微茫》，其"意"与"境"皆与癸卯年在南通所作诸诗相近，故亦可视为乃 1904 年春夏在沪执编《教育世界》杂志期间填就。（《年谱》）

佛雏 拟系于 1904—1905 年。

吴蓓 词中境界处于"写境"与"造境"颇难分别的情形。我们能感受到那些景物的聚合不是偶然的，他们似乎都在"欲诉"着一点什么，这点什么，当然不是简单地停留在字面意思上。同时，这点什么，也与其余几首的"理"有所分别，它更具模糊性，对读者而言，它更具阐释的灵动性。（《无可奈何花落去》）

马华 等 词中那种自然的物象、高度纯粹的画意使作者的这首词充满禅境。

祖保泉 这首词，在《甲稿》中列于"万顷蓬壶"之后，仍写梦幻之境，宜视为姐妹篇……前一首起叙梦中扁舟入幻境，后一首起叙梦登高峡而飞天：两词起笔直入虚幻，相似乃尔！又前一首梦中仙舟无停处，只好回人间；后一首，叙天曙梦醒，自知身在人间：两词结尾，相似乃尔！……向往仙境而身在尘世，这是"灵"与"肉"的矛盾，清高与尘苦同在，试问静安先生，何以自处？（《解说》）

踏莎行

绝顶无云，昨宵有雨。我来此地闻天语。疏钟暝（《甲稿》作"瞑"）直乱峰回，孤僧晓度寒溪去。

是处青山，前生俦侣。招邀尽入闲庭户。朝朝含笑复含颦，人间相媚争如许。

王国维在《人间词话》中说："有造境，有写境，此理想与写实二派之所由分。然二者颇难分别。因大诗人所造之境必合乎自然，所写之境亦必邻于理想故也。"这首词写凌晨时候爬上高山之顶的所见、所闻和所感，但其中含有很丰富的言外意蕴，是一首能够给读者留下较大联想空间的写境与造境结合之作。

"绝顶无云"和"昨宵有雨"是一个对比也是一个过程。所谓对比，是今晨与昨宵、无云和有雨的对比，它容易引起一种诗意的感发；所谓过程，是在昨夜到今晨这极短的时间中从阴到晴的过程，它容易引

天语：上天之告语。宋李清照《渔家傲》词："仿佛梦魂归帝所，闻天语，殷勤问我归何处。"一说指佛经，见本词《辑评》三。| 疏钟暝直：谓寺庙的晨钟声于昏暗中揭响直入高空。疏钟，指从寺庙中传来的稀疏的钟声。唐刘长卿《栖霞寺东峰寻南齐明征君故居》诗："片云生断壁，万壑遍疏钟。"暝，昏暗。《甲稿》作"瞑"，疑误。直，纵，竖。| 回：回绕。| 度：通"渡"。亦泛指"过"，用于空间或时间。| 是处：到处。宋柳永《八声甘州》词："是处红衰翠减，冉冉物华休。"| 前生：前一辈子，佛教有"三生"之说。| 俦侣：伴侣，朋辈。三国魏嵇康《兄秀才公穆入军赠诗》之一："徘徊恋俦侣，慷慨高山陂。"| 招邀：邀请。唐李白《寄上吴王》诗之三："洒扫黄金台，招邀青云客。"| 闲庭户：寂静的庭院。后蜀毛熙震《清平乐》词："春光欲暮，寂寞闲庭户。"| 含笑复含颦：微笑或皱眉，常用于指女子。| 相媚：谓取悦于我。| 争如许：怎得能够像这样。

起一种哲理的体悟。钟嵘《诗品序》说："气之动物，物之感人，故摇荡性情，形诸舞咏。"诗人的内心是最敏感的，所以大自然中动态的变化最容易引起诗人的感发。比如，树木在春秋之间的变化与诗人何干？可是陆机《文赋》说："悲落叶于劲秋，喜柔条于芳春。"下雨与诗人何干？可是李商隐《楚吟》说："楚天长短黄昏雨，宋玉无愁亦有愁。"柳永特别喜欢写阴雨初晴时自然景色的变化，如"远岸收残雨，雨残稍觉江天暮"（《安公子》），"暮景萧萧雨霁，云淡天高风细"（《佳人醉》）等。这些在一般人眼中并无很大差别的细微变化，为什么在诗人心里能够引起很大的感情波动？那就是况周颐在《蕙风词话》中所说的了："吾听风雨，吾览江山，常觉风雨江山外有万不得已者在。此万不得已者，即词心也。"所以，无云和有雨是一种感发的兴起。它唤起了作者内心之中某种很深刻的感受。而对性嗜哲学的王国维来说，这种感受里就包含有哲理的体悟。

因此接下来他就说，"我来此地闻天语"。"天语"，是上天的告语。孔子说："天何言哉？四时行焉，百物生焉。"（《论语·阳货》）天是不说话的，但那不等于天没有话要说，天所要告诫人的话就包含在大自然的运行和万物的生长之中，就看人能不能领悟了。所以，"我来此地闻天语"这句话，就隐含有一种寻求觉悟的努力在里边。

而作者在此时此地听到和看到了什么？是"疏钟暝直乱峰回，孤僧晓度寒溪去"。"暝"的意思是昏暗。黎明前月已西沉日尚未出，是山谷中最昏暗的时候。"直"有挺直和竖立的意思。王维诗曰："大漠孤烟直，长河落日圆。"烟之为物本是弥散而不固定的，王维用了一个"直"字，就使它产生了一种固体的力度，与大漠、长河、落日配合起来，有力地烘托了边塞风光的苍凉、雄劲与壮丽。而这里这个"乱峰回"，是说山谷被乱峰环绕，这是一种横向的包围和约束的力量；"疏钟暝直"的"直"，使本无形体的声音也好似产生了一种有形的力量，这是一种纵向的冲出去的力量。"回"和"直"的对举，使人觉得那寺院疏钟的声音好像冲破了乱峰环绕的黑暗直立而起，揭响入云。实际上，这种冲破昏暗的意象在《人间词》里出现过多次。如《菩萨蛮·红楼遥隔》中的"沉沉暝色"和"君家灯火"，《蝶恋花·窣地重帘》中的"窣地重帘"、"帘外红墙"和"人间望眼"，《浣溪沙·山寺微茫》中的"微茫"、"半山昏"与"窥皓月"，都从不同角度表现了这种冲破昏暗的渴望。可以说，它已形成了《人间词》中作者思想意识形态的基本类型之一。

常言说，"暮鼓晨钟唤醒世间名利客"，寺庙里的晨钟本来就有警醒众生的意思。而后来人们也常常用钟声来象喻人类对摆脱黑暗现状的追求。尘俗中有很多人是不觉醒的，对他们来说，世俗的名与利就像黑暗之中的乱峰回绕，隔绝了人天交流的通道。然而历史上也不乏追求觉悟和理想的哲人和斗士。孔子就说过"朝闻道，夕死可矣"（《论语·里仁》），那是对觉醒的渴望；屈原也说过"吾将上下而求索"（《离骚》），那是对理想的探寻。也许，我们可以把人类这种渴望与探寻视为冲破黑暗直上高空的晨钟之声，它虽然稀疏，但其回响却经久不息。

"孤僧晓度寒溪去"，令人在乱山昏谷之中产生"大梦谁先觉"的联想。这样说并非毫无根据，因为这句话从意象到字句都充满了引人产生这种联想的可能性。在这么昏暗的山谷中，在大家都还没有起床的时候，已经有人渡过寒溪开始了自己一天的工作。望着他远去的背影，你心里是否会产生一种人生的紧迫感呢？"寒溪"的"寒"是一种冰冷的刺激，有刺激才有清醒有觉悟。"度"通"渡"，从此岸到彼岸是"度"，从一种人生境界转向另一种更高的人生境界也是"度"。"晓"，令人想到觉悟和行动之早；"去"，令人想到对旧"我"的超越。尤其意味深长的是"孤僧"的"孤"字。因为一个人越是进入较高层次的追求，他的伴侣和知音也就越少；大多数人都停留在较低层次的物质追求上，他们对更高层次的精神追求不但不能够理解甚至还要报以嘲笑。所以，古往今来的才智之士几乎都有一种在崎岖山路上踽踽独行的孤独寂寞之感。陶渊明《咏贫士》说，"知音苟不存，已矣何所悲"，抒发的就是这种不被别人理解的悲哀。

正是这个"孤"字，引出了下片寻求俦侣的想象："是处青山，前生俦侣。招邀尽入闲庭户。""前生俦侣"，仍是用了佛教的说法。佛教讲究前生、今生、来生的"三生"，据说有慧根的人可以不忘前生的事情。《红楼梦》中贾宝玉初见林黛玉时便说："这个妹妹我曾见过的。"那便是一种前生的慧根。把青山视为前生的伙伴并邀请它们到家里来作客，一方面是极言自己对青山的亲近之感，另一方面也流露出一种孤独寂寞的情绪。其实这种比喻也不是王国维首创，辛弃疾有一首《沁园春》说，"争先见面重重，看爽气朝来三数峰。似谢家子弟，衣冠磊落；相如庭户，车骑雍容"，就是把青山比作客人。而且辛弃疾还不只如此，他还曾把青山比作红颜知己："我见青山多妩媚，料青山见我应如是。"（《贺新郎》）所以王国维这首词结尾的"朝朝含笑复含顰，人间相媚争如许"，显然仍是借鉴了稼轩词。王国维在他的一首诗《游通州湖心亭》里也曾用过这个意思，他说："山川非吾故，纷然独相媚。嗟尔不能言，安得同把臂。"在另一首词《蝶恋花》中，他又反其意而用之："总为自家生意遂，人间爱道为渠媚。"但不管正用还是反用，那种寻求一个知音来安慰自己的渴望，正反映了他自己在追求理想道路上的孤独。在这一点上，古今中外似乎并没有什么区别，所有那些伟大的哲人和诗人，其内心几乎都有一种孤独寂寞之感。不同的是，王国维在这首词中并没有直接说出这种感受。他的那种充满哲理性的人生觉悟以及孤独寂寞无人理解之感，全是通过山中所见的景色与物象暗示出来的。所谓大诗人"所写之境亦必邻于理想"，这首词可以说是一个实践的例证。

辑评

蒋英豪 "疏钟"句，钟声已与山峰浑然为一。"孤僧"句，亦极有高洁之致。

陈永正 词人遗世而独立，能了解他高尚节操的只有那万古长在的青山。他厌倦了人间无聊的争逐。孤寂、痛苦，悲剧的性格注定了静安悲剧的命运。1905年夏归家经峡山时作。（《校注》）

陈鸿祥 "天语"，出《释迦方志》（上）："五天竺诸婆罗门，书为天书，语为天语。"概言之，"天语"者，谓梵天之语，乃婆罗门自称梵语为"天语"，实类于中国之"造字"的仓颉为"仓圣"然。词云"我来此地闻天语"，"此地"指"招提"，"天语"即诸僧"一唱三叹"之佛经。（《佛学用语》）又：（见《浣溪沙·高峡流云》辑评）又："孤僧"去了"寒溪"，我则入了"闲庭户"，殊足发人深省。其实，此中虽无"寄托"，却有"感怀"。王国维在辞去南通教职返回上海后，曾作文抨击张謇毁寺庙兴学堂之举，谓"素号开通之绅士，竟恫然不知正义之为何物"。此词当感此而作。（《注评》）

佛雏 拟系于1904—1905年。

朱歧祥 上片写诗人遗世而独立。……下片写诗人纯真的性情。（《选评六》）

马华 等 天语是山中寺院的晨钟在群峰间的回响，其忽远忽近，若断若续，绵延不绝，更行更远的悠长意味在这七个字中激发起声画并重的联想。

钱剑平 （系于 1905 年）

祖保泉 王氏二十三岁曾作《杂感》一律，结尾曰："终古诗人太无赖，苦求乐土向尘寰。"这两句表明诗人有时有"灵"和"肉"的冲突——身在尘境而又幻想超尘绝俗之乐。……通观这首词，可知"我"陷身于"灵"与"肉"的冲突中，只能在冲突中挣扎，追求超脱。读者在这里看到了词人清白而孤高的人格。我认为，这就是全词的主旨。（《解说》）

清平乐

樱桃花底。相见颓云髻。的的银釭无限意。消得和衣浓睡。

当时草草西窗。都成别后思量。料得（《甲稿》作"遮莫"）天涯异日，应思（《甲稿》作"转思"）今夜凄凉。

　　这是一首"花间"风格的爱情小词。词中主人公对一个女子一见钟情，从此再也摆脱不掉对她的相思。

　　小词虽然很短，但却贯串了好几个不同的时空。"樱桃花底，相见颓云髻"在时间顺序上是最早的过去，是回忆与那个女子相见时的情景。"樱桃花底"是以环境的美丽衬托人物；"颓云髻"是形容那个女子因着涩腼腆而低下头来的样子。人与花互相衬托，那女子的美丽多情可想而知。"的的银釭无限意。消得和衣浓睡"是离别后的现在。"的的"，形容灯光在昏暗的房间里明亮显眼的样子。不管油灯还是蜡烛，当它们点燃发光的时候都是一种自我的煎熬，即如李商隐《咏灯》所说，"皎洁终无倦，煎熬亦自求"。因此，孤独的人与孤灯相对，彼此都有一种同病相怜之感，即所谓"红烛自怜无好计，夜寒空替人垂泪"（晏几道《蝶恋花》）。"无限意"既是灯对我的情意，也是我对那个女

颓云髻：如云的发髻低垂下来。意谓女子含羞低头。颓，下垂貌。｜ 的的：鲜明显著貌。唐吴融《西陵夜居》："漏永沉沉静，灯孤的的清。"｜ 银釭（gāng）：银白色灯盏。唐白居易《卧听法曲霓裳》："斜背银釭半下帷。"｜ 消得：谓怎禁得起。｜ 和衣浓睡：不脱衣而沉睡。草草：匆忙仓促或草率。｜ 思量：想念，相思。宋徽宗《燕山亭》词："知他故宫何处，怎不思量。"｜ 料得：《甲稿》作"遮莫"。遮莫：大约，约莫。｜ 应思：《甲稿》作"转思"。转思：更思。

子的情意，因为我也在为相思而痛苦，那痛苦无异于灯油的自我煎熬。"消得"带起一个问句，意思是"怎禁得起"；"和衣浓睡"是说自己孤独无聊。柳永《婆罗门令》说，"昨宵里，恁和衣睡。今宵里，又恁和衣睡。小饮归来，初更过，醺醺醉。中夜后、何事还惊起。霜天冷，风细细。触疏窗、闪闪灯摇曳"，似可做这一句的注脚。

"当时草草西窗"，是对过去和那女子相处时的回忆。李商隐《夜雨寄北》说"何当共剪西窗烛，却话巴山夜雨时"，吴文英《齐天乐·与冯深居登禹陵》说"寂寥西窗久坐，故人悭会遇，同剪灯语"，西窗之下与相知之人剪灯共语，何等安静，何等温馨，何等从容，而作者却冠以"草草"的状语。"草草"是匆忙仓促，亦有草率的意思，因此这里就含有一种悔恨之意：当时若知有现在的离别，就一定会加倍珍惜那短暂的相聚，可惜当时自己却把这种相聚视为很平常的事情，随随便便就把那段时间打发过去了。这令我们联想到他在前边那首《好事近》中所说的"几年相守郁金堂，草草浑闲事"。过去了的场景再也不会回来，只能变成悲伤的记忆，而这种孤灯长夜中的"别后思量"是令人痛苦的。

"料得天涯异日，应思今夜凄凉"是遥想今后。既然说"天涯异日"，可见现在虽已和那人离别但还没有身在天涯。这两句说明，不但今日与那个女子相聚无望，而且今后更是无望，因为今后自己还要漂泊到比现在更远的天涯海角，与那个女子将越离越远。而尽管如此，自己那种"煎熬亦自求"的情意却只能越来越深，所以到那时候，今夜这种孤灯下的相思也将成为难忘的场景，永远留在自己的记忆里。这最后两句的构思可能用了唐人诗意："客舍并州已十霜，归心日夜忆咸阳。无端更渡桑干水，却望并州是故乡。"（刘皂《渡桑干》）唐人那还只是一种思乡之情，而这里的"料得天涯异日，应思今夜凄凉"，是在思乡之外又加上了相思的煎熬。

王国维的故乡在海宁，他在青年时代曾离家先后到上海、南通、苏州求学及谋生，1906 年又随罗振玉北上赴京，长时间生活在羁旅之中，所以这首词有可能是写他自己与妻子莫氏夫人的离别相思之情。不过，爱情的小词是以富有言外意蕴为美的，词中女子可以是一个具体的人，但也可以是其他某种心中系念而又不能够得到的东西，就像《甲稿》中另一首美丽的小词《阮郎归》中那个"消息隔重关"的美人一样，每个读者都可以从中读出自己心中的"美人"来。

辑评

吴昌绶　婉曲沉挚之思。

萧艾　一九〇六年辞家后忆内之作。反用李义山《夜雨寄北》诗意。

陈永正　静安善写情词。在这些优美的小令中，我们看不到后来那位朴学大家严肃庄重的形象，在读者的心目中，那只是一个敏感工愁的情人，在为别恨离愁而凄凉欲绝。当为 1905 年在苏州之作。（《校注》）

陈鸿祥　唐代元稹《折枝花赠行》诗云："樱桃花下送君时，一寸春心逐折枝。别后相思最多处，千株万片绕林垂。"王国维此词以"樱桃花底"相见，写"别后思量"之情，其境更幽。（《注评》）

佛雏　拟系于 1904—1905 年。

马华　等　这首词虽然简短，但却把一对情人从见面到别离的过程都写在其中，而女子美丽的形象，男子相思的情意，情绪的苦乐悲欢，峰回路转，简约精致地展示出来，读来令人难忘。

钱剑平（系于 1905 年）

祖保泉　这首词写对妻的怜爱之情与别后的相思。从抒情方面看，无新意；从表达方面看，有特点。（《解说》）

浣溪沙

月底栖雅当叶看。推窗跕跕堕枝间。霜高风定独凭栏。

觅句心肝终复在（《甲稿》作"为制新词髭尽断"），掩书涕泪苦无端（《甲稿》作"偶听悲剧泪无端"）。可怜衣带为谁宽。

从这首词开端的"月底栖鸦"四个字来看，王氏所写者固原为眼前实有的一种寻常之景物。可是当王氏一加上了"当叶看"三个字的述语以后，却使得这一句原属于"写境"的词句，立即染上了一种近于"造境"的象喻的色彩。其所以然者，盖因既说是"当叶看"，便可证明其窗前之树必已经是枯凋无叶的树。而所谓"栖鸦"，则是在凄冷之月色下的"老树昏鸦"，其所呈现的本应是一幅萧瑟荒寒的景象。可是王氏却偏偏要把这原属于荒寒的"栖鸦"的景色作为绿意欣然的景色来"当叶看"。只此一句，实在就已表现了王氏在绝望悲苦之中想要求得慰藉的一种挣扎和努力。然而现实毕竟是现实，无论诗人在感情方面抱有多大的期待和幻想，残酷的现实也终于会把它们全部摧毁和消灭。所以当诗人想把隔在中间的窗子推开，对于幻想中之"当叶看"的美景做进一步的探索和追寻之时，乃蓦然发现这些枝上不仅本然无叶，而且就是那些暂时点缀在枝上，可以使诗人"当叶看"的"栖

雅："鸦"的古字。| 跕(dié)跕：坠落貌。《后汉书·马援传》："当吾在浪泊、西里间，虏未灭之时，下潦上雾，毒气重蒸，仰视飞鸢跕跕堕水中。"| 风定：风停止。| 觅句心肝：谓诗人构思诗句的心思。此句《甲稿》作"为制新词髭尽断"。五代卢延让《苦吟》："吟安一个字，撚断数茎髭。"| 无端：无缘无故。唐杜牧《送故人归山》："三清洞里无端别，又拂尘衣欲卧云。"| 衣带为谁宽：宋柳永《蝶恋花》词："衣带渐宽终不悔，为伊消得人憔悴。"

鸦"也已经飞逝无存了。在这句中,王氏所用的"跕跕"二字盖原出于《后汉书》之《马援传》,本来是写马援出征交趾之时,当地的气候恶劣,"下潦上雾,毒气重蒸",连飞鸟也不能存活,所以"仰视飞鸢跕跕堕水中"。王氏使用了此一有出典的"跕跕堕"三字,实在用得极好。第一,此三字原为形容飞鸟之语,"鸦"亦为飞鸟之一种,故可用以形容"鸦"。第二,此一古典之运用,遂使静安词别有一种古雅之美。第三,就王氏所见之实景而言,当其推窗之际,窗外之鸦自当是惊飞而去,而绝非如《马援传》所写的"跕跕"而"堕",然而王氏既曾将此"栖鸦""当叶看",则树上栖鸦之消逝,就诗人之想象而言,固又正如落叶之再一次的飘堕。如此则现实自然中本已有过的一次叶落,固已使诗人遭受过一次美好之生命已全归破灭的打击,如今则幻想中"当叶看"的"栖鸦"乃竟然又一次如叶之飘堕,是则对诗人而言,乃更造成其幻想中之美好的景象又一次破灭无存,于是此"跕跕堕"三字遂有了一种超写实的象喻感。第四,"跕跕堕"三字在《马援传》中写飞鸟之堕,盖原由于环境之恶劣,因而在王氏此句中的"跕跕堕"三字,遂亦隐然有了一种隐喻环境之恶劣的暗示。于是,在此二句所写的"当叶看"与"跕跕堕"之幻想破灭之后,所留给诗人的遂只余下了一片毫无点缀、毫无遮蔽的寂寞与荒寒。接着诗人遂写下了第三句的"霜高风定独凭栏"。"霜"而曰"高",自可使人兴起一种天地皆在严霜笼罩之中的寒意弥天之感;至于"风"而曰"定",则或者会有人以为不如说"风劲"之更为有力,但私意以为"定"字所予人的感受与联想实在极好。盖以如用"劲"字,只不过使人感到风力依然强劲,其摧伤仍未停止而已。而"定"字所予人的感受,则是在一切摧伤都已经完成之后的丝毫更无挽回之余地的绝望的定命。正如李商隐在其《暮秋独游曲江》一诗中所写的"荷叶枯时秋恨成"之"恨成",也正如《红楼梦》中《飞鸟各投林》一曲所说的"好一似食尽鸟投林,落了片白茫茫大地真干净"

之一切荣华早已归于无有的"真干净"。然则诗人在面对如此情境之下的"独凭栏",又该是如何的一种感受和心情?把一切悲悼、绝望、寂寞、高寒之感都凝聚在一起,而却以"独凭栏"三字写得如此庄严肃穆,这实在是静安词所特有的一种境界。

以上前半阕的三句本是以写外在之景象为主的,然而王氏却在写景之中传达了这么丰富的感受和意蕴,遂使得原属于"写境"的形象同时也产生了"造境"的托喻的效果。这种形象与托喻相结合的力量既已经如此之丰美强大,于是下半阕遂不再假借任何景物与托喻,而改用了直抒胸臆的叙写。至于如何直抒胸臆,则王氏此词原有两种不同之版本,我们在前面所抄录的是收入于《观堂外集》中的《苕华词》的版本,但在其早年所编印的《人间词》的版本中,则此二句原作"为制新词髭尽断,偶听悲剧泪无端",私意以为《苕华词》本较胜。盖以《人间词》本的两句,所表现的只有一层情意,前一句"为制新词髭尽断"写作词之辛苦,用古人"吟安一个字,撚断数茎髭"之句,谓因作词而髭皆捻断。后一句"偶听悲剧泪无端"则写内心之悲哀易感,故偶听悲剧而涕泪无端,如此而已。可是《苕华词》本的两句,却可以传达出更多层次的情意,而其作用则全在用字与语法之切当有力。

先说"觅句心肝终复在"一句,这句从表面看来本也是写作词之用心良苦,与"为制新词"一句的意思似颇为相近;但却因其用字与句法的安排,而蕴含了如我在《传统词学》一文中介绍西方接受美学时所述及的一种可以给读者以更多感发的可能的潜力。"觅句心肝终复在",首先是"觅"字从一开始就暗示了一种探索追寻的努力;再则是"心肝"二字又给予人一种极强烈的感受。其所以提出"心肝"二字者,盖因就中国传统之诗论言之,本来一向都认为"诗者"是"志之所之","情动于中而形于言",先要有"摇荡性情"的感动,然后才会有"形诸舞咏"的创作。所以"心"实在是引起创作之感发的一个根源。只不过这种感发之"心",原是指一种抽象的情思,而并非现实中生理的"心肝"之心。所以就一般情况而言,王氏此句本可以写为"觅句心情"或"觅句心怀",但王氏却并未使用这些习见的字样,而用了给人以一种血淋淋的现实之感的"心肝"字样。这两个字初看起来颇给人一种不舒适的感觉,然而却带有一种极强烈的力量,亦正如蔡琰《悲愤诗》之写伤痛的心情乃曰"怛咤糜肝肺",杜甫之写关切的心怀乃曰"叹息肠内热",其作用与效果盖颇有相近之处。而且私意以为王氏所用之"心肝"二字还可以更给读者一种联想,那就是当"心肝"二字连用作为指称抽象的感情之辞时,往往带有一种指责之意味,如一般称人之自私自利对国家社会全然无所关心者,则谓之为"全无心肝"。而王氏此句乃曰"心肝终复在",则反用其意表现了自己对此冷漠无情之人世之终于不能无所关怀的一份强烈而激动的感情。而且"终复在"三个字的叙写口吻更表现了有如李商隐《寄远》诗所写的一份"姮娥捣药无时已,玉女投壶未肯休"的不已无休的缠绵深挚的执着。关于王国维对于人世的深切关怀,我在《王国维及其文学批评》一书中,于论及王氏之性格与时代之关系时,曾经提出过一段话,说王氏"一方面既以其天才的智慧洞见人世欲望的痛苦与罪恶……而另一方面他却又以深挚的感情,对此痛苦与罪恶之人世深怀悲悯,而不能无所关心"。而且王氏早年之所以离开故乡海宁而到上海去求学,继而又远赴日本去留学,主要就正因为他原有一种用世与救世之心。即使当他几经挫折而以写词自遣的时代,他同时就也还写了若干杂文,如其《文集》及《文集续编》中所收录的《教育偶感》《论平凡之教育主义》《论教育之宗旨》《教育普及之根本办法》,及《人间嗜好之研究》与《去毒篇》等,也都无一不表现了他对于人世的一份深切的关怀。而此词中的"觅句心肝终复在"一句,所表现的就正是这一份深切的感情。而且王氏还更以其"觅"字、"心肝"字及"终复在"的口吻，将这份感情表现得如此深刻曲折而强烈，这就是我所以认为《苕华词》本的改句较《人间词》本之原句为胜的主要原因。

再说其下面的"掩书涕泪苦无端"一句。此句亦较《人间词》本之"偶听悲剧泪无端"为胜。盖以"偶听"一句既已明白指出了泪"无端"是由于听"悲剧"而来，如此则其所谓"无端"者便已有一端绪可寻，因而其悲感遂亦有了一种原因与限度，所以其感人之力遂亦因而也有了限制。至于"涕泪苦无端"之句，则以一"苦"字加强了"无端"之感，是欲求其端而苦不能得之意，如此遂使其涕泪之哀感成为一种"莫之为而为，莫之致而至"的与生命同存的哀感，于是其所写的哀感之情，乃亦自有限扩而为无限矣。这自然也是使我觉得《苕华词》本胜于《人间词》本的一个原因。至于句首的"掩书"二字，则表面看来虽或者也可视为涕泪之一端，但实际上"掩书"所写的原来只是一个动作，而如果以"掩书"的动作与下文之"涕泪"结合起来看，则可以提供给读者很多层次的联想。首先就王氏的性格来谈，则王氏平生最大的一个爱好就是读书。他曾经自谓"余毕生惟与书册为伴，故最爱而最难舍去者，亦惟此耳"（见《国学论丛》一卷三号《王静安先生手校手批书目跋文》）。至于他喜爱读书的动机，则私意以为盖有两点主要之原因：其一是想要在读书之中求得人生的解答和救世的方法，即如其研读哲学之动机便可谓属于前者，而其研究史学考古之动机则可谓属后者。关于此二种动机，王氏在其著作中也曾有所叙述。如其在《静安文集续编·自序一》中就曾述及其研治哲学之动机云："体素羸弱，性复忧郁，人生之问题日往复于吾前，自是始决从事于哲学。"另外在《国学丛刊·序》中，王氏则曾述及其研治史学之动机云："欲求知识之真与道理之是者，不可不知事物道理之所以存在之由与其变迁之故，此史学之所有事也。"然而王氏研治哲学之结果，既未能求得对人生之完满的解答，其研治史学之结果，亦未能达成救世之理想与愿望。这种动机与结果，自然可以想象为其掩卷兴悲涕泪无端的一项因素。其次则王氏之读书原来也曾有欲借读书以自我逃避和慰藉之意。关于此一动机，我们在王氏的著作中也可找到证明。在《静安文集续编·自序二》中，王氏就曾明白叙述说："近日之嗜好所以渐由哲学而移于文学，而欲于其中求直接之慰藉者也。"另外在其《拚飞》一诗中，王氏也曾自叙云："不有言愁诗句在，闲愁那得暂时消。"但他逃避和寻求慰藉的结果，则反而是更增加了心灵中的悲苦和寂寞，所以在另一首《浣溪沙》中，他就又曾自叙说："掩卷平生有百端。饱更忧患转冥顽。偶听啼鴂怨春残。坐觉无何消白日。更缘随例弄丹铅。闲愁无分况清欢。"是则无论其欲在文学之研读创作中求慰藉，或者欲在丹铅之考证的研读中求逃避，而最终则依旧是"掩卷平生有百端"的悲慨，那一首词的"掩卷"也就正可作为这一首词中"掩书"一句的注脚。可知其"无端"之涕泪固正由此"百端"之悲慨也。然而王氏的此种深悲极苦之情与悲天悯世之意又谁知之者乎，故乃结之曰"可怜衣带为谁宽"。而由这一句词，又可使我们联想到王氏在其《人间词话》中论及"古今成大事业、大学问者，必经过三种之境界"时，引用柳永《凤栖梧》词所说的，"'衣带渐宽终不悔，为伊消得人憔悴'，此第二境也"一段话。由这段话自可证明王氏之所谓"衣带"之"宽"，原来乃是既意味着一种对于高远之理想的追寻和向往，也意味着甘心为此种追寻向往而付出"憔悴"之代价的"终不悔"的决志和深情。不过，柳永之"憔悴"乃是"为伊"，而王氏之"憔悴"又究竟为谁乎？故曰："可怜衣带为谁宽。"这一首《浣溪沙》词，实在可以说是王氏由眼前寻常景物之写境写起，而却蕴含有极丰富的深情与哲想的一首代表作。

辑评

周策纵　古希腊悲剧作家往往寓命运于人性之中，其所写之结局，一若无所逃于天地之间，然当之者亦往往鲜怨恚之情，沮丧之态。殆《庄子·人间世》所谓"知其不可奈何而安之若命"耳。如其有所悲也，当非自悲，悲天命而已；如其有所悯也，当非自怜，悯人类而已。亦即"无可奈何"之感也。静安诗云："忧与生来讵有端。"其《浣溪沙》中句云："月底栖鸦当叶看。"即以此悲剧之眼观物看人生。

陈永正　景真情切，直抒胸臆，静安词中以此等作最具特色，然每有词语率露之病。此词上半阕写秋夜之景，幽深清切，意境颇佳。下半阕直而无味，收句尤为率易，或有寄意，终觉浅露。作于1905年秋。(《校注》)

顾随　"霜高风定独凭栏"，不但无人，连栖鸦都飞了。前二首《浣溪沙》(山寺微茫、天末同云)，词似旧而意实新；此首言"悲剧"等等，词似新而意实旧，只是表现无可奈何之境，伤感而已。(《顾随文集》)

陈鸿祥　"为制新词髭尽断"犹古人"吟安一个字，撚断数茎须"。然而，"可怜衣带为谁宽"却语带嘲讽。录入《苕华词》改为"觅句心肝终复在"，实对王若虚《诗话》称颂白居易"妙理宜人入肺肝"而言，这是肯定诗词须"觅句"，亦即王氏自评《人间词》，谓"名句间出"。"掩书涕泪苦无端"，殆即《人间词话》所引元遗山《论诗绝句》"传语闭门陈正字，可怜无补费精神"，亦即黄庭坚讥陈师道"闭门觅句陈无己"，这是反对闭门"炼字"，亦即王氏《〈人间词甲稿〉序》所斥责之"梦窗砌字，玉田垒句"。故此词实可当词论读，至可宝贵也。(《注评》)

佛雏 至于"觅句心肝终复在"（《浣溪沙》"月底栖雅当叶看"）、"西风林下，夕阳水际，独自寻诗去"（《青玉案》"江南秋色垂垂暮"），"觅句""寻诗"，在这里，都成了对抗那个"天地窄"（《贺新郎》"月落飞乌鹊"）、"思量错"的一种人生手段，暂时解脱的手段。王氏诗"不有言愁诗句在，闲愁那得暂时消"（《拚飞》），亦可为证。拟系于1904—1905年。

王昆岭、贾灿琳 作者原也是有"成大事业、大学问"的志向的，但这时竟发出了"衣带为谁宽"的慨叹，从中可知词人的失意和惘然，由壮志消磨而感叹悲歌。

马华 等 这首词写出了词人为尽其人生天职而呕心沥血，鞠躬尽瘁而义无反顾的形象。……末句作者自嘲自问："可怜衣带为谁宽？"但是这种自嘲并不是自我否定，只要看"觅句心肝终复在"就可知道，词人同样"虽九死其犹未悔"，因为这正是士人生命存在的根本形态，因此这种自嘲同时也有很深的自赏意味。

钱剑平 为填词，髭尽断、衣带宽、终不悔；非但不悔，由于独凭栏，不同于众人，独具慧眼；填的是新词，不同于旧词，自创一家词风。这首词不但道出了他填词的辛苦，而且还写出了他填的目标。（系于1905年）

祖保泉 这首词，着意描绘填词的辛苦：上片从侧面下笔，显示创作的辛苦；下片侧面说出作者进入创作境界的况味。……这首词的主旨，可以一语道破：自甘辛苦作词人。（《解说》）

青玉案

姑苏台上乌啼曙。剩霸业、今如许。醉后不堪仍吊古。月中杨柳，水边楼阁，犹自教歌舞。

野花开遍真娘墓。绝代红颜委朝露。算是人生赢得处。千秋诗料，一坏黄土，十里寒螀语。

这首词是作者在苏州时所写的怀古之作。

姑苏台在江苏苏州市西南姑苏山上。有的书上说姑苏台是春秋时吴王阖庐所筑，如《史记》裴骃集解引《绝越书》谓："阖庐起姑苏台，三年聚材，五年乃成，高见三百里。"也有的书上说是阖庐的儿子夫差所筑，如《墨子·非攻》谓："夫差……遂筑姑苏之台，七年不成。"阖庐任用伍子胥和孙武，打败了比吴强大的楚，使曾被视为蛮夷的吴国鼎盛一时；夫差在位时曾破越攻齐，向中原争霸。历史上有"春秋

姑苏台：在江苏苏州市西南姑苏山上，相传为吴王阖闾或夫差所筑，又称胥台。唐李白《乌栖曲》："姑苏台上乌栖时，吴王宫里醉西施。" | 霸业：指称霸诸侯或维持霸权的事业。《三国志·蜀志·诸葛亮传》："诚如是，则霸业可成，汉室可兴矣。" | 今如许：现在成了这个样子。 | 不堪：不能承受。 | 吊古：凭吊往古之事迹。南宋辛弃疾《念奴娇》："我来吊古，上危楼，赢得闲愁千斛。" | 教歌舞：谓教女孩子们演习歌舞。 | 真娘墓：在今江苏苏州市虎丘西。真娘，唐时吴妓。唐范摅《云溪友议》卷六："真娘者，吴国之佳人也，时人比于钱塘苏小小，死葬吴宫之侧，行客慕其华丽，竞为诗题于墓树。" | 绝代红颜：举世无双的美女。 | 朝露：早上的露水，比喻存在时间短促。《汉书·苏武传》："人生如朝露。" | 诗料：写诗的素材。 | 一坏（pī）黄土：指坟墓。坏，此处用同"抔（póu）"，犹掬、捧，言其少。《史记·张释之冯唐列传》："假令愚民取长陵一抔土，陛下何以加其法乎？"明陈亮采《小螺庵病榻忆语题词》："一坏黄土南湖畔，斜日平芜蛱蝶飞。" | 寒螀（jiāng）：寒蝉。《尔雅·释虫》："蜺，寒蜩。"郭璞注："寒螀也。似蝉而小，青赤。"

五霸"的说法，所指颇有不同。其中，《荀子》的《王霸》篇曾把阖庐列入五霸之一；注汉书的颜师古则认为五霸中包括吴王夫差。阖庐，就是主使专诸刺杀王僚的公子光，即位后称吴王阖庐，有的书上称"阖闾（hé lǘ）"。他死后葬在苏州阊门外的虎丘。夫差，就是那个宠爱美人西施的君主，他因好大喜功而亡国自杀。这些历史故事，都发生在吴国古都的苏州。吴国从鼎盛到灭亡，也不过在数十年之间而已。"姑苏台上乌啼曙。剩霸业、今如许"就是追怀这一段历史兴亡的往事。

"乌啼曙"，是形容环境的凄凉，杜甫《哀王孙》诗云"长安城头头白乌，夜飞延秋门上呼。又向人家啄大屋，屋底达官走避胡"，那是写安史叛军占领长安后，王孙豪门在一夜之间就由繁荣兴盛变为凄惨荒凉。王国维曾在苏州执教，对吴越兴亡之事颇多感慨。在《蝶恋花·辛苦钱塘》中他曾说，"千载荒台麋鹿死，灵胥抱愤终何是"——吴亡于越，而胜利者又怎么样呢？千载之后这所有一切不是都消失得连一点儿痕迹也找不到了吗？由此看来，人世间一切悲欢恩怨都不是永恒的。"剩霸业、今如许"，也就是"千载荒台麋鹿死"。"如许"的意思是"像这个样子"。什么样子？就是那凄凉的荒台和虎丘阖庐墓的一坏黄土！

"吊古"容易使人悲哀，而"醉后"又是人最容易激动的时候，所以说"不堪"。因为，那种无法控制的激动和悲哀是令人难以承受的。明知如此却还要这样做，这就是王国维的特点了。其实他的一生就始终沉溺在这种理性之清醒与感情之执着的矛盾之中。"月中杨柳"和"水边楼阁"是苏州美丽的景色，而在那杨柳之下和楼阁之中有人正在教女孩子们演习歌舞，这就引起了诗人"吊古"的感慨：姑苏曾有过多少能歌善舞的美人！从吴越的西施到唐代的真娘，她们的一生都是不幸的。那么现在这些正在学习歌舞的女孩子，岂不正是在步其后尘制造自己一生的不幸？这真是"累千载而不悟"了！

能歌善舞的真娘是苏州美女中最有代表性的一个。她是唐朝名妓，时人比之南朝苏小小。真娘死的时候还很年轻，倾慕她的吴中少年按照她自己的愿望把她埋葬在苏州虎丘。虎丘，本是吴王阖庐的坟墓。英雄美人相得而益彰，到了诗人手里都是写诗的好题目。仅以唐代而言，白居易、刘禹锡、李绅、沈亚之、张祜、李商隐等皆有题咏真娘墓之作。据范摅《云溪友议》说，由于在墓树上题诗的人太多了，后来有一个叫谭铢的举子就在那里题了一首绝句以为讽刺："虎丘山下冢垒垒，松柏萧条尽可悲。何事世人偏重色，真娘墓上独题诗。"从此之后才"经游之者，稍息笔矣"。其实，诗人们喜欢题咏真娘墓也不仅仅是为了重色。要知道，世间越是美好的东西越使人感到短暂。美人的红颜如此，英雄的业绩也是如此。这些最珍贵最好之物的逝去最容易令人惊心和感受到人生的无常，因而也就最容易引起诗人的感发。"野花开遍真娘墓。绝代红颜委朝露"，也是这样的感慨。"绝代红颜"是短暂的，是历史；"野花开遍"是永久的，是现实。名花逝去才有野花争妍，时无英雄乃使竖子成名（见《晋书·阮籍传》）。魏晋士人洒脱，所以直言不讳；文人词客蕴藉，所以说得比较含蓄。

每个人都不愿意白白度过自己的一生。可是怎样才算没有白白度过一生呢？还不要说我们这些凡俗之人，就算是真娘那种绝代佳人，她的一生又赢得了些什么？作者说是"千秋诗料""一坏黄土"和"十里寒螀语"。"一坏黄土"的"坏"字，不是"壊"的简化字。段注《说文》释曰"丘一成者也"，就是只有一重的山丘。后人常把这个字用同"抔"字，如宋林景熙《梦中作四首》之二曰，"一坏自筑珠丘土，双匣犹传竺国经"，清孔尚任《桃花扇·辞院》曰，"长陵坏土关龙脉，愁绝烽烟搔二毛"，用的都是《史记·张释之列传》中"长陵一抔土"的典故。"一坏黄土"就是坟墓，古代人死了有个坟墓要算是最起码的要求了。但坟墓也不过是一捧黄土而已，人死了魂飞魄散，坟墓对他有什么用处！"十里寒螀语"是墓地寒蝉的悲鸣。但寒蝉纵然真懂得悲，悲的也是它自己，与墓中人何干？那么"千秋诗料"呢？一个人若能赢得千秋诗人的赞美，他活得也可以算有价值了吧？然而你要知道，什么是"诗料"？英雄美人可以是"诗料"，风花雪月可以是"诗料"，禽鸟鱼虫也可以是"诗料"！事实上，西施到底被沉在江里还是跟随范蠡去游五湖，真娘短短的一生是苦是乐，那都不是诗人们所关心的问题。诗人们借凭吊古人抒发自己在现实中的苦闷，他们举起古人的酒杯，浇的是自己心中的块垒。

王国维这首词又何尝不是这样？他凭吊的是古人，但最终还是把话题引向他自己最关心的人生问题。因为人生问题在他内心有一个解不开的结：人生应该实现自己的价值，但人生到底有没有价值？

对于财富，人们知道"生不带来，死不带去"的道理；可是对于别的东西呢？比如说霸业、名声和后世的赞美？司马迁在《史记·伯夷列传》中说："贪夫徇财，烈士徇名，夸者死权，众庶冯生。"到底哪一种活法更有价值？连孔子都说"道不同不相为谋"，所以太史公说，"亦各从其志也"。王国维却总是不能采取一种通达的态度，总是"人生之问题，日往复于吾前"。因此，当他在苏州这样美丽的地方，凭吊真娘这样美丽的女子时，不免就流露出他常有的那种既不肯放弃人生又对人生悲观绝望的矛盾与痛苦来。

辑评

周策纵　醉后月下临流，对歌舞楼台，凄凉坟墓，吊古代之名王佳丽，叹死生之必至，其境其情，与十一世纪波斯诗人莪默·赫雅穆之《绝句》何其相类也！莪默诗中亦有如梦之晨曙（所引原文略，下同）；有夜莺悲啼劝酒之声；有太息芜城已与其玫瑰同尽，吊古代名王霸业之销沉，徒见水边花圃，藤萝犹结往古之红玉；有幻想墓中霸主之血已化作殷红之玫瑰，而鲜艳之野花殆落自昔日佳人之鬓发。有人生终归虚无，与醇酒美人同尽之叹；如花必辞树，生命之归宿即为飞逝；又如陶器之破毁，复归黄土，灰飞烟灭；且此种幻影式之人生，又为不可逃避之命运。死亡之结终不可解。凡此皆与静安之意境相似。然二者之间，又有大不同者在，莪默之人生观为享乐的人生观，其所歌颂者乃"醇酒、妇人与诗歌"。盖谓人生若梦，为欢几何，不如及时行乐。静安则持悲剧之人生观，殆如叔本华所谓，人生永远徘徊于欲望未得满足时之苦痛，与既得满足后之厌倦之间。即及时行乐亦不能解脱此苦。故人生所"赢得"者仅诗料、坟墓与大自然中寒螀之凭吊耳。醇酒妇人既非乐生之方，诗歌亦但为不得已之呻吟与悲悼。此种悲悯人生之态度，使静安之作品比莪默更为庄严。

萧艾 苏州作。

陈永正 吊古之词，低回掩抑。"绝代"一语，当发自词人怆痛的内心。静安《咏蚕》诗云："茫茫千万载，辗转周复始。嗟汝竟何为，草草阅生死。"同此悲慨。叶嘉莹《王国维及其文学批评》一文云：静安先生"以其深挚的感情，对此痛苦与罪恶之人世深怀悲悯，而不能无所关心。这种富于悲悯之心的情怀，乃是使静安先生终于陷入矛盾而无法解脱的一大原因"。我们读到汪容甫《经旧苑吊马守贞文序》这样的句子："人生实难，岂可责之以死。""奈何钟美如斯，而摧辱之至于斯极哉！""俯仰异趣，哀乐由人。如黄祖之腹中，在本初之弦上。静言身世，与斯人其何异。"就可以理解古来失意的文人之所以对沦落风尘的女子充满着悲悯之心的原因了。1905 年秋作于苏州。(《校注》)

陈鸿祥 如同隋炀帝最后只换得数亩葬身之地，吴王阖闾的霸业也仅留下一座荒废的姑苏台。故词云"醉后不堪仍吊古"。反之，真娘虽沦落风尘，其墓上却开遍野花，赢得了多少骚人墨客为之吟诗，洒下同情之泪。"千秋诗料，一坏黄土"，这就是"通古今而观之"的诗人之眼里的又一个"人间"。（《注评》）

佛雏 当为静安初到苏州时游览之作。系于 1904 年。

马华 等 她们是文人生涯中不可或缺的永远的风景。除此而外，所剩的只有一坏黄土，陪伴着她们的是野外寂寞的蝉鸣，这就是她们赢得的人生。

钱剑平 朝露最是不可靠，可红颜偏偏委身于它，天才总是最痛苦的，天才将遭受比常人为多的苦难。红颜命薄就是最好的注解。（系于 1904 年）

祖保泉 显然，王氏在这首词里赤裸裸地宣扬从叔本华那里贩来的悲观主义思想。王氏在通州师范、苏州师范教书时，人们把他看作"专攻西洋哲学的新派教员"，作为介绍一种哲学观点，讲叔本华哲学，乃是课程中的事，不足怪；如果他自己在思想深处认为叔本华的悲观主义就是人生道路上的真理，那便是个令人惊怪的大问题了！（《解说》）

少年游

垂杨门外，疏灯影里，上马帽檐斜。紫陌霜浓，青松月冷，炬火散林鸦。

酒醒起看（《甲稿》作"归来惊看"）西窗上，翠竹影交加。跌宕歌词，纵横书卷，不与遣年华。

少年是人生最浪漫的时期，即使像王国维这样严肃的学者也不例外。垂杨小院，对酒当歌，美人流盼，目成心许。那未必就不是他少年时一次游冶的纪实（见《清平乐·垂杨深院》）。而这首《少年游》，若不是发表在前，几乎就像从那垂杨小院饮宴归来之作。

酒罢歌阑疏灯送客，垂杨门外扶醉上马。帽檐不正，似乎是有些醉态，但实际是用了一个典故。南北朝时北周大司马独孤信是个美男子，有一次日暮打猎归来驰马入城，帽子戴得不正，第二天城里就有许多人故意斜戴帽子来模仿他。因此，后来人们就用"帽檐斜"来形容男子洒脱不羁的风度，如苏轼诗曰："帝城春日帽檐斜，二陆初来尚忆家。"（《跋李留台与二钱唱和四绝》）"二陆"是陆机、陆云，那是

垂杨：垂柳。｜**帽檐斜：**用"侧帽"事。《周书·独孤信传》："在秦州，尝因猎日暮，驰马入城，其帽微侧。诘旦，而吏民有戴帽者，咸慕信而侧帽焉。"｜**紫陌：**京师郊野的道路。唐刘禹锡《戏赠看花诸君子》："紫陌红尘拂面来。"苏州之地曾是吴国故都，故称。｜**霜浓：**宋周邦彦《少年游》词："马滑霜浓，不如休去，直是少人行。"｜**炬火：**火把。｜**散林鸦：**唐杜甫《杜位宅守岁》诗："盍簪喧枥马，列炬散林鸦。"｜**交加：**错杂。唐杜甫《春日江村五首》其三："种竹交加翠，栽桃烂熳红。"｜**跌宕：**放荡不拘。亦谓音调抑扬顿挫。｜**纵横：**这里是形容许多书籍摆放得杂乱交错的样子。｜**不与：**不为我。｜**遣年华：**打发岁月。

写才子风度的。而王国维这里这个"上马帽檐斜",倘结合下片的"酒醒"来看,他不但写才子风度,也写才子醉态。

"紫陌",指京城郊野的道路,即刘禹锡所谓"紫陌红尘拂面来"。那本应是繁花盛开非常热闹的地方,但现在却是秋日的"霜浓"。这首词上片前三句写的是少年的风流和浪漫,后三句写归途景色的寂静和凄冷,"紫陌霜浓"正好起了一个承上启下的作用。"青松月冷",再次强调了时间已是夜里。"青"是冷色,月是冷光,青松沐浴在月光之下,且是在秋夜之中,就使人产生一种寒冷的感觉。王国维喜欢写这种酒罢歌余之后归途中的寒冷之感。如《菩萨蛮·玉盘寸断》的"红炉赪素面,醉把貂裘缓。归路有余狂,天街宵踏霜"就是。不同之处在于,那首词主要写的是饮宴之欢,而这首词却是从酒散归家写起的。"炬火散林鸦"套用了杜甫的诗句,意思是说,夜间行路的火把惊动了树林中栖息的群鸦,群鸦的飞动打破了途中的寂静。这里表面上是写刹那间的"动",其实却是在反衬整个归途中的"静"。而写归途中的寂静与寒冷之感,其实又是为了表现内心之中的孤独与寂寞。那林鸦的惊起与飞动,就像是在平静的湖面投下一颗石子,荡起一圈圈涟漪,但接下来仍归于平静。这三句写归途夜景,写得声、光、色兼备,而且静中有动,景中有情,这是它的好处。

下片写的是回到住处睡醒一觉之后那种特别清醒的感受。王国维喜欢写这个,如《虞美人·犀比六博》的"笙歌散后人微倦,归路风吹面。西窗落月荡花枝,又是人间酒醒梦回时"就是写同样感受。"酒醒起看西窗上,翠竹影交加"其实是写月光,因为月光明亮才会把竹影映到窗上。但窗上竹影与人何干?这很难说。从写景的角度看当然很美,但那月光的明亮和竹影的清晰,而且是夜深人静之时,这里边就有一种对心灵的触动,使人产生某种在白天的尘嚣俗务和酒酣耳热中很难产生的若有所悟的感受。欧阳修《蝶恋花》词曰:"寂寞起来褰绣幌,月明正在梨花上。"其境界与此相似。

正是在这样的"境界"中，就使得这个风流潇洒而又暗怀寂寞孤独的少年产生了对现状的不满足。"跌宕歌词"，是内容放纵、音调美妙的歌词作品；"纵横书卷"是书案上堆积的书卷，同时也就是胸中的书卷。提笔就能写出才气横溢的歌词，胸中藏有无数的书卷，这样的天赋才气和这样的潇洒度日难道还不是一个文人最理想的生活吗？可是作者却说：这样的生活是不能为我打发岁月的！为什么？他没有说，戛然而止。这里边有一种明显的失落之感。王国维不是一个肯满足于现实生活状态的人，他的内心总是处于不断的探索、向往和追求之中。我们不必把这种向往追求解释得很落实很功利，它可能是生活上的、事业上的，也可能是感情上的、理想上的，总之是人生有了某种觉悟之后所产生的失落，而这种感受即发端于西窗竹影酒醒梦回之时。

辑评

周策纵　静安词余酷爱其《少年游》中"紫陌霜浓，青松月冷，炬火散林鸦"句。是真臻于无我之境而不隔矣。其前文"垂杨门外，疏灯影里，上马帽檐斜"极写其少年浪漫。而下半阕"酒醒起看西窗上，翠竹影交加。跌宕歌词，纵横书卷，不与遣年华"则以虚幻之影与上文醉时之豪迈活动作反比，更足以见作者感于何以遣此人生之低徊无奈也。"酒醒起看西窗上"，是观堂观一切宇宙人生之态度。"翠竹影交加"，则其对"人间"缥缈之印象也。整个叔本华人生哲学于此道出，亦《红楼梦》中所谓梦幻之境也。此种幻影，最使静安受感动。《虞美人》中"西窗落月荡花枝，又是人间酒醒梦回时"。《菩萨蛮》中"红楼遥隔廉纤雨，沉沉暝色笼高树。树影到侬窗，君家灯火光。风枝和影弄，似妾西窗梦。梦醒即天涯，打窗闻落花"。他如"绿窗纱半明""花影闲窗压几重"等句，亦莫不写类此之幻影。

蒋英豪 紫陌青松、浓霜冷月，本是极寻常语，但一配上"炬火"，景象顿时显得鲜明。这本来就是很凄清的景色。所以下半阕是：（下引本词下片从略）不着一个感情的字眼，但词人那种无奈之情，我们是可以感到的，而且感受极其深切，这当然是由于景色渲染的成功。王国维自己说过"一切景语皆情语"，《少年游》正是一个例子。

萧艾 苏州作。

陈永正 清宵游乐归来，余兴未已。词人感到，生活中还是有值得回味的事儿的。在静安词中，颇有这种峻爽豪宕之作。下半阕情境俱佳。1905 年作于苏州。（《校注》）

陈鸿祥 刘蕙孙教授生前曾书告笔者：某天晚上，王国维与江苏师范学堂同伴数人，酒后途经沧浪亭，恰遇有人骑马擎着火炬迎面而来。那时，亭边林木繁茂，林间宿鸟被火光惊得乱飞。一位同伴脱口吟起了杜工部'炬火散林鸦'诗句，观堂闻之大喜，沿途默想新词，返回宿舍，连夜填成了此首《少年游》。（《注评》）

佛雏 "紫陌霜浓，青松月冷，炬火散林鸦"：月夜暗淡，忽呈色彩纷错之观。又：以上三首（指本词及《阮郎归·美人消息》《蝶恋花·昨夜梦中》）均属《甲稿》，而编入《观堂长短句》（乙巳至己酉），则不当作于乙巳（1905）年之前，故系于本年（1905）。

程观林　这首词是学者兼词人自我心神的写照。上片写出游，词抓住垂杨、疏灯、帽檐、紫陌、青松、炬火，将自己眼中游景一一展现词中，刻画了一幅清旷疏淡的图画。下片写读书生活，词以西窗、翠竹为衬托，突出"跌宕歌词""纵横书卷"，直抒立志学术的精神。词风爽朗，而又清新自然。

　　马华　等　这首词的"境界"是什么呢？孤独。这两个字可以概括王国维的整个艺术和人生。不妨说，王国维的全部《人间词》都是在写孤独这一境界。他的一生既是在躲避着这个境界，也是在追求着这一境界。

　　钱剑平　（系于 1905 年）

　　祖保泉　1905 年作于苏州……王氏身为苏州师范学堂的教师，对少年浪荡之徒持批评态度，可谓理所当然……这首词末尾三句，不露情感地指斥浪荡"少年"既不习文，也不尚武，只知浪荡度日，他实在是个社会渣滓。文艺作品，让形象说话，这首词算得是个例子。（《解说》）

满庭芳

　　水抱孤城，雪（《甲稿》作"云"）开远戍，垂柳点点栖鸦。晚潮初落，残日漾平沙。白鸟悠悠自去，汀州（《甲稿》作"洲"）外、无限蒹葭。西风起，飞花如雪，冉冉去帆斜。

　　天涯。还忆旧，香尘随马，明月窥车。渐秋风镜里，暗换年华。纵使长条无恙，重来处、攀折堪嗟。人何许，朱楼一角，寂寞倚残霞。

　　这首长调上片写景宁静闲适，颇有"无我之境"的味道；下片回想少年意兴引入羁旅秋风的悲哀；结尾倚栏人形象回应了前边的写景，可知前边景色皆倚栏人眼中所见。从而引导读者返回去品味上片的写景，发现原来上片也不是单纯的"无我之境"，它已经在宁静淡远的景色之中隐藏了许多悲哀和无奈。

　　"水抱孤城，雪开远戍，垂柳点点栖鸦"中的"雪"，《甲稿》作

远戍：边境的军营、城堡。唐姚合《送独孤焕评事赴丰州》："烟生远戍侵云色。"| 平沙：水边沙滩。唐张籍《宿江店》："潮落见平沙。"| 白鸟：泛指白羽的鸟如鹤、鹭之类。唐杜甫《曲江对酒》："黄鸟时兼白鸟飞。"| 悠悠：闲适貌。| 汀（tīng）州：水中小洲。州，"洲"的古字。《甲稿》作"洲"。《楚辞·九歌·湘夫人》："搴汀洲兮杜若，将以遗兮远者。"| 蒹葭：泛指荻、芦等植物。《诗·秦风》有《蒹葭》篇。| 飞花：这里指芦花。| 冉冉：缓缓移动貌。唐陆龟蒙《袭美初植松桂偶题》："轩阴冉冉移斜日。"| 去帆：离去的船。香尘、明月：唐苏味道《正月十五夜》诗："暗尘随马去，明月逐人来。"| 长条：指柳枝。唐韩翃《章台柳》诗："纵使长条似旧垂，亦应攀折他人手。"| 攀折堪嗟：此用《世说新语·言语》："桓公（桓温）北征经金城，见前为琅邪时种柳，皆已十围，慨然曰：'木犹如此，人何以堪！'攀枝执条，泫然流泪。"| 何许：何处。唐杜甫《宿青溪驿奉怀张员外十五兄之绪》诗："我生本飘飘，今复在何许？"| 倚残霞：谓倚楼而望暮霞。

"云"，《苕华词》作"雪"。从内容和声调的平仄来看，此处当以"云"为是。这几句，以一连串三组意象构成了一幅闲适、静谧的图画：流水环绕孤城，遮住远方天空的浮云已散，柳树上栖息着三三两两的乌鸦。这三组景物，分别可以让人联想到对故乡本土的流连、对远方亲人的期盼和对安居无忧的向往。因此，它们看起来闲适静谧，实际上却是引发游子羁旅之愁的起源。"晚潮初落，残日漾平沙"是说，当晚潮退去的时候，江边沙滩上留下起伏的波纹，夕阳照在上边，好像照在水波上一样金光荡漾。"漾"，是一种微小的、无声的动荡。"平沙"而曰"漾"，是为了给这幅静谧安详的图画增添一种动态。

"白鸟悠悠自去，汀州外、无限兼葭"——镜头稍稍转动，又是一幅画面：不知从哪里惊起的白色水禽从容自在地飞走了，为什么它们的姿态如此从容？随着它们的去向把镜头再抬高一点儿，就会看到汀洲外有无边无际的芦苇，那里到处都有水禽栖身的所在。"西风起，飞花如雪"的"飞花"，显然不是春天的柳絮而是秋天的芦花。这如雪的飞花给整个画面染上了一层朦胧的色彩，但朦胧中仍能看到，画面深处有一叶扁舟冉冉而去，作者目送那一点白帆越来越小，直到消逝。

这遥远、朦胧的水面之上"冉冉"的"去帆"是什么？那也许就是作者对自己遥远、朦胧的记忆中某些往事的回忆吧？由此，下片开头的"天涯。还忆旧"就很自然地把描写的重点从"景"转向"情"了。

"香尘随马，明月窥车"是忆旧，写的是当年元宵夜游的意兴。为什么一定是元宵夜游？因为它显然受了唐人苏味道的两句诗"暗尘随马去，明月逐人来"（《正月十五夜》）的影响。而苏味道那首诗是唐诗中写元宵夜的名作，古今传诵已久。清代纪晓岚曾评论"暗尘"二句说，"确是元夜真景，不可移之他处"。少年人是喜欢热闹的，尤其喜欢节日的游乐。元宵佳节，火树银花，士女如云，狂欢彻夜，曾经给当年的游子以那么多的欢乐；可是到了"渐秋风镜里，暗换年华"的时候，人的意兴也就随之起了很大变化，"纵使长条无恙，重来处、攀折堪嗟"就是说的这种变化。

《世说新语》中记载，东晋桓温曾做过琅邪郡守，在琅邪的郡治金城种过一些柳树，过了许多年后桓温北伐的时候路过金城，看见自己当年种的那些柳树都已长成十围粗的老树了。他攀执着柳树的枝条，就不觉流下泪来，说："木犹如此，人何以堪！"因为，树一年一年地长大，人也一年一年地老去，而人生总不如意，许多理想志意都没有能够实现，一旦无常到来，一生所有的努力都将付与空无。这是古今人类共有的悲哀，身为重臣统率三军的桓温亦不能免，更何况是漂泊天涯身不由己的游子！"朱楼一角，寂寞倚残霞"，就是通过一个倚朱楼而望暮霞的孤独身影，十分含蓄地写出了一种往事如烟、良辰不再、孤身羁旅、归心无奈的悲秋情绪。其用意与秦少游《望海潮》结尾之"烟暝酒旗斜。但倚楼极目，时见栖鸦。无奈归心，暗随流水到天涯"是相似的。"人何许"——人在何处？人就在那悲秋的高楼上极目远望，他已经和这寂寞残霞的景色融入同一个画面了。也许，这就是作者自己的身影；也许，他在构思这首词的时候真的看见夕阳之下朱楼之上有这样一个寂寞孤独的身影。但不管作者自己在画面之内还是在画面之外，他是用自己的悲哀给这一幅天高云淡、平静悠闲的大自然景色的画面也染上了一层淡淡的悲哀。

辑评

蒋英豪 少游《望海潮》："梅英疏淡，冰澌溶泄，东风暗换年华。金谷俊游，铜驼巷陌，新晴细履平沙。长记误随车。正絮翻蝶舞，芳思交加，柳下桃蹊，乱分春色到人家。 西园夜饮鸣笳。有华灯碍月，飞盖妨花。

兰苑未空，行人渐老，重来是事堪嗟！烟暝酒旗斜。但倚楼极目，时见栖鸦。无奈归心，暗随流水到天涯。"二词何其相似！不但用字多同，韵部不异，而韵脚用字竟有六字相同（华、沙、车、嗟、斜、鸦）。二词都表现一种物是人非、年华老去的伤感，下半阕所用的今昔对比手法，也完全一样。这当然不可能是偶合。

萧艾 疑为一九〇四年秋离南通时作。又，作者《人间词话》云："余填词不喜作长调……余之所长，殊不在是。世之君子宁以他词称我。"今检视集中，长调尚不及十分之一，然若此词亦未尝不工也。《满庭芳》调有平韵仄韵两体。无论平韵仄韵第三句作六字者，第二字从无用仄声字者。疑"垂柳"为"垂杨"之误。但各本均作"柳"，最先发表在《教育世界》第七期之《甲稿》亦然。"云开"苕本作"雪开"，误。

陈永正 此词着意模拟秦少游的风格，然写景语语皆陈，抒情亦觉浅泛，唯赖末数语稍振起耳。静安长调，每苦意少而语繁，笔力欠重，境界欠大，通体浑融者甚少，盖未于南宋诸家深下功夫所致。1905年秋作于苏州。（《校注》）

陈鸿祥 此词作于苏州。……《人间词话》以陶渊明"采菊东篱下"、元遗山"白鸟悠悠下"，为豪杰之士的"无我之境"，而此词上片"白鸟悠悠自去"，正是词人于"无我"中观晚潮、残日；下片朱楼、残霞，虽属常人的"有我之境"，盖在揭示镜里年华之不可违拗耳。（《注评》）

佛雏 拟系于1904—1905年。

马华 等 唐代王维的诗被人称为"诗中有画，画中有诗"。而且在既诗且画中，禅的境界布满其中。而今，读王国维词，令人有似曾相识之感。细细品赏，中国士子灵魂中的那点沧桑、苦涩，那种与物俱化的从容平淡、推物及己的孤郁伤感不禁使人泫然。由此，我们似乎可以了解禅境在中国诗词中的真面貌，那是无限造化透露给词人墨客的天机消息，是对大千世界状其貌得其髓，思与天齐的一点文心，是真性情、真灵魂的深深感动。

钱剑平 （系于 1905 年）

祖保泉 此词如加小标题，当为"秋日望远忆故人"。全篇上片写望中之景，下片即景抒情。上下贯串，脉络分明。（《解说》）

蝶恋花

阅尽天涯离别苦。不道归来，零落花如许。花底相看无一语。绿窗春与天俱莫。

待把相思灯下诉。一缕新欢，旧恨千千缕。最是人间留不住，朱颜辞镜花辞树。

秦少游《鹊桥仙》词有句曰："两情若是久长时，又岂在朝朝暮暮。"论者谓这两句给人类提供了一个典范性的爱情标准。但他们似乎没有讨论过这种"典范性的爱情"所需要付出的代价。王国维和他的夫人莫氏结缡十载，聚少离多，他对这长久的离别所付出的代价有深刻体会。这首词，着重强调了无情岁月对青春生命的伤害。事实上，人生是一个很短暂的过程，有许多失去的东西是不可能复制的。

一般来说，诗词的首句不能说得太尽，要给后边留下发展的地步。但这首词一开头就是"阅尽天涯离别苦"，一下子就把话说到头了，下边似乎很难接续。可是作者用一个"不道"翻出了新意：离别之后还能够重逢本是不幸之中的万幸，可是你怎能想到，当你回来的时候，树上的花已经凋谢成这般模样！说花就是说人。韦庄《菩萨蛮》词有句曰，"劝我早归家，绿窗人似花"。"早归家"和"人似花"有什么关系？旧时代的女子没有独立的人生价值，她们的价值在于得到男

阅：经历。| **不道**：不料。宋欧阳修《玉楼春》词："尊前贪爱物华新，不道物新人渐老。"如许：像这样。| 绿窗：绿色纱窗，指女子居室。前蜀韦庄《菩萨蛮》词："劝我早归家，绿窗人似花。"| 莫："暮"的古字。| 朱颜：青春年少的容颜。

子的赏爱，因此青春美貌对她们来说是至关重要的。如果男子在外迟迟不归，她们的青春美貌就会像花一样在等待的折磨中枯萎凋谢。因此，"花底相看无一语。绿窗春与天俱莫"已经是从花说到人了。久别重逢之下为对方的憔悴衰老而震惊，这可能是"无一语"的原因之一；失去的青春年华再也无可挽回，这可能是"无一语"的原因之二；当初既有"天涯离别"的选择，今日就必须承受"零落花如许"的后果，这可能是"无一语"的原因之三。"相看无一语"，并不是真的没有话说，其中隐隐包含了许多不愿说、不能说或不知道该怎么说的痛苦、悔恨和哀怨。然而，人对自己行为的选择并不是自由的，"天涯离别"本就是一种无可奈何的选择，在饱尝其苦之后还要承担"人间第一耽离别"（王国维《蝶恋花·满地霜华》）的责任，这不是很不公平吗？

不过，相逢毕竟是一件值得欣慰的事情。杜甫说"夜阑更秉烛，相对如梦寐"（《羌村三首》），那就是写夫妻再聚时的惊喜与快慰。然而，王国维在这里的感受也不一样："待把相思灯下诉。一缕新欢，旧恨千千缕。"夫妻相聚灯前共话本应只诉相思，可是这相思牵涉到天涯离别中多少无法绕过的悲伤话题！这些话题冲淡了夫妻相逢的欢乐，使本应温馨愉快的灯前共话充满了对旧事的悲伤与悔恨。王国维还有一首《蝶恋花》说："已恨年华留不住，争知恨里年华去。""恨"，有遗憾的意思。那"恨里"就包含了这"旧恨千千缕"的遗憾。遗憾的是什么？归根结底只是一件，那就是：人生最有作为的青春年华全都过去了，现在除了这一点点相逢的快慰之外，我们还有什么属于未来的东西？"朱颜辞镜花辞树"连用两个"辞"字，强调了人生岁月的不可挽回，悲伤绝望之意溢于言外。事实上，莫氏夫人在34岁就一病不起，她的死给王国维留下的遗憾是终生的。

人的生命是最宝贵的，它对每个人来说只有一次。可是在这个世界上，有许多人实际上是在毫无价值地消磨着自己的一部分或者全部的生命。这虽然是一种痛苦，但那些并没有意识到这一点的人是感觉不到的，他们或者糊里糊涂地混下去，或者盲目地把希望寄托在不可知的未来。唯有一种人最痛苦，那就是既清醒地意识到岁月的蹉跎又无法改变这种现状的人。他们亲眼看着时间对生命的戕伐和吞噬，却无可奈何地依然选择离别和等待，而且心里明明白白地知道这等待的结果就是"朱颜辞镜花辞树"。这首小词，就是这种"清醒中的痛苦"之写照。

辑评

周策纵 惟聚少离多之感，犹只人生感情之小焉者，若《蝶恋花》（下引本词从略）则扩而有感于时间之残酷矣。因个人之身世而普及于普遍之人生，因一时之感而及于永恒之忧，此种手法，惟南唐李煜为能事。又："最是人间留不住，朱颜辞镜花辞树。"此意境莎士比亚最喜道之。所谓"一切少年男女皆将如扫烟囱者同归于灰烬"是也。然其《十四行诗》中歌颂生命、爱情与诗之永恒处尤多。如："世间无物能与时间之镰刀抗辩，惟幼小者继承汝时即能与之挑战。"及"惟汝之长夏永不凋落，亦不足以损汝晔晔之红芳，虽死神谓汝将漂泊于其阴影，但汝将于不朽之诗中与时日同长"。皆能于太息"是处红衰绿减，苒苒物华休"之外，求得一永恒之安息，如"惟有长江水，无语东流"者然。静安受叔本华思想浸染过深，似罕有此自慰之方。

萧艾 一九○五年春，海宁作。

陈邦炎 离别是一个悲剧，归来还是一个悲剧。静安词的悲剧色彩之特别浓厚，正表现在这些地方。他笔下的人间悲剧，不是一时、一地的，不是单一、孤立的，而是绵延相续、重重叠叠的。在静安眼中，人生的苦海，从时、空两方面看都是无边无际、没有尽头的。（《论静安词》）

陈永正 冯延巳词堂庑特大，不独开北宋一代风气，千年以来，作《蝶恋花》调者，除一二杰特之士外，无不受其影响。静安是词，亦步之趋之，用意词语声调皆逼肖冯作。1905 年夏作于海宁。（《校注》）

Joey Bonner Although the poet's reunion with his love has brought him a modicum of pleasure, it has awakened many painful memories. His seemingly naive surprise at discovering that during his prolonged absence both he and his love have aged leads him to regret that he has been away so long that they have been unable to share the precious years of their youth.

沈茶英 团聚本应欢乐，然看到的只是"零落花如许"，徒增悲伤，亲人促膝剪灯，无甚可说，只有倾吐旧恨宿怨，代替了转瞬即逝的"新欢"。团聚和离别一样充满痛苦。

陈鸿祥 "最是人间留不住，朱颜辞镜花辞树"，实由冯延巳《鹊踏枝》"谁道闲情"上片末句"日日花前常病酒，不辞镜里朱颜瘦"脱出而有出蓝之胜，应属《人间词》中名句之一。（《注评》）

佛雏 疑回海宁时作，时莫夫人尚在。拟系于 1904—1905 年。

刘伯阜、廖绪隆 本词中的"人间"，并非言漠然浮世，而是指人之世。它有时也单指个性的人或涵括人生悲剧之意。

朱歧祥 此言人生最不可掌握的是生命。人间的分离，无论是生命的自然终结，抑或是客观环境的阻碍，都构成永恒的苦恼。(《选评七》)

王步高 等 词写得哀婉凄恻，通篇写花，以花作喻，平实处见苦心孤诣，不是叙写归来之喜，而是坦陈归来之悲之恨，悲剧色彩浓重。

钱剑平 (系于 1905 年)

萧华荣 时在光绪三十一年（1905）春天，长期奔走在外的词人回到家乡海宁。他的夫人莫氏原就体弱多病，久别重逢，只见她面色益显憔悴，不禁万分感伤。这首诗，或许就是为此而作的吧。

祖保泉 在半封建半殖民地的晚清时代，小知识分子家庭要免除"相思"之苦，谈何容易！全篇情真意切，结构紧密，可许为佳作。(《解说》)

马大勇 在静安笔下的数十处"人间"里，如果说这首《蝶恋花》不是最沉痛的，那么其他篇章似乎也难取而代之。词提空写离情，由离情蔓延到一种韶华迅逝的永恒悲哀，王氏所称理想派的"造境"是也。(《"偶开天眼觑红尘"：论王国维词》)

陈世旭 王国维最为经典的这首爱情词，以一种极为细腻的笔触，写透相思之苦、世间无奈，短短几句，句句直击人心。无论是意境还是修辞，都达到很高的水准，足可与宋词相媲美。(《王国维的境界》)

玉楼春

今年花事垂垂过。明岁花开应更嚲。看花终古少年多，只恐少年非属我。

劝君莫厌尊（《甲稿》作"金"）罍大。醉倒且拚花底卧。君看今日树头花，不是去年枝上朵。

王国维论词主"境界"，重"理想"，所以他虽然推崇五代北宋的词，但自己的创作毕竟有一种刻意向深远处追求的倾向，这种倾向与五代北宋词人纯为歌酒娱乐而写作是有所不同的。然而这首《玉楼春》却不一样，他似乎暂时放下了那刻意的和人为的"责任感"，用白话的语言、世俗的口吻，饮酒赏花，一吐心中郁闷，在《人间词》中别具一格。

及时行乐的思想古已有之，只不过在表现上，有人说得比较直白，有人说得比较婉转。像吕后对张良说，"人生一世间如白驹过隙，何至自苦如此乎"；像刘禅对司马昭说，"此间乐，不思蜀"，就说得比较直白因而显得俗。而像晏殊《浣溪沙》的"满目山河空念远，落花风雨更伤春，不如怜取眼前人"，就说得比较婉转因而显得雅。一般来说，说得俗就容易意尽于言，没有余味；说得雅则比较容易使读

花事：关于花的情事。春季百花盛开，故多指游春看花等事。宋毛滂《玉楼春》词："一春花事今宵了。" | **垂垂**：渐渐。宋黄庭坚《和师厚秋半》诗："杜陵白发垂垂老，张翰黄花句句新。" | **嚲**（duǒ）：下垂。意谓花开很多而压得枝条下垂。 | **终古**：谓自古以来一直是。唐陈子昂《感遇诗》之十七："终古代兴没，豪圣莫能争。" | **尊罍**（léi）：泛指酒器。 | **拚**：豁出去。 | **花底卧**：宋张抡《蝶恋花》词："醉倒何妨花底卧，不须红袖来扶我。"

者产生比作者本意更高远的联想。

但有意避俗求雅，则近于效颦作态，容易走向纤巧做作一路，成为似雅实俗。所以况周颐论词主张"重、拙、大"，并说"宋人拙处不可及"（见《蕙风词话》），其实就是强调词人感情之醇厚与表达之自然。况周颐在《蕙风词话》中还曾解释"哀感顽艳"的"顽"字说："拙不可及，融重与大于拙之中，郁勃久之，有不得已者出乎其中，而不自知，乃至不可解，其殆庶几乎。犹有一言以蔽之，若赤子之笑啼然，看似至易，而实至难者也。"也就是说，词的感情有时就像小孩子的笑啼，不可理喻不可感化，简直令人无可奈何，但自有它的一份真实在。王国维这首《玉楼春》，就给人以这样一种感觉。

从字面上看，这首词全是白话，没什么难懂的地方。"鬌"字似乎不大常见，但那是唐宋时代常用的字。柳永那首很通俗很白话的《定风波》里边就有"暖酥消，腻云鬌"，用"鬌"字来形容头发的低垂。而这里是用"鬌"字来形容花开很多压得枝条下垂的样子。作者说：今年的春天很快就要过去了，明年春天花一定会开得更多，但自古以来看花游春是年轻人的事，那更多更繁盛的花是为年轻人开的，而我们已经不年轻了，明年可能就会退出看花游春的行列。因此，你不要老是嫌酒太多杯太大，我们抓紧这最后一次看花的机会来尽情享乐一番吧！大不了醉倒在花下我们也不离它，因为这些花像我们一样，落去后永远也不会再返回枝头了，就像今年枝头上的花已不是去年的花一样，明年枝头上的花也不再是今年的花。

话说得多么通俗，感情显得多么直率！但其中不但包含着某种哲理，也包含着况蕙风所说的那种"郁勃久之，有不得已者出乎其中"的词人的固执。

"今年花事垂垂过。明岁花开应更鬌"连用了两个"花"，口吻里充满了对花的喜爱和对春天的珍惜。一年之中只有一个春天，人的一生也只有一个花季。对花的热爱与珍惜也就是对人生的热爱与珍惜。凡是对人生爱之深、望之切的人，内心常常怀有一种恐惧感，深恐虚度了这只有一次的人生——"看花终古少年多，只恐少年非属我"。

因此，在花季将尽之时才有了这样一副狂态——"劝君莫厌尊罍大。醉倒且拚花底卧"。这种狂态，既不同于"会须一饮三百杯"的豪放之狂，也不同于"一日看尽长安花"的浮躁之狂，倒有些近乎杜甫"且看欲尽花经眼，莫厌伤多酒入唇"的深悲隐痛之狂。为什么会这样？结尾两句做了解释："君看今日树头花，不是去年枝上朵。"这两句，令人联想到西方哲学家所说的，"没有人能两次踏进同一条河流"。

在我们这个世界上，一切事物都处在永恒的运动中。运动是绝对的，静止是相对的，今年的花不是去年的花，明年的我也不是今年的我。孔子说，"逝者如斯夫，不舍昼夜"（《论语·子罕》），人生当然也是如此，客观规律是不会因个人意志而改变的。面对这种事实，有的人以明哲的态度来安慰自己，如苏东坡的"自其不变者而观之，则物与我皆无尽也"（《前赤壁赋》）；有的人以无可理喻的固执来折磨自己，如冯延巳的"日日花前常病酒，不辞镜里朱颜瘦"（《蝶恋花》）。王国维则熔明哲与固执于一炉。他用不着开导，因为他比任何人都明白；可是他仍要向那些一往不返的事物投入自己的全部感情。这就是小词之"哀感顽艳"的"顽"。你对他的固执感到无可奈何，可是他的感情真的能够给你一份深深的感动。

辑评

吴昌绶　名理湛深，惟前半尚请酌。

蒋英豪　《玉楼春》"君看今日树头花，不是去年枝上朵"，用屈大均《梦江南》"纵使归来花满树，新枝不是旧时枝"。

萧艾　苏州作。

陈永正　强作放达之语，格调颇近欧阳修，然似欠六一词之真率。那是一位饱历忧患的中年人的苦笑。在失去了最宝贵的青春后，他总得要抓住点什么，而且想牢牢地抓住不放，因为，那是他最后的慰藉了。1905年夏作于海宁。（《校注》）

陈鸿祥　王国维不善饮，然嗜卷烟之外，尚有一好焉，曰：以酒寄情。初入上海《时务报》馆，即以饮绍兴酒吟《庄子》"声苍凉"而被罗振玉注目；旋偕罗氏任职清学部，更仿"高阳酒徒"，每与刘季英等结伴去北京街头"大酒缸"一醉方休。然而，"劝君莫厌金罍大"，非醉生梦死，而在"君看今日树头花，不是去年枝上朵"。花谢犹可重开，少年不可再复。这是策励之语。亦人间"为制新词髭尽断"中吟出之警句。（《注评》）

佛雏　拟系于1904—1905年。

马华　等　这是一首感时伤春词，依然是人类千古不变的人生主题岁月易老、青春短暂的悲哀。这首词把人生和花重叠在一起来写，意象十分鲜明。

周一平、沈茶英　在叔本华看来，存在就是空虚，它表现在整个生存形式中，表现在时间、空间的无限性与个体的有限性二者中。人生从时间来说只是一刹那的事，生存的全部基础建立在飞逝的"现在"上。王国维正表达了这样的思想。王国维体弱多病，时觉精力不继、未老先衰，因此这些词（指本词及《蝶恋花·袅袅鞭丝》《点绛唇·厚地高天》）不仅反映出他的哲学思想，也写出了他现实生活中的怨恨。

钱剑平 （系于 1905 年）

祖保泉 王氏在日常生活中，不戒酒，也不嗜酒，而在这首词里他写上这两句想象中的浪漫行为，不过借此显示豪情罢了。照我体会，王氏由苏州、上海而到了北京，又进了紫禁城，觉得"天生我材必有用"（李白句），有自负情绪。这两句乃是自负情绪的形象化表现。（《解说》）

阮郎归

女贞花白草迷离。江南梅雨时。阴阴帘幕万家垂。穿帘双燕飞。

朱阁外，碧窗西。行人一舸归。清溪转处柳阴低。当窗人画眉。

这首词像一幅中国山水画，林花掩映，清溪数曲，江南千里，尽在目中。素雅冲淡的画面中略点醒目的朱碧，幽静安谧的气氛中隐藏飞动的情意，使没有到过江南的读者也能从中领略到江南风景的美丽、幽静与多情。

白花绿草是清新淡雅的色彩，女贞具有四季常青的品质，万家帘幕低垂又给人一种幽静和内敛的感受。更何况，这一切又被笼罩在无边无际的朦胧细雨之中。如果把雨中江南山水比作一个娴静、含蓄的美女，那么"穿帘双燕飞"一句则给这美女增加了一种动态和生气，从而引出了近景中的人物。

不过，这是一幅山水画而不是人物画，人物也是景。作为一幅画，读者的视线可以越过树杪看到远水中的一舸归舟，而那远水在林花柳

女贞：木名。以其凌冬青翠不凋，或以为即冬青，实非一物。枝上能养蜡虫，以取白蜡，故亦称蜡树。初夏开花，花白色，分布于我国华南和长江流域各地。古诗文中常用以比喻有节操的女性。《艺文类聚》卷八九有晋苏彦《女贞颂》。| **迷离**：模糊不明，难以分辨。
梅雨：初夏产生在江淮流域雨期较长的连阴雨天气。因值梅子黄熟，故名。唐韩翃《送李秀才归江南》："荷香随去棹，梅雨点行衣。" | **阴阴**：幽暗貌。唐王维《积雨辋川庄作》："阴阴夏木啭黄鹂。" | **行人**：出行之人。宋欧阳修《踏莎行》词："行人更在春山外。"
一舸（gě）：一只小船。南宋辛弃疾《满江红》词："一舸归来轻似叶。" | **低**：《王国维遗书》作"底"，《甲稿》及《王忠悫公遗书》皆作"低"。"低"是，据改。

阴的掩映遮蔽中曲折断续，直流到近景的朱阁碧窗之下，窗内有人在对镜画眉。梳妆画眉，是女子的自我修饰。屈原说"民生各有所乐兮，余独好修以为常"（《离骚》），那是对自我品德的坚持；李商隐说"八岁偷照镜，长眉已能画"（《无题》），那是对自己才能的自信；王国维自己也曾说"从今不复梦承恩。且自簪花坐赏镜中人"（《虞美人》），那是一种退而独善的洁身自好。总之，江南水乡钟灵毓秀，风景美，人物也美。这幅画可以引起读者的种种遐想：喜欢爱情故事的人不妨想象画眉女子正在等待那一舸归舟中的行人，从而演绎出一个爱情的故事；喜欢江山风景的人不妨从中体会江南山水的蕴藉与灵秀；相思离别者则不妨因此而怀念起故乡与亲人。

这首词的好处在于，它看起来完全是写景，而且那景色悠闲淡雅，颇近于"悠然见南山"的无我之境；但从穿帘双燕和当窗画眉人的形象中，又似隐隐流露出一种感情和心愿，从而使整个景色不但有自然之美，而且还有一种委婉绵长的情意之美，令读者觉得既清新淡雅又余味悠长，读起来很有远韵。

辑评

吴昌绶 此阕删。

陈永正 词人归向江南的故乡，正是烟雨迷离的暮春时节。那如情似梦的景色，更使他沉醉了。1905 年夏作于海宁。（《校注》）

陈鸿祥 此词写景，亦写情。"当窗人画眉"一句如画……以女贞花白，摄入"江南梅雨"词中，而窗映江南景美人更美焉。（《注评》）

佛雏 据乃誉《日记》，乙巳六月初二，静安自苏返海宁。词中时令与"行人一舸归"句，全与此合，故系于此（1905 年）。

马华 等 这首词上阕所写景象在于天地之间视野开阔，以女贞的白花和绿色的草地相对应，在厚重的雨的背景中有飞翔的双燕，画意盎然。下阕描写的是局部的景致，"朱阁外，碧窗西"写的都是与美观的景物相联系的地点，"行人一舸归"则具有动感，而"行人归舸"诗意悠然。再看"清溪转处柳阴低，当窗人画眉"景象清洁，又因为有女画眉当窗，更有一种妩媚的气氛。江南秀色，温婉人文，俱在其中矣。

钱剑平 （系于 1905 年）

祖保泉 着意写仲夏江南水乡景色，恰似图画中的速写，抓住特征，勾勒几笔便见精彩。论内容无深文大义，作者只求几笔勾勒出一幅江南水乡风景画，读者不可有不恰当的苛论。（《解说》）

阮郎归

美人消息隔重关。川途弯复弯。沉沉空翠压征鞍。马前山复山。

浓泼黛，缓拖鬟。当年看复看。只余眉样在人间。相逢艰复艰。

这是一首美丽的小词。它把美人与青山、过去与现在、人间与天上、现实的旅途与追求的道路结合起来，以一种反复盘旋的口吻浅吟低唱，读起来韵味悠长。

全词的中心是要寻找一个"美人"。这美人当初曾近在咫尺——"当年看复看"；现在却远隔千山万水——"相逢艰复艰"。这使我们联想起作者的另一首词"忆挂孤帆东海畔。咫尺神山，海上年年见"（《蝶恋花》）。那"海上年年见"的"神山"与这"当年看复看"的"美人"何其相似；那"神山"的幻灭与这"美人"的消失又何其相似！不同的是，《蝶恋花》"理"重于"情"，美好理想的幻灭给人以震撼；这首词"情"重于"理"，反复盘旋而不决绝，表层的美丽委婉掩盖了深层的悲哀。

汉代张衡写过《四愁诗》："我所思兮在太山，欲往从之梁父艰，侧身东望涕沾翰。美人赠我金错刀，何以报之英琼瑶。路远莫致倚逍遥，

重关：层层的门户或重深的关塞。又，佛教谓悟道的难关为重关。｜**川途**：路途。宋周邦彦《氐州第一》词："景物关情，川途换目。"｜**沉沉**：沉重的样子。｜**空翠**：指青绿色的草木，亦可指山中青色的潮湿雾气。宋苏轼《八声甘州》："正暮山好处，空翠烟霏。"**征鞍**：指旅行者所乘的马，亦兼指乘马的旅行者。｜**泼黛**：宋黄庭坚《诉衷情》词："山泼黛，水挼蓝。"泼，中国画有泼墨和泼彩的技法。黛，青黑颜色。｜**缓拖鬟**：把发鬟梳得蓬松低垂。缓，放松。拖，曳引。鬟，古代女子的环形发髻。｜**眉样**：画眉的式样。唐罗虬《比红儿诗》："镜前眉样自深宫。"

何为怀忧心烦劳。"其他三首句式相同，分写所思美人在南方的桂林、西方的汉阳、北方的雁门，中间分别有湘水、陇阪、大雪的阻隔。美人虽然多情，但路途遥远多艰，相见无日，徒增烦忧。"美人消息隔重关。川途弯复弯"，可能就是从这种意思化来。"重关"，可以是远方的重重关塞，可以是森严的层层门户，甚至可以是内心的某种隔阂和误会。因为对于一个追求者来说，自然界的山川河流是阻隔，人世间的种种约束是阻隔，自己内心中的障碍是更大的阻隔。面对这么多的艰难阻隔，就难怪追寻的道路"弯复弯"了。歧路可以亡羊，而在这遥远的追寻途中有着多少"弯复弯"的歧路！

"沉沉空翠"是指山中潮湿的水气笼罩着草木所形成的那种青绿色的烟雾。草木越茂盛，雾气就越浓重。再加上山路的漫无止境，就给旅行者一种很沉重的压抑之感，所以说是"压征鞍"。乘火车旅行的人有这种感觉：我们盼望快些到达前方的车站，盼望快些看到下一站站台的标志，但车窗外掠过的却总是似乎永远也过不完的绿色山野。那真是"马前山复山"——前途还很遥远，看不到任何到达目的地的征象。

过片"浓泼黛，缓拖鬟"两句写得很妙：在此之前重点写旅途的青山，在此之后重点写心中的美人；而这两句，前一句重点在山却点出了人，后一句重点在人却仍带着山，很巧妙地起了承上启下的作用。"黛"，本是青黑的颜色，可以用于画山，也可以用于画眉。"浓泼黛"，是说大自然的天工神笔饱蘸了浓重的黛色泼洒点染出眼前的山。但古人也常常用山来比喻女子的眉，如"一双愁黛远山眉"（韦庄《荷叶杯》）。所以这"浓泼黛"虽然是画山不是画眉，但它的作用是在描绘山的同时暗暗与后边"眉样"的想象相呼应，开始了从青山向美人的转换。"缓拖鬟"则是用女子的发髻来形容山。"鬟"本是女子的环形发髻，但古人说"遥岑远目，献愁供恨，玉簪螺髻"（辛弃疾《水龙吟》），那"螺髻"指的就是山。"拖"可以是用笔拖，那就仍然是大自然的天工神笔在画山；但也可以是使发髻向下低垂，那就是女子着意梳出蓬松低垂的发式，就像古人描写多情女子所说的："倭堕低梳髻，连娟细扫眉。"因此，这"浓泼黛，缓拖鬟"的意象所要表现的，其实是现实的青山在旅行者眼中逐渐化成心目中美人的过程。在今日物象与当年心象的叠加组合之中，由物象清晰心象朦胧到心象清晰物象朦胧，旅行者的记忆也就从今日回到了当年——"当年看复看"。"看复看"，写得真是一往情深：美人的芳容曾经如此真切地向我展示，我曾经与她近在咫尺。然而那已经是过去的事了，后来她就弃我而去，"只余眉样在人间"。"眉样"，是画眉的式样，但这里指的是山。因为我们说"眉如远山"，也可以说"远山如眉"。这一句，从心中的美人又回到了现实中的青山。而这"眉样"两个字，颇使人产生"曾经沧海难为水，除却巫山不是云"的感动——当你有了心中那个美人的"眉样"之后，你对其他人间脂粉就真的是不屑一顾了。但是，"人间"两个字却又带有人天永隔的暗示：美人非人间所有，而人间对美人的追求却不会停止，是"只余眉样在人间"。由此就引出了回肠百转的结尾一句："相逢艰复艰。"说"相逢"，意味着仍不肯放弃；说"艰复艰"，意味着实现的可能性极小。美好的理想长存而在现实中难以实现，这就是千古以来人类最大的苦恼。

这首词，我们无法断定作者的原意到底是追求一个生活中实有的人还是追求一个理想，但我们从它婉转起伏的声调、优美变幻的画面和盘旋反复的感情中得到美的感受和悲哀的回味，因而可以进一步体会到小令"要眇宜修"的美和词之"言长"的特点。

辑评

萧艾 黄庭坚曾用"独木桥"体填此调，静安则用"字字双"句法填此调，皆可谓创格也。

陈永正 此词有古乐府风调。《太平广记》卷三百三十《中官》条引《灵怪集》载，有中官宿于官坡舍，夜见四人赋诗联句，歌曰："床头锦衾斑复斑，架上朱衣殷复殷。空庭朗月闲复闲，夜长路远山复山。"后人因名此体曰《字字双》。作于1906年春。（《校注》）

陈鸿祥 《人间词话》所谓荡漾促节，铿锵可诵，由此词当可领略。（《注评》）

佛雏 系于1905年。（见《少年游·垂杨门外》辑评）

马华 等 这是一首别致的爱情词。它巧妙地将词的上下阕分属男女两人，如同男女对唱，委婉地唱出了一对分别已久的恋人的情思，也唱出了"人间相逢艰复艰"的感叹。

钱剑平 系于1905年。

祖保泉 "美人"何所指？我们只得依照知人论世的原则加以探索。王氏在二十六七岁时深爱钻研哲学，二十八九岁，学习嗜好转移于文学——"填词自遣"。然而他又不能忘情于哲学，于是用拟人化手法创造意境，写了这首词。……于是，年方三十的王氏，便以他得意的词笔，写一首《阮郎归》，向他曾深爱的哲学——"美人"——告别而又致不相忘之情。（《解说》）

浣溪沙

天末同云黯四垂。失行孤雁逆风飞。江湖寥落尔安归。

陌上金丸看落羽（《甲稿》作"陌上挟丸公子笑"），闺中素手试调醯（《甲稿》作"座中调醯丽人嬉"）。今宵欢宴胜平时。

　　王国维写词刻意求新，这首词可以说是一篇代表作。它的新意主要表现在两个方面，一是在词中写出了诗的格调和意境，二是在咏雁的旧题材中写出了前人没有写过的新内容。

　　王国维自己也说过，"词之为体要眇宜修，能言诗之所不能言而不能尽言诗之所能言"。诗中可以表现大见识发表大议论，如杜甫《自京赴奉先县咏怀五百字》的"朱门酒肉臭，路有冻死骨"，十个字道出了千古以来战乱的根源，真有重于千斤的分量，而词则不宜有如此沉重的笔墨。因为词本来是文人在歌酒筵席上写来给歌女演唱的歌词，要适合娱乐气氛和歌女的口吻，宜轻灵委婉，不宜悲惨沉重。所以，

天末：天边。唐杜甫《天末怀李白》诗："凉风起天末。"│**同云**：雪云。《诗·小雅·信南山》："上天同云，雨雪雰雰。"南宋朱熹《诗集传》："同云：云一色也，将雪之候如此。"**黯四垂**：谓雪云向四面八方布满。│**失行**：谓离群。宋贺铸《负心期》词："惊雁失行风翘翘，冷云成阵雪垂垂。"│**寥落**：冷清。宋贺铸《思越人》词："寥落星河一雁飞。"│**尔**：指雁。│**安归**：归向何处。│**陌上**：路上。│**金丸**：指弹丸。晋葛洪《西京杂记》卷四："韩嫣好弹，常以金为丸，所失者日有十余。长安为之语曰：'苦饥寒，逐金丸。'京师儿童每闻嫣出弹，辄随之，望丸之所落，辄拾焉。" 韩嫣，汉武帝幸臣。│**落羽**：受伤坠地的鸟。唐杜甫《归雁二首》之二："伤弓流落羽，行断不堪闻。"│**闺中**：内室。│**素手**：女子洁白的手。《古诗十九首》："娥娥红粉妆，纤纤出素手。"│**调醯（xī）**：谓调和作料。醯，醋。
宵：《海宁王静安先生遗书》作"朝"，《甲稿》及《海宁王忠悫公遗书》皆作"宵"。"朝"误，据改。

像汉乐府《孤儿行》《东门行》，像蔡琰《悲愤诗》那种揭露社会黑暗和人生惨痛的写实，在词中是不易找到的。从咏雁的题材来看，由于历史上有大雁传书的传说，所以古人写雁往往用来抒发离别的感伤。有些咏雁的词，像张炎的《解连环》、元好问的《摸鱼儿》，也借对孤雁的伤感暗寓亡国之痛，但他们抒发的主要是个人的悲哀，或者说至多是由个人身世遭遇而引起的对家国的悲哀，而王国维这首词不同，它有一种沉甸甸的社会历史感，有一种生存竞争带来的血腥气味。这种内容和格调在词中是极少见到的。而透过这样的内容格调所流露出来的，是一种洞察人类社会的眼光及由此而生的恻隐忧生之心。这种哲人式的悲哀，是王国维诗词中所特有的，在这首词中表现尤为突出。

"天末同云黯四垂"是说，预示着大雪将临的同云已在天边密布，天色渐渐暗了下来。这是环境渲染，给人一种灾难将临的暗示：现在，天地间一切生物都在劫难逃，避不过这一场风雪的打击了。可是，"失行孤雁逆风飞"——有那么一个生灵竟不顾风雪将至的危险仍独自在空中飞翔。尽管环境险恶，无恃无援，但它仍然坚持向自己要去的方向飞去，不顾迎面而来的强风。仅此两句，已不同于前人常写的那些传书的雁或惊弦的雁，它使人联想到陶渊明《饮酒诗》的"栖栖失群鸟，日暮犹独飞"。但陶渊明那首诗完全是写精神而不是写现实。而且，陶渊明是乐观的和理想主义的，他能够靠儒家的"道"把自己从黑暗的现实中超脱出来。因此，他的那只"栖栖失群鸟"最终能够"因值孤生松，敛翮遥来归"、"托身已得所，千载不相违"。而王国维是悲观的和现实的，他的雁虽然也代表了一种孤独的追求和不屈的奋斗精神，但他所要探讨的是这种精神在现实中的结果。作为喻体的雁，逆风而飞的目的是要寻找一个可以栖息的地方来躲避即将到来的风雪。然而，"江湖寥落尔安归"？现在已经是严寒的冬天，江湖中已没有适合雁类栖息的芦塘水草，更何况大雪将临，你还能飞到哪里去？——

看起来，不管这只雁的求生意志多么顽强，现在它已经不可能摆脱遭遇暴风雪的厄运了。

这只倔强的雁，倘若它真的死于同暴风雪的搏斗，也还不失为壮烈；可是它竟在风雪到来之前就被人类暗算，变成了餐桌上的美味！这结局真是现实得令人绝望，它无情地封杀了一切理想主义的出路！就像易卜生安排了娜拉出走作为《玩偶之家》的结局，鲁迅却偏偏要问："娜拉走后怎样？"娜拉没有谋生手段和经济来源，如果不回家将来不是饿死就是沦为娼妓，一定要逼出这种答案真是冷酷，但你不能不承认这种考虑是理智的和必要的。孤雁也是一样，它的下场虽有些出于意料之外，却又完全在情理之中。不过这样写下来确实有些煞风景：苏东坡《卜算子》的雁"拣尽寒枝不肯栖，寂寞沙洲冷"虽然凄凉，却仍自高洁；元好问《摸鱼儿》的雁"问世间情是何物？直教生死相许"虽然凄惨，却得到褒美。唯独王国维这首词，血淋淋，沉甸甸，令人读后数日不欢。

然而，作者在后面突然一转，没有接着写那些沉甸甸的东西，而是忽然变换了观察者的立场和角度。"陌上金丸看落羽，闺中素手试调醯"一改上半阕紧张、寒冷的气氛而变为轻松、温馨。这两句是对仗的，上一句写射雁者的技艺和风采，下一句写殷勤体贴的女性在厨下忙碌烹调。"金丸"和"素手"写得十分美丽潇洒，"看落羽"极具神采，"试调醯"有一种很温暖的家庭生活气息。然而，这一切都是属于人类的而不是属于孤雁的。当我们想到这血淋淋的"落羽"和盘中佳肴正是那倔强的朋友孤雁时，所有的轻松和温馨就全变成沉重和寒冷了。但作者还嫌不够，又加上一句："今宵欢宴胜平时"。为什么"胜平时"？就因为今晚餐桌上多了一道美味的雁肉。人得到了欢乐，雁对生命的追求却完全落空了。只因为人雁之间雁是弱者，弱者没有生存的权利，更没有追求的权利！雁的血肉给人带来了欢乐，然而人却不知道：自己又何尝没有"人为刀俎，我为鱼肉"的时候！

弱肉强食本来就是千百年来人类历史游戏的规则。失败者就是弱者，弱者就是刀俎上的鱼肉。尽管传统的儒家道德推崇"仁"的修养，但它也只能承认既成事实，承认胜利者是天下的正统。项羽兵败垓下，尸体被砍成五块，抢得一块者俱获封侯；明初靖难之变，明成祖把忠于他侄儿的大臣投入油锅烹熟；清初老百姓最惨，先有"扬州十日"，后有"嘉定三屠"。然而，这并不影响炎汉的兴盛和大清的繁荣。难怪鲁迅《狂人日记》说："翻开历史一查……满本都写着两个字是'吃人'。"时至近代，被列强欺凌、瓜分的中国固然像那只被宰割的雁；在贫穷和战乱中挣扎的劳苦大众、在政治斗争漩涡中没顶的知识分子，不也是一只只被宰割的雁吗？雁的形象，包含了自然界和人类社会，也包含了历史和现实。它对生命追求的顽强和它结局的悲惨，给读者留下了极为深刻的印象。这样的雁，可以说在古人的词作中还没有出现过。

传统儒家思想对人生的思考是理想化的。所谓"食肉者毋食马肝，未为不知味也"，对于那些难以自圆其说的问题，古人尽量避免探讨。而西方科学提出的问题是现实的。严复翻译的《天演论》发表于1898年，他通过"物竞天择，优胜劣汰"的规律来唤醒中国变法图强，在近代历史上起了重大的思想启蒙作用，这当然不可否认。但如果我们不从功利的角度而从人性的角度着眼，则那一幅生存竞争的图画实在是残酷的。王国维天生具有理性的睿智和仁者的悲悯，既不能满足于理想主义的虚幻，又不能忍受现实的冷酷。他本希望西方哲学能够解决这些人生的问题，但研究的结果却是："哲学上之说，大都可爱者不可信，可信者不可爱……知其可信而不能爱，觉其可爱而不能信，此近二三年中最大之烦闷。"（《静安文集续编·自序二》）他喜欢叔本华的哲学，但叔本华的哲学对解决现实问题毫无帮助，只能增加他对现实世界的悲观和绝望。这首令人读后感到十分沉重地压在心头的小词，就是作者这种悲观心态的产物。

辑评

樊志厚　静安之词，大抵意深于欧，而境次于秦。至其合作，如甲稿《浣溪沙》之"天末同云"、《蝶恋花》之"昨夜梦中"，乙稿《蝶恋花》之"百尺朱楼"等阕，皆意境两忘，物我一体，高蹈乎八荒之表，而抗心乎千秋之间。骎骎乎两汉之疆域广于三代，贞观之政治隆于武德矣。方之侍卫，岂徒伯仲。此固君所得于天者独深，抑岂非致力于意境之效也！

王国维　樊抗父谓余词如《浣溪沙》之"天末同云"，《蝶恋花》之"昨夜梦中""百尺朱楼""春到临春"等阕，凿空而道，开词家未有之境。余自谓才不若古人，但于力争第一义处，古人亦不如我用意耳。（《人间词话》）

冯承基　"天末同云黯四垂"即美成之"楼上晴天碧四垂"。两句结构相同，各字虚实部位相应，"黯"之与"碧"，皆指光色，直了不相异。而尚不止此，《人间词话》云："梅圣俞《苏幕遮》词，'落尽梨花春事了，满地斜阳，翠色和烟老'，刘融斋谓少游一生似专学此种。余谓冯正中《玉楼春》词，'芳菲次第长相续，自是情多无处足，尊前百计得春归，莫为伤春眉黛促'，永叔一生，似专学此种。"案美成此词上阕云："楼上晴天碧四垂，楼前芳草接天涯，劝君莫上最高梯。"余谓静安一生，似专学此种，熟读静安词，当能理会；学静安词者，亦当于此等处留意。故读静安此类词，时时见古人面目，如入委托商行，

124

虽觉琳琅满目，率非自家物也。

周策纵 确能写出一幅天地孤零、江湖寥落之境，字字着力，显现世间一切险恶危机与生存挣扎之苦痛。辟头一句即造成一凄绝之氛围，继以"失行"也，"孤雁"也，"逆风飞"也，"江湖寥落"也，皆层层加深此境，而以"尔安归"点出之。抑何其孤零乎！继以"落羽"与"调醯""欢宴"对比，尤能深切体会叔本华生命哲学与佛家之义谛。叔本华尝谓虎狼食鹿之乐不若鹿被残食之苦之甚，故知生命界苦多于乐。静安于此苦乐之间，未置可否，其早年似亦略受达尔文主义之影响，其二十三四岁时诗有"川如不竞岂潺潺"之句可证。今前半阕已尽情写出孤雁飘零无归之状，故末句所云欢宴，益能衬出此生存竞争之险巇与苦痛。……按鸿雁落羽之危，此种题意在古今诗词中原非罕见，但静安能使其意境更深一层，情景更动人一层。可见旧题意非全不可写，唯须于某方面胜于前人，亦可成杰构。……此三词自皆佳构。"天末同云"及"百尺朱楼"二首可当"意境两忘，物我一体"之称。至"昨夜梦中多少恨。细马香车，两两行相近。对面似怜人瘦损，众中不惜褰帏问"，著"不惜"二字，乃使意境全出，惟此亦"有我之境"也。

蒋英豪 这首词是有哲理做根据的。劳干《说王国维的〈浣溪沙〉词》就说此词是"从尼采到叔本华的研究中，发出对人生绝望的哀音"。这首词借外物以寄托一种悲观的人生观，但一撇开这种哲理，全词也就无甚可观。这是表现技巧的问题。尽管在《乙稿序》中大加吹捧，却不曾收进《观堂长短句》中。

王宗乐 我们可以想象得到：在江湖寥落的天空，有一只孤雁逆风而飞，不幸被弋人以金丸击中，这种事实是可能发生的；至于弋人把雁携回家中让美貌的家人调制佳肴，欢宴胜过平时，这些情形虽近事实，但只是作者依其想象中可能发生的事实而写出来的，可知此词是一种拟喻之作，词意也可能是从前面所引张九龄的《感遇》诗而来，而且雁在古人诗词被比作隐逸之事早有惯例，所以我们认为王氏此词必有托喻之意，就是此词之作，当有一种不平之事有如词中孤雁的遭遇，动于中而不能自已，但又不能直说，而作此词以抒发其心中的愤懑。王氏另一首《虞美人》词中有句云"人间孤愤最难平"，可作为写此词动机的说明。

　　祖保泉　这个被金丸射中的孤雁，是别人在银灯下"欢宴"时嘴里所嚼的骨肉；这不仅是作者的身世之感，也是被帝国主义宰割下的清廷的写照啊！王国维对孤雁，除了倾注同情之外，剩下的便是哀伤。这是他思想境界的形象化表现，也是他的政治立场的反映。……王国维在词里总想表达一点悲天悯人的思想。不过，他所悲的是封建统治阶级将要倾坍的天，所悯的是那些封建遗老。这些悲悯的对象，正是人民革命的对象。

　　缪钺　《浣溪沙》说的一只失行的孤雁在天空飞行时，被弹丸打落，做成佳肴，供人欢宴，借以象征人生不由自主的悲惨命运。托喻新颖，其构思与手法与《蚕》诗相似。……这三首词（指本词及《蝶恋花·昨夜梦中》《蝶恋花·百尺朱楼》），都是用鲜明的形象，描写个别事物情景，而其含意之丰富，又超出个别事物情景之外，使读者能在其暗示中领悟人生哲理。言近而旨远，观物微而托兴深，其体裁确与五代、北宋相近，"珠圆玉润，四照玲珑"，如活色真香，无有矜心作意。这就是王静安词的特点。（《述论》）

　　萧艾　予于《王国维评传》中认为：《人间词》所倾诉的无尽哀愁，

126

难道仅仅是因个人遭遇不幸而触发吗？即如《浣溪沙》"天末同云"一首，何尝不可以看作鲁迅在《狂人日记》中所描写的人吃人的另一形式的表现呢？可惜的是，好景不长，王国维没有朝这个方面继续行进。不像鲁迅一样，随着时代的进展而进展，并领导了时代的前进。东渡后的王国维还倒退了。卒致成为顽固的前清遗老。

王文生 这里没有堆字砌句，而是以素描的手法描绘出真实的景象，寄寓深切的感情。……整首词写情写景"语语都在目前"而又"托兴深远"，使人通过逼真的形象而获致一种深远的意境，即生存竞争弱肉强食的人间社会里弱者的挣扎和悲苦的情景。

陈永正 词人采用拟人的想象手法，以失行孤雁的不幸遭遇与闺中的欢宴作比，写出人生的痛苦和不平等。作者的情感是真实的，比喻是鲜明的，也能使读者得到真切的感受。但我们总觉得，这样的手法并不算得特别高明，它是有为而作的，句句坐实，词人的思路也很狭窄，缺少供幻想和联想自由驰骋的空间。所以，这只是一首"作"出来的词，是好词，但不是绝好的词。也许，词人为了追求"不隔"，把运用比喻或象征手法时所须具的朦胧美丢掉了，为了达到"物我一体"的境界，也把"物"自身的特点丢掉了，"物"变成了"我"，那就失去了兴会感发的特殊情趣。此词涉于理路，落于言诠，迹象过显，并未能臻于作者所认为的"第一义"的妙悟之境。1905年作于海宁。（《校注》）

顾随 首三句盖静安自道。一个人只要有思想，岂但有思想，只要有点感情，岂但有点感情，只要有点感觉，便不能与一般俗人共处。一个词人即使没有伟大思想，也要有点真实感情，最不济也要有点锐敏感觉。静安先生名气很大，而同时在中国很难有人了解他，但使有一个人了解他，也不会写出这样伤感的作品。岂是写"失行孤雁"，简直写他自己在社会上是个"畸零儿"，在"天末同云黯四垂"时，看不见光明，也看不见道路，凡"失行孤雁"没有一个不是"逆风飞"的。静安先生有感觉思想。"失行孤雁逆风飞"，这种精神力量可佩服，而如此行去，结果非失败死亡幻灭不可，故静安先生曰"江湖寥落尔安归"。静安先生与前代词人比不一定比前人好，而真有前人没有的东西。静安以前人无此思想，无此意境。下片"陌上"一句缩的真紧，用少字表多意。以别人性命为自己快乐——"今宵欢宴胜平时"。一将成功万骨枯。若以词论，前三句胜后三句多矣。六七四十二个字的小词，而表现得深刻、有曲折，若再责备贤者，似太苛求。（《顾随文集》）又：余廿年前读此词只觉与别人不同而不能言其故，今日始知静安先生乃以作诗法作词，且以作古诗法作词。……"天末同云黯四垂，失行孤雁逆风飞，江湖寥落尔安归"，词中无论欧、晏、苏、辛，无此种作品，因他们不曾意识到这一点，而静安先生意识于此，故意要把词作成这样。由此可知入词之句不见得可入诗，而可把诗之意境装入词中，并不毁坏词之形式。（《论王静安》）

Joey Bonner While most of Wang's lyrics are melancholy in tone, some are actually shrill. In the latter category is this unstintingly pessimistic lyric, written to the tune "Sand of Silk-washing Stream". The note of terrible irony on which this lyric ends gives its highly conventional theme a bizarre and macabre twist.

沈茶英 王国维后将"公子""丽人"改去，更具有哲学的概括，突出了不只是"公子""丽人"的特殊现象，而是整个人间的一般现象。此词写出了人间人人都是自私自利、充满欲望，"生活意志处处都在自相攫食"，"我们发现人是自食的狼"（叔本华语）。一些人暂时的"欢宴"，是建立在别人痛苦的基础上，而"欢宴"后，一欲终，百十欲望又起，又陷入痛苦。王国维通过孤雁俎醢（hǎi）、欢宴喜气的强烈对比，描画了人间充满的悲剧。

陈鸿祥 这是取典于"齐田氏祖于庭"的列子寓言。说的是齐国有位富豪田氏，祭祖设宴，席间有人送来了鱼雁。于是，田氏大发"天之于民厚矣"的感叹，说老天让地上长五谷、生鱼鸟，都是为了供人享用。上千名食客群起附和，声响如雷。惟独鲍氏之子，一个跟着来赴宴的十二岁儿童，敢说"不如君言"。他童言无忌，认为"天地万物与我并生"，各成其类而并无贵贱，也"非相为而生"，不过因智力大小不同而相制、相食；要不然，蚊虫吸血，虎狼吃肉，岂不等于说，人是为让蚊虫叮咬、供虎狼吞吃而生的吗？（《列子·说符篇》）从哲学上来说，这是鲜明地反对古代东西方都曾流行过的上帝或上天为人类需要而创造万物的"目的论"，而代之以"弱者肉，强者食"的"物竞天择"。应该说，这是一个进步。近代学者梁启超、蔡元培、胡适等，都曾在他们的论著里引用或论述过这则列子寓言。王国维更在他主编的《教育世界》杂志上称赞这个寓言里的"超卓之见"，认为其中"类无贵贱，徒以小大智力而相制、迭相食"，实与"近世所谓弱肉强食，生存竞争，优胜劣败，即生物进化论之思想，隐隐相通"（《列子之学说》）……实则，只要联系王国维在上世纪初，对"列强瓜分"、中国如"圈牢羊猪"的感慨，我们完全有理由说：他通过这首咏雁词，蕴涵了弱者只能挨打、图强方可争存的时代主题。（《注评》）

佛雏 王氏此词则以悲观诗人——哲人——的那种"通古今而观之"的"天眼"，"观"出了并且企图再现出下界众生的罪孽与痛苦的全部真相。何谓"天眼"？王氏在另一首《浣溪沙》（山寺微茫背夕曛）中云：
"试上高峰窥皓月，偶开天眼觑红尘，可怜身是'眼'中人！"这个"天
眼"，叔氏称之为"世界的永恒的眼睛"，它能揭开世界人生的幻迷的
帷幕，而透视其内在本性——理念，亦即充分客观化了的意志本身。"眼
中人"包括芸芸众生。可见，具有这种"天眼"的诗人，乃是置身于远
离人世的"高峰"之上，或如王氏所说的，"高蹈乎八荒之表，而抗心
乎千秋之间"，他跟现实的"我"几乎全然分裂。故照王氏自定的标准，
此词应属于作为词的最高格的"无我之境"。依叔氏，"生活意志处处
都在自相攫食"，生物界如此，而"人类自身也最清楚、最可怕地显露
出这种冲突"，"我们发现人之对人，是狼"。词中"孤雁"之被菹醢，
正集中反映了"人之对人，是狼"这一叔本华式的人类法则，"孤雁"
成了"眼中人"一切罪恶的总的承担者。王氏称南唐后主词"俨有释迦、
基督担荷人类罪恶之意"，他自己这首《浣溪沙》亦是如此。我们面对
这一"孤雁"的"落羽""充庖"的可悲图景，也就差不多仿佛看到了
一幅《基督下十字架》的图画一样。"孤雁"的品格被提到如此的高度，
这在传统诗词中的确是不曾有过的。又：拟系于 1904—1905 年。

吴蓓　依笔者拙见，那首被《人间词序》推为"意"与"境"之合
作的《浣溪沙》词，实际上并不见得是出色的。全词如下：（下引本词）
私意以为，此词胜于"意"而失于"境"。"天末同云"二句，是"无
我之境"，而"江湖"一句，转为"有我之境"；"陌上金丸"二句，
可视为"无我之境"，"今宵"句，则又为"有我之境"。这种"有我""无
我"的转换，使读者总觉得全词气韵不能一脉流注。作者似乎想抽身词
外对孤雁被金丸所射而成为席上佳肴这一富有寓意的情景作一观照。如
果他真能"冷眼"旁观，那一个富有寓意的情景真能不受干扰地纯以"天
眼"出之，那么，这首词的意境将会圆满高深得多。但作者却不提防（也

可能出于有意）自己的身影时时晃入画面映入读者眼帘，并以自己的声口干扰读者冥想，整首词的艺术效果为之大减。作者充其量是"入乎其内"，尚未能"出乎其外"，此词至多算是"能写"尚不合"能观"，如何称得上"意"与"境"合一的佳作？（《成也萧何》）

王振铎　人生之大欲在求饮食闺中之乐，为此残杀别的生命，造成失行逆风、寥落江湖的孤雁。一则云天悲鸣，一则良宵欢宴；一则落羽丧生，一则素手调醢。强与弱的对立，生与死的斗争，悲与欢的冲突，无可挽救的贪欲与残杀，这便是词中的"人间"世界，这便是富于哲理意味的艺术境界！最高的哲学抽象与具体的情景描绘融为一体。虽然意在天上，境在人间，但意立于境内，又高于境外。境显于意前，又出于意中。天上人间浑然成为一种境界，这便是"人间词"的"力争第一义处"，也是王国维对传统词艺注入的"新机"。

刘烜　在王国维上述自己写的三首最满意的词中，他自己 1923 年出版的《观堂集林》中，只选了两首，没有选《浣溪沙·天末同云》。从这个举动揣摩作者的意思，他对"意境两忘，物我一体"要求甚高。《浣溪沙·天末同云》这首词是好词，正如上述，令人对现实社会的孤独之苦、处境之险有猛然警醒的感受。然而，这首词安排旅人见到孤雁逆风飞，然后孤雁恰成旅人桌上的盘中餐，过分巧合，就有不够自然之处。作者对艺术上的这样执着追求，足可使人理解"意境两忘，物我一体"是需要努力追求的目标。太执着于自己的"意"，也会使意境的"两忘"受到影响，使词的哲学意味太过明显了。

张新颖　这首词对于人生的苦痛本身，做了一种引申的、极端化的解释。人生苦痛的意义和价值是什么？词的前一半写昏暗孤绝的境地，与下半部分的明亮热闹形成强烈刺眼的对照；而孤雁成为席上珍、腹中物，正是对苦痛意义和价值的回答：并无意义，并无价值，只不过正好满足他人卑俗的生活欲望罢了。

鲁西奇、陈勤奋 此词用雁的悲剧来比喻人生不由自主的命运。至于其艺术手法，通篇实在而具体，表面"出于观物"，冷静地叙述孤雁的命运，而真正的目的在于引发读者对于人生的思考。

马华 等 这只失行孤雁使人产生身处逆境、孤独无依的联想，使人由雁而对同类的人的命运心生忧伤。另外下阕与上阕的联系是情绪上的，上阕担忧孤雁的无家可归，而下阕则着力描写家庭的天伦之乐，这种欢悦的情绪和温馨的意象是对上阕的问题的一个不是回答的回答。家庭是每个人的港湾，尤其是在人处逆境时，家庭给予人的温暖、安全和归依感是稳实可靠的。而家庭又与"江湖"一词形成对比，更加清楚地表达了这一层意思。

钱剑平 《浣溪沙·天末同云》的旨意应该说是有深度的，而其表现手法却相当含蓄。作者运用的是传统的比兴手法，而词中却只见喻体而没有主体。这是最妙的比兴艺术；全词没有一句议论、感叹之词，而读后却给人沉重感，发人深思，且思想良久。（系于 1905 年）

莫砺锋 此词主题就是在人间充满嬉笑欢乐之时，别有一个伤心人却以悲悯的目光注视着自然界，并对自然界中的孤雁投以满腔同情。而且，说不定这只孤雁正是诗人自我的象征，他独自在人间踽踽而行，不知何处才是归宿，而四周的环境则是阴惨险恶，危机四伏。

祖保泉 当时的所谓"朝廷"（清政府）已成了听任帝国主义屠夫们宰割的对象……弱肉强食已经到了无所顾忌的程度了……这里，值得一提的是："孤雁"一定变成强者的口中食，乃是王国维编造的情节。这情节反映了唯皇室独尊，希望清政府苟延残喘的顽固心态。清廷灭亡了，他们以遗老自居，因而也只能抱恨终生。（《解说》）

徐晋如 这首词和王国维的大部分词作都一样，因为太缺乏个人的身世之感，并非以血写就，所以，总当不得一个"真"字。

彭玉平 此词表面上虽然是写雁与人的不同命运，其实是隐喻人类社会人与人之间以强凌弱的普遍现象，而这种现象正是当时政局凌乱的一种反映。（《王国维的"忧世"说及其词之政治隐喻》）

此词所表现出来的一类人生的无力感、悲剧感与另一类人生的强力感、快乐感形成了非常强烈的对比。很显然，这只失行孤雁具有晚清希望改变命运的一群先知先觉者的典型意义。（《以哲人之思别开词史新境》）

高继海 词中的"失行孤雁"代表弱者，其逆风飞，可见生存艰难，无处落家，无所归宿，暗指处于风雨飘摇中的中国。"金丸"指列强的"坚舰利炮"，"落羽"指逆行的"孤雁"被"金丸"击中，顷刻之间成了胜利者盘中佳肴。王国维感于当时国运多舛，写下这首《浣溪沙》，表明了一名知识分子忧国忧民忧己的心迹。（《王国维的词评与词作》）

浣溪沙

山寺微茫背夕曛。鸟飞不到半山昏。上方孤磬定行云。

试上高峰窥皓月，偶开天眼觑红尘。可怜身是眼中人。

　　静安先生尝言诗之境界有二："有诗人之境界，有常人之境界。诗人之境界，惟诗人能感之而能写之，故读其诗者，亦高举远慕有遗世之意。而亦有得有不得，且得之者亦各有深浅焉；若夫悲欢离合羁旅行役之感，常人皆能感之，而惟诗人能写之"（见所著《清真先生遗事·尚论三》）。以世谛言之，自以第二种作品为感人易而行世广也。然而静安先生之所作，则以属于前一种者为多。夫人固不能强不知以为知，亦不能强知以为不知，既得此诗人之境界焉，而欲降格以强同乎常人，则匪惟有所不屑，将亦有所不能。而此境界既非常人之所能尽得，则以我之庸拙而欲说之，得无为持管而窥天，将蠡以测海乎？读其词者，幸自得之，毋为我之浅说所误焉。

　　起句"山寺微茫背夕曛"，如认为确有此山，确有此寺，而欲指某山某寺以实之，则误矣。窃以为此词前片三句，但标举一崇高幽美

山寺：山中之寺。唐张籍《送从弟戴玄往苏州》诗："乘舟向山寺。" | **微茫**：隐约模糊。前蜀韦庄《江城子》词："星斗渐微茫。" | **夕曛**：夕阳的余晖。唐戴叔伦《晚望》诗："山气碧氤氲，深林带夕曛。" | **上方孤磬**：唐刘长卿《宿北山禅寺兰若》："上方鸣夕磬，林下一僧还。"上方，指佛寺。磬，寺院中召集僧众用的云板形鸣器。 | **定行云**：使流动的云停止不动，用以形容声音的高昂激越。《列子·汤问》："声振林木，响遏行云。" | **天眼**：佛教所说五眼之一。又称天趣眼，能透视六道、远近、上下、前后、内外及未来等，见《大智度论》卷五。 | **眼中人**：谓眼中所见之芸芸众生。

而渺茫之境界耳。近代西洋文艺有所谓象征主义者，静安先生之作殆近之焉。我国旧诗旧词中，拟喻之作虽多，而象征之作则极少。所谓拟喻者，大别之约有三类。其一曰以物拟人，如吴文英词："落絮无声春堕泪，行云有影月含羞。"杜牧诗："蜡烛有心还惜别，替人垂泪到天明。"是以物拟人者也。其二曰以物拟物，如东坡词："明月如霜，好风如水。"端己词："琵琶金翠羽，弦上黄莺语。"是以物拟物者也。其三曰以人托物，屈子《离骚》："何昔日之芳草兮，今直为此萧艾也。"骆宾王《咏蝉》诗："露重飞难进，风多响易沉。"是以人托物者也。要之此三种皆于虚拟之中仍不免写实之意也。至若其以假造之景象，表抽象之观念，以显示人生、宗教，或道德、哲学，某种深邃之义理者，则近于西洋之象征主义矣。此于我国古人之作中，颇难觅得例证，《珠玉词》之"满目山河空念远，落花风雨更伤春，不如怜取眼前人"，《六一词》之"直须看尽洛城花，始共春风容易别"，殆近之矣。以其颇有人生哲理存乎其间也。然而此在晏欧诸公，殆不过偶尔自然之流露，而非有心用意之作也。正如静安先生《人间词话》所云："遽以此意解诸词，恐为晏、欧诸公所不许也。"而静安先生之词则思深意苦，故其所作多为有心用意之作。樊志厚《人间词甲稿·序》云："若夫观物之微，托兴之深，则又君诗词之特色。"此序人言是静安先生自作而托名樊志厚者，即使不然，而其序言亦必深为静安先生所印可者也。夫如是，故吾敢以象征之意说此词也。

"山寺微茫"一起四字，便引人抬眼望向半天高处，显示一极崇高渺茫之境，复益之以"背夕曛"，乃更增加无限要眇幽微之感。黄仲则有诗云"夕阳劝客登楼去"，于四野苍茫之中，而举目遥见高峰层楼之上独留此一片斜阳，发出无限之诱惑，令人兴攀跻之念，故曰"劝客登楼去"，此一"劝"字固极妙也。静安词之"夕曛"，较仲则所云"夕阳"者其时间当更为晏晚，而其光色亦当更为暗淡，然其为诱感，则或更有过之。何则？常人贵远而贱近，每于其所愈不能知，愈不可得者，则其渴慕之心亦愈切。故静安先生不曰"对"夕曛，而曰"背夕曛"，乃益更增人之遐思幽想也。吾人于此尘杂烦乱之生活中，恍惚焉一瞥哲理之灵光，而此灵光又复渺远幽微如不可即，则其对吾人之诱惑为何如耶？静安先生盖尝深受西洋叔本华悲观哲学之影响，以为"生活之本质何？欲而已矣。欲之为性无厌，……一欲既终，他欲随之，故究竟之慰藉终不可得也。……故人生者如钟表之摆，实往复于苦痛与倦厌之间者也"。（见所著《〈红楼梦〉评论》而实采自叔本华之说）静安先生既觉人生之苦痛如斯，是其研究哲学盖欲于其中觅一解脱之道者也。然而静安先生自序又云："予疲于哲学有日矣，哲学上之说，大抵可爱者不可信，可信者不可爱。知其可信而不能爱，觉其可爱而不能信，此近二三年中最大之烦闷。"然则是此哲理之灵光虽恍若可以瞥见，而终不可以求得者也，故曰"鸟飞不到半山昏"。人力薄弱，竟可奈何？然而人对彼一境界之向往，彼一境界对人之吸引，仍在足以动摇人心。有磬声焉，其音孤寂，而揭响遏云。入乎耳，动乎心，虽欲不向往，而其吸引之力有不可拒者焉，故曰"上方孤磬定行云"也（以上说前片竟）。于是而思试一攀跻之焉，因而乃有"试上高峰窥皓月"之言。曰"试上"，则未曾真个到达也可知；曰"窥"，则未曾真个察见也可想。然则此一"试上"之间，有多少努力，多少痛苦？此又静安先生在《〈红楼梦〉评论》一文所云："有能除去此二者（按：指苦痛与厌倦）吾人谓之曰快乐。然当其求快乐也，吾人于固有之苦痛外，又不得不加以努力，而努力亦苦痛之一也。且快乐之后，其感苦痛也弥深。故苦痛而无回复之快乐者有之矣，未有快乐而不先之或继之以苦痛者也。"（按：此实叔本华之说）是其"试上高峰"原思求解脱，求快乐，而其"试上"之努力固已为一种痛苦矣。且其痛苦尚不止此，盖吾辈凡人，固无时无刻不为此尘网所牢笼，深溺于生活之大欲中，而不克自拔。亦正如静安先生在《〈红楼梦〉评论》中所云："于解脱之途中，彼之生活之欲，犹时时起而与之相抗。"夫如是，固终不免于"偶开天眼觑红尘"也。吾知其"偶开"必由此不能自已不克自主之一念耳。陈鸿《长恨歌传》云："由此一念，又不得居此，复堕下界，且结后缘。"而人生竟不能制此一念之动，则前所云"试上高峰"者，乃弥增人之艰辛痛苦之感矣。窃以为前一句之"窥"，有欲求见而未全得见之憾；后一句之"觑"，有欲求无见而不能不见之悲。而结之曰"可怜身是眼中人"，彼"眼中人"者何？固此尘世大欲中扰扰攘攘忧患劳苦之众生也。夫彼众生虽忧患劳苦，而彼辈春梦方酣，固不暇自哀。此譬若人死后之尸骸，其腐朽糜烂乃全不自知。而今乃有一尸骸焉，独具清醒未死之官能，自视其腐朽，自感其糜烂，则其悲哀痛苦，所以自哀而哀人者，其深切当如何耶？于是此"可怜身是眼中人"一句，乃真有令人不忍卒读者矣。

予生也晚，计静安先生自沉昆明湖之日，我生尚不满三岁，固未得一亲聆其教诲也。而每读其遗作，未尝不深慨天才之与痛苦相终始。若静安先生者，遽以死亡为息肩之所，自杀为解脱之方，而使我国近代学术界蒙受一绝大之损失，此予撰斯文既竟，所以不得不为之极悲而深惜者也。

辑评

冯承基　如："偶开天眼觑红尘，可怜身是眼中人。"又如："人间事事不堪凭，但除却无凭两字。"又如："封侯觅得也寻常，何况是封侯无据。"又如："人间总是堪疑处，惟有兹疑不可疑。"又如："已恨平芜随雁远，暝烟更界平芜断。"又如："自是思量渠不与，人间总被思量误。"以上各词，并于收束处，取一二典故字面，略事腾挪；或掉转一笔，或翻进一步，意欲令收处有力量韵味，遂成公式。

周策纵 《浣溪沙》中"试上高峰窥皓月，偶开天眼觑红尘，可怜身是眼中人。"碧落黄泉，皆无解脱处，是痛觉江山外有万不得已者在，真无可奈何矣！

蒋英豪 至于《浣溪沙》"试上高峰窥皓月，偶开天眼觑红尘，可怜身是眼中人"，则更转一层；遗世独立固是痛苦，而突然发觉自己与尘俗无异，更是苦痛中的苦痛。

钱钟书 "试上高峰窥皓月，偶开天眼觑红尘，可怜身是眼中人"，词意奇逸，以少许胜阮元《揅经室四集》卷一一《望远镜中看月歌》、陈澧《东塾先生遗诗·拟月中人望地球歌》、丘逢甲《岭云海日楼诗抄》卷七《七洲洋看月歌》之多许，黄公度《人境庐诗草》卷四《海行杂感》第七首亦逊其警拔。（《管锥编》）

萧艾 叶嘉莹《迦陵论词丛稿》说静安词《浣溪沙》一首有云："起句'山寺微茫背夕曛'，如认为确有此山，确有此寺，而欲指某山某寺以实之，则误矣。窃以为此词前片三句，但标举一崇高幽美而渺茫之境界耳。近代西洋文艺有所谓象征主义者，静安先生之作殆近之焉。"又云："彼眼中人者何？固此尘世大欲中扰扰攘攘、忧患劳苦之众生也。"叶氏深研静安词作，往往发言微中。对此词之理解，尤具只眼。予以为词旨即屈子众醉独醒之意。于此，弥见斯人忧世之怀。静安词固多含哲理，惟似此阕以象征手法出之者，实不多见。

陈永正 这是静安词中颇受人注意的作品。叶嘉莹《说静安词〈浣溪沙〉一首》，特标举是词，谓"近代西洋文艺有所谓象征主义者，静安先生之作殆近之焉"。《萧笺》亦谓"此阕以象征手法出之"，佛雏《王国维的诗学研究》又谓"此词应属于作为词的最高格的'无我之境'"。此词当为 1905 年夏归海宁时登硖山所作。登临抒感，意境高远，眼界阔大，甚具特色。（《校注》）

顾随 "试上高峰窥皓月，偶开天眼觑红尘"，前句一字比一字向上，后句一字比一字向下。有此思想者不知填词，会填词者无此思想，有此思想能填词者，又无此修辞功夫。惟静安先生兼而有之。（《顾随文集》）

Joey Bonner In this joyless lyric, Wang provides a novel twist to a conventional theme. Having climbed midway up the mountain, the speaker has long since left the world of men, and even birds, far behind. As he stands before the temple, his only companions are the clouds that graze his head as they drift by (they are so near that they can hear the chime). On ascending the mountain's loftiest peak, the speaker attains a panoramic view of mankind, although, ironically, he gains no sense of liberation from his contemplation of the grand prospect spread out before him. The lyric ends on a paradoxical note: even though he is able to see life from a transcendent point of view, the climber is unable to escape his own humanity. Indeed, his insight into the nature of the human condition is precisely that man cannot escape his own humanity.

陈鸿祥 "天眼"者，相对于《来日二首》中之"肉眼"，乃佛界"五眼"之一，亦称"天趣之眼"，所谓"天眼力""天眼明""天眼通""天眼智"等，皆由是而来。（《佛学用语》）又：（见《点绛唇·高峡流云》

辑评）又：贾宝玉出家，固然是"偶开天眼觑红尘"的结果；然而，王国维一唱三叹"人间"，却非出于对"人间"之否定，而是在感慨中为成就"大事业、大学问"不懈奋进。佛家因此颇"可怜"王氏何故闻"上方孤磬"而不出家？实则，细味此词，当可悟王氏之"可怜"，非尽消极，实寓有所不为而有所为之意；既怜"眼中人"之劳碌，又有"高峰窥皓月"之攀高精神！（《注评》）

佛雏（见《浣溪沙·天末同云》辑评）又：拟系于1904—1905年。

严迪昌 王国维词佳篇当推《点绛唇》（下引"厚地高天"从略），又如《浣溪沙》（下引本词从略），再如《蝶恋花》（下引"黯淡灯花"从略）。这些词的抒露人生感受是真切的，对王国维这一艺术个性来说，其真切的表现无可置疑。末一首"君"与"妾"的主从依附属性也表述得生动而形象，自然流转，入于化境。（《清词史》）

单世联 "试上"之中包含了多少期望与艰难？但正像王在别处所说"于解脱之途中，彼之生活之欲，犹时时起而与之相抗"，因此人竟不能制此一念，还想"偶开天眼觑红尘"，如此则"试上高峰"徒然增加了人生痛苦而已。"可怜身是眼中人"，纷纭人世都不过是忧患劳苦之众生罢了，其悲哀失望该是多么沉重！

刘伯阜、廖绪隆 这是一首高举远慕、涵蕴浑厚之作。用作者自定的标准来说，此词应归之词中最高格的"无我之境"。

朱歧祥 诗人虽有高远的志向、不甘屈服的艰毅精神，但当他一旦了悟人世在冥冥中早已安排，任何追求都只是白费力气，理想中的山寺更是一永远无法到达的境界，所有积极进取的信心顿然消失，转生无穷尽的痛苦。这种痛苦，自然远比红尘世俗不知不觉的烦恼来得深远。（《选评五》）

刘烜 "孤磬定行云"写得奇妙。天上的行云，杂乱奔忙，犹如人间的凡人忙忙碌碌。"孤磬"的声音仿佛能使"行云"定下来。这是一种佛国似的清幽的世界。人在这样的环境中，抬头望月，仿佛看到天眼也正在向红尘中看望；这时才知道，在天眼里，也有晃动着的我可怜的身影。"天眼"显然是王国维用的叔本华的概念，指无欲之眼。"红尘"指的是"尘世"，"尘世"中充满忙碌、痛苦、世俗的争斗。忽然领悟到自己也是这样的"眼中人"，词意有一点怅惘、悲凉之感。特别是知识分子，当尝过世态炎凉之后，平静下来，再读王国维这首词，心情会在艺术中略略暂时舒展一下，犹如"孤磬定行云"了。

赵遽夫 王氏《杂诗》之二云："我身局斗室，我魂驰关山。"又《五月二十三夜出阊门驱车至觅渡桥》："静中观我原无碍，忙里哦诗却易成。"《虞美人》云："从今不复梦承恩，且自簪花坐赏镜中人。"亦皆是己看己也。……由此看来，传统的"倩女离魂法"在内容表现上的习惯性，也与王国维的《浣溪沙》（山寺微茫）一脉相通。

马华 等 即使上高峰窥月，开天眼觑红尘，自己仍是红尘中人，这大概是每个懂得佛教教义的人内心深处的大悲哀吧。

周一平、沈荼英 这里说：是人间的人真可怜，做超脱红尘的人就好了。

王步高 等 全词通过登山朝寺，抒写佛理禅机，表达了词人对人世的厌恶感和追求超脱凡世的意念。

钱剑平 （系于 1905 年）

孙琴安 自己虽有人生追求和理想目标，但"偶开天眼"一看，自己仍置身于纷扰嘈杂的人间，仍不过是芸芸众生，故末句有"可怜身是眼中人"之感叹。

祖保泉 释氏、叔本华皆认定人生历程为苦痛，因而皆有悲天悯人之思绪。叔本华的信徒王国维就在这种思绪牵引下，凭空设想，创造出如此灵山佛寺的幽渺之境，从而抒发他的忧郁悲伤之情。……意境幽渺、寂静而肃穆，语言明隽而含意玄深，在王氏词中，当为上乘之作。（《解说》）

张兵 王国维虽然受西方思想的影响很深，但他毕竟是一个中国人，悠久的中国传统思想和文化给予他的熏陶，足以在他的心中扎下了深深的根基。他的接受西方思想，也是植根于中华文化土壤之中的行为。（《王国维的一首〈浣溪沙〉词刍议》）

青玉案

江南秋色垂垂暮。算幽事、浑无数。日日沧浪亭畔路。西风林下，夕阳水际，独自寻诗去。

可怜愁与闲俱赴。待把尘劳截愁住。灯影幢幢天欲曙。闲中心事，忙中情味，并入西楼雨。

王国维在1907年发表的《静安文集续编·自序二》中说他的嗜好"渐由哲学而移于文学"，"欲于其中求直接之慰藉"。实际上，这种转变从他在苏州任教时就已开始了。1904年到1905年，王国维在江苏师范学堂任教，讲授伦理学等课程，并于教课之余研究叔本华、康德哲学。这段时间他在《教育世界》杂志发表了许多论文，同时也致力于词的创作。这首《青玉案》，也许就是他试图在文学中"求直接之慰藉"的自我感受。

垂垂：渐渐。｜**暮**：指时间靠后，将尽。唐杜甫《岁晏行》："岁云暮矣多北风。"｜**幽事**：幽景，胜景。唐杜甫《北征》诗："青云动高兴，幽事亦可悦。"｜**浑**：简直，几乎。唐杜甫《春望》诗："白头搔更短，浑欲不胜簪。"｜**沧浪亭**：在江苏省苏州市城南三元坊，是苏州历史最悠久的名园。原为五代吴越广陵王钱元璙的花园（一说为吴越中吴军节度使孙承祐的别墅），北宋庆历五年，诗人苏舜钦在园内建沧浪亭，并作《沧浪亭记》，后因以亭名园。沧浪，水名。《楚辞·渔父》："沧浪之水清兮，可以濯吾缨。沧浪之水浊兮，可以濯吾足。"｜**寻诗**：寻觅诗句。宋李处全《满庭芳》词："有吾曹我辈，把酒寻诗。"｜**待**：拟，将，打算。｜**尘劳**：尘世事务的劳碌。｜**截愁住**：意谓在尘劳中暂忘忧愁。｜**幢（chuáng）幢**：晃动貌。唐元稹《闻乐天授江州司马》诗："残灯无焰影幢幢。"｜**心事**：心中所思虑或期望的事。南朝齐谢朓《新亭渚别范零陵云》诗："心事俱已矣，江上徒离忧。"｜**情味**：情趣。宋苏舜钦《沧浪静吟》诗："静中情味世无双。"

词贵委婉曲折，"江南秋色垂垂暮。算幽事、浑无数"在意思上就很曲折："江南秋色"是美丽的，而"垂垂暮"是令人遗憾的；不过尽管如此，在这暮秋的时候还有那么多可以游赏的景物，终归还是令人高兴的。"日日沧浪亭畔路"的"日日"，是强调每天都去，这是因为对那个地方景色的喜爱。但如果结合前边的"垂垂暮"，则这个"日日"又令人联想到冯延巳《蝶恋花》的"日日花前常病酒"，这里边又含有一种对无常之美景难以割舍的执着之情。"西风林下，夕阳水际，独自寻诗去"点染出一幅清秀疏朗的"水畔独吟图"，独吟之人显得很超脱很自得。但是，由"西风"和"夕阳"点染而成的美景，却透着几分凄清、几分伤感；而那"独自"二字，又暗含着几分寂寞、几分孤独。

"沧浪亭"，是北宋诗人苏舜钦被贬官后住在苏州时所筑。苏舜钦写过一篇《沧浪亭记》，文中除了叙述他在苏州购地筑亭的经过之外，还发表议论说："人固动物耳，情横于内而性伏，必外遇于物而后遣。寓久则溺，以为当然。非胜是而易之，则悲而不开。"他的意思是说：人的"情"会被外物所动，当你内心充满"情"的时候，就干扰了你的"性"。"情"需要有外物的寄托才能够排遣。但当你久久地寓情于某种外物的时候，你就沉溺其中，误以为人生本该如此。这是很危险的。在这种时候如果你不能够找到一种更好的外物来寄托你的"情"，则你的苦恼就难以摆脱了。苏舜钦是以寄情于山水风景来摆脱他在寄情于"治国平天下"的仕途中所遇到的烦恼。王国维现在似乎也是想以沧浪亭畔的山水风景之美来摆脱他"人生之问题日往复于吾前"（王国维《静安文集续编·自序一》）的烦恼。

可是他很快就发现，这并不是一个可以行得通的好办法。因为，"可怜愁与闲俱赴"——"愁"和"闲"实在是一对形影不离的老朋友，寄情山水独自寻诗是"闲"，但只要是"闲"的时候就必然跟来"愁"。

既然这个办法不行，那么还有什么别的办法呢？他也找到了一个最有实效的办法，那就是用"尘劳"来"截"：把自己完全投入尘世事务的繁忙劳碌之中，以此来求得对内心之愁苦的暂时解脱。忙些什么他没有说，也许是通宵备课，也许是彻夜校改文章，总之忙了一夜他总算暂时把"愁"忘掉了。然而糟糕的是，这时候已经"灯影幢幢天欲曙"——一夜过去了，白天又来了。接续这个不眠之夜的，仍将是整天的繁忙劳碌，或者是整天的闲愁缠绕。——说到这里我们想起王国维在《静安文集续编·自序一》中回顾他治学数载的经历时说的"顾此五六年间，亦非能终日治学问，其为生活故而治他人之事，日少则二三时，多或三四时，其所用以读书者，日多不逾四时，少不过二时"，还有他在《浣溪沙·掩卷平生》中说的"坐觉无何消白日，更缘随例弄丹铅。闲愁无分况清欢"。这些话，似可作为他这首词的补充。

那么，面对这些难以摆脱的繁忙尘劳和闲中忧愁到底该怎么办？他终于有了一个不是办法的办法，那就是把它们一股脑儿推向窗外："闲中心事，忙中情味，并入西楼雨。"不管是难以实现的心事志向，还是聊以忘忧的排遣解脱，我都不再去想，让它们随着楼外的秋雨散去吧！这个结尾，表面上似乎把烦恼忧愁一笔宕开，实际上并没有改变那烦恼忧愁的基调。首先我们看"西楼"这个词：在古代诗词中，东西南北四个方向给人的感受是不同的，西方于五行属金，在节气则为秋，所谓"远郡卧残雨，凉气满西楼"（韦应物《寄别李儋》），所谓"日暮酒醒人已远，满天风雨下西楼"（许浑《谢亭送别》），古人在提到"西楼"的时候常常伴随着一种凄凉和孤独的气氛。其次我们再看"秋雨"，所谓"梧桐更兼细雨，到黄昏、点点滴滴"（李清照《声声慢》），所谓"秋风秋雨愁煞人"（秋瑾《绝命词》），秋的肃杀和雨的迷蒙同样给人一种哀伤的感觉。所以，当作者摆出一副飘逸的姿态把他的忧愁从小楼灯影化入楼外秋雨的时候，那忧愁不但没有消失，反而和秋雨结合起来扩散出去，使悲哀迷惘的天地之间到处都沾染了他的忧愁。

辑评

蒋英豪 王国维词做得好的，都有清新飘逸之致。这种飘逸并非本于性情，而是事与愿违，非人力所能及，只好轻轻把它放过。……"可怜愁与闲俱赴，待把尘劳截愁住"意思就很新鲜，并不是"借酒浇愁"的老套。"西风林下，夕阳水际，独自寻诗去"极美，极飘逸，却隐然有寂寞之情。"闲中心事，忙中情味，并入西楼雨"，很轻巧地将情带进景里面，使全词增添了无穷韵味。

陈永正 词人徜徉于江南秀丽的湖山之间，心中依旧充满着无可排遣的愁绪。他是那失行的孤雁，永远也寻不到栖身的地方。"可怜"二句，意佳而辞拙，"尘劳截愁"，几不成语。1905年秋作于苏州。（《校注》）

陈鸿祥 "闲中心事，忙中情味，并入西楼雨"，犹鲁迅"心事浩茫连广宇"，乃词人胸中感慨，无尽意象。而"待把尘劳截愁住"既写了前词所谓"可怜身是眼中人"之"尘劳"，又从积极的方面吟唱了词人自己在"尘劳"中的"忙中情味"。（《注评》）

佛雏（见《浣溪沙·月底栖雅》辑评）又：拟系于1904—1905年。

马华 等 "待把尘劳截愁住"，此种"愁"不是"少年不识愁滋味，为赋新词强说愁"中的那种为诗而病，由病呻吟的"愁"，而是经历着人生的沧桑与劳顿，却依然无法摆脱柴米人生的种种琐碎缠缚，使人深感尘劳之累，但又无可奈何的"愁"，只好在"灯影幢幢"之下愁坐对灯，直到"天欲曙"。

钱剑平（系于 1905 年）

祖保泉 深夜，作者的"闲中心事"——为词中主人公而愁苦；"忙中情味"——吟诵、推敲，至于定稿，自有安慰！煞尾句"并入西楼雨"，用行话说，是以景结情，借景以扩散此时的创作欣慰，饶有余味。这首词，真实性强，可视为王氏创作生活写照。（《解说》）

浣溪沙

昨夜新看北固山。今朝又上广陵船。金焦在眼苦难攀。

猛雨自随汀雁落，湿云常与莫鸦寒。人天相对作愁颜。

　　镇江在长江南岸，从镇江乘船过江北上，不远处便是古称广陵的扬州。这里是南北交通的重要枢纽。王国维从二十二岁起就离家在外谋生求学，他自己在诗中曾说，"行役半九州，所历多名山"（《昔游六首》之一）。这首词可能就是他某次为谋生"行役"途经镇江时所作。

　　镇江是个历史人文景观荟萃的地方。东吴孙权曾一度迁都于此，历史传说中刘备招亲的甘露寺、孙刘试剑的"恨石"等都在北固山。辛弃疾还曾在这里北望神州，写下了有名的《永遇乐·京口北固亭怀古》。金山就更有名了，韩世忠曾在这里大败金兀术，民间传说中白蛇水漫金山的故事也发生在这里。焦山则耸立在长江之中，也是一个很有名的游览胜地。然而对一个为谋生而奔忙的"行役"者来说，旅途景物虽佳却往往没有观赏的余裕。所谓"舟车有程期，筋力愁跻攀"

北固山：在江苏镇江市东北。上有北固亭，面临长江，南宋词人辛弃疾在此登临怀古，曾写过《永遇乐·京口北固亭怀古》和《南乡子·登京口北固亭有怀》。｜广陵：扬州古称广陵。｜金焦：金山与焦山，都在江苏镇江。金山在镇江市西北，本来在长江中，后因长江水流变迁渐与南岸相接，今已成为陆山。南宋韩世忠曾败金兀术于此山下。焦山在镇江市东北长江中，与金山对峙，向为江防要地。相传东汉处士焦先曾隐居于此，故名焦山。｜汀雁：落在水边的雁。汀，水边平地，小洲。｜湿云：湿度很大的云。唐张籍《和李仆射雨中寄卢严二给事》："郊原飞雨至，城阙湿云埋。"｜莫："暮"的古字。｜人天：人与天。唐卢纶《七夕诗》："人天俱是愁。"

148

（王国维《昔游六首》之一），没有时间，没有精力，许多不可不看的风景名胜都只能远远地望上一眼。这首词的上片，写的就是出差在外的人常常有的这种行旅匆匆将多少名胜都失之交臂的遗憾。

"昨夜新看北固山。今朝又上广陵船。金焦在眼苦难攀"，三句接连写出了四个地名，而且都是旅游胜地，初看给人一种游玩山水的感觉，细看却并非如此。首先，来到"何处望神州，满眼风光北固楼"的京口北固山却只能"看山"而不能登山，这是一层遗憾。其次，纵然看山也未能在白天而是在夜晚，这是又一层遗憾。为什么如此？因为昨晚刚到镇江，今早就去扬州，行色匆匆，无暇逗留。而在离开镇江的时候，有名的金山和焦山就近在眼前，却无缘享受那攀登游览之乐，这是第三层的遗憾。这三句，完全是叙事的"赋"笔却又并非单纯叙事。"昨夜新看"与"今朝又上"的紧迫，"在眼"而又"苦难攀"的失望，都流露着一种身不由己而且无可奈何的感受。山可以屹立江中，人却总是匆匆的过客。这里边就隐藏着羁旅行役者心中的苦恼。

"猛雨自随汀雁落，湿云常与莫鸦寒"，是在船中所闻所见。南宋蒋捷《虞美人·听雨》说："少年听雨歌楼上，红烛昏罗帐。壮年听雨客舟中，江阔云低，断雁叫西风。"船中逼仄，客旅孤独，只能听，只能看。而大雨骤降，阴云不开，作者所听到的和看到的，是猛雨对汀雁的打击和湿云给暮鸦的寒冷。这两句，看似单纯写景，其实是情景交融，浸透了作者的主观感受。因为，雁和鸦都是大自然中的生命，都有求生的需求，看着它们遭受大自然风雨的打击，就使作者联想到人在谋生的奔波劳苦中所遭受的人世风雨的打击。大雨骤降，是为时短暂的强烈打击；阴云不开，是长时间令人烦恼的生活环境。这本是江南常有的天气，但它唤起了作者的羁旅之愁和哲理之思。

"人天相对作愁颜"仍是写实：羁旅悲哀是人的愁颜，阴雨不开是天的愁颜。但在写实的同时，这种人天相对而愁的情景又给读者以更多的联想: 既然人是身不由己的,天也是无可奈何的,那么所谓"自由",世界上果真有这种东西吗? 这就涉及王国维对"意志自由"这个概念的看法,王国维在他的哲学论文《原命》中曾讨论过这个问题。

王国维认为,人根据理性的判断来决定自己的行为,这看起来是意志自由,其实不是。因为人之所以不服从身体直觉的命令而服从理性思考的命令,是因为存在种种的原因。有的做法,我们找不到眼前的原因,但这原因可能存在于过去;有的做法,我们在个人身上找不到原因,但这原因可能存在于某种传统。说到底,理性对行为的命令本是迫于种种可知或不可知的原因,而不是出于理性本身的自由。这就是说,有很多事情从表面上看完全是由你自己决定的,并没有人强迫你这样做,但实际上那是你自己的理性在种种前因的制约下强迫你不得不这样做。所以,人虽然有理性,看起来比那些没有理性的自然之物更接近自由,但实际上并非如此,人的理性常常强迫自己做自己不愿意做的事情,因此有时候甚至还不如那些只需满足直觉需求的动物。

这实在是一种对人生很悲观的态度,而这首词中就流露出作者的这种人生态度。前人如柳永也写羁旅行役的词,但柳永的那些词只是慨叹他自己仕途的失意和与闺人的别离,而没有这种对人生更深入的哲学思考。因此我们也可以说,这是王国维对"羁旅行役"这一类词的一个新的发展。

辑评

周策纵 "猛雨自随汀雁落,湿云常与莫鸦寒"是能以物观物者。

陈邦炎 (见《点绛唇·万顷蓬壶》辑评)

陈永正　光绪三十二年（1906）春，罗振玉为学部尚书荣庆奏调，入为学部参事。静安遂追随入北京。此词收入《人间词·甲稿》，当作于 1906 年二月间。时静安由苏州取道镇江、扬州，经运河北上。一路上所见的无非是猛雨湿云，暮鸦汀雁，一切，都触起了他的愁绪。（《校注》）

陈鸿祥　（见《点绛唇·高峡流云》辑评）

佛雏　此词属《甲稿》，似为本年（1906 年）春末夏初静安由苏州取道镇江、扬州（水路）赴北京途中所作。又，据乃誉《日记》，癸卯（1903 年）正月，静安赴南通，系由海宁出发，途经上海（不是取道镇、扬），"与东（按，日本）教习往通"，轮船抵通在正月二十七日左右。

朱歧祥　上片写诗人由登临山水而兴人力渺小的感慨。……下片悲叹命定的人生。（《选评五》）

祖保泉　1903 年春至 1904 年 1 月，王氏在通州师范学校教书，假期回海宁，曾经过镇江，故以词纪行。……此际说愁，词人闲愁而已，不用多说。（《解说》）

鹊桥仙

沉沉戍鼓，萧萧厩马，起视霜华满地。猛然记得别伊时，正今日（《甲稿》作"今夕"）邮亭天气。

北征车辙，南征归梦，知是调停无计。人间事事不堪凭，但除却无凭两字。

《鹊桥仙》是吟咏"七夕"的牌调。《人间词》里的两首《鹊桥仙》都是写夫妻离别的，这一首用的是征人的口吻，后边一首用的是思妇的口吻。因此它们似乎是同时所写的一组词。

这首词的上片，写征人在驿馆中听到远处传来的戍鼓声和厩内马鸣，起来看到满地寒霜，突起思乡之念，想起了出门和妻子分别时也正是这样一个寒冷的夜晚。"猛然记得别伊时，正今日邮亭天气"似从韦庄《女冠子》的"正是去年今日，别君时"化来，当然是写爱情的。但"戍鼓"和"厩马"令人联想到长途行旅的劳顿，"霜"的肃杀之气和"满地"的无所遁形给人一种忧患不安的感觉。所以这"满地"的"霜华"不同于李白"举头望明月，低头思故乡"的满地月光。

沉沉：形容声音悠远隐约。唐李商隐《河内》诗："鼍鼓沉沉虹水咽。"｜戍鼓：边防驻军的鼓声。唐唐彦谦《夜坐》诗："不眠惊戍鼓，久客厌邮铃。"｜萧萧：形容马叫声。《诗·小雅·车攻》："萧萧马鸣，悠悠旆旌。"｜厩马：马棚里的马。｜霜华：即霜，亦作"霜花"。宋秦观《解语花》："瓦冷霜华。"｜伊：她。｜邮亭：驿馆。唐张继《邮亭》诗："邮亭下马对残花。"｜北征：北行。唐孟浩然《永嘉别张子容》诗："旧国余归楚，新年子北征。"｜车辙：车道。｜南征：南行。唐刘长卿《夏口送屈突司直使湖南》："共悲来夏口，何事更南征。"调停无计：没有办法安排处理。｜不堪凭：不能够依赖凭信。｜除却：除去。

李白那首诗的景色有一种空明高远的"气象",而这里的景色比较"沉郁",使人想到当时那个混乱和不安定的时代,以及征人游子在这种不安定的环境下还不得不离家在外四方奔走的忐忑与忧愁。

如果说上片是以感发的意象取胜的话,那么下片就走向理性的思索。不过王国维能够做到在理性思索之中仍不失感发的力量。

"北征车辙,南征归梦"是说,我的人在向北方走,我的心却在向南方走,因为我所思念的那个"伊"留在南方。"北"和"南"是相反的方向,"车辙"和"归梦"是现实与愿望的反差。所以,这两句所表现的,是一种理智与感情、现实与愿望的矛盾,而这种矛盾是难以解决的。"调停无计"已经是无可奈何,"知是"更有一种清醒的疼痛。一般人都希望妻儿团聚,不愿意背井离乡。而后汉班超却曾投笔慨叹说:"大丈夫无他志略,犹当效傅介子、张骞立功异域以取封侯,安能久事笔研间乎?"如果说,班超并不以背井离乡为苦,那么为什么后来他真的立功异域获取封侯之后却于垂老之年再三向天子恳求,希望自己能"生入玉门关"?可见,背井离乡并不是他心甘情愿的,那只是他在人生道路上的一种迫于无奈的取舍选择而已。这就正如王国维在他的论文《原命》中所说的:"吾人所以从理性之命令,而离身体上之冲动而独立者,必有种种之原因。"王国维年轻时之经常羁旅他乡,一方面固然是因谋生的需要,另一方面也是为了自己对人生理想的追求。这谋生的需要和理想的追求,都是理性的命令,但从感情上,他难道不希望和家人团聚吗?这令人联想到后来他妻子莫氏的早逝,那当然不是理性所能预料的,但假设理性能够预料到这件事情,他当时是否就会选择放弃谋生与理想的需要而与妻子在家乡终老呢?他是否就甘心碌碌无为地度过一生呢?可见,理性也并不是自由的。人在一生中有许多重要的取舍和选择其实都是被迫的。人有理性,这是人之不同于动物的地方,但理性真的可以依赖和凭信吗?事实上,恰恰是理性常常逼迫人去做自己感情上不愿意做的事情。理性所能够带给人的，常常是痛苦而不是快乐。人自己的理性尚且如此，更遑论其他！所以是"人间事事不堪凭"。

话说到这一步已经是很悲观了，但悲观的作者还要再加上一句，"但除却无凭两字"。那就是说，"无凭"就是人生的绝对真理，在这个世界上没有永恒的东西，只有"无凭"这个概念是永恒的。——这令人联想到佛教的"空观"。能够悟到众相皆空是修行达到了一定层次，但并不是最高层次。执着于"空"也是一种执着，那是因为你还没有放弃你本体的"自我"。更高层次是认识到不但"我空""法空"，而且连这个"空"的概念也是空的，即所谓"空空"。而"人间事事不堪凭，但除却无凭两字"只认识到了"空"的概念，并没有达到"空空"的境界。由此我们看到，王国维虽然悲观，但他不是一个肯放弃自我的人。所谓"香印成灰，总作回肠字"（《苏幕遮·倦凭阑》），他那副忧生忧世的热肠实在是至死不变的。

辑评

冯承基　（见《浣溪沙·山寺微茫》辑评）

周策纵　《观堂集林》长短句中《蝶恋花》下半阕："何物尊前哀与乐，已坠前欢，无据他年约。几度灯花开又落，人间须信思量错。"写人间"无据"，犹仅指后约而已；《人间词》中《如梦令》称："睡浅梦初成，又被东风吹去，无据无据，斜汉垂垂欲曙。"亦不过谓梦幻之无据耳。若《鹊桥仙》中结语："人间事事不堪凭，但除却'无凭'两字。"则对人生之无常，盖能极言之矣。此语颇发人深省。世之持相对论者，若认相对论之本身亦为相对之理，则其所持，已不常真，不全真；若认其为绝对真理，则又于其所信中自立例外；若谓绝对真理，容或有之，但尚未求得，或永不可得，现所知者，皆相对之真理耳，此又流于不可知论。若然径谓：相对论固为绝对真理，惟此绝对真理之本身即为相对之说，其矛盾虽未解除，唯相对之感动力则更增强矣。今说"无凭"亦然。倘"无凭"为常真，则人间已非事事无凭，初视之，犹有可慰也；乃此常真而可凭者即为"无凭"之本身，于是此人生虚妄无常之可怕，乃愈达于极点！似此以无常为常，殆静安悲剧感之焦点耶？

王文生　这首词写人在旅途中的感触。前半阕从写实而引起回忆，后半阕写人事匆匆世事茫茫，由"北征车辙，南征归梦"，归结到"知是调停无计"，说明一切都难以预料，一切都不可捉摸。他不是一般地写异乡情羁旅思，而是最后引出"人间事事不堪凭，但除却无凭两字"。说明人生如过客，一切都不由自主，一切都虚妄无常，从而透露出整个怀疑主义和宿命论的人生观。

陈邦炎　（录本词及《蝶恋花·满地霜华》从略）如果联系静安的身世，则在其致力于填词的几年间，因曾饱谙离愁别苦。他于1906年两度"北征"，一次归来奔父丧，一次归来赋悼亡，都在生离之后继以死别。应当说，正因他有切身感受，这些词才写得如此凄婉悱恻。但是，静安有首《浣溪沙》词云："本事新词定有无？斜行小草字模糊。灯前肠断为谁书？"其词有无本事、为谁肠断，是无须深考的。正如静安所说，其观物是用"诗人之眼"，"通古今而观之"，不"域于一人一事"，其"所写者，非个人之性质"，而是"人类全体之性质"。在这些词中，其所造之境、所托之意，固已超越了一时一地一事，不复是个人的、偶然的，而是带有普遍性、必然性的人间悲剧了。这一悲剧是人间所"耽"、"调

停无计"的。(《论静安词》)

陈永正　词人厌倦了客中的生涯。十年来，江北江南，行踪无定，他感到，眼前的一切都是不实的，自己找不到一个可以安身立命的地方。末二句颇有巧思。作于 1906 年 2 月北上途中。(《校注》)

顾随　樊志厚《人间词话·序》中言：静安词"意深于欧"，"境次于秦"。不然。静安有的词比少游还好。静安先生受西洋哲学影响，意思深刻。如其《鹊桥仙》：(下引本词从略)意深于欧而不见境次于秦。当时虽然离别，眼中尚有伊在，今日则回想当时，眼中已无伊在，此情此景，何以为情！静安词另有句："人间总是堪疑处，惟有兹疑不可疑。"(《鹧鸪天》) 不如此词好。盖音节关系，"无凭"两字声音上去。此词境不次于秦。(《顾随文集》)

Joey Bonner　When the speaker left his love in the South, he anticipated a quick return to her side, but his itinerary now calls for him to travel farther and farther north. He is passing a sleepless night, as suggested by the beating of the drums and the neighing horses, contemplating his unhappy situation. The speaker's gloominess is symbolized by the unwelcome frost outside his bedroom window, which indicates that the desolate and melancholy season of autumn has arrived. His Sartrian insight into the radical contingency of human existence only increases his anguish.

陈鸿祥　《人间词话》论境界有大小，赞赏杜甫"落日照大旗，马鸣风萧萧"。此词上片"沉沉戍鼓，萧萧厩马"，正是同一壮阔之境。(《注评》)

佛雏 拟系于 1904—1905 年。

朱歧祥 诗人全面否定人生的价值，认为人不可能在现世中寻找到真善美。语言虽甚平静，却倍感凄然。（《选评七》）

马华 等 "调停"二字，颇有嘲谑荒诞色彩。或许词人是把人们的生命看成征夫，而把自己的理想比作人生家园，经常面临着的是南辕北辙的困境和无奈吧。

周一平、沈茶英 王国维认为人间一切都值得怀疑，只有"怀疑"不可疑，只有"无凭"是可靠的。这种怀疑也是一种痛苦，他说："知力人人之所同有，宇宙人生之问题，人人之所不得解也。其有能解释此问题之一部分者，无论其出于本国，或出于外国，其偿我知识上之要求，而慰我怀疑之苦痛者则一也。"可见他是多么想解除怀疑的痛苦。

钱剑平 （系于 1905 年）

祖保泉 "除却无凭两字"，乃是旁敲侧击的说法；换个直率的说法，便是尚有可凭。"凭"什么？作者自认为，凭自己的学识根基，便可立足于社会。有学识，何愁无出路。（《解说》）

马大勇 这首《鹊桥仙》自具体情境涉笔入虚，自"无计"二字以上皆实写，且未见高明，而"人间"二句陡然振起，将日常离情升华到哲思高度。虽哲思而有情，既"可信"也"可爱"，实属警策之句。（《"偶开天眼觑红尘"：论王国维词》）

鹊桥仙

绣衾初展，银釭旋剔，不尽灯前欢语。人间岁岁似今宵，便胜却貂蝉无数。

霎时送远，经年怨别，镜里朱颜难驻。封侯觅得也寻常，何况是封侯无据。

王国维 20 岁娶莫氏夫人，21 岁离开家乡海宁到上海时务报馆做书记和校对，并半工半读学习外语。从 21 岁到 30 岁之间，他辗转于上海、武昌、杭州、南通、苏州各地，做过教师，当过翻译，编过刊物，还曾一度到日本留学。只有在假期和生病时才回海宁老家。而他的夫人莫氏是在 1907 年去世的。在婚后十年多的日子里，他们夫妻二人会少离多。对于王国维来说，这种奔波劳碌不仅是为了谋生的需要，也是为了实现一个男子的理想和事业。而对他的夫人来说，一个女子除了抚养儿女和侍奉公婆之外，唯一的盼望也就是他每年回来探家时那短短几天的团聚了。这种情况和古代那种征夫思妇的离别是相似的。因此，这首词虽然是模仿那种"闺怨"的题材，却未必没有融入他们

绣衾：绣花的被。前蜀韦庄《天仙子》词："绣衾香冷懒重熏。"|**银釭**：见《清平乐·樱桃花底》注。|**旋剔**：新剔。旋，新，时间副词。剔，指挑起灯芯剔除余烬，使灯更亮。|**欢语**：愉快的交谈。|**胜却**：胜过。|**貂蝉**：古代王公显宦冠上之饰物。此处泛指高官厚禄。唐白居易《涧底松》："牛衣寒贱貂蝉贵。"|**霎时**：片刻。|**经年**：一年或整年。|**朱颜**：红润美好的容颜，指青春年少。|**难驻**：难以留住。|**封侯**：《后汉书·班超传》："（班超）家贫，常为官佣书以供养。久劳苦，尝辍业投笔叹曰：'大丈夫无他志略，犹当效傅介子、张骞立功异域，以取封侯，安能久事笔研间乎？'"后来果然立功西域，封定远侯。|**寻常**：平常，普通。|**无据**：没有依据。意谓不可能。

夫妻在现实生活中的真实感受。否则就不会写得那么情意绵绵、真切动人了。更何况，这首词选用了《鹊桥仙》的牌调，这个牌调使人联想到牛郎织女一年一度鹊桥相会的传说。这也足以说明，作者虽然用的是一个古代女子的口吻，但实际上抒发的却是现实生活中夫妻别离的哀怨。

"绣衾初展，银钉旋剔，不尽灯前欢语"，极力地渲染了夫妻欢会的幸福气氛：绣花的被褥刚刚铺好，新剔好的灯芯特别明亮，没有旁人的打扰，放下人前的矜持，只叙夫妻的情爱，这将是一个多么美好的夜晚！尤其是"绣衾初展"的"初"和"银钉旋剔"的"旋"，特别强调了这美好的欢会才刚刚开始，将有整整一夜的时间供他们叙旧言欢；"不尽"，则强调了他们之间那些说不完的话全都可以在这一夜里尽情倾诉。

倘若人是知足的，就应该满足而且尽量享受上天赐予的这种温馨与幸福；然而人偏偏是贪心和不知足的：刚刚从上天那里得到了一个团聚的机会，就得寸进尺地希望这团聚是永恒的，是"人间岁岁似今宵"。但人生本来就是无常的，以无常的生命而追求永恒的欢乐，从而就使眼前的欢乐也蒙上了一层对未来的担心与忧虑。不过客观地说，词中女主人公的所求其实也并不过分，因为她是宁可放弃世间大多数人所热衷追求的富贵荣华而只求和丈夫长久团聚的——"人间岁岁似今宵，便胜却貂蝉无数"。"貂蝉"，是古代大臣的冠饰。在我国古代，读书人所奔的前程就是做官，做官不但可以去贫穷入富贵，而且可以封妻荫子光宗耀祖。然而现在这个女子说：我最珍惜的是我们的团聚而不是什么荣华富贵。只要我们今后的每一天都能像今宵这样团聚在一起，我绝不羡慕任何高官厚禄和荣华富贵！

"人间岁岁似今宵，便胜却貂蝉无数"，是在一个美好的夜晚倾诉一个美好的心愿，与前边"绣衾初展，银钉旋剔"的气氛及"不尽灯前欢语"的内容顺接。然而如果我们仔细品味，则这两句却正是从上片的"欢乐"转向下片的"悲怨"之关键所在。因为，希望"岁岁似今宵"，正好说明现实中是岁岁不似今宵。而且这两句的句型又是套用秦观《鹊桥仙》的"金风玉露一相逢，便胜却人间无数"，那两句正是写牛郎、织女终年隔离之后的短暂团聚。因此，下片"霎时送远，经年怨别，镜里朱颜难驻"的转乐为悲就顺理成章，并不显得突然了。

正如晏殊在其《浣溪沙》词中所说，"满目山河空念远，落花风雨更伤春"。人，常常因为悲往忧来而忽视和放过眼前的幸福。词中这个女子就是这样，在灯前欢语中，她心中所放不下的仍然是离别的忧愁。"霎时送远"是说，像现在这样的美好时光是不长的，丈夫马上就又要远行；"经年怨别"是说，在他们生活的现实中永远是整年整年的离别。而就在这无休无尽的离别和等待之中，一个女子的青春不是很快就要过去了吗？这几句，主要是写离别之"悲"，但"悲"中已经包含了"怨"。于是结尾就很自然地归结到了"怨"："封侯觅得也寻常，何况是封侯无据！"

在封建制度下，一般人以封侯为仕途之最高成就。西汉名将李广身经百战而不得封侯，史家惜之。东汉班超投笔从戎，虽然立功异域，终得封侯，但垂老之年却以生入玉门关为幸。可见觅取封侯必须付出多么大的代价！可是这里却说，"封侯觅得也寻常"。在封建时代，能够蔑视封侯的也许只有两类人，一类是洁身自好的山林隐士，另一类就是执着于爱情的妇人女子了。山林隐士蔑视功名富贵是因为他们更看重自我的人格，而妇人女子蔑视功名富贵则因为她们更看重的是爱情。"忽见陌头杨柳色，悔教夫婿觅封侯"，那不是矫情造作，而是出于女子对她所爱之人的相思苦恋。在男子眼里，封侯是最高的理想和最大的荣幸，是骄妻矜子的本钱；而在女子眼里，夫妻长相团聚才是最大的幸福。就算夫妻离别真的能够换来功名富贵，那代价也太高，太不值得，更何况，封侯的幸运是不会落到每一个人头上的——"何况是封侯无据"。这结尾两句，在口吻上是递进的。古人诗中常用这样的方法，如李商隐《无题》诗云："刘郎已恨蓬山远，更隔蓬山一万重。"王国维《人间词》中有好几处这样的句子，如"已恨年华留不住，争知恨里年华去"（《蝶恋花·袅袅鞭丝》），"纵使兹盟终不负。那时能记今生否"（《蝶恋花·落日千山》），等等。这种递进句式，似乎隐隐也藏有一种理性的思考在里边。

　　这首词的上片和下片在感情和气氛上有很大不同：上片温柔旖旎，下片悲哀幽怨。不过，如前所说，上片在温柔旖旎之中已暗暗流露出离别的悲凉，而下片在悲哀幽怨之中仍寄托有温柔深厚的情意。短短一首小令，感情的发展变化写得非常细腻而且有层次，这正是王国维所擅长的。

辑评

冯承基 （见《浣溪沙·山寺微茫》辑评）

蒋英豪 《鹊桥仙》"封侯觅得也寻常，何况是封侯无据"，套用晏小山《阮郎归》的"梦魂纵有也成虚，那堪和梦无"。

陈永正 上半阕是想象之辞，是虚写，是词人理想中的家庭生活情景。《人间词》中多此种"造境"之语。下半阕才是作者真切的感想。末二句格调与上首（《鹊桥仙·沉沉戍鼓》）相近，然稍嫌质直。作于1906年二月北上途中。（《校注》）

陈鸿祥 子曰："富贵于我如浮云"；词云："封侯觅得也寻常"。然则，"粪土当年万户侯"的诗人之境，实源于"不尽灯前欢语"的常人之境。奔竞"貂蝉"，钻营"官冠"，自古及今，无不皆然。王国维之所以痛斥"餔餟（bǔ chuò）之文学"，不正是缘于此吗？（《注评》）

佛雏 拟系于 1904—1905 年。

钱剑平 （系于 1905 年）

祖保泉 全篇从写夫妻相见欢开始，而以写怨别离告终。作者明白地告诉人们：偶尔的"相见欢"乃是长期"怨别离"生活中的点缀。显然，这是封建社会里一般知识分子的夫妻生活的写照。（《解说》）

减字木兰花

皋兰被径。月底栏干闲独凭。修竹娟娟。风里时闻响佩环。

蓦然深省。起踏中庭千个影。依旧人间。一梦钧天只惘然。

这首词通过很幽微的感受写出了对人生修养之高远境界的向往，同时也流露出对现实人生的失望。

"皋兰被径"用了《楚辞·招魂》里的句子"皋兰被径兮斯路渐"，意思是：皋泽中兰草茂盛，覆盖了小路，水慢慢地涨高，淹没了通向兰草的途径。而这"皋兰"其实又来源于《离骚》的"步余马于兰皋兮，驰椒丘且焉止息，进不入以离尤兮，退将复修吾初服"。屈原"信而见疑，忠而被谤"，没有办法为国家奉献他的忠诚，只好退而坚持自己人格的修养。他用清洁的荷花和芬芳的兰草象征君子品格的高洁，用萧艾等恶草象征那些把持朝政的小人品格之龌龊。他坚持"芳与泽其杂糅兮，唯昭质其犹未亏"，不肯让自己的品格沾染上任何污点，宁死也不与那些龌龊者同流合污。屈原的这种感情感动了一代又一代的中国人，那不仅仅是文学上的影响，而且还有人生道路和人生修养的影响。因此，

皋兰被径：《楚辞·招魂》："皋兰被径兮斯路渐。"皋兰，泽边兰草。被，覆盖。| **凭**：靠着。| **修竹**：长长的竹子。唐杜甫《佳人》诗："日暮倚修竹。"| **娟娟**：姿态柔美貌。唐杜甫《寄韩谏议注》诗："美人娟娟隔秋水。"| **佩环**：古代系于衣带的玉饰。| **中庭**：庭院之中。南朝宋鲍照《梅花落》诗："中庭杂树多，偏为梅咨嗟。"| **个影**：指竹叶的影子。| **钧天**：谓"钧天广乐"，即天上的音乐。钧天，天的中央，古代神话传说中天帝住的地方。《史记·赵世家》："赵简子疾，五日不知人……寤，语大夫曰：'我之帝所甚乐，与百神游于钧天，广乐九奏万舞，不类三代之乐，其声动人心。'"| **惘然**：失意貌，不知所以。

"皋兰被径"四个字里包含有比较丰富的内容：一方面，它有可能是对眼前实景的描写；另一方面，它又暗藏着"美人香草以喻君子"的所谓"比兴"的文化传统。在这里我们很难确定，到底是现实景色引起了作者对屈原的联想，还是屈原的感情在作者内心盘旋不去所以才变幻成眼前的景色。这也就是王国维在《人间词话》里所说的"大诗人所造之境必合乎自然，所写之境亦必邻于理想"的那种"境界"之美了。

"月底栏干闲独凭"的"月底"，点出了时间是在一个夜晚。"闲"和"独"两个状语值得注意："独"说明了环境背景的安静，"闲"说明了内心的自由和放松。人在白天有很多事情要做，没有沉思遐想的时间，只有在夜晚闲下来独自一人的时候，才有放松和遐想的自由。作者始终没有说明他在月下凭栏所想的是什么，但那皋兰的芬芳和月光的皎洁，却无言地暗示了一种内心中所向往的境界。

"修竹娟娟"虽没有《楚辞》"美人香草"那样历史深远的典故，但也同时兼有写实和寓托的两重色彩。竹以经冬不凋和劲节的姿态被誉为"岁寒三友"之一。"修"是修长，修长可以形容竹子，但也可以形容人的身材。"娟娟"，则是形容人的姿态柔美的样子。所以，这里是把竹子想象成一个美女。"风里时闻响佩环"的"佩环"，是女子佩带的饰物，但那个"环"本身是一种环形的玉，玉的洁白坚实象征着君子品德的高尚，所以《礼记》中说"古之君子必佩玉"。姜夔《念奴娇》的"三十六陂人未到，水佩风裳无数"，说荷花以水为佩以风为裳，那是赞美荷花之高洁。而这里，作者是把竹子被风吹动时发出的声音比作美女行走时佩环的相撞声。这两句，在竹的形象和声音中还暗示了一种动态，恍如有美人一步步走近身边。

在明亮皎洁的月光里，在染有浓厚传统象征色彩的景物氛围中，在人生难得的独处与放松的遐想状态下，作者所想的是什么我们不能得知，但那种引人生高远之思的气氛使读者不觉也进入了作者的状态，联想到自己心目中认为最高洁、最美好的那些东西。那是些什么东西呢？

"蓦然深省。起踏中庭千个影"，是在遐想中突然有所触动，作者本人也从凭栏的静态转向散步的动态。"个"是竹叶交叉被月亮投到地面上的影子。但"影"既可以是真实的竹影，也可以是作者的"心影"——当年的情事或未实现的理想留在作者心中的一个个印象。"起踏中庭千个影"真是低回反复，"千"的数量是那么多，"踏"的动作是那么真实，而"影"的形象又是那么虚幻。种种对过去的回忆，对人生的反省，对现实的怅惘，似乎都包含在其间了。如果在唐宋词里寻找这种感受，也许晏殊《浣溪沙》的"小园香径独徘徊"有些相近。

但晏殊只是写到"独徘徊"为止，而王国维却在对这些只成为心影而没有成为现实的理想之回忆与反省中，引出了最后的两句："依旧人间。一梦钧天只惘然。"《史记·赵世家》说，赵简子曾在病中梦游钧天，听奏广乐。所以李商隐有《钧天》诗云："上帝钧天会众灵，昔人因梦到青冥。伶伦吹裂孤生竹，却为知音不得听。"钧天广乐的美好只在天上不在人间，或者也可以说，只在梦中不在现实。一个人，当年可能怀有很美好的理想，可能为实现这些理想进行过不懈的努力，但这些努力现在除了成为自己心中美好的回忆之外，并没有使这个人间产生任何改变。"惘然"，是失意而不知所以的样子。美好的理想为什么都成为梦幻而不能在人间实现？这是令作者不解的。

这首词物象高洁，境界幽远，但其中也含有一种孤独、迷惘的痛苦和现实与理想难以相合的悲伤。

辑评

缪钺 《减字木兰花》亦是写理想幻灭之叹。其下半阕云：（下引本词下片从略）作者一再坚持自己固有的理想与信念，但在世事难期，知音不遇的情况下，惟有孤芳自赏而已。（《述论》）

陈永正 写的是月夜里的情思。一切都是那样的清幽、静美，词人仿佛与这清夜融为一体了。可是，他突然省悟过来，他依旧生活在污浊的人世间，留下的只是无限的惆怅。作于 1906 年。（《校注》）

陈鸿祥 "依旧人间，一梦钧天只惘然"，当取意于元遗山"人间听得霓裳惯，犹恐钧天是梦中"，亦即《静安诗稿》所咏"欢场只自增萧瑟，人海何由慰寂寥"之意。（《注评》）

佛雏 拟系于 1904—1905 年。

马华 等 词人把这首词写得意绪隐晦而纷繁，有如迷雾，使人难解。如"风里时闻响佩环"一句中的佩环指的是什么人，和"闲独凭"的词人是一种什么样的关系，词中人"蓦然深省"到的是什么，使他这样躁动不安，"起踏中庭千个影"。最后，为什么怅然"依旧人间"，颇有"钧天"好梦难圆的怨恨，词人均不点破，留下一个悬念，使人掩卷思量。

钱剑平 （系于 1905 年）

祖保泉 这是一首借写梦境而抒情、言志的词。我以为作者所写的梦，不过是他的潜意识形象表达罢了。这个梦显示他希望有个清幽安静的、不受世务干扰的生活环境，让他无忧无虑地读书、写作。……作者所描绘的这个梦境，我以为平淡无奇……王氏此梦，乃穷书生之梦罢了。当然，穷书生希望自己出淤泥而不染，也难得！（《解说》）

鹧鸪天

阁道风飘五丈旗。层楼突兀与云齐。空余明月连钱列，不照红葩倒井披。

频摸索，且攀跻。千门万户是耶非。人间总是堪疑处，惟有兹疑不可疑。

本来，我们在前文论及王国维《人间词话》中之"造境"与"写境"之说时，已曾引述过王氏的话，说"二者颇难分别"，盖以"大诗人所造之境，必合乎自然，所写之境，亦必邻于理想故也"。因此我在评说王氏之《蝶恋花》（窈窕燕姬）一首词时，就曾提出说我以前曾以为此词可能是属于"造境"之作，其后因见到了萧艾先生的有关此

阁道： 复道；亦为星名，属奎宿。《史记·秦始皇本纪》："先作前殿阿房，东西五百步，南北五十丈，上可以坐万人，下可以建五丈旗。周驰为阁道，自殿下直抵南山。"《史记·天官书》："紫宫左三星曰天枪，右五星曰天棓，后六星绝汉抵营室，曰阁道。"张守节正义："阁道六星在王良北，飞阁之道。" | **五丈旗：** 杆高五丈之旗。| **突兀：** 高貌。《艺文类聚》卷八晋曹毗《涉江赋》："洪涛突兀而横峙。"| **与云齐：**《古诗十九首》："西北有高楼，上与浮云齐。"| **明月连钱列：**《文选》后汉班固《西都赋》："随侯明月，错落其间，金釭衔璧，是为列钱。" 明月，明月珠。即夜光珠，因珠光晶莹似月光，故名。省称明月。《文选》屈原《九章·涉江》："被明月兮佩宝璐。"| **红葩倒井披：**《文选》后汉张衡《西京赋》："蒂倒茄于藻井，披红葩之狎猎。"薛综注："茄，藕茎也，以其茎倒殖于藻井，其华下向反披。狎猎，重接貌。藻井，当栋中交木方为之，如井干也。" 红葩，红花。井，藻井，我国传统建筑中天花板上的一种装饰处理。披，打开。**千门万户：**《史记·孝武本纪》："于是作建章宫，度为千门万户。"| **是耶非：** 是呢还是不是。汉武帝《李夫人歌》："是耶非耶？立而望之，翩何姗姗其来迟？"| **堪疑：** 可疑。唐朱庆余《十六夜月》诗："孤光犹不定，浮世更堪疑。"| **兹疑：** 这一疑问。

168

词的一则"本事"之说，于是才将之定为"写境"之作。然而现在我们所要评说的这首《鹧鸪天》词，我却敢于断定其必为"造境"之作无疑。我之所以敢于断定其必为"造境"之作的缘故，当然主要由于其开端所写的景物之奇突不类眼前之所实有，然而王氏却也曾说过"所造之境必合乎自然"的话，可见虽属虚构之"造境"，但作者在想象出此一景象之时也必应有其想象之依据。那么王氏所写的这些奇突之景物，其想象之依据又究竟何在呢？关于这首词，一般读者多以为其隐晦难解，那就因为其所写之景象过于奇突，使人不知其究竟何指的缘故。但我们若能探寻得这些形象的出处来源，再结合王氏之思想感情的一般状态来看，我们就会发现其意旨之所在了。

先看这首词的开端二句："阁道风飘五丈旗。层楼突兀与云齐。"此二句所写之景象不仅极为雄壮宏伟，且极为突兀飞扬，使人读之自觉有一种震慑而且吸引人的力量。如果从这首词下面所写的"频摸索，且攀跻"二句来看，则此开端二句所写的震慑而且吸引人的景象，固当原为诗人所"摸索攀跻"以追寻的一种境界。而此种境界就王国维言之，则其所追寻者乃往往为一理想中之境界而并非现实中之境界。举例而言，即如其在《蝶恋花》（忆挂孤帆东海畔）一首词中，所写的对于"海上神山"的追寻，在《浣溪沙》（山寺微茫背夕曛）一首词中所写的想要"窥皓月"而"试上高峰"的努力，便都表现了一种对理想中的境界的追寻和向往。这一类词中所写的意境，一般说来在王词中大多是属于象喻性的"造境"之作。"忆挂孤帆"一首所写的"海上神山"的景象，其所依据者自然乃是大家所熟知的渤海中有三神山的神话传说。（见于《汉书·郊祀志》及《拾遗记》）至于"山寺微茫"一首，所写的"山寺""高峰"诸形象，则并无特殊的出处。因此遂有人以为此词所写者原是实景，而并非造境。不过，若据此词下半首所写的"偶开天眼觑红尘"及"可怜身是眼中人"等充满哲理思想的词句来看，则私意以为这些景象似乎也仍是所谓"造境"，固正如王氏所云，乃是"大诗人所造之境，必合乎自然"，且"其材料必求之于自然，而其构造亦必从自然之法则"的一个很好的例证而已。至于这一首词中所写的"阁道"与"五丈旗"诸景象，则一方面既非如"海上神山"之为人所熟知；另一方面则也不似"山寺微茫"之有合于自然。如果从这一点差别来看，则私意以为这一首词中之以不为人所熟知习见之景象来写对某种境界的追寻，实在应该是较之另二首更为有心用意的一首托喻之作。

从这首词开端一句所写的景象来看，其想象中之"造境"的依据盖原出于《史记·秦始皇本纪》中对于阿房宫之描绘。据《史记》所载，谓"前殿阿房，东西五百步，南北五十丈，上可以坐万人，下可以建五丈旗"。此固当为人世之宫殿中的一所绝大之建筑，所以当王国维想要为其想象中所追寻的境界觅取一个最为崇高宏伟的建筑之形象时，乃选择了《史记》中所描述的"阿房"之宫以为依据，这自然可以看作是王氏选用此一形象在此一首词中的第一个作用之所在。但其作用却还不仅只是如此而已，原来此词首句开端的"阁道"二字，除了写"阿房"之建筑的崇高宏伟以外，同时还可以经由此二字所牵涉到的构建规模，而引发出更深一层的联想和托意。盖据《史记》之记叙，曾谓"阿房"之建筑乃是"周驰为阁道，自殿下直抵南山，表南山之巅以为阙，为复道自阿房渡渭，属之咸阳"。而此一建筑规模之取意，则是为了"以象天极，阁道绝汉抵营室也"。由此可知此一建筑所设计的规模形势，原来还更有与天文有关的另一层象喻之深意。先说"阁道"，此一词语之所指，就"阿房"之建造而言，自然乃是指空中之复道，谓此一复道可以从阿房经过渭水而与咸阳相连属。至于"以象天极"云云，则原来乃是指此一建造在天文方面的象喻。盖以根据《史记·天官书》中所载对于"天极"的描述来看，其所谓"阁道"者，乃是"天极紫宫"之"后六星绝汉抵营室曰阁道"。据张守节《正义》之解释，谓：
"汉，天河也，直度曰绝。抵，至也。营室七星，天子之宫。"可见阿
房之"阁道"的建造，乃正像天极之紫宫。至于阁道之经过渭水与咸
阳之宫殿相连属，则亦正像天极紫宫后六星之直渡天河与天子之宫相
连接。而所谓"天子之宫"，就天文星象言之，则固当为天帝之所居。
由此遂使得我们得以窥见了王氏此词之所以选用了"阁道风飘五丈旗"
之景象，以象喻其所追寻之境界的更深一层的含义。盖以如果只泛言
一高远之境界，如其《浣溪沙》词所写的"山寺微茫"与"试上高
峰"，则其所象喻者乃亦不过仅只为一高远之理想而已。然此词中开
端的"阁道"一句，则以其所写之景象既出于特殊之事典，因而遂亦
由此一特殊之事典，而使得此一景象有了一种更为丰富的联想的可能
性。盖以"阁道"在事典中既被喻示为可以通达天帝之居的一条通道，
于是王氏在此词中所叙写的"摸索攀跻"遂亦都有了向天帝之居去追
寻探索的意味。而向天帝之所居去追寻探索，就王氏之性格言之，则
可以象喻为他想要对人生求得一个终极之解答的向往和追寻。这种解
说的联想，我们不仅可以从西方接受美学家依塞尔(Wolfgang Lser)
在其《阅读活动——一个美学反应的理论》(The Act of Reading ——
A Theory of Aesthetic Response) 一书中所提出的文本中之可能的
潜力(potential effect)之说，为"阁道"一形象之多层可能的喻意找
到理论方面的依据；而且我们也可以从王国维自己的作品中，为这种
解说的联想找到不少实例的证明。即如我们在前文论及"王词意境之
特色与形成其意境的一些重要因素"一节中，就已曾提出说王氏在其
写作小词的一个阶段中，也曾同时"写有《论性》《释理》《原命》
诸文，思欲对人生与人性之问题有所究诘"，而且王氏在其《静安文
集续编》的《自序一》一文中，也曾经自己说过"体素羸弱，性复忧郁，
人生之问题日往复于吾前"的话。而这种要想对人生问题求得一个终

极之解答的探索，在王氏词中遂往往表现为一种欲与上天之精神相往来的意境，即如其《踏莎行》词之"绝顶无云"一首，便曾写有"我来此地闻天语"之句，又如其《鹧鸪天》之"列炬归来酒未醒"一首，也曾写有"更堪此夜西楼梦，摘得星辰满袖行"之句。凡此种种，当然都足可证明王氏词中所写的高远之意象，不仅可以象喻为一种高远之理想，而且还隐含有一种要向上天去探索人生终极之问题的"天问"式的究诘。只不过在其他各词中，王氏所选用的意象都较为习见自然，这一首词中所选用的意象则较为突兀而不习见，而且还在其所取材的《史记》之《秦始皇本纪》及《天官书》中隐含了更为深入一层的含意。因此我们只从这一首词的第一句，实在就已经可以判断出这首词在王氏之词作中，应该乃是一首较之他词更为有心托意的"造境"之作了。

　　这首词既然从一开始就是以假想中之"造境"所写的托意之作，因此以下各句所写景象，遂亦莫不为其假想中之种种"造境"，至于这些假想中之景象的依据，则全为王氏平日自书本中所得之形象。只不过这些形象有的虽颇为读者所习知，有的则不大为读者所习知而已。先说"层楼突兀与云齐"一句，此句之形象盖出于《古诗十九首》中"西北有高楼，上与浮云齐"两句诗，此固为一般人之所共知，只不过王氏却将"高楼"改成了"层楼"，而又加上了"突兀"二字的形容。像这种用古人之诗句而稍加改易的情况，王国维在其《人间词话》中，也曾对之有所论说。我们在前文论及"王国维境界说的三层义界"一节中，就曾提到王氏在《人间词话》中所说的"借古人之境界为我之境界"的一段话，而且还曾举出周邦彦及白仁甫二人在词曲中皆曾分别引用了贾岛之诗句的例证，足可见借用古人之诗句原为王氏理论中之所许，只不过要"自有境界"而已。王氏在此一句词中既曾变古诗中之"高楼"为"层楼"，又加上了"突兀"二字，于是此一句词因而也就有了不同于古诗的另一番境界。如果将两者加以比较来看，则"高楼"之意象予人之感受较为单纯，除去一分高寒之感外，并不杂有其他之暗示；而"层楼"之意象予人之感受则较为繁复，除去崇高之感以外，还伴随有一种繁富壮丽的联想，再加之以"突兀"二字，于是遂更增加了一种令人目眩心慑的气势。而且以此一句承接在首句的"阁道风飘五丈旗"七个字之下，两相映衬，于是遂使得此复道层楼之景象更加显得宏伟而且壮丽，何况"风飘五丈旗"之形象又表现得如此生动飞扬。笔力之充沛饱满，竟把假想中千年前秦皇之阿房宫殿写得如在目前，乃大似杜甫写"昆明池水"之"汉时功"，真觉其"旌旗在眼中"矣。

而下面又继之以"空余明月连钱列，不照红蕤倒井披"二句，遂使得此一复道层楼之崇高宏伟的景象，蓦然又增加了一份光怪而且迷离的气氛。至于这两句词中之景象，其假想中之依据则仍是王氏之书本上的知识。上一句的"空余明月连钱列"的形象，出于班固《西都赋》中对昭阳宫殿之描述铺陈，有"随侯明月，错落其间，金钉衔璧，是为列钱"之句。《昭明文选》李善注，于"随侯"一词曾引《淮南子》高诱注云："随侯见大蛇伤断，以药傅而涂之。后蛇于夜中衔大珠以报之"，因谓"随侯之珠，盖明月珠也"。又引许慎《淮南子注》云："夜光之珠，有似明月，故曰明月也。"至于"金钉"一句，则李善曾引《汉书·孝成赵皇后传》对昭阳宫之描述，有"壁带往往为黄金钉"之记载。据颜师古注云："壁带，壁之横木露出如带者也，于壁带之中往往以金为钉。"晋灼曰："以金环饰之也。"由此可知所谓"金钉衔璧，是为列钱"者，盖指壁带上金环所衔之圆璧垂悬如列钱也。若就王氏此词言之，则其开端一句之"阁道"，既然有指向通达天帝之居的暗示，则此一句所写的"明月连钱列"，自然指的应该是天帝之宫中随珠连璧的光华富丽的装饰了。至于下一句的"红蕤倒井披"之形象，则出于张衡之《西京赋》，写未央宫前殿龙首之盛，有"蒂倒茄于藻井，披红葩之狎猎"之句，薛综注云："茄，藕茎也，以其茎倒殖于藻井，其华下向反披。狎猎，重接貌。藻井，当栋中交木方为之，如井干也。"此二句盖写宫殿的藻井之上雕饰有倒垂之莲茎，其莲华之红葩乃反披而下垂，有狎猎重接之盛（按：左思《魏都赋》亦有"绮井列疏以悬蒂，华莲重葩而倒披"之句，盖袭用张衡《西京赋》之句，李周翰注云："井中皆画莲花，自下见上，故曰倒披。"可供参考。不过王氏此词自阿房起兴，定当用与咸阳相近的西京之典，不可以魏都为说也。按"藻井"盖相当于今天之天花板，而有相交之方木如井干，且雕绘有植物之花饰者）。总之，此句之形象本来乃是写宫殿之华采美盛，而王氏用之于这一首词中，则是借用《西都》与《西京》两赋所写之形象以喻写其理想中所追寻的天帝之居的美盛。这可以说是第一层用意。而更可注意的则是王氏在这两句所写的美盛的形象之间，原来还曾经用了"空余"和"不照"两个述语。这两个述语实在有极为重要的作用。"空余"是徒然留存着的意思，其所表现的是面对所留存之仅有的残余而兴起的一种不能全有的憾恨，因此下句乃直承以"不照"二字，正面写出其对于所期望者终于未能寻见的失望和落空的悲哀。关于王国维这种追求理想的执着精神，早在我所写的《王国维及其文学批评》一书中，论及王氏之追求理想之性格时，我就曾举引过王氏的不少论著以说明其平生鄙弃功利唯以追求真理为目的之性格，且曾加以结论说"他所禀赋的一种'耑耑（zhuān）焉力索宇宙之真理而再现之'的属于天才的追求理想、殉身理想的天性，是无法改变的"。而这种追寻又始终无法满足，因此在王氏的一些小词中乃经常表现有一种追寻而终于未得的悲哀和憾恨。即如我们在前面所曾提到的他的《蝶恋花》（忆挂孤帆东海畔）一首小词，他对于"海上神山"的追求，最后所落得的就正是"金阙荒凉瑶草短"的痛苦和失望。而另外的《浣溪沙》（山寺微茫背夕曛）一首小词，他的"试上高峰窥皓月"的努力，最后所落得的也正是"可怜身是眼中人"的无可奈何的憾恨。但尽管如此，却似乎又有一种力量常使他对这种理想之追寻始终难以弃掷，那就因为在诗人之心目中总是常存有一种理想之灵光的闪烁，所以纵然终于未能照见"红萼倒井披"的美丽的象喻生命之终极意义的花朵，却仿佛依然存留有"明月连钱列"的光影的闪现。此种情况盖亦正如阮籍在其"西方有佳人"一首《咏怀》诗中之所写，虽然在"飘摇恍惚中"似乎也曾经见到了一位"流盼顾我傍"的"佳人"，然而却终于未能真正结识，于是自然就落得"悦怪未交接，晤言用感伤"了。

以上是这一首词的上半阕，王氏盖以假想之造境写其对于一种理想之境界的追寻与失落，而全以古书中之意象表出之，既有飞扬突兀之奇，又有光彩迷离之致，既真切，又古雅。这自然是王词中之极值得注意的一首属于"造境"的词。

紧接着上半阕的造境，下半阕遂开始正面叙写其追寻不得的困惑。"频摸索，且攀跻"二句，既着一"频"字，又着一"且"字，盖极写对此种追寻之难以放弃而又无可奈何之感。至于"千门万户"一句，则承接上半阕所写的宫殿之形象，而用《史记·武帝纪》中叙写建章宫的"千门万户"之语，来喻写追寻中的困惑与迷失。更用"是耶非"三字，表现了一种似有所见而又终于未见的迷离恍惚。而此三字也同样有一个古书的出处，他所用的乃是汉武帝《李夫人歌》的"是耶非耶？立而望之，翩何姗姗其来迟"一诗中的句子。于是在宫殿的摸索追寻中，乃又出现了一个对美人之期待的联想，这种联想虽未必存在于作者王氏的意识之中，然而却由于此"是耶非"三字之出处的诗篇的联想，使得这句词有了这种联想的潜能。更何况对美人之期待与对理想之追寻，二者原可以互相生发，互相借喻，我们虽不必如此解释，但这种联想的潜能，却无疑地也是足以增加此词的意蕴之丰美的一个因素。至于结尾的"人间总是堪疑处，惟有兹疑不可疑"，则是写其所追求者既终于未得，其所困惑者也终于未解。而这种心态乃正为王氏所经常表现的一种心态。近年来西方文学批评中有所谓意识批评(criticism of consciousness) 一派，曾提出了在作品中可以寻见作者之基本意识形态(patterns of consciousness)之说。这首《鹧鸪天》词大概可以说是王氏词作中，以假想之造境表现其基本之意识形态的一篇代表作了。不过因为这一首词中所叙写之景象既极为突兀生疏，一般读者读之，多不知其究竟何指。美国一位邦奈尔女士(Joey Bonner) 竟以珍妃死于井中之故实说"红萉倒井"一句，实不可从（见其所著 *Wang Kuo-wei An Intellectual Biography*，Harvard University Press，1986）。而这也就是本文之所以特为选取了这一首难解的词作为例证，而且要对之细加详说的主要缘故。

辑评

冯承基 （见《浣溪沙·山寺微茫》辑评）

周策纵 此咏无尽追寻之作。较李清照之"寻寻觅觅，冷冷清清，凄凄惨惨戚戚，乍暖还寒时候，最难将息"。悱恻优美不如，庄严深远则过之。盖静安所云攀跻摸索，尤具有《浮士德》浮士德"上穷碧落下黄泉"永远追求之意境。妙在不言所追寻者为何，故主题乃在永远追寻之本身。谓为永远者，盖"千门万户是耶非？"此一问题永无答案也。此种无尽追寻之意境，比静安自己所云古今之成大事业大学问者必经过之三种境界，皆更高深。且人间事事堪疑，惟此一问之疑之存在为不可疑，则此疑尤现其永恒与实在，于是兹疑益疑矣。此又"人间事事不堪凭，但除却无凭两字"之同一手法也。昔笛卡儿怀疑世间一切，然犹谓：

176

"我思故我在。"以"我思"之本身存在不可疑故。今云"兹疑不可疑",亦此理耳。

陈邦炎 这首通过造境以寓玄思的词,与其照佛雏在《评王国维的〈人间词〉》一文中所说,看成"是一位怀疑论者的无可奈何的悲叹",毋宁说这是一位探索人生者对其理想王国的一心向往和执着追求。(《论静安词》)

陈永正 这首词是上篇"一梦钧天"的具体写照。高耸入云的楼阁,旗帜飘举,万户千门,那是词人理想中的华严世界。他认为只有这才是"不可疑"的,而现实世界的一切存在皆非真实。理想和现实的矛盾无时不亘于静安的胸中。静安此词,幻想奇特,寓意深新,求诸古人,未曾得有。此词疑为 1906 年春初抵北京时作。(《校注》)

顾随 (见《鹊桥仙·沉沉戍鼓》辑评)

Joey Bonner The first stanza of this lyric possibly concerns the flight of Empress Dowager Tz'u-hsi and Emperor Te-tsung (r.1875-1908)to Sian, where the First Emperor of Ch'in built the fabulous palace to which the opening line twice refers, and the tragic demise of the so-called Pearl Concubine (chen fei), who met her end in a well. In the second stanza the poet advances the existentialist thesis that all of our actions are predicated on choices, choices for which, in the last analysis, there are no rational grounds. No propositions, therefore, may be considered indubitably true—except for the proposition that no propositions may be considered indubitably true.

陈鸿祥（见《点绛唇·高峡流云》辑评）又：杜甫"安得广厦千万间"，极言其广而非高。词云"层楼突兀"，才是近代意义上的高楼。"与云齐"，虽尚不能与后来的摩天大楼相比，但已可见于当时且保存至今的上海海关大楼；而"五丈旗"亦不复为古诗"牧童遥指杏花村"的酒旗，乃林立于当年"十里夷场"之商号、茶楼、酒肆、赌窟、舞厅乃至娼寮的广告标牌。词虽非必每首每句皆可指实为何地何事，但亦非完全虚不可指。否则，后人何能为词编年作谱？故解词既须戒附会，又宜避托空。盖人间此作，实由词中现昔日"上海滩"风貌，至可宝贵也。（《注评》）

佛雏　王氏这首词乃是一位怀疑论者的无可奈何的悲叹。从"阁道""层楼""明月""红萼"到"摸索""攀跻""千门万户"，此种迷离惝恍的图景全属诗人想象中的虚构。它跟屈子的"天问""叩阍（hūn）"，似同而不尽同。何以"疑"？人与万物之间横着一道时空之"网"，所谓"摩耶之网"（"虚幻的面纱"），正是此"网"障蔽了万物"本体"（与现象相对）之客观的展示。……叔氏认定"拒绝意志"可以获得悲剧人生之彻底解脱；释迦宣称：若不尽度众生，誓不成佛。对王氏来说，此亦未足凭信，故曰：叔氏之说"徒沾沾自喜"，"而不能见诸实事"；"释迦、基督自身之解脱与否，亦尚在不可知之数"。又：拟系于1904—1905年。

宋益乔　作品写一个旅人在险峻的"阁道"上努力攀跻，峰巅上层楼突兀，千门万户，究竟哪个门户才是我恰好要寻找的那一个呢？旅人不禁为此而大感疑惑。词的寓意是很明显的。这里的实际含义是：诗人在人生道路上"频摸索，且攀跻"，努力想参透人生的底蕴究竟为何。但人生是如此的神秘，努力探求的结果，是更多怀疑的产生。诗人终于明白了："人间总是堪疑处，唯有兹疑不可疑。"王国维以怀疑主义为

178

骨架构筑自己的人生观，使他不可能像康、梁那样成为时代的弄潮儿，但又是他比康、梁显得深刻之处。可以说，康、梁所进行的变革，是社会政治伦理层次的变革，而王国维的思索则主要是在哲学和意识观念的层次进行的。

柏丽 连钱，原指草叶圆如钱而连缀不断或鹡鸰（jí líng）颈下黑如连钱的毛羽花纹，此处则形容嵌壁照夜之明珠或金钜灯盏连绵相接而排列，柏臆测：其深层内蕴当指古今中外汗牛充栋之文哲典籍。……红葩当指红莲花之雕饰，于天花板（藻井）上常作倒垂莲形。……按佛经：八寒地狱之七，曰"红莲地狱"，严寒逼人，致使其中冤魂"身覆折裂如红莲花也"。上述红莲而倒垂，即倒悬，梵语谓"倒悬"为"盂兰盆"，云：人死魂魄沉暗道，有倒悬之苦。救之，须供养三宝。故旧历七月十五中元节，俗称鬼节，须设盂兰盆会，超度亡灵，所谓"解倒悬"也。……总而言之，"空余……不照……"一联，当系曲喻：典籍纵汗牛充栋，真能解众生于倒悬否？

吴蓓 当读者不能领会或者说不能充分领会作者的意图时，作者的意图连同他的手段便在某种程度上成了理障。一旦读不懂，像"山寺微茫""阁道风飘"这样的作品也就全无美感可言。……静安在取径唐五代、北宋小词的基础上希望有所创造、有所突破，以实现作词的宏大理想，然而他在回归途中似乎愈走愈远，五代北宋词所特有的深情远韵及委婉风致渐次消减，以至让我们有只承其躯壳而不复其内质之感。

贺新辉 这是一首托物言情词，词人通过景物的描绘，表达了他对美好事物追求而不可得的困惑心态，曲折地反映了他的思想苦闷。

周一平、沈茶英 （见《鹊桥仙·沉沉戍鼓》辑评）

马兴荣 王国维写此词的时期正是他醉心叔本华哲学、美学的时期，他这里所写的和叔本华《意志与表象的世界》中说的"我们恰如一个人绕着一座城堡转来转去，想找到一个入口处而终于白费心力"，是一模一样的。

钱剑平 （系于 1905 年）

祖保泉 虽不能推定此词必写于王氏寓沪期间，但词所描绘的是当时上海景象是可以肯定的。此词表达作者到上海后，对上海在半封建半殖民地条件下的畸形发展产生疑问：天堂耶？地狱耶？同时存在。作者惊诧如此事实，但事实就是事实，引起他深思。……全篇反映出作者接受新事物、新学问，有不断追求精神，可嘉！（《解说》）

马大勇 词前半极写大都市光怪陆离景象，也即闹热"人间"之缩影，千门万户，出入迷离，是非混沌，于是有"人间总是堪疑处"之感叹，并透过一层——"惟有兹疑不可疑"——而反向强调之。王氏哲理之词，此为第一名作。

浣溪沙

夜永衾寒梦不成。当轩减尽半天星。带霜宫阙日初升。

客里欢娱和睡减，年来哀乐与词增。更缘何物遣孤灯。

　　"人间词"大部分作于 1903 年到 1907 年之间。这段时间里王国维先是在南通、苏州、上海，后来又到了北京，大半时间作客在他乡。这首词属《甲稿》，从"夜永衾寒""带霜宫阙"等用词来看，当写于秋冬之时。王国维 1906 年春天随罗振玉初到北京，而《甲稿》发表于 1906 年 4 月，所以从时间上看这首词不会是在北京所写。

　　王国维可能有失眠之症，因为他常常在词里写到夜中不能成眠的情景。"夜永衾寒梦不成。当轩减尽半天星"就是写在寒冷的长夜里无论如何也睡不着，眼看着窗外天空的星星越来越少，最后都消失在熹微的曙光里，接着太阳就升起来了。"带霜宫阙"的"宫阙"，不一定就是京城的宫阙。苏州也有不少宫殿式建筑，王国维在苏州写的《八声甘州》中就有"参差宫阙，风展旌旟（yú）"的句子，这首词也

夜永衾寒：夜长被冷。宋杜安世《剔银灯》词："夜永衾寒梦觉。"｜**当轩**：正对窗前。轩，窗户。宋柳永《倾杯》："皓月当轩练净。"｜**宫阙**：古代帝王所居宫门外有两阙，故称宫殿为宫阙。有时亦泛指高大华丽的房屋。唐李白《梁园吟》："梁王宫阙今安在。"｜**客里**：旅居他乡之时。唐钱起《新丰主人》："客里冯谖剑，歌中甯戚牛。"｜**和睡减**：与睡眠一同减少。｜**哀乐**：此谓人世间喜怒哀乐的感情对内心造成的触动。南朝宋刘义庆《世说新语·言语》："谢太傅语王右军曰：'中年伤于哀乐，与亲友别，辄作数日恶。'王曰：'年在桑榆，自然至此，正赖丝竹陶写。恒恐儿辈觉，损欣乐之趣。'"｜**缘**：凭借。｜**遣孤灯**：谓排遣孤灯下的寂寞。

可能就是在苏州时所写。

"客里欢娱和睡减，年来哀乐与词增"是写自己身体、精神和写作的近况。年轻人喜欢外出，不懂得想家，纵然长年在外不归也是欢娱多而忧愁少；人到中年家庭负担重，工作压力大，客居在外总是欢娱少而忧愁多。另外，从医学上说，小孩子和年轻人睡眠最多，中年人睡眠渐少，老年人睡眠最少。说自己在客居生活中所感到的欢娱越来越少，同时自己的睡眠也越来越少，这实际上是在慨叹自己正在老去，身体和精神状态都不如以前了。"哀乐"这个词语还有一个出处，据《世说新语》记载，东晋谢安对王羲之说："我自从中年以来内心特别容易受到喜怒哀乐感情的触动，就连和亲友离别这样的小事，过后都会有好几天心里觉得不舒服。"王羲之劝他说："人的年岁大了自然会这样，你要多听些音乐来娱乐排解，不要让年轻人也因此不快乐。"谢安隐居东山时是何等潇洒飘逸，出山后才遇到了许多危险和烦恼，方其在桓温座上谈笑自若和在围棋桌上接到报捷文书的时候，心中未尝没有惊慌或喜悦的强烈触动，只不过他自己能够抑制得住而已。可是要知道，越是这样的人，感情对他的触动越强烈，那"中年伤于哀乐，与亲友别辄作数日恶"正是谢安内心真正感情的自供。王国维似乎也是这种性格的人。他说"叹沉沉人海，不与慰羁孤"（《八声甘州》），他说"纵有恨，都无啼处"（《祝英台近》），那是因为在客中既没有人了解他也没有人宽慰他，他的那些羁旅忧伤和离别哀怨都只能够寄托于词，所以是"年来哀乐与词增"。不然的话，在那些客舍难眠的长夜"更缘何物遣孤灯"——还能凭借什么来排遣孤灯下的寂寞？

王国维是一个非常执着于人世间喜怒悲欢的人，他的词尤其以感情的深与真见长。这首小词，其实也就是他对自己写词缘由的自述。但是在古代，词的地位低于诗，写词算不上什么成就，晚唐温庭筠、北宋柳永等大词家都曾因写词而被人轻视。所以这"客里欢娱和睡减，年来哀乐与词增"两句中，既有慨叹又有忧伤，既是自述又是自嘲，感情和用意深婉而悲哀，颇耐读者品味。

辑评

萧艾　一九〇六年在京作。

陈邦炎　另方面，静安词中又常常叹时间之难遣，如：（下举《浣溪沙·掩卷平生》下片、《浣溪沙·已落芙蓉》下片及本词下片从略）这些词句，或恨昼长，或怨夜永，正如李清照所说的"薄雾浓云愁永昼"（《醉花阴》）、周邦彦所说的"但照壁、孤灯相映，酒已都醒，如何消夜永"（《关河令》）。而最令人无可奈何的是这个在主观上漫漫无边的长昼与永夜，既不是"随例弄丹铅"所能消磨，也不是"歌词"与"书卷"所能排遣。这里，时间为物，在词人的感受中，既恨其难留，又苦其难遣；既恨其短促，又苦其漫长。这一矛盾，更不能不使好思如静安者陷入困惑之中。（《论静安词》）

陈永正　静安忧郁的天性，随时表现于词中。词人认为，只有文学艺术，才能使他从寂寞和痛苦中暂时解脱出来。因为，只有文学艺术，才能使他"超然于利害之外"，"心有所寄而后能得以自遣"。他是"为己"而创作的。1906年春初在京作。（《校注》）

陈鸿祥　词云"年来哀乐与词增"，"更缘何物遣孤灯"，殆即词《序》所云"每夜漏始下，一灯荧然"，赏古人之作，吟人间新词。以词自娱，"娱"中哀乐，尽在"孤灯"中，可谓"言近而指远"。（《注评》）

佛雏 拟系于1904—1905年。

钱剑平 （系于1905年）

祖保泉 据"年来哀乐"和"带霜宫阙"云云，可断定此词作于1905年秋，在苏州。按："宫阙"实指苏州师范学堂隔壁的苏州文庙（宫殿式建筑）……王氏在苏州所写的词，抒发忧郁之情的多；又因罗振玉在校境内动工建别墅事惹起江苏人反对，波及王氏，故有"年来哀乐与词增"云。（《解说》）

浣溪沙

画舫离筵乐未停。潇潇暮雨阖闾城。那堪还向曲中听。

只恨当时形影密，不关今日别离轻。梦回酒醒忆平生。

在 1904 年到 1906 年之间，王国维在江苏师范学堂任教。这首词当是他辞去教职离开苏州时所作。

"画舫离筵乐未停。潇潇暮雨阖闾城"是写离开苏州时饯别酒宴上的情景。饯别的筵席摆在画舫游船上，席间还有人演奏了曲子。可是到晚上宴会快要结束离别即将到来的时候，天忽然下起雨来。古城中潇潇暮雨的声音是那样悲凉，与筵席上离别之曲的悲凉之声结合起来，顿时使离别者再也压抑不住内心中的悲哀了。

于是，跳跃过"酒趁哀弦，灯照离席"（周邦彦《兰陵王》）的等待，跳跃过"执手相看泪眼"（柳永《雨霖铃》）的留恋，作者把满腔悲苦都倾泻在对造成离别痛苦之原因的追究和检讨上："只恨当时形影密，不关今日别离轻。"这两句，是这首小词的高潮，也是词中离别

画舫：装饰华美的游船。唐白居易《寄献北都留守裴令公》："春池八九曲，画舫两三艘。"｜**离筵**：饯别的宴席。唐宋之问《饯湖州薛司马》："别驾促严程，离筵多故情。"｜**阖闾（hé lú）城**：苏州的别称。亦作"阖庐城"。春秋吴公子光使专诸刺杀吴王僚而自立，是为吴王阖闾（《史记》作"阖庐"）。阖闾使伍子胥筑此城。《史记·吴太伯世家》"吴太伯"唐张守节《正义》："至二十一代孙光，使子胥筑阖闾城都之，今苏州也。"**形影密**：谓关系亲密，总不分离。形影，人的形体与影子。晋葛洪《抱朴子·交际》："始如形影，终为参辰。"｜日：《王国维遗书》作"朝"，《甲稿》及《王忠悫公遗书》皆作"日"。"日"是，据改。｜**别离轻**：谓轻易别离。前蜀韦庄《长干塘别徐茂才》："乱离时节别离轻。"

之悲的极致。昔人离别怨天怨命，怨雨怨风，而作者在这里却别出心裁，把离别的痛苦归罪于当初不该与对方建立了如此亲密的友谊。"既有今日，何必当初"，上天既然不能满足我们长相聚的愿望，那就不如当初也不要给我们相识的缘分。上天为什么总是用我们不能自己掌握的命运来要弄我们的感情！倘从这个角度来看，则这两句乃是一种"反语"和"愤语"，是今日不得不轻易离别的悲痛竟导致了对当日相知相识之乐的否定。

不过，儒家的经典《礼记》中也曾说过："君子之接如水，小人之接如醴。"意思是，君子以道义相交，所以看起来很淡泊，不像小人之交那样甜蜜。倘若从这个角度来看，则这两句也可以看成是一种真心的反省和检讨：是否我们当日过于亲密的交往是一个错误，所以才有今日离别的惩罚？不怨天，不尤人，温柔敦厚，内省自责，颇似《临江仙·闻说金微》的"漫言花落早，只是叶生迟"。

到此为止，这首小词完全是写离别的。我们可以根据"潇潇暮雨阑闾城"一句来判断离别发生的地点并据此推断离别发生的时间，我们甚至还可以从"只恨当时形影密，不关今日别离轻"两句去猜测离别的对象到底是一个朋友还是一个情人。但我们的联想离不开一个"感情的事件"。虽然"只恨当时形影密，不关今日别离轻"两句似乎很耐咀嚼品味，但我们还不能据此断言作者不是在写爱情和离别而是要说些别的什么。

可是，有了结尾的"梦回酒醒忆平生"一句，就完全不同了。它把这首小词从一个离别的事件引向了《人间词》所追求的那种反映人生和反映哲理的层次。王国维很喜欢在词里写梦醒之后的感觉，其中往往有一种对人生的反省和了悟。在亲密地来往之后又不得不痛苦地离别，人生中有没有这种类似的经历呢？当你沉溺于你的某种梦想而最后却不得不理智地放弃它的时候，当你把你的全部感情都投入对某种理想之追求最后却发现它根本不能实现的时候，那种情形，与一场没有结果的爱情不是很相似吗？怪就怪你在投入感情的时候没有相应地投入理智，而不能怪这种疏忽所造成的必然结果。——不过，当一个人能够完全用理性来指挥感情的时候，他也就失去了青春的浪漫和激情，而步入了人生成熟和回忆往事的阶段了。

辑评

陈乃文　静安以文学革命巨子，揭橥（zhū）"词以境界为主"之说，格高韵远，极缠绵婉约之致。能使宋人坠绪，绝而复续。其佳者如《浣溪沙》之"只恨当时形影密，不关今日别离轻"。《蝶恋花》之"几度寻春春不遇，不见春来，那识春归处"。方之小山、少游，何多让也。

萧艾　一九〇六年别苏州时作。

陈永正　1905 年 11 月，罗振玉以父丧辞江苏师范学堂监督事，静安不久亦辞职归里。此词当为送别罗氏之作。陈乃文《静安词序》引此词过片二句，谓"方之小山、少游，何多让也"，又谓静安词"格高韵远，极缠绵婉约之致，能使宋人坠绪，绝而复续"。此词淡语深情，"只恨""不关"二虚词尤委曲有致。（《校注》）

陈鸿祥　此词以"阖闾城"点出作于苏州。盖亦寓怀古伤今之意。（《注评》）

佛雏　此词属《甲稿》，似是本年（1906）春末夏初离苏赴京时作。

钱剑平（系于 1906 年）

祖保泉　此词作于 1905 年秋天，即此年 10 月罗回家省亲之时。词写"离筵""别离轻"，谁要暂时离别苏州师范学堂呢？按照词的下片前两句"当时形影密""今日别离轻"的表述看，只有王国维和罗振玉的交往才符合实际。换句话说：罗振玉因事请假暂时离校，好友们为他饯行，王氏因作此词。（《解说》）

浣溪沙

才过苕溪又霅溪。短松疏竹媚朝辉。去年此际远人归。

烧后更无千里草，雾中不隔万家鸡。风光浑异去年时。

　　王国维长年离家在外，只有在过年或放假时才回家看看，但在家住不了多久就又得离家踏上旅途。这首词当是他某次离家远行路过湖州时所写。

　　湖州即吴兴，离王国维家乡海宁不算太远。苕溪等数水流至吴兴汇合称为霅溪，因此古人也把苕溪和霅溪并称为"苕霅"。据说这一带风景幽美，唐朝有一位隐士张志和，就是写《渔歌子》"西塞山前白鹭飞"的那位作者，曾经把船当作"浮家泛宅"，往来于苕、霅间。所以后来的诗人提到苕霅，往往与隐居的生活、幽美的风景有关。但现实生活常常是令人潇洒不起来的，正如《浣溪沙》的"昨夜新看北固山，今朝又上广陵船"一样，这里的"才过苕溪又霅溪"，也是行色匆匆，身不由己。作者离家当是在冬春之际，此时严寒还没有过去，万物还没有苏醒，纵然是这苕、霅间的风景胜地，现在也只能见到松

苕（tiáo）溪：在浙江省北部。有东西两源：东苕溪（龙溪）出天目山南，西苕溪出天目山北，在湖州附近汇合注入太湖。相传此水夹岸多苕花，秋时飘散水上如飞雪，故名。| 霅（zhà）溪：东苕溪、西苕溪等水流至吴兴（今湖州）汇合称为霅溪。| 媚朝辉：谓在朝辉中取悦于人。| 远人：远行之人。唐张籍《舟行寄李湖州》："赖有汀洲句，时时慰远人。" | 烧（shào）：放火烧野草以肥田。唐元稹《春分投简阳明洞天作》："莳药秋渐长，烧后葑犹枯。" | 千里草：唐刘禹锡《武陵书怀五十韵》："春江千里草，暮雨一声猿。" | 浑异：完全不一样。

与竹等耐寒的草木。不过，"短松疏竹媚朝辉"这一句包括了两层转折，写得很有意思：虽然有松有竹，但松只是矮小的松，竹只是稀疏的竹；然而尽管如此，在清晨的阳光之下，它们仍努力地展现着自己的美丽，想让经过这风景胜地的行人不至于过分失望。王国维写景喜欢用这个"媚"字，如"山川非吾故，纷然独相媚"（《游通州湖心亭》），"人间爱道为渠媚"（《蝶恋花·落落盘根》）。松竹是有心用自己的美丽抚慰羁旅行人的，但可怜它们又短又疏，实在无力装点春色。而行人呢？一方面强打精神欣赏短松疏竹以不负它们的好心，一方面这荒凉景色又实在提不起精神来，所以就想起了去年自己回来的时候。

去年回来的时候路上有这么荒凉吗？那时候可能还有夹岸的芦花，可能还有沿途的野草，好歹也还有一点点古人所称道过的苕、霅风景的影子，而今年正赶上人们放火烧田后不久，新的草还没长出来，到处光秃秃一片，只有庄户人家的鸡鸣声在晨雾中此起彼伏，这难道就是诗人张志和青箬绿蓑、浮家泛宅所来往过的苕、霅之间吗？王国维后来写的一首《菩萨蛮》中还有"江阔树冥冥。荒鸡叫雾醒"，也是用鸡鸣衬托出环境的死寂。只不过，那两句隐隐有一种混沌初开的寂静肃穆的气氛；而这里的"烧后更无千里草，雾中不隔万家鸡"只是用工整的对仗来描写田野上的荒凉而已。

"风光浑异去年时"是一句慨叹。为什么"浑异"？这里也有两种可能。一个是真的完全不一样了，去年此际这里并不这么荒凉。另一个可能只是感觉上的不同。去年此际是归来，到了这里已经离家不远了，即将与家人团聚的兴奋使人感觉不到环境的荒凉；现在是离家远去，所谓"相去日以远，衣带日以缓"，因此对这荒凉的景色就特别敏感。当初张志和往来于苕、霅间的时候是多么自由多么写意，他的《渔歌子》小词写得又是多么潇洒，可谓"得其所哉"！而现在作者为养家糊口、成年累月地奔波在羁旅行役之中，哪里有一点点人生的潇洒和自由？

所以，词中所写苕、霅间的荒凉景色既是写实，又是作者孤独苦闷之心境的写照，亦可谓"意与境浑"了。

辑评

萧艾 苕溪、霅溪皆在吴兴县境内。东苕溪与西苕溪合为霅溪。一九〇五年，静安离家途中作。

陈永正 苕、霅的风光，天下称绝。可是在词人的眼中，它却大异于昔时了。《人间词话》云："以我观物，故物皆着我之色彩。"去岁还家，心情欣悦，故觉松竹媚人。如今别离情绪，更觉难堪。故词中"景语皆情语"，无一不带上作者的主观色彩。作于 1905 年底。（《校注》）

陈鸿祥 《人间词甲稿〈浣溪沙·才过苕溪〉》上片句末"去年此际远人归"，下片起句"烧后更无千里草"，盖上片忆去岁季冬归程，下片状眼前烧荒景象，可证其曾归海宁度春节。又查罗氏本年行踪：十月中旬，丁父忧，扶柩返淮安，至翌年春卜葬毕，始返沪。则王氏离苏州，不得前于十月中旬，亦不当只身留于苏州度寒假。系于 1905 年，乙巳十二月（《年谱》）又："才过苕溪又霅溪"，乃乘舟归海宁途中纪实。（《注评》）

佛雏 拟系于 1904—1905 年。

钱剑平 （系于 1905 年）

祖保泉 此词写两年岁暮两过苕溪、霅溪，归里休假，乃纪行之作。……以七言六句的《浣溪沙》描绘一次行程的佳作比较多，但以四十二字写两次行程而又有特色的，不多见。(《解说》)

贺新郎

　　月落飞乌鹊。更声声、暗催残岁，城头寒柝。曾记年时游冶处，偏反一栏红药。和士女、盈盈欢谑。眼底春光何处也，只极天、野烧明山郭。侧身望，天地窄。

　　遣愁何计频商略。恨今宵、书城空拥，愁城难落。陋室风多青灯炝，中有千秋魂魄。似诉尽、人间纷浊。七尺微躯百年里，那能消、今古闲哀乐。与蝴蝶，蘧然觉。

月落：唐张继《枫桥夜泊》诗："月落乌啼霜满天。"｜**乌鹊**：东汉曹操《短歌行》："月明星稀，乌鹊南飞。绕树三匝，何枝可依。"｜**残岁**：岁末。唐罗隐《除夜寄张达》诗："只此留残岁，那堪忆故人。"｜**寒柝（tuò）**：寒夜打更的木梆声。唐欧阳詹《除夜长安客舍》诗："虚牖传寒柝，孤灯照绝编。"｜**年时**：去年。｜**游冶处**：出游寻乐的地方。宋欧阳修《蝶恋花》词："玉勒雕鞍游冶处。"｜**偏反**：花之摇动貌。《论语·子罕》："唐棣之华，偏其反而。岂不尔思，室是远而。"朱熹注："偏，《晋书》作翩。然则反亦当与翻同，言华之摇动也。"｜**红药**：红色的芍药。唐张九龄《苏侍郎紫薇亭各赋一物得芍药》："仙禁生红药，微芳不自持。"｜**士女**：青年男女。《诗·郑风·溱洧》："维士与女，伊其相谑，赠之以勺药。"｜**盈盈**：仪态美好貌。《乐府诗集·陌上桑》："盈盈公府步，冉冉府中趋。"｜**欢谑（xuè）**：欢乐戏谑。南朝梁刘勰《文心雕龙·谐隐》："欢谑之言无方。"｜**眼底**：眼前，身边。｜**极天**：达于天。唐杜甫《秋兴八首》之七："关塞极天唯鸟道。"｜**野烧（shào）明山郭**：唐严维《荆溪馆呈丘义兴》："野烧明山郭，寒更出县楼。" 野烧，野火。冬季烧草以肥田之火。｜**侧身**：向侧面转身，有不安之意。宋张孝祥《满江红》词："试侧身、回首望京华，迷南北。"｜**遣愁**：消愁。宋欧阳修《渔家傲》词："把酒遣愁愁已去，风摧酒力愁还聚。"｜**商略**：商量，讨论。南宋姜夔《点绛唇》词："商略黄昏雨。"｜**书城空拥**：《北史·李谧传》："每曰：'丈夫拥书万卷，何假南面百城。'" 书城，书籍环列如城，言其多。拥，据有。｜**愁城难落**：北周庾信《愁赋》："攻许愁城终不破，荡许愁门终不开。"愁城，喻愁苦难消的心境。落，谓攻破。｜**陋室**：简陋狭小的屋子。唐刘禹锡《陋室铭》："斯是陋室，惟吾德馨。"｜**青灯**：光线青莹的油灯。古人常以"青灯黄卷"借指清苦的攻读生活。｜**炝（xiè）**：灯烛余烬。此处用作动词，谓灯烛烧残。｜**千秋魂魄**：谓古人的灵魂。

这是一首岁暮慨叹人生多艰的长调。首句"月落飞乌鹊"，结合了魏武帝曹操《短歌行》的"月明星稀，乌鹊南飞。绕树三匝，何枝可依"和唐人张继《枫桥夜泊》的"月落乌啼霜满天，江枫渔火对愁眠"。意在抒发那种无枝可依的羁旅哀愁。"更声声、暗催残岁，城头寒柝"，点出了时已岁暮，又是一年马上就要过去了，而自己仍在客旅中漂泊，许多志意和理想都没有实现。

"曾记年时游冶处，偏反一栏红药。和士女、盈盈欢谑"，是写去年春天的事，"眼底春光何处也，只极天、野烧明山郭"，是写现在岁暮的情景。"野烧"是野火，这里是指农民在冬天草木干枯的时候烧草以肥田的野火。"极天野烧"是红亮的火光，给人的视觉以刺激，作者由此而联想到去年的"偏反一栏红药"。"偏反"这个词出于《论语·子罕》的"唐棣之华，偏其反而。岂不尔思，室是远而"，这是《论语》引用的一首逸诗，《诗经》里没有。朱熹认为，"偏反"就是"翩翻"，是形容花之摇动的样子。"红药"，是红色的芍药。芍药的花朵很大，所以，翩翻的"一栏红药"那真是鲜亮跳动，如同一栏红火。这种意识流动的叠加，倘在吴文英笔下，说不定就会写出"野火明红药"之类的句子来。而王国维的写法是比较接近现实的，野火是野火，红药是红药，他只是从眼前的野火联想到去年的红药。而他把现实和记忆中的这两种鲜红颜色结合起来的目的，在于提出"眼底春光何处也"的疑问。因为实际上"红药"和"野烧"是不同的：翩翻的红药代表着青春的生命，极天的野烧代表着一种结束。一切有生命的东西都是

纷浊： 素乱浑浊，喻指世的动乱。东汉王粲《登楼赋》："遭纷浊而迁逝兮，漫逾纪以迄今。" | **七尺微躯：** 谓个人微不足道的身躯。 | **百年里：** 一生之中。 | **消：** 禁受，经受。宋辛弃疾《摸鱼儿》词："更能消几番风雨，匆匆春又归去。" | **闲哀乐：** 谓不值紧要的哀与乐。哀乐，见《浣溪沙·夜永衾寒》注释。 | **蝴蝶：** 《庄子·齐物论》："昔者庄周梦为胡蝶，栩栩然胡蝶也。自喻适志与，不知周也。俄然觉，则蘧（qú）蘧然周也。" | **蘧然觉：** 《庄子·大宗师》："成然寐，蘧然觉。"蘧然，自在貌。觉，梦醒。

不能长久的。由此就引出了上片最后的两句，"侧身望，天地窄"。"侧身"是形容望的姿态，这姿态给人一种不舒适的、被拘束的和不安的感觉。记忆中那一栏翩翩的红药变成了眼前这一片连天的野火，使作者感觉到生命的时空是如此窄小和短促。自然景物如此，人的一生不也是如此吗？这使我们联想到孟郊说的"出门即有碍，谁谓天地宽"（《赠崔纯亮》），李白说的"大道如青天，我独不得出"（《行路难》）。看起来不只是王国维，千古文人都发过这样的牢骚，有过这样的感慨。

　　"遣愁何计频商略"是自己和自己商量如何排遣忧愁，但后边提到"书城"，提到"千秋魂魄"，则又似与古人商量。"恨今宵、书城空拥，愁城难落"是商量的结果无法可施。也就是说，书中的学问无助于摆脱现实中愁苦的心境。而且还不只如此，书中的学问还把千百年来人间的纷争动乱增添进你的"愁城"里来，使你明白，人间的忧愁是根本无法排遣的："陋室风多青灯炖，中有千秋魂魄。似诉尽、人间纷浊。""陋室"和"青灯"都与文人有关。刘禹锡《陋室铭》说，"斯是陋室，惟吾德馨"，古人还说"青灯黄卷"，指的都是读书人清苦寂寞的攻读生活。中国儒家的传统是"万般皆下品，唯有读书高"，但现在作者在这两个词后边所用的谓语是"风多"和"炖"。"风多"，是一种打击；"炖"是灯烛烧残，是一种毁灭。文人青灯攻读是为了实现理想做一番事业，然而千古以来文人又是最不能保护自己的一群。有了知识就不满足现状，但又无力改变现状，于是就只能招来精神上和现实中的种种打击。而"陋室"不是华堂，怎么能抵得住"风多"？"青灯"之明不比日月之光，怎么能避免烧残？于是，在"陋室风多青灯炖"之时，书中那些古人的精魂就似乎纷纷出现，向作者讲述他们自己一生中所承受的灾难和不幸。

　　因此作者说："七尺微躯百年里，那能消、今古闲哀乐。""闲哀乐"，是不值紧要的哀乐，这个词用得很悲哀。因为，一个人的遭遇可能是很悲惨的，但放在历史的大环境中又能算得了什么！千古以来许多文人有更悲惨的不幸，那么你一个人的那一点点不幸有什么可痛苦的！七尺微躯是渺小的，百年寿命是短暂的。如果你固执地以你的七尺微躯和百年寿命去承受千古文人共同的不幸，未免也太不自量力了吧？于是就逼出了最后的一句："与蝴蝶，蘧然觉。"这是用了庄周梦蝶的典故。遁于老庄——这仍然是千古以来许多文人都尝试过的没有办法的办法！

这首长调写得也不坏，但从内容到形式都没有很多新的东西。作者那种"侧身望，天地窄"的感慨不可谓不深，但却不如李白的"大道如青天，我独不得出"那样强烈而有气势。作者那种"与蝴蝶，蘧然觉"的寻求解脱之渴望不可谓不切，但也不如辛弃疾的"谁共我，醉明月"那样豪气郁结，令人思肠百转。究其原因，可能是其表现手法过于直白而缺少了言外之意蕴，因此难以引发读者产生更多言外之联想的缘故。

辑评

萧艾　南通作。

陈永正　词中表达了静安对人生的根本看法。欢乐是短暂的，痛苦是永恒的。人们受着历史和现实的重压，无法摆脱。最后，只得把人生归结成一场梦幻。词人饱览世变，心中留下了永远无法愈合的创伤，他毕生都在矛盾和绝望中挣扎着。研究静安思想的学者们当从静安词中获得启发。1906年初作。（《校注》）

陈鸿祥 《红楼梦评论》引《庄子》"大块载我以形"，"大块"谓天地，"形"即此"七尺微躯"。"庄周梦蝶"，千古流传。然而，就连庄周自己，都提出了疑问："不知周之梦为胡蝶与？胡蝶之梦为周与？"词云："与蝴蝶，蘧然觉。"兼取"梦蝶"与"大块"二义。"梦"，则不知我为蝶，抑或蝶为我；"觉"，则"大块载我以形，劳我以生，佚我以老，息我以死"，在"以天地为大炉"中"大冶"，而终于"成然寐，蘧然觉"。王国维纵览古今史事、反思"变法"成败、瞻念他日前程，铸成新词，虽托庄子，实非虚妄。（《注评》）

佛雏 （见《浣溪沙·月底栖雅》辑评）又：拟系于1904—1905年。

马华 等 "侧身望，天地窄。"年轻气盛，心比天高，豪情干云，因此在那个时候，连天地都觉得"窄"，上阕到此，写尽了岁暮之人对青春岁月的追想缅怀。

钱剑平 （系于1905年）

祖保泉 自己虽有梦想（愿望），然梦醒觉后"蘧蘧然周也"——我王国维还是王国维。言外之意，他要慎重地塑造自己，力求不辜负七尺之躯。他如何塑造自己？说得实际些，他正努力使自己成为文学家。近两年他锐意填词，且自视很高，认为自己的词可比肩两宋名家之作。（《解说》）

人月圆
梅

天公应自嫌寥落，随意著幽花。月中霜里，数枝临水，水底横斜。

萧然四顾，疏林远渚，寂寞天涯。一声鹤唳，殷勤唤起，大地清华。

咏物之作不只要写出所咏之物的形象，还要写出所咏之物的品格和精神，而更好的咏物之作所不可缺少的，还有作者自己的感发和寄托。《人间词》中单纯咏物的作品并不多，小令则只有这首咏梅的《人月圆》和下边一首咏水仙的《卜算子》。梅和水仙都是岁暮凌寒开放的花，都有孤高幽静的品德，但在作者笔下，这两种花却还有所不同。这种不同，也正反映了作者内心之中对人生的矛盾和困惑。

"天公应自嫌寥落，随意著幽花"是说，在岁暮天寒之时，所有的草木都只剩下枯枝，整个世界都是一片死气沉沉。上天大概也觉得过

寥落：冷落，冷清。唐元稹《行宫》诗："寥落古行宫，宫花寂寞红。"｜著（zhuó）幽花：开出了这幽静的花。著，生长或开出，唐王维《杂诗》："来日绮窗前，寒梅著花未。"著，"着"的本字。幽花，唐杜甫《过南邻朱山人水亭》诗："幽花敧满树，细水曲通池。"｜月中霜里：唐李商隐《霜月》："青女素娥俱耐冷，月中霜里斗婵娟。"｜横斜：或横或斜，多以状梅竹之类花木枝条及其影子。宋林逋《山园小梅》诗："疏影横斜水清浅，暗香浮动月黄昏。"｜萧然：空寂，萧条。晋陶潜《五柳先生传》："环堵萧然，不蔽风日。"｜远渚（zhǔ）：远处的水边。前蜀毛文锡《应天长》词："渔灯明远渚。"｜鹤唳：鹤鸣。《诗·小雅·鹤鸣》："鹤鸣于九皋，声闻于野。"朱熹注："鹤……其鸣高亮，闻八九里。"｜清华：指清秀美丽的景物。晋谢混《游西池》诗："景昃鸣禽集，水木湛清华。"

于冷清了吧，所以才让梅花开放来点缀一下这个凄凉的世界。"随意"，是不经意；"幽花"，是清幽沉静之花。梅花本是一种孤洁清幽的花，上天给了它为人间唤回繁荣的使命，却没有考虑它在这个世界上将面临怎样的孤独和寒冷。这两句，似乎暗示着梅花有一种入世先开的使命，但它的先开，在给凄冷的人间带来生意的同时，自己也面临着一种品格和持守上的考验。

　　"月中霜里，数枝临水，水底横斜"，连用了李商隐《霜月》的"青女素娥俱耐冷，月中霜里斗婵娟"和林逋《山园小梅》的"疏影横斜水清浅，暗香浮动月黄昏"。而那两首诗都是有托意的，前者的冷艳暗示了一种勇敢坚强的品格；后者的幽香，暗示了一种孤独寂寞中的持守。梅花经受住了人间的考验，而且就在上天这种不经意的安排之下，它以自己美丽的形象和高贵的品格给这个凄冷的世界带来了生意和希望。

　　然而，对于梅花自己来说，它在这个世界感到多么孤独！"萧然四顾"的主语，是梅花也是作者，甚至可以说，也是一切怀着悲天悯人的心愿来入世尽自己一份责任的孤介之士。在这暮冬的严寒中举目四顾，从疏林远渚直到天边尽头，不要说没有自己的同类，连一点代表生命的颜色都没有，到处是一片空寂与萧条！早开的梅花，得不到春天的快乐，找不到并肩与霜雪搏斗的伴侣，注定了只能在凄冷和寂寞中生存，而在春天到来之前凋落。可是尽管如此，它一生中最美的理想仍是春天的到来："一声鹤唳，殷勤唤起，大地清华。"在我国文化传统中，鹤是一种清高的禽类，它的鸣声特别嘹亮，即所谓"鹤鸣九皋，声闻于天"。死气沉沉的现状，必须有一种振聋发聩的声音来打破。龚自珍说"万马齐喑究可哀"（《己亥杂诗》），鲁迅说"于无声处听惊雷"（《无题》），那都是对这种声音的渴盼。"殷勤"两个字，带有一份关心和奉献的深厚情意；而唤起大地的"清华"，则是梅花来到这个世界上的最终理想和目的。为什么不说"大地春华"而用一个"清"字？这里边可能包含了作者对社会现实的反感。所谓"已落芙蓉并叶凋，半枯萧艾过墙高"（《浣溪沙·已落芙蓉》），所谓"只恐飞尘沧海满。人间精卫知何限"（《蝶恋花·忆挂孤帆》），作者对社会现实的龌龊感到难以忍受，所以他理想中的春天不但要美，而且要"清"。先开的梅花纵然先凋，但是如果大地恢复了当初的清洁和秀美，那也就不辜负梅花的一片殷勤之心了。

这首词中的梅花，以出世的气质承担起入世的使命，它那种欺雪凌霜的孤傲与刚强，那种殷勤恳切的关怀与情意，令人感动也令人钦佩。这使人联想到王国维早年对维新运动的关怀和对新学传播的热情，所谓"千秋壮观君知否，黑海东头望大秦"，他本来是以积极入世的态度投入这个世界的，他希望国家能够摆脱自我的封闭而恢复汉、唐的强盛。纵然他后来对人生和政治持悲观态度，但他始终是一个有理想的人。所以，他才能够在他所处的那种最腐败、最堕落和最黑暗的时代吟出"一声鹤唳，殷勤唤起，大地清华"这样挺拔清远的词句来。

辑评

周策纵 静安咏梅之作，"月中霜里，数枝临水，水底横斜"，尚未脱前人窠臼。惟《卜算子》咏水仙句云："月底溪边一晌看，便恐凌波去。"尚能得此花之趣。末称："却笑孤山万树梅，狼藉花如许。"可见其于水仙有特爱，远甚于梅，故能写之。静安欲葬于水矣。

蒋英豪 《人月圆》咏梅，《卜算子》咏水仙，并以小令咏物，俱能于词中见作者之情操。《人月圆》表现了遗世独立的寂寞之情。《卜算子》也表现了高洁的情操。"月底溪边一晌看，便恐凌波去"二句，尤能得水仙之神。

陈永正 《人间词话》中强调，写咏物之词，"语语都在目前，便是不隔"。又指出咏物要得物之"神理"。可是，这谈何容易。此词着意写梅的"幽"意，却过于清空，不能给读者以"真切"的感受。"月中"三句，亦有隶事因袭之嫌。作于 1906 年初春。（《校注》）

陈鸿祥 《人间词甲稿》写作之际（1905—1906），正是清廷推行"废科举、兴学校"之"新政"，并派五大臣出洋考察，"预备立宪"。一般士子，亦颇寄"大地回春"之想望。此词末韵"殷勤唤起，大地清华"，正是反映了这一"时潮"。（《注评》）

佛雏 拟系于 1904—1905 年。

马华 等 "殷勤唤起"四字，富于动感和热力，破除了前面的寒冷意象，"唤起"的是"大地清华"，使万木从寒冷中复苏。

钱剑平 （系于 1905 年）

祖保泉 1905 年冬（农历十一月），清廷设立"学部"以总理全国教育，学部尚书荣庆（满族）奏调罗振玉至学部任"参事"。罗氏应允守制毕于次年二月底赴京。王国维于冬末闻知此事，故在《人月圆·梅》词中提及"一声鹤唳，大地清华"。（《解说》）

卜算子

水仙

罗袜悄无尘，金屋浑难贮。月底溪边一晌看，便恐凌波去。

独自惜幽芳，不敢羚迟莫。却笑孤山万树梅，狼藉花如许。

如果说，梅花代表了王国维用世的志意，那么，水仙则代表了王国维出世的情操。这一首词实在写得很美。

"罗袜悄无尘"，来自曹植《洛神赋》的"凌波微步，罗袜生尘"。曹植在《洛神赋》中说，他在经过洛水的时候看见了水面上的一个女神，他惊奇于她超凡绝俗的美，但却未容接近也未容交言她就消失了。他形容那女神在水上的姿态是，"体迅飞凫，飘忽若神。凌波微步，罗袜生尘。动无常则，若危若安，进止难期，若往若还"。正是那种迷离恍惚和不可把握之感，使每个读者都可以用自己的想象去丰富这位女神的美。在这里，王国维则是把水仙比作洛神。因为水仙植于水中，它的幽洁、素雅和清香给人一种不食人间烟火、清秀脱俗的感觉，与洛神那种飘逸恍惚的仙气有某种相似之处。另外，"罗袜无尘"也

罗袜：魏曹植《洛神赋》："凌波微步，罗袜生尘。" | **悄**：悄然无声。 | **金屋**：《汉武故事》："帝以乙酉年七月七日生于猗兰殿。年四岁，立为胶东王。数岁，长公主嫖抱置膝上，问曰：'儿欲得妇不？'胶东王曰：'欲得妇。'长公主指左右长御百余人，皆云不用。末指其女问曰：'阿娇好不？'于是乃笑对曰：'好！若得阿娇作妇，当作金屋贮之也。'" | **幽芳**：清香。宋李纲《丑奴儿》："幽芳不为春光发。" | **羚**：怜。《书·泰誓上》："天矜于民。"孔传："矜，怜也。" | **莫**："暮"的古字。 | **孤山**：在杭州西湖中，多梅树，宋林逋曾隐居于此。 | **狼藉**：纵横散乱貌。指梅花凋谢。 | **如许**：像这样。

暗示了水的澄清净洁。荷花可以"出污泥而不染"，而孤高的水仙却是连栖身之地都不能容忍有一丝污垢的。

"金屋浑难贮"用了"金屋藏娇"的典故。汉武帝很小时就想到用金屋藏起他所喜欢的小姑娘，这充分表现了这位伟大君主与生俱来的豪侈与霸气。但这种被世人传为美谈的豪侈与霸气，对高洁的水仙来说应该是不屑一顾的。你想，水仙连一点儿尘土都不能容忍，怎么可能受人挟（xié）制去忍受那满屋的铜臭！——这又是把水仙比作人了。屈原《离骚》说："芳与泽其杂糅兮，唯昭质其犹未亏。"水仙的洁癖，与屈原何其相似！

而且不只如此，"月底溪边一晌看，便恐凌波去"——纵然你压根儿就没敢用尘世的金钱和世俗的观念去亵渎她，纵然你只想远远地、恭恭敬敬地看上她一眼，她的高洁美丽也往往使你自惭形秽，生怕自己有一点点俗气的流露而使她生厌离去。——一个人若是高洁到这种地步，是否有些过分了？其实，历史上是有这种人的，像嵇康的树下锻铁、阮籍的白眼对人，在他们那种脱离人之常情的孤傲背后，既不是矫情干誉，也不是盛气凌人，而是在强大的社会压力下仍不肯畏势、不肯媚俗的一副铮铮硬骨。所谓"举世皆浊我独清，众人皆醉我独醒"，所谓"安能以身之察察，受物之汶汶"，只有这样的人，才有资格这样孤傲。一切沾染上世俗污点的人，都会在他们面前反躬自问，自惭形秽！花中水仙，难道不可以比人中嵇、阮吗？

到此为止还只是对水仙外观与气质的描写，下片则写水仙内心的情思。

"独自惜幽芳，不敢羚迟莫"是说水仙通达自然代谢之理，既珍惜自己生命的美好，又不因这美好的生命终将逝去而自怜自艾。开的时候孤芳自赏，不求人知；去的时候乐天知命，无悲无怨。"却笑孤山万树梅，狼藉花如许"，梅花凋谢的时候是万点飘零，狼藉满地，令人生怜。"笑"，有不以为然的意思。冯延巳《蝶恋花》说"梅落繁枝千万片，犹自多情，学雪随风转"，透出一种儒家的执着；而这里这个"笑"，却透出一种道家的超脱。梅花在树上是美的，但落梅已经不美，诗人喜欢咏落梅，是由于他们对人生的执着和不甘心。其实，天下之春始于我而不必成于我，天下之治行于我也不必成于我，悲哀何益？执着又何苦？陆游有句云，"过时自合飘零去，耻向东君更乞怜"，意思相似，胸襟似尚有不及。

值得注意的还有"狼藉"两个字。"狼藉"本是纵横散乱的样子，但它还有名声败坏、困厄窘迫、糟蹋、折磨诸义。凡用到这个词，都是指对主体的一种戕害和损伤。道家主张遗世独立不受损伤，儒家主张舍生取义死而后已。笑梅花的"狼藉花如许"，也就是站在道家的立场上批评儒家的不能顺其自然保其本性。这话实在有很悲伤的内涵在里边。"才生于世，世实须才"，但自古以来，多少人才毁灭在各种各样的政治斗争之中，这是外部的损伤；金钱和权力又使多少人改变初衷而堕落，这是自我的损伤。道家认为，这都是不符合养生之自然的。所以庄子说"藐姑射之山有神人居焉，肌肤若冰雪，绰约若处子"，说她："大浸稽天而不溺，大旱金石流、土山焦而不热。是其尘垢粃糠，将犹陶铸尧舜者也，孰肯分分然以物为事？"一个人倘能够不以事功为念也不以生死为意，就无人能够损害，也就庶几近于老庄之道了。王国维笔下的水仙，就颇有藐姑射神人的气质。

然而这一点认识容易做到难，尤其是对那些儒家思想熏陶出来的知识分子更难。王国维青年时代所写的一首题为《杂感》的诗就足以为证：

侧身天地苦拘挛，姑射神人未可攀。云若无心常淡淡，川如不竞岂潺潺。驰怀敷水条山里，托意开元武德间。终古诗人太无赖，苦求乐土向尘寰。

对于入世和出世的得失，他看得不可谓不清楚，既已入世，就不可能不以事功为念，因而也就不可能不受伤害，藐姑射神人那种境界永远是高不可攀的。在这首词里，他把水仙写到高洁得不可接近的地步，其中可能也就包含着入世和出世不可两全的悲哀。而这种悲哀，实在并不是他一个人的，而是千百年来所有执着于儒家思想的知识分子共同的悲哀。

辑评

周策纵 （见《人月圆·梅》辑评）

蒋英豪 （见《人月圆·梅》辑评）

陈永正 静安论词，于隶事用典颇致不满。并谓"词忌用替代字，美成《解语花》之'桂华流瓦'境界极妙，惜以'桂华'二字代月耳"。又讥弹用代字，谓"果以是为工，则古今类书具在，又安用词为耶"。然其自作咏物词，仍未能免俗，如咏柳则"金城""司马"，咏梅则"鹤唳""横斜"。此词之"罗袜""凌波"，亦前人咏水仙烂熟之典，不意静安竟袭之，大奇。求雅反俗，不可不慎。作于 1906 年初春。（《校注》）

陈鸿祥 以水仙之幽芳而"笑"孤山万树梅之狼藉。观堂责白石貌似高洁，实则"如王衍口不言阿堵物，而暗中为营三窟之计"，正是此

意。(《注评》)

佛雏 拟系于 1904—1905 年。

马华 等 王国维的这首咏水仙词，与其说是对水仙的称赏，不如说是以水仙自况，写出自己的高洁心性，出尘气节，傲世风骨，在咏物词中，堪称上品。

钱剑平 （系于 1905 年）

祖保泉 王氏借水仙花的幽冷孤高，显示自己的品格；又表白要及时修业进德，不负青春年华。……这里，不得不指出："却笑"两句乃作者主观意识的强辩。从植物的生长、繁荣、零落过程说，水仙花自有她的凋萎之时；她此时"却笑"梅"狼藉花如许"，必是"以五十步笑百步"而已。足见此词收尾欠精辟。(《解说》)

八声甘州

直青山缺处是孤城（《甲稿》作"倚东南"），倒悬（《甲稿》作"万
堞"）浸明湖。森千帆影里（《甲稿》作"看片帆指处"），参差宫阙，
风展旌旗。向晚棹声（《甲稿》作"橹声"）渐急（《甲稿》作"数"），
萧瑟杂菰蒲。列炬（《甲稿》作"一骑"）严城去，灯火千衢。

不道繁华如许，又万家爆竹，隔院笙竽。叹沉沉人海，不与
慰羁孤。剩终朝、襟裾相对，纵委蛇（《甲稿》作"佗"）、人已厌狂疏。
呼灯且觅朱家去，痛饮屠苏。

这首长调属《人间词甲稿》，佛雏先生认为是作者 1906 年 1 月在

直青山缺处：正对着青山缺口的地方。直，当，对。｜**倒悬**：指水中倒影。《甲稿》作
"万堞"。堞，城上呈齿形的矮墙。｜**明湖**：明净的湖水。｜**森**：众盛貌。《后汉书·张衡
传》："百神森其备从兮，屯骑罗而星布。"李贤注："森，众貌也。"｜**参差**：不齐貌。｜**宫
阙**：即宫殿，亦泛指高大华丽的房屋建筑。｜**旌旗（yú）**：泛指旗帜。｜**向晚**：傍晚。
｜**棹（zhào）声**：摇桨声。唐白居易《渡淮》："春浪棹声急，夕阳帆影残。"｜**渐急**：《甲
稿》作"渐数"。数（shuò）：紧促。｜**萧瑟**：形容风吹草木的声音。｜**菰蒲**：菰和蒲，皆
水生草本植物。｜**列炬**：排列火炬。唐杜甫《杜位宅守岁》："盍簪喧枥马，列炬散林鸦。"
严城：管理严格的城池。｜**千衢**：谓城里所有的街道。｜**不道**：没想到。｜**如许**：像这样。
笙竽：笙和竽两种乐器，因形制相类，故常连用。此指乐器演奏声。｜**沉沉**：水深貌。南朝宋
鲍照《观漏赋》"波沉沉而东注，日滔滔而西属。"｜**羁孤**：羁旅孤独的人。｜**终朝**：整天。
襟裾：衣的前襟或后襟，亦借指衣裳。｜**委蛇（wēi yí）**：随顺、顺应貌。《庄子·应帝
王》："吾与之虚而委蛇。"《甲稿》作"委佗"。委佗，曲折行貌。｜**狂疏**：狂放不羁。唐柳
宗元《寄许京兆孟容书》："狂疏缪戾，蹈不测之辜。"｜**朱家**：汉初有名的侠士。《史记·游
侠列传》："鲁朱家者，与高祖同时。鲁人皆以儒教，而朱家用侠闻。所藏活豪士以百数，
其余庸人不可胜言……专趋人之急，甚己之私。既阴脱季布将军之厄，及布尊贵，终身不见
也。自关以东，莫不延颈愿交焉。"后以朱家泛指侠士。｜**屠苏**：药酒名。古代风俗，于农历
正月初一饮屠苏酒。南朝梁宗懔《荆楚岁时记》："（正月一日）长幼悉正衣冠，以次拜贺，
进椒柏酒，饮桃汤，进屠苏酒……次第从小起。"

苏州客中度岁时所作。后来，作者又做了不少修改，但修改之处亦不一定都强于原作。由此我们也可以看出，王国维对长调并不是特别擅长。

苏州地势西高东低，城之西南多小山，城内多水，多古建筑，城西是京杭运河，经常有许多来往船只。所以，"直青山缺处是孤城，倒悬浸明湖。森千帆影里，参差宫阙，风展旌旗"，写的正是苏州城西的景色。这几句，《甲稿》原作"直青山缺处倚东南，万堞浸明湖。看片帆指处，参差宫阙，风展旌旗"。《苕华词》把"倚东南"改为"是孤城"，"万堞"改为"倒悬"，可能因为"万堞浸明湖"说得比较含糊，不能令人一下子就想到这是写水中倒影。不过，"万堞浸明湖"虽然不很直观，却给读者的思路中留下一个小小的跳跃，词贵曲折，这似乎也是它的好处。"看片帆指处"改成"森千帆影里"是写从运河上看苏州城。运河苏州段很繁荣，来往船只当然很多，因此"千帆"比"片帆"更为写实。但"看"是一个领字，改为"森"似乎不大合适。下面"向晚棹声渐急"，《甲稿》原为"向晚橹声渐数"，意思上并没有多大区别。"萧瑟杂菰蒲"是说棹声中夹杂着岸边菰蒲丛中传来的萧瑟风声。为什么"向晚棹声渐急"？因为大年夜将到，有家的人都急于归家去享受年夜的团聚，所以加紧了摇船。"萧瑟"是风吹草木的声音，也代表着人的一种凄凉的感觉。因此，这两句虽然也是写景，但已暗含了"归家"和"客中"感觉的对比。《甲稿》中接下来的"一骑严城去"之孤零和"灯火千衢"之繁盛，进一步加深了这种对比。

不过，《甲稿》上片虽然在写景中暗含着客中悲哀的感发，却忽略了点出"度岁"的情景。《苕华词》把"一骑"改为"列炬"，可能正是为弥补上片中的这个缺点。"列炬"出于杜甫《杜位宅守岁》中的"盍簪喧枥马，列炬散林鸦"，正是写除夕守岁到子夜之后大家打着灯笼火把出门去拜年的情景。这样就和下片的"万家爆竹""痛饮屠苏"有了呼应。不过，这样写虽然使上片的写景照应到"大年夜"

的时间，但同时又失去了上面所说的"一骑严城"与"灯火千衢"的那种孤零与繁盛的对比。因此可以说，原本与改动各有得失。

下片的重点从写景转向抒情。"不道繁华如许，又万家爆竹，隔院笙竽"：当年我在家过年的时候听惯了"爆竹"和"笙竽"，我以为只有我的家乡有这样的繁华和欢乐，但是"不道"——我没有想到——这里也有这样的繁华和欢乐。不过，"爆竹"和"笙竽"虽是写过年的欢乐，"万家"和"隔院"却暗点出那是别人的欢乐而不是我的欢乐。在这万家团聚的日子里，只有我是孤零零的一个人。由此就引出了下面两句"叹沉沉人海，不与慰羁孤"。"沉沉"，是水深的样子，因为既然说到"海"，当然就要用一个形容水的词来做定语。处在人海之中却觉得孤独，这是一种人人都有却又未必都能说得出来的人生感受。古人说，"海内存知己，天涯若比邻"，那是从另一个角度来说的；反过来，倘若你周围都是些"道不同不相为谋"的人，那么纵然整天处在喧闹的人群之中，你也不会感到快乐只能感到孤独。而且还不仅仅是孤独而已，你还不得不把自己的真性情收敛起来，拿出一副随顺的样子去应付这些并不能理解你的人。而且，倘若你做不到这一点或者做得还有差距，你很快就会得罪所有的人，被大家视为狂疏之辈。这就是"剩终朝、襟裾相对，纵委蛇、人已厌狂疏"。"襟裾"是衣服的前襟和后襟，"襟裾相对"一方面是说大家衣冠整齐，进退揖让如仪；另一方面，亦暗含有把内心遮掩起来的意思。"委蛇"，主要是表现一种曲折顺应的样子，语出《庄子·应帝王》"吾与之虚而委蛇"，所以后来人们把虚情假意的敷衍应酬称作"虚与委蛇"。人生本不能够事事认真，但有的人偏偏一辈子也学不会虚与委蛇。这样的人往往不能够顺应社会，因此他们内心常常感到孤独。陶渊明属于这样的人，他说："知音苟不存，已矣何所悲。"（《咏贫士》）李太白属于这样的人，他说："相看两不厌，只有敬亭山。"（《独坐敬亭山》）王国维也属于这一类人，尽管他努力使自己适应这个社会，但结果仍然是"纵委蛇、人已厌狂疏"。

可是，文明人之间的关系真的就应该这么虚伪吗？"呼灯且觅朱家去，痛饮屠苏"，并不一定是真的要到一个什么豪侠之士家里去饮酒，而是作者坚持自己"狂疏"本性的一种表态。"朱家"是太史公司马迁《游侠列传》里的"游侠"之一，这些游侠出身闾巷布衣，并非名公巨卿，但却深明大义，"其言必信，其行必果，已诺必诚，不爱其躯"（见《史记·游侠列传·序》）。司马迁表彰这些人，实际上就是对其他人所表现的自私和怯懦的不满。而现在时间又过去了两千年，像朱家那样正义、豪放的古侠士，在当代人里还有吗？恐怕打着灯笼也找不着！"呼灯"和"觅"两个词用得很刻薄但又无可挑剔，因为从表层的意思看，这是守岁结束打着灯笼出去拜年，是呼应前边那个"列炬严城去"的。"屠苏"是屠苏酒，古人习惯在正月初一日饮屠苏酒。尽管前边提到"列炬"，提到"爆竹"和"笙竽"，但直到最后这句才明白点出了这是度岁之作。

还有，"呼灯且觅朱家去"一句，本应是三、四的停顿。如吴文英的《八声甘州·陪庾幕诸公游灵岩》在这个地方是"连呼酒，上琴台去"，辛弃疾的《八声甘州·夜读李广传》在这个地方是"纱窗外，斜风细雨"。王国维却在这里把它变成了四、三的停顿，和七言律句一样。由此可见他自己对这句一定很得意，所以与格律稍有冲突也就在所不惜了。

总的来说，这首词中是有感发的。如前所述，它不但流露出客中度岁所感到的凄凉孤独，还流露出一种对当今社会虚伪冷漠的人际关系之不满。这是这首词的好处。但由于这首词也存在着一些语言和构思等方面的缺点，所以作者后来又进行修改，然而由于时过境迁，这些修改有的又难免对原来的感发有所损伤。可知长调之难填，固由其不易一气呵成所致。

辑评

萧艾 《人间词甲稿》问世前数年，一九〇四年、一九〇五年静安皆在故乡度岁。惟一九〇三年在南通度岁。词中云云，与《端居》诗所述情状亦合。故定为南通作。"纵委蛇"《甲稿》作"纵委佗"。足见填此词时，静安已究心文字之学。

陈永正 词人在风光秀丽的城中迎来了新的春天，在千家万户的爆竹声中，他依然感到痛苦和孤独，春天，已不再属于他的了，除了举杯痛饮之外，还有什么能解慰中年的羁愁呢？此词收入《甲稿》，为度岁之作。各家《年谱》载，光绪三十年（甲辰）除夕，静安在故乡海宁。三十一年冬，静安辞职归里。然于何处度岁，则语焉不详。佛雏《王国维诗学著述系年》云："1905年冬，静安在苏州度岁，倒大有可能。"（《校注》）

陈鸿祥 由此词可见：人间"惟书册为伴"之外，尚有"高阳酒徒"般狂放的一面。（《注评》）

佛雏 "呼灯"句虽略有豪意，殆亦吴文英"连呼酒上琴台去，秋与云平"之比，终非本色。又：词中有"不与慰羁孤"及"痛饮屠苏"句，自是客中度除夕之作。此词收入《人间词甲稿》，即作于1904年至1906年4月之间。据乃誉《日记》手稿，1903年除夕、1904年元旦（农历），静安在海宁家中。1904年除夕亦在海宁。至1905年岁终，静安究在何所？现存乃誉《日记》至乙巳八月为止，以后无记载。赵《谱》乙巳年下，有云："冬，返里，友人同邑张渭渔（光第）来访，出其所藏马湘兰兰石小幅、唐寅芍药画卷，相与把玩。……（据先生所撰《查他山文集序》）"按，此处"冬"字有误。据乃誉《日记》，"乙巳六月初二，静苏归，出所得董、陈、沈轴并沈、祝大卷。阅之，内惟马湘兰（为钩兰墨石）……最为上等。唐六如芍药墨本大不及尺，款尚不恶。（下略）"渭渔来访当在此时。是则赵《谱》之"冬"，实为"夏"（六月）之误。盖苏州"江苏师范学堂"（静安在此任教），乙巳"五月，讲习科及体操专修科毕业"；六月，学监罗振玉赴长沙（见《永丰乡人行年录》），静安遂返海宁。查静安《敬业堂文集序》云"光绪乙巳，余归自吴门，渭渔访余于西城老屋"，即指"夏"六月事，故"冬"，殆悬揣之辞耳。如此，则1905年冬，静安在苏州度岁，倒有极大可能。词中景象亦多与苏州合。又，是时罗振玉"丁忧"，苏州"江苏教育会"诸人与罗不协，方谋"逐客"，词中"剩终朝襟裾相对"云云，或与此有关，故系于此（1906年）。旧历乙巳除夕，已属1906年1月。

马华 等 这首词上阕写景，十分壮丽，下阕由写景转而抒写由世态炎凉而产生的深沉压抑情绪，悲愤惨怛的心境，词人心怀，跃然纸上。

钱剑平 （系于1906年）

祖保泉 就这首的抒情色调说，似乎没有集中点。说是抒发孤羁之情，看来有之；说是抒发被逐的愤恨，看来也有之。因而自然带来了感人不深的结果。若从写景与抒情关系说，两者未能完全融成一个整体，艺术感染力自然差些。（《解说》）

浣溪沙

曾识卢家玳瑁梁。觅巢新燕屡回翔。不堪重问郁金堂。

今雨相看非旧雨，故乡罕乐况他乡。人间何地著疏狂。

这是作者看到春来的燕子在眼前盘旋飞翔从而在心中兴起的一种羁旅他乡之悲和今昔新旧之慨。

"卢家玳瑁梁"出于初唐诗人沈佺期的一首乐府风格的七言律诗《古意呈乔补阙知之》："卢家少妇郁金堂，海燕双栖玳瑁梁。"这首诗还有一个乐府的古题叫作《独不见》，内容是写思妇的。但我们可以不必管这个出处，因为王国维在这里只是写眼前的燕子。他说：那一对觅巢的燕子为什么在天空飞来飞去找不到可以筑巢之处？因为它们当初曾栖息在人间最美丽的高堂画梁上，所以对一般等闲的房舍屋梁是不屑一顾的。可是，当今这个世界上还有那高贵华美的郁金堂和玳瑁梁吗？"问"，有寻找的意思；"不堪"，是不能，不忍，甚至不可承受。所以，"不堪重问"这四个字里不但沉积了一种思旧的悲哀，

卢家玳瑁（dài mào）**梁**：唐沈佺期《独不见》诗："卢家少妇郁金堂，海燕双栖玳瑁梁。"卢家，古乐府中相传有洛阳女子莫愁，嫁于豪富的卢氏夫家，见南朝梁武帝《河中之水歌》："十五嫁为卢家妇。"玳瑁梁，画梁的美称。| **新燕**：春时初来的燕子。| **回翔**：盘旋飞翔。**不堪**：不忍心。| **郁金堂**：谓以郁金和泥涂壁的芬芳华美之堂。郁金，多年生草本植物，中医以块根入药，古人亦用作香料，或浸水作染料。| **今雨**：唐杜甫《秋述》："秋，杜子卧病长安旅次，多雨生鱼，青苔及榻，常时车马之客，旧雨来，今雨不来。"谓宾客旧日遇雨也来，而今遇雨则不来了，初亲后疏。后用"今雨"指新交的朋友，"旧雨"指老朋友。| **相看**：对待，看待。| **著**：放，安置。| **疏狂**：狂放不羁。唐白居易《赠江州李十使君员外十二韵》："岂有疏狂性，堪为侍从臣。"

而且还包含着一种对思旧的无济于事甚至对思旧的不被理解的悲哀。

这还是燕子吗？显然，燕子的形象里已被注入了作者自己的感情。人生之中本来有许多美好的东西，当你拥有它们时，可能并不觉得有多么珍贵，可是一旦失去之后就再也找不回来了，比如说，旧友叙谈和亲朋相聚本来是极普通的事情，但一般人往往要在远离家乡和亲朋之后才加倍体会到这种相聚的温馨和难得。新朋友并不是不好，却毕竟不如老朋友相知之深；他乡并非不乐，却毕竟不如故乡之温暖亲切。这本是一种怀旧之情，人皆有之。但对于王国维来说，也许还有更深一层的内容在。

王国维年轻时曾写过二十首《读史》诗，从伏羲、炎黄一直咏到明代，上下数千年，纵横几万里，几乎囊括了整个中华民族的发展历史，其中歌颂了黄帝的功绩、尧舜的神武、炎汉的强大、盛唐的文明，甚至还赞美了曹操的气魄、桓温的雄心。对于一个深深了解自己民族的历史并引以为荣的学者来说，这不正是"曾识卢家玳瑁梁"吗？而我们这个在历史上曾经无比强盛过的民族到了晚清却沦为任人宰割的半殖民地，这种对比，难道还不使人"不堪"？更何况，在这种时候，执政柄者犹热衷于争权夺利，耽溺于骄奢淫逸，螳螂捕蝉而不知黄雀之在后，燕雀处堂而不知大厦之将焚，怎不使人感到愤怒和失望？

这首词从春天的"新燕"起兴，其中有对时事政治的感慨，有寄居他乡孤独寂寞的苦闷，估计有可能是王国维在1906年春天初到北京时所写。一个南方人初到北方，可能会有许多不习惯的地方。更何况，北京是皇权的中心，与比较开放的上海有所不同。而且，王国维对北京的闭塞及错综复杂的人际关系印象不佳，这种感受在《蝶恋花·窣地重帘》的"开尽隔墙桃与杏，人间望眼何由骋"和《浣溪沙·七月西风》的"金马岂真堪避世，海鸥应是未忘机"中皆有所流露。一个人独自来到一个陌生的地方，没有老朋友可以谈心解闷，终日须戴着面具来应付那些并不了解自己的人，所谓"纵委蛇、人已厌狂疏"（《八声甘州》），那真是一种痛苦。也许作者就因此而产生了后悔此行之意，他说：如果一个人在自己的故乡都不能够快乐，难道还能指望在异地他乡找到快乐吗？

可是，人总需要有一个落脚的地方。如果你能够"淈（gǔ）其泥而扬其波，餔其糟而歠（chuò）其醨"（《楚辞·渔父》语），也许找个落脚的地方并不难，难就难在有的人做不到这一点，所谓"新沐者必弹冠，新浴者必振衣，安能以身之察察受物之汶汶者乎"？"疏狂"，就是狂放不羁。最优秀的诗人都是狂放不羁的，纵然他们的行为不一定不羁，但他们的精神一定不羁。而不羁的行为和不羁的精神都是不为世俗社会所容的。李白说："欲渡黄河冰塞川，将登太行雪满山。"（《行路难》）孟郊说："出门即有碍，谁谓天地宽？"（《赠崔纯亮》）王国维也说过："君看岭外嚣尘上，讵有吾侪息影区？"（《重游狼山寺》）这就是"人间何地著疏狂"。在这里，王国维又用了"人间"二字。不羁的诗人不为社会所容是诗人的悲哀，社会不容不羁的诗人则是社会的悲哀。因此，"人间何地著疏狂"这一句所感慨的虽是个人的悲哀，但其中也隐含着对社会状况的悲悯。

辑评

萧艾 *一九〇六年初至北京时作。*

陈永正 上片用卢家海燕的典实，表现事过境迁时深切的悲怀。"不堪重问"四字，怆痛之极。过片二语语浅而意曲，"非""况"二字有味。静安屡以"疏狂"自谓，可见其内心世界。此词在《甲稿》中紧承

《八声甘州》，疑静安此时尚出游在外。（《校注》）

　　陈鸿祥　此首写友情，寓"疏狂"之意，与《八声甘州·直青山缺处》之"觅朱家"句同。（《注评》）

　　佛雏　"却向昆仑望故乡"……比之后此王氏的《浣溪沙》词"今雨相看非旧雨，故乡罕乐况他乡"，一乐观开朗，一悲郁感伤，情韵是大不一样的。拟系于1904—1905年。

　　马华　等　在这首《浣溪沙》中，人们很容易读出抚今思昔物是人非的伤感。……相对而言，新燕觅旧巢的彷徨，今雨非旧雨的怅然，都无法与"何地著疏狂"的深刻的郁闷和压抑相提并论。

　　钱剑平　系于1905年。

　　祖保泉　当写于1905年秋末。这首词是针对具体事件而聊发感慨的。1905年初秋，苏州师范学堂监督，在学堂范围内动工修建私人别墅，苏州及江苏学界人士张謇等对此有非议，继而登报下逐客令。王国维去苏州任教是罗氏带去的，罗、王二人之间的密切关系是校内外人们都知道的。此时，罗受非议，当然波及王。王因此颇有感慨，发之于词。……"况他乡"三字流露出他认为苏州人有排外思想。（《解说》）

踏莎行
元夕

绰约衣裳，凄迷香麝。华灯素面光交射。天公倍放月婵娟，人间解与春游冶。

乌鹊无声，鱼龙不夜。九衢忙杀闲车马。归来落月挂西窗，邻鸡四起兰釭灺。

据佛雏先生引王国维的父亲王乃誉日记记载，1904 年正月十三日"静（安）健（安）之沪"。所以，这首描述士女如云、九衢繁华的《元夕》，很可能就是这一年在上海所作。这段时间，王国维正在上海主编《教育世界》。

"绰约衣裳，凄迷香麝。华灯素面光交射"，是写游人中的那些女士。"绰约"本来是形容柔婉美好的姿态，怎么用来形容"衣裳"？其实，

元夕：旧称农历正月十五为上元节，是夜称元夕。| **绰约衣裳**：谓身穿美丽服装的女子身影。绰约，柔婉美好貌。《庄子·逍遥游》："绰约若处子。" | **凄迷香麝**（shè）：谓使人迷茫失措的各种化妆品之芳香。凄迷，迷茫。唐李贺《开愁歌》诗："白昼万里闲凄迷。" 香麝，麝香一类化妆品的香气。宋周邦彦《解语花·元宵》词："箫鼓喧，人影参差，满路飘香麝。" **华灯**：彩灯。| **素面**：美人白皙的脸。| **月婵娟**：唐孟郊《婵娟篇》："花婵娟，泛春泉；竹婵娟，笼晓烟；妓婵娟，不长妍；月婵娟，真可怜。"婵娟，色态美好貌。| **解**：懂得，知道。晋陶潜《九日闲居》："酒能祛百虑，菊解制颓龄。" | **游冶**：出游寻乐。| **鱼龙**：古代百戏杂耍之一种，由艺人持珍异动物模型表演，有幻化的情节。见《汉书·西域传赞》颜师古注。此处指鱼形龙形的各种花灯。南宋辛弃疾《青玉案·元夕》词："凤箫声动，玉壶光转，一夜鱼龙舞。" **不夜**：没有黑夜。形容元夕灯火照耀如白昼。| **九衢**：纵横交叉的大道，繁华的街市。唐韦应物《长安道》诗："归来甲第拱皇居，朱门峨峨临九衢。" | **忙杀**：忙极了。**闲车马**：指人们游玩所乘的车马。| **兰釭灺**：见《采桑子·高城鼓动》注。

衣服穿在不同的人身上就形成了不同的姿态。上海是开放较早的城市，元夕是观灯游玩的节日，女士们都把最时髦的服装穿出来展示，我们可以想象到：在拥挤的大街上，身着漂亮服装的女士到处可见，而且不但如此，空气中还散发着各种化妆品的香气，令人产生一种不知身在何处的迷醉之感。此处的"华灯"，不仅有传统的彩灯，当也有现代的电灯，因为上海是我国最早发展电力工业的城市，早在19世纪80年代，上海市的外滩、南京路等街道上就开始有了电灯，到1904年的时候，上海已有了高压线路，可以提供动力用电了。在这样一个城市的元宵节之夜，华美的灯光自然会给人留下格外深刻的印象。"素面"与"华灯"相对，愈见人之美丽与灯之光彩，所以说"光交射"。这开头三句，以美丽的形象、光线和辞藻写出了一个近代大城市繁华热闹的元夕景象。

但正月十五本是月圆之夜，城市的夜晚除了人工的灯光之美还有自然的皓月之美。"天公倍放月婵娟"是说，上天好像有意与人间争胜，所以今晚的月亮也分外光明、美丽。秦少游《望海潮》的"有华灯碍月，飞盖妨花"是说华灯的美妨碍了月光的美，而这里却是说：城市的灯光美，月亮的月色也美，好像大自然也在为繁华的城市和欢乐的人群助兴。于是，在这冬日余寒尚未全消的元夕，人们已经开始领略到春天的美好了。

"乌鹊无声，鱼龙不夜。九衢忙杀闲车马"仍是写大街上的繁华热闹。在古代诗词中，乌鹊的啼鸣常常用于衬托夜晚环境的冷清与凄凉，如张继的"月落乌啼霜满天"，曹操的"月明星稀，乌鹊南飞"都是如此。而"乌鹊无声"则是说，满街游人的喧哗和花灯的明亮使乌鹊匿迹无声，这是写元宵节夜晚之不同于一般夜晚。另外，"乌鹊"这个词是用来和"鱼龙"相对仗的，这又是在修辞上的考虑。至于"鱼龙"这个词，则是人们写元夕的诗词中最常用的一个词语，例如辛弃疾咏元夕的"凤箫声动，玉壶光转，一夜鱼龙舞"等。"九衢忙杀闲车马"，当然是说大街上车马拥挤奔忙不息。但"忙杀"与"闲"形成了一个微妙的对比：人这一辈子永远在忙，忙完了工作又忙玩乐，而且为了玩乐而彻夜"忙杀"。什么时候才有真正的"闲"？当你终于"忙"完了的时候，元夕已经过去了，是"归来落月挂西窗，邻鸡四起兰釭熄"。月已西沉，鸡鸣报晓，油灯熄灭，这是一个结束。这平平淡淡、冷冷清清的结尾与一夜间的游乐繁华形成了一个对比：一夜是很容易过去的，一生不是也很容易过去吗？到你真正"闲"下来的时候，尘世间的一切繁华都已如梦幻泡影一样消失了。"九衢忙杀闲车马"，看起来是在点评别人；而自己，这一夜岂不是也参加在这"忙杀"的行列之中？——这又近于"可怜身是眼中人"了。

王国维喜欢写梦后窗前的景象，如"酒醒起看西窗上，翠竹影交加"（《少年游》），"梦醒即天涯，打窗闻落花"（《菩萨蛮》），"西窗白。纷纷凉月。一院丁香雪"（《点绛唇》），都是写梦醒后的冷清。"归来落月挂西窗"，与那些景象是相似的，但却是写一夜狂欢后的冷清。由此我们也可以看出，在作者心中，狂欢和大梦并没有很大区别。即使是在写人生欢乐的时候，作者的内心也仍然笼罩着一层"人生如梦"的悲凉。

辑评

蒋英豪 王国维词亦有一首而糅合前人数首之句的，如《踏莎行·元夕》：（下引本词）实际上是糅合了东坡《蝶恋花·密州上元》、清真《解语花·上元》、幼安《青玉案·元夕》而成。"绰约衣裳"，取自清真"衣裳淡雅"；"香麝"一辞，即从东坡"帐底吹笙香吐麝"及清真"满路飘香麝"而来。"华灯素面光交射"，即清真"灯市光相射"。"天公倍放月婵娟”，即东坡“明月如霜”。“人间解与春游冶”，即清真“嬉笑游冶”。“鱼龙不夜”，即幼安“一夜鱼龙舞”。“九衢忙杀闲车马”，即幼安“雕车香满路”。

萧艾 一九〇六年在京作。

陈永正 写元夜欢游、观灯赏月的情景，虽无甚新意，亦自可喜。“忙杀闲车马”五字颇有讽意。此词当作于光绪三十二年丙午元夕（1906年2月8日）。（《校注》）

陈鸿祥 本月十三日（2月28日），偕弟国华自海宁来沪。（据王乃誉日记）其《踏莎行》（元夕）词，或即作于抵沪以后，盖记海上元宵灯火之盛耳。（系于1904年甲辰正月）（《年谱》）又：辛词以“灯火阑珊处”作结，王词则以“邻鸡四起兰釭炧”收尾，盖皆寓《易经》“既济未济”之意。（《注评》）

佛雏 1904年元夕，静安在上海。据乃誉《日记》。甲辰即1904年正月十三：“静（安）健（安）之沪。”词中繁华光景，上海足以当之，故系于此（1904年）。1905年元夕，静安在海宁。据乃誉《日记》，乙巳即1905年正月十五：“健（安）理行李（按，赴沪就学）。令静（按，时静安在海宁家中）付五十元（向农报馆取），余亦付五十元（按，均为健安学费）。”又，据赵《谱》，1906、1907两年元夕，静安均不在北京，后者在海宁，前者可能在苏州。

王振铎 周邦彦《解语花·上元》词：“风销绛蜡，露浥红莲，灯市光相射。桂华流瓦，纤云散、耿耿素娥欲下。衣裳淡雅，看楚女纤腰一把。箫鼓喧，人影参差，满路飘香麝。 因念都城放夜，望千门如昼，嬉笑游冶。钿车罗帕，相逢处、自有暗尘随马。年光是也，唯只见旧情衰谢。清漏移，飞盖归来，从舞休歌罢。"王国维此词即从周词化出。

马华 **等** 这首词读来轻松明快，与王国维抒写情怀，郁郁不欢的词有所不同，使人心为之一畅。

钱剑平 （系于1904年）

祖保泉 我揣度这是王氏填词开始阶段的习作。学填词，当然会研习前贤制作。照我看，王氏的"元夕"词是研习周邦彦《解语花·元宵》、辛弃疾《青玉案·元夕》之后的习作。（《解说》）

蝶恋花

急景流年真一箭。残雪声中，省识东风面。风里垂杨千万线。昨宵染就鹅黄浅。

又是廉纤春雨暗。倚遍危楼，高处人难见。已恨平芜随雁远。暝烟更界平芜断。

这实际上也是一首思妇之词，但在景色描写之中，流露出一种对高远开阔之境的向往以及这种向往被现实遮断的悲哀。

"急景流年真一箭"显然是套用晏殊《蝶恋花》的"急景流年都一瞬"，因为晏殊那首词正是写初春心情的。只不过，晏殊那首词透着一种旷达，而王国维这首词透着一种执着。"残雪"，是尚未化尽的雪。此处的"残雪声中"可以是积雪融化之声，但我们也可以想象，那是春天快来时所下的最后一场夹杂着小雨的雪的声音。在飞逝的光阴中，在细碎的小雪中，春天又悄悄地来到了。"省识东风面"，是套用杜甫咏昭君的"画图省识春风面"。杜甫那个"春风面"指的是美人的容颜，这里的"东风面"则是指春天的容颜。"风里垂杨千万线"，

急景流年：形容光阴易逝。宋晏殊《蝶恋花》词："急景流年都一瞬。"急景，急驰的日光。流年，如水般流逝的光阴年华。| 一箭：谓光阴似箭。| 残雪：尚未化尽的雪。唐杜审言《大酺》："梅花落处疑残雪。"| 省识：犹认识。唐杜甫《咏怀古迹五首》之三："画图省识春风面。"| 垂杨：垂柳。染就：染成。| 鹅黄：淡黄，像小鹅绒毛的颜色。| 廉纤：细小，形容微雨。唐韩愈《晚雨》："廉纤晚雨不能晴。"| 暗：遮蔽。南朝梁刘孝威《妾薄命》诗："惊沙暗井陉。"| 危楼：高楼。| 平芜：草木丛生的平旷原野。宋欧阳修《踏莎行》词："平芜尽处是春山，行人更在春山外。"| 暝烟：傍晚的烟霭。| 界断：隔开。

写东风使杨柳的垂枝变得柔软婀娜；"昨宵染就鹅黄浅"，写一夜之间柳枝就出现了淡黄色的新芽，这令人想起"忽见陌头杨柳色"的惊喜。季节交替是自然规律，就像春花不能够长在一样，冬雪也不可能长在。现在，春天真的来了，可是春天对楼中思妇来说，意味着什么呢？

"又是廉纤春雨暗。倚遍危楼，高处人难见"，冬天是门窗闭锁的，不能够"独上高楼，望尽天涯路"（晏殊《蝶恋花》），那么春天呢？春天虽然可以把门窗打开了，但春天又有春雨的阻隔。朦胧的春雨把眼前一切都遮蔽了，纵然打开门窗，纵然登上高楼，还是无法纵目远望。"倚遍危楼，高处人难见"的"人"，既泛指视线中所能看见的人，又暗指思妇心中所思念的人。"倚遍"，是尝试尽了所有的位置和角度仍然无济于事，这个词传达出一种内心的焦急和渴望。"又是"，说明已经不止一年如此，每年从冬盼到春，其结果都是如此。而"危楼"和"高处"，则暗示出这个女子的寂寞和孤独。

"已恨平芜随雁远。暝烟更界平芜断"，是王国维很喜欢用的句式。如"已恨年华留不住，争知恨里年华去"（《蝶恋花》）、"已坠前欢，无据他年约"（《蝶恋花》）等，都是写进一步的不如所愿。大雁春天要北归，那可能也正是征人所在的方向，那个方向的原野一眼望不到尽头。本来是大雁在原野上越飞越远，最后望不见了。但作者说，是眼前这片原野随着大雁的北飞而越铺越远，使人不能一眼望尽。这就使静的原野产生了动的效果，给人一种人力有限，不能像自然原野那样无限伸展的遗憾。不过尽管如此，那遥远的地方总还存在着思妇的希望。可是现在天已黄昏，傍晚的烟霭已经升起，渐渐遮住了思妇的视线，远处的原野也逐渐看不清了。

传统的题材，传统的手法。与唐宋词中的同类作品大同小异。然而它所传达的感发却与那些作品颇有一些不同。如欧阳修《蝶恋花》的"玉勒雕鞍游冶处，楼高不见章台路"，令张惠言联想到屈原《离骚》

的"哲王又不寤";晏殊《蝶恋花》的"昨夜西风凋碧树,独上高楼,望尽天涯路",令王国维联想到"成大事业大学问"的第一种境界。而王国维自己的这首词,则在登楼望远的怀抱之中,又似有一种重重阻隔的憾恨和光阴似箭的焦虑。雨暗烟暝的意象作者用过不止一次。在《乙稿》的一首《菩萨蛮》中他还说过:"红楼遥隔廉纤雨,沉沉暝色笼高树。"同样是廉纤的春雨,同样是昏暗的暝烟,同样是执着的思妇。这使我们联想到王国维一生的追寻探索。他最初试图通过研究哲学解决社会人生问题,后来发现此路不通就又转而研究文学,最后又从文学走向史学。尽管他在这些方面都有累累的成果,但却始终不能找到他所要找的一条解决人生问题的出路,所谓"人生过处唯存悔,知识增时只益疑"(《六月二十七日宿硖石》诗)。他内心中总是有一种向高远处追寻的渴望,但现实却总是不如人意。再加上他性格中天生就有一种悲观的倾向,所以那思妇望而不见的悲伤在他笔下就化成了雨暗烟暝的层层阻碍,在他的词中似有意似无意地常常出现。

辑评

冯承基 (见《浣溪沙·山寺微茫》辑评)

陈永正 冬去春来,时光易逝。这里抒发的不光是年华迟暮的感慨,也许还有在探索过程中遇到挫折时的痛苦。《人间词话》把"独上高楼,望尽天涯路"作为古今之成大事业大学问者必经的第一境,而本词中正表现"望而不见"时的忧思。作于1906年初。(《校注》)

陈鸿祥 危楼、高处,兀立遗世,亦东坡"高处不胜寒"之意,而"急

景流年"不限于时序更迭,乃在远瞩比流年更悠长的人生前景。(《注评》)

佛雏 拟系于 1904—1905 年。

马华 等 欧阳修《踏莎行》"平芜尽处是春山,行人更在春山外",不过,王国维此处手段更为高妙,因为"青山"为实,"青山"对平芜的界断是真界断,而暝烟只是一片雾霭,因此为虚,而且在视觉上,迷茫的烟云看起来更有扑朔迷离、神秘玄远的感觉,由此可看出词人造诣,已臻化境。

钱剑平（系于 1905 年）

祖保泉 有意远望,而为"暝烟"界断,自然有"恨"。恨什么?耐人寻味。我们只能依据这首词描绘的"意"与"境"来揣度:作者新春来瞻望,有所期待,然而前景不明,便有苦闷。此词就是此番苦闷的形象化反映。其他,我以为不必踹实。(《解说》)

蝶恋花

　　窣地重帘围画省。帘外红墙，高与银河（《甲稿》作"青天"）并。开尽隔墙桃与杏。人间望眼何由骋。

　　举首忽惊明月冷。月里依稀，认得山河影。问取常（《甲稿》作"嫦"）娥浑未肯。相携素手层城（《甲稿》作"阆风"）顶。

　　1906年罗振玉入京任职于学部。王国维与罗同行，这是他第一次到北京。这首词属《人间词甲稿》，发表于1906年4月，很可能是王国维初到京城有感而发。词中寓托似明似暗，很有"词之言长"的特色。

　　"窣地重帘围画省。帘外红墙，高与银河并"是一个环境封闭的意象。从垂地的重帘到高入银河的红墙，给人一种天地闭塞的感觉，而在"开尽隔墙桃与杏"的春天仍不打开垂地的帘幕，又给人一种落后于时令

窣（sù）地：犹言拂地。《宋史·五行志三》："理宗朝，宫妃系前后掩裙而长窣地，名'赶上裙'。"窣，下垂。｜画省：尚书省。汉代尚书省中皆以胡粉涂壁，上画古烈士像，故称画省。尚书省是古代朝廷执行政务的总机构，但清代无此编制，此处当是用以指代国家最高行政机关。｜银河：天河。｜望眼：远眺的眼睛。｜骋：谓骋目，放眼远望。｜山河影：宋苏轼《和黄秀才鉴空阁》："明月本自明，无心孰为境。挂空如水鉴，写此山河影。"旧题宋王十朋注："《西阳杂俎》载佛氏言：月中所有，乃大地山河影也。"唐段成式《西阳杂俎·前集》卷一《天咫》："释氏书言，须弥山南面有阎扶树，月过，树影入月中。或言月中蟾桂，地影也；空处，水影也。此语差近。"｜问取：询问。取，助词无义。｜常娥：即嫦娥，神话中的月中女神。｜浑未肯：全然不同意。｜层城：古代神话中昆仑山上的高城。《水经注·河水》："昆仑之山三级：下曰樊桐，一名板桐；二曰玄圃，一名阆风；上曰层城，一名天庭。是为太帝之居。"

226

的感觉。这种层层封闭的环境很神秘，不大像是生活中实有的景物。但"红墙"是北京实有的景物，每一个初到北京的人大概都会留下印象。"画省"本是汉代对尚书省的别称。尚书省是国家最高行政机关，当然位于都城。但清代六部直接对皇帝负责，已无尚书省的编制。那么，作者选用这个已经过时的名称，除了取其古雅之外，恐怕就是以之指代国家最高行政机关了。从这两个词我们可以看出，这个封闭的环境很可能是用来象征北京官场的。王国维曾经生活在比较开放的都市上海，曾经如饥似渴地追求西方的新学，因此他对天子脚下的北京有这种印象不足为怪。"银河"，《甲稿》本作"青天"。改作"银河"，当是为了和后边的"明月"相呼应。

"开尽隔墙桃与杏"写春天花木的繁盛，也暗示着西方新思想和科学文化的繁盛。而"隔墙"则进一步强调了京城之中对这些新东西的冷漠与隔膜。"人间望眼何由骋"是失望也是追寻——怎样才能打破这种因循的封闭，为大家的视野开拓出一片新天地来呢？

"举首忽惊明月冷"忽然转换场景，使气氛变为冷落、凄清。而"月里依稀，认得山河影"则进一步使气氛变得沉重。月中有山河影的说法据说来自佛经，但后来经常有作者用这个典故来慨叹故国山河的沦丧。如南宋王沂孙咏新月说："看云外山河，还老尽，桂花影。"（《眉妩·新月》）王国维写这首词的时候清朝还没有亡，不过它的灭亡也只在三五年之间了。这几句，暗示和象征的味道也很浓："山河影"暗示了对国家和政局的忧虑，"明月冷"则有一种警觉和反省的意味。由此而引出了最后两句："问取常娥浑未肯，相携素手层城顶。""层城"，《甲稿》作"阆风"。层城和阆风都是古代传说中昆仑山上仙人所居的地方，这两句的联想当来源于屈原《离骚》的"朝吾将济于白水兮，登阆风而绁马。忽反顾以流涕兮，哀高丘之无女"。屈原为寻求理想中的贤君而上下求索，当他登上昆仑山的阆风之顶时回头观望，不觉流下泪来，因为人世间并没有他所寻求的那种女子。"求女"，是代表着某种遇合的。王国维在这里略改其意，他说：我希望嫦娥与我携手登上昆仑山顶，可是她全然不肯答应我。这同样是"求女"而不得。"常娥"到底指谁？也许作者心中确有其人，但更可能只代表一个理想中的"贤君"或志同道合的"贤臣"的幻影。因为自戊戌变法失败，清王朝已失去了最后的机会，现在是任凭出现什么样的人才也无力回天了。更何况王国维并未进入官场，只是一个刚刚来到北京的忧国忧民的书生而已。

王国维幼读诗书，受儒家思想熏陶，不乏"国家兴亡匹夫有责"之心。同时他又生逢世纪之交，醉心于西方先进的科学文化，不乏开阔的眼界和理智的头脑。因此，他为国家和民族的落伍与闭塞而忧心焦虑，渴望为改变这种现状作出自己的努力。这首象征意味颇为浓厚的词，就是他这种思想心态的流露。

有趣的是，这首词中帘幕重重和望眼阻遮的意象，使我们联想到欧阳修的一首《蝶恋花》：

> 庭院深深深几许。杨柳堆烟，帘幕无重数。玉勒雕鞍游
> 冶处。楼高不见章台路。

> 雨横风狂三月暮。门掩黄昏，无计留春住。泪眼问花花
> 不语，乱红飞过秋千去。

清代词学家张惠言认为这首词有屈原《离骚》的含义。他说"庭院深深"就是《离骚》的"闺中既以邃远"，"楼高不见"就是《离骚》中的"哲王又不寤"。而"闺中既以邃远兮，哲王又不寤。怀朕情而不发兮，余焉能忍与此终古"，正是屈原在"求女"而不得之后悲哀

的慨叹。王国维是注意到了张惠言这一说法的，因为他在《人间词话》中曾经批评张惠言的这种说法是"深文罗织"。而在这首词中，他却似乎有意模仿欧阳修的那些意象。如"重帘"和"帘幕无重数"，"帘外红墙"和"庭院深深"，"开尽隔墙桃与杏"和"雨横风狂三月暮"，"人间望眼何由骋"和"楼高不见章台路"，等等，都有某些相似之处。在有了这么多相似的意象之后又使用《离骚》"求女"的典故，这就不像是无意的了。由此可见，王国维在批评张惠言的同时也不免受到他的影响。

辑评

周策纵 读《蝶恋花》（下引本词）不能不令人想起东坡《水调歌头》"明月几时有……"，二词皆格韵高远。东坡由天上想到人间，又希慰于天上。初以天上凄冷，乃觉人间或异。然人间亦有悲离，仍不免终古之遗憾。惟人间于悲离之外，犹有欢合，如月有晴圆之时，故仍望人能长久。此东坡终能达观自适处。静安则不然，由人间想到天上又颓然坠到人间。其所见之人间，不但"重帘"围困，且"红墙"齐天，虽墙外繁花绚烂，却隔绝不可见。此景固绝似为五十年后冷战世界中之吾人所写，然由静安观之，则为永恒而普遍之世界。乃举首望月。有温慰乎？无有也，天上之冷，或较人间尤甚。且此清冷之境中亦可见到人间之影子，则其情况殆亦约略相类耳。况嫦娥终不肯下降，则人间之隔离凄冷，尤可想象，于是此"人间词人"，依然茫茫无归，令人无可奈何。

陈永正 词人也许还未能忘情于仕途，他希望能通过政治改革来实现自己的理想。在立宪派积极活动的时候，静安来到北京，免不了受到

立宪风潮的影响。末二语见意。作于 1906 年春。（《校注》）

陈鸿祥 王国维推崇"屈子文学"，赞颂屈原之"廉贞"，故鄙弃"画省"，追寻"阆风"。此词实亦可视为境界说中之风骨赞！（《注评》）

佛雏 拟系于 1904—1905 年。

谭汝为 诗人在赏月时，忽发奇想，邀请月中嫦娥携手同游。此词想象之瑰奇、意境之高绝，确如樊抗父的评语"凿空而道，开词家未有之境"。

马华 等 这首《蝶恋花》是词人对"尚书省"中古义士像有感而发写下的词作。

钱剑平 （系于 1905 年）

祖保泉 通览全篇，可知作者借写幻景而抒发遗世独立的孤高情怀。读者从旁亦可稍稍理解作者旁若无人、我行我素的性格特质。（《解说》）

彭玉平 此词的政治隐喻就更明显。王国维在词中简直是直陈自己的政治抱负，希望能与嫦娥携手到天帝所在的层城顶（朝廷）。但王国维身处在"窈地重帘"以及帘外高及银河的"红墙"之中，桃杏虽然开尽，风华却在"隔墙"，他其实不闻春色。"人间望眼何由骋"，写尽其黯然孤寂之意。作者转而寄望于月中山河，但携手的愿望也被嫦娥"浑未肯"。有学者将王国维的这种对理想的憧憬和现实的困顿与当时的立宪风潮结合起来，或可备一解，因其中的政治内涵确实是脉息可感的。（《王国维的"忧世"说及其词之政治隐喻》）

蝶恋花

昨夜梦中多少恨。细马香车，两两行相近。对面似怜人瘦损。众中不惜搴帷问。

陌上轻雷听隐辚（《甲稿》作"渐隐"）。梦里难从，觉后那堪讯。蜡泪窗前堆一寸。人间只有相思分。

这首词的好处在于：它是一首写爱情的作品，但其意义又不仅仅局限在爱情的范围内。在对一个只有梦中才能接近的对象之相思苦恋中，作者似乎寄托着人生中的某种追求与渴望。

不过，这并不意味着这首词有多么高深难懂。正相反，它只是讲了昨夜的一个梦，用的是通俗易懂的白话语言，几乎用不着做什么注解。作者说：在昨夜梦中，我终于和她对面相逢了。她对我的憔悴似乎十分怜惜，在大街上就撩起车帷和我交谈。车中女子，显然是"我"心中日夜思念的偶像，能够对面相逢已经是一种幸运，而心中的女神竟肯假以辞色，亲手搴帷，当面慰藉，对自己如此关怀，那简直是一种意外的惊喜了。宋人陈师道有句云："不惜卷帘通一顾，怕君着眼未分明。"那只是一个骄傲的女神。而"众中不惜搴帷问"，却含有

细马：良马。《旧唐书·职官志三》："凡马有左右监，以别其粗良。……细马称左，粗马称右。"｜**香车**：用香木做的车，泛指华美的车或轿。｜**搴**（qiān）**帷**：谓撩起车帷。唐白居易《叙德书情四十韵上宣歙翟中丞》："好风迎解幙，美景待搴帷。"｜**陌上轻雷**：指路上车声。汉司马相如《长门赋》："雷殷殷而响起兮，声象君之车音。"唐李商隐《无题》诗："车走雷声语未通。"｜**隐辚**：象声词，车马杂沓声。唐皮日休、陆龟蒙《开元寺楼看雨联句》："残雷隐辚尽，反照依微见。"｜**相思分**：相思的缘分。

一种知遇的、多情的意味。中国文人最渴望的，除了君主的青睐，就是美人的青睐。据宋人黄昇《唐宋诸贤绝妙词选》卷三载：北宋才子宋祁在大街上遇到内宫的车子，有一个宫女在车中看见他，惊喜地撩开车帘指点说："那就是才子小宋啊！"宋祁回去就写了一首《鹧鸪天》："画毂雕鞍狭路逢。一声肠断绣帘中。身无彩凤双飞翼，心有灵犀一点通。　金作屋，玉为笼。车如流水马游龙。刘郎已恨蓬山远，更隔蓬山几万重。"后来这首词传唱都下，达于禁中，宋仁宗知道了说："蓬山不远。"就把这个宫女赐给了宋祁。

对美人的知遇心怀感激，这本是文人最喜欢写的话题。然而现在，这一切都只是一个梦。梦中相见正说明现实中多么盼望相见而不得相见；梦中得到慰藉正说明现实中难以得到慰藉。人们对爱情的付出是需要得到对方回应的，但"我"对心中女神的苦恋，却只有在梦中才能得到回应。而那梦中的满足是不能持久的，正如作者在《如梦令》中所说："睡浅梦初成，又被东风吹去。无据。无据。斜汉垂垂欲曙。"

梦醒的一刹那间，香车的车轮声犹在耳边渐渐消逝，而眼前的现实景物已渐渐清晰：昨夜点燃的蜡烛已经自行熄灭，变成窗前厚厚的一堆蜡油。蜡火熄灭、蜡泪已凝意味着什么？李商隐诗说："春蚕到死丝方尽，蜡炬成灰泪始干。"天明梦醒，丝尽泪干，代表着一种结束。那心目中的女神，在梦中对面相逢都没能留下她的踪迹，醒后在人间怎么能追寻得到呢？这本来已是一个很悲伤的结局，但作者又加上了更悲伤的一句："人间只有相思分。"思断望绝，诸色皆空也就罢了，最令人难受的是藕断而丝不肯断。明知没有希望却还要为她保留着这一份永久的相思，无形中也就把自己投入了永远也无法摆脱的煎熬之中。

也许有人会问：这种毫无希望的单方面的相思苦恋和自我煎熬到底有什么意义和价值？当然，就无常的"小我"来说，这肯定只是一份痛苦；但倘若就永恒的"大我"来说，这痛苦里边却保留了一份希望。因为，无论多么艰难的事情，只要永远有人坚持去做，到头来总有成功的可能。最值得人类悲伤的，无过于陶渊明《桃花源记》结尾的那一句"后遂无问津者"了。人间已经没有寻找"桃花源"的要求，桃花源自然也就在人世间绝迹了。所以，这"人间只有相思分"在个人来说是一份永恒的痛苦，而对人间来说却是使美好的追求绵延不断的一点火种和一线希望。

爱情如此，其他事情也是如此。屈原自沉汨罗，可是他那一份对祖国的热爱，不是直到今天还鼓舞着一代又一代人吗？苏武被匈奴扣押十九年，家中母死妻嫁，家破人亡，归汉后"赐不过二百万，位不过典属国"（《李陵答苏武书》），有人以为他很不值，可是千古以来，不是仍然有许多人以苏武的气节为榜样吗？在一个以财富与金钱为价值标准的社会环境中，不是也有人为自己所钟爱的事业而甘守清寒吗？每个人都有自己理想的追求，这追求就是你心目中的女神。可是，当你付出了千辛万苦，在世俗的红尘中仍找不到她的踪迹，得不到她爱情的回报时，你还会坚持你的追求吗？你还能够保持和珍惜对她的那一份纯洁的相思苦恋之心吗？这是每一个人都需要反省和思考的问题。

这首词，确实可以说是既继承了词的传统风格，又能"开词家未有之境"的一首好作品。

辑评

樊志厚 （见《浣溪沙·天末同云》辑评）

王国维 （见《浣溪沙·天末同云》辑评）

周策纵　（见《浣溪沙·天末同云》辑评）

蒋英豪　这两首（指本词及《蝶恋花·百尺朱楼》）既不失浑涵之旨，又近于"意境两忘"，与晏殊《珠玉词》相似，实际上是较上述《浣溪沙》（指"天末同云"）优胜。

王宗乐　王氏此词首句便说明这是一个梦境，试想：如果王氏所写的纯然是一个梦，一个无根的梦，那就根本不值得一提，更不值得浪费笔墨，当然也不会写出如此沉重的感伤，可见其中必有一种事实存在，既有事实存在而又偏偏要说是一个梦境，更可了解其实有不能明说不便直言的苦衷，此系托喻之作，显然可见。我们可以举出一种常见的事例：如两个人本来有相当的情谊关系，后来由于遭遇际会的不同，其中一位显达了而居高位，另一位则潦倒不堪而处于穷困之境；这时候，在高位者对这位不得意的故人虽有关切怜惜之意，但始终没有积极的行动来予以提携，而那位处于穷困的人，虽然认为那位在高位的故人，就过去的情谊言，应该伸出援手，甚至有时想设法去请他予以提携，但是又觉得自己的身份地位和对方相差太远，也不愿卑躬屈己去奔竞逢迎而求显达，宁可固穷自守，以致郁郁而终。李义山《无题》诗云："相见时难别亦难，东风无力百花残。"就是他期望他的故人令狐绹重用他而写的托喻之作。王氏此词用意与义山大致相同，不过王氏写得非常明显，不似义山诗那样隐晦；义山诗最后两句"蓬莱此去无多路，青鸟殷勤为探看"，还希望以信札去邀其故人的重视，而王氏词最后一句"人间只有相思分"，则较义山诗更为决绝，也更为沉痛。

祖保泉　意决而辞婉，也是王国维的一个重要艺术特色。……一，他往往在一篇中，用一两句饱和着情思的话，把词旨说得深厚有力；二，他善于运用"转进一层"的手法，把感情表达得婉转些、深透些。（下引本词、《清平乐·垂杨小院》下片、《蝶恋花·窗外绿阴》下片、《清平乐·斜行淡墨》歇拍从略）这些例子，每个最后两句，如果结合着每阕词的艺术形象看，都是具有激情的、极其凝重的、能透露全词主旨的、有事外远致的好语。

缪钺 《蝶恋花》（昨夜梦中）一首，则是写怀人之情。在一个夜梦中，曾经遇到并接近所怀念者的香车，怀着无限怜惜之情，无所顾忌地在众人群中前去搴帷相问。这时，忽然被路上车声惊醒，而方才相遇的情景乃是无可追寻的梦幻，唯有伴随蜡泪惆怅相思而已。借此象征人生对于理想固执的追求，以及难以企及的失望。又：（见《浣溪沙·天末同云》辑评）（《述论》）

萧艾 记梦之作。与东坡《江城子》"十年生死两茫茫"一词意境相同。然静安作此词时尚未悼亡也。又，静安自认为其词自欧阳永叔后，鲜有伦比。并举数首为代表，此其一也。其言详樊志厚《人间词·乙稿》序。

陈邦炎 萧艾在《王国维诗词笺校》中称此词为"记梦之作""与东坡《江城子》'十年生死两茫茫'一词意境相同"，又说："然静安作此词时尚未悼亡也。"查王国维丧偶在一九〇七年夏，此词则收入结集于一九〇六年的《人间词甲稿》中，其非悼亡之作，自不待言；而既非悼亡之作，其意境实与苏轼《江城子》悼亡词并不相同。苏轼词中所写的梦中之境与其悼丧之情是一致的；此词上片所写"梦中"相见时的柔情蜜意，与下片所写"觉后"的深愁苦恨适成对照，是以"梦中"的温馨衬比"觉后"的凄凉。苏轼词中所写的"夜来幽梦"，看来是真作了那样一个梦，是实写梦中之境；此词固然也可能真是写"昨夜梦中"

所见，确为"记梦之作"，但更可能出于虚构，是作者在《人间词话》中所说的"造境"之作。（《人间只有相思分》）

陈永正 此词当比"天末同云""百尺朱楼"二作较胜，出语自然，情味深永。在词的格调上颇近庄中白《蝶恋花》诸作，但笔力更为挺健。正由于用力过重，立意刻画，转失却五代北宋之"空灵"。写梦中的相会与醒后的相思，虽亦"造境"之语，然皆真切动人，大概也是寄寓词人"思君"之意吧。当作于1906年春。（《校注》）

Joey Bonner Like a candle devoured by its own heat, the lovesick poet is being consumed by his own unfulfilled passion. Even his dreams are so grim that they afford him no vicarious satisfaction.

陈鸿祥 列子寓言有"役夫之梦"。说的是周代富豪尹氏，雇用了大批役夫做苦工，有老役夫白天累得筋疲力尽，晚上却"昔昔梦为国君"；而尹氏操劳家业，形神俱疲，晚上"昔昔梦为人仆"。王国维在《教育世界》杂志发表的《列子之学说》中引录了这则寓言，称赞列子对"梦"有一种"超卓之见解"，并在论述叔本华与尼采哲学时，再度引录了这则寓言，借以说明所谓"天才之痛苦"，其实就是"役夫之昼"；而叔本华所谓"唯意志论"，则是"役夫之梦"。按照弗洛伊德的解释，也可以说，列子寓言里的"役夫之梦"，是"愿望的达成"；"尹氏之梦"，则是"梦的改装"。故此词以"昨夜梦中"起兴，而归结于"人间只有相思分"，正是要以"役夫之昼"，否定"役夫之梦"，以抒其"天才之痛苦"。这是他的无奈，也是局限。（《注评》）

佛雏 另如《蝶恋花》（昨夜梦中）中的"梦里难从，觉后那堪讯"，而归结为"蜡泪窗前堆一寸，人间只有相思分"；同调（百尺朱楼）中的"独倚阑干人窈窕，闲中数尽行人小"，而归结为"一霎车尘生树杪，陌上楼头，都向尘中老"：大抵都属"第一义"之作。虽也抑郁恼恍，而人间气味较多，不像坐在"奥林帕斯"山上说话口吻。"蜡泪"二句、"独倚"二句亦不失为词中警语或隽语。又：（见《少年游·垂杨门外》辑评）

熊高德 这里词人以佳人自况，幽居独处，唯望遇悦己者，而悦己之人又是那样虚无缥缈，遥远难及。实质上词人是希望实现他所苦苦追求的理想，而这理想其结果往往只是一场梦幻。

刘伯阜、廖绪隆 词中所记的梦，是确有其梦，抑或出自"造境"？这并非重要，重要的是通过梦与觉的艺术境界，抒发了词人对人间的真感受、真情意。词人在《来日》诗二首之二中写道："人生一大梦，未审觉何时。相逢梦中人，谁为析余疑？"要想解开作者梦中的心结，远非这则短文所能尽言，看来只有留待读者自己去细心求索了。

朱歧祥 诗人认为人生最可贵者，莫如爱情；人生最可怜者，信是相思。本词以理性分析作结，情感哀怨而不流于凄厉卑俗，乃王词一贯的特色。（《选评七》）

刘烜 这首词，是王国维自己十分欣赏的，也受到普遍的喜欢。写封建社会的男女青年之情在若即若离之间。梦境使人的相思之苦蒙上了一层薄薄的轻纱。

雷绍锋 第一句"昨夜梦中……"，似化李后主《望江南》词句而来。

后主词云："多少恨，昨夜梦魂中。还似旧时游上苑，车如流水马如龙，花月正春风。"李清照《永遇乐》词："来相召，香车宝马，谢他酒朋诗侣。"最后一句，"蜡泪窗前……"，李商隐《无题》诗："春蚕到死丝方尽，蜡炬成灰泪始干。"温庭筠《更漏子》词："玉炉香，红蜡泪，偏照画堂秋思。"

马兴荣、朱惠国 词为记梦，通过梦中男女的相爱和梦后人的怅惘，婉曲地表达了词人对人间真情的渴求和梦幻破灭的感伤。词扣住"梦"落笔，虚景实写，尤为真切，正因此，当梦醒景变时，见蜡泪寸许，更觉悲凉与凄切。

鲁西奇、陈勤奋 此词的言外之意在于揭示理想和现实总是隔得那么遥远，理想的不可企及往往注定了人生对于理想的执着追求最终成为虚幻。

吴蓓 "昨夜梦中"写刻骨相思形于梦寐。尽管首句与李煜《望江南》首句"多少恨，昨夜梦魂中"相似，而"对面"二句又使人想起陈后山"不惜卷帘通一顾，怕君着眼未分明"，又尽管"人间"句稍嫌直露，但此词对于男女相思之情的情态的刻画以及由此而引发的深沉的叹息，却是起到了一种惊醒人耳目的效果，因而堪称佳作。(《无可奈何花落去》)

马华 等 相思之苦确是人间的基本痛苦之一。王国维这首词所写的，正是这种痛苦。参看他对《红楼梦》的评论，便更能认识到这一点。红楼一梦，醒来所悟的，也无非是"人间只有相思分"这句似乎很平常的话吧。

钱剑平 （系于 1905 年）

祖保泉 静安填词强调直观性、有意境，那么这首词的意境向读者显示什么？我答：这是"衣带渐宽终不悔，为伊消得人憔悴"境界的另一艺术表现。不过应该看到，"昨夜梦中"之意境，比柳词"衣带渐宽"两语，表达得瑰丽、温馨、委婉，更耐人寻味。（《解说》）

彭玉平 这首词也明显带有深刻的寓意，是否也喻示着在那个充满着悸动和理想的年代，满怀着理想，却无法走近理想的无奈和苦闷呢？欲望连接着现实与理想两端，而其平衡则受到现实的无情阻隔，这是拷问人生的现实意义。（《以哲人之思别开词史新境》）

蝶恋花

独向沧浪亭外路。六曲栏干，曲曲垂杨树。展尽鹅黄千万缕，月中并作濛濛雾。

一片流云无觅处。云里疏星，不共云流去。闭置小窗真自误，人间夜色还如许。

这首词和前边那首《青玉案·江南秋色》都提到了沧浪亭。沧浪亭在苏州，王国维自1904年秋到1905年冬在江苏师范学堂任教期间，大约常常去那里散步。只不过《青玉案》是在暮秋季节所写，而这首《蝶恋花》则是在初春季节所写。

王国维在他的《红楼梦评论》里曾经论及："夫自然界之物，无不与吾人有利害之关系，纵非直接，亦必间接相关系者也。苟吾人而能忘物与我之关系而观物，则夫自然界之山明水媚，鸟飞花落，固无往而非华胥之国、极乐之土也。"然而在《青玉案》中，他是带着他的愁去观物的，所以使沧浪亭畔美丽的自然景色也都染上了他的愁。我们从那首词中所体会到的，是他那种无法摆脱忧愁烦恼的无可奈何之"情"。而这首《蝶恋花》则不同，在这首词中他似乎真的暂时摆脱了那些"人生之问题日往复于吾前"的苦闷，以一种"无欲之我"的姿态流连于沧浪亭畔，寻求那种"超然于利害之外"的境界。

沧浪亭：见《青玉案·江南秋色》注解。|**六曲栏干**：南唐冯延巳《蝶恋花》词："六曲阑干偎碧树。杨柳风轻，展尽黄金缕。"|**鹅黄千万缕**：指春柳嫩条。鹅黄，淡黄色。柳芽初生为淡黄色。|**濛濛**：迷茫貌。|**闭置**：禁闭。

"独向沧浪亭外路"——没有结伴出游的喧哗，没有行色匆匆的烦恼，所谓"无我之境人唯于静中得之"，要的就是那份能够"以物观物"的从容与安静。因此，同是写沧浪亭畔的景色，"六曲栏干，曲曲垂杨树"的柔美就不同于《青玉案》中"西风林下，夕阳水际"的凄美；"鹅黄"的娇艳也不同于夕阳的惨淡。当然，"六曲栏干，曲曲垂杨树"和"展尽鹅黄千万缕"是从冯延巳《蝶恋花》的"六曲阑干偎碧树，杨柳风轻，展尽黄金缕"化来，但接下来的一句"月中并作濛濛雾"就有了一个从薄暮到月出的时间推移。作者是傍晚来此散步的，所以看到"展尽鹅黄千万缕"的柳丝；然后在不知不觉中夜色已至，月明星出，那千万缕的柳丝就渐渐变成一片濛濛之雾了。这景色就与冯延巳那首词的景色不同，它令人联想到张若虚《春江花月夜》的醇美与朦胧。

　　"一片流云无觅处。云里疏星，不共云流去"是写夜空景色，这里边也有一个时间的推移：刚才有一片浮云遮住了几颗星星，现在再一抬头，忽然发现那片浮云已消散得无影无踪，而刚才不见了的那几颗星星又在原来的位置闪耀。这景色引人品味，但它与诗的"比兴"是不同的。诗的比兴用意一般比较明显，如陶渊明写云说，"万族皆有托，孤云独无依。暖暖空中灭，何时见余晖"（《咏贫士》）；杜甫写星说，"常时任显晦，秋至辄分明。纵被微云掩，终能永夜清"（《天河》）；苏东坡写月说，"云散月明谁点缀，天容海色本澄清"（《六月二十日夜渡海》）。他们的意思虽各有不同，但表达得都很明确。词的"境界"则不像诗的"比兴"那么明确，它仅仅停留在给读者一种触发而不能落实，即如清代常州派词学家周济所说，"读其篇者，临渊窥鱼，意为鲂鲤，中宵惊电，罔识东西"（《宋四家词选目录序论》）。而词的美感也正存在于这种引发读者丰富联想的言外意蕴之中。王国维这几句就是如此：你可以从"流云"领略到某种无常的变幻，你也可以从"疏星"联想到某种高远的、不变的东西，你可以从美学想到哲学甚至想到道德伦理，但那都是你自己的美感联想而不能指实为王国维的本意。王国维的本意就是要写出沧浪亭畔月中的景色，并由此得出他的结论："闭置小窗真自误，人间夜色还如许。"

"闭置"有禁闭的意思，作者在这里是指自我的禁闭。"闭置小窗"可以有两层含义：一层是自己过去关起门来读书，没有发现外边有这么好的景物可以欣赏；另一层是自己过去钻进人生问题的牛角尖里自寻苦恼，没有发现这种可以陶醉于其中的自然之美的解脱。"如许"，是"像这样"。像哪样？就像眼前这样的景色。当你摆脱了世俗的烦恼和人生问题的考虑，全身心地投入审美的愉悦，你就会发现原来这个世界的夜色也是如此美丽。——当然，王国维还写过"人间夜色尚苍苍"（《浣溪沙·城郭秋生》），但这两个"人间夜色"在情感上并不相同。

然而，艺术的和审美的解脱毕竟只是暂时的解脱，人生的哲理亦难以给无常的人生提供切实的慰藉。王国维在苏州还写过一首诗："欲觅吾心已自难，更从何处把心安。诗缘病辍弥无赖，忧与生来讵有端。起看月中霜万瓦，卧闻风里竹千竿。沧浪亭北君迁树，何限栖雅噪暮寒。"同样是沧浪亭畔的景色，带给他的已不是美的憧憬而是难以摆脱的烦恼和忧愁。由此可见，山水风景这一服对古往今来许多愁苦的诗人行之有效的良药，是不能够满足王国维这位好学深思的哲人的。

辑评

吴昌绶　"闭置"句须酌。

周策纵　今试读《蝶恋花》末段："云里疏星，不共云流去，闭置小窗真自误，人间夜色还如许。"前二句如以物观物，近于无我之境，当于静中得之。后二句自系有我之境，于小窗闭置中悟出一个小我来，从而又悟出一个大我"人间"来，而夜色依然，诚非吾人力量所能抗，只能达观其对象，故系由动而归于静也。又："展尽鹅黄千万缕，月中并作濛濛雾。"能得柳之妙趣。较美成"烟里丝丝弄碧"略无逊色。

萧艾 苏州作。

陈永正 江南如诗似画的园林丽景是令人迷醉的。尤其是江南的芳春，江南的月夜。静安对自然之美有特殊的感受，如此词写月下的柳色和云里的疏星，均有不可凑泊的神韵。1905年春在苏州作。（《校注》）

沈茶英 "一片流云……还如许"这里王国维似乎在说：离开"小窗"似的人间，寻觅流云，随它而去吧，不要再被人间"耽误"了"人生"。

陈鸿祥 六曲阑干、垂杨鹅黄，皆沧浪园景。盖此时作者已自海宁返回苏州。（《注评》）

佛雏 《蝶恋花》（独向沧浪亭外路）写垂杨："六曲栏干，曲曲垂杨树。展尽鹅黄千万缕，月中并作濛濛雾"；《浣溪沙》（乍向西邻斗草过）写少女（作为自然的人）："发为沉酣从委枕，脸缘微笑暂生涡。这回好梦莫惊他。"前者，以朦胧传神，跟纳兰容若咏雪之"乱山重叠杳难分，似五里濛濛雾"，各擅胜场。昔人"绿杨宜向雨中看"之句已不得专美于前。后者，则娇痴如画，回视韦庄"绿云倾，金枕腻，画屏深"诸语（《酒泉子》），转觉生意索然。拟系于1904—1905年。

钱仲联 此词载于王国维早期作品《苕华词》里，是清光绪末年作者任教于苏州师范学堂时所作。前半写作者在沧浪亭外独步时所见地上夜景，后半写回到居室后天空的夜色。前后联成一个整体，表示夜色之美的可爱。（《鉴赏辞典》）

马华 等 "人间夜色还如许"一句没有了"人间何地著疏狂"的怨愤，代之以宁静、平和的心境，好像是说，自己可以关起门来做自己想做的事，而外面的世界也依然会循着它自己的轨迹向前行进，可以两两相安。

钱剑平 （系于 1905 年）

祖保泉 王氏有缘，能日日"独向沧浪亭外路"，获得"心随鱼鸟闲"的真趣，其诗人气质可见，其"填词自遣"的勤勉风貌可见！（《解说》）

浣溪沙

舟逐清溪弯复弯。垂杨开处见青山。毵毵绿发覆烟鬟。

夹岸莺花迟日里，归船箫鼓夕阳间。一生难得是春闲。

　　这首写山水风景的小词，流露出一种《人间词》中难得有的好心情和好兴致。所以佛雏将此词编在 1904 年春。因为此时作者因颈疾回海宁休养，在家乡度过了几天相对来说比较清闲的日子。

　　"舟逐清溪弯复弯"是说小舟在清澈曲折的溪水中自由自在地划行。"逐"，强调了舟行之随意，它不是故意做出曲折的姿态，而是随自然弯曲的溪水而行。这令人想起苏轼论文时所说的"但常行于所当行，常止于所不可不止"的那种"行云流水"的境界（《答谢民师书》）。"弯复弯"，与前边《阮郎归》中"美人消息隔重关，川途弯复弯"的用词虽同而给人的感受不同。"川途弯复弯"是强调前途的艰难阻隔，这里却是写船行的自然随意。"垂杨开处见青山"的"开"字用得很好。它既写出了小舟在杨柳浓荫夹岸的清溪中泛游的幽邃静谧之美，又写出了小舟划到杨柳稀疏之处忽然发现柳外青山的豁然开朗之感。这两句写的是放舟春游的自然环境，但也同时写出了人在这种环境中所感

逐：随。谓舟随溪之曲流而曲行。｜**垂杨开处**：谓岸上垂杨稀疏之处。｜**毵（sān）毵**：垂拂纷披貌。唐施肩吾《春日钱塘杂兴》诗："钱塘郭外柳毵毵。"｜**绿发**：喻柳条。｜**烟鬟**：喻云烟缭绕的峰岚。鬟，女子发髻。｜**莺花**：莺啼花放，泛指春日景色。唐杜甫《陪李梓州等四使君登惠义寺》诗："莺花随世界，楼阁倚山巅。"｜**迟日**：春日。《诗·豳风·七月》："春日迟迟。"｜**归船**：指游罢归来之船。｜**箫鼓**：箫与鼓，泛指奏乐。汉武帝《秋风辞》："箫鼓鸣兮发棹歌。"

到的自由和适意。"羪羪绿发覆烟鬟"是进一步描写近处垂柳和远处青山共同组成的画面。"烟鬟"指云烟缭绕的远山，"绿发"指眼前垂拂纷披的柳条。但"烟鬟"和"绿发"同时也可以指女子乌黑美丽的头发。所以，这一句实际上有双关的含义，既可以看作是写近景垂杨远景青山的自然风光，也不妨看作在写乘舟同游的美人。

"夹岸莺花迟日里"写春暖花开的两岸景色，"归船箫鼓夕阳间"写游春之人的箫鼓丝竹之乐。古人说，"四美具，二难并，穷睇眄于中天，极娱游于暇日"（王勃《滕王阁序》），王国维自己也说过，"四时可爱唯春日，一事能狂便少年"（《晓步》）。大自然的春色每年都有，而且它如此慷慨地把这美色提供给人间，不分贫富也不论贵贱，只要你有悠闲的心情和审美的悟性，就能够得到尽情的享受。然而，这么简单的两个条件却不是人人都能具备的：箫鼓楼船的达官贵人固然未必真正懂得大自然之美，忧生忧世的诗人则很少有"能狂"的闲暇和"能狂"的兴致。更何况，一年之计在于春，有多少要做的事还没有开始，哪里有许多余暇和余兴去游春娱乐！因此，这种春闲游赏的良辰美景，对于日日忙于谋生和治学的作者来说就是一种十分难得的赏心乐事了。

辑评

蒋英豪 "归船箫鼓夕阳间。"声情俱美。

萧艾 《甲稿》"春闲"作"春间"。疑刊误。

陈永正 闲适的生活，闲逸的情趣。词人也难得这样的心情去欣赏春日的美景。"夹岸"二语于刻画中见自然。作于1906年春。（《校注》）

陈鸿祥 此词写春游。"莺花"者,莺啼花开,春光灿然。"绿发覆烟鬟"者,男女云集,游人似织。然则,人间"愁"中亦有乐焉。(《注评》)

佛雏 乃誉《日记》,甲辰正月二十四:"接静(按,时静安在上海)二十二日禀,陈患(按,颈上生疖)恐成瘰病,系劳致,非(养息)二三月不可。"又,同年三月十八:"接健(安)禀云:静(安)二十外归。"据此,是年三月下旬,静安曾回海宁一次,借此得少休息。词中"一生难得是春闲"句盖与此有关,故系于此(1904年)。至1905年春,静安在苏,忙于教学、著述,殆无"春闲"可言矣。

叶嘉莹 (见《浣溪沙·路转峰回》辑评)

钱剑平 (系于1904年)

临江仙

闻说金微郎戍处，昨宵梦向金微。不知今又过辽西。千屯沙上暗，万骑月中嘶。

郎似梅花侬似叶，朅来手抚空枝。可怜开谢不同时。漫言花落早，只是叶生迟。

　　古来写闺人思念征夫的作品，以"感情的事件"取胜者多，以"感情的境界"取胜者少。其原因在于，战争造成征夫思妇生离死别的社会现实，而诗人或出于反战的思想，或出于对他们的同情，有意识地反映这种社会现实，所以虽然也有许多感人的好作品，但其内容、感情都离不开征人和思妇离别的具体情事。因此这类题材的作品往往以其思想性及所表现的感情之真挚动人取胜。如杜甫的《新婚别》、王昌龄的《闺怨》、金昌绪的《春怨》等。但词是在晚唐才成熟起来的，而且是单纯娱乐性的，并不像诗那样有一个抒情言志的传统。所以，词的好坏往往不在它说的是什么，而在于它有没有写出一种富于言外意蕴的"境界"，这也就是《人间词话》中所说的"词以境界为最上"。

金微：唐羁縻都护府名。贞观二十一年（647）以铁勒卜骨部地置，以金微山得名，故地在今蒙古人民共和国肯特省一带。唐张仲素《秋闺思》之一："梦里分明见关塞，不知何路向金微。" | **戍处**：守边之地。 | **辽西**：指辽河以西的地区，今辽宁省的西部。唐金昌绪《春怨》："啼时惊妾梦，不得到辽西。" | **屯**：此指屯兵之营帐。 | **沙上**：沙漠上。 | **侬**：我，女子自称。 | **朅（qiè）来**：犹言来到。唐张九龄《岁初登高安南楼言怀》诗："朅来彭蠡泽，载经敷浅原。"朅，发语词。 | **空枝**：花已谢落的枝条。梅树先开花后生叶，故云。 **漫言**：莫说。漫，莫。唐杜甫《一百五日夜对月》诗："牛女漫愁思，秋期犹渡河。"

王国维在这首词中实践了他的理论，在塑造了一个对丈夫有真挚深厚之感情的思妇形象的同时，也写出了一种"感情的境界"，从而在征人思妇的传统题材中别开生面，给读者留下了许多感发联想的余地。

"金微"这个词，是唐人常用的。如徐彦伯《闺怨》的"征客戍金微，愁闺独掩扉"，孟浩然《赋得盈盈楼上女》的"空床难独守，谁为报金微"，张仲素《秋闺思》的"梦里分明见关塞，不知何路向金微"等，都是把"金微"当作征人远戍之地的代名词。"金微"本是山名，其地远在今蒙古人民共和国境内，唐朝贞观年间曾在那里设之护府。在一个古代闺中女子的眼里，那地方真是远在天边，只有梦魂才能到达，所以是"闻说金微郎戍处，昨宵梦向金微"。"闻说"征人的消息，马上就"梦向"其地，没有"不知何路向金微"的顾虑，也没有"魂来枫林青，魂返关塞黑"的忧惧，平淡的口气中令人感受到一种迫切的与征人相聚之渴望。

但纵然如此也还是来迟了一步，现在他的部队又开往辽西去了，辽西与金微远隔大漠，思妇的梦魂徒劳往返。而且，即使思妇的梦魂真能追上部队，也没有办法找到她的心上人。因为在那大军驻扎的地方，千千万万的营帐在月光下的阴影把沙漠都遮暗了，千千万万的战马嘶鸣淹没了梦魂微弱的呼唤。不管思妇有多么迫切的愿望和多么坚强的意志，她的追寻也只能是徒劳的。

下片是这个女子失败后的慨叹。她说：你就像早开的梅花，我就像梅花的树叶，当我来到的时候你已经凋落，我们命里注定不能够同枝并蒂。我们知道，梅花和一般的花不同，它要到花谢了之后才生叶，所以梅花的花与叶是"可怜开谢不同时"。这对叶来说，当然是怨，但她怨的不是花不肯等待自己，也不是上天安排的不公，而是自己，是自己来得太晚了，是"漫言花落早，只是叶生迟"。这令我们联想到封建社会旧道德的"三纲五常"，即所谓"君为臣纲，父为子纲，夫为妻纲"：为臣、为子、为妻者对为君、为父、为夫者永远要保持单方面的忠诚，不但不可以"疑"，而且不可以"怨"。这就是旧时小说戏曲里常说的，"天子圣明，臣罪当诛"。君臣如此，夫妻也是如此。词中这个女子，在经受了绝望的打击之后，对丈夫，对上天安排的命运，都没有一丝一毫的怨言，而且把一切的错误都归咎于自己，可以说是"女德"的典范了。

然而，"漫言花落早，只是叶生迟"带给读者的，却并不仅仅局限于对天命和封建纲常的联想，它也可以使我们联想到另外一种"感情的境界"：一个人付出千辛万苦去追求某种理想却终归不能够实现，但这种理想在他的心目中永远是神圣不可侵犯的。他不因自己的失败而贬低理想的价值来取得某种精神上的满足，他宁可自己担荷失败的痛苦而对理想却无怨无悔。这种精神，不能不说是一种难能的美德。这也正是王国维自己处事的态度。

辑评

周策纵　小杜十四年后重访湖州十余岁之垂髫者，其人已嫁生子，乃作"自是寻春去校迟，不须惆怅怨芳时，狂风落尽深红色，绿叶成阴子满枝"。迟暮之感，只缘失去时机而已，乃牧不悲时间而怨迟去与狂风。若静安："郎似梅花侬似叶，揭来手抚空枝，可怜开谢不同时，漫言花落早，只是叶生迟。"亦是时机差错感叹处，然其迟暮之感则为与生俱来者，不可免者，故更富于希腊式悲剧意味。

萧艾　我国文学有用比兴手法之传统，自屈宋以来，多以男女之情，喻君臣之义。此词或亦深含此意。又，王阮亭词有"郎似桐花，妾似桐花凤"之句，人遂以"桐花凤"称之。然较之此词中之"郎似梅花侬似叶"，瞠乎后矣。

陈永正 写思妇之情，真切动人。前数语颇有刘皂《朔方旅次》诗的情调。过片二语甚有新意，"手抚空枝"四字，化陈腐为神奇，读之令人低徊掩抑，不能自已。作于 1906 年。（《校注》）

陈鸿祥 王国维熟读三代两汉之书，此词或为读史有感，而以"吴侬软语"写之。"郎似梅花侬似叶"，吴歌中常见，读来倍感亲切自然。（《注评》）

佛雏 拟系于 1904—1905 年。

吴蓓 "郎是梅花侬是叶，……可怜开谢不同时""君似朝阳，妾似倾阳藿"。与其说这是诗词中常用的修辞手段，毋宁说它表达着静安对于情爱中男女关系的体认以及由此带来的痛苦的理解。（《无可奈何花落去》）

马华 等 委婉地表达了女子对恋人的无限情意及不能同在一处的悲哀，但虽然哀伤，却无怨怼，令人想起"温柔敦厚"的"诗教"。

钱剑平 （系于 1905 年）

祖保泉 用梅花与梅叶比喻夫妻关系，颇新奇。梅花正开时叶已脱尽，梅花落尽时新叶方生。作者特用这一比喻表述思妇不得伴郎君的怨情，且有含蓄之美！"揭来手抚空枝"，多么沉痛！（《解说》）

南歌子

又是乌西匿，初看雁北翔。好与报檀郎。春来宵渐短，莫思量。

　　这首小词只有短短 23 个字，却十分细腻而又深入地刻画出了思妇内心复杂的情感，这是很不容易做到的。王国维之所以能够做到，是由于他掌握了思妇感发的重点，因此才能写得既简洁又真切，给读者以直接的感动。

　　首先，在"乌西匿"和"雁北翔"的自然景色之中，隐藏有一种对光阴流逝的忧愁恐惧。"乌西匿"是太阳落山，它点出白天已经过去，夜晚已经到来；"雁北翔"是大雁北飞，大雁春天才北飞，说明冬季已经过去，春季已经到来。这令我们联想起屈原《离骚》的"日月忽其不淹兮，春与秋其代序。惟草木之零落兮，恐美人之迟暮"。"日月忽其不淹"就是一天又一天的消逝；"春与秋其代序"就是一个季节又一个季节的消逝。草木会随着这种消逝而零落，人也会随着这种消逝而老去。虽然古人也说过"两情若是久长时，又岂在朝朝暮暮"，可是人的生命不能永恒，纵然等到了团聚的那一天，说不定朱颜已经变成了白发，生命已经走到了尽头。这应当是思妇内心忧伤恐惧的根源。

　　其次，这首词以春天为背景，而春天正是一个爱情萌发的季节。

乌西匿（nì）：太阳落山。乌，古代神话传说太阳中有三足乌，因以"乌"为太阳的代称。
雁北翔：大雁北飞，暗指春天到来。| **好与**：叮嘱之辞。唐杜甫《舍弟观归蓝田迎新妇送示》诗："好与雁同来。" | **檀郎**：《晋书·潘岳传》及《世说新语·容止》载：晋潘岳美姿容，尝乘车出洛阳道，路上妇女慕其丰仪，手挽手围之，掷果盈车。岳小字檀奴，后因以"檀郎"为妇女对夫婿或所爱慕之男子的美称。| **宵渐短**：仲春时节日夜均分，过此之后日渐长而夜渐短，故云。| **思量**：想念，相思。

李商隐《无题》诗说，"飒飒东风细雨来，芙蓉塘外有轻雷。金蟾啮锁烧香入，玉虎牵丝汲井回"。春风时雨，雷声惊蛰，一切生命都在春天萌发和复苏，人的爱情也会在春天萌发、复苏。可是现在虽然是春光明媚、春宵帐暖，但这个女子的所爱之人却不在她身旁，则其孤独寂寞可想而知。这又是思妇心中悲伤痛苦的另一个原因。

最后，古人认为大雁可以给远方的人传书，因此这"雁北翔"的兴发感动之中也包含有传书的联想，所以才引出了下面一句"好与报檀郎"。思妇看到大自然中"乌西匿"和"雁北翔"的景象而引起了内心的兴发感动，因而要大雁给她的心上人带去两句话："春来宵渐短，莫思量。"——现在夜晚越来越短了，你一定要自己保重，不要为思念我而忧伤不眠。

自己因相思而痛苦时想到对方也在为相思而痛苦，自己正在遭受相思的煎熬却希望对方不要受到这种痛苦的煎熬，这是一种忘我的关怀与体贴。既然无法实现团聚的梦想，则只能以克制相思保重身体相劝，即如《古诗十九首》所说的"弃捐勿复道，努力加餐饭"，这是一种深深的无奈。但保重身体的目其实也是为了保住将来相会的一线希望，这又是一种无奈之中的执着。结尾这短短八个字，写得深厚缠绵，把思妇心中那些不尽的情意和感情都包含在里边了。

辑评

陈永正　小词颇含蓄有致。女子说，春夜渐短，不要再思量了。言外之意是，在漫漫的冬夜里，我一直在苦苦相思呢！写闺中的别情如此深曲，当有所寓意。此词颇有古乐府的遗意，语拙而味永。末句笔力极重。作于 1906 年春。（《校注》）

陈鸿祥 此词亦兴到之作。摹拟少女口吻，纯情烂漫，可谓"天籁"。（《注评》）

佛雏 拟系于 1904—1905 年。

马华 等 "春来宵渐短，莫思量"大概意思是说，春天来了，黑夜渐渐短了，不要想念我。然而，春天来到，万物复苏，更使人产生对爱情的怀念，这一句既像是女子劝慰"檀郎"的话，也像是劝慰自己，也可看作是女子反其意而用，提醒檀郎不要忘了自己，写出了女性的细腻、多情和婉转，虽是小词，但十分隽永。

钱剑平 （系于 1905 年）

祖保泉 这是一首艳词，以青年女郎的口吻，直率抒情。情真意切，而不涉轻薄，亦可见王氏词"意决而词婉"的特色。末尾两句，以劝告终篇，见其直率、情切。这是作者封建意识的特殊反映！艳语，都是青年女郎说的？（《解说》）

荷叶杯
戏效花间体

其一

手把金尊酒满。相劝。情极不能羞。乍调筝处又回眸。留摩留。留摩留。

其二

矮纸数行草草。书到。总道苦相思。朱颜今日未应非。归摩归。归摩归。

戏效花间体：《花间集》中顾敻有《荷叶杯》九首如下：

其一　春尽小庭花落。寂寞。凭槛敛双眉。忍教成病忆佳期。知么知。知么知。

其二　歌发谁家筵上。寥亮。别恨正悠悠。兰钉背帐月当楼。愁么愁。愁么愁。

其三　弱柳好花尽拆。晴陌。陌上少年郎。满身兰麝扑人香。狂么狂。狂么狂。

其四　记得那时相见。胆战。鬟乱四肢柔。泥人无语不抬头。羞么羞。羞么羞。

其五　夜久歌声怨咽。残月。菊冷露微微。看看湿透缕金衣。归么归。归么归。

其六　我忆君诗最苦。知否。字字尽关心。红笺写寄表情深。吟么吟。吟么吟。

其七　金鸭香浓鸳被。枕腻。小髻簇花钿。腰如细柳脸如莲。怜么怜。怜么怜。

其八　曲砌蝶飞烟暖。春半。花发柳垂条。花如双脸柳如腰。娇么娇。娇么娇。

其九　一去又乖期信。春尽。满院长莓苔。手挼裙带独徘徊。来么来。来么来。

手把：手握。｜**金尊**：酒杯的美称。｜**情极**：感情激动之极。｜**乍调筝处**：刚开始弹筝的时候。乍，才、始。调筝，弹筝。处，时候。｜**留摩留**：留不留。摩，同"么"。张相《诗词曲语辞汇释》卷三："唐五代时，随声取字，么、磨、摩皆假其声为之，尚未划一，似至宋以还始专用么字，后乃或并唐人所用之磨字而亦追改之矣。"｜**矮纸**：短纸。南宋陆游《临安春雨初霁》诗："矮纸斜行闲作草，晴窗细乳戏分茶。"｜**草草**：草率，苟简。｜**未应非**：尚不算改变。未应，不算、不是。非，谓改变、失去。

其三

无赖灯花又结。照别。休作一生拚。明朝此际客舟寒。欢摩欢。欢摩欢。

其四

谁道闲愁如海。零碎。雨过一池沤。时时飞絮上帘钩。愁摩愁。愁摩愁。

其五

昨夜绣衾孤拥。幽梦。一霎钿车尘。道旁依约见天人。真摩真。真摩真。

其六

隐隐轻雷何处。将曙。隔牖见疏星。一庭芳树乱啼莺。醒摩醒，醒摩醒。

无赖：无聊。谓多事使人讨厌。南朝陈徐陵《乌栖曲》之二："惟憎无赖汝南鸡，天河未落犹争啼。"｜**灯花**：灯芯余烬结成的花状物。俗以灯花为吉兆。｜**一生拚（pān）**：谓将一生都豁出去不顾。前蜀牛峤《菩萨蛮》词："须作一生拚，尽君今日欢。"拚通"拚"，平声。｜**闲愁**：无端无谓的忧愁。唐张碧《惜花》诗之一："一窖闲愁驱不去。"｜**零碎**：零散细碎。｜**一池沤（ōu）**：满池塘的水泡。沤，水中浮泡。｜**绣衾孤拥**：独自围裹着绣花被。｜**幽梦**：隐约的梦境。宋张先《木兰花》词："往事过如幽梦断。"｜**一霎**：谓时间极短。｜**钿（diàn）车**：用金宝嵌饰的车子。宋张炎《阮郎归》词："钿车骄马锦相连。"｜**依约**：仿佛，隐约。｜**天人**：仙人，神人。晋葛洪《神仙传·张道陵》："忽有天人下，千乘万骑，金车羽盖。"｜**轻雷**：喻车声。汉司马相如《长门赋》："雷殷殷而响起兮，声象君之车音。"｜**隔牖**：隔着窗户。｜**一庭**：满院。

在《花间集》中，《荷叶杯》这个调子有三种不同的体式，王国维仿效的是顾夐的体式。顾夐写了定格联章的九首《荷叶杯》，写的是一个女子爱上了一个男子，并与之发生了一段爱情的事件，但最终那男子去而不返，剩下孤独的女子在暮春庭院里孤独地等待。这本是花间词中常见的套路。顾夐词以绮艳见长。在那一组词中有许多现实的景物与人物描写，如"弱柳好花尽拆""金鸭香浓鸳被""鬓乱四肢柔""花如双脸柳如腰"等，都是男子眼中作为情欲对象的女性。正由于他写得太落实了，本来富有象征意义的爱情，就失去了象征的作用而只剩下了对情欲的追求。王国维这六首词则不然，他虽然也是花间的套路，但并没有像顾夐的九首词那样形成一个有头有尾的故事，因而显得有些扑朔迷离。他只是反反复复地弹奏着一个爱情曲调的主旋律。而这爱情到底出于一个女子还是出于一个男子？从前边几首看似乎是女子，但从后边几首看又似乎是男子。正是这种旋律的执着缠绵和主题的迷离惝恍，就形成了一个个人生感情的"境界"，给读者留下了比较丰富的自由联想的空间。

第一首词写的是在一个歌舞饮宴的场合，歌女对座中的一个男子一见钟情。"情极"，是说那爱慕之情已到极点，虽在众目之下亦无顾藉，所以才有"手把金尊酒满。相劝"的举动。"把"，有"紧握"的意思，比"持"或"拿"多了一种珍重之感；"金尊酒满"之"满"，令人想到内心情意之"满"。当这歌女珍重地拿着满满一杯酒送给那个男子时，同时献上的也就是她内心中充盈洋溢的情意。这种在大庭广众之中"情极不能羞"，公开表示对男子眷顾的描写，在《人间词》中还有《蝶恋花》的"对面似怜人瘦损。众中不惜搴帷问"。词中女子对那男的眷顾之情是强烈的、饱满的和主动的，与顾夐笔下那个女子的羞怯娇弱大不相同，这里边就开始有了一种象征的可能性。"乍调筝处又回眸"，是说这歌女在开始弹奏乐器的时候又对那个男子回眸一顾。正所谓"怎当她临去秋波那一转"，又如同《楚辞·九歌》中所说的"满堂兮美人，忽独与余兮目成"，这美好的遇合可以给读者带来的联想是多方面的。如果从女子方面着想，则可以想到那种大胆与主动追求的精神；如果从男子方面着想，则可以想到那种得到知音相顾的惊喜与兴奋。总之，这第一首词的基调是美好的，充满了对未来的憧憬，勾引起一种人生追求的渴望。

"留摩留、留摩留"的"摩"字，同疑问词的"么"。张相《诗词曲语辞汇释》说，唐五代时随声取字，所以"么"有时又作"摩"或"磨"，直到宋代才专用"么"字，并且把唐人所用的"摩"和"磨"也都改成"么"了。因此，"留摩留"就是"留么留"，也就是"留不留"的意思。万树《词律》主张在"么"后略逗，讲成"设为问答之辞"，即："留么？""留。"但细味王国维这六首词，似乎还是讲成只问不答，更有助于烘托词中那种迷离惝恍的情味。

第二首似乎是女子的口吻。这女子接到了那男子的书信，但书信写得实在太短了，好像是随随便便地敷衍，可是又说他在那里苦苦地相思，这到底是真的还是假的？我的美貌现在还没有很大改变，但这是不会长久的，你要是真的思念我，为什么就不肯用回来的行动证实呢？白居易《长恨歌》说，"但教心似金钿坚，天上人间会相见"；秦少游《鹊桥仙》说，"两情若是久长时，又岂在朝朝暮暮"，但在长久的别离中，人的感情真的能够那样坚定不移吗？《古诗十九首》说，"浮云蔽白日，游子不顾返"；《西厢记》中崔莺莺说，"若见了那异乡花草，再休似此处栖迟"。苦恋中的女子常常是敏感多疑的，因此她们往往在离别的痛苦之外又加上一层疑惑对方变心的痛苦：倘若你真的想念我，为什么不早一点儿回来？倘若你并不那么想念我，又何必在书信上写那些相思的话来骗我？《清平乐》的"满纸相思容易说，只爱年年离别"，《西河》的"倘有情、早合归来，休寄一纸无聊相思字"，写的也是这种意思。这种意思其实也有出处，出处仍在《花间词》："别经时，无限意。虚道相思憔悴。莫信彩笺书里。赚人肠断字。"（牛峤《应天长》）

其实，在失望的悲哀中会产生暂时动摇和疑惑的并不仅仅是女子，孔子被围于陈蔡的时候不是也说过"吾道非耶？吾何为于此？"之类的话吗？杜甫不是也问过为什么"纨裤不饿死，儒冠多误身"吗？但那并不说明他们就放弃了执着的追求。这个女子也是一样，只不过她所追求的不是"儒家之道"，而是那男子对她的爱情。

第三首也是女子口吻，写的是一次短暂的相聚。欢会的时间只有一夜，明天男子就又要走了。"无赖灯花又结"的"又"，是强调一夜的时间已过去一部分，可能剩不了多久了。但灯花是报喜的，而眼看就要临近天亮离别这灯花却还来报喜，岂不是多事又令人烦恼？所以冠以"无赖"。"休作一生拚。明朝此际客舟寒"是反用牛峤《菩萨蛮》的"须作一生拚，尽君今日欢"，意思是说：我们不做一生长久相聚的打算，因为明天这个时候你就已在孤独的旅途中了。"欢摩欢，欢摩欢"，是抑制着自己对即将到来之离别的悲哀，强装欢笑，问对方是不是因这次相聚而感到快乐。把自己的悲哀痛苦隐藏起来而一心一意为对方着想，这令我们联想到中国历史上传统女性的那种奉献而不求回报的美德。

第四首写离别之后的空虚寂寞，主角比较含混，可以是女子也可以是男子。这一组词本以写情为主，只有这一首是以写景为主的。那"雨过一池沤"和"飞絮上帘钩"的景色，本是"愁"的喻象，但也不能排除是眼前实景，它令人想起秦少游的"自在飞花轻似梦，无边丝雨细如愁"。所谓"闲愁"，是一种不能说不好说甚至不知道怎么说的忧愁。忙的时候顾不上想，但只要一闲下来就不可抑制地浮上心头。"闲愁"之来并不像百川归海那样声势浩大无可抵御，它们全是一些零散细碎的感觉：好像是下雨时雨打水面形成的泡沫，密密麻麻满池皆是；又好像是暮春飘零的柳絮，时时不断地从眼前飞过。这两个意象用得很妙。人们常常用水中倒影来象征世事的虚幻，也常常用水的平静不起波澜来比喻人心的镇定空明。下雨时雨点激起了满池的浮泡，它破坏了水面的平静和水中的倒影。但这浮泡本身不也是转瞬即逝的吗？它就是佛经中所说"如梦幻泡影"的那个"泡影"。"雨过一池沤"的泡沫很快就会消失，水面仍归于平静，但是被"闲愁"扰乱的人心还能够恢复平静吗？"飞絮"是暮春的景物，代表着春天的结束；"帘钩"令人联想到欧阳修《采桑子》的"笙歌散尽游人去，始觉春空，垂下帘栊"。天下无不散的筵席，当繁华逝尽帘幕落下的时候，你还有什么办法来抵御那无孔不入的"闲愁"？

　　第五首开头的"昨夜绣衾孤拥。幽梦"，本来也不好证明到底是女子还是男子口吻。但"天人"这个词在明清小说中是常常被用来指代女子的，如《聊斋》的《小梅》中写众人见到小梅"惊为天人"；《东周列国志》中蔡侯对楚文王提到息夫人说"真天人也"。而且，《人间词甲稿》中还有一首《蝶恋花·昨夜梦中》，其情节、场景和这里的第五、六两首十分相似，用的就是男子口吻。以此推论，这两首也应该是男子口吻。他说：昨夜我在孤独寂寞中做了一个梦，梦见我在路途之中遇到一辆装饰华美的车子从我旁边驰过，车中所坐之人依稀就是我所期盼的你。但是我没看清楚。那真的是你吗？那果然是你吗？在《蝶恋花》中虽然也是一个梦，但男子尚得到了他心目中那个"天人"的眷顾："昨夜梦中多少恨。细马香车，两两行相近。对面似怜人瘦损，众中不惜搴帷问。"而在这里，他却和她失之交臂，竟不知她对自己是有情还是无情。那种失望，那种怅惘，并不仅仅是在男女爱情的经历中才能够体会到的。

　　最后一首写梦刚醒时的感觉。古人常用雷声来比喻车声，"隐隐轻雷何处"是说钿车走远的声音忽然就听不见了，睁开眼一看，原来天已快亮了。隔着窗户能够看到天空还挂着稀疏的晨星，但院中树上已经有了鸟叫——所谓"春眠不觉晓，处处闻啼鸟"，许多鸟儿都是喜欢在凌晨啼叫的。而做梦的人却还在迷惘疑惑："醒摩醒？醒摩醒？"因为，自己日思夜想所追求的东西刚才还离得那么近，现在一下子就产生了梦境与现实的隔阂，这是难以接受的，所以他宁可相信自己还没有醒，渴望继续寻找梦中的感觉。与"昨夜梦中多少恨"的《蝶恋花》相比，《蝶恋花》的相思之情写得更具体更深沉更有个性，而这里这两首虽然内容与之相似，但在风格上比较空灵，因此更有一种白云随风变灭的"远韵"。

这六首《荷叶杯》是模仿花间词的，但它们不像花间词中有些作品那样把男女之情写得那么落实，所以读起来似乎有一种象征的意味。但这象征的意味也同样不能够被落实，因为我们从词中抓不到任何把柄证明作者有某种象征的意思，只能够以"作者不必有此意，读者何妨有此想"来解嘲。晚唐五代小词中的上等作品皆具有这种境界。只不过，词在那个时代完全是歌舞场中的娱乐之作，我们在小词中所体会到的言外意蕴对作者而言也许确实只是一种无意识的流露而不是有意识的表现。而王国维的作品，就不能说是无意的了。王国维所追求的词之最高境界，是在保留词的自然流露之好处的基础上，表现出比古人更丰富的哲理与思致。这确实是一个很难的、带有开创性的选题，但他做到了。像《浣溪沙》之"天末同云"，《蝶恋花》之"昨夜梦中"、"百尺高楼"、"春到临春"等小词，皆既有词的"要眇宜修"之美，又蕴含着哲理的思致，确实如他自己在《人间词话》中所说，开创了"词家未有之境"，与古人的作品是不同的。而这六首《荷叶杯》虽然也有比较丰富的言外意蕴，但古人的佳作中也不乏这种境界，因此它们没有被选入《观堂长短句》，而与其内容相似但理性思考的底蕴更为深厚的《蝶恋花·昨夜梦中》却被选入了。当然，那是王国维自己的评价和选择。至于读者，也许有的人更喜欢《人间词》中带有深沉思考之底蕴的那一类词；但也不妨碍有的人更喜欢像《荷叶杯》这种空灵悄恍而不沾滞于理性思考的词。

辑评

周策纵　《荷叶杯》效《花间》体句云："情极不能羞，乍调筝处又回眸。"又《蝶恋花》中"窈窕燕姬年十五，惯曳长裙，不作纤纤步。众里嫣然通一顾，人间颜色如尘土。"及《虞美人》："金鞭珠弹嬉春日，门户初相识。未能羞涩见娇痴，却立风前散发衬凝脂。 近来瞥见都无语，但觉双眉聚。不知何日始工愁，记取那回花下一低头。"皆写女孩儿媚态可掬。又：（见《采桑子·高城鼓动》辑评）

萧艾　《荷叶杯》为唐教坊曲名。此词有单调、双调之分。单调又有温庭筠、顾敻二体。双调仅韦庄一体。俱见《花间集》。静安填此词共六首，皆系单调，依顾敻体。末两句，皆三字，平声，押韵。各本中标点有作问答句者。如第一首："留么？留！留么？留！"愚以为不如均作问句，情味较好。

陈邦炎　其《虞美人》词之"妾身但使分明在，肯把朱颜悔……且自簪花坐赏镜中人"与《蝶恋花》词之"镜里朱颜犹未歇，不辞自媚朝和夕"，其意境很相似；《蝶恋花》词之"昨夜梦中多少恨，细马香车，两两行相近"与《荷叶杯》词之"昨夜绣衾孤拥，幽梦，一霎钿车尘，道旁依约见天人"，其意境也相近；《满庭芳》词之"渐秋风镜里，暗换年华"，《鹊桥仙》词之"镜里朱颜难驻"与《蝶恋花》词之"最是人间留不住，朱颜辞镜花辞树"其意境更相雷同。蒋英豪在《王国维文学及文学批评》中列举了更多的例子，并认为这是"不必为贤者讳"的。所以如此的一个重要原因恐怕是：其视野、其思路、其所写的范围不够宽广，没有从取之不尽、用之不竭的大自然和社会生活中广采创作素材，开拓创作领域，则创意、造境，有时而穷，在仅仅一百多首词中，其内容也不免交叉、重复。（《论静安词》）

陈永正　静安在《人间词话》中强调说："艳词可作，唯万不可作俚薄语。"组词六首，亦可入艳词之列。摹仿《花间集》中顾夐所写的《荷叶杯》词九首的体裁，写相思相别的情思。此体的特色在末二语用叠句叠字，如顾作云："知摩知，知摩知。"万树《词律》释曰："末叠三字，'摩'字应系'麽'字。设为问答之辞，当于'知麽'二字略豆。"1906年春，静安应罗振玉之邀入京。此组词当为别筵上劝酒的歌女而作。（《校注》）

陈鸿祥　"天人"，早见于司马迁《太史公自序》"学贯天人"，意谓天上人间；而王氏词中之"天人"则有异于是，乃取佛典所云"移诸天人，置于他土"（《法华经·宝塔品》）义，盖与"金人"相类，实指佛及佛像。此为一义，取其实。又一义，亦可取虚，所谓"天人归仰""诸天世人"（《无量寿经》上），指受人敬仰的天上之人。然则，其词中"孤拥幽梦"云云，犹言梦见"金人"，或飞入"天界"，与天上之人相会；惟此梦出诸"尘劳"中的"芸芸众生"，益见其"出世"之想。（《王国维诗词中的佛学用语》）又：六首小令，似散而不碎。"金尊酒满"，欢在一时也；"数行草草"，别时数衍也；"灯花又结"，别后相思也；"闲愁如海"，空有相思也；"绣衾孤拥"，被弃孤寂也；

"轻雷何处"，薄幸人不复再来也。而《花间》、《尊前》所写"情语"，殆不出此六者。故此六词又分别以"留""归""欢""愁""真""醒"六字作结，亦戏之耳。（《注评》）

佛雏　既云"戏效"，自不脱"花间"格调，但也的确实践了他自己提出的"艳词可作，唯万不可作儇薄语"的原则。六首风调大约在韦庄、顾夐之间，而如顾氏"记得那时相见，胆战"之类的"儇薄"之作，则不复可见。拟系于1904—1905年。

马华　等　这一组词，充分展现了静安刻画人物心理的高超手段。用《人间词话》中的话来说，"喜怒哀乐，亦人心中之一境界"。而写出真感情，并且以精致笔法写出者，静安不就是这样的吗？

钱剑平　这首"艳词"中亦有那种看破一切，劝人莫过欢，休作一生拼的出世思想。王国维这六首词基本上都有感伤气氛。王国维写这种词也有他自己的思想。（系于1905年）

祖保泉　王氏自认《荷叶杯》六首是艳词，便加注"戏效花间体"，游戏之作也……"艳词"出于文士艳想，写艳想自有雅郑之别……我许之为"虽作艳语，终有品格"，劝留、盼归、闲愁等等，皆不失为淑女神态。（《解说》）

吴可　有评论者认为王国维"虽然也是花间的套路，但并没有像顾夐的九首词那样形成一个有头有尾的故事因而显得有些扑朔迷离"，"正是这种旋律的执着缠绵和主题的迷离惝恍就形成了一个个人生感情的'境界'，给读者留下了比较丰富的自由联想的空间"。王国维的这般处理真的扩展了词的自由联想空间么？恐怕并非如此。这种扑朔和迷离反而带来了阅读的艰涩与期待视野相左。……综合来看王国维的这六首模仿之作并不纯粹也实在算不上高明。尽管王国维标明了"戏拟"，但从一开始他似乎就没有打算完全按照花间的路子，而是打定主意有所新变。这就是他所有词中挥之不去的悲剧凝重感和形而上的哲理探寻意味。某种程度上这不是一次模仿和戏拟，而是一次严肃的创作和艰难的突围。不过，王国维似乎没有选好模仿和戏拟的对象。因为顾夐的《荷叶杯》参差的句式于跳跃之际本就带有了音乐韵律上的欢快。（《花熏存香 笔耕留痕》）

蝶恋花

窈窕燕姬年十五。惯曳长裾，不作纤纤步。众里嫣然通一顾。人间颜色如尘土。

一树亭亭花乍吐。除却天然，欲赠浑无语。当面吴娘夸善舞。可怜总被腰肢误。

这首词，本来一向都被我认为是一首"造境"之作。盖因这首词实在表现了一种要眇深微之意蕴，可以引发读者许多丰富的联想，颇有象喻之意味。而且其所象喻的一种"境界"又与王氏之为人及其论词之主张都有不少暗合之处，所以我一向都以为这首词很可能是王氏将自己的为人修养与论词之见解的两种抽象情思化为具象之表达的"造境"之作。不过，近年来我偶然看到了萧艾先生所撰著的《王国维诗词笺校》（湖南人民出版社1984年版）一书，却指出其中原来有一段"本事"。据萧氏谓曾接到刘蕙孙教授函告云，王氏此词乃为一"卖浆旗下女"而作，且谓此词中有句实为其先君刘季英所拈，而请王氏足成者。

窈窕：娴静美好貌。《诗·周南·关雎》："窈窕淑女，君子好逑。" | **燕姬**：泛指燕地美女。唐李白《幽歌行上新平长史兄粲》诗："赵女长歌入彩云，燕姬醉舞娇红烛。" | **长裾**：长衣。裾，衣服的前后襟。 | **纤纤步**：小步。《古诗为焦仲卿妻作》："纤纤作细步，精妙世无双。"纤纤，细微貌，形容走路迈步很小的样子。 | **嫣然**：娇媚的笑态。 | **通一顾**：互相之间看了一眼。宋陈师道《小放歌行》："不惜卷帘通一顾，怕君着眼未分明。" | **颜色**：女子姿色。指代美丽女子。 | **亭亭**：直立貌，亦作明亮美好貌。 | **乍吐**：谓刚刚开放。 | **除却**：除去。 | **天然**：天赋，自然。 | **浑无语**：几乎没有（别的）话可说。 | **当面吴娘**：谓眼前所见的美女。吴娘，泛指吴地美女。唐白居易《对酒自勉》诗："夜舞吴娘袖，春歌蛮子词。" | **腰肢**：腰身体态。

又谓此说盖闻之于其先君刘季英与其舅父罗君美之谈话。刘季英与王国维既皆与罗振玉为儿女之姻亲，则刘氏既因有所见而戏拈新句，乃请王氏足成之，此事自属可能。因而我在此遂将之归入为写现实情事的"写境"之作了。本来关于"写境"与"造境"之难于作明显之区分，王氏也早有此种认识。他在《人间词话》中就曾提出说："有造境，有写境，此理想与写实二派之所由分。然二者颇难分别，因大诗人所造之境，必合乎自然；所写之境，亦必邻于理想故也。"就以我们才评说过的"月底栖鸦当叶看"的那首《浣溪沙》词而言，其"栖鸦""推窗""凭阑"甚至"觅句""掩书"等叙写，都为眼前当下的寻常景物与情事，自然应是属于"写境"之作，然而若就其所予人之丰美的联想而言，则又含有一种眇眇深微引人生托喻之想的意蕴。此类作品自可作为王氏所说的"大诗人……所写之境亦必邻于理想"的代表作。再以我多年前所评说过的王氏之"山寺微茫背夕曛"那首《浣溪沙》词而言，就其所写的"试上高峰窥皓月，偶开天眼觑红尘。可怜身是眼中人"诸句而言，其所写既皆为抽象之哲思，自应是属于喻说式的"造境"之作，然而若就其开端所写的"山寺微茫背夕曛。鸟飞不到半山昏"诸句来看，则也未始不可能为实有之景象，只不过此种景象不及另一首《浣溪沙》所写的"栖鸦""推窗""凭阑"等景象之更为切近而已，此类作品自可作为王氏所说的"大诗人所造之境，必合乎自然"的代表作。至于这一首《蝶恋花》词，则虽然可据其"本事"之说而将之归入于"写境"之作，但其丰美之意蕴却也已将之提升到一种理想化的"造境"之境界了。现在我们就将对这首词之所以达到此种境界的缘故，就其内容意境与表现手法两方面逐句略加评说。

先说第一句"窈窕燕姬年十五"，即此一句七个字的叙写，实在就已兼含有"写境"与"造境"之双重意境了。先就"写境"而言，如果按萧艾先生所提出的"本事"之说，则此句自应是写一现实中所见的在北京的"卖浆旗下女","燕"字言其地,"十五"言其年,而"窈窕"则言其姿质体态之美好。如此便可全做一一落实的解说。然而奇妙的则是就在这种叙写之中,却已经同时就具含了一种"造境"之意味。如果用西方接受美学的理论来说,那就是王氏在此一句的叙写中,蕴含了可以引发读者多层象喻之想的一种潜能(potential effect)。这种潜能的由来,我以为大概有以下几点因素:第一个因素在于其叙写之口吻全出于客观,遂使得此一女子完全脱离了现实中人际之关系,而成为一个独立的美感之客体;第二个因素则在于其所使用的一些语汇都带有符号学中的一种"语码"(code)之作用,遂可以使读者由这些语码所唤起的文化历史的积淀而产生了丰富的联想。先说"窈窕"二字,此二字原出于《诗经·国风·关雎》之首章。私意以为即此二字便已有多重之作用,盖以此二字一方面既以其源出于《诗经》,而含有一种古雅之意味;另一方面则又因其传诵之久远,而使人有一种惯见习知的亲切之感受;同时此二字又已在历史的积淀中具有了多层次之含义,既有美好之意,又有幽深之意,既可指品德之美,又可指容态之美。这种多重的性质,遂为全词之象喻性提供了一种有利的因素。试想如果我们将"窈窕"二字代之以"美丽"二字,则纵使意思相近,平仄不差,然而其浅陋庸俗立刻就可以将其象喻性破坏无遗,如此则"窈窕"二字在促成此词之象喻性方面的作用,自是显然可见的。再说"燕姬"二字。此二字在中国诗歌传统中于叙写美女之时,也已成为一种泛称,因而遂有了并非写实专指的泛称之性质。即如《古诗十九首》中即曾有"燕赵多佳人"之句,晋傅玄《吴楚歌》也有"燕人美兮赵女佳"之句,梁刘孝绰《古意》诗亦有"燕赵多佳丽"之句,所以"燕姬赵女"乃成为对美女一般泛称之辞,于是遂超出了专指的写实的意义,而也提供了象喻的可能性。再说"年十五"三个字,在"写境"的一层意思上讲,此三字自可谓实指一个女子的年岁。然而巧合的是女子的"十五"之年，在中国文化传统中原来也有一种语码之作用，盖十五之年原为女子成人可以许嫁的"及笄"之岁，相当于男子之"及冠"（见于《礼记》之《曲礼上》及《内则》篇）。因此在中国诗歌传统中，当诗人借用女子之形象而写为托喻之作时，乃亦往往用"十五"之年以喻托男子之成人可以出而仕用之岁，如李商隐的"八岁偷照镜"一首《无题》诗，自一个女子从八岁时之开始学习"照镜""画眉"写起，接写其衣饰才艺之美，直写到十四之依然未嫁，最后乃结之以"十五泣春风，背面秋千下"，便是以一个女子的形象来喻写一个男子从高洁好修之精神觉醒到终于未得仕用之悲慨。因此这句词中的"年十五"三个字，自然也就在带有历史文化背景的语码作用中，有了象喻之意。

至于下面的"惯曳长裾，不作纤纤步"二句，则同样也是兼具了"写境"与"造境"之多重意蕴的潜能。先就"写境"而言，萧氏在提出了"本事"之说以后，便曾以"本事"说此二句，谓"'惯曳长裾'，旗装也，'不作纤纤步'，天足也。惟卖浆旗下女子足以当之"。此种解说自然与"本事"之说甚为切合，可以视为"写境"之层次中的一种情意。然而王氏此词之佳处，事实上却并不在于其所写者为如何之事实，而乃在于其在叙写中所产生之效果与作用。如果从这方面来看，我们就会发现此二句之佳处固也在于其具含有一种可以引发读者之联想的丰富的潜能。至其造成此种潜能之因素，则私意以为实由于"曳长裾"与"纤纤步"二种不同之意态，所造成的一种鲜明的对比。"裾"字指衣襟而言，"曳长裾"者，谓人着长裾之衣曳地而行，如此则自然可以使人联想到一种高贵从容之仪态。至于"纤纤步"三字，则可以使人联想到一种娇柔纤媚之身姿。前者颇有一种矜重自得之概，后者则颇有弄姿愉人之意。此种鲜明之对比已使得这两种不同之品质产生了一种象喻之潜能，何况前者在"曳长裾"之上还加有一个"惯"字，后者在"纤纤步"

之上还加有"不作"两个字。所谓"惯"者,是一向如此之意;所谓"不作"者,则是不肯如彼之意。于是此二句遂不仅在品质之对比方面提供了象喻的潜能,同时叙写的口吻方面也提供了一种"有所为"和"有所不为"的象喻的潜能,因此遂使得此二句隐然有了一种表现品格和持守的喻托之意。

接下来的"众里嫣然通一顾,人间颜色如尘土"二句,"嫣然"二字出于宋玉《登徒子好色赋》,写东邻女子之美,"嫣然一笑"可以"惑阳城,迷下蔡";"颜色如尘土"则出于白居易《长恨歌》及陈鸿《长恨歌传》,写杨玉环之美,"回眸一笑"可以使"六宫粉黛""颜色如土"。因此自"写境"的一层意思来说,此二句自可以视之为但写"本事"中之女子的美丽。然而此二句之叙写却实在也已蕴含了可以引发读者象喻之想的丰富的潜能。盖以借美女喻人或自喻,在中国文学历史中,自屈原之《离骚》开始,就已形成了一种悠久之传统,而且此二句中的"通一顾"三个字,还曾见于宋代陈师道以美女为喻托的两首《小放歌行》的第一首之中,陈氏原诗是:"春风永巷闭娉婷,长使青楼误得名。不惜卷帘通一顾,怕君着眼未分明。"据《王直方诗话》谓黄庭坚曾评陈氏此诗,谓其"顾影徘徊,炫耀太甚",可见陈氏所写之美女原是以美女自喻的一首有托意的诗。由此一诗篇之联想,当然也增加了王氏此二句词的托意的潜能。何况王氏此二句词在叙写之口吻中曾经先以"众里"二字,将此一美女与一般众人做了第一度对比,又以"人间颜色"四字将此一美女与人世间其他颇有姿色的美女做了第二度对比,于是遂将此一女子的美丽提升到了一种极高的理想化之境界,因而也增加了一种象喻的潜能。而如果以象喻的"造境"来析说此二句词的话,则又可以有两种可能:首先可以视之为自喻之词,这主要因为如我在前文所言,这一首词从开端就是把此一美女作为一种美感之客体的口吻来叙写的,这也正如李商隐的"八岁偷照镜"一首诗中的女子，诗人也是将之作为一个美的客体来叙写的，而此一客体自然可以作为诗人之自喻的一个形象，此其一。再则就前面所引的陈无己的《小放歌行》而言，陈氏诗中的"通一顾"也是以美女为自喻的口吻来叙写。其意盖谓此一女子本为不得宠爱而遭摈斥的一个美女，故其娉婷之美色乃深闭于永巷之中使世人不可得见，遂反使青楼中之凡姿俗艳误得虚名。而且纵使此女子不惜降低身份而卷帘一示色相，也恐怕没有一个人能真正地认清和赏识她的绝世之姿的。是则就此一诗篇联想轴(intertextuality)而言，此词中所写之美女自然便也可以视为自喻之词了，此其二。三则王氏在他自己的词里面，原来写有不少以美女为自喻的作品，即如其"碧苔深锁长门路"的一首《虞美人》词，"莫斗婵娟弓样月"的一首《蝶恋花》词，就都是以美女为自喻的，可见这首词如果作为自喻来看，与王氏之品格为人也原是有暗合之处的，此其三。既有此种种可能引起自喻之想的因素，当然可以视之为自喻之词了。但有趣的则是，此二句词所蕴含的潜能却也可以使人视之为喻他之词。造成此种联想之可能的第一个因素，也是由于这首词通篇都是把此一美女作为一个美的客体来叙写的。既是一个美的客体，则除了自喻的可能外，当然也可以作为诗人心目中任何美好之理想的象喻，此其一；再则如果不用陈无己的诗篇联想，而但就其"通一顾"三个字而言，则此所谓"通一顾"者自然也可以是从观者方面而言之词，意思就是说作为观者的我在众人之中而蓦见一绝世之姿的美女，当其嫣然一笑之际更对我有垂眸之一顾，而因此一顾之相通，遂使我反观人世间之任何美色都如尘土矣。这种境界当然可以象喻为心目中一完美崇高之理想，此其二。三则王氏在他自己其他的词里面，本也经常表现有此种"恍惚焉一瞥哲理之灵光"的意境，即如我以前曾经评说过的那首"山寺微茫背夕曛"的《浣溪沙》词，其中的"上方孤磬"与"高峰皓月"，以及在"忆挂孤帆东海畔"一首《蝶恋花》词中所写的"咫尺神山"和"望中楼阁",便也都是此种恍如有见才通一顾的美好崇高的精神意境。可见以喻他之词来看,这首词中所表现的意境与王氏对崇高完美之精神境界的追寻向往之性格也是有暗合之处的,此其三。既有此种种可以引起人喻他之想的因素,则我们当然就也可以视之为喻他之辞了。

以上是我们由此词前半阕之文本中所蕴含的丰美之潜能,所可能联想到的多层次的要眇深微之意蕴。下面我们便将对其后半阕词中的意蕴也略加评说。

如果以此词之后半阕与前半阕相比较,则后半阕之意蕴实较为单纯。盖以前半阕之文本中,既牵涉了许多符号学中所谓的具有历史文化背景的语码,而且在语言学的语法结构方面,也往往可以自语序轴与联想轴各方面,为之做出多方面的解说。可是下半阕的叙写则比较简单而且直接得多了,即如"一树亭亭花乍吐。除却天然,欲赠浑无语"之句,一口气直贯而下,全写对于一种天然之美的赏赞。此数句若自"写境"之层次言之,当然只不过是写萧氏的"本事"之说中的"卖浆女子"的天然之美而已。然而即使是如此简单的词句,却实在也仍然蕴含了一种要眇深微之象喻的潜能。此种潜能之由来,一则固由于前半阕之叙写已酝酿成一种象喻的色调及氛围,因而此数句遂亦不免仍使人产生象喻之想;再则此数句亦并未直写现实中之人物,而是以"一树亭亭"的"乍吐"之"花"作为美之象喻的,因而此一"花"之形象遂有了不只限于现实之人的更广泛的象喻之意味;三则此数句所赞赏的天然不假雕饰之美,与王氏《人间词话》中所标举的评词之审美观也有暗合之处。因此即使是提出了"本事"之说的萧艾先生,亦曾说此词云:"通过此词,吾人更可窥见静安之审美观,静安论词,极力称道生香真色,论元曲佳处亦曰'一言以蔽之,自然而已',所谓'乱头粗服,不掩国色','天然'之谓也。"此外田志豆编注的《王国维词注》(香

272

港三联书店 1985 年版）中，对此词亦曾评说云："北国健康美丽的少女，给词人留下深深的印象。'天然'二字是静安审美的标准。'清水出芙蓉，天然去雕饰'，这就是《人间词话》中盛称的'自然神妙'之处。"又说："本词也可以作一篇词论读。"可见这首词之可以引发读者的象喻之想，也原为众人之所共见。只不过萧氏与田氏都是先肯定了此词之为实写一"本事"中现实之女子，仅只是王氏对此一女子的审美观与其论词之审美观暗合而已。而我的意思则是以为不仅此三句对"天然"之美的赞赏与其论词之主张暗合，而且全词的每一句都充满了象喻的意味。而且此三句所写的也不只是对"天然"之美的赞赏而已，我们还更要注意到这三句词与下面的"当面吴娘夸善舞，可怜总被腰肢误"二句词，在对比中所形成的讽喻的作用。本来此二句中的"吴娘"与此词开端一句的"燕姬"已是一种对比，而如果以此数句与"一树亭亭"数句合看，我们就更会发现前面所写的"天然"与后面所写的"善舞"，原来乃是又一度在品质上的对比。我说是"又一度"对比，那就因为这首词在上半阕的"曳长裾"与"纤纤步"的叙写中，王氏实在已将两种不同品质的美，做了一次对比，而我在评析那两句词时，也已曾提出说品质的对比可以提供一种象喻之潜能。何况在中国诗歌传统中，当以"善舞"为象喻的时候，往往都暗指一种逢迎媚世的行径。辛弃疾的"更能消几番风雨"一首《摸鱼儿》词，便曾有"君莫舞，君不见玉环飞燕皆尘土"之句，可以为证。而王氏此词的"可怜总被腰肢误"一句，对"善舞"者的讥贬之意，则较辛词更为明显。因而在此种对比中，王氏所赞赏的"天然"之美，遂也应不仅只是与其论词之主张暗合而已，同时也喻示了王氏心目中的一种人格修养的品质和意境。如果在此外我们再一回顾全篇的话，我们就更会发现这首词不仅通篇都提供了象喻的潜能，而且其象喻的意旨和象喻的结构，也都是十分完整的。当然，我这样说也并不表示我对于"本事"之说的"写境"一层意义的否定，我只不过是想要证明王氏的一些词，即使是"写境"之作，也往往蕴含有一种要眇深微的意蕴，而隐然有了一种"造境"的效果，故王氏论词，乃不仅有"大诗人所写之境，亦必邻于理想"之言，而且还曾提出了"词之雅郑在神不在貌，永叔、少游虽作艳语，终有品格"之说，王氏此词，便可以作为他的词论之实践的一首代表作。

辑评

吴昌绶 此词须酌。然上二句实自为写照，末二句又为词人痛下针砭。

周策纵 （见《荷叶杯》辑评）

萧艾 在京作。据刘蕙孙教授函告："王翁词中新句，有实为先君（指刘季英）所拈者。如'窈窕燕姬年十五'一词，即因对门有卖浆旗下女，殊风致，先君戏谓王翁：有好句奉赠，先生为续成《蝶恋花》何如？王欣然。越日遂成。此儿时闻之先君及家舅父罗君美先生。谨以奉告，或可作静安词本事之一。"按刘季英虽不以文学著称，然其诗词，皆有可观。予已于诗笺中及之矣。兹承其哲嗣，惠示乃翁佳句，不独为静安词添一本事，且为敝稿增辉，快何如之。犹有言者，通过此词，吾人更可窥见静安之审美观。静安论词，极力称道生香真色。论元曲佳处，亦曰：一言以蔽之，自然而已。所谓乱头粗服，不掩国色，"天然"之谓也。尤当注意："惯曳长裙"，旗装也。"不作纤纤步"，天足也。惟卖浆旗下女子，足以当之。

陈永正 北国健康美丽的少女，给词人留下深深的印象。"天然"二字，是静安审美的标准，"清水出芙蓉，天然去雕饰"，这就是《人间词话》中盛称的"自然神妙"之处。那些束腰善舞的吴娘，比起朴素大方的燕姬来，就不免"颜色如尘土"了。本词也可以作一篇词论读。(《校注》)

陈鸿祥《人间词甲稿》诸词，多作于在苏州任教期间而编成于北京，故此词或为王国维初抵北京时所作而补入词集者。越二年（1908），王国维撰《曲录》，于明周宪王（朱有燉）所作杂剧三十种后注引《列朝诗集》所载明李梦阳《汴中元宵》绝句云："中山孺子倚新妆，赵女燕姬总擅场。齐唱宪王新乐府，金梁桥外月如霜。"(《曲录》卷三)"燕姬"实为北方歌女之代称。王国维以燕姬贬吴娘，则表达了崇尚"第一自然"，以创造"第二自然"的美学追求。《人间词话》称赞清初纳兰容若之词，"以自然之眼观物，以自然之舌言情"。此词则以"一树亭亭花乍吐"，比拟"不作纤纤步"的燕姬之"天然"，正是出于同一美学理念。其所以受到学者注重，原因亦在于此。(《校注》)

佛雏当作于本年（1906）抵京后不久，即农历四月以前。

钱仲联可怜那吴娘，枉自费尽心机去"夸善舞"，总不免被那揉捏作态的舞腰所自误。这意味着王氏对那种涂抹华词，堆砌珠翠，七宝楼台，眩人耳目的作品的否定态度。具体指的，就是朱祖谋词派，当时以朱氏为首的那派词人，正聚集在苏州，王氏也在苏州，道不同，不相为谋。"当面吴娘"，与上片燕姬对比，切地切人，文章天成，信手拈来，可称绝妙好辞。王氏在《人间词话》中，指出朱词"古人自然神妙处，尚未及见"，便是这词用意的旁证。……近代文学家钱振锽《谪语》中说："静安言词之病在隔，词之高处为自然。予谓隔只是不真耳。真则亲切有味矣，真则自然矣。静安有《蝶恋花》，下半阕云云，此亦静安

之论词也。'当面'二字，狼藉时贤多矣。"可谓一语破的。(《赏析》)

刘蕙孙 据说骡马市大街罗家住的胡同里有一家卖水的老虎灶。经常打水的是一位大脚的旗下姑娘。生得亭亭玉立。大家出门，都要看见她。一天季英先生和静安先生说："我得两句《蝶恋花》的起句，就以老虎灶那旗下姑娘为素材。是：'窈窕燕姬年十五，惯曳长裙不作纤纤步。'你看如何？"静安先生击节赞好。问："以下呢？"季英先生说："江郎才尽于此，你说好就送给你吧！"过了几天，静安先生果然填了那首《蝶恋花》。

刘烜 王国维词中长艺术感受；对于一个美学家来说，由艺术感受上升到美的哲理，似乎非常迅捷。他自己在一个手稿上对这首词有如下的批语："此词须酌。然上二句实自为写照，末二句又为词人痛下针砭。"从"意境两忘"的角度说，这里的美女实质上是比作词的美了。王国维自认为他的词好在"天然"两字。琢句雕章、承袭陈言当然是自以为"善舞"，实质被"腰肢误"了。词中"天然"，即是感自己之所感，言自己之所言，就"天然"。称颂人的美，以天然美为尚；人为的雕琢就不自然了。打一个比方，眼下过分的美容，就不属于"天然"的美了。读王国维的词，到此又体会到他的哲学上的含义。

张志英 "当面吴娘夸善舞，可怜总被腰肢误。"这结尾两句是说：世间不少善于当面逢迎、献媚取宠，因而曲意承欢、邀功请赏的"吴娘"，不顾丧失人格品德，故作姿态以媚主，却又往往被故作的姿态所误，受主人斥责，那一副卑微的奴相令人作呕。哪里比得上自然天成、品德纯真的"燕姬"们呢！词人对"吴娘"直言讥讽，无异于对社会丑恶现象的抨击，对自然美态的呼唤，对高尚品德的期求。

钱剑平 （系于 1906 年）

祖保泉 赞美对门邻居人家的少女，而未滑入"浮艳"，在于作者思无邪，只称赞她有"天然美"。然而，封建士大夫填词，爱在"女人"题目上绕笔头的气息也仍然见之于王国维的词，这是历史的烙印。(《解说》)

彭玉平 这首词未必句句象喻，也不只是一篇词论，而完全可以视为在审美观念上以"天然"为旨归的一篇文学通论。参诸王国维其他论诗词曲之语，都可以得到充分的证明。(《除却天然，欲赠浑无语》)

玉楼春

西园花落深堪扫。过眼韶华真草草。开时寂寂尚无人，今日偏嗔摇落早。

昨朝却走西山道。花事山中浑未了。数峰和雨对斜阳，十里杜鹃红似烧。

这首词以写景为主，但景中含理，引人深思。

"西园花落深堪扫。过眼韶华真草草"是伤春。落花堪扫说明春花凋零已尽，过眼韶华强调花期本就不长。这两句，意思很像李后主《相见欢》的"林花谢了春红，太匆匆"。但"西园"这个词，给人某些联想的可能。"西园"虽然可以是任何一个园林，但汉武帝的上林苑也叫西园，曹操在邺县建过一个园林也叫西园。西汉大才子司马相如写过洋洋洒洒的《上林赋》，曹氏兄弟与建安七子曾在西园宴饮游乐。西园之花逢此盛事，纵然凋零亦可以无"草草"之恨了。

但今日的西园之花呢？是"开时寂寂尚无人，今日偏嗔摇落早"。盛开之时寂寞孤独，无人发现；偏偏在凋零之后又引起后来者的感慨悲哀。"摇落"这个词出于宋玉《九辩》的"草木摇落而变衰"，唐

西园：汉上林苑又称西园。张衡《东京赋》："岁惟仲冬，大阅西园。"河南省临漳县邺县旧治北亦有相传为曹操所建的西园。魏曹植《公宴诗》："清夜游西园，飞盖相追随。"
过眼韶华：谓经过眼前但随即消逝的春光。| **草草**：匆忙仓促的样子。| **寂寂**：孤单，冷落。
嗔（chēn）：责怪，埋怨。| **摇落**：凋残，零落。《楚辞·九辩》："萧瑟兮草木摇落而变衰。"| **浑未了**：全然没有结束。| **杜鹃**：杜鹃花，又名映山红。春季开花，红色，是著名的观赏植物。| **红似烧**（shào）：红得像野火。烧，野火。

代大诗人杜甫也曾缅怀宋玉说："摇落深知宋玉悲，风流儒雅亦吾师。怅望千秋一洒泪，萧条异代不同时。"上天何其吝啬，既给了花以美丽，又让它在孤寂中自开自落；既给了人以才能，又让他绝世而无知音！

社会性是人的一种本质的属性。寻求为世所用和寻求知音，是人的社会性的基本要求。而在一个封建保守和忽视"自我"的社会中，这种要求常常是难以实现的，因此就产生了人生失意之"怨"。"开时寂寂尚无人，今日偏嗔摇落早"，就是这种"怨"的一个变相的反映。

然而人还有超脱的一面，就像《庄子·逍遥游》中所说"举世誉之而不加劝，举世非之而不加沮，定乎内外之分，辨乎荣辱之境"，那是一种所谓"无待"的境界。花的美好和人的才能并不因无人欣赏就不存在，它们是大自然的一个组成部分，而大自然是无边无际无穷无尽的。如果你能够超脱出你自己的"小我"而把自己融入天地自然的"大我"，那么你对人生就能够有一种更为主动的看法。这种看法，作者是借"山中"的"花事"表现出来的。

"昨朝却走西山道。花事山中浑未了"，山中花比园中花有更强的生命力还在其次，更重要的是，当你换了一个更开阔的视角来观察人生的时候，你对人生顿时就有了一种完全不同于过去的新的感悟："数峰和雨对斜阳，十里杜鹃红似烧。"这两句所写景物很美丽，而其中所蕴涵的那种超越自我的人生境界更美丽。

有人指出，"数峰和雨对斜阳"出自王禹偁（chēng）的"数峰无语立斜阳"（《村行》）。但这两句字面相似而境界实不相同。如果寻求相似的境界，则"数峰和雨对斜阳"颇有点像苏轼《定风波》的"料峭春风吹酒醒，微冷。山头斜照却相迎"。苏轼是写人在风雨中的从容不迫，而这里是写景物在风雨中的从容和美丽。一边是山峰还在承受着风雨的余威，一边是浓云散处天空已露出艳红的夕阳。在这夕阳之下和残雨之中，十里山坡都开满了红色的杜鹃花，像满山的野火在燃烧！同样是暮春晚景，它不像西园花落之美使人同情与怜悯，而是以其强烈的生命之美给人一种鼓舞和震撼。

一个人固然不可以没有自我，但也不可以把自我看得重于一切。倘若过分地执着于自我，就极容易为物所伤和为物所累。像那西园的孤芳，开时忧无人欣赏，落时恨韶华易尽，把个体生命视为无限和永恒，因此而怨天怨地怨雨怨风，这就是一种因不能超越自我而产生的痛苦。"超越自我"不是没有自我，而是把个人的生命融入永恒的历史与自然。即如庄子所说的"天地与我并生而万物与我为一"（《庄子·齐物论》），孟子所说的"万物皆备于我"（《孟子·尽心上》），北宋张载所说的"富贵福泽将厚吾之生也，贫贱忧戚庸玉女于成也；存吾顺事，没吾宁也"（《张载·西铭》）。当你站在这样的角度来观察这个世界的时候，则你不但能够充分发现这个世界的美，而且你自己的生命也会产生同样的美。

儒家和老庄的最高境界是相通的。以王国维的执着，他始终到不了这个境界；但以王国维的睿智，他又能够充分欣赏这个境界。因此，在他的《人间词》中就时而流露出这种对冲破狭隘自我的渴望和对实现人生超越的追求。

辑评

周策纵 "数峰和雨对斜阳，十里杜鹃红似烧。"前句似欲直写无我之境，堪称不隔。然结句颇露宋诗影响。

蒋英豪 "数峰和雨对斜阳"，亦能变化王禹偁、姜白石之境。

萧艾 有人才而不用，及至人才凋谢，反为悼惜。实则在朝无人，在野未尝不才多也。予以微意解此词，恐为静安所不许。

陈永正 以作古诗的手法填词，便有拙致。"开时"二句，颇有"千秋万世名，寂寞身后事"的悲慨。1906 年春作于北京。（《校注》）

陈鸿祥 此词以末句"十里杜鹃红似烧"，点出时令在夏四月。词中"西园""西山"，虽不必实指某山某园，然由"昨朝却走西山道"，当可视为苏州西山记游之作。（《注评》）

佛雏 拟系于 1904—1905 年。

叶嘉莹 （见《好事近·夜起倚危楼》辑评）

马华 等 由于受叔本华悲观主义哲学的影响，王氏认为人间充满欲望与痛苦，人间的存在只是虚幻不实的相对存在。而自然却有它自我修饰之后的可爱之处。自然之美是由其自身内在本性决定的。因此，在人间与自然这两个不同的空间内，时间也会产生畸变，这就是通过"花开花落"而形成了春光的消逝与留住。人间的春光因为人的欲望和感念而随花落尽，但自然的春光却因无欲无念而依然存在。

钱剑平 （系于 1905 年）

祖保泉 这首词借花的开、谢，比喻自己的青春年华，从而抒发自我怜惜、自我奋进的情怀。……结合作者自己已有的业绩说，此时《静安文集》即将出版，初步奠定他的学者地位；近年"颇以词自娱"，且自视甚高，自以为获得成功，俨然，他是词坛上的一帜。我以为"十里杜鹃红似烧"一句，可视为"卒章显其志"的形象化表述。（《解说》）

蝶恋花

辛苦钱塘江上水。日日西流，日日东趋海。两岸（《甲稿》作"终古"）越山颠洞里。可能销（《甲稿》作"消"）得英雄气。

说与江潮应不至。潮落潮生，几换人间世。千载荒台麋鹿死。灵胥抱愤终何是。

王国维写词力求开拓新的词风意境，常常把西方哲理融入词中，但这样做往往不免用思过深，缺乏北宋词那种直接感发的力量。然而

钱塘江：旧称浙江，其入海口是喇叭形，江口大而江身小。起潮时，海水从宽达100公里的杭州湾口涌入，受两旁渐狭的江岸约束，形成涌潮，波涛后推前阻，涨成壁立江面的一道水岭，潮头最高时达 3.5 米，潮差可达 8.9 米。南宋周密《武林旧事》谓江潮"远out海门，仅如银线，既而渐近，则玉城雪岭际天而来，大声如雷霆，震撼激射，吞天沃日，势极雄豪"。是为有名的钱塘潮，此涌潮以每年农历八月十八日在海宁所见者为著，故又名海宁潮。｜**日日西流**：谓潮水涨潮。｜**越山**：浙江一带为春秋越国故地，故称两岸之山为越山。**颠**（hòng）**洞**：水势汹涌。宋苏轼《庐山二胜·栖贤三峡桥》诗："空蒙烟霭间，颠洞金石奏。"｜**可**：表示反诘之词，犹"岂""难道"。唐李商隐《锦瑟》诗："此情可待成追忆，只是当时已惘然。"｜**应**：表示料想之词，犹"恐怕会""大概会"。南唐李煜《虞美人》词："雕栏玉砌应犹在。"｜**人间世**：人世。｜**荒台**：此处指姑苏台，相传为吴王夫差所筑，故址在今苏州市姑苏山上。｜**麋鹿**：《史记·淮南衡山列传》："……臣闻子胥谏吴王，吴王不用，乃曰：'臣今见麋鹿游姑苏之台也。'今臣亦见宫中生荆棘，露沾衣也。""麋鹿游姑苏之台"喻吴国灭亡，繁华的姑苏台变为荒野。"麋鹿死"，比麋鹿游更进一步，暗喻千古历史兴亡的变化。｜**灵胥**：指春秋时的伍子胥。古代传说伍子胥死后为浙江潮神，故称灵胥。《太平广记》卷二九一《伍子胥》引《钱塘志》："伍子胥累谏吴王，赐属镂剑而死。临终，戒其子曰：'悬吾首于南门，以观越兵来。以鲛鱼皮裹吾尸。'投于江中，吾当朝暮乘潮，以观吴之败。'自是自海门山，潮头汹高数百尺，越钱塘渔浦，方渐低小，朝暮再来，其声震怒，雷奔电走百余里。时有见子胥乘素车白马于潮头之中。因立庙以祠焉。"｜**终何是**：到底有什么可以肯定之处。意谓伍子胥强烈的复仇意志和千古沧桑变化比起来是微不足道的。

这首词与《人间词》中那些有心用意融入西方哲理的作品有所不同。它的激情多于冷静，直接感发多于理性思考。词中的哲理主要来自作者悲观和深思性格的自然流露，而不是出于有心用意的安排。再加上词中景象开阔博大、感发强烈而有力度，因此在风格上接近苏辛派的特点，是一首咏物而兼怀古的"诗化之词"。

由于地形的缘故，钱塘江口形成了"天下伟观"的钱塘江潮。海宁是近代观潮胜地，而王国维就是海宁人，他对钱塘江潮的感情自与一般人不同，他笔下的江潮也与一般文人笔下的江潮不同。一般文人写钱塘江潮多描写潮起时的声威与气势，如"一千里色中秋月，十万军声半夜潮"（唐赵嘏《钱塘》），"白马千群浪涌，银山万叠天高"（清宋琬《西江月·钱塘门外作》）。偶尔也有人因潮生潮落而慨叹光阴的逝去，如"早潮才落晚潮来，一月周流六十回。不独光阴朝复暮，杭州老去被潮催"（唐白居易《潮》）。但很少有人把潮水视同有生之物，去体会它的苦恼愤懑。能够这样做的，大概只有思深感锐而又从小生活在海宁的王国维。

"辛苦钱塘江上水。日日西流，日日东趋海"几句，套用了纳兰性德《蝶恋花》的"辛苦最怜天上月，一昔如环，昔昔都成玦"。纳兰那首词本来是悼念亡妻的，王国维却把这个"辛苦"拿来形容江潮，一开口就给了江潮以人的感情。"日日西流"是写潮起，"日日东趋海"是写潮落。潮起潮落本是自然规律，不管江潮上涨时多么汹涌澎湃，但那"西流"的势头是不可能持久的。潮水每天两次用尽全力向西冲来，力竭之后又无可奈何地向东退去。每一次冲击都如此雄伟壮观，充满了胜利的渴望；每一次后退都留下一片寂寞荒凉，充满了失败的无奈。潮起潮落的现象给人带来了美的享受，但那"美"之中已经浸透了人的感情色彩。江水为"西流"的过程付出了巨大的努力却终不能免于"东趋"的必然结果，但它却以丝毫不减的热情无休无止地重复着这种尝试。

在一个理智的头脑看来，这是一种顽固和不识时务；而在一个感性的头脑看来，这是一种足以引起强烈感动的悲剧美。

"两岸越山颓洞里"的"两岸"，《甲稿》作"终古"。《苕华词》改为"两岸"可能是为了避免与前边重复，因为前边两个"日日"的反复就已经包含有"终古如此"的意思了。"颓洞"，形容大水弥漫、波涛汹涌的样子。人们常说，山是永恒的，水是无常的。钱江两岸的越山终古长在，而江潮的每一个浪头东去之后就再也不复返了。但尽管如此，千古以来无常的江潮却在永恒的越山见证之下后浪推前浪，汹涌澎湃地进行这种"屡败屡战"的尝试，这景观难道不令人产生感动和联想吗？

要知道，天下有许多事情不是只凭决心和意志就可以办到的，所以古人说要知"天命"，今人说要服从"规律"。固执的江潮竟然可以不管天命和自然规律，在终古无穷的光阴中进行"知其不可而为之"的抗争，那就不是一般意义上的"固执"，而是给人一种"悲壮"的感觉了。这使人联想到人世历史上某些壮烈的悲剧，如易水壮别的荆轲、垓下悲歌的项羽、自刎海岛的田横五百士、血洒菜市口的戊戌六君子。以历史的眼光来看，他们的所作所为是否符合当时历史潮流儞有可议之处；但以文学的眼光来看，他们所维护的具体是什么也许并不重要，因为那都不是永恒的，永恒的是他们那种不肯屈服的"阳刚之气"。一个民族倘若失去了这种阳刚之气，就成了一个屈辱的民族；人类历史倘若失去了这种阳刚之气，就成了懦夫的历史。所以王国维说："可能销得英雄气？"在修辞上这是反问，"反问"是无疑而问、明知故问。因为，在我们民族的历史上，这种英雄之气同样是前仆后继，从来没有消失过，同样有永恒的大地山河为证。

正是由于上片写钱塘江潮的英雄之气暗示了人类历史的英雄之气，所以下片就由此引出了历史上一个不屈不挠的英雄人物伍子胥。而伍子胥这个人与钱塘江潮很有关系，因为他死后被抛尸于钱塘江中，民间因而传说他做了钱塘江潮的"潮神"。

伍子胥为报父兄之仇发誓灭楚，孤身逃到吴国，最终借吴国的力量将楚平王掘墓鞭尸，其意志的坚韧和复仇心的强烈给人们留下了很深的印象。其后他因直谏被吴王夫差所杀。据《史记》本传记载，伍子胥临死时要求把自己的眼睛挖出来挂在吴国的东城门上，他要亲眼看到越兵攻入城门灭了吴国，以证实他对夫差的直谏没有错。因此民间就有许多传说，说他死后成神，日日率江潮冲岸，以发泄心中至死不灭的对吴、越的怨恨。对于伍子胥的所作所为人们可以有不同的看法和评价，但无论如何都不可否认：他是一个不畏强暴敢怒敢恨的英雄。因此太史公司马迁在《史记》中称他为"烈丈夫"。伍子胥死为潮神，使钱塘江潮产生了一种传奇的色彩，所以咏江潮就是咏伍子胥。在这首词中，咏物和怀古已紧密地结合为一体。

"说与江潮应不至"是作者对潮神同情的劝告。"应"是揣测的口吻，说明作者对自己的说辞是否能起作用并无很大把握。他说：我把我所观察和考虑到的一些事实告诉你，也许你就不会如此固执地坚持你那无益的尝试了吧？因为，在你那毫无结果的潮起潮落之中，多少历史的朝代已经过去了。你当初关于越国必然灭吴的预言固然已经成了现实，可是那又有什么意义？越国后来不是也被灭掉了吗？楚平王死了你还可以鞭打他的尸体以泄愤，而吴王夫差又留下了什么呢？他花费巨大财力修建的姑苏台已成为麋鹿游戏的荒野，而现在那些荒野又已几经沧桑变化，一切历史痕迹都已消失殆尽了，一代人的是非恩怨纵然轰轰烈烈，但与永恒的大自然相比真是微不足道。所以，"灵胥抱愤终何是"——一切是非成败都是相对的，你伍子胥就不必指望有那么一天可以为自己讨回一个绝对的公道了。这从表面上看是劝告江潮顺从自然规律放弃自己的意志，但内中却隐含有一种对天道不公的愤愤不平。劝告是冷静的、理智的，而那种不平的冲动是热烈的、直觉的。

　　所以，在这首词中，作者的感情和理智实际上也像汹涌的钱塘江潮水一样，一个"西流"，一个"东趋"。他的感情赞美潮起"西流"的悲壮，他的理智认同潮落"东趋"的结果。而这种潮起潮落的意象，正是作者内心矛盾冲突的形象化反映。王国维生在一个政治、历史和文化都产生着激烈变化的时代，他本身又禀赋了理性与感性兼长的性格。这种性格使他后来在文学和学术道路上都取得了过人的成就，但也使他在生活中总是陷于理智和感情的矛盾之中。这矛盾造成了他终生的痛苦，最终使他走向自杀的结局。不过，这首词虽然也有悲观忧郁的色彩，但更以激情与义愤见长。它确实包含有哲理的理智，但它的形象和议论中都带有极强烈的直接感发力量。

辑评

　　缪钺　"辛苦钱塘江上水，日日西流，日日东趋海"此数语托意颇深。钱塘江水，日日西流，而日日东趋于海，可以象征冲突之苦。静安心中，盖隐寓此种痛苦，故见钱塘江水而借以寄兴也。（《诗词散论》）

　　萧艾　静安词集中，咏及故乡海宁潮者仅两首，此其一也。疑作于一八九八年秋，有感于戊戌事变而填。

　　陈邦炎　特别增加其悲剧色彩的是：不仅如前所述，静安在求索之际是执着的，而且在求之不得之后也还是执着的。他在另一些词中说（下引《点绛唇·屏却相思》上片、《虞美人·碧苔深锁》下片及《蝶恋花·莫斗婵娟》下片从略），这种知其无益而终不抛掷、已相决绝而自赏自媚的一往不悔的精神，就使其既视人间为苦海而又难以自拔。这一悲剧，从另一角度看，就是静安在另一首《蝶恋花》中所说的"辛苦钱塘江上水，日日西流，日日东趋海"。这一无法统一的矛盾时时在困扰着他，其"辛苦"是可想而知的。(《论静安词》)

陈永正 此词前三语深刻。缪钺谓"可以象征冲突之苦"，叶嘉莹谓"是他内心之矛盾痛苦的一幅极好写照"，固未尝不可如是说，但细味词旨，仍是唐诗"人事有代谢，往来成古今"之意。以潮水涨退设喻，慨叹世界的无常，与下文"潮落潮生"相呼应。词格沉郁悲慨，颇含哲理。近人说词，每愈唱愈高，即使起古人于九原下讯之，亦当结舌。1905年作于海宁。(《校注》)

陈鸿祥 王国维无意为"涛头立"之"弄潮儿"，惟静观世变，心潮难平。荒台千载，灵胥抱愤，是史事；"戊戌变法""庚子事变"，是实事。故王氏又有诗云："早知世界由心造，无奈悲欢触绪来。"不尽悲欢，复由此"潮落潮生"之词中见之矣。(《注评》)

佛雏 拟系于1904—1905年。

叶嘉莹 (见《好事近·夜起倚危楼》辑评)

施议对 从立意上看，这是一首地地道道的哲理词。但其技法似较为简单，如以江潮比人生，以"落"与"生"说冲突，均一看便知，并未达到让人难以寻求的境界，就是说，在艺术创造上还留有雕琢的痕迹。这是艺术上不成熟的表现，也是初次尝试的例证。(《潮落潮生》)

朱歧祥 伍子胥的死谏，自是古之英雄典范。然而，他的冤死，世人并不珍惜了解，对于世道民生更无任何影响。大自然的潮落潮生，并未因伍子胥的死而增损些什么。诗人为伍子胥缺乏知音感到不平，亦因人力的渺小兴起无限的悲叹。（《选评》）

刘烜 王国维词中两次写钱塘潮，两次写到伍子胥的形象，给人留下了深刻的印象。如果追寻王国维人格上的理想，非伍子胥莫属了。这个历史人物在人格上，在悲剧性上，在家乡的风土人情上都与王国维有内在的联系。王国维曾以境界的大小论词，那么，这两首词是大的境界。这是王国维不太用的方法。当然，他认为不应以境界大小分优劣。同样写大境界的，王国维认为，东坡之词旷，稼轩之词豪；王国维写大境界则最悲。悲剧能净化人的灵魂，伍子胥的形象也净化了青年王国维的心灵。这两首词，对于我们理解王国维的胸襟，十分重要。

张新颖 在毫无价值的苦痛中过活，其情势正如王国维《蝶恋花》词里所写："辛苦钱塘江上水，日日西流，日日东趋海。"钱塘江水，上潮时水西流，退潮时东趋海，不舍昼夜地进行着毫无意义的、反反复复的拉锯般的痛苦运动。巨石不断从山顶滚落，西西弗斯不断地推巨石上山，加缪说，不断地推巨石上山就是意义，就是赋予和创造意义。王国维不能作如是观。一九二七年六月二日，王国维投身颐和园的昆明湖自尽。至少在他自己心中，钱塘江水无法再流过来、倒回去了。

马华 等 这首词以江潮起兴，由个人而放大到历史，从自然联想到人间。全词淋漓尽致，由写景过渡到最后的抒情，一气呵成，有奔流之势，又有沉郁之美，是静安词中出色的一首。

钱剑平 全词一气呵成，既有奔流之势，又有沉郁之美。（系于1905年）

祖保泉 人们要问：王氏词结尾说"灵胥"故事目的何在？我在前面已说过，意在"借古讽今"，而这个"今"在那个历史年代，又只能是指1898年的"戊戌政变"。反对光绪帝颁"明定国是"诏书并进而杀害"戊戌六君子"的是慈禧，这在当时（1905年）关心国事的知识分子中，谁都心里明白，作者不必多说。（《解说》）

彭玉平 我虽然不赞成说，王国维用伍子胥的典故是因为"他早已做好为清王朝'殉节'的打算"（《王国维诗词全编校注》，440页），也不认为这两首词"都抒发了作者内心那种情与理的矛盾以及由此带来的不平和愤懑"（叶嘉莹、安易《王国维词新释辑评》，中国书店，2006年，477页）。王国维心追神想的其实是他曾亲身感受到的士大夫文化。而这两首词（指本词及《虞美人·杜鹃千里》）虽然都表述了不平和愤懑，但王国维正是通过对勘自然永恒与人生短暂，希望能消解掉这种恩怨和孤愤。（《潮落潮生，几换人间世》）

黄水秀 此词的指向，叶嘉莹以为是描写作者内心的矛盾冲突，陈永正主张是慨叹世事无常。笔者以为是哲学上的"变与不变"的论题，即永恒与暂时的问题。（《〈人间词〉哲学意蕴分析》）

蝶恋花

谁道江南春事了。废苑朱藤，开尽无人到。高柳数行临古道。一藤红遍千枝杪。

冉冉赤云将绿绕。回首林间，无限斜阳好。若是春归归合早。余春只搅人怀抱。

这首词流露了一种沮丧和绝望的情绪，而这种情绪却来源于对生命和整个世界极端的热爱和留恋。

在江南大地春色已尽的时候，古道旁一处废弃无人的园林中，朱藤正在盛开。"朱藤"，是紫藤即藤萝的别名，藤萝的花是紫色的。但作者在描写它的时候用了"红遍"，用了"赤云"，这可能是在内心感情作用下的一种夸张的描写。当然，这"朱藤"也可能是另外一种开红花的藤类植物。它本身既不是什么名贵的品种，又开在"无人到"的废苑，可是竟有那么强大的生命力，居然冲破了废苑的禁闭，爬满高高的柳树，垂向寂静的古道，给世界上这个无人注意到的荒凉角落增添了一片鲜艳的颜色。"一藤红遍千枝杪"这一句，笔端充满了和所写之景一样红火热烈的感情。"一藤"与"千枝"的对比、"遍"

春事了：春色已经完结。宋王炎《临江仙》词："鹈鸪（tí jué）一声春事了。"｜**废苑**：废弃的园林。唐张籍《古苑杏花》诗："废苑杏花在，行人愁到时。"｜**朱藤**：紫藤。唐许浑《途经敷水》诗："重寻绣带朱藤合，更认罗裙碧草长。"｜**杪**（miǎo）：树梢。｜**冉冉**：缓缓移动貌。晋葛洪《神仙传·栾巴》："冉冉如云气之状，须臾失巴所在。"｜**赤云**：红色的云，此指夕阳照耀下的朱藤之花。｜**合**：应当。｜**搅人怀抱**：扰乱人的心意。

之广和"杪"之高，突出了朱藤生命力量的蓬勃和旺盛。王维有一首诗"木末芙蓉花，山中发红萼。涧户寂无人，纷纷开且落"（《辛夷坞》）也是写这样一种大自然中自在的生命，但那口吻却寂寞有余而热情不足，这可能是由于王维深受佛教影响的缘故。王国维的热情，来源于他对生命的执着。这首词的上片，从"谁道江南春事了"的质问，到"开尽无人到"的遗憾，到"一藤红遍千枝杪"的热烈，都浸透了他对春天的关怀和对生命的热爱。正是由于笔端蘸有这样的感情，作者才能够把没人注意到的废苑朱藤的生命之美写得如此浓烈如此震撼。

"冉冉赤云将绿绕"似从王安石《书湖阴先生壁》的"一水护田将绿绕"化来。"冉冉"是形容攀缘在高树上的朱藤像一片红云一样围绕着绿树的姿态。但这"赤云"，又呼应了下边的"斜阳"。是夕阳把朱藤照得更红，好像天上的晚霞也落到了高柳的绿荫之中。"回首林间"有无限留恋之意；"无限斜阳好"虽然是前面景色的一个总结，本身却含有好景不长的暗示，因为李商隐有诗曰，"夕阳无限好，只是近黄昏"（《乐游园》），这里只是把"夕阳"换成了"斜阳"。

如果只写到这里，那么这首词和一般伤春之词也没有太大的区别。但作者在结尾竟导出了这样的结论："若是春归归合早。余春只搅人怀抱。"在这里，作者再次流露了他自己在《人间词》的其他词作中所一再流露过的那种理性和感情的矛盾，而这种矛盾，正是《人间词》所表现之基本意识形态的一个方面。

如果说，前边那首《玉楼春》（西园花落深堪扫）包含有一种冲破"我执"、向大自然寻求解脱和超越之渴望的话，那么"若是春归归合早"两句则宣布了这种寻求的失败和"我执"的不可摆脱。如果说，在《玉楼春》中作者是把大自然的春色作为解脱和开悟之途径的话，那么在这首词中，大自然的春色就变成了一种令人沉溺和执迷的诱惑。作者对春天和生命热爱的程度之深，也就是他对这个世界沉溺和执迷的程度之深。大自然的山水风景之美本来是诗人的一剂良药，像王维，像苏轼，都曾从中获得了人生的安慰与解脱；但对于王国维这种执着于人生的人来说，大自然春色的短暂就令他联想到人生的短暂，大自然生命的盛衰就令他联想到人生历史的兴替。就像屈原从"惟草木之零落"联想到"恐美人之迟暮"一样，他们都是同一种性格类型的人。既然大自然这一剂良药救不了他们，那么剩下的唯一办法就只有尽快结束这一切了。所以，"若是春归归合早。余春只搅人怀抱"看似悲观厌世，实际上正是作者对这个世界爱之弥深望之弥切，从而深深陷溺其中无法解脱的一种心灵状态的写照。

辑评

吴昌绶 前半请酌。

周策纵 "若是春归归合早，余春只搅人怀抱。"对时间、生命、与热情无可奈何之苦恼，至此已达极点。应当王国维之遗嘱读。

陈永正 芳春将尽，野藤细碎的红花还在装点着荒废了的园林，在夕阳残照中，眼前的景色是何等凄艳。我们联想起清末的社会环境和政治气氛，不也是这等残春景象么？1905年春作于苏州。（《校注》）

陈鸿祥 此词当作于苏州。……"若是春归归合早，余春只搅人怀抱"，是《人间词》中又一警句，亦为感念家室之辞耳。（《注评》）

佛雏 梁启超谈及王氏的"志气"时说过："违心苟活，比自杀还更苦；一死明志，较偷生还更乐。"一旦到了他自以为"春事了"的季节，尽管"冉冉赤云将绿绕。回首林间，无限斜阳好"，他仍然毫不迟疑地喊出："若是春归归合早，余春只搅人怀抱！"于是，王氏以春秋鼎盛之年，遽尔撒手而去，真如一颗彗星，才及中天而没，宁可让当时以及世人们"极哀深惜"，而一瞑不复回顾了。拟系于1904—1905年。

吴蓓 （见《蝶恋花·谁道人间》辑评）

马华 等 惜春、伤春历来是词人吟咏的题目。这首词却不是一般地惜春伤春，而是"送春"：在春天将逝之前，词人发现了春天迟迟不肯离开的足迹，因此，为她送行。

钱剑平 （系于1905年）

祖保泉 王氏执着于"情"的性格特点，在这首词里露出了端倪。王氏后期生活的事势发展，某些人利用了王氏的执着性格，激化了他的忠君思想，当他认定"春事了"最后时机，他才"自沉"的。我实在不敢把"若是春归归合早，余春只搅人怀抱"两句看成就是王氏自沉的开头信号。王氏的自沉，原因复杂，不宜论之过简。（《解说》）

水龙吟

杨花　用章质夫苏子瞻唱和均

开时不与人看，如何一霎濛濛坠。日长无绪，回廊小立，迷离情思。细雨池塘，斜阳院落，重门深闭。正参差欲住，轻衫掠处，又特地，因风起。

花事阑珊到汝，更休寻、满枝琼缀。算来只合，人间哀乐，者般零碎。一样飘零，宁为尘土，勿随流水。怕盈盈一片春江，都贮得、离人泪。

北宋苏东坡也写过一首很有名的咏杨花的《水龙吟》词。王国维

杨花：即柳絮。柳树本亦有花，但柳花无花冠，不易分辨，故古人误以柳絮为花，如《神农本草经》就有"柳华"条，谓"一名柳絮"。又由于在古诗文中杨、柳常常通用，所以柳絮亦称杨花。｜**用章质夫苏子瞻唱和均**：用的是章楶与苏轼唱和的原韵。北宋章楶字质夫，苏轼字子瞻。唱和，以诗词相酬答。均，"韵"的古字。｜**如何**：为什么。｜**濛濛**：纷杂貌。唐贾岛《送神邈法师》诗："柳絮落濛濛，西州道路中。"｜**日长**：白日渐长。｜**无绪**：没有情绪。宋柳永《雨霖铃》词："都门帐饮无绪。"｜**回廊**：曲折回环的走廊。｜**小立**：暂时立定。宋杨万里《雪后晚晴赋绝句》："只知逐胜忽忘寒，小立春风夕照间。"｜**迷离情思**：模糊不明、难以分辨的心情。｜**重门**：一道道门户。晋左思《蜀都赋》："华阙双邈，重门洞开。"｜**参差（cēn cī）**：不齐貌。｜**特地**：突然，忽然。《古尊宿语录》："放笔从头看，特地骨毛寒。"｜**花事阑珊**：谓游春赏花之事将尽。古人有"二十四番花信风"的说法，自小寒至谷雨8个节气共120天，每5天应以一种花的信风，柳花排在清明，到此时春天的花已经几乎都开过了。阑珊，残，将尽。宋贺铸《小重山》词："歌断酒阑珊。"｜**满枝琼缀**：谓缀满枝条的美玉般的花朵。｜**者般**：这般。清郭麐《灵芬馆词话》卷一："休忆。休忆。正是者般天气。"｜**盈盈**：形容江水清澈貌，亦形容泪水晶莹貌。《古诗十九首》："盈盈一水间，脉脉不得语。"南宋张志《临江仙》词："盈盈粉泪难收。"｜**离人泪**：此指柳絮。宋吴文英《浣溪沙》词："落絮无声春堕泪。"离人，离开家乡和亲人的人。

在《人间词话》中说："东坡《水龙吟》咏杨花，和韵而似元唱。章质夫词，元唱而似和韵。才之不可强也如是！"章质夫名叫章楶，是苏东坡的朋友。现在我们把章、苏二人的原作拿来，与王国维这首词做一个比较。

水龙吟
章楶

燕忙莺懒芳残，正堤上柳花飘坠。轻飞乱舞，点画青林，全无才思。闲趁游丝，静临深院，日长门闭。傍珠帘散漫，垂垂欲下，依前被，风扶起。

兰帐玉人睡觉，怪春衣、雪沾琼缀。绣床渐满，香球无数，才圆却碎。时见蜂儿，仰粘轻粉，鱼吞池水。望章台路杳，金鞍游荡，有盈盈泪。

水龙吟 次韵章质夫杨花词
苏轼

似花还似非花，也无人惜从教坠。抛家傍路，思量却是，无情有思。萦损柔肠，困酣娇眼，欲开还闭。梦随风万里，寻郎去处，又还被，莺呼起。

不恨此花飞尽，恨西园、落红难缀。晓来雨过，遗踪何在，一池萍碎。春色三分，二分尘土，一分流水。细看来不是，杨花点点，是离人泪。

章楶的词以对柳絮的刻画描写见长，像"傍珠帘散漫，垂垂欲下，依前被，风扶起"写柳絮的姿态，"绣床渐满，香球无数，才圆却碎"写柳絮的形状，"时见蜂儿，仰粘轻粉，鱼吞池水"写柳絮对蜂和鱼的干扰，写得极生动细腻。这种作风似乎已开南宋咏物词的先路，在以小令为主的早期北宋词里是比较少见的。但从另一个角度看，这首词又与南宋咏物词不同：南宋咏物词以物为重点，而这首词却是以情为重点的。它所要写的，其实是"兰帐玉人"有"有盈盈泪"的哀怨，这仍然是在沿袭"花间词"美女爱情的主题，并没有什么太新的东西。王国维论词主张开创新境，但他又不喜欢南宋词的刻画雕琢，所以对章楶这首词的评价不高。

　　苏轼改变传统作风，开创了直接抒写襟抱的"诗化之词"。他这首词里虽然也有对柳絮的刻画描写，但都包含了他自己在人生道路中失意与挫折的感慨以及对政局的忧虑。北宋的党争毁掉了大批本该有作为的人才，同时也把国家一步步推向衰亡。苏东坡利用杨花入水化为浮萍的传说，结合了自己被贬谪流转天涯的痛苦，写出了这种时代的悲哀。像"似花还似非花，也无人惜从教坠"，像"春色三分，二分尘土，一分流水"，字里行间都流露着一种能够引发读者联想的很强烈的直接感发力量，而不是单纯的刻画描写。词本来就有很严格的格律限制，再加上和韵完全用原词的韵字，就像戴着沉重的镣铐跳舞，很难做到挥洒自如。但苏东坡的才大，竟能在如此严格的限制之下仍如行云流水一般自然，而且能够借杨花尽情地抒写出自己内心的苦恼忧愁。这就是王国维赞美这首词"和韵而似元唱"的原因了。

　　王国维在词的创作上颇为自负。他这首词用了"水龙吟"的原调并用了苏、章唱和的原韵，其用意显然是要和东坡一比高低。事实上，这首词确实吸收了苏、章两家的长处，而且也能够自有境界。不过，由于这首词从命意到细节都难以避免模仿的痕迹，而且处处有意与人争胜，所以似乎还不能与苏东坡那首词的自然流利相颉颃。

"开时不与人看，如何一霎濛濛坠"写得非常好。"杨花"指的是柳絮。柳絮本不是柳树的花，而是柳树的子上所带的绒毛，但柳花没有花萼和花冠，不容易看出来，所以古人以为柳树不开花，柳絮就是柳树的花。又由于在古诗文中杨与柳常常通用，所以柳絮亦称杨花。虽然后代医药学家一再指出柳絮不是柳花，但诗人们总是喜欢沿用古人的说法。在这里，王国维正是沿用这种说法，在长调的开端就从对柳絮的刻画描写中引发出一种悲哀的联想来。因为，花代表着青春，而青春是上天既不分贫富也不分贵贱，慷慨公平地赋予大地上每一个生灵的。如果有谁白白地挥霍和浪费了青春，那自然怨不得上天也怨不得任何人只能怨他自己，可是上天却注定了杨花没有青春，它在落下来之前根本就没有开花的机会，这难道也是它自己的过错吗？同样，一个人生不逢时，美好的才能和志意尚未得到一个实现的机会就已经走到了生命的尽头，这难道不是世界上最可悲哀的事情吗？因此词的开头这两句虽然说得心平气和，实际上却是对上天不公平的一种不满和抗议。"开时不与人看，如何一霎濛濛坠"，倘若单论这两句，足可以与东坡的"似花还似非花，也无人惜从教坠"一比高下。不过，接下来的"日长无绪，回廊小立，迷离情思"和"细雨池塘，斜阳院落，重门深闭"，一连六句都不是直接写柳絮而只是背景的烘托，就未免显得节奏过于缓慢，既不如章楶的"闲趁游丝，静临深院"之紧扣柳絮，又不如东坡的"抛家傍路""萦损柔肠"之语带双关。但接下来"正参差欲住，轻衫掠处，又特地，因风起"几句又写得很好。魏庆之《诗人玉屑》曾称赞章楶词中的"傍珠帘散漫，垂垂欲下，依前被，风扶起"几句曲尽杨花妙处，东坡恐未能及。而王国维这几句，虽有模仿之嫌，但与章句同样生动。

章楶《水龙吟》的下片虽然引入了思妇之悲，但他真正写得精彩的句子却仍在状物之句而不在抒情之句，而苏词与王词的下片就都是以抒情为主了。王国维写词有时候喜欢用批评和劝告的口气，如《蝶恋花》的"说与江潮应不至。潮落潮生，几换人间世。千载荒台麋鹿死，灵胥抱愤终何是"，如《齐天乐·蟋蟀》的"试问王孙，苍茫岁晚，那有闲愁无数"。这里的"花事阑珊到汝，更休寻，满枝琼缀"也是一种批评劝告的口气。他说：杨花你就认命吧，你不但没有机会在枝头开给别人看，而且你自己也没有机会看到春天那些美丽的花朵，因为你来到这个世界的时候，春天已经结束，百花已经凋残了。"更休寻"，是针对上片描写杨花"正参差欲住"，"又特地，因风起"的那种不肯落下的姿态。那种姿态，看起来就像是仍然心有不甘而有所寻觅。这两句当然是说杨花的，可是接下来"算来只合，人间哀乐，者般零碎"，却是从花说到了人。柳絮随风飘零，自然是轻微卑琐的；人生的悲欢离合对自己可能刻骨铭心，但对别人来说同样是轻微卑琐的，并没有什么重要价值。王国维的另一首小词《采桑子》中有"人生只似风前絮，欢也零星。悲也零星。都作连江点点萍"，说的也是这个意思。然而咏物之词是不能够离开所咏之物太远的，所以他在由柳絮引发出自己的人生感慨之后马上又回过头来继续对柳絮叮咛劝告："一样飘零，宁为尘土，勿随流水。"这几句，显然是从苏词的"春色三分，二分尘土，一分流水"中翻出新意。他说：柳絮你既然注定了如此结局，那么你与其随水飘零，还不如葬身于泥土之中。为什么"宁为尘土，勿随流水"？因为随水飘零，未必能保住花的芳洁，而葬身泥土，则正如《红楼梦》中林黛玉所说的："日久随土化了，岂不干净？"但王国维在这里却出人意料地又翻出一层新的理由："怕盈盈一片春江，都贮得、离人泪。"南宋词人吴文英云："落絮无声春堕泪。"（《浣溪沙》）暮春之时白色的柳絮漫天飘落，就好像春天在为百花的凋零而流泪。那么这些眼泪倘若都流入一江春水之中，岂不把那一江春水也都染上了痛苦与忧愁？所谓"飞红若到西湖底，搅翠澜，总是愁鱼"（吴文英《高阳台》）那真是使天上水中到处都充满了忧愁，一切生物都无处遁逃了。这种想象是很新颖的，而且比林黛玉的独善其身又多了一层对整个人世的忧虑。——当然，这就又归结到《人间词》悲悯人间的主旋律上来了。

辑评

王国维 余填词不喜作长调，尤不喜用人韵。偶尔游戏，作《水龙吟》咏杨花用质夫、东坡倡和韵，作《齐天乐》咏蟋蟀用白石韵，皆有与晋代兴之意。然余之所长殊不在是，世之君子宁以他词称我。（《人间词话》）

蒋英豪 章苏二词孰优劣，自宋以来论者极多。钟蕊园师以为"二词高下之判，全在作法，章拘于实，而东坡则能从空处着笔耳"。清刘熙载论此词亦云："似花还似非花，此句可作全词评语。盖不离不即也。"王氏此词作法，仿效东坡之"从空处着笔"，亦颇有"不离不即"的"似花还似非花"之致。似是写花，却是写情；道是写情，却仍是花。浑涵处虽不及东坡，却也在质夫之上。

周策纵 《人间词话》称："咏物之词，自以东坡《水龙吟》为最工。"又云："东坡《水龙吟》咏杨花，和均而似原唱；章质夫词，原唱而似和均。才之不可强也如是。"静安乃更自和之。按章词颇沾滞，只"傍珠帘散漫，垂垂欲下，依前被，风扶起"差强人意。若东坡词，不但结语"细看来，不是杨花，点点是，离人泪"独具新意，且其起句"似花还似非花，也无人惜从教坠"尤空灵不可及。静安所和，亦远胜章粲原作。如"开时不与人看，如何一霎濛濛坠""轻衫掠处，又特地，因风起"体贴物情，如心在其内。岂章词"燕忙莺懒芳残，正堤上柳花飘坠"泛泛语所能比？

陈永正 《人间词话》原稿第二十四则云："余填词不喜作长调，尤不喜用人韵。偶尔游戏，作《水龙吟》咏杨花用质夫、东坡倡和均，作《齐天乐》咏蟋蟀用白石均，皆有与晋代兴之意。然余之所长殊不在是，世之君子宁以他词称我。"静安固有自知之明，而此词于集中长调亦为合作。试方诸章、苏二家，其命意用事不如章，格韵高远不如苏，而感情深挚处则似在二家之上，读者三复是词，当有会意。作于1905年春暮。（《校注》）

陈鸿祥 王国维自谓"填词不喜作长调，尤不喜用人韵"，而"用质夫、东坡唱和韵作《水龙吟》咏杨花"，乃"偶尔游戏"，且有"与晋代兴之意"。"代兴"者，取前人之长弘扬之，犹今人所说推陈出新也。（《注评》）

佛雏 起句"开时不与人看，如何一霎濛濛坠"，比之苏、章，似无多让。中如"正参差欲住，轻衫掠处，又特地因风起"，亦颇形容尽致；"算来只合人间哀乐，者般零碎。一样飘零，宁为尘土，勿随流水"，在"创意"上似比苏又翻进一层，即此中"忧生之嗟"，比之前人，又深入一重境。故王氏自称"有'与晋代兴'之意"；但又声明，此系"偶尔游戏"之作，"余之所长殊不在（按指和韵言），世之君子宁以他词称我"。意思也很明显，"理想"——"兴"总得出于诗人的自感、自得、自家所创，在这里，"抛家傍路"，一味在前人"履迹"上与古人争衡，所谓"从门入者非宝也"，这是王氏所不屑的。又：拟系于1904—1905年。

马华 等 这里，静安虽仍用苏章词中的意象，但却对这些意象进行了重新组合，赋予它们新的语义，构成了属于自己的境界。如果说苏词胜出章词是因为东坡给了柳絮生命，那么，王词的特点，正是从"物"的生命中，感悟到"人的生命"，使"物"与"人"结合得浑然一体，无分彼此。

钱剑平 （系于 1905 年）

祖保泉 全篇辛苦步韵，构思曲折，尚能达意，然欠蕴藉。长调步韵，大难事！（《解说》）

彭玉平 "与晋代兴"——即别开新境，或于此处得以体现。但总体就咏物词而言，特别是在章质夫、苏轼二家名作面前，王国维此词还是不免逊色的。（《"与晋代兴"与王国维长调创作的矜持之心》）

点绛唇

暗里追凉，扁舟径掠垂杨过。湿萤（《甲稿》作"营"）光大。一一风前堕。

坐觉西南，紫电排云破。严城锁。高歌无和。万舫沉沉卧。

这首词是写夏夜雷雨前闷热潮湿的感受，其中不无象征含义。

"暗里追凉"并没有说热，但让我们联想到夏夜房间里热得待不下去，不得不出来找一个凉快地方，但外边比屋里也好不到哪儿去的那种感受。为了乘凉所以坐上小舟，小舟轻快地从垂柳岸边擦过，这里边就有了一点点凉快的感觉。"湿萤光大"是说由于空气非常潮湿，所以萤火虫发出的光显得特别亮。当然，这也是由于周围很暗的缘故。而周围之所以很暗，是因为天上布满了阴云，遮住了一切星月之光，所以就突出了眼前的萤火之光。"一一风前堕"是形容小小的萤火虫在小船划过所带起的微风中不能自主的样子。这两句写景极佳，但是否还有什么寄托的用意，那就要读者见仁见智了。

"坐觉西南，紫电排云破"，是说突然之间，西南方向的天空打了

暗里：此谓在黑暗的夜中。｜**追凉**：乘凉。唐杜甫《羌村》诗："忆昔好追凉。"｜**径掠**：径直擦过。｜**湿萤**：谓在潮湿空气中飞舞的萤火虫。唐李贺《还自会稽歌》："湿萤满梁殿。"｜**光**：《海宁王静安先生遗书》作"火"；《甲稿》及《海宁王忠悫公遗书》皆作"光"。"火"误，据改。｜**坐觉**：顿觉。唐白居易《别元九后咏所怀》："同心一人去，坐觉长安空。"｜**紫电**：此指闪电。｜**严城**：戒备森严的城池。南朝梁何逊《临行公车》："严城方警夜。"｜**高歌**：高声歌吟。汉枚乘《七发》："高歌陈唱，万岁无斁。"｜**无和**（hè）：没有人跟着唱。｜**万舫**：许多船。｜**沉沉**：寂静无声。

一个闪。"紫电"是紫色的闪电，但据说三国时孙权有一把宝剑也叫"紫电"。我们可以设想，大暑的夏夜满天阴云像一个黑色的幔帐，帐外酝酿着雷雨而帐内像蒸笼一样密不透气。突然间，一个闪电像是宝剑在幔帐上击开了一条缝，使蒸笼里的人们精神一振。可是一个闪之后却不再有动静，幔帐又合上了。在闪电之后的寂静中，人们会感到加倍的黑暗和闷热。

如果只是写到这里，我们还不能肯定作者除了写景之外另有什么寄托的用意，可是加上"严城锁，高歌无和，万舫沉沉卧"几句就不同了。"排云破"的"破"和"严城锁"的"锁"是对立的。"排云破"是一种打破封闭的努力，而"严城锁"是一种保持封闭的力量。当然，城门闭锁，宵禁森严，这可能是当时环境的写实。可是闭关锁国也是这个"锁"，人在思想和精神上受到的禁锢也是另一种形式的"锁"。为什么产生这种联想？因为作者接着就说，"高歌无和"。这不是王国维一个人对那个时代的感受，早在王国维之前，诗人龚自珍就说过："九州生气恃风雷，万马齐暗究可哀。"觉悟的少数，总是唤不起不觉悟的多数。在戒备森严的封锁中，在暴风雨到来之前的沉寂中，有人高声歌吟，试图打破沉寂，可是他得不到响应。所有的船都停在那里一动不动，所有的人都在黑夜之中大梦方酣。"高歌无和，万舫沉沉卧"，这情景，这意象，这口吻，已不是单纯的写实。

王国维 1905 年在苏州任教时曾写过一首题为《五月二十三夜出阊门驱车至觅渡桥》的七言律诗，其中写路上所见说，"萤火时从风里堕，雉垣偏向电边明"；写预计归来时可能赶上雷雨说，"归路不妨冒雷雨，兹游快绝冠平生"。全诗情景与这首词极为相似。但诗完全是写实和直抒胸臆，而词却有一种"言长"的姿态。1905 年的世界，已是 20 世纪的世界；而 1905 年的中国，还是旧时代的中国。古老的中国已经到了不改变就无法图存的地步，当权者却还沉醉在万世永昌的幻梦之中。王国维不是一个很激进的人，但这并不意味着他不主张改变现状。他从少年时期就对国家的落后怀有一种忧患意识，并为此而孜孜不倦地致力于"新学"，他还写过题为《咏史》的二十首绝句，其中警句有："千秋壮观君知否？黑海东头望大秦。"他虽不喜欢政治，但是他渴望落后的中国跟上现代世界的步伐，而且他还为此在学术上作出了许多开拓性的贡献。因此，如果我们说他在暑夏对雷雨的盼望中寄托有使昏暗的旧中国打开一个新局面的渴望，也许并不是很过分的说法。

辑评

冯承基　"湿萤光大，一一风前堕"拟自周美成之"水面清圆，一一风荷举"。

萧艾　苏州作。又，据常国武《回忆唐老教学二三事》谓：词学专家唐圭璋教授早年在金陵大学讲授词学时，在一次考试中，将此词翻成白话散文，然后要求学生按原韵填《点绛唇》一首，最后进行讲解，使学生进一步领会静安词境界之高及填词之道。（见南京师范学院《文教资料简报》一〇九期。）

周策纵　《点绛唇》中"湿萤光大，一一风前堕""紫电排云破"及"万舫沉沉卧"皆能深得物态物趣，且直臻不隔之境。

蒋英豪　王国维《点绛唇》"湿萤光大，一一风前堕"自然叫人想到清真《苏幕遮》的"水面清圆，一一风荷举"。王国维于清真此二语也极赏识。"严城锁，高歌无和，万舫沉沉卧。"很明显有无奈之情。

陈永正 夏夜追凉，驾一叶扁舟，徜徉在垂杨荫里，遥望见云层中熠熠电光，词人在纵声高唱。静安词中难得这样豪迈的意气。1905 年夏夜作。(《校注》)

陈鸿祥 阊门在苏城。诗云"萤火时从风里堕"，盖与《人间词甲稿》之《点绛唇》(暗里追凉) 实为同一意境，或即作于同时。特一为诗，一为词耳。(《年谱》) 又：王国维性气平和，从其平和之性来说，乐于"优美"；然而，他思想敏锐，从其敏锐的情思来说，每臻于"壮美"。以微弱的"湿萤"对强烈的"紫电"，愈显壮烈。现代词家唐圭璋，曾取此诗作为大学教材，当堂吹箫长吟，教授学生，足见其感人之深、词味之醇。(《王国维传》) 又：此词当作于苏州。……"高歌无和，万舫沉沉卧"，如同他在诗中所写"欲语此怀谁与共？鼾声四起斗离离"。静夜更添"天才者"曲高和寡、众睡独觉的孤寂之感。(《注评》)

佛雏 又如《点绛唇》(暗里追凉) 之"严城锁，高歌无和，万舫沉沉卧"，颇有点"无人赏，自家拍掌，唱得千山响"(清诗僧止嵓《点绛唇·湖上》) 那种禅家游戏的风调，以"高歌"来抵抗那个"人海寂寥"，意态豪宕，而其为"审美的游戏"则一。拟系于 1904—1905 年。

马华 等 这首词，上片写得轻盈流畅，却使人倍觉静谧安详；下片写得厚重凝滞，让人觉得压抑，但充满冲动的欲望。从上下片的对比来看，上片所用的意象纤小而灵动，下片的意象庄重却沉闷。这样不同的意象对比，更加可以突出整个氛围中人的位置。因为在反差明显的情况下，人的心情反映得更充分，人的感受表现得更深入。

钱剑平（系于 1905 年）

祖保泉　这首词借写"暗里追凉"景象显示"众人皆醉我独醒"的超人姿态。……通读全篇，可见作者自视颇高、卓尔不群的精神状态。他暗暗地以屈原自比，以为"安能以身之察察，受物之汶汶者乎"？他宁受郁雷暴雨的冲击，也不愿沦为凡尘俗子！这大约是作者读了几句尼采哲学著作而在词中有所流露的思绪吧！（《解说》）

蝶恋花

　　莫斗婵娟弓样月。只坐蛾眉，消得千谣诼。臂上宫砂那不灭。古来积毁能销骨。

　　手把齐纨相诀（《甲稿》作"决"）绝。懒祝西风（《甲稿》作"秋风"），再使人间热。镜里朱颜犹未歇。不辞自媚朝和夕。

　　这首《蝶恋花》是《人间词甲稿》中的最后一首词。《乙稿》中有一首《虞美人》，内容与这首词相近，作者在题下自注说："《甲稿》末之《蝶恋花》本填此调，因互有优劣故两存之。"这两首词，都是很明显的比兴寄托之作，都用了不少典故，但却并不妨碍词中自有其境界。

　　"莫斗婵娟弓样月。只坐蛾眉，消得千谣诼"是说：作为女子，千万不要去和别人比赛美丽，因为只要你比别人长得好看一点儿，你

斗：比赛，争胜。｜婵娟：姿态美好貌，亦可形容月色明媚。｜弓样月：弯月，古人常以弯月喻眉。｜只坐：只因为。｜蛾眉：蚕蛾触须细长而弯曲，因以比喻女子美丽的眉毛。｜消得：值得。宋柳永《蝶恋花》词："为伊消得人憔悴。"｜千谣诼：许许多多的造谣毁谤。屈原《离骚》："众女嫉余之蛾眉兮，谣诼谓余以善淫。"｜宫砂：即"守宫砂"，以朱砂饲壁虎捣烂而成者，旧谓涂于妇女臂上可验贞操。｜那（nǎ）不灭：怎能不消失。那，同"哪"。｜积毁销骨：谓众口不断毁谤，会置人于死地。《史记·张仪列传》："臣闻之，积羽沉舟，群轻折轴，众口铄金，积毁销骨。"｜手把：手拿。｜齐纨：本是春秋齐地出产的一种白细绢，汉班婕妤《怨歌行》有"新裂齐纨素，皎洁如霜雪。裁为合欢扇，团团似明月"之句，后因以指代团扇。｜诀绝：长别。《玉台新咏·皑如山上雪》："闻君有两意，故来相诀绝。"｜祝西风：向西风祝祷。｜朱颜：红润美好的容颜。｜犹未歇：还没有消失。｜自媚：犹自娱。自寻乐趣，自我欣赏。唐刘长卿《杂咏八首上礼部李侍郎》之七："幽姿闲自媚，逸翮思一骋。"

就会招来许许多多的造谣诽谤。这两句的意思并不难懂，但每一句都用了典故，而那些典故的文本都是有比兴寄托之意的。"斗"与"婵娟"的结合，出于李商隐《霜月》诗的"青女素娥俱耐冷，月中霜里斗婵娟"。李商隐那首诗，意在通过高寒的环境表现出一种耐冷傲寒的精神之美。"蛾眉"和"谣诼"出于《楚辞·离骚》的"众女嫉余之蛾眉兮，谣诼谓余以善淫"。而我们知道，《离骚》中的美人香草都有比兴寓托之含义，那是前人早就指出过的。而且，自《离骚》以来，诗人们常常用美女的蛾眉来象征男子的品德和才能，像李商隐的一首《无题》诗中就有"八岁偷照镜，长眉已能画"，他是用女子的画眉象征一个男子的自我修养。当代词人寇梦碧先生有句曰，"对镜妆成心更苦，蛾眉却恨无人妒"，那是写上世纪60、70年代一个有才抱的诗人无法实现自己生命价值的痛苦。而在这里王国维说，"莫斗婵娟弓样月"。为什么？因为我们人类社会自古以来有一个最恶劣的习惯就是嫉贤妒能，凡才能出众而又不能善自韬晦的人常常没有好下场。从"汉朝公卿忌贾生"（李白《行路难》）到"帷幄无人用岳飞"（陆游《夜读范至能揽辔录》），古往今来有多少才智之士就毁灭在这种嫉妒和排挤的恶劣环境之中！

也许你以为，只要自己清白就不怕谗毁和谣诼。可是，"臂上宫砂那不灭。古来积毁能销骨"！"宫砂"即守宫砂，"守宫"就是壁虎，学名蜥蜴。晋张华《博物志》中说："蜥蜴或名蝘蜓，以器养之，食以朱砂，体尽赤，所食满七斤，治捣万杵，点女人支体，终身不灭，唯房室事则灭，故号守宫。"古人认为，守宫砂可以证明女子的贞洁。但纵然这是真的，这个证据难道就不能够销毁？还不要说它只是渗透到肌肤里，就算它能渗透到骨头里，古人不是还有句话叫"众口铄金，积毁销骨"吗！据说20世纪30年代影星阮玲玉自杀后留下四个字"人言可畏"，而这几个字的意思最早竟出自公元前我国古老的诗集《诗经》（见《诗·郑风·将仲子》），可见这谗毁和谣诼之可畏的历史由来有多么悠久！而且这种事情还不仅仅是针对女子的，屈原信而见疑，忠而被谤，虽然写了两千多字的《离骚》来表白自己的忧愤，最后还不是投了汨罗江！可见，在谣言和毁谤之下，你出示任何证据和辩解都是没有用的，因为造谣者对你是否清白其实根本就不感兴趣，他们的目的只是要毁灭你，而毁灭你的原因仅仅是因为你比他们更美丽或者更有才能。

　　上半阕从女子美貌遭受嫉妒说起，情绪一句比一句激动，口吻一句比一句愤慨，到"古来积毁能销骨"可以说达到了顶峰。所谓"物极必反"，下半阕开头的"手把齐纨相诀绝。懒祝西风，再使人间热"，从情绪的波峰一下子滑落下来，落入了情绪的波谷。

　　"手把齐纨相诀绝"用了汉代班婕妤的典故。班婕妤曾被汉成帝宠幸，且有"辞辇"的贤名，但后来成帝宠爱赵飞燕，疏远了班婕妤。赵飞燕在皇帝耳边说了许多许皇后和班婕妤的坏话，许皇后因此被废。班婕妤当机立断退出后宫竞争，主动要求到长信宫去侍奉太后，才逃脱了赵飞燕的谗言迫害。据说她写过一首《怨歌行》，其辞曰："新裂齐纨素，皎洁如霜雪。裁为合欢扇，团团似明月。出入君怀袖，动摇微风发。常恐秋节至，凉飙夺炎热。弃捐箧笥中，恩情中道绝。"这首诗是比兴之作，把自己比作一把白团扇，夏天总被拿在手里，但秋天一到，扇子没用了，就被抛弃在箧笥之中再也无人过问了。"懒祝西风，再使人间热"，就是从这里引申而来的。人只有在天气热的时候才想起来用扇子，那么就扇子而言，它当然希望天气再热起来。可是作者说，即使西风真的肯不夺炎热，我也不向西风做这样的祈祷，因为这样的人间不配让我为它做这种祈祷！这是一种强烈愤慨的发泄。"热"从表面上是说天气的热，但"热情""热衷""热肠"都是这个"热"。当一个人心中的热情之火被冰冷的打击熄灭之后，它还能再燃烧起来吗？"懒"和"再"两个字的口吻，使我们感受到这种打击对人的伤害之深，及这种精神上的伤害之不可挽回。不可否认，这两句中含有极为消极、悲观的情绪，但它的好处就在一个"真"。王国维论词说，《古诗十九首》里有些句子可谓淫鄙之尤，"然无视为淫词、鄙词者，以其真也"。当一个积极入世的人说出"懒祝西风，再使人间热"这种话来的时候，我们可以想见这个世界给了他多么严重的打击。

"镜里朱颜犹未歇。不辞自媚朝和夕"，可以说也是愤慨之辞。因为在旧时代，女子梳妆打扮不是为了自己而是为了给男子看的，即所谓"女为悦己者容"。而这个女子说：我要珍惜我未逝的青春，既然无人欣赏，那我就要自己珍重自己，自己欣赏自己！这同样是一种对社会之不公平的抗议，但里边却隐隐含有一些新的因素是旧时代女子所没有的，那就是对"自我"的觉醒。在旧时代，女子没有独立的价值，她们的美貌只是用于娱乐男子的，所以从《诗经》就说："自伯之东，首如飞蓬。岂无膏沐，谁适为容。"（《卫风·伯兮》）但没有自我价值的仅仅是女子吗？封建社会的"三纲"是"君为臣纲，父为子纲，夫为妻纲"，为臣、为子者、为妻其实都是没有自我的。而现在作者说：纵然整个社会都否定我，纵然没有一个人能理解我，但我自己欣赏我自己，我自己知道我自己的价值！这里边就不仅仅是悲观和愤慨，而是暗含着一种对"自我"的高扬和对封建纲常的反抗。因此可以说，这两句实际上并非"懒祝西风，再使人间热"那种低落情绪的延伸，而是它的一种本质的升华。—— 当一个人在黑暗的现实中遭受到残酷打击的时候，纵然这打击残酷到使他对现实的人间绝望，但他能够做到既不自暴自弃也不随波逐流，因为他对永恒的真善美并没有绝望，这说明他对人类的未来也没有绝望。

据陈鸿祥《王国维年谱》载，罗振玉的弟弟罗振常认为这首词是为罗振玉鸣不平而作。1904 年罗振玉在苏州筹建江苏师范学堂，后因招生的事情与苏州士绅不睦，1906 年春苏州教育会会长张謇在报纸上指责罗在苏州筑屋占用校地，罗振玉因此辞职而去（参见罗继祖《永丰乡人行年录》及《庭闻忆略》）。王国维是罗振玉的好朋友，而且当时也在江苏师范学堂任教，为罗不平是可能的。但这首词的好处却不在于写出了一个感情的"事件"而在于写出了一种感情的"境界"。一方面，它以极为强烈的愤慨抨击了嫉贤妒能这种人类社会最恶劣的习俗；另一方面，它塑造了一个与此针锋相对的"自我"的形象，一反儒家"温柔敦厚"的传统，表现出一种孤高与傲气。这种对人间的深刻观察和由此而生的孤傲之气给读者带来的联想空间，就不是某一具体的"事件"所能局限的了。

辑评

萧艾　当有所感而作，与《虞美人》意境相似。

陈邦炎　（见《蝶恋花·辛苦钱塘》辑评）

陈永正　才行高洁的静安，饱受世人的冷眼与流言，他感到绝望的孤独。此词列于《甲稿》之末，疑作于1906年初春。（《校注》）

陈鸿祥　此为《人间词甲稿》殿后之作。罗振常于词后《附记》云："此词作于吴门，时雪堂筑屋姑苏，有挤之者设辞诬之，乃谢去。观堂见而不平，故有是作。"（罗批本《人间词甲稿》）"诬之"云云；盖指由张謇任会长的江苏教育会登报谓罗氏在苏州建屋占用校地，罗氏因此愤而辞职。（系于1906年，丙午二月）（《年谱》）又：就在写作此词的同时，王国维为《教育世界》杂志所刊康德传写的编者"论曰"里，曾说康德专心学问、律己甚严，生前犹遭"毁沮"，致使他"不能安于教授之位"，直到去世之后，他的"真价乃莫能掩"，可见"舆论之不足信"。所以，此词既为罗氏不平，更在劝谕一切有才之士，须善自"养才"，尤应切戒逞才扬己，以免陷入杀身丧名之危途。这是王国维阅世渐深的经验之谈，至今仍能给人以某种启迪。（《注评》）

佛雏　拟系于 1904—1905 年。

吴蓓　《人间词》中有两首表现"蛾眉妒"题材的宫怨词，一反传统的缠绵哀怨而表现出崭新的姿态："镜里朱颜犹未歇，不辞自媚朝和夕""从今不复梦承恩，且自簪花坐赏镜中人"。这是对固有的男女关系的一种反叛。女子不再为了浩荡龙恩而陷于自身的争斗，也不再为了昭阳冷落而啼泣埋怨。揽镜自照，孤芳自赏，是建立在对男子的绝望之上的，它也意味着女子独立意识的觉醒。这种自媚的决绝姿态，是宫怨词中的一道异样的风景。（《无可奈何花落去》）

周一平、沈茶英　为什么人间充满自相攫食、互相谣诼？因为"意欲之世界，同时又为不满足、争斗、苦痛之世界也"（王国维译《哲学概论》语）。

钱剑平　（系于 1905 年）

祖保泉　1905 年冬，罗振玉、王国维在苏州师范学堂成了不受欢迎的人。王氏时时听到一些流言蜚语，很气愤，遂作此词志之。他以美人自比而鄙视对方，并表示决心离开苏州师范学堂。（《解说》）

彭玉平 罗振玉不徇私情，认为学堂虽设在苏州，但"苏宁一省，不应分畛域"，规定苏州考生与外地如扬州、徐州、淮阴、连云港等地考生一样，都由考试成绩来决定录取与否。这一政策虽然秉持教育公平的原则，有其严正的合理性，但客观上触动了苏州当地士绅希望获得更多地域利益的想法。……任教通州时期对张謇的不满，加上苏州事件中的过分之举，累积成王国维心中巨大的不平。王国维本于一腔之义而罕见地以一题两调的方式表露着对罗振玉的精神声援，此二词为罗振玉发应该是显在的事实。(《王国维〈蝶恋花〉〈虞美人〉的一题二调》)

蝶

譯和棟盦中秋韻

凄涼此境何由償故擁繡衾遮素面賺他醉裏頻

又

百尺朱樓臨大道樓外輕雷不斷昏和曉獨倚闌干

人窈窕閒中數盡行人小一霎車塵生樹杪陌上

樓頭都向塵中老薄晚西風吹雨到明朝又是傷流

潦

浣溪沙

掩卷平生有百端飽更憂患轉冥頑偶聽鵙鴂怨春

王国维《人间词》影印

《人间词》乙稿

本卷收录王氏1907年11月发表于《教育世界》上的词43首。其中17首被收入《观堂集林》之"长短句",如下:

《浣溪沙》(六郡良家),
《点绛唇》(厚地高天),
《蝶恋花》(满地霜华),
《蝶恋花》(斗觉宵来),
《蝶恋花》(黯淡灯光),
《虞美人》(碧苔深锁),
《蝶恋花》(百尺朱楼),
《浣溪沙》(掩卷平生),
《清平乐》(垂杨深院),
《浣溪沙》(漫作年时),
《谒金门》(孤檠侧),
《苏幕遮》(倦凭栏),
《浣溪沙》(本事新词),
《蝶恋花》(袅袅鞭丝),
《蝶恋花》(窗外绿荫),
《点绛唇》(屏却相思),
《清平乐》(斜行淡墨)。

浣溪沙

七月西风动地吹。黄埃和叶满城飞。征人一日换缁衣。

金马岂真堪避世，海鸥（《乙稿》作"沤"）应是未忘机。故人今有问归期。

这首词，当是作者 1906 年到北京之后所作。上片三句是对北京气候环境的描写，下片三句是对北京人事环境的观察，但其中也包含了许多没有说出来的感慨。

刮黄沙是旧北京的一大特点，有一本清人笔记曾这样描写燕京的风沙："渡河以北，渐有风沙，京中尤甚。每当风起，尘氛埃影，冲天蔽日，觌面不相识，俗谓之刮黄沙。月必数次或十数次，或竟月皆然。"（［清］阙名撰《燕京杂记》，北京古籍出版社 1986 年）"七月西风动地吹，黄埃和叶满城飞"就是京城大风的写照：北方秋寒来得早，刚一入秋就刮起了惊天动地的狂风，那真是满天黄埃飞舞，遍地草木披靡。这种景色描写，一开口就给人一种动荡不安的感觉。但那仅仅是一种

征人：远行的人。| **缁(zī)衣**：黑色的衣服。此处有衣染缁尘之意。缁尘，黑色的灰尘，常喻世俗污垢。晋陆机《为顾彦先赠妇》诗："京洛多风尘，素衣化为缁。"南朝齐谢朓《酬王晋安》诗："谁能久京洛，缁尘染素衣。"| **金马避世**：《史记·滑稽列传》："（东方朔）时坐席中，酒酣，据地歌曰：'陆沉于俗，避世金马门。宫殿中可以避世全身，何必深山之中，蒿庐之下！'"后以"避世金马""避世金门"谓身为朝官而逃避世务。金马，金马门。汉代宫门名，学士待诏之处。| **海鸥忘机**：人没有机巧之心，即使异类也可狎近。《列子·黄帝篇》："海上之人有好沤鸟者，每旦之海上，从沤鸟游，沤鸟之至者百住而不止。其父曰：'吾闻沤鸟皆从汝游，汝取来，吾玩之。'明日之海上，沤鸟舞而不下也。"沤，通"鸥"。| **问归期**：唐李商隐《夜雨寄北》："君问归期未有期。"

感觉，我们不能据此就说作者一定会有什么托意。可是接下来的"征人一日换缁衣"就不同了。征人天天在尘土飞扬的环境中奔走，衣服沾满灰尘都变成黑色了，这虽然也是写实，但"白衣服在京城里变成黑色"，这在我国文学传统中是有象征含义的。西晋陆机有诗曰："京洛多风尘，素衣化为缁。"（《为顾彦先赠妇》）南朝谢朓亦有诗曰："谁能久京洛，缁尘染素衣。"（《酬王晋安》）自古以来，京城就是人们追求功名利禄的所在。"京洛尘"和"缁尘"，代表了京城里那种热衷于争名逐利的氛围；而"素衣"变成"缁衣"，则代表了那种气氛对人心的污染。因此，这首词的上片三句表面上是写作者从南方来到北方对北京气候环境的感受，但这气候环境同时也暗示了政治环境。

那么北京此时是什么样的政治环境呢？ 20 世纪初的清王朝虽然腐败依旧，但在内外交困的危局下，也不得不做出改革的姿态，1905 年朝廷派五大臣出洋考察，1906 年宣布"预备立宪"。但所谓"预备立宪"，在很大程度上仍然是玩弄计巧欺骗国人，而朝廷内部则正好借此机会倾轧争夺，进行权力的再分配。朝廷的这种做法，使主张立宪的人也感到寒心了。梁启超在 1907 年 3 月出版的《新民丛报》上发表过一篇题为《现政府与革命党》的文章，他在文章中说：

> 就政治现象论之，号称预备立宪改革官制，一若发愤以刷新前此之腐败，夷考其实，无一如其所言，而徒为权位之争，势力之倾轧。借权限之说以为挤排异己之具；借新缺之立以为位置私人之途；贿赂公行，朋党各树，而庶政不举。对外之不竞，视前此且更甚焉。

这真是"燕雀处堂，不知大厦之将焚"，几乎所有的人都能够看出这个朝廷已经亡无日矣。王国维并不是一个对国事漠不关心的人，他来到北京，接触到官场，后来还在学部"行走"，官场的状况一定是让他十分失望，所以他才不屑与之为伍，萌生不如归去之念。

"金马岂真堪避世"的"金马"是金马门，那是汉代长安的一个宫门，是学士待诏之处。据《史记》记载，汉武帝手下以滑稽机智著名的东方朔曾作歌曰："陆沉于俗，避世金马门。宫殿中可以避世全身，何必深山之中，蒿庐之下！"意思是说：我们不必归隐深山，在朝中为官也一样可以避世。所以，后世又有"大隐隐朝市"的说法。不过，孟子也讨论过这个问题。他说：朝廷的官有两种，一种是"抱关击柝"的小官小吏，他们可以为贫而仕，只要把自己的事做好就行了，别的事可以不闻不问；但对于那些拿着朝廷厚禄的大官来说，其责任所在，倘若"立乎人之本朝而道不行"，那就是"耻也"（《孟子·万章下》）。王国维写这首词时也许还没有到学部行走，即使到了学部也不过是一个小吏，属于"为贫而仕"的那一类。他虽然有理想有看法，但并不是为追求高官厚禄而来。因此，他的"金马岂真堪避世"可能兼有两重意思。一层是自我的检讨：他本来只是想在北京谋生求职，并不想参与任何权与利的争斗，但来到北京后才发现，在这龌龊的官场纵然只是"为贫而仕"做一个小吏，也很难保证不被拖到权势倾轧的漩涡中去"素衣化为缁"，古人那种"大隐隐朝市"的说法在这里是行不通的。另一层是对当权者的讽刺：朝廷真的是一个可以不问世事的地方吗？就算你没有贪污受贿，不是城狐社鼠，可是你拿着厚禄身居高位却不干实事，你能够心安理得吗？东方朔虽然说过"避世金马门"的话，但历史记载他曾直言切谏，并不是一个只知明哲保身的人。而现在国危民困，外强窥伺，你们这些负有直接责任的人在做什么？这些争权夺利的丑剧难道一定要演到亡国之后才能结束么！

　　"海鸥应是未忘机"也可以有两重意思。一层仍是自我的反省：我本来是一个对政治斗争不感兴趣的人，为什么要跑到这里来"以身之察察受物之汶汶"呢？是不是自己也有未能免俗的地方？在这里，"应是"有一种疑问和自责的口气。另一层意思则完全是对北京官场的观察和感受：在这种龌龊的地方，人和人之间的关系当然都是钩心斗角、互相防备的。在这里，"应是"有一种肯定的口气，含有由于近距离观察腐败官场而对之产生的鄙薄和嘲讽之意。

正由于北京的环境和人事关系之复杂使作者感到失望和厌倦，所以他才产生颇悔此行之心。不过这一层意思他也没有直接说出来，而是借故人的问讯暗示出来的——"故人今有问归期"。故人的殷勤问讯，正好衬托出此地的人情冷漠。归意已萌而归期难卜，所以不说自己有心而说"故人有问"，无奈之情态可见。"问归期"这三个字，使人联想到李商隐的"君问归期未有期，巴山夜雨涨秋池"（《夜雨寄北》）和许浑的"欲问归期已深醉，只应孤梦绕山河"（《送薛先辈入关》）。远客他乡寄人篱下，那种孤独无助的心情都是一样的。

辑评

萧艾　一九〇六年秋在京作。

陈永正　本词当作于静安初到北京之时，词中表现了他在出处问题上的矛盾。京师中污浊的气氛使人们感到压抑，经过西方哲学长时间陶熏的词人，更敏锐地洞察到行将崩溃的封建王朝的种种黑暗和罪恶，因而也无意置身于争权夺利的官场中，才来不久，他已想着回去了，回到江南海滨，重过读书著述的学者生涯。（《校注》）

陈鸿祥　此词当作于北京。"七月西风动地吹"，盖今所谓"沙尘暴"耳。据《年谱》载：1906年秋七月，王国维之父乃誉公病故于海宁。王氏闻噩耗，自京启程，归里服丧。词云"故人今有问归期"，殆即指此。王氏偕罗振玉入学部，也算进"金马门"了，然而，"岂真堪避世"！

词以"金马"与"海沤"对举，实借司空图"悠悠空尘，忽忽海沤"，叹世事悠悠，人生忽忽。赵万里谓观堂入京不久，乃有丧父之凶，旋家变迭起，而"词益苍凉"，当自此词始。(《注评》)

佛雏 玩"黄埃和叶满城飞"与"金马岂真堪避世"句，当作于北京，且在是年七月"奔丧归里"(见《赵谱》)之前。又，次年(1907)七月，静安归理莫夫人丧事后，自海宁返京，则与"故人今有问归期"语不合，故系于本年(1906年)。

马华 等 从词中"七月西风动地吹"之景色看，则北方"西风"劲吹，"黄埃"落叶应以阳历9月为常见。所以，这首词应以1907年8月王氏再返北京后所作更为恰切。……作为一个南方人，第一次感受到北方秋天的肃杀与凄凉，不禁有异乡怀旧之感。词人明知"隐于朝廷"并非真能免灾避祸，只不过是权宜之计。而他所向往的，是像海鸥一样，自由地飞翔，不仅可以不受外界束缚，而且可以保护自己。

钱剑平 (系于1906年)

祖保泉 此词第一句特别点明"七月"而"西风动地吹"，风力何其强劲! 就当时全国政局说，1907年7月6日，反清的光复会成员徐锡麟，刺杀安徽巡抚恩铭(注：未中)，13、14日，秋瑾女士起义于绍兴……1907年农历七月，朝廷迫于形势，调任袁世凯为军机大臣，从此国无宁日。……我认为，这首词在王氏诗词中应得到重视，《乙稿》把此词列为第一首，不是全无意义的。这首词是王氏甘愿效忠清廷的重要告白，是研究王氏忠君思想演进的一条重要资料，注释王氏此词而对之不置一语，乃是怪事。(《解说》)

浣溪沙

六郡良家最少年。戎装骏马照山川。闲抛金弹落飞鸢。

何处高楼无可醉，谁家红袖不相怜。人间那信有华颠。

写豪侠少年的诗歌古已有之。在《乐府诗集》的《杂曲歌辞》中，就有《结客少年场行》《少年行》《游侠篇》等许多题目。这些乐府诗或写少年之勇武任侠，或写少年之风流潇洒。少年本是人生的黄金时代，一个人倘能在少年时期快意如此，这一生也就不算白活了。所以，文人在写这一类题目的乐府诗时，除了写实的一面之外，有时也是在抒发自己内心的一种对人生快意和浪漫的向往。王国维这首词亦复如此。

"六郡良家最少年"是极写少年之素质良好和有发展前途。汉代重武功，北方陇西、天水、安定、北地、上郡、西河六郡因迫近戎狄，所以民风尚武，皇帝的近卫军皆从六郡良家子弟中挑选，其中出过许

六郡良家：即"六郡良家子"，指汉代陇西等六郡的良家子弟。《汉书·地理志下》："汉兴，六郡良家子选给羽林、期门，以材力为官，名将多出焉。"六郡，《汉书·地理志下》："天水、陇西，山多林木，民以板为室屋。及安定、北地、上郡、西河，皆迫近戎狄，修习战备，高上气力，以射猎为先。"良家，汉时指医、巫、商贾、百工以外的人家。《史记·李将军列传》："广以良家子从军击胡。"司马贞索隐："如淳云：'非医、巫、商贾、百工也。'"**照山川**：谓其光彩与山川相辉映。| **金弹**：金制的弹子。唐李商隐《富平少侯》："不收金弹抛林外，却惜银床在井头。"又见《浣溪沙·天末同云》注引《西京杂记》韩嫣事。| **飞鸢**（yuān）：飞在天上的鹰。南宋李曾伯《水调歌头》词："飞鸢贴贴曾见，底事又重来。"**红袖**：指代美女。前蜀韦庄《菩萨蛮》词："满楼红袖招。"| **怜**：爱。| **那**：同"哪"。| **华颠**：白头，指年老。《后汉书·崔骃传》："唐且华颠以悟秦，甘罗童牙而报赵。"

多名将。例如被匈奴称为"飞将军"的李广，就是"六郡良家子"出身。现在这少年，不但有"六郡良家"的好出身，而且是六郡良家子弟中最年轻的一个，我们可以想象到他那种因自己的优良条件而得意与自负的神态。在一个重武功的时代，戎装也许是青少年最羡慕的服装。身穿戎装，骑着骏马，风华正茂，用今天的话来说那真是"酷毙"了，所以是"戎装骏马照山川"。而且，这不是在一个需要军人流血的战争年代中，而是在一个可以恣意游乐的和平环境下。这少年可以"闲抛金弹落飞鸢"——用金制的弹丸打猎，随意射出一个弹子就能打下天上飞的老鹰。"金弹"，亦有出处。据说，荆轲与燕太子丹游东宫池，荆轲拾瓦投龟，太子丹以金丸进之。汉武帝的幸臣韩嫣则以金为弹丸，到处乱打，引得长安城里许多小孩跟在他后边拾取弹丸。因此，"闲抛金弹落飞鸢"这一句不仅是写少年的技艺与才能，同时也是写少年的豪华与奢侈。

世俗红尘的快意所在，无非是酒、色、财、气四个方面。年少才高可谓气足，闲抛金弹可谓财多，而"何处高楼无可醉，谁家红袖不相怜"说的就是美酒和美人了。醉酒之地不是市井酒肆而是豪宅的"高楼"，而且可以是任何一座华美的高楼，可知其交往之盛与饮宴之奢。"红袖"是美女的代称，"怜"就是"爱"。以这少年的豪华放纵和风流倜傥，他可以有足够的自负，相信所有的美女都会爱上他并追求他。这也就是韦庄《菩萨蛮》所说的"骑马倚斜桥，满楼红袖招"。——人生如此，确实是快意得令人人羡慕，还有什么缺憾呢？

可是要知道，《易经》的《象辞》说："亢龙有悔，盈不可久也。"水盈则溢，月盈则亏，少年得意狂傲如此，他怎么能懂得一个人活在世上的不易？怎么能相信将来自己也有年老体衰力不从心的日子？"人间那信有华颠"，言外之意是：这少年之所以如此快意，是因为他思想的幼稚和贫乏。他只知道享受短暂的今日，不知道思考未来的明天，更不懂得整个人间的愁滋味。然而——当一个人懂得了未来的艰难与人间的灾难并为之忧愁苦恼的时候，岂不是同时也就失去了少年的豪气和乐观？当一个人开始懂得对自己求全责备的时候，岂不是已经磨尽了人生的锋芒棱角？据说王国维在日本曾烧掉了自己的《静安文集》以示尽弃前学，他对自己早期那些意气风发的作品真的就那么深恶痛绝吗？

所以，"人间那信有华颠"的理性思考也许并不是这首词真正的好处。这首词真正的好处，也许恰好和作者所要说的意思相反：他所要说的是批评这少年不知人生有华颠；可是他所向往的却正是这种少年人不知人生有华颠的豪气与快意。词中对这豪奢少年的描写贯穿着一种"痛快淋漓"的气势，令人羡慕，令人向往，令人想起自己的少年时代。这是一种直接的感动，而不是理性的反思。当然，这样的时代对作者来说已经一去不复返了。所以，这句话里边其实也包含有一些"反讽"的味道。

辑评

冯承基 余如"那信人间尚少年"与"人间那信有华颠"语意之分，止在正负之间。至于"人间须信思量错"与"人间总被思量误"并意义亦从同矣。唐高仲武编《中兴间气集》，其评刘长卿诗有云："十首以后，语意略同，落句尤甚。"静安是等词，正坐此失。

周策纵 （见《浣溪沙·草偃云低》辑评）

萧艾 与上词（指《浣溪沙·草偃云低》）意近，疑同时作。

陈永正 此词写雄姿英发的少年，骑马闲游，登楼痛饮，竟不知人间有衰疾之事了。叶嘉莹先生《从〈人间词话〉看温韦冯李四家词的风格》一文，引静安此词云："凡此所写皆足以证明马上英姿之俊发之可以得墙头佳人之回顾，之可以得楼上红袖之相招，于是一切目成心许之韵事乃尽在不言中矣。"当为清末北京贵游子弟生活的写照。作于1906年。（《校注》）

陈鸿祥 "少年""戎装"，何能想到白首之期？然而，山川依旧，人生忽忽，无怪古人对酒当歌，发瀣露之叹了。（《注评》）

佛雏 词中"少年"颇具"燕赵"气息，似抵京不久之作（系于1906年）。

朱歧祥 此词上片三句写的是贵公子生活的富足，下片三句点出内心的无知，末以哲理作结。诗人批判的技巧，是由首二句的反语，三句的讥讽，四、五句的疑惑，以迄末句的否定。诗人对于人性散发出一种永恒的怜悯。忧时忧生的情操，隐隐串连于词中。（《选评六》）

钱剑平 系于1906年。

祖保泉 1906年春末，王国维随罗振玉离沪，取道运河赴京，供职于"学部"。此时，年方三十的王氏，身为京官，其得意之情可想；供职之遐，游览皇都山川形胜，也是意料中事。《乙稿》开篇三首《浣溪沙》便是他入京见闻的部分记录。这首词，写贵族权门子弟的田猎、闲游景象。（《解说》）

彭玉平 这（指《浣溪沙》"天末同云"）是为王国维、樊炳清、罗振常共同欣赏的一首词，其中"陌上金丸看落羽"与"闲抛金弹落飞鸢"在意象和情境上都十分相似。……周策纵认为此词无非是表现"飘零无归之状"与"生存竞争之险巇与苦痛"，我认为是契合原词词境的。以此而知《浣溪沙》（六郡良家）一首写贵游公子的冶游表象很可能有其更深的底蕴，应该也是侧重在表现生命的不平等现实以及"人间那信有华颠"的生命短促感。二词的主题虽略有不同，但毕竟也有交叉。这大概是罗振常认为此词可勉强列入"意境两忘，一片浑沦之气"之列的原因所在。（《王国维词学与罗振常、樊炳清之关系》）

浣溪沙

城郭秋生一夜凉。独骑瘦马傍（《乙稿》作"绕"）宫墙。参差霜阙带朝阳。

旋解冻痕生绿雾，倒涵高树作金光。人间夜色尚苍苍。

　　这首词看起来是一篇写景的佳作，但我们也不能否认，它可能包含着某种言外的感发。词中提到"宫墙""霜阙"，写的又是深秋景色，应该作于 1907 年秋。因为 1906 年作者虽到北京，但因其父于 8 月病故而归里服丧，是年秋、冬皆不在北京。

　　生活在北方的人常常有这样的感受：春暖是在不知不觉中慢慢到来的，而秋寒往往伴随着一场寒风冷雨在一夜之间突然降临。作者说：一夜之间整个北京城气温骤降，在风雨过后的凌晨，城中的夜色还没有完全消散，我独自一人骑马来到紫禁城宫墙的墙外，观赏这里太阳初升时的景色。

　　人们常说王维诗中有画。王国维的风格虽然与王维不同，但在"诗中有画"这一点上却很相似。他这首词，就像是一幅工笔与写意结合的"京师秋晨图"。

　　故宫的建筑与西方那些著名建筑不大相同，它本是以宫殿的群体

城郭：此指北京城。│宫墙：此指故宫的宫墙。│参差：高低不齐貌。│霜阙：蒙上寒霜的宫阙。│带：映照，笼盖。唐元稹《遭风二十韵》："暝色已笼秋竹树，夕阳犹带旧楼台。"│旋解：很快消散。旋，立刻。│倒涵：谓水中倒映。涵，包容。│金光：指水面上的阳光。│夜色：此指朝阳尚未照到的地方。│苍苍：深青色。《庄子·逍遥游》："天之苍苍，其正色邪。"

组合来展示皇城的规模与气派，而王国维这幅画却是从宫墙外看墙内的宫阙，从外边所能看到的宫阙一角令人联想到整个皇宫的壮观。"参差霜阙带朝阳"，是写九重深锁之中的皇宫宫阙在熹微的阳光里披霜傲寒而立。这宫阙的形象，有"参差"线条的构图，有"霜"之白与"朝阳"之红的美丽颜色的搭配，再加上墙外那渺小孤单的一人一马的反衬对比，突出了一种深藏于内的高贵雍容的气质。它与前边"城郭秋凉"和"独骑瘦马"的凄凉景色结合起来，能够给人一种很微妙的感动。

接下来是对宫墙外护城河景色的描写："旋解冻痕生绿雾，倒涵高树作金光。"太阳升起后寒气稍减，河水好像也有了生气，水面上绿意朦胧，岸边高树倒映在水里，水里也形成了一幅美丽的风景，渐渐升起的朝阳，则在水面倒映的这幅风景图画中抹上了一道灿烂的金光。王国维喜欢写水中倒影，《人间词》中如"直青山缺处是孤城，倒悬浸明湖"（《八声甘州》），"波上楼台，波底层层俯"（《点绛唇》），也都是写倒影。他之所以有这样的爱好，可能有两方面的原因：从显意识上看，他对词之创作自许甚高，总是有心用意地想写出一些不同于前人的新东西来；从潜意识来看，他研究过叔本华哲学，心中常有一种人生虚幻的悲哀，可能因此就比较喜欢关注那些梦、影等虚幻无常之物。比如他现在所描写的这一幅图画，就是以光、雾、影和色彩的搭配取胜，这些东西在此时此地因缘合和，构成了北京紫禁城下某一个深秋凌晨所独有的景色。但这一切都是很短暂的：水面上那道美丽的"金光"，随着太阳的升起很快就会渐渐散去；水面上的"绿雾"，随着深秋树叶的摇落可能明早就不再如此朦胧。自然界一切美丽可爱的东西都处于永不停息的运动和变化之中，是作者用他敏锐的眼睛和善感的心灵抓住了那些转瞬即逝的物象，才给我们留下了这一道美丽的风景。

到这里为止，我们只能说他是"诗中有画"。然而结尾的"人间夜色尚苍苍"，则又提到了作者所念念不忘的"人间"。虽然这一句也可以看作是这一幅画的背景。背景的昏暗正可以衬托出凌晨光色的美丽，但那昏暗的夜色显然并不仅仅是现实景色的写照。由此我们想到上片那雍容华贵的"参差霜阙带朝阳"的形象，说不定也带有作者的某种感受在里边。他是从京城的城郭和皇宫的宫阙起兴，最后归结到"人间夜色"的"苍苍"。这里边就很可能含有对当时清帝国局势的感慨与担忧。

清帝国曾经有过民富国强的"康乾盛世"，它改变了老百姓对满族统治的敌视态度，奠定了清朝两百多年天下的民心基础。但古人也说过，"君子之泽，五世而斩"。嘉庆、道光以后，清帝国就开始走下坡路，丧权辱国日甚一日，贪污腐败日甚一日，老百姓的苦难也日甚一日。到了王国维写这首词的1907年，这个帝国已经走到灭亡的前夕，再也无可救药了。"人间夜色尚苍苍"——这个苦难的人间没有改变。没有出路，也没有希望。事实上，当时的中国也只剩下推翻帝制进行革命这一条出路了。而我们知道，王国维却不是一个主张革命的人。因此，这首词虽然写的是朝阳初升时的景色，但那一夜的"秋生"、孤独的"瘦马"、寒冷的"霜阙"、茫茫的"绿雾"、短暂的"金光"，无不融合着一种迷惘和忧愁的感受，并不是一首以物观物的"无我之境"的作品。

辑评

萧艾 在京作。"人间夜色尚苍苍"，殆有感于朝政之暗昧邪？

陈永正 词人主张要"感自己之感，言自己之言"，"故能写真景物、真感情者谓之有境界"。此词写京师秋日的清晨，是真切的"写境"，过片二语尤得神理。末句微露旨意。1906 年秋初在北京作。(《校注》)

陈鸿祥 瘦马、宫墙，霜阙、朝阳，高树倒披于苍茫夜色之中。清室垂亡，回光返照。作者虽未必然，而后人以此意象读之，亦非无不可。(《注评》)

佛雏 "旋解冻痕生绿雾，倒涵高树作金光，人间夜色尚苍苍"：曙色熹微，克尽光影交替之美。又：玩"城郭秋生一夜凉"与"宫墙""霜阙"诸语，似是秋日在京作。据赵《谱》，1906 年秋，静安返海宁，本年秋在京，故系于本年 (1907 年)。

钱剑平 (系于 1907 年)

祖保泉 应该点破：填此词时，王氏为"学部总务司行走"约五个月，限于宫禁，他对宫廷所见不多，有神秘感；然而宫廷的内忧外患，人人皆知，大清的命运如何，他看不清，有迷茫感，发而为词，便反映出这种迷茫心态。(《解说》)

点绛唇

厚地高天，侧身颇觉平生（《乙稿》作"生平"）**左。小斋如舸。自许回旋可。**

聊复浮生，得此须臾我。乾坤大。霜林独坐。红叶纷纷堕。

这首小词颇有些遁入老庄的倾向。不过，以王国维那种执着的性格，并不是一个能够放弃入世而遁入老庄的人。所以，这首词其实仍是他内心矛盾斗争的反映。这一点，我们通过词中"颇觉""聊复"等用语的口吻也可以有所察觉。

"厚地高天"出于《诗经·小雅》的《正月》："谓天盖高，不敢不局。谓地盖厚，不敢不蹐。""局"在这里通"跼"，是弯腰驼背不敢伸直的样子；"蹐"是小步走路，也是一种战战兢兢的姿态。地厚天高可以容人载物，这本是大自然对人类的厚爱，可是我们人不但感受不到这种自由，反而觉得到处都是苦恼忧愁，这到底是为什么？"侧身"是置身，但它有的时候也有戒惧不安的意思。"左"是相违背，可引申为不当或偏颇。"厚地高天，侧身颇觉平生左"，这是对自己平生

厚地：大地。｜**高天**：上天。《诗·小雅·正月》："谓天盖高，不敢不局。谓地盖厚，不敢不蹐。"｜**侧身**：置身。同"厕身"。唐杜甫《将赴成都草堂途中有作先寄严郑公》诗："侧身天地更怀古，回首风尘甘息机。"｜**颇**：略微。｜**平生**：平素，往常。｜**左**：不当，偏颇。｜**小斋**：指自己的书房。｜**舸**：船。｜**自许**：自己相信。｜**回旋**：盘旋，转动。《列子·汤问》："回旋进退，莫不中节。"｜**聊复**：姑且。｜**浮生**：人生。《庄子·刻意》："其生若浮，其死若休。"以人生在世，虚浮不定，因称人生为"浮生"。｜**须臾**：片刻。｜**乾坤**：天地。｜**霜林**：经霜的树林，亦指枫林。

行为的一种反省：我置身于如此广阔的天地之间却得不到自由而只感到拘束，也许不能全怪这个世界，而应该从自己这方面找一找原因吧？

不过我们要注意这个"颇觉"的口气。"颇觉"，是"有那么一点儿觉得"，这很微妙：对自己在人生中所犯的"错误"似乎有所反省又似乎不太服气。那"错误"到底是什么？它令我们联想到在读《人间词》时所反复感受到的那种作者对人生的极端执着或者叫作"固执"。在诗人中本来就有两类人，一类继承了庄子那种游于物外的超脱，如李白、苏轼；另一类继承了屈原那种"亦余心之所善兮，虽九死其犹未悔"的固执，如杜甫、王国维。这固执的"病根"在哪里？那就涉及中国文化传统中儒家的处世态度。儒家不像道家那样主张万事顺其自然，他们总是试图用自己的意志去影响和改变外部世界，使这个世界变得更好和更理想一些，于是就给自己找来了许多烦恼和忧愁。中国文人从小都是受的儒家教育，学的是"士当以天下为己任"，所以在中国古代没有纯粹以做学问和写诗文为目的的学者和作家，像司马迁那样的大历史学家也以"绍明世、正《易传》、继《春秋》"自命（《史记·太史公自序》），像杜甫那样的大诗人也向往着"致君尧舜上，再使风俗淳"（《奉赠韦左丞丈二十二韵》）的事业。中国文人对政治与人生抱有一种天生的责任感，这种责任感给他们自身带来的苦恼常常大于快乐，因为他们能够看到社会的弊病却不能够改变它，怀有高远的理想却不能够实现它。他们最不容易满足，又最容易受到伤害，尤其是在社会发生巨大变革的时候。王国维正是生在清末民初那个大变革的时代，他看不到国家前途的光明又固执地怀抱着光明前途的理想，因此造成了内心的巨大痛苦。他对自己的"病根"很清楚却又难以摆脱这种苦痛的状态，所以才说，"厚地高天，侧身颇觉平生左"。那里边有一种对现实人生的困惑，也有一种对自己不能从现实中超脱出去的恼火。

他期待着解脱。而对学者来说有一个解脱的方法就是放下那些对政治的理想和对人生的关怀，钻到自己学术的小天地中去寻求自己的乐趣。即如鲁迅所说的，"躲进小楼成一统，管他冬夏与春秋"。王国维早年研究西方哲学试图以之解决人生问题，而中年以后却转向历史考证，其原因就是为了使自己尽量地远离现实中的社会与政治。在学术天地里，以他的才学和能力自可转圜如意，举重若轻，自得其乐，忘掉现实人生中的各种苦恼。所以是"小斋如舸，自许回旋可"。那"自许回旋可"的口吻之中含有很强的自信和自矜，与前边"侧身颇觉平生左"的那种困惑、迟疑的口吻形成了一个对照，因而也就暗示了自己在人生中应该做什么样的取舍。然而需要注意的是：那"厚地高天"的广阔与"舸"的渺小似乎于无意之中也形成了一个对比，而这个对比可能就正是来自前面提到过的儒家重政治而轻文学与学术的一种"潜意识"。在今天，我们自然可以把文学与学术也视为重要的人生理想，但古人却不是这么看的，他们往往将此视为"雕虫小技，壮夫不为"。由此可见，这"小斋如舸"的选择，其实还隐隐有一种"自嘲"的成分在。

"聊复浮生，得此须臾我"本来的语序应该是"浮生聊复得此须臾我"。意思是：在这短暂变幻的人生中，我姑且寻找平安聊以自适吧，不要再为那些自己管不了的事情而烦恼忧愁！这句话，就开始由儒家而入老庄了。庄子既主张"养生"又强调"齐物"，也就是说，既提倡"自我"，又不执着于"自我"。人和万物一样，都是天地造化的产物，"天地与我并生而万物与我为一"（《庄子·齐物论》）。所以，浮生若梦，梦中的蝴蝶和醒来的庄周并没有什么根本的区别。这里的"须臾我"，就是对自然与人生之辩证关系的一种认识：既认识到"我"的存在，又认识到"我"并非永恒而是大自然发展变化中暂时存在的一个局部。把握生命的自由是必要的，执着于生命的哀乐就没有必要。在这方面儒家总是想不开，既要"先天下之忧而忧"，又要"后天下之乐而乐"，这岂不是自己和自己过不去！——但我们同时也要注意到"聊复"这个词。"聊复"有"姑且"的意思，它既不是肯定也不是否定，而是有一种迫不得已的苦衷。这种口吻，很值得品味。

"乾坤大。霜林独坐。红叶纷纷堕"，表面上是写景，实际上是想写出一种自心安定不为外物所动的境界。"乾坤大"和开头的"厚地高天"呼应，"霜林独坐"说的是"我"，"红叶纷纷堕"说的是"物"。在如此广阔的天地之间，"我"自"独坐"，"红叶"自"堕"，物与我本不相妨。因此，我不必为那些自己不能够把握的事情而烦恼，只要把握住自己这短暂的生命就可以了。结合全文来看，这也许是作者所要表达的本意。但从他所用的意象来看，那"霜林独坐"的"我"和广阔的"乾坤"比较起来是多么渺小多么孤独；而且"林"是"霜林"，红叶的"落"是"纷纷"。那种寒冷、凄清与缭乱又绝不同于"采菊东篱下，悠然见南山""寒波淡淡起，白鸟悠悠下"等"无我之境"的舒缓与从容。由此我们也可以看出，作者虽然也很向往那种平和淡远的"无我之境"，但以他那对人生异常认真与固执的性格，实在不容易写出真正的那一类境界。

辑评

周策纵 静安于时空有敏锐感。其《点绛唇》前半阕"厚地高天，侧身颇觉平生左。小斋如舸，自许回旋可"于渺小中自有天地。其后半阕中"聊复浮生，得此须臾我"于悠悠中见倥偬。而末称："乾坤大，霜林独坐，红叶纷纷堕。"则更能与无限之时空相逼而不隔矣。

萧艾 与前词（指《浣溪沙·六郡良家》）当为同时作。

陈永正 词人曾经叹息过："欲为哲学家，则感情苦多而知力苦寡；欲为诗人，则又苦感情寡而理性多。"静安是一位既富于感情，又有邃密的理性的诗人兼学者，他彷徨于文学与哲学之间，最后终于选择"经史、古文字、古器物之学"，以图"远于现实之人生，亦可暂忘生活之欲"。本词中"侧身颇觉生平左"一语，道出了静安在三十岁前后矛盾的心事，也是他事事乖牾的一生的总结吧。（《校注》）

陈鸿祥 疑亦在苏州时作。（《年谱》）又：词云"乾坤大"，又云"红叶纷纷堕"。前者空间，后者时间，空间无限，时间有限。时空相制而又相转。在无限的空间里，抓住稍纵即逝的时间，就能做出无限的创造，"须臾之我"，也就转化为"无限之我"了。这也就是他论述的超乎"常人之境界"的"诗人之境界"。故此词在发"天才者"之忧思的同时，寓之以"此须臾之物，镌诸不朽之文字"的真谛。（《注评》）

佛雏 少年王国维亟赞甘英"千古壮观"，实已突破传统"守在四夷"的旧说，其中并无些微封建保守自大观念，而辟新天地、觅新知识、酿新境界等等，举在其中。这跟后此"小斋如舸，自许回旋可"（《人间词·点绛唇》）的情调比，一豪迈，一颓弱，大异其趣。又：拟系于 1906 年 5 月至 1907 年 10 月。

严迪昌 （见《浣溪沙·山寺微茫》辑评）

吴蓓 感叹身世人生、落寞失意，本是诗的一大题旨。五代南唐及宋初一些小词大多于不经意间潜埋感发之意，如李煜《相见欢》词……静安《点绛唇》则主要以叙述的口吻直道对人生的感受，显出较多的理性因素。此词幸得最后以景作结，方使得理多情寡的局势得些调和，挽之于枯索。又从措辞来看，后主词的意象都是词中典型，重彩叠加，一派浪漫风情；而《人间词》用语声口则矜持沉稳，乃诗家常态。要之，借用李清照的话来说，静安的这些词有非"本色"之嫌。（《无可奈何花落去》）

鲁西奇、陈勤奋 末句中，宇宙的广大与个人的渺小似乎是一对矛盾，然而，正由于个体的存在，宇宙才有存在的可能和必要。

马华 等 纷纷坠落的红叶，尽管就生命而言是一种死亡，其境象却是一种无与伦比的美。就是在这种静观中，人超越了短暂，实现了永恒。

周一平、沈茶英 （见《玉楼春·今年花事》辑评）

钱剑平 （系于 1907 年）

莫砺锋 此词似乎没有写什么景物，除了末句写到霜林红叶之外，全是从抽象处落笔。空间茫茫，时间悠悠，与自身的渺小、短促形成对比，这些都是缺少形象的内容。然而词中很好地写出了诗人对人生的感触、慨叹，是一位身居书斋的学者内心世界的真切体现。所以它实际上已经创造了一个真境界，我们可以从中清楚地看到这位似乎是甘心埋首于茫茫书海中的学者对人生的丰富的希望，可以看到这位似乎是以严格的逻辑思维为生活唯一内容的学者的情感世界。此词所写的书斋生活、学者情思，就是它所创造的境界。诗言志，词亦言志，诗词一体，此作是一个很好的证明。

祖保泉 唐末，司空图《偈》诗有句曰："后生乞汝残风月，自作深林不语僧。"王国维"霜林独坐"大有释子意味。英人鲍桑葵在所著《美学史》中论述叔本华时指出："他还受到印度古代哲学的深刻影响。"我们明白了这一点，也就可以理解词中之"我""霜林独坐"求"静心"的形象，也是受叔本华哲学思想影响的一个侧影。(《解说》)

扫花游

疏林挂日，正雾淡烟收，苍然平楚。绕林细路。听沉沉（《乙稿》作"愔愔"）落叶，玉骢踏去。背日丹枫，到眼秋光如许。正延伫。便一片飞来，说与迟暮。

欢事难再溯。是载酒携柑，旧曾游处。清歌未住。又黄鹂趁拍，飞花入俎。今日重来，除是斜晖如故。隐高树。有寒鸦、相呼俦侣。

长调由于篇幅长，所以不大容易像小令那样完全以天然的直接感发取胜。因此从周邦彦开始就走了一条以勾勒描绘、象征喻托、结构安排等人工技巧取胜的途径。比如说，他的《兰陵王·柳阴直》以细致的勾勒描绘取胜，《渡江云·晴岚低楚甸》以厌倦宦海风波的象征寓托取胜，《夜飞鹊·河桥送人处》《瑞龙吟·章台路》则以时空交错的结构安排取胜。王国维在论词时虽然比较偏爱直接感发的作品，

平楚：登高远望，见树梢齐平，故称平楚。楚，丛木。南朝齐谢朓《宣城郡内登望》诗："寒城一以眺，平楚正苍然。"｜**细路**：狭小的路径。唐杜甫《山寺》诗："野寺残僧少，山园细路高。"｜**沉沉**：形容寂静无声或声音悠远隐约。唐李商隐《河内》诗："鼍鼓沉沉虬水咽。"《乙稿》作"愔愔"。愔愔，亦悄寂貌。｜**玉骢**：唐玄宗所乘骏马名玉花骢，后以玉骢泛指骏马。**丹枫**：经霜泛红的枫叶。｜**如许**：像这样。南宋卢祖皋《卜算子》词："一夜秋如许。"｜**延伫**：久立。屈原《离骚》："延伫乎吾将反。"｜**溯（sù）**：追溯，推求。｜**载酒携柑**：旧本题唐金城冯贽撰《云仙杂记》引《高隐外书》："戴颙春携双柑斗酒，人问何之，曰：'往听黄鹂声，此俗耳针砭、诗肠鼓吹，汝知之乎？'"戴颙，南朝隐士。｜**清歌**：不用乐器伴奏的歌唱。｜**黄鹂**：即黄莺，叫的声音很好听。｜**趁拍**：合着节拍。｜**飞花入俎（zǔ）**：唐韦应物《酒肆行》："晴景悠扬三月天，桃花飘俎柳垂筵。"俎，置肉之几。｜**除是**：除非是，只有是。宋张元幹《兰陵王》词："相思除是，向醉里、暂忘却。"｜**俦侣**：此谓寒鸦的伴侣。

但他写长调的时候也不免模仿周邦彦的作风。这首《扫花游》，在时空结构的安排上就很具匠心。

"疏林挂日"是说，太阳已经落到和树梢齐平的地方，看起来好像挂在树梢上一样——这显然是写日暮黄昏时的景象。"雾淡烟收，苍然平楚"，是说在秋高气爽之时，傍晚的天空没有往常那些朦胧的烟雾，从高处放眼望去，原野上的草木一片苍然，有一种寒冷荒凉之感。"苍"是青色，秋天草木的颜色不再像春天那样嫩绿，秋天原野上的远景也不再像春天那样常常笼罩着一层薄雾轻烟。这开头三句，写出了秋日原野的全景，同时也包含着人对这景色的整体感受。"绕林细路"，则把广角镜头逐渐推进到林边小路的局部镜头；然后，"沉沉落叶，玉骢踏去"，是继续把镜头推进到小路上骑马游赏之人的特写。"沉沉"，写出了此时四周环境的寂静无声。"背日丹枫"，是仰摄红叶近景，而且是逆光摄取的镜头，可以想见其光线和颜色之美。"到眼秋光如许"，是人对这一番景色的慨叹，但是结合前边的描写，这口吻中也包含着赏爱和赞美——人们总说秋天是寒冷萧瑟的，可眼前的秋光不是也很美丽吗？

"正延伫"，是说骑马的人陶醉于如此美丽的秋光，不知不觉地在这里停留了很久。这时候忽然有一片落叶从眼前飞过，却一下子就勾起了悲秋的心事——"便一片飞来，说与迟暮"。《三国演义》写赤壁之战，说周瑜正在山顶观看隔江战船，突然一阵风来，刮起旗角拂面而过，周瑜"猛然想起一事在心，大叫一声，往后便倒，口吐鲜血"。这情节虽然比较夸张，但那种由外物突然之间勾起一件心中烦恼的感觉，却与这几句颇有相似。那么作者由那一片落叶想起了什么呢？古人说，"惟草木之零落兮，恐美人之迟暮"（《楚辞·离骚》），人的一生也像草木的一生一样有春夏秋冬的四季，当一个人到了人生之秋天的时候，他的美好年华就全都过去了。正如柳永所谓，"归云一去无踪迹,何处是前期?狎兴生疏,酒徒萧索,不似去年时"(《少年游》)。柳永的一生是失败的。当他少年失意的时候,他还处在人生的春夏,所以他可以说"忍把浮名,换了浅斟低唱"(《鹤冲天》)。可是到了人生的秋天,他连那聊以自慰的"浅斟低唱"的兴趣也随着年华的流逝而消失了。甚至,连他那些"浅斟低唱"的朋友也都萧索飘零作鸟兽散了。这就是人生到了"迟暮"时候的孤独与悲哀。而这种悲哀,其实从秋天第一片叶子落下来的时候就已经开始了。——到这里,大自然的秋天和人生的秋天已经被融合在一起。因此,下片在回忆春日往事的时候,实际上也含有对人生青春往事的回忆,而不再像上片的前一部分那样完全是对大自然实景的描写了。

"欢事难再溯"的"溯",有追溯和推求的意思。他所追溯的,也许并非春天某一次的游览和欢会,而是整个春天多次的游览和欢会;而且,这已经成为过去的春天,其实也就代表了整个人生的春天。"载酒携柑"出于唐人冯贽《云仙杂记》所引《高隐外书》:"戴颙春携双柑斗酒,人问何之,曰:'往听黄鹂声,此俗耳针砭、诗肠鼓吹,汝知之乎?'"作者说:这里就是我曾经载酒携柑前来游赏的地方,那时候,上一次酒筵的歌声未歇,下一次酒筵的歌声又起,每一次都有黄鹂的啼声如符节拍,每一次都有桃李的花瓣飞上筵席的几案,整个春天就这样过来了。"黄鹂趁拍",自然是演绎"双柑斗酒"的典故;"飞花入俎"则出于中唐韦应物《酒肆行》的"晴景悠扬三月天,桃花飘俎柳垂筵",那也是写文人的春日雅游。这一段,把一春的景色情事写得很热闹,但由于都是"用事",所以总觉得有些"隔",似不如上片秋景写得自然。但作者已经说过,"欢事难再溯"。所以,他在追溯一春欢事的时候用几个典故来敷衍也就在所难免。

"今日重来,除是斜晖如故。隐高树。有寒鸦、相呼俦侣。"是从春日的回忆又回到今日的时空。作者说,当我今天再来到这个地方的时候，这里只有落日斜晖，已不再有"飞花"，不再有"黄鹂"，也不再有美人的清歌，高树上只剩下乌鸦还在寒风中呼唤它们的伴侣。——奇怪的是：此时的时空，就是上片所写"疏林挂日"的时空。为什么对同样一个时空，前边写得那么美，这里却只剩下代表悲哀的"斜晖"与"寒鸦"了呢？这里边就有一种感情的变化。上片完全是对自然景色的欣赏，所以节奏比较舒缓，刻画比较细致，但在那暮秋落日的景象中也慢慢生长着一种悲秋的感发。这种感发到"便一片飞来，说与迟暮"便开始明朗起来，引起对往事的回忆，而当回忆之后再看眼前景色时，便与开始那种客观欣赏的心情不同了，所注意到的都是更加悲凉的景色。而且，寒鸦虽然悲凉，尚在相呼俦侣，自己却是单人独骑在秋林暮色中徘徊，我往日的俦侣在哪里？我往日的欢乐在哪里？这些，他都没有直接说出来，而是通过景色的描写间接表达出来的。

辑评

周策纵（见《浣溪沙·路转峰回》辑评）

陈永正　此词上片写江南秋日的景色，下片追忆旧游，抒发个人迟暮之感。长调非静安所擅，此词意亦平庸，盖未于南宋诸家用力故也。《人间词话》中每多贬斥长调之语，亦属偏见。（《校注》）

陈鸿祥　《人间词》甲、乙二稿中屡见"栖鸦""昏鸦"，尤成独特景观。（《注评》）

佛雏　拟系于1906年5月至1907年10月。

钱剑平（系于 1907 年）

　　祖保泉　词的上片，用两"正"字起领下文，虽同是时间副词，所表示的时间概念有长短之别，但总嫌重复。请注意，这种重复，在前代名家词中，是找不到先例的。（《解说》）

蝶恋花

满地霜华浓似雪。人语西风，瘦马嘶残月。一曲阳关浑未彻。车声渐共歌声咽。

换尽天涯芳草色。陌上深深，依旧年时辙。自是浮生无可说。人间第一耽离别。

　　这是一首写羁旅行役之悲慨的词，和《甲稿》中的《鹊桥仙·沉沉戍鼓》虽不见得是同时所作，但可以互相参看。

　　"满地霜华浓似雪。人语西风，瘦马嘶残月"与《鹊桥仙》的"沉沉戍鼓，萧萧厩马，起视霜华满地"气氛相似而环境不同。《鹊桥仙》写的是羁旅中的孤独，而这首词写的是羁旅中的离别。在白露为霜的凌晨，行人马上就要出发了。瘦马嘶鸣，人语嘈杂，西风透骨，残月凄凉，这三句是写送别的时间、季节和环境。"阳关"是唐人送别的歌曲，歌词即王维的《送元二使安西》诗："渭城朝雨浥清尘，客舍青青柳色新。劝君更尽一杯酒，西出阳关无故人。"据说其中有的句子要重复唱三遍，所以叫"阳关三叠"。车马匆匆，不能久待，因此一曲"阳关"还没有唱完，行人就匆匆上路，车轮声越来越远，很快就听不到了，送行的歌声也在离别的悲哀中停止。《乙稿》中还有一

霜华：即霜。唐李商隐《燕台》："冻壁霜华交隐起。"｜**阳关**：古曲《阳关三叠》的省称，亦泛指离别时唱的歌曲。｜**浑未彻**：还没有完。浑，还。彻，尽，完。｜**咽**：形容声音滞涩、阻塞。宋苏轼《泛金船》词："尊前莫怪歌声咽。"｜**年时辙**：去年的辙痕。年时，去年。辙，车轮碾过的痕迹。｜**浮生**：人生。见《点绛唇·厚地天高》注。｜**耽**：极度爱好。

首《祝英台近》也写了送别的场面，但那首很明确是离家远行，送别者是家人，而这一首所写的却不一定是与家人的离别，很可能是所谓"客中送客"——与朋友的离别。

因为，"换尽天涯芳草色"的"天涯芳草"，显然是指远离家乡的地方。行人去年来到这里的时候，这里是"天涯芳草"的碧绿；而现在离开这里的时候，这里已经是"满地霜华"的雪白了。只有路上深深的车辙，还和去年来的时候一样。"换尽天涯芳草色。陌上深深，依旧年时辙"，是写实，但其中已经暗含了一些"理"的成分。因为，"芳草色"和"深深辙"分别代表了"变"的物象和"不变"的物象。芳草象征着青春，它是无常的；车辙象征着离别，它是永恒的。人的一生那么短暂，为什么却总是一次又一次地选择离别呢？一个"换尽"，一个"依旧"，形成了强烈的对比：美好的颜色偏偏要"换尽"，羁旅的行程偏偏要"依旧"。这就是人生的无奈！

但人生真的就这样无奈吗？青春的无常固然不是人自己所能把握的，这年年的离别难道不是人自己选择的吗？既然知道青春无常相聚难久，为什么不选择相依相聚而一定要选择奔波离别？"自是浮生无可说。人间第一耽离别"，这就又涉及叔本华关于意志是否自由的理论了。"耽"是因爱好而沉溺，人难道真的这么爱好离别？叔本华认为，从表面上看每个人似乎都可以自由地决定自己的作为，但实际上，人的作为受动机和因果制约，因而并不是自由的（参见叔本华《伦理学的两个基本问题·论意志自由》）。人之所以常常不选择团聚而选择离别，或出于名利所驱，或出于衣食所累，或出于理想所求，或出于时局所迫，唯独不会出于对离别的爱好之所"耽"。所以"人间第一耽离别"其实是愤语、反语、无可奈何之语，就像《乙稿》中《减字木兰花》所说的，"销沉就里。终古兴亡离别意。依旧年年，迤逦骡纲度上关"。自古以来已经有了那么多离别的悲剧，可是后来的人们仍然在选择着离别，制造着离别，这难道不是人间的无奈吗？

辑评

吴昌绶 直到古人。

周策纵 "满地霜华浓似雪。人语西风，瘦马嘶残月。"有关河萧索，行役凄其之致。殆东山零雨之余绪，亦近于太白"咸阳古道""西风残照"，与马东篱"古道西风瘦马"之境界。

陈邦炎 （见《鹊桥仙·沉沉戍鼓》辑评）

陈永正 光绪三十二年（1906）秋，静安曾奔父丧南归故里。这期间所写的词充满着悲凉的情调。本词写离别时的情景，残月出门，西风瘦马，词人不幸的遭遇加上他忧郁的天性，使他更感到人生的虚幻了。（《校注》）

Joey Bonner The first stanza portrays a woman farewell to a loved one at dawn on an autumn's day. The landscape, like her feelings, is bleak, as suggested by the thick frost, west wind, lean horse, and waning moon. The second stanza shows the heroine still to be suffering the pangs of separation the following spring. Rooted to the spot where her beloved took leave of her and gazing at the wheel ruts in the road, she muses on the innumerable women whose hearts must have been broken as savagely as hers by separations in months and years gone by.

陈鸿祥 此词送别。其关键句，一在上片之"一曲阳关"，借古人《阳关》曲写离别情深；一在下片之"天涯芳草"，写天各一方，别后情思。（《注评》）

佛雏 拟系于 1906 年 5 月至 1907 年 10 月。

朱歧祥 "无可说"有三层次：一是不可以说。因说也是白说，没有用处。二是不值得说。因浮尘事事都是相对，并无实质的价值，不值得去追求。三是难说。世事变幻难料，多有难言之隐。人世间生离死别的原因，自是有可说，有不可说者。然而所面对的痛苦却都是千古一致的。（《选评六》）

钱剑平 （系于 1907 年）

祖保泉 下片起句"换尽天涯芳草色"七字，真是笔力千钧，把行人送入北漠荒寒之境。……"我"这个"行人""年时"才回乡，而今又西北行，为生存，自有不得已之苦楚在。（《解说》）

蝶恋花

斗（《乙稿》作"陡"）觉宵来情绪恶。新月生时，黯黯伤离索。此夜清光浑似昨。不辞自下深深幕。

何物尊前哀与乐。已坠前欢，无据他年约。几度烛花开又落。人间须信思量错。

　　这首词属《乙稿》，发表于 1907 年 11 月。下片提到"已坠前欢，无据他年约"，如结合《蝶恋花》的"纵使兹盟终不负。那时能记今生否"来看，则其"情绪恶"很可能是因思念刚刚去世不久的妻子莫氏所致，但作者始终没有明说。

　　"斗觉宵来情绪恶。新月生时，黯黯伤离索"是说，我忽然察觉到，近来一到傍晚我的心情就非常不好。尤其是在上弦新月的时候，我心里觉得特别孤独特别凄凉。"离索"这个词出于《礼记·檀弓》中子夏的一句话。子夏在老年时因其子死去过分悲伤而丧明，曾子以人生大义责之，子夏谢罪说："这是我离群索居太久所以才犯这样的过错

斗觉：突然察觉。斗，通"陡"。｜宵来：入夜以来。｜黯黯：沮丧忧愁貌。唐李商隐《自桂林奉使江陵途中感怀寄献尚书》："江生魂黯黯，泉客泪涔涔。"｜离索：离群而索居。《礼记·檀弓上》："子夏投其杖而拜曰：'吾过矣。吾过矣。吾离群而索居亦已久矣。'"唐柳宗元《郊居岁暮》诗："屏居负山郭，岁暮惊离索。"｜清光：指月光。｜浑似昨：完全像以前一样。宋葛长庚《蝶恋花》词："竹影松声浑似昨。"｜下：放下，降下。｜深深幕：一层又一层的帘幕。｜何物：俗言"啥东西"，含有贬义。晋谢道韫《登山》："气象尔何物，遂令我屡迁。"｜已坠：已经丧失。｜前欢：宋欧阳修《浪淘沙》词："万恨苦绵绵。旧约前欢。"无据：无凭据。不能凭信，难以料定。｜他年约：将来的约会。宋吕胜己《点绛唇》词："他年约，瘦藤芒屩，共子同丘壑。"｜思量：相思，但亦有思考之意。

啊！"所以后人用这个词的时候，常指离开同伴而孤独生活的凄凉和闭塞。"新月生时"为什么就"黯黯伤离索"？那是因为，新月虽缺逐渐会圆，而人世间有许多东西缺损之后就再也无法复原了。逝者长往，人生不再，大自然的永恒就愈发衬托出人间的无常。当一个人还没有经历过人生中那些烦恼和苦痛时，大自然的清风明月是赏心悦目的美景；可是当你经历过那些烦恼苦痛之后，心中就留下了难愈的创伤，同样的美景就不但不能起到抚慰和排解的作用，反而常常引导你想起往事，触动你的伤痛，使你的情绪越来越坏。作者以往喜欢月下的清光，是因为他还没有那些伤痛或者自己以为已经忘记了那些伤痛，可是直到今天他才发现，他的意志根本就不足以克制和排解那些伤痛，所以只好采取"眼不见心不乱"的办法，用深深的帘幕把自己遮蔽起来，不去看那新月的清光。然而我们不要忘记，他在新月生时所产生的悲哀本来就是一种因离群索居而生的孤独之感，现在又进一步地自我封闭起来，岂不只有加重那种孤独之感？所以，接下来的情绪就更加低落了。

人们在骂人的时候常说："你算个什么东西！""何物尊前哀与乐"就是这样一种口吻。人在喝酒的时候容易情绪激动，常常为自己一点小小的悲哀与欢乐而兴奋或落泪。但那些小小的悲欢在你的一生中又算得了什么？退一步讲，纵使那些悲欢在你的一生中称得起轰轰烈烈，但你的一生在整个人类的历史长河中又算得了什么？然而这一句的用意还不仅仅如此，如果结合下边的"已坠前欢，无据他年约"来看，则这一句还包含着对整个人生过去、现在和未来的一切悲欢感情之价值与意义的否定。因为，"已坠前欢"是说，过去的欢乐已经消逝，不会因你苦苦思念而复活；"无据他年约"是说，未来的盟约最不可靠，不会因你的迫切期待而成为现实。这种意思古人也说过，例如晏殊就曾说，"满目山河空念远，落花风雨更伤春"（《浣溪沙》），意思是：苦苦地思念远方的朋友是没有用的，他不会因为你的期待而出现在你眼前；为逝去的春天而悲伤也是没有用的，春天不会因为你的悲伤而停留不去。可是晏殊接下来说什么？他说"不如怜取眼前人"——既然念远和伤春都没有用，那么最好的办法是抓住眼前的享乐，不要等一切都成了过眼云烟再去懊悔。而王国维说什么？他说"何物尊前哀与乐"——当前的悲欢算什么，它们本来就没有一点点意义和价值！这就是晏殊之所以为晏殊而王国维之所以为王国维。他们两人的词中都有一种哲理的流露，但晏殊只是把哲理作为宽慰自己的一种手段，所以表现为旷达；而王国维却试图向哲理中去探索人生的真谛，所以表现为执着与痛苦。试想，既否定了对过去的思念和对未来的希望，又否定了现实的哀乐，那么人生还剩下什么？

　　用深深的帘幕把自己同大自然新月的清光隔绝开来，在灯花开了又落、落了又开的长夜不眠的煎熬中，用这种毫无结果的对过去、现在和未来的痛苦思考来折磨自己的神经，这只有王国维这种既耽于哲理又执着于人生的人才做得出来。"人间须信思量错"的"思量"，是一个含义比较广泛的词，它既包括相思怀念的"思量"，也包括思维和思考的"思量"。但在这首词中，这两种思量并不能划分得很清楚。因为，纵然"新月生时，黯黯伤离索"的思量是相思怀念的思量，但当这种相思怀念发展到对过去、现在和未来的联想时，就已经染上了人生哲学的意味，已经是一种对"理"的思考了。而这种思考不但没有给人带来豁然的开悟，反而给人带来更多的迷惑和痛苦，因此作者说它应该是被否定的，是"须信思量错"。

　　每一个人都有情绪特别不好的时候。在这种时候，平生的烦恼都无法抑制地涌上心头，一切美好的东西也都失去了光彩。理智本来是可以控制情绪的，可是在这种时候，理智往往也钻进牛角尖，帮助情绪用那些根本无法解决的问题来加重对自己的折磨。这首词写的就是这样一种情绪。

辑评

冯承基 （见《浣溪沙·六郡良家》辑评）

周策纵 静安论周邦彦词所举"常人之境界"，指"悲欢离合羁旅行役之感"等。《人间词》中所谓"斗觉宵来情绪恶，新月生时黯黯伤离索"，所谓"人间第一耽离别"，皆此境也。

缪钺 《蝶恋花》下半阕云：（下引本词下片从略）写出人间万事变化无常，难以估计。王静安本是有理想的，虽然理想难以实现，而仍固执追求，但是其结果往往还是一场梦幻。（《述论》）

陈邦炎 人事既"无凭"，则前欢已坠，一切他年之约都在不可期之数，虽然"当时草草西窗，都成别后思量"，而这种思量其实也是错误的。（《论静安词》）

陈永正 词人是多感的。静安亦"古之伤心人"，忧生忧世，自入京后，眼界益大，感慨益深，发而为词，哀乐无端，中有多少要眇难言的心事。《人间词话》云："境非独谓景物也，喜怒哀乐，亦人心中之一境界。故能写真景物、真感情者，谓之有境界。"如此词，则可谓有境界者。作于1906年秋。（《校注》）

Joey Bonner When his day's work is completed, the jilted poet can no longer ignore the sadness that gnaws relentlessly at his heart. So intense is his sorrow and so vivid his memories, in fact, that he cannot bear even to look at the moon – the moon that reminds him of past romantic moments. Many years have passed since the poet's beloved forsook him (the candle's blooming and fading here represent the arrival and departure of spring), but he continues to indulge in reminiscence. As he sips a glass of wine, his mood darkens from regret to cynicism. Not much, the poet thinks, should be expected from life.

陈鸿祥 王国维初次东渡日本留学，曾诗赠罗振玉，有"卜邻莫忘他年约，同醉中山酒一杯"之句。盖王氏笃厚君子，重义守信，故词云"已坠前欢，无据他年约"，当有感而发。（《注评》）

佛雏 "坐看画梁双燕乳。燕语呢喃，似惜人迟莫。自是思量渠不与，人间总被思量误"（《蝶恋花》"窗外绿阴添几许"），"人间须信思量错"（《蝶恋花》"斗觉宵来情绪恶"）：诗人羡燕子自得之乐，乐从何来？无"思量"故。伤人间无量般苦，苦又从何来？有"思量"故。这个"思量"包括哲学思维，认识论、伦理学上的追求，以至科学上的探索等等。何以"思量错"？因为人生"苦痛与世界之文化俱增，而不由之而减。何则？文化愈进，其知识弥广，其所欲弥多，又其感苦痛亦弥甚故也"；因为"一个人认识得愈清晰，他的智力愈高，他的痛苦就愈甚；一个赋有天才的人苦痛也就最大"。又：拟系于 1906 年 5 月至 1907 年 10 月。

鲁西奇、陈勤奋 "人生自古伤离别"，一时的聚首，一时的欢乐，是分别后永久的痛苦，不如抛却这一切，不为世情所牵，才不会因此而伤感。

马华 等 "人间须信思量错"是王国维对人间的又一个大判断，比"人间只有相思分"更决绝。相思还可以思，而"思量错"就包含着对相思的否定了。连相思的缘分都尽了，人间的任何"思"都变得无意义。

钱剑平 （系于 1907 年）

　　祖保泉　写女性与夫君别后相思苦，措语清秀自然，意境温馨，耐人寻味。（《解说》）

祝英台近

月初残，门小掩，看上大堤去。徒御喧阗，行子黯无语。为谁收拾离颜，一腔红泪，待（《乙稿》作"各"）留问、孤衾偷注。

马蹄驻。但觉怨慕悲凉，条风过平楚（《乙稿》作"庭树"）。树上啼鹃，又诉岁华暮。思量只有人间，年年征路，纵有恨、都无啼处。

　　这首长调，通过描写征人离家的场景，抒发了相思离别的悲哀和人生无奈的感慨。

　　"月初残，门小掩，看上大堤去"，似从柳永《雨霖铃》的"杨柳

大堤：堤名。在今湖北省襄阳市。《乐府诗集·清商曲辞五·襄阳乐一》："朝发襄阳城，暮至大堤宿。"梁简文帝《雍州曲》中有一曲叫作《大堤》，为唐乐府《大堤曲》《大堤行》所本。| **徒御**：挽车、御马的人。《诗·小雅·车攻》："徒御不惊，大庖不盈。"| **喧阗**：喧哗，热闹。唐杜甫《盐井》："君子慎止足，小人苦喧阗。"| **行子**：出行的人。| **黯**：沮丧貌。南朝梁江淹《别赋》："黯然销魂者，惟别而已矣。"| **收拾**：收敛隐藏。| **离颜**：谓离别的悲伤面孔。| **红泪**：晋王嘉《拾遗记·魏》："文帝（曹丕）所爱美人，姓薛，名灵芸。……灵芸闻别父母，嘘唏累日，泪下沾衣。至升车就路之时，以玉唾壶承泪，壶则红色。既发常山，及至京师，壶中泪凝如血。"后因称妇女的眼泪为红泪。| **孤衾**：一床被子，喻独宿。南朝梁柳恽《捣衣》诗："孤衾引思绪，独枕怆忧情。"| **注**：倾泻。| **马蹄驻**：谓车马暂停。| **怨慕**：《孟子·万章上》："万章问曰：'舜往于田，号泣于旻天，何为其号泣也？'孟子曰：'怨慕也。'"赵岐注："言舜自怨遭父母见恶之厄而思慕也。"朱熹集注："怨慕，怨己之不得其亲而思慕也。"后亦泛指因不得相见而思慕。晏殊《渔家傲》词："空怨慕，西池夜夜风兼露。"| **条风**：东风。一名明庶风，主春分四十五日。《淮南子·墜（地）形训》："东方曰条风。"高诱注："震气所生也，一曰明庶风。"| **平楚**：犹平野。| **啼鹃**：即杜鹃鸟。古代传说上古蜀王望帝杜宇失国，化为杜鹃鸟，至春啼鸣，其声哀切。因杜鹃鸟口红，故传说杜鹃啼血。| **岁华暮**：谓春天将尽。岁华，岁时。暮，晚。| **思量**：考虑，忖度。| **征路**：征途，行程。

352

岸晓风残月"化出，但情事有所不同：柳永那句是设想分别后旅途中的孤寂，而这里却是写行人凌晨出发时家人送出门外的情景。"月初残"是农历十五以后月亮开始缺损的时候；"门小掩"说明送者和行者分手是在离家门不远的地方。"大堤"有个出处，它是古乐府的一个题名，因为古代襄阳城外有一条很长的堤就叫作"大堤"。但作者在这里所说的大堤与襄阳的大堤无关，是指行人家乡的大堤，堤岸上的大道是行人出发要走的方向。

"徒御喧阗，行子黯无语"的场景，有点儿像《雨霖铃》的"方留恋处，兰舟催发。执手相看泪眼，竟无语凝咽"，但实际上二者不同。除了一个是车马一个是船之外，更重要的原因在于：柳永笔下的"无语"是因极度悲伤而凝咽无语，而这里的"无语"却是因不愿流露悲伤而忍泪吞声。"为谁收拾离颜"的"为谁"，可以是"为哪个人"，也可以是"为什么"；"收拾离颜"，是收敛和隐藏起离别的悲伤。"一腔红泪，待留向、孤衾偷注"的"待"，《乙稿》作"各"。意思是说，他们都把悲伤的眼泪藏起来，留待分别后孤独的夜晚各自去慢慢承受。这是兼写双方。但"红泪"用了玉壶承泪的典故，本是指女子的眼泪，所以《苕华词》改为"待留向、孤衾偷注"。不过，词的下片写到杜鹃的啼，那是令人想到蜀望帝之"啼血"的。因此这里的"红泪"，又是为下片的"啼鹃"做了一个事先的铺垫。既然"红泪"与杜鹃啼血的典故联系起来，那么就不一定非得指女子的眼泪了，它可以兼指男女双方分别后长夜相思的眼泪。

"马蹄驻。但觉怨慕悲凉，条风过平楚。树上啼鹃，又诉岁华暮"是写车马已在途中，行人犹驻马回首以望家园，但目中只能望见一片苍然平楚，耳中只能听见杜鹃在春风中悲啼。杜鹃的悲啼声告诉人们：春天很快就要过去了。"慕"有系恋不忘的意思，"怨慕"是因不得相见而哀怨思慕。不过这个词本出于《孟子》，指的是对父母的思慕。

因此，这里除了对爱情的系恋也可以包括对父母以至对全家的系恋。由此我们可以联想到："为谁收拾离颜"的"为谁"，除了夫妻间的相互关怀之外，也包含着共同的对父母的关怀。为了避免父母的悲伤，两人都强忍着离别的悲哀，所以才把"一腔红泪，待留向、孤衾偷注"。在《乙稿》中，"平楚"本作"庭树"。驻马回顾，犹见庭中之树，是随着车马行进而拉远了的广角镜头。家园的全景、庭院中随风摇摆的树梢一一进入画面，门前送行的人则变得越来越小、越来越模糊了。这时候行者心中是什么感觉？作者用了"怨慕悲凉"四个字。这四个字承上启下，把对爱情的相思、对父母家人的依恋进一步扩展为对故园的留恋和对人生岁华的留恋，从而完成了由男女爱情到人生感慨的主题转换。"庭树"，在《苕华词》中被改为"平楚"。"平楚"是一片平野，视角更为广阔博大，但家园已淡出画面，所以它与"庭树"各有所长也各有所短。

"思量只有人间，年年征路，纵有恨、都无啼处。"三句从写景转向了议论。由于写景已完成了从窄小到宽阔、从爱情到人生的转变，所以议论就可以从人生落笔了。但作者的议论并不单调，他利用一个"啼"字的双关，把议论同前边景物描写中的"啼鹃"和"红泪"贯串到一起，这构思是十分巧妙的。"啼"既可以指鸟鸣也可以指人的哭泣。杜鹃啼鸣是在倾诉它的悲哀，纵然在树上叫到口角出血，总算是有一个倾诉的机会。而行子和闺人的离别之恨却没有一个尽情倾诉的机会，只能"待留向、孤衾偷注"。其实当止是离别之恨，征人在羁旅中有多少失意的悲哀，它们是可以随便向别人倾诉的吗？一个人在一生中又有多少悲哀痛苦是有地方倾诉的？因此，"纵有恨、都无啼处"这一句不仅仅是巧妙，而且也有很深的人生感受在里边。

这是一首写离别和羁旅行役的长调，柳永最善于写这类词。王国维在写这首词的时候，对柳词应是有所借鉴的。比如说，柳永在写羁旅行役的内容时，常常能够结合自然景色与自身的苦闷，写出一种气象博大的人生感慨，像《八声甘州》的"渐霜风凄紧，关河冷落，残照当楼"，就曾被苏东坡称赞为"不减唐人高处"。但由于柳永处在长调发展的早期，难以摆脱词的那种只写男女之情的传统作风的影响，所以他往往在写出开阔博大的景象之后马上又缩回男女之情的狭小天地，如《八声甘州》的下片就又写到"想佳人妆楼颙望，误几回天际识归舟"的闺房绣楼中去了。这又是柳词的一个缺点。王国维这首词和柳永恰恰相反。如前所述，他是从窄狭到宽阔，从爱情到人生，实现了一个由表及里、由浅入深的变化，而且在措辞、用典和前后的呼应上都有很巧妙的安排。这是他与柳永不同的地方。他把"庭树"改为"平楚"，显然是嫌"庭树"的视野还不够博大，春风吹过庭树的景象还不够悲凉，从这一改动中我们可以看出王国维对柳永长调中那种开阔博大景象的追求。还有，这首词结尾的"纵有恨、都无啼处"，似脱胎于柳永《雨霖铃》的"便纵有千种风情，更与何人说"。但柳词的那句只是写爱情，读不出其他含义，而王词的这句如前所述，可以使读者在爱情的本意之外读出更为广泛的人生感慨，这又是王国维的擅长。

辑评

吴昌绶 "徒御"字须酌。"怨慕"四字须酌。

萧艾 一九〇五年立春不久，辞家将之苏州之作。

陈永正 写别情须得低徊掩抑之致。此词宛曲叙来，虽无惊创之笔，

然如怨如慕，自有动人心处。上下片分写闺人游子，各怀心事，是本色语。当作于 1907 年春，离海宁北上之时。（《校注》）

陈鸿祥 王国维于 1906 年秋七月返海宁为乃誉公治丧，直至 1907 年春三月再赴北京，其间皆在海宁家中。词云"看上大堤去"，乃纪实。盖王氏故居在海宁盐官镇之周家兜，旁靠钱江大堤，上堤即可观钱江潮。故词中"徒御喧阗，行子黯无语"以下所写，皆将离家室、收拾行装赴京前情状。（《注评》）

佛雏 玩词中语意，不似一般离别，恐与悼亡有关，姑系于此（1907 年）。

钱剑平 （系于 1907 年）

祖保泉 王、莫这对贫贱夫妻十年里欢聚少别离多，而莫氏在家侍奉亲长，抚育幼儿，其中哀怨愁苦向谁诉？如今，王氏为悼亡填词而抓住十年夫妻生活中年年都有的离别景象加以刻画，表达思念，真可谓此恨绵绵无尽期啊！（《解说》）

浣溪沙

乍向西邻斗草过。药栏红日尚婆娑。一春只遣睡消磨。

发为沉酣从委枕，脸缘微笑暂（《乙稿》作"渐"）生涡。这回好梦莫惊他。

这首词对古代许多同类内容的作品有所借鉴，但又与那些作品各有不同。我们不妨先看古人写女子昼眠的两首诗：

> 北窗聊就枕，南檐日未斜。攀钩落绮障，插掕举琵琶。梦笑开娇靥，眠鬟压落花。簟文生玉腕，香汗浸红纱。夫婿恒相伴，莫误是倡家。
>
> ——梁简文帝《咏内人昼眠》

> 妾家巫峡阳，罗幌寝兰堂。晓日临窗久，春风引梦长。落钗仍挂鬓，微汗欲消黄。纵使朦胧觉，魂犹逐楚王。
>
> ——唐梁锽《美人春卧》

乍：才，刚刚。 | 斗草：一种古代游戏。竞采花草，比赛多寡优劣。 | 药栏：芍药之栏，亦泛指花栏。南朝梁庾肩吾《和竹斋》："向岭分花径，随阶转药栏。" | 婆娑：盘桓，逗留。三国魏杜挚《赠毌丘俭》诗："骐骥马不试，婆娑槽枥间。" | 消磨：消遣，打发时光。 | 沉酣：熟睡貌。 | 从委枕：任凭其拖垂于枕上。 | 生涡：现出酒窝。宋苏轼《百步洪》诗之二："但觉两颊生微涡。" | 莫惊他：宋程垓《愁倚阑》词："昨夜酒多春睡重，莫惊他。"

借鉴的痕迹是明显的："红日尚婆娑"，等于"南檐日未斜"和"晓日临窗久"；"一春只遣睡消磨"，就是"春风引梦长"；"发为沉酣从委枕"是从"眠鬟压落花"或"落钗仍挂鬓"引申；"脸缘微笑暂生涡"与"梦笑开娇靥"相似；而"好梦莫惊他"则从"魂犹逐楚王"脱胎换骨而得。

然而，《咏内人昼眠》是南朝宫体诗，它是以咏物的方法来咏人。也就是说，女子被视为一种"宠物"，在男子的眼中，她们只有形貌，没有灵魂。因此，这首诗用了许多秾丽的辞藻，刻画了许多形貌的细节，整个人物却只见其"形"而不见其"神"。这是中国诗歌自魏晋南北朝产生了美学自觉追求之后的早期作品。《美人春卧》借用女子口吻并通过巫峡神女的典故暗示熟睡的美人正在做一个有关爱情的梦，在艺术技巧的运用上比第一首诗要成熟多了。但这个形象很明显只是男子眼中供他们娱乐和游戏的一个青楼女子，缺乏她自己的个性与神韵，整首诗也比较缺乏意境。

写"斗草"的作品有晏殊《破阵子·春景》的"巧笑东邻女伴，采桑径里逢迎。疑怪昨宵春梦好，元是今朝斗草赢。笑从双脸生"，把女孩子的神气写得惟妙惟肖。而这"脸缘微笑暂生涡"，未必就不是由那"笑从双脸生"变化而来。还有一个更明显的巧合是《红楼梦》第62回的"憨湘云醉眠芍药裀，呆香菱情解石榴裙"。湘云昼眠恰好是在芍药花下；香菱是因偷空和女伴们斗草，才弄湿了石榴裙。王国维这首词中的描写，也很难说就没有受到曹雪芹的启发。

然而，这首词虽然吸取了许多前人作品的内容和意蕴，却不是单纯的模仿。正如王国维自己在《人间词话》中所说："然非自有境界，古人亦不为我用。"那么，词中的境界表现在什么地方呢？

斗草是春天的游戏，而春天是万物萌发的季节。随着冰雪的融化和春雷的响起，一切沉睡的生命都复苏了。所以古人在写到深闺中的女子春日踏青出游的时候，往往是写她们春心的苏醒。如韦庄《思帝乡》的"春日游，杏花吹满头"接下来就是"陌上谁家年少足风流，妾拟将身嫁与一生休。纵被无情弃，不能羞"。韦庄那首词和一般花间词一样，是写女子对爱情的追求，但它的好处是有丰富的言外意蕴。词中那种强烈的、不计一切代价的追求和奉献的精神，打破了男女之情的狭窄范围，把词中感情提升到了一个更高的层次。王国维这首词，感情上不像韦庄那么强烈，但春日的出行和"斗草"的游戏，确实有一种女子春心萌动、在爱情上有所追求的暗示。而斗草归来昼眠花下的行为，又暗示了这种追求的没有结果。红日不会长久逗留于药栏之上，春天的时光也是很短暂的，用昼眠来打发这极为短暂的美好时光，这里边就暗含着一种失落的悲哀。

如果仅仅写到这一步，这首词还说不上很委婉曲折。我们还要看他的下片。"发为沉酣从委枕，脸缘微笑暂生涡"，很生动地描写了女子的睡态。但为什么她在睡梦中微笑？最后一句点出，她是在做一个"好梦"。这就使人联想到，这个女子在现实中追求不到的东西正在她的梦中出现。

短短的一首小词，从头到尾几乎全是用白描的手法，隐约含蓄地写出了一个女孩子内心对爱情的追求。而且还不只如此，梦中的人把梦幻当作现实的那种执迷，旁观的人清醒但又不忍惊醒好梦的那种悲悯，其中都含有一种"言长"的余味。人生对理想的追求，理想不能实现的郁闷，明知不能实现却还梦寐以求的执着，似乎都在这个女孩子的形象中有所包含。当然，作者在写这首词的时候并不见得有意要表现这些东西，但倘若读者在欣赏和品味中有这种联想也不足为怪。因为词本来就是以有言外意蕴为佳的。

辑评

吴昌绶 著一"暂"字绝佳。"沉酣"二字宜酌,当有现成之字,思之不得。

周策纵 "发为沉酣从委枕,脸缘微笑暂生涡。"自是娟丽,然作为词犹太刚,作为诗又太柔。此种句法,唐、宋人诗中已往往有之,如《诗人玉屑》卷八《蛩溪诗话》云:"退之:'心讶愁来惟贮火,眼知别后自添花。'临川云:'发为感伤无翠葆,眼从瞻望有玄花。'……皆不约而合,句法使然故也。"二王语法尤类,惟静安更能得情态之真。

陈永正 此词为静安词中最为绮艳之作。或有本事,已难深考。格调近欧阳修之小令,如所谓"虽作艳语,终有品格"者。写少女的春困酣眠,过片二语,曲尽情态,方诸《红楼梦》中"憨湘云醉眠芍药裀"一大段描写,便觉后者辞费意尽了。当作于 1907 年春在海宁闲居之时。(《校注》)

陈鸿祥 鲁迅诗称"无情未必真豪杰",又有"回眸时看小於菟"之句。此词"脸缘微笑暂生涡""这回好梦莫惊他",正是"回眸时看小於菟"中的怜子之情。盖三子贞明,此时尚不足二岁,正一片天真,"斗草"嬉耍过后,酣睡于摇篮,做着"好梦"呢。(《注评》)

佛雏 (见《蝶恋花·独向沧浪》辑评)又:拟系于 1906 年 5 月至 1907 年 10 月。

钱剑平 (系于 1907 年)

祖保泉 此词写少女午睡,犹如画中素描,见得自然美。(《解说》)

虞美人

犀比六博消长昼。五白惊呼骤。不须辛苦问亏成。一霎尊前了了见浮生。

笙歌散后人微倦。归路风吹面。西窗落月荡花枝。又是人间酒醒梦回时。

人生就像一场赌博的游戏，当博戏的时候，你可以充分享受那一瞬间的焦虑、恼怒、惊喜、忧愁等情绪的刺激，迸发出生命的活力。可是当游戏结束之后，那游戏中的得失成败对你来说真是那么重要吗？当你从对得失成败的狂热和亢奋中冷静下来的时候，你是否能够意识到，人生中还有某些更重要、更美好的东西？王国维的这首词，就写出了人生中的这种感受。

"犀比六博消长昼。五白惊呼骤"两句，出于《楚辞·招魂》中的一段："菎蔽象棋，有六博些。分曹并进，遒相迫些。成枭而牟，呼五白些。晋制犀比，费白日些。"这是描写古代一种把掷采与下棋

犀比：《楚辞·招魂》："晋制犀比，费白日些。"朱熹注："晋制犀比，谓晋国工作簙、棋、箸，比集犀角以为雕饰。" 一说，犀比为带钩。| **六博**：即"六簙"，古代一种掷采下棋的比赛游戏。《楚辞·招魂》："菎蔽象棋，有六簙些。"| **长昼**：长长的白天。| **五白**：指博戏投箸时提出的胜彩。《楚辞·招魂》："成枭而牟，呼五白些。"朱熹注："五白，簙齿也。言己棋已枭，当成牟胜，故呼五白，以助投也。"杜甫《今夕行》："冯陵大叫呼五白，袒跣不肯成枭卢。"| **亏成**：失败与成功。《庄子·齐物论》："道之所以亏，爱之所以成，果且有成与亏乎哉？果且无成与亏乎哉？"南宋曹勋《四槛花》词："人间世，更没亏成。"| **尊前**：酒筵上。尊，古盛酒器，今作"樽"。| **浮生**：人生。见《点绛唇·厚地高天》注。

结合起来的名叫"六博"的赌博游戏。六博又叫"六簙"，有一个棋盘、十二枚棋子和六根簙箸，对博双方先要投箸，得胜的一方才能行棋。先秦时代"六簙"的具体玩法不详，但那"五白"大约也就相当于后世赌博掷骰子掷出的胜彩。为了掷得胜彩，才以大呼小叫来助威。所以"五白惊呼骤"就是《招魂》的"成枭而牟，呼五白些"。"晋制犀比"，一般解释为晋国所制的博具，上边排列着作为雕饰的犀角。但也有人说，那是指做赌注用的带钩。王国维在《胡服考》中曾考证过带钩的由来，不过在这里，他只是用《楚辞》的出处来描写赌博的热闹场面，我们只要感受到那赌博现场的狂热气氛就可以了。所谓"消长昼"，其实也就是《楚辞》的"费白日些"，意思是，双方把许多白昼的光阴都消耗在赌博争胜的游戏之中了。

赌博的游戏有输有赢，人生一世也有成功有失败。不同的是：人生的成功与失败要到盖棺才能论定，而赌博的输赢只需喝一杯酒的时间就能见分晓。一切渴望、焦虑，以及成功的惊喜和失败的悲哀，在这短短的时间里就能一一体验到，就像唐人传奇中所写的卢生邯郸梦一样。"一霎尊前了了见浮生"——这真是很神奇的事情！人在一生中之所以争竞不休，就是希望未来能够满足自己更大的欲望，可是一个欲望的满足就是另一个欲望的开始，因此人总是处在不能满足的苦恼之中，只不过人生似乎很漫长，所以许多人意识不到这一点而已。而赌博的游戏可以使人在一霎之间就对此有所体验，也可以说是人生的一种棒喝了。

因此，"笙歌散后人微倦"，一方面是因整天的饮宴与赌博身体感到疲倦，另一方面也是因这种对人生的悲观认识精神感到疲倦。可是，"归路风吹面"却是一种清醒。因为，人生像一场赌博的想法是令人疲倦和令人悲观的，但一个人只有在认识到这一点之后才能够自觉地摆脱人生中那些毫无价值的对名利的竞争，产生更有价值的人生追求。

所以，沉迷与狂热后的冷静与悲观不是坏事情，冷静促人思考，悲观促人清醒。而"西窗落月荡花枝，又是人间酒醒梦回时"的境界，就正是在沉迷与狂热后的冷静与悲观中产生的。"西窗落月"是冷静凄凉的；"荡"的摇动，颇有点儿像冯延巳《抛球乐》的"波摇梅蕊当心白"，使人产生一种心与物之间的微妙感应；"花枝"，是美好的象征，月下花枝的清晰使人想到心灵此时的空明，月下花枝的动荡使人想到心灵对美的反应。不过，"又是"两个字值得玩味：它一方面是说，人心中是可以常常出现这种境界的，是"不止一次"；而另一方面又暗示，人心中始终不能够恒稳而长久地保持有这种境界，也许在天明之后就又被那些物欲和名利的竞争所控制，就又回到那种沉迷与狂热的状态中去了。

王国维曾写过一篇《人间嗜好之研究》。他认为，人间嗜好是用来医治人生精神空虚之苦痛的。"博弈"也是一种人间嗜好，在博弈中，人的竞争本能"以无嫌疑、无忌惮之态度发表之，于是得窥人类极端之利己主义"。因此，"博"和"弈"二者皆"世界竞争之小影"。参考那篇文章，有助于理解他的这首《虞美人》小词。

辑评

陈永正　词人把人生看作是一场赌博，无论输赢，都是没有意义的，这未免太消极悲观了，但从中也可看到静安"鄙薄功利，轻视任何含有目的之欲求"的思想。鄙视功名富贵，无心官场的争逐，静安还是有旧时代读书人的骨鲠的。作于1907年春。（《校注》）

陈鸿祥　此词写博弈，亦"人间"众生相之一"相"耳。词云"消长昼"，殆即王国维借西人"To kill time"一语所述之"消遣"。词中"六博"犹弈棋，"五白"则为赌博。王氏论之曰："博者悟性上之竞争，而弈者理性上之竞争。"实则，"弈"犹不失为积极的娱乐，而"博"既缘于空虚的苦痛，空虚到了数亿之人数亿"博"，有识之士能不感亡国灭种之危？无怪词中感叹"了了浮生"，欲唤"酒醒梦回"了！（《注评》）

佛雏 此词可与《人间嗜好之研究》（作于 1907 年）中谈博弈部分同参，姑系于此（1907 年）。

朱歧祥 悲观的诗人置身于红尘的舞榭歌台，故意用扰攘的声色来麻醉心灵。在醉里梦中不需要考量太多现实的烦恼，纯真的性情仍稍能流露无禁。然而"酒醒梦回"，人间的种种丑陋面复再涌心头，这种苦痛显然不足为外人道。（《选评五》）

钱剑平 （系于 1907 年）

祖保泉 "西窗落月"暗示即将破晓。"酒醒梦回"意味人应清醒，想想怎么活下去。这两句无异于警告人们要正视生活竞争，不可沉溺于醉生梦死。（《解说》）

减字木兰花

乱山四倚。人马崎岖行井底。路逐峰旋。斜日杏花明一山。

销沉就里。终古兴亡离别意。依旧年年。迤逦骡纲度上关。

这首词和下一首词是王国维在北京游长城时所作，属《人间词乙稿》，发表于 1907 年 11 月。居庸关位于南口镇北面的关沟古道上，是长城的重要关口之一，距北京 50 余公里，关沟古道两边高山夹峙，春夏山花烂漫，野草葱茏，称为"居庸叠翠"，是燕京八景之一。王国维 1913 年在日本时曾写过《昔游》六首，最后一首曰：

> 京师厌尘土，终日常掩关。西山朝暮见，五载未一攀。却忆军都游，发兴亦偶然。我来自南口，步步增高寒。两崖积铁立，一径羊肠穿。行人入智井，羸马蹴流泉。左转弹琴峡，流水声潺潺。夕阳在峰顶，万杏明倚天。暮宿青龙桥，关上月正圆，溶溶银海中，历历群峰颠。我欲从驼纲，北去问居延。明朝入修门，依旧尘埃间。

四倚：谓从四面贴近。|**崎岖**：道路险阻不平貌。汉王符《潜夫论·浮侈》："倾倚险阻，崎岖不便。"|**逐**：随着。|**旋**：转。|**销沉**：消逝，沉没。唐杜牧《登乐游园》诗："长空澹澹孤鸟没，万古销沉向此中。"|**就里**：个中，内中。《隋书·礼仪志七》："开皇中，就里欲生分别，故衣重宗彝，裳重黼黻。"|**迤逦**：曲折连绵貌。南朝齐谢朓《治宅》诗："迢遭南川阳，迤逦西山足。"|**骡纲**：指结队而行驮载货物的骡群。纲，成批运货的组织，如"茶纲""盐纲""花石纲"等。|**上关**：指居庸关（旧名军都关），是长城的重要关口之一，距北京50余公里。《新唐书·百官志》："京四面关有驿道者为上关。"

诗中景物与两首词中所写景物基本相同，但诗与这两首词从主题到格调皆有不同。诗以写景为主，结尾"我欲"二句来自王维《使至塞上》的"单车欲问边，属国过居延"，有一种对古人功业的向往；"明朝"二句有一种对目前平庸生活的悲哀。直抒胸怀，意思很明显。而词虽亦以写景为主，其中却隐寓哲理，有忧生忧世之意，能够引发读者更多的联想。从这个对比我们亦可看出，王国维在写词的时候确实是实践了他的词学理论"词以境界为最上"的。

"乱山四倚。人马崎岖行井底"，即诗中的"两崖积铁立，一径羊肠穿。行人入窨井，羸马蹴流泉"。"路逐峰旋。斜日杏花明一山"，即诗中的"左转弹琴峡，流水声潺潺。夕阳在峰顶，万杏明倚天"。词中四句、诗中八句，写的都是去居庸关途中所见的景观。但诗的写景比较详细具体，词的写景就比较概括。相对而言，越是详细具体的描写对读者的控制越是严格，所以写山就是山，写水就是水；越是比较概括的描写越是容易引发读者的联想，给读者留下的活动空间就比较大。而且，词是长短句，又可以换韵，读起来就比诗多了一种姿态。《减字木兰花》的句式在重复中又有长短和换韵的起伏，作者很好地利用了这种形式。在词的开头两句中，"乱山四倚"的形象，"行井底"的比喻和"倚"、"底"两个仄声的韵脚，造成了一种压抑、沉闷的感觉。而接下来的两句，"逐"与"旋"的流利快捷，"斜日杏花"的艳丽，"明"的光彩，再加上韵脚由仄转平，又造成了一种豁然开朗的快感。这种对比，就于无形中把居庸古道上风景的变化转变为从压抑到开朗的两种感觉的变化。如果把联想的范围再放宽一点儿，则我们不仅在旅游途中随着景物的变化有这种情绪和感觉的变化，我们在人生途中随着兴亡离别的经历，不是也常常有这种情绪和感觉的变化吗？当然，到现在为止作者只是在写风景。虽然我们从感觉的变化中觉得他似乎有深意，可是我们没有证据指实。

然而，这种可能性很快就被接下来的两句所证实："销沉就里。终古兴亡离别意"——自古以来，多少人一生的光阴就在这种压抑与兴奋、悲欢与离合的循环之中消失了！在高山峡谷中行走的人，目光所限，只能看见眼前的景色，并为眼前的景色而压抑沉闷或兴奋快乐，觉得那不可知的前途很刺激很有奔头。可是如果站在高处俯瞰这些如蚂蚁一样缓慢爬行在井底的人马，就会明白他们不过是沿着既定的轨道走一条早已安排好的路，途中那些短暂的快乐并不足以抵销他们所付出的痛苦，他们的一切努力都是没有多大意义的。然而，"不识庐山真面目，只缘身在此山中"。有多少人能够真正明白这个道理？——"依旧年年，迤逦骡纲度上关"。"上关"指的就是居庸关。居庸关旧称军都关，属"太行八陉"之一，是河北平原进入山西高原的交通要道，行人商旅络绎不绝。"骡纲"，是旧时跑买卖的人运货的骡群。这些人不得不为养家糊口维持生存而一年到头地往返奔波，所谓"蜗角虚名，蝇头微利，算来著甚干忙"（苏轼《满庭芳》），他们一生劳苦的结果只不过是养活了他们的下一代，使下一代继续他们的劳苦而已。"依旧年年"，整个人生不就是这种毫无意义的循环吗？

　　这首词只有短短的八句，但它两句一转，转出了好几层意思。第一层意思是说，人生就是艰辛劳苦和压抑。第二层意思是说，人生有时候也会遇到暂时的开朗与快乐。第三层意思是说，人自以为很有趣味，但实际上人生完全是一场徒劳，一个人为此付出的悲欢忧乐是没有意义的。第四层意思是说，尽管如此，自古至今人们却一遍又一遍地重复着这种循环而不自知，因此人生是可悲悯的。这不就是叔本华的悲观哲学吗？叔本华认为人应该否定生命的意志，跳出这个循环的圈子，他说：

　　　　如果我们把人生比作灼热的红炭所构成的圆形轨道，轨道上有着几处阴凉的地方，而我们又必须不停留地跑过这轨道，那么，被拘限于幻觉的人就以他正站在上面的或眼前看得到的阴凉之处安慰自己而继续在轨道上往前跑。但是那看穿个体化原理的人，认识到自在之物的本质从而（更）认识到整体大全的人，就不再感到这种安慰了。他看到自己同时在这轨道的一切点上而（毅然）跳出这轨道的圈子。

——叔本华《作为意志和表象的世界》第四篇
《世界作为意志再论》（石冲白译 商务印书馆1982年出版）

这首词所要让读者品味的，就是这个道理。对于有生命有欲望的人类来说，这样的哲理实在是太消极太悲观了。不过，作为这么短的一首小词，能够把哲理与写景结合得如此浑然无痕，实在很不容易。没有深厚的文学修养和对哲理的体会，是很难做到的。

辑评

吴昌绶 此二首（指本词及《蝶恋花·连岭去天》）当是居庸关、八达岭之作。

周策纵 秦观《点绛唇》"烟水茫茫，千里斜阳暮。山无数，乱红如雨，不记来时路"，固能深得陶渊明《桃花源记》幽趣，而其《虞美人》中之"乱山深处水漾漾，可惜一枝如画为谁开"，《好事近》中之"行到小溪深处，有黄鹂千百"，亦皆同具探幽之绝妙境界。若静安之"乱山四倚，人马崎岖行井底。路逐峰旋，斜日杏花明一山"，初视似有此境，实则稍异。其下半阕云："销沉就里，终古兴亡离别意。

依旧年年，迤逦骡纲度上关。"盖终不能忘怀于此苦痛之人间也。又静安所写樊志厚《人间词》序称："古今人词之以意胜者，莫若欧阳公。以境胜者，莫若秦少游。至意境两浑，则惟太白、后主、正中数人足以当之。静安之词，大抵意深于欧，而境次于秦。"按静安与樊氏所求词之理想，乃在"意与境浑"。上举之例，亦颇可见"境次于秦"及静安"意境两浑"之追求与结果。

萧艾 在京旅游南口、居庸关、青龙桥一带途中作。当与《昔游》诗第六首同看。

陈永正 此当为在北京时出游军都山之作。以重笔作小词，仿佛陈其年的格调。作为一位历史学家的王静安，对朝代兴亡自有更深刻的感慨。末二语在写景物中寓有哲理。此词编入《乙稿》，作于1907年春暮。（《校注》）

陈鸿祥 此词当作于北京。记游，然无一语实写，惟"杏花"点出时令，在春二三月间。（《注评》）

佛雏 此词为静安本年抵京后，游南口等地之作（1906年）。

钱剑平 （系于1906年）

祖保泉 全篇纪游，即兴之作，别无深意，但可作历史资料看待。（《解说》）

蝶恋花

连岭去天知几尺。岭上秦关，关上元时阙。谁信京华尘里客。独来绝塞看明月。

如此高寒真欲绝。眼底千山，一半溶溶白。小立西风吹素帻。人间几度生华发。

　　去过居庸关的人都对那里的高山峻岭留有印象，但王国维的感发大约是从李白《蜀道难》的"连峰去天不盈尺"引起的。"连岭去天知几尺。岭上秦关，关上元时阙"是写实，颇有些"秦时明月汉时关"的苍凉；但"谁信京华尘里客，独来绝塞看明月"，却不尽是唐人那种"边愁"的感慨。"京华尘里客"用的本是"京洛尘"的典故。"京洛"是洛阳的别称，也是国都的泛指。古人到京城去不是为争名就是为逐利，所以陆机说"京洛多风尘，素衣化为缁"（《为顾彦先赠妇》），谢朓说"谁能久京洛，缁尘染素衣"（《酬王晋安》）。现在王国维也离开故乡到京城来了，他刚一来就对京城这个名利场极不适应，从而写了那首《浣溪沙·七月西风》。当别人在名利场中相煎相轧尚且不暇的

秦关：此处指居庸关，居庸关是长城的重要关口之一。｜**元时阙**：指居庸关云台，原为元至正五年（1345）修建的三座石塔，称过街塔。后塔毁，改建为泰安寺。清康熙间寺毁，仅存基座，即云台。｜**京华尘里客**：指在京城争名逐利的世俗之人。晋陆机《为顾彦先赠妇》诗："京洛多风尘，素衣化为缁。"京华，京城。此指北京。｜**绝塞**：辽远的关塞。此指居庸关，居庸关地势险要，古称九塞之一。｜**真欲绝**：谓真是达到了（高寒的）极致。绝，终极，尽头。｜**溶溶**：明净洁白貌。唐许浑《冬日宣城开元寺赠元孚上人》诗："波静月溶溶。"｜**小立**：暂时立定。｜**素帻**（zé）：白色包头巾。｜**华发**：花白头发。

时候，他却独自一个人在月明的夜晚来到长城寻找自己的世界。明月代表着自然，长城代表着历史。站在长城上观赏明月，那开阔的视野、光明的胸襟和透彻的思考反省就尽在不言之中了。京城那些热衷于争名逐利的人怎能有这样的冷静和超脱？所以是"谁信"。

"如此高寒真欲绝"也是写实，因为前边提到的《昔游》诗里就有"我来自南口，步步增高寒"的句子。但仔细品味，诗中的"高寒"只是高寒，而词中的"高寒"，却因"眼底千山，一半溶溶白"的境界而似乎有某种象征的含义在。"溶溶白"写的是月色，但"明月如霜"，月色在古典诗词中给人的联想就常常是寒冷的霜雪。所以，"眼底千山，一半溶溶白"在这里就兼有了杜甫"一览众山小"的博大胸怀、王维"阴晴众壑殊"的广角视野和李商隐"月中霜里斗婵娟"的极美与极寒。因此，这"高寒"的环境虽然是写实，而"高寒"的品质却有一种引人深思联想的作用，它代表了一种冷静、睿智而又孤寂的境界。所谓"京华尘里客"，都是热衷的、短视的。他们忙于趋炎附势或养家糊口，不会去追求那种冷静与睿智的境界。作者身为"京华尘里客"却追求那种冷静与睿智的境界，自然就成了一只"孤雁"，不得不忍受离群的寂寞与孤独。所谓"察见渊鱼者不祥"，洞彻尘世的冷静与睿智不能给人带来任何尘世间的好处，只能增加人的痛苦与孤独。当你达到睿智的极致时，你也就达到了"高寒"的极致。所以苏东坡说："我欲乘风归去，又恐琼楼玉宇，高处不胜寒。起舞弄清影，何似在人间。"（《水调歌头》）他是用旷达来化解睿智带来的痛苦。王国维在旷达上不及古人，在对哲理的深思上却超过了古人，所以他才会写出这种既高远开阔又寒冷凄清的句子。

"小立西风吹素帻"的"素帻"，是古人用的白色包头巾。这种包头巾今人已经不用了。所以，作者在这里用到这个词，恐怕是有一些其他意思在里边的。首先，这首词的上片用了"京洛尘"的典故，典故出处是陆机的诗，诗中说，由于"京洛多风尘"，所以才"素衣化为缁"。而在这里，作者强调自己戴的是"素帻"，这就令人联想到一种没有受到过尘埃污染的"本然"的品格。在京城这样一个争名逐利的是非场中，作者相信自己本然的品格始终保持未变，所以他才会有"独来绝塞看明月"的与众不同的行为。另外，"素帻"在古代常用于丧事，所以在这里也有可能是用这个词来暗指他自己遭遇丧事的不幸。王国维1906年春随罗振玉入京，当年秋8月遭父丧返海宁，1907年4月回到北京，7月下旬莫氏夫人病危又返海宁，料理丧事毕于9月回到北京。两年之内接连失去两个亲人，自己又羁旅谋生寄人篱下，这可能正是他在中秋节前后"独来绝塞看明月"的原因。不过，这又涉及这首词与前一首《减字木兰花》是否同时所写的问题。从《昔游》诗中的"暮宿青龙桥，关上月正圆。溶溶银海中，历历群峰颠"来看，这两首词是在同一次游历中所写。然而，《昔游》和《减字木兰花》中都提到了杏花。杏花开在春天，而这首词中却出现了"西风"，这是一个矛盾。这就说明这两首词所写的并不是同一次游历，而后来作者在写《昔游》时却把它们合并到一起了。所以，《减字木兰花》可能写于1906或1907年春，而这首《蝶恋花》则很可能写于1907年中秋节前后。一个人，在接连遭受失去亲人的打击之后，对生命的无常会有更敏锐的感受，尤其是王国维这种偏爱哲学思考的人，内心的伤痛更会加深他对人生意义的思考。在中国古代的小说中不乏这样的故事：当一个凡人在神仙世界度过了几天又回到尘世的时候，他的亲友已经死亡殆尽，他的孙子都成了白发苍苍的老翁。那真是"山中才数日，世上已千年"。人生的觉悟是要付出代价的。高寒之境虽然是俯瞰洞察历史与人生的好地方，却不能容人久立。而当你回到扰扰尘世的时候，你很快也会像你的亲友们一样老去，你的清醒只能增加你在尘世的苦恼。

前一首词，是通过写景来表现哲理的，"比"的含义和理路的安排比较明显。而这一首词的自然感发更为突出。因为作者本是要借长城明月的开阔皎洁来排遣内心的悲伤，最终却仍然回到"人间几度生华发"的悲伤。词中那种高远、皎洁而又寒冷之至的境界，可以引发读者产生比前一首更为广泛的联想。

辑评

吴昌绶 （见《减字木兰花·乱山四倚》辑评）

蒋英豪 词中运以时间和空间的距离，开展出一个极其寥廓之境。岭之与天，是空间的距离。秦关元阙，是时间的距离。在这时空交错的广阔之境中，却有"独看明月"的词人，那份遗世独立之情是可以想见的。所以下半阕的几句都是环绕着这种感情而加以铺叙。"小立西风吹素帻"，就把遗世独立之情表现得很具体，至于"人间几度生华发"，正是从"秦关元阙"引发起的感喟。

萧艾 夜宿青龙桥，与《减字木兰花》同时之作。

陈永正 《人间词话》一开端就标举出"境界"之说，云："词以境界为最上，有境界则自成高格，自有名句。"第五十一则又云："'明月照积雪''大江流日夜''中天悬明月''黄河落日圆'，此种境界可谓千古壮观。"此词写绝塞看月的情景，过片数语，从"明月照积雪"化出，然境更大，意更深，自是高格名句。词人孤峭的人格，高洁的襟怀，均于词中得之矣。1907 年秋作于北京。（《校注》）

陈鸿祥 词云："独来绝塞看明月"，又云："眼底千山，一半溶溶白。"正合王氏《昔游》诗所记："暮宿青龙桥，关上月正圆。溶溶银海中，历历群峰巅。"然则，同一题材，一为诗，一为词，所谓"诗之境阔，词之言长"，由此亦可比观而揣摩矣。(《注评》)

佛雏 王氏在《词话》中很向往那种"韵趣高奇""嵯峨萧瑟"之境。他的词摹写自然美，亦颇致力于自然风景中那种朦胧的音乐气氛、情感气氛。如《菩萨蛮》(西风水上摇征梦)之"江阔树冥冥，荒鸡叫雾醒"，《蝶恋花》(连岭去天知几尺)之"如此高寒真欲绝。眼底千山，一半溶溶白"：均若深闳、萧瑟，使人挹之无尽，"玩之有声"。又：与上首(指《减字木兰花·乱山四倚》)写作时地同(1906年)。

钱剑平 (系于1906年)

祖保泉 此为纪游词，别无深意。(《解说》)

蝶恋花

　　帘幙深深香雾重。四照朱颜，银烛光浮动。一霎新欢千万种。人间今夜浑如梦。

　　小语灯前和目送。密意芳心，不放罗帏空。看取博山闲袅凤。濛濛一气双烟共。

　　这本是一首模仿"花间"的侧艳之词，但作者把那男女之间的柔情蜜意描写到极点，反而产生了一种"远韵"，不似这类词中某些语近于淫靡、意尽于亵慢的作品。

　　"帘幕深深香雾重"营造了一种"洞房幽深"和"绮罗香泽"的秾艳气氛；"四照朱颜，银烛光浮动"写房中蜡烛的光华映照着美人朱颜的光华，与白昼观感大不相同。"一霎新欢千万种，人间今夜浑如梦"，是说自己在这么短暂的时光里享受到了这么多的欢乐，因而都有点儿

<hr />

幙：同"幕"。｜**香雾**：香气。唐刘禹锡《更衣曲》："博山炯炯吐香雾。"｜**四照**：光华照遍四方。｜**银烛**：银白色蜡烛。唐陈子昂《春夜别友人》："银烛吐青烟，金樽对绮筵。"｜**新欢**：新的欢乐。三国魏曹丕《猛虎行》："与君媾新欢，托配于二仪。"｜**浑如梦**：完全像在梦中。南宋徐俯《鹧鸪天》词："旧来好事浑如梦。"｜**小语**：细语。唐裴思谦《及第后宿平康里》："小语偷声贺玉郎。"｜**密意芳心**：谓女子心中亲密的情意。｜**不放**：不令。｜**罗帏**：罗帐。唐卢照邻《长安古意》："罗帏翠被郁金香。"｜**看取**：看。取，助词无义。｜**博山闲袅凤**：谓正在升起袅袅香烟的镂刻有凤凰图形的博山香炉。博山炉因炉盖造型似传闻中的海中名山博山而得名，后作为名贵香炉的代称。《西京杂记》卷一："长安巧工丁缓者……又作九层博山香炉，镂为奇禽怪兽，穷诸灵异，皆自然运动。"闲袅凤，南唐李煜《临江仙》词："炉香闲袅凤凰儿。"闲袅，形容细长柔软的东西随风摆动。｜**濛濛**：迷茫貌。｜**一气**：声气相通。汉王充《论衡·变虚》："同由共本，一气不异。"｜**双烟**：唐李白《杨叛儿》诗："博山炉中沉香火，双烟一气凌紫霞。"

怀疑这是不是真的了。王国维在词中最喜欢用"人间"二字，但其中大多数都是和痛苦相连的，像"人间只有相思分"（《蝶恋花》）、"人间几度生华发"（《蝶恋花》）、"人间孤愤最难平"（《虞美人》）、"人间事事不堪凭"（《鹊桥仙》）、"懒祝西风，再使人间热"（《蝶恋花》）等等。而现在的"一霎新欢千万种。人间今夜浑如梦"使我们看到了另外的一个王国维，原来他不仅对人生的痛苦有很强的敏感，而且对人生的幸福也有极强的敏感。你看他把今晚洞房中这个欢乐的两人世界写得多么美好！

"小语灯前和目送。密意芳心，不放罗帏空"是写美人对自己的情意，白居易《长恨歌》"回眸一笑百媚生""芙蓉帐暖度春宵"似之。但《长恨歌》是诗，同样的意思以词语出之，就显得更为秾艳，更为细腻。这首词写到这里，可以说已经把洞房中的男女之情写到极点了，再写下去就容易走向淫靡。但作者笔锋一转，开始写房间里的香炉和香炉里升起的两道香烟。这一转转得极妙，因为写烟不是写人，但写烟同时也就是写人。烟虽有两道，却出自一炉，所以是"一气"。但人与人声气相通也是一气，唐人崔国辅《奉和华清宫观行香应制》诗曰，"云物三光里，君臣一气中"，《红楼梦》里贾琏的跟班评论凤姐的丫头平儿说，平姑娘"为人很好，虽然和奶奶一气，他倒背着奶奶常作些好事"；君臣可以一气，主仆可以一气，两个相爱的人当然更是一气。这"一气"的"双烟"同时而生，相伴而舞，共同在空中结成蜃楼幻景，又同时消散在空气中化为空无，人生倘能有这样一个知己相伴，那真是可以死而无憾了！

其实，结尾这两句也是有出处的，它出于李白的古题乐府诗《杨叛儿》：

君歌杨叛儿，妾劝新丰酒。何许最关人？乌啼白门柳。

乌啼隐杨花，君醉留妾家。博山炉中沉香火，双烟一气凌紫霞。

沈德潜《唐诗别裁》评论李白这首诗说："即《子夜》《读曲》意，而语不嫚亵。故知君子言有则也。"《子夜歌》和《读曲歌》都是南朝吴声歌曲，写爱情写得过于大胆，不符合传统道德要求，所以沈德潜说它们"嫚亵"；李白这首诗虽然取的是同类题材，但却写出了一种感情和意境的美。同样，拿王国维这首能够引起读者如此深厚和美好之人生联想的艳词和那些单纯写实的艳词相比，也有着"有则"和"嫚亵"的区别。

辑评

陈永正 这是一首情词。重帘、香雾、浮动的烛光，蒙蒙的烟气，烘染出如梦如幻的气氛，表现了抒情主人公惝恍迷离的心境。至于是否有所寄托，则匪易探求了。作于1907年。（《校注》）

陈鸿祥 此首原与《蝶恋花·连岭去天》之写"独来绝塞看明月"蝉联，盖记夜宿客店有感。惟所写"四照朱颜""一霎新欢"，当属于"情语"。（《注评》）

佛雏 拟系于1906年5月至1907年10月。

钱剑平 （系于1907年）

祖保泉 《诗经》把《关雎》列为首篇，汉儒说那所写的是"人伦之始";王国维以民间曲子词写民间的"洞房花烛夜",语不儇薄,意不尘下,有何不可? ……南齐童谣,讽刺南齐"何后"失德,私宠青年汉子;李白诗歌,咏浪荡行为。歌谣中的"博山炉"所比喻的是不正常的两性关系。而王氏词中的"博山闲袅凤,蒙蒙一气双烟共",所表达的是儒家人伦大礼。这两者之间的社会道德界限是非常清楚的。(《解说》)

蝶恋花

　　手剔银灯惊炷短。拥髻无言，脉脉生清怨。此恨今宵争（《乙稿》作"那"）得浅。思量旧日深恩遍。

　　月影移帘风过院（《乙稿》作"花影一帘和月转"）。待到归来（《乙稿》作"直恁凄凉"），传尽中宫箭（《乙稿》作"此境何曾惯"）。故拥绣衾遮素面。赚他醉里频频唤。

　　这是一首"闺怨"之词，写一个女子在等待迟迟不返的心上人时内心感情的起伏变化。

　　"手剔银灯惊炷短"，七个字包含了很丰富的信息。"炷"是油灯的灯芯；"惊炷短"，是突然发现灯芯已经烧得很短了。灯芯由长变短有一个时间的过程，所以，这个"惊"其实是因时间已经过去很久而惊。但"手剔银灯"是说这个女子亲手在剔灯芯，既然亲手在剔，就应该注意到灯芯从长变短的过程，又何必"惊"？所以，这个"惊"字里边实际上包含了突然之间的一种信心的动摇。那男子本来早就该回来

银灯：银白色的灯盏。｜炷：灯芯。｜拥髻：捧持发髻。旧题汉伶玄《赵飞燕外传》附《伶玄自叙》："通德占袖，顾视烛影，以手拥髻，凄然泣下。" 宋苏轼《九日舟中望见有美堂上鲁少卿饮处以诗戏之》："遥知通德凄凉甚，拥髻无言怨未归。"通德，伶玄侍妾。｜脉脉：含情不语貌。《古诗十九首》："盈盈一水间，脉脉不得语。"｜清怨：凄清幽怨。南朝梁钟嵘《诗品》卷中："不闲于经纶而长于清怨。"｜争得：怎得。唐白居易《浔阳春·春去》诗："送春争得不殷勤。"｜思量：想念。｜传箭：报时。古代用铜壶滴漏计时，漏壶中插入一根标竿，称为箭，箭下用一只箭舟托着，浮在水面上，水流出或流入壶中时，箭下沉或上升，借以指示时刻，称"箭漏"。｜中宫：皇后居住之处。亦指宫中。｜赚（zuàn）：哄骗。

了，但却一直没有回来。灯芯已经剔了好几遍，每剔一遍，室内从暗到明，然后又渐渐从明到暗，这情景有点儿像下一首《蝶恋花》中的"黯淡灯花开又落"，里边暗示有一种内心情绪的起伏波动。而她在"惊烖短"的时候，是忽然从灯烖之短想到了时间之久，从而对那男子是否还会回来已经开始有所怀疑了。说这女子是在独自等待并非没有根据，因为接下来的"拥髻无言"四个字是有出处的。"拥髻"一词本出于汉代伶玄的《赵飞燕外传》，伶玄买了一个妾叫樊通德，其人美而知书，且熟知汉宫赵飞燕姐妹的许多事情。当她给伶玄讲述这些故事时自己也很感伤，常常"顾视烛影，以手拥髻，凄然泣下，不胜其悲"。后来苏轼就用通德拥髻泣下的事开他一个朋友的玩笑，说那个朋友总在外边游玩饮宴，他的妾独自在家中等待一定因思而生怨——"遥知通德凄凉甚，拥髻无言怨未归"。这就是"拥髻无言，脉脉生清怨"的来由。

"此恨今宵争得浅"，就是由思而生怨。但儒家的正道是"怨而不怒"，而王国维的思想倾向基本上是属于儒家的，所以他接下来说："思量旧日深恩遍。"这与下一首《蝶恋花》中"频弄玉钗思旧约。知君未忍浑抛却"的意思差不多，不过这里说得更感人：那女子在孤寂哀怨之中心里尽量不去想那男子现在对她的负心，而是想那男子过去对她所有的恩情。一个定语的"深"字和一个补语的"遍"字，使得女子的这一份用心显得更为温柔也更加痴情。

"月影移帘风过院，待到归来，传尽中宫箭"是写那男子之迟迟归来，这几句《乙稿》作"花影一帘和月转。直恁凄凉，此境何曾惯"。《乙稿》数句是写孤独等待中时间的漫长难挨，"何曾惯"与上片的"旧日深恩"暗中呼应，既有对旧日的"思"，也有对今日的"怨"。《苕华词》的改动不是没有原因的。因为，"花影一帘和月转。直恁凄凉，此境何曾惯"与"故拥绣衾遮素面，赚他醉里频频唤"之间有一个时间上的跳跃，其间略去的情节是：那男子终于归来了，但归来时已是酩酊大醉，所以这女子才以被蒙头假装睡着，骗那男子一遍又一遍地喊她，以此作为对长夜之等待的补偿。不过，这种跳跃的写法不太符合传统的阅读习惯，而且很容易使读者误解，以为那男子其实一直在她身边，只是因为喝醉了酒才令女子感到孤独和冷落。因此《苕华词》才改为"月影移帘风过院。待到归来，传尽中宫箭"，把略去的情节补齐，使读者能够清楚地看出：此前都是写女子一个人孤独地等待，只有最后两句才是写男子归来之后的事情。当然，这样写虽然把情节交代得比较清楚，但显得有些落实，这是它的缺点。

另外，"传尽中宫箭"的"中宫"既可以指皇后居住之处亦可以泛指宫中。所以，《苕华词》的改动使这首词成为"宫怨"之词。光绪皇帝与中宫的感情始终不好，这里边是否有所暗指也很难说。但从《乙稿》的初稿来看，这首词也许并没有什么深意，作者只是要写一首以对女子心理细腻描写取胜的"花间"风格的艳词而已。

辑评

吴昌绶　"那得"字少用为妙。

陈永正　此词写一位女子在夜里守着喝醉了的情人，心中充满了怨恨。大概作者是有所寄意的。以男女之情喻君臣关系，恐怕静安已是最后一批使用这种手法的诗人了。作于1907年。（《校注》）

陈鸿祥　此首"手剔银灯"，上首"帘幕深深"；此首"赚他醉里频频唤"，上首"今夜浑如梦"。今谓"潇洒赌青春"，古谓"行乐须及时"，实

皆醉生梦死。盖亦为"情语"之属。(《注评》)

佛雏 又如"故拥绣衾遮素面，赚他醉里频频唤"：此虽艳语，而亦不尽为艳语。《五灯会元》十九载宋代五祖演禅师居成都，时某提刑"解印，还蜀，诣师问道。祖曰：提刑少年曾读小艳诗否？有两句颇相近：'频呼小玉元无事，只要檀郎认得声'"。比照地看，"频呼"二句既"近"于"道"，"故拥"二语亦差可攀跻。"遮素面"，"认得声"：此"声"此"面"，均确有其永恒的人生"理念"之"真"（包括王氏所谓"真感情"的"真"）在。叔氏本极崇拜佛家哲学，王氏于传统的"诗禅"颇有默契，《人间词》中亦有"北窗情味似枯禅"之句。以此推之，把某些艳语拉向"第一义"，就这个体系言，也并非完全不可思议之事。又：拟系于 1906 年 5 月至 1907 年 10 月。

钱剑平 （系于 1907 年）

祖保泉 古代词人写男女的闲情幽怨，总是托少妇的心眼叙相思之情，以寂寞凄凉的景语或情语结束，几成惯例。而王氏此词，写幽怨而以欢愉的设想（也是必将实现的恩爱）结束全篇，便见新鲜。(《解说》)

蝶恋花

　　黯淡灯花开又落。此夜云踪，知（《乙稿》作"究"）向谁边著。频弄玉钗思旧约。知君未忍浑抛却。

　　妾意苦专君苦博。君似朝阳，妾似倾阳藿。但与百花相斗作。君恩妾命原（《乙稿》作"元"）非薄。

　　这是一首以女子口吻写的弃妇之词。女主人公的境遇令人同情，她对爱情的执着令人深深感动。

　　"黯淡灯花开又落"是写房中景，但同时又有一种"起兴"——引起人的感发——的作用。古代点油灯或蜡烛，灯芯燃烧久了就结成花，结了花的灯芯火光较暗，要等它落下去或动手把它剪下去灯光才亮起来。既然灯花也叫"花"，那么当然就可以用"开"和"落"来形容。灯花"开"的时候光线就暗淡，灯花"落"时候光线就明亮。而"开又落"，是一个连续不断地从暗到明的过程，这个过程是需要时间的。因此我们可以想象：房间中这个女子独自面对孤灯长时间地等待着她所爱的那个男子，眼前的灯花开了又落，落了又开，屋中光线也因此暗了又明，

黯淡：昏暗。唐杜牧《代吴兴妓春初寄薛军事》诗："柳暗霏微雨，花愁黯淡天。"｜**灯花**：灯芯余烬结成的花状物。｜**云踪**：谓那出外冶游之男子的踪迹。｜**谁边**：何人处。**著**：着落。｜**频弄**：不断用手把玩。｜**玉钗**：女子首饰。｜**旧约**：从前的盟约。南唐冯延巳《采桑子》词："旧约犹存，忍把金环别与人。"｜**浑抛却**：全丢弃。｜**倾阳藿**：三国魏曹植《求通亲亲表》："若葵藿之倾叶，太阳虽不为之回光，然终向之者，诚也。"藿，豆叶。
相斗作：相争开放。斗，争。作，作花，即开花。南朝宋鲍照《梅花落》诗："念其霜中能作花。"

明了又暗，那男子却始终没有回来。而"灯花"意味着什么？古人认为"灯花"是报喜的，因此灯花的"开"代表着希望，灯花的"落"代表着失望。《文心雕龙》的《物色篇》说："物色之动，心亦摇焉。"那女子在表面形态上是静的，但是那灯花的开落和光影的明暗暗示着女子的内心正在希望与失望的交替之中激烈地动荡。

接下来是对女子感情和心理的描写。"此夜云踪"的"云踪"，用了"巫山云雨"的典故，只不过说的不是女子，而是指那个多半是出去寻花问柳的男子。"知向谁边着"是问句，"知"是推测的口吻。既然这么晚了还不见回来，那当然就是留宿在外边的什么地方了。冯延巳《蝶恋花》的"几日行云何处去，忘了归来，不道春将暮"，也是这样一种口吻。这两句，是写女子的失望。"频弄玉钗"的"玉钗"，当是定情的信物；"频弄"，是拿在手中频频摆弄。这女子在百无聊赖的等待之中手里摆弄着定情的信物，心中就想起了定情时的盟约：你曾经对我信誓旦旦，所以我相信你绝不会违背誓言移情别恋。这又是写失望中的希望。室内的灯花开了又落，女子内心希望与失望的感情此伏彼起。上片四句，很巧妙地把景物和心情结合起来，把人物外表的"静"和内心的"动"结合起来，生动地写出了这个女子在孤独的等待之中内心所受的煎熬。

如果说上片感发重在"情"的话，下片的感发就重在"理"。"妾意苦专君苦博"就是很理性的句子。"苦"在这里是程度副词，有"很"或者"太"的意思。这女子心里完全清楚：我和你的地位、性格完全不同，彼此的感情也是不对等的。可是——这真是由个人的天性带来的无可奈何的悲剧："君似朝阳，妾似倾阳藿。"你就是太阳，我就是那种天性向阳的植物；我这一生就只认定了你，没有你我就不能活下去！爱一个人爱到这种地步，这种感情就很容易使人产生感发的联想了。杜甫的名篇《自京赴奉先县咏怀五百字》说，"杜陵有布衣，老大意转拙。许身一何愚，窃比稷与契"——我不过是一个布衣的老百姓，我怎么会这么愚蠢地以治国救民为理想，渴望建立稷和契那样的功绩！这当然是一种自知之明。可是他又说，"盖棺事则已，此志常觊豁"——只要我不死，我就不会放弃我的这种理想。然而，要治国救民就必须"居庙堂之高"而不能"处江湖之远"，可是"当今廊庙具，构厦岂云缺"——庙堂是大家趋之若鹜的地方，什么材料都很齐全，难道还缺我这样一个卑微的布衣之士？但是"葵藿倾太阳，物性固莫夺"——我就像葵藿一样，倾阳是我的本性，一个人的本性难道还可以改变吗？这真是一种缠绵往复、沉郁顿挫的"难以自言之情"。杜甫是用"赋"的方法直说的，而王国维却是借"弃妇"的口吻更含蓄地表达出来的。

"但与百花相斗作"的"斗作"，是"相斗作花"的意思。就是说，我不乞求你专一于我，因为对太阳来说那是不可能的。我只希望享有一个和百花争放的机会，我会在你的阳光下开出美丽的花朵来。得到这个机会，那是你对我的厚恩；开出我的花朵而不像杨花那样"开时不与人看，如何一霎蒙蒙坠"（《水龙吟·杨花用章质夫苏子瞻唱和均》），那是我的好命。只要能够这样，我在这个世界上就感到十分快乐和满足了。"君恩妾命原非薄"，令我们联想起《乙稿》中另一首词《清平乐·斜行淡墨》的"厚薄但观妾命，浅深莫问君恩"。认命而不怨是封建道德赋予女性的一种精神重负，如果仅仅从这个角度来看，则这些词只是表现了弃妇在怨与不怨之间的内心矛盾与痛苦。但我们在那一首《清平乐》的讲解中也曾提到，王国维自己在对人生责任的看法上也存在着与此类似的负重心境。因此，这里边就隐含有一种执着的奉献与担荷的精神，这精神就形成了一种"境界"，它是值得我们咀嚼与品味的。

辑评

冯承基 "君似朝阳，妾似倾阳藿"拟自"郎似桐花，妾似桐花凤"。又：（见《点绛唇·万顷蓬壶》辑评）

周策纵 《蝶恋花》中"妾意苦专君苦博，君似朝阳，妾似倾阳藿，但与百花相斗作，君恩妾命原非薄"亦充满无可奈何、安之若素之感。其格调在汉魏六朝乐府间，然非深于近代哲学修养者不能道。

蒋英豪 "君似朝阳，妾似倾阳藿"，套用王士禛《蝶恋花》"郎似桐花，妾似桐花凤"。

萧艾 此词亦属专作情语者。《清平乐》词从男方着笔，此词从女方着笔。静安自诩写爱情词对此有开拓之功。然耶？否耶？读者不妨细细品味。类此尚多，恕不毕举。

陈永正 此词比兴寄托之迹较显，饶宗颐先生《人间词话平议》特意举出，谓其"拳拳忠悃，寄意正与乙庵（沈曾植之号）相近"。连静安也要借樊志厚之口，把"观物之微，托兴之深"作为自己诗词之特色，可见作者并非"专尚赋体"而反对比兴的。然静安此类有"寄托"之词，每受理性之干扰而失真，情与境俱浅，未能达到他所追求的"深微"之旨。作于1907年。（《校注》）

陈鸿祥 王国维论述"成大事业、大学问"必经的"三境界"，曾引用了"专作情语而绝妙者"的"衣带渐宽终不悔，为伊消得人憔悴"。以此词参比他自述这一时期因"学术转向"而产生的"烦恼"，便可豁然顿悟其作此"情语"的"托兴"所在。他说，"余疲于哲学有日矣。哲学上之说，大都可爱者不可信，可信者不可爱。余知真理，而余又爱其谬误"。他又说，"余之性质，欲为哲学家则感情苦多而知力苦寡；欲为诗人，则又苦感情寡而理性多"。于是，"诗歌乎？哲学乎？他日以何者终吾身"，连他自己都"不敢知"。这是他在三十而立之年，从苏州到了北京，由哲学转向文学，又因"词之成功"而"志于戏曲"之际写的。"妾意苦专君苦博"，不正是这种矛盾心态的反映吗？当然，写诗填词不是编"哲学讲义"。然而，"诗言志"。所谓"感情苦多"即"苦博"，"知力苦寡"即"苦专"；明知"不可信"却那么"可爱"，明知"可信"却又如此"不可爱"。他这种感情与理智的矛盾，又多么酷似那灯下"频弄玉钗"的痴情少妇。"但与百花相斗作"，他在"情语"方面的"开拓之功"，未必有他自许的那么大；而他在学术百花园里"相斗作"，终于取得了真正"度越前人"的成就。从这个意义上说，"黯淡灯花开又落"，不啻是他深夜苦攻、辛勤治学的写照。（《注评》）

佛雏 拟系于 1906 年 5 月至 1907 年 10 月。

孙映逵 这首词意在谴责薄幸，还是感叹痴情？读者尽可见仁见智。而王国维把弃妇的"希望"写得如此可哀、可怜，在文人诗词中是未曾有过的。仅南朝乐府中有一首民歌小调与此相近："千叶红芙蓉，照灼绿水边。余花任郎摘，慎莫罢侬莲！"（《读曲歌》）

严迪昌 （见《浣溪沙·山寺微茫》辑评）

吴蓓 （见《临江仙·闻说金微》辑评）

钱剑平 （系于 1907 年）

祖保泉 "妾意苦专"，爱之专也；"君苦博"，君爱之博大，惠及众人也。实则赞他有事业心，有丈夫气志。一句写出两人品格，难得。……"原非薄"即厚重也。"厚重"二字可视为这首词的"品格"定位语。（《解说》）

虞美人

《乙稿》题下注曰：《甲稿》末之《蝶恋花》本填此调，因互有优劣，故两存之。

　　碧苔深锁长门路（《乙稿》作"纷纷谣诼何须数"）。总为蛾眉误。自来积毁骨能销（《乙稿》作"世间白骨尚能销"）。何况真红一点臂砂娇（《乙稿》作"何况玉肌一点守宫娇"）。

　　妾身但使分明在。肯把朱颜悔。从今不复梦承恩。且自簪花（《乙稿》作"开奁"）坐赏镜中人。

　　《人间词乙稿》此词题下注曰："《甲稿》末之《蝶恋花》本填此调，因互有优劣，故两存之。"所以我们要把这两首词比照来看。在《蝶恋花·莫斗婵娟》的讲解中我们提到它的写作起因可能是为罗振玉鸣不平，但词中那种强烈的感发打破了这具体"事件"的局限而产生了一种给读者以更广阔之联想空间的"境界"，因此我们读那首词的时候不必了解它的"本事"，也会产生强烈的感动。两首词相比，《蝶恋花·莫斗婵娟》的感情较为激切，而《虞美人·碧苔深锁》的感情则较为和婉。一个带有初始感发的强烈激情，一个经过了淘洗熔炼而显得更为高洁与纯净，显然是"互有优劣，故两存之"。

长门：汉宫名。汉司马相如《长门赋》序："孝武皇帝陈皇后，时得幸，颇妒，别在长门宫，愁闷悲思。闻蜀郡成都司马相如天下工为文，奉黄金百斤，为相如、文君取酒，因于解悲愁之辞。而相如为文以悟主上，皇后复得亲幸。"后以"长门"借指失宠女子居住的寂寥凄清的宫院。| **蛾眉**：见《蝶恋花·莫斗婵娟》注。| **积毁骨能销**：见《蝶恋花·莫斗婵娟》注。| **真红**：正红，深红色。| **臂砂娇**：点在臂上之颜色娇艳的守宫砂。守宫砂，见《蝶恋花·莫斗婵娟》注。| **承恩**：蒙受恩泽。《史记·佞幸列传赞》："冠䚄入侍，傅粉承恩。"| **簪花**：戴花。唐杜牧《代人作》"斗草怜香蕙，簪花间雪梅。"

"碧苔深锁长门路"用的是陈皇后的典故。汉武帝的陈皇后失宠后罢居长门宫，因此后代文人常用"长门"来指代失宠女子的居处。"碧苔"是地上长的青苔。经常有人来往的路上是不会长许多青苔的，现在这个女子门前的路上长满了青苔，所谓"门前旧行迹，一一生绿苔"（李白《长干行》），说明已经很久没有人来过了。为什么如此？作者说是"总为蛾眉误"。"蛾眉"，是以眉的美丽来代指整个人的美丽。一个女子的被冷落，不是因为长得不美，而恰恰相反是因为长得太美，这看起来很反常，其实并不奇怪。因为人类有一个最恶劣的坏习惯就是嫉妒，人长得太美了，就会遭到嫉妒，然后就是谗毁和打击，这就是屈原《离骚》所说的"众女嫉余之蛾眉兮，谣诼谓余以善淫"。所以，美丽的女子是可以被美貌所误的，正像有才能的男子也常常被才能所误一样。昭君自恃美貌，不肯贿赂画工，终遗恨于青冢；贾谊年少才高，绛灌等毁之，遂弃置于长沙。嫉贤妒能的事古已有之，并不始于今日；但凡美女才人而又不谙于韬晦之道者，都免不了以悲剧告终。因此，"总为蛾眉误"这五个字，实在包含有很沉重的历史内容在里边。

　　"自来积毁骨能销。何况真红一点臂砂娇"与《蝶恋花》中的"臂上宫砂那不灭，古来积毁能销骨"意思是一样的，感情也同样激烈，但这里的两句却似乎能够给人以更丰富的感受。首先，《蝶恋花》的词调在那里只是两个七言句，《虞美人》却是一个七言，一个九言。九个字的长句特别容易形成一种滔滔滚滚的气势，如李后主《虞美人》的"问君能有几多愁，恰似一江春水向东流"，就不只在内容上而且在口吻上也给读者一种很强烈的感受。其次，"真红"这个词，强调了一个"真"字；"臂砂娇"的"娇"强调了一个"美"字；而渗透在玉臂上的那一点"真红"，不仅是色彩的美，还象征着女子冰清玉洁的品德之美，这又强调了一个"善"字。然而，我们人类自古以来又是怎样对待这人世间最值得珍重的"真善美"的？是"自来积毁骨能销，何况真红一点臂砂娇"！自古以来，谎言战胜了真实、邪恶战胜了正义的事情难道还少吗？"真红一点"和"臂砂娇"是多么柔美又多么纤弱，而"积"和"销"又是一种多么强大的毁灭性力量。更何况，那"自来"二字之中又包含着古今中外多少历史的内容，"何况"二字之中又隐含着多少人间的无奈。由此可见，"臂上宫砂那不灭，古来积毁能销骨"与"自来积毁骨能销。何况真红一点臂砂娇"相比，似乎是后者更胜于前者。

"妾身但使分明在"使人联想到文天祥《满江红》的"世态便如翻覆雨，妾身元是分明月"。"分明"的意思是不苟且，不暧昧，处身磊落，正大光明。人，只要活得光明磊落，就不必因别人的嫉妒毁谤而改变自己或为此闷闷不乐。别人怎么说是别人的事，一个人的价值有时候并不决定于别人对你的评价，尤其是那些专事嫉妒逸毁的人对你的评价。没有一个人承认你的美，难道你的美就不存在了吗——"从今不复梦承恩，且自簪花坐赏镜中人"。作者说：我再也不期待别人对我的欣赏，我自己梳妆打扮好了坐在镜子前欣赏我自己！中国人以谦虚为本，一般认为自我欣赏是不好的，但也要看在什么时候。如果这个世界上没有一个人能够理解你，你自己也因此而从俗从众否定了自己，那岂不辜负了你天生美好的禀赋？一个人只有敢于在"举世皆醉"和"举世皆浊"的环境下坚持自己身上真正美好的品德，才是理性和自我的真正成熟。"且自簪花坐赏镜中人"—— 这不是一般人所说的那种肤浅的自我欣赏，而是一种自爱与自信的表态。

和《蝶恋花》的下片相比，这首词没有写那种极端绝望中的愤慨，而是集中笔墨写出了一种"觉今是而昨非"的觉悟与升华。《蝶恋花》的"镜里朱颜犹未歇，不辞自媚朝和夕"其实也暗含了这种觉悟和升华，但在表面上仍是"懒祝秋风，再使人间热"那种极端绝望之愤慨的继续。

而这首《虞美人》的下片，在比兴寄托的含义上，实在是比《蝶恋花》更为明显的。

辑评

吴昌绶 深美闳约。

夏承焘、张璋 此词写蛾眉见妒的不幸遭遇。上片"自来积毁骨能销"，与《离骚》的"众女嫉余之蛾眉兮，谣诼谓余以善淫"之句，千古同悲。下片末三句写出一个不屈服的人的心声。《诗经》："自伯之东，首如飞蓬。岂无膏沐，谁適为容？"而此词则说：虽然现实中已不可能再承恩了，而且连梦也不作了，她还是簪花打扮，对着镜子自己欣赏自己的美貌，这是何等倔强的性格！

缪钺 作者一再坚持自己固有的理想与信念，但在世事难期，知音不遇的情况下，唯有孤芳自赏而已。《虞美人》词下半阕便是这种心情的写照：（下录本词下半阕从略）此即屈原《离骚》"制芰荷以为衣兮，集芙蓉以为裳；不吾知其亦已兮，苟余情其信芳"之意矣。（《述论》）

陈邦炎 （见《蝶恋花·辛苦钱塘》辑评）又：（见《荷叶杯》辑评）

陈永正 谣诼蛾眉，千古同慨。狷介执着的王静安，也许会有更深的感受吧。陈寅恪在《海宁王静安先生遗书序》中说："古今中外志士仁人往往憔悴忧伤继之以死，其所伤之事，所死之故，不止局于一时间一地域而已，盖别有超越时间、地域之理性存焉。而此超越时间、地域之理性，必非其同时间、地域之众人所能共喻。然则先生之志事多为世人所不解因而有是非之论者，又何足怪耶？"静安为世人所误解、诽谤，而终能独行己志，努力追求自己心目中的理想，在学术上取得杰出的成就，这是跟他倔强而执着的精神分不开的。本词真所谓"言近而指远，意决而辞婉"（《人间词·甲稿·序》），表现了词人最真切的内心世界。作于1907年。（《校注》）

顾随 "兰生幽谷不为莫服而不芳"（《淮南子·说山训》）。此可送给每个天才作家，即使无人欣赏，它照样香它那香，静安先生亦有其自己之悲哀："且自簪花坐赏镜中人"（王静安《虞美人》），这真是静安先生的悲痛。像静安先生那样古板厚重能写出这样美的句子，"自簪花"而且"坐赏"，此便是"不为莫服而不芳"。有人看是为人，没人看反而更要好，真美。（《论王静安》）

陈鸿祥 此首与《人间词甲稿》殿后之《蝶恋花·莫斗婵娟》，乃一题而二调。也有研究者讥王氏论词与填词是眼高而手低，并举此词为例，谓与甲稿词重复云云。盖以不明其重复之缘由，故有此误评，亦不知者不为过耳。（《注评》）

佛雏 如"妾身但使分明在，肯把朱颜悔！从今不复梦承恩，且自簪花坐赏镜中人"（《虞美人》"碧苔深锁长门路"）：这已不复纯属传统的"宫怨""闺怨"情调，如李白的"狂风吹却妾心断，玉箸并堕菱花前"之类。"且自簪花坐赏镜中人"，意决而辞婉（王氏自评其词语），对某种人生悲剧而以审美的游戏（并不与严肃相对立）态度出之。此"镜中人"，作为这位"簪花"者的"理念"（体现审美客体某种内在本性的一种"永恒的形式"）某一侧面的充分显现，是美的，故对之可以驱散人间的一切尘雾。此种"坐赏",虽是暂时的,却和"镜中人"一道,取得在审美静观中一刹超时空、超因果的存在,又未尝不具有一种"永恒"的性质与价值。拟系于 1906 年 5 月—1907 年 10 月。

朱歧祥 俗云:人到无求品自高。凡事不作外求,不冀待别人的认同而能肯定自我的价值,这是诗人信心的泉源,也是人性中高贵情操之所在。(《选评六》)

吴蓓 (见《蝶恋花·莫斗婵娟》辑评)

周一平、沈茶英 (见《蝶恋花·莫斗婵娟》辑评)

钱剑平 (系于 1907 年)

邓红梅 此词为比兴体,它构造了一个后宫遭妒美人明断自觉、风流自赏的词境,以此象征有出色政治才能而境遇冷落的才士,庆幸于本真犹存,选择了独善道路的生命情怀。

祖保泉 我觉得作者对心目中"美人"的维护、称颂有可议之处。罗振常说他哥哥"筑室姑苏",而江苏教育会登报指责罗氏"占用校地",便不是空穴来风,在无可反驳的情况下,罗只好"愤而辞职"。这件事,理在谁边,不难明白。而静安为了个人友情,不明察是非,一再填词,大呼"积毁销骨"……这首词,立意有硬伤,便不足以佳作视之。师友之交贵在交之以道,否则不免随人俯仰,亦可哀!(《解说》)

彭玉平 (见《蝶恋花·莫斗婵娟》辑评)

蝶恋花

　　百尺朱楼临大道。楼外轻雷，不间昏和晓。独倚阑干人窈窕。闲中数尽行人小。

　　一霎车尘生树杪。陌上楼头，都向尘中老。薄晚西风吹雨到。明朝又是伤流潦。

　　这是王国维最有名的一首词，其隐喻多义的文学意象、自然流露的哲理思致和悲天悯人的意识形态，在《人间词》中具有代表性。

　　判断一首词有没有言外之意，需要看作者的身世经历和他的思想状态，还需要看他所处的时代大环境对他的影响，更需要看作品本身的口吻和姿态。为什么我们说这首词不是一首传统性质的思妇之作而是包含了哲理与意识形态之隐喻的作品？那是因为，当我们读到"陌上楼头，都向尘中老"这一句的时候我们会强烈地感觉到：那"陌上楼头"之辽阔广泛，那"尘中"的痛苦和"老"的悲哀，都已经超越了一个思妇的狭窄范围；那种悲天悯人的感情和对这个世界透彻的了解，已经不属于作品中的思妇而属于作者本人了。而当我们有了这种感受之后再返回头去品味全首词就会发现，这首词几乎每一句之中都是包含

轻雷：隐隐雷声，此处喻指车声。西汉司马相如《长门赋》："雷殷殷而响起兮，声象君之车音。"｜**不间**：不间断。间，空隙。｜**窈窕**：娴静美好貌。《诗·周南·关雎》："窈窕淑女，君子好逑。"｜**闲中**：闲暇之中。白居易《奉和裴令公新成午桥庄绿野堂即事》："远处尘埃少，闲中日月长。"｜**车尘**：车行扬起的尘埃。唐温庭筠《秋日》诗："天籁思林岭，车尘倦都邑。"｜**树杪**：树梢。｜**陌上**：路上。｜**薄晚**：傍晚。薄，逼近，靠近。｜**流潦**（lǎo）：地面流动的积水。《韩诗外传》卷二："降雨兴，流潦至，则崩必先矣。"

有隐喻之含义的。

"百尺朱楼临大道。楼外轻雷,不间昏和晓",是写思妇居住的环境。古人常以居处之高来象征楼内之人的高洁与脱俗,如《古诗十九首》的"西北有高楼,上与浮云齐"就是一例。所以这"百尺朱楼"是以居处环境来烘托人物形象。"临大道",也许可以说出于曹植《美女篇》的"青楼临大路",但用意有所不同,这里的"临大道"是为了引出下边的一句:"楼外轻雷,不间昏和晓。""轻雷",是指大道上的车马声。杜甫《乐游园歌》云,"白日雷霆夹城仗";李商隐《无题》诗云,"车走雷声语未通",都是以雷声形容大道上的车马声。今天,凡在交通干线的公路两旁居住过的人对那种昼夜不停的噪声恐怕也都有深刻印象。"独倚阑干人窈窕。闲中数尽行人小"的是思妇,那是一个孤独寂寞的美丽女子站在高楼之上盼望她所爱的人归来,颇有温庭筠《梦江南》"过尽千帆皆不是,斜晖脉脉水悠悠,肠断白蘋洲"的意味。如果我们单从这个角度看,则这上半阕完全是传统意义上的思妇之词。

但下半阕中"陌上楼头,都向尘中老"的口吻却提醒了我们:作者在上半阕之所以这样写,也是有一定的隐喻作用的。首先,"楼外轻雷"似可以代表世俗的尘嚣,而"百尺高楼"则象征了一种精神的境界和智慧的高度。二者本来清者自清,浊者自浊,完全可以互不相干,但那"闲中数尽行人小"的行为姿态却把二者联系起来了。而这种居高临下又与红尘难舍难分的意境,在《人间词》中是不止一次地出现过的,如"夜起倚危楼,楼角玉绳低亚。唯有月明霜冷,浸万家鸳瓦"(《好事近》);如"人间曙。疏林平楚。历历来时路"(《点绛唇》);最具象征意义的,则无过于《浣溪沙》的"试上高峰窥皓月,偶开天眼觑红尘。可怜身是眼中人"了。其次,那关怀着恋人的思妇,似乎也象征着一种关怀着人间的精神与理念。盖因旧时养家糊口、争名逐利都是男子的事,所以往往是男子在红尘中陷溺较深。相比之下,女子对名利之事看得比较淡一些，所以古代有许多故事和神话常常塑造一些女神的形象去安抚和慰藉那些在红尘中失意的男子。王国维还在一首写思妇的《好事近》中说过，"独向西风林下，望红尘一骑"。那"西风林下"的超脱、"红尘一骑"的执迷和"独望"的对唤醒迷途的期待，似乎与这里的意境也有某种相近之处。

在我们这个世界上有两类人：一类是老庄之徒，他们总是站在高高的云端讽刺嘲笑我们这个世界的肮脏和龌龊；另一类是儒家之徒，他们从感情上与这个世界有千丝万缕的联系，但从理智上又不能忍受这个世界的龌龊，他们致力于改变这个世界的现状却又常常遭受到沉重的甚至是致命的打击。王国维就属于后一类。他在词中经常写到登高望远，但他的视线永远是注意着人间而不是注意着天上。那种瞭望，是焦虑而不是排遣，是痛苦而不是超脱。因此，那"百尺朱楼临大道"的"临"，不免令我们联想起屈原《离骚》"忽临睨夫旧乡"的"临"。"百尺朱楼"中的这个女子，她居处之地的高远和"人窈窕"的娴静美好本来是超凡脱俗的，但"不间昏和晓"的"楼外轻雷"是使她不能与红尘隔绝的环境；"独倚"的孤独寂寞暗示了她内心无法与红尘隔绝的爱情；"闲中数尽行人小"的行为则流露出她所有的希望与理想也都是寄托在红尘之中的。而且还不仅如此。如果我们从另一个角度来考虑，则这"闲中数尽行人小"的口吻中也包含有从高处俯视红尘中人的一种旁观者之冷静的观察和反思在里面。

"一霎车尘生树杪"也可以有现实的和隐喻的两种含义。"车尘"，是车后扬起的灰尘。车尘本生于地上，为什么会"生树杪"？这里边可能有远近不同距离的景物落在同一平面上所产生的视觉偏差。这句的意思是说：楼上的思妇注意着远方驰来的每一辆车子，希望其中有一辆是她所期待着的人乘坐的。但那些车子都没有在楼前停下而是继续向前驰去，只留下一片令人失望的车尘。但是，所谓"尘"，其实是一种污染。晋朝的陆机说，"京洛多风尘，素衣化为缁"（《为顾彦先赠妇》），那京洛的尘土是用来比喻世俗之污染的。王国维自己也说过，"七月西风动地吹。黄埃和叶满城飞。征人一日换缁衣"（《浣溪沙》）。那里边的埃尘也许可以说是以写实为主，隐含着象征之意，但《蝶恋花》中"只恐飞尘沧海满。人间精卫知何限"的飞尘就有很明显的象征之意了。当世俗的堕落越来越严重的时候，人间的灾难也许就要到了。楼外的行人固然避不过，楼上的观察者也同样避不过。"都向尘中老"的"老"字，有零落凋伤的意思。你可以是清高的也可以是理性的，但是只要你并没有割断与这个世界的关系，只要这个世界上还有你所爱和所关怀的人和事，你就无法摆脱同他们一起零落凋伤的命运。佛说："我不入地狱谁入地狱？"那是从救世主的一面来说的。而"陌上楼头，都向尘中老"则是出自苦难众生的叹息，是自古至今所有那些善于观察人生却无力把握命运的智者的悲哀。

"薄晚西风吹雨到，明朝又是伤流潦"，如果我们从现实的角度理解，自然是楼中女子为雨中未归的行人忧虑。但倘若也从隐喻的角度考虑，则人世间又有多少灾难是我们人可以逆料的？傍晚时分下起雨来，明天大街上将到处都是污水与泥泞，路人又将面临另外的一场灾难！纵观整个人类的历史，不是也贯串着许许多多这种变化无常的灾难吗？

从高楼上俯视大道，会产生这么多联想，这大概也只有王国维这种兼有诗人和哲学家气质的人才能做到。其实王国维还写过一首咏蚕的诗，诗中说，蚕辛辛苦苦地操劳，繁殖子孙，然后再"辗转周复始"，它这一生到底是为什么呢？这实际上是提出了一个"人活着到底为什么"的问题。人之不同于其他生物是因为人有理想而且有用以实现理想的智慧。但人的短暂一生往往不但实现不了自己的理想而且还要忍受许多苦难。这样的一生有什么意义和价值呢？这当然是一种极度悲观的人生观，也许是应该批判的。但我们必须看到，他的这种悲观正是由于他对人生的极度执着造成的。楼中那个窈窕的女子，尽管楼外的大地上有"轻雷"的噪声，有"树杪"的"车尘"，有"薄晚"的风雨，有"明朝"的"流潦"，但是她所关怀、所期待的和所爱的仍然都在楼外的大地上而不在缥缈的虚空中。她与大地上的那个世界永远是休戚相关的。

辑评

樊志厚 （见《浣溪沙·天末同云》辑评）

王国维 （见《浣溪沙·天末同云》辑评）

周策纵 况周颐曰："吾听风雨，吾览江山，常觉风雨江山外有万不得已者在。此万不得已者，即词心也。"此所谓"万不得已"，亦即余所谓"无可奈何"之境。静安《蝶恋花》中"一霎车尘生树杪，陌上楼头，都向尘中老；薄晚西风吹雨到，明朝又是伤流潦"，"老"而称"都"，"明朝"下著一"又"字，便使风雨外有万不得已之感跃然纸上。又：（见《浣溪沙·天末同云》辑评）

蒋英豪 （见《蝶恋花·昨夜梦中》辑评）

王宗乐 这首词的妙处，在赋予时间、空间和人物的代表性：以一霎代表永恒时间，以一隅代表整个的世界，以少数人物代表全人类。在这一首词中，从昏到晓便是永不停止的时光之流，高楼和大道即是全世界的缩影，妇人和行人即是全人类的代表人物。这就是诗人之眼观察宇宙人生而得到的一种妙悟，诗人之笔又能写得如此真切。

祖保泉 人生就是痛苦！——作者在这词里所吐露的就是这句话。然而他表达得多么委婉！这独倚阑干的窈窕之人，是个淑女吗？那她正在惦念着尘雾中的行人。是个静思的哲人吗？那他正在静观人世，叹息着人类只在尘雾、流潦中有所追求，也就在尘雾、流潦中倒下去。是个绝望的失败者吗？那他判定自己的前程便是在痛苦中老死——"绝代红颜委朝露，算是人生赢得处"（《青玉案》）。多么惨痛啊！又，这个窈窕之人自视不凡吗？有之。他（她）自伤生不逢辰吗？有之。他（她）悲天悯人吗？有之。总之，这种作品，具有"象外之象"的特点。它除了文字所显示的"象"之外，还能使读者透过文字形象，看到一些在精神实质上与此类似的形象。这就是所谓"言近而指远"。

缪钺 此词之意是要说明，在人世中，无论是世俗中人或是自命为超世之人，当世变之来，均受其冲击而不能抵抗，而世变又是难以预测的。（《述论》）又：（见《浣溪沙·天末同云》辑评）

夏承焘、张璋 此词似写离情。上片是写会见以前的情景，她独倚阑干，等待着情人的到来。下片写会合以后的分离。"陌上楼头，都向尘中老"，是说离愁能使人老。辛弃疾词"人言头上发，总向愁中白"，也证明这个问题。末了以景语作结，用明天天气会比今天更坏，来烘托离人愁上加愁的愁情。另外，此词中的"百尺高楼"与"车尘生树杪"是半封建半殖民地时期商业城市中洋楼与机动车的剪影。

萧艾 此亦静安自认为成功之作。龙沐勋收入《近三百年名家词选》，极为人所称赏。

王文生 在这首词里，他把人的一生作了几个阶段的描写。"独倚阑干人窈窕，闲中数尽行人小。"以一己处在人生痛苦的轮回中而不自觉，只知"闲中数尽行人小"，而不知自己也是"行人"之一。第二阶段，"一霎车尘生树杪，陌上楼头，都向尘中老"。从"一霎"而到"老"，说明"最是人间留不住，朱颜辞镜花辞树"（《蝶恋花》"阅尽天涯"），写出时间的无情和人生的飘忽。第三阶段，"薄晚西风吹雨到，明朝又是伤流潦"，最后则是在西风苦雨中，自伤潦倒的一生。这里写的不是一时一己之感，而是王国维所认为的永恒不尽的人生悲苦，大有"人生长恨水长东""此恨绵绵无尽期"之意。

陈邦炎 在静安看来，更可悲的是：无情的空间，固使居者与行者长相分离；无情的时间，更使居者与行者都在分离中老去。(《论静安词》)

陈永正 静安每以"隔"字讥弹南宋词人，如谓白石"二十四桥仍在，波心荡、冷月无声""数峰清苦，商略黄昏雨""高树晚蝉，说西风消息"皆如雾里看花，终隔一层。其实他本人的某些作品又何尝不"隔"！《人间词乙稿·序》中，静安借樊志厚之名，称此词："意境两忘，物我一体，高蹈乎八荒之表，而抗心于千秋之间。"细味之，则觉其用意虽深而用力太过，未免伤气。夏承焘、张璋《金元明清词选》评："此词似写离情。上片是写会见以前的情景，她独倚阑干，等待着情人的到来。下片写会合后的分离。"此解似嫌稍实。全词皆写楼中人无望的等待，下片牵入陌上行人作衬，是加倍写法，并无"会合"之意。作于1907年秋。(《校注》)

陈鸿祥 读这首词，可以感受到尼采"超人"的面影。"百尺朱楼临大道"，上片首句可谓奇峰突起。然而，远处传来了隐隐雷声，高楼愈显空茫。鲁迅曾借"狗叫"来渲染黑漆漆"不知是日是夜"的狂人惊恐；王国维则以"楼外轻雷，不间昏和晓"，来点出因"雷"而发的晨昏莫辨的居高惶惑。所以，就不是"独上高楼，望尽天涯路"，而是已上高楼，俯看大道，"独倚阑干人窈窕，闲中数尽行人小"。俨然尼采笔下的查拉斯图拉，他"达到了森林最近的市镇"，发问："你们将怎样超人？"（高寒即楚图南译《查拉斯图拉如是说》之《序言》三）当然，王国维并非要"教你们超人"。下片"一霎车尘生树杪"，正是鲁迅所写"微风起来，四面都是灰土"的"京华烟尘"世界。然而，鲁迅写"灰土，灰土"，是要显示"灰土"中的"求乞者"居于"布施者之上"，并以"无所为和沉默"来向"布施者"抗争（《野草·求乞者》），确有某种"超人"的韵致；王国维则在"一霎车尘"中写的是"陌上楼头，都向尘中老"。这里的"陌上"，既不是田野小径，也不是都市街衢，而是"百尺朱楼"所临的那条"大道"。故"陌上"与"楼头"，大道"行人小"与楼上"人窈窕"，虽亦有类似"求乞者"与"布施者"的对比，却并无抗争之意。"薄晚西风吹雨到，明朝又是伤流潦"，意思是说，清晨熬到黄昏，"轻雷"终于带来了风雨。如同雨到尘消，朱颜亦随岁月消退。有什么可"伤"的呢？……陌上楼头，富贵贫贱，都不过是雨后"流潦"，意厚韵长，出神入化，这大概就是他所说于"力争第一义处，古人亦不如我用意"吧！（《注评》）

佛雏 （见《蝶恋花·昨夜梦中》辑评）又：拟系于 1906 年 5 月至 1907 年 10 月。

章泰和 这是一首闺怨词。通过楼头思妇、陌上行人的思念，揭示人生苦短的哲理。

王英志 这首词思想价值不高，但艺术表现颇足称道。其写车声、行人、车尘、风雨等都生动形象而"不隔"，以其"真景物"来表现"真感情"（当然，这种感情比较颓丧），堪称"意与境浑"，主客观达到统一的境界。词表面上是写男女相盼又相离的恋情，但言近而旨远，有其弦外之响即深一层次的境界内涵——人生就是痛苦的哲理。这是一首"寄兴深微"之作，又是一首具有浓厚愁苦感情色彩的"有我之境"之作。

周瑞宣 词中的美人，其实是作者思想感情的化身。那美人所思恋的意中人就是王国维所追求的解脱境界。

严迪昌 这阕词中未出"人间"字样，但同样表现的是他对人世间的认知。上片从空间中写时间，人就在"闲中数尽行人小"的时间流逝中渐渐消失"窈窕"音容身影，也即老去，只是未明言。下片则从时间倏变中出空间，路上的和楼上的——"陌上楼头"，全都随着滚滚红尘一起衰老。更触目惊心的是"都向尘中老"的陌上楼头的窈窕淑女或英俊年少，不仅仅形体有变而已，更将全难逃一番风吹雨打，与尘埃同被冲刷掉的命运！这当然不是"意境两忘、物我一体"的所谓"无我之境"的表现，实乃是西方尼采哲学思想等和本国的释道人生观，在王国维心中酵化的产物。他的感伤心绪有着浓郁的主体唯意志论色彩，绝非是"以物观物"的眼光。此词在写法上看似平易，其实相当绵密，上下片并非各写一层意蕴，而是对应观照，互为回环。下片终结，远不是"人间"的垂幕。在词人看来，其实又在启开又一轮的"闲中数尽行人小"。人世间就是如此地痛苦地在麻木的循环中往复运行。（《精选》）

刘伯阜、廖绪隆 本词"言近而指远"，作者借楼中人心意，弹奏出人生的愁苦与哀伤。

吴蓓　"百尺朱楼"突破传统的由"楼头思妇"和"陌上行人"这一套路所表现的闺怨题材，揭示了二者不间昏晓、无论阴晴的思念、希冀和担忧，而彼此的青春时光就在这日复一日、年复一年的尘嚣中（也就是在无尽的思念、等待和担忧中）暗暗消逝，从而指向人间触处皆愁、人生就是痛苦这一悲观主义哲理。看得出来，静安是将"楼头思妇"和"陌上行人"这一古典词中典型的情态做了一个整体的观照，由这一情态的双向构成同时落笔，断定两者的人生是等价的，由此引发更为耐人寻味的悲慨。此词并非理念的枯索演绎，它渗透着情感的体认，像"一霎车尘"三句，既有对爱情的感伤，又有对人生的咏叹，有着无尽的感发魅力，令人低回不已。此词融西方哲学的理趣与中国古典的情趣于一体，体现出了《人间词》的最高价值。惜乎在《人间词》中，这样的作品也只是殊音绝响。（《无可奈何花落去》）

　　刘烜　代表王国维爱情诗风格的，是《蝶恋花·百尺朱楼》：（下引本词从略）上片写红楼上的窈窕淑女盼夫君回来的孤寂的心情；下片写车从尘土中来到，风雨中暂短相会，明天又品尝离别的苦楚了。

　　雷绍锋　"百尺朱楼"句，晏殊《迎春乐》词："当此际，青楼临大道。"又《蝶恋花》词："百尺朱楼闲倚遍，薄雨浓云，抵死遮人面。消息未知归早晚，斜阳只送平波远。""楼外轻雷"句，欧阳修《临江仙》词："柳外轻雷池上雨，雨声滴碎荷声。""独倚阑干"句，温庭筠《梦江南》词："梳洗罢，独倚望江楼。过尽千帆皆不是，斜晖脉脉水悠悠。肠断白蘋洲。"晏殊《蝶恋花》词："昨夜西风凋碧树，独上高楼，望尽天涯路。欲寄彩笺兼尺素，山长水阔知何处。"《诗·周南·关雎》："窈窕淑女，君子好逑。"冯延巳《鹊踏枝》词："窈窕人家颜似玉。""陌上楼头"句，王昌龄《闺怨》诗："闺中少妇不知愁，春日凝妆上翠楼。

忽见陌头杨柳色，悔教夫婿觅封侯。"

马兴荣、朱惠国 词写相思的凄苦和青春暗逝的悲意。上片从所居起笔，楼前大道暗示情人远去，不问昏晓表现情思抑郁，而"独""闲"两字，点出抑郁根由。下片"尘生树杪"言盼而不归，人已惆怅，"尘中人老"则变怅而为怨，尤为凄恻。结拍设想明日西风吹雨，流潦满途，则人何以堪。词哀婉低回，缠绵悱恻，笔力深致。

鲁西奇、陈勤奋 实际上，不论是尘世中人，抑或自认为超世之人，都不能完全超脱于现实之外，"薄晚西风吹雨到"，当世道发生激烈变化，他们均不能加以任何抵抗，而只能逆来顺受，了却残生。而人世间的变故又是那样的频繁和不可预见。

艾治平 它合审美主客体为一，以此观照人世间悲苦，远非只是一首写男女之情的词。于此亦可窥见作者无法摆脱的人生即痛苦的哲学。

马华 等 居高处而望见行人小，体现了王国维的人生哲学。西方诗人多有咏此境的。如："但丁咏自星辰俯视地球，陋细可哂，世人竟为此微末相争相杀；弥尔敦咏登天临眺，大地只是一点、一粒、一微尘。"（《管锥编》1318页）等等。王国维的登楼也如但丁、弥尔顿等登天吧。其境界不同于"孔子登泰山而小天下"，用王国维的话讲，前者是用诗人的眼光看世界，后者则是用政治家的眼光看世界。

王步高、邓子勉 这是首抒写相思旅愁的小词，表达了词人对人生的感慨。

徐培均 此词写都市街景，而意境幽深，诚如樊志厚《观堂长短句序》所云"往复幽咽，动摇人心"。

钱剑平 "言近而指远"是解读此词的关键。词中那个独倚阑干的窈窕之人正在惦念着尘雾中的行人。此人看似闲散，其实并非"闲"，而是一位沉思的哲人。她正静观人生，感叹人生尽在尘雾、风雨、流光中有所企盼，有所追求。人生的痛苦可见一斑。那位女子其实是位失败者，尽管自视不凡，但她绝望地看到并判断自己和那人都将在"尘中老"，在无望的企盼中老去，在痛苦中慢慢走向死亡。（系于1907年）

胡邦彦 这首词的写作特点，是以佛家悲天悯人之怀，看尘世之芸芸众生，而自己即其中之一。没有发议论，讲道理，也没有情节，只从当前之所见所闻，小到车声与灰尘，推想以至于无穷。这种"捕捉"的功夫，由平日观察的深细得来。能者随处皆有诗，不能者春花秋月也无可说。

宫内保 结句是以"流潦"这个双声词结束的。……考虑到这一点，再重新想一想以"促节"的双声词结束的意义，就可以说，这种方法是使美（悲壮美）彻底化的极有效的方法。因为不管怎样，在以这种含有"促节"语气的双声词结束一阕时，读者当然会感到某种不安定的情绪，这种感觉最终必将归结于绝望感。

《人间词》的新意，如第一章所言，是在于其思想之新。即在祖述把宇宙的真实存在看成"盲目意志"、把世界说成是其"意志"的"表象"等叔本华的悲观哲学的地方，存在着王静安的"文学"的新意。这个倾向，可以在《蝶恋花》（百尺朱楼）中找到。（《王国维的〈人间词〉》）

祖保泉　王氏《乙稿·序》自许"《蝶恋花》之'百尺朱楼'等"为"意境两浑"之作，我从"思与境偕"角度思忖之，表示认可。(《解说》)

　　彭玉平　词人到底忧虑什么呢？雷声不断，秋风劲吹，积雨成潦当然是忧的气象，这种对自然气象的忧虑，也可以理解为作者对身处的时代之忧。但更大的忧虑其实在于自认"窈窕"、身居高楼的独倚阑干之人，与从高楼下望去显得非常渺小的行人，其实"都向尘中老"，这是所有人生的宿命，所以带着普适的意义。(《以哲人之思别开词史新境》)

　　陈洪　它是把现实世界的象征性描写和下阕一种透彻的观照结合起来，二者无碍，由俗进圣，终归于"中道"，"中道"就是一个结合。这也是佛学常用的一个道理，就是现实世界具有假的一面，叫"假有"，也叫"妙有"，但是它背后这个"空"，"空"不是没有，不是无意义，而是说从终极的、本质来说，它是一种空的东西。那么，这二者的一种圆融，就是"中道"。(《"高楼"与"尘刹"》)

浣溪沙

掩卷平生有百端。饱更忧患转冥顽。偶听啼（《乙稿》作"鹈"）
鸩怨春残。

坐觉无（《乙稿》作"亡"）何消白日，更缘随例弄丹铅。闲愁
无分况清欢。

这是一首因理想失落而感到日常生活空虚无聊的小词。

"掩卷平生有百端"，是在读书之时忽然有所感触，引出了自己平
生怀抱的众多思绪。但接下来作者并没有陈述自己那平生百端的思绪，
而是把意思突然一转——"饱更忧患转冥顽"。他说：我本来在读书
之后有许多想法和志意有待在人生中实现，可是当经历了人生那么多
的忧愁患难之后，我渐渐地反而对人生没有以前那么灵敏的感受和那
么强烈的愿望了。"冥顽"，是一种愚顽不化的样子。人太敏感了，
理想太高远了，感情就容易受到伤害，反倒是愚钝冥顽之人，精神上

掩卷：读书有感，从而合上书本停下来思考的动作。唐李白《翰林读书言怀呈集贤诸学士》
诗："片言苟会心，掩卷忽而笑。"｜平生：平素，往常。｜百端：百感，众多思绪。唐韦
应物《登郡寄京师诸季淮南子弟》诗："徒有盈樽酒，镇此百端忧。"｜更：经历，经过。
转：渐渐转变。｜冥顽：愚顽不化。唐韩愈《祭鳄鱼文》："冥顽不灵而为民物害者，皆
可杀。"｜啼鸩（jué）：杜鹃鸟。明汤式《风入松·寻春不遇》曲："一声啼鸩画楼西。"
坐觉：于是乎就觉得。坐，犹"遂"。｜无何：不久。《史记·越王勾践世家》："居无何，
则致赀累巨万。"｜消白日：谓白日的时间被消磨掉。｜更缘：又因为。｜随例：依照惯例。
唐姚合《游春》："疏顽无异事，随例但添年。"｜弄丹铅：谓点校书籍。丹铅，指点勘书籍
用的朱砂和铅粉。唐韩愈《秋怀诗》："不如觑文字，丹铅事点勘。"｜闲愁：无端无谓的忧
愁。｜清欢：清雅恬适之乐。宋晏殊《蝶恋花》词："四座清欢，莫放金杯浅。"

没有很高的要求，比较容易浑浑噩噩地生活下去。正如王国维《清真先生遗事》一文中所引楼钥论周邦彦的话，说他"壮年气锐"，而晚年"学道退然，委顺知命，人望之如木鸡"，那便是"饱更忧患转冥顽"之一例。在人生忧患之中，倘若真能像木鸡一样对痛苦毫无感觉，倒也不失为自我保护的一种秘诀良方。最麻烦的是，在冥顽之中却还总有那么一丝未泯的灵光，时不时地提醒你想起岁月的蹉跎和光阴的虚度，那才是心中最矛盾最痛苦的事情——"偶听啼鴂怨春残"。这种感受，王国维在他的一首题为《端居》的诗中写得更清楚：

> 阳春煦万物，嘉树自敷荣。枳棘苦其旁，既锄还复生。我生三十载，役役苦不平。如何万物长，自作牺与牲。安得吾丧我，表里洞澄莹。纤云归大壑，皓月行太清。不然苍苍者，褫我聪与明。冥然逐嗜欲，如蛾赴寒檠。何为方寸地，矛戟森纵横。闻道既未得，逐物又未能。衮衮百年内，持此欲何成。

"啼鴂"，就是杜鹃鸟。杜鹃鸟在春末啼叫，声音很悲，所以古人常把杜鹃鸟的啼声与青春逝去的悔恨悲哀联系起来，如屈原《离骚》曰，"及年岁之未晏兮，时亦犹其未央。恐鹈鴂之先鸣兮，使夫百草为之不芳"。听到啼鴂的声音使人在浑浑噩噩之中突生一种觉醒和紧迫感，但觉醒后无路可走，仍不得不继续过去那种浑浑噩噩的日子，则这种觉醒只是徒然地增加痛苦而已。

"坐觉无何消白日，更缘随例弄丹铅"是解释自己为什么总是这样闷闷不乐。他说：于是乎我就觉得没有多大时间一整天就过去了；况且，我每天所忙的也不过就是历来由文人们来做的那些点校书籍的工作而已。在这里他用了一个"弄"字，显然对自己所从事的这种点校书籍的工作颇有轻视之意。为什么？这涉及中国儒家重道轻文的传统观念。

据《汉书·扬雄传》载：西汉学者扬雄在天禄阁校书，有人曾向他请教古文奇字，后来那个人被王莽治罪，扬雄就受到株连，治狱使者去逮捕扬雄时，扬雄从阁上跳下，几乎摔死。在乱世之中不但无法埋头治学，而且连一点点保护自己的能力都没有，这本是中国学者的悲哀，但这件事千古以来却成了一个讽刺文人的笑柄。在小说《三国演义》中，诸葛亮舌战群儒时骂东吴经学家程秉说："儒有君子小人之别。君子之儒忠君爱国，守正恶邪，务使泽及当时，名留后世。若夫小人之儒，唯务雕虫，专工翰墨，青春作赋，皓首穷经，笔下虽有千言，胸中实无一策。且如扬雄以文章名世，而屈身事莽，不免投阁而死，此所谓小人之儒也。"唐代诗人也是一样，当他们踌躇满志的时候就说："谁能书阁下，白首太玄经。"（李白《侠客行》）当他们失意发牢骚的时候就说："不如趣文字，丹铅事点勘。"（韩愈《秋怀诗》）中国文人其实很讲究实用和功利，他们所重视的是所谓"治国平天下"的大道理，从内心里轻视那些纯文学或纯学术的东西。王国维在这一点上也是一样，他虽然曾著文提倡最"无与于当世之用"的哲学和美术，但他的理由也只是它们虽"不能尽与一时一国之利益合"，但却是"天下万世之功绩，而非一时之功绩也"（《静安文集·论哲学家与美术家之天职》）。更何况他年轻时才高志大，我们看1905年刊印的《静安文集》中那些文章，所论都是涉及治国之根本或为人之根本的大题目，直到1911年他随罗振玉到日本之后才"尽弃以往所学"而转向历史和考古。不过，在1907年他30岁时所写的一篇《自序》中，已经对人生之艰难和实现理想之不易有了很切实的体会。在那篇文章中，他说自己"体素羸弱"，"退有生事之累"，说近数年来"非能终日治学问，其为生活故而治他人之事，日少则二三时，多或三四时，其所用以读书者，日多不逾四时，少不过二时，过此以往，则精神涣散"（《静安文集续编·自序一》）。作为一个文人，王国维的理想和他人生现实的反差太大，而当他为了生活不得不以羸弱的病体终日忙碌于自己不愿意做的事情，眼看着人生的光阴一天一天在消失的时候，他觉得这样的生活真是空虚无聊到了极点。所以就有了最后的一句："闲愁无分况清欢。"

"闲愁"，不是很具体的忧愁，而是很难说清来自何方的一种无端无谓的忧愁。曹丕《善哉行》说："高山有崖，林木有枝。忧来无方，人莫之知。"贺铸《青玉案》说："试问闲愁都几许？一川烟草，满城风絮，梅子黄时雨。"那是说不清道不明只能用形象来比喻的一种很微妙的感情，只有敏感的诗人才能够感受到。可是作者已说过，自己"饱更忧患转冥顽"，已经失去了那种诗人的敏锐了。一个人，为谋生养家而每天忙于点校书籍之类枯燥的、机械性的工作，渐渐地磨钝了棱角，磨灭了性灵，忽然发现自己连"愁"的感觉都没有了，更哪谈得上"欢"！这也就是《端居》诗中所写的："闻道既未得，逐物又未能。衮衮百年内，持此欲何成。"——这种郁闷和这种担忧，也许并不是王国维所独有的。

辑评

吴昌绶 似可删。

周策纵 （见《浣溪沙·草偃云低》辑评）又：静安词之所以能充分道出时间悲剧之感者，以其能赋予时间以感觉与感情也。"偶听啼鴂怨春残"是矣；又如"已恨年华留不住，争知恨里年华去"，年华留不住固可悲，然正于恨其不可留时而去，则其可悲愈甚。

缪钺 闲愁清欢皆由于生活之欲，心境寂灭，则忧欢两忘，静安盖视"弄丹铅"，治考证为遣愁之方，忘忧之地，此词实乃其深心之流露。然治考证果能使静安忘忧烦而得解脱乎？曰：不能。非但不能，并增加其内心之冲突而更痛苦。盖王静安乃多情善感之人，如从事文学，其感情得尽量发抒，纵使深怨沉忧，悯生悲世，而发抒之后，可得愉畅。故悲观之文学家如哈代，其作品虽凄哀，其中心非必痛苦。静安既舍文学而专事考证，疲精殚力于博览深研，其对象繁赜枯燥，纯用理智思考，而压抑情感，不得发抒，造成内心隐微中冲突之苦。吾人读《观堂集林》，观其学术论文之精核深密，想见戴东原、钱竹汀、王怀祖、程易畴等朴学之境界，而读至卷末，小词数十阕，芳悱幽咽，凄艳绝世，又俨然秦少游、晏小山复生，未尝不惊叹其才气超人，以为学术史上难能之事，而孰知就人生而论，此种收获，非静安之幸也。前之所引静安《浣溪沙》词虽以弄丹铅可以忘忧，而同时透露情感被抑，渐至冥顽，隐有一种冲突，一种不自然之痛苦。（《诗词散论》）又：此词写人生与忧患俱来，在"饱更忧患"之后，无可奈何，心情怅惘，与上文所引《欲觅》《出门》两诗所抒写之情相似。（《述论》）

萧艾 此当作于一九〇七年底。两年内静安父母（继母）相继去世，中间又赋悼亡。正所谓饱更忧患，形近冥顽也。闲愁无分，况清欢乎？悲凉之情，溢于言表。

陈邦炎 （见《浣溪沙·夜永衾寒》辑评）

陈永正 词中所写的是一位饱经忧患的中年人索莫的心境。静思身世，万感平生，仿佛对什么事情都麻木了。作于1907年春暮。（《校注》）

陈鸿祥 鹍鸪啼于江南暮春之时。此词闻啼而兴人生忧患之情，盖亦与花鸟共忧乐之作。（《注评》）

佛雏 玩"饱更忧患转冥顽""闲愁无分况清欢"句，似作于奔丧、悼亡等等之后，姑系于此（1907 年）。

夏承焘、张璋 此词写愁。因为有愁，使得他没有什么办法可以消磨日子，只得随例做些校勘文字的工作。"闲愁无分况清欢"，是说连闲愁都无分，那里谈得上清欢？极言愁多愁重的痛苦。

马兴荣 词写一种历经忧患之后，充塞心胸并时时能感觉到的郁闷与忧愁。上片先写转"冥顽"，但偶听啼鹍却生惜春之叹，一纵一收，效果强烈。下片为消愁而弄丹铅，但弄丹铅本身又无聊，故闲愁难消，更谈不上清欢，此为加深一层的写法。词平易而笔力深婉，较有特色。

袁英光 所谓"闲愁""清欢"皆由生活之欲望而起，若心境寂灭则忧欢两忘，因为，王国维认为"弄丹铅"、搞考据是遣愁之方，忘忧之地。

马华 等 王国维无疑是一个大学问家。但是，他首先是一个对人生相当敏感而又极其悲观的诗人。学问还是第二位的事，故为了他理想中的"道"，他可以放弃他的学问。王国维作有《屈子文学之精神》一文，对屈原相当推崇。其实也可以看作是他的自况吧。王国维是中国 20 世纪的屈原。

周一平、沈茶英 人间充满痛苦，人生毫无意义，解脱的方法在涅槃，由厌世而出世，这是王国维的哲学思想，也是《人间词》的第三个主题。（下引本词"掩卷"二句及《点绛唇》"厚地高天"二句）王国维饱尝人间的痛苦，觉得生活在人间是一个错误。

钱剑平（系于 1907 年）

马祖熙 他之所以"消白日"、沉潜于书卷之中、追求于丹铅之上者，并非在消遣"闲愁"或者寻觅"清欢"。所怀耿耿，只有用断然表示的口吻说：我与闲愁是从来就没有沾上，至于清欢，那更是于我无缘的了。不难看出，词人之所以兴掩卷百端之悲，原在于忧生忧世，百忧感其心，至无法解除内心之痛苦与矛盾，闲愁与清欢又何足言乎！

祖保泉 末句谓"闲愁无分况清欢"，进一步写明读书、写作忙，精力集中，无暇闲愁。使全词内容更丰满。这首词写得朴实、自然，见性格，见品德，堪称佳作。（《解说》）

浣溪沙

似水轻纱不隔香。金波初转小回廊。离离丛菊已深黄。

尽撤华灯招素月，更缘人面发花光。人间何处有严霜。

　　许多人说王国维的《人间词》悲观，他们也许没有注意到这一首美丽的小词。这位严肃的学者，原来有的时候也会放下思索和烦恼，沉醉在花前月下的情趣之中。

　　"似水轻纱不隔香"写得很含蓄。这"轻纱"，可能是纱窗、纱帘、纱帐，也可能是女子的纱衣。"轻纱"而"似水"，朦胧之中蕴含着温柔；"香"而"不隔"，典雅之中流露着亲切。这一句，有"花间"的柔美芬芳而无其轻佻浮艳，使人觉得纱内之人不但玉骨冰肌，而且柔情似水。"金波初转小回廊"的"金波"这个词，以金色的波流比喻月光，本身就很美丽。不用"初照"而用"初转"，我们可以想象那"金波"渐渐流动和布满回廊的过程。"回廊"，可以想见其回环曲折；"小"，可以想见其幽静精致。而且还不只如此，回廊外还有"离离"的"丛菊"正在盛开。这真是良宵美景赏心悦目，在这样温馨美好的环境中，还有什么烦恼是放不下的呢？

金波：谓月光。《汉书·礼乐志》："月穆穆以金波。"颜师古注："言月光穆穆，若金之波流也。"｜回廊：曲折回环的走廊。南宋吴文英《西河》词："青蛇细折小回廊。"｜离离：繁茂貌。《诗·王风·黍离》："彼黍离离。"｜华灯：光辉灿烂的灯。｜素月：明月。晋陶潜《杂诗》之二："素月出东岭。"｜发：激发，激起。｜严霜：凛冽的霜，浓霜。《楚辞·九辩》："冬又申之以严霜。"亦喻严厉。《汉书·孙宝传》："今日鹰隼始击，当顺天气，取奸恶，以成严霜之诛。"

更何况，作者本身就是一个很有审美情趣的人，他还要"尽撤华灯招素月"。因为，华灯是人为的而不是自然的，世俗以华灯为美而诗人以天然为美。还不要说李白的"清水出芙蓉，天然去雕饰"（《经离乱后天恩流夜郎忆旧游书怀赠江夏韦太守良宰》），李后主的"归时休放烛花红，待踏马蹄清夜月"（《玉楼春》），秦观的"有华灯碍月，飞盖妨花"（《望海潮》），就连汤显祖笔下的杜丽娘，不是都"一生儿爱好是天然"（《牡丹亭》）吗？——随着人类科学的进步，天然的东西已经越来越少了。尤其是今天，我们处在繁华都市中彻夜的灯光和噪声的污染之下时，对昔人的"尽撤华灯招素月"当有更深的体会。

环境已如此美好，爱情使这环境更为美好。古人常常用美人比花，作者在这里却用人的美来衬托花的美。"更缘人面发花光"的"发"，有激发、激起的意思。"人面"能够激发出花的光彩，那么人的美丽和花的多情也就尽在不言之中了。而且，能够"发花光"的"人面"，也一定是幸福愉快而绝不会是愁眉苦脸的。由此就有了结尾一句："人间何处有严霜。"

"人间何处有严霜"可以有两重意思。首先，由于前面提到过"离离"的菊花，说明此时是秋天。秋天已是霜寒的季节，而作者现在却一点儿也感觉不到秋天的寒冷，所以是"人间何处有严霜"。这是表面一层的意思。但人们也常说，"面有严霜"。那是形容人的严厉和冷漠——你是不可能和一个"面有严霜"的人实现友好交流的。而在一个悲观的人看来，人间处处是严霜：不但人与人之间常常保持着严霜的隔膜和严霜的冷漠，这整个人世对待我们每一个人不也常常像严霜一样冷酷无情吗？然而现在，作者笔下的素月回廊、丛菊人面都是如此美丽而多情，给人以美的享受和爱的温馨。这个人间自有它美好的一面，并非永远是冷漠的和不可交流的。由此看来，我们实在不可以因王国维写了那些"人间事事不堪凭""懒祝秋风，再使人间热""人间争度渐长宵"等悲观绝望的句子就断定他是一个悲观厌世的人。王国维不但有科学理性的头脑，而且也有很强的直觉感受能力，他能够看出这个世界上的残忍和冷酷，也能够体会这个世界上的美好和温情。只不过，由于他对这个世界的期望值过高，因此总是失望的时候更多而已。

辑评

陈永正 秋宵清会，黄菊佳人，知静安此时乐也。心上的严霜乍解，词人感到人间还是值得留恋的。作于 1907 年。（《校注》）

顾随 静安先生亦有快乐之作：（下引本词）此词乃写月夜花前一美丽的女子，也写得很好。（《顾随文集》）

陈鸿祥 此首词咏菊。陶渊明咏菊有"怀此贞秀姿，卓为霜下杰"之句（《和郭主簿二首》之二）。此词云"人间何处有严霜"，当取意于此。（《注评》）

佛雏 拟系于 1906 年 5 月至 1907 年 10 月。

叶嘉莹 另外还有一类同样也应是属于"写境"之作，但其所写却并非自然之景物，而为现实之情事者。举例而言，如其"玉盘寸断葱芽嫩。鸾刀细割羊肩进。不敢厌腥臊。缘君亲手调。 红炉颓素面。醉把貂裘缓。归路有余狂。天街宵踏霜"一首《菩萨蛮》词之写一次羊羔美酒的饮宴，以及"似水轻纱不隔香。金波初转小回廊。离离丛菊已深黄。尽撒华灯招素月，更缘人面发花光。人间何处有严霜"一首《浣溪沙》词之写一次秋宵月夜的佳会。这些小词也都并没有什么深远的含意，但也都写得生动真切，情致飞扬，便也该同是属于"写境"之类的"能写真景物真感情"之作的例证。只不过以上所举的这些词例，无论其为写境或叙事抒情，却都仅属于表面一层的叙写，而并未能在意境方面表现出任何属于王国维的性格与思想方面的特色来。

钱剑平 （系于 1907 年）

祖保泉 作于 1906 年秋，在北京，住罗家，正谋求入"学部"供职……这首词，反映了王氏近年著述有成就的愉快心情。……词写舒畅心情，这在静安笔下极少见！静安当时住在罗家，罗氏如果有缘阅读此词，必心有灵犀，深引为慰。友谊之情，不难体会。

蝶恋花

　　落日千山啼杜宇（《乙稿》作"冉冉蘅皋春又暮"）。送得归人（《乙稿》作"千里生还"），不遣居人住（《乙稿》作"一诀成终古"）。自是精魂先魄去。凄凉病榻无多语。

　　往事悠悠容细数。见说他（《乙稿》作"来"）生，又（《乙稿》作"只"）恐他（《乙稿》作"来"）生误。纵使兹盟终不负。那时能记今生否。

　　这首《蝶恋花》属《人间词乙稿》，发表在 1907 年 11 月，后收入《苕华词》。据赵万里《王静安先生年谱》记载，1907 年农历六月，"莫夫人婴病危，先生于十六日抵里门，二十六日莫夫人卒"。床前十日，一诀终古，正好符合"自是精魂先魄去。凄凉病榻无多语"的描写。因此这是一首悼亡的词。

　　不过，"落日千山啼杜宇"一句在时间上似乎有些不妥。因为一般写到杜鹃的啼鸣，都是在惋惜春的归去。而且《乙稿》中此句本为"冉冉蘅皋春又暮"。足以证明作者本意确实是写暮春景色。可是王国维

杜宇：古蜀帝名，相传其魂魄化为杜鹃。后人因称杜鹃为杜宇。此句《乙稿》作"冉冉蘅皋春又暮"。蘅皋，长有香草的沼泽。｜**不遣**：不令，不使。唐李白《劳劳亭》诗："春风知别苦，不遣柳条青。"｜**自是**：自然是，原来是。｜**精魂**：灵魂。｜**魄**：古指依附于人的形体而存在的精气、精神，以别于可游离于人体之外的魂。《左传·昭公七年》："人生始化曰魄。既生魄，阳曰魂。"杜预注："魄，形也。"孔颖达疏："人之生也，始变化为形，形之灵者，名之曰魄也……附形之灵为魄，附气之神为魂也。"｜**容**：岂容。｜**见说**：犹言闻说，唐时习用语。唐李白《送友人入蜀》诗："见说蚕丛路，崎岖不易行。"｜**他生**：来生，下一世。｜**兹盟**：此盟。指与妻子的海誓山盟。兹，这个。

从北京赶回海宁是在农历六月十六日，那已经是夏末时节。虽说小词不一定句句写实，但悼亡之作在时间上似乎也不该如此含糊。这一点姑且存疑。

这首词以落日晚霞中千山杜鹃的悲啼起兴，这景象可谓开阔艳丽，有声有色。"送得归人，不遣居人住"，正是写到家十日病者长逝的事情。这两句，像是对亲友的"诉"，又像是对命运的"怨"，简单朴实而不假雕饰，极为生活化和口语化，胜于《乙稿》原文的"千里生还，一诀成终古"。"自是精魂先魄去"，涉及"魂"和"魄"的区别。我们常常把"魂"和"魄"连用，都代表一种形而上的东西，但古人认为"魂"和"魄"之间还有区别。汉代许慎的《说文解字》中说，"魂"是"阳气也"；"魄"是"阴神也"。《左传·昭公七年》子产解释鬼魂为厉的原因时说，"人生始化曰魄，既生魄，阳曰魂"。意思是：人生下来先有形体之灵，然后才有神气之灵。形体之灵叫作"魄"，神气之灵叫作"魂"。所以后人有时候也把形体称为"魄"，如《太平御览》卷五百四十九引《礼记外传》："人之精气曰魂，形体谓之魄。"清文秉《烈皇小识》卷八："得先帝遗魄于后苑山亭中。"作者在这里是说：一定是病人的灵魂已经先于形体而去，不然，在这床前相守的短暂日子里为什么竟似对我无话可说呢？列夫·托尔斯泰在《战争与和平》里叙及安德来公爵临死时他的妹妹玛丽亚和他的未婚妻娜塔莎的感觉说："在最后时刻，她们觉得自己不是在看护他。（他人已经不在了，已经离开她们了），而是在看护那个使她们最亲切地想起他的东西——他的身体。"这里的"自是精魂先魄去。凄凉病榻无多语"，所写的应该也是这样一种感觉。

虽然将要死去的人看起来好像没有很多要说的话，但活着的人却有千言万语要向死者倾诉。"往事悠悠容细数"的"往事"之中该有多少平时隐藏在心里没有说出来的辛酸和愧疚，在这最后的日子里再不说出来将成为终身的遗憾。然而这些"说来方长"的话,又哪里是在此时此刻的环境与心情中可以一件一件细细道来的!既然不容细数往事,那么在诀别之际最重要的事情就无过于保存一个将来再会的希望了。佛教有"三生"之说,认为人有前生、今生和来生。倘若这是真的,则生者和死者之间还可以保存一个来生相会的希望,即《长恨歌》所谓"但令心似金钿坚,天上人间会相见"。但那种说法可信吗——"见说他生,又恐他生误"。而且,"纵使兹盟终不负,那时能记今生否"?纵然那种说法可信,你我也都能够坚守来生再会的盟约,可是到了来生,你已不再是你,我也不再是我,那时我们还能记起今生的事情吗?

这首词记叙病榻前的感受、人生永诀的痛苦、对来生的寄托和疑惑,写得情深意厚、真切感人。尤其下片,用的是直言其事的"赋"的方法,但在意思上却有不止一层的盘旋曲折。作者寄希望于来生,但他的内心其实并不像古人那样真的相信有来生。那种理智与希望之间的冲突、固执与疑惑之中的痛苦,真是翻来覆去越陷越深,充分显示出作者内心理性和感情的矛盾以及他执着而不肯放弃的性格。

辑评

吴昌绶 洞心骇目之言。

冯承基 (见《点绛唇·万顷蓬壶》辑评)

周策纵 "冉冉蘅皋春又暮,千里生还,一诀成终古"与美成"事与孤鸿去"同为伤心人语。

萧艾 一九〇七年夏悼亡之作。静安由京门抵海宁甫十日而莫夫人去世。

陈永正 1907 年夏，夫人莫氏病危，静安闻讯即自京赶回海宁。7 月 25 日抵家，在病榻旁料理医药之事。8 月 4 日，莫氏卒，年仅三十四岁。此词为悼亡之作，感情极为沉痛悲凉。(《校注》)

陈鸿祥 盖悼发妻莫氏，当在海宁。(《年谱》) 又：据王东明女士追述，莫氏夫人于 1896 年与王国维结婚。婚后十年间，生五胎三子三女。三子即潜明、高明、贞明；三女者，头生女生下即夭亡，此次产双胞女胎，皆未成活，而莫氏因产褥热不治亡故。……"见说来生，只恐来生误。"可以想见，他日夜守着"凄凉病榻"，眼见莫夫人魂去魄亡，痛哭失声，多么想做远古高阳氏传说中"相抱而死"的夫妇啊！至情至痛，真可谓"血书者也"。(《注评》)

佛雏 王氏《人间词稿》裒集于 1907 年 10 月。赵谱称："时先生新丧偶，故其词益苍凉激越。"王氏前妻莫夫人卒于 1907 年六月，故悼亡之作应在《乙稿》中。《海宁王静安先生遗书》编纂者于甲、乙稿混而不分，原词既不标题，赵谱亦未能具体指明悼亡之作，故只能就词意揣摩得之。大抵至少有如下五首：1.《蝶恋花》(见上引)，2.《浣溪沙》(漫作年时别泪看)，3.《谒金门》(孤檠侧)，4.《苏幕遮》(倦凭阑)，5.《点绛唇》(屏却相思)。这里所举是第一首，其为悼亡作，自无可疑。1907 年 6 月，莫夫人病危，王氏自北京赶回海宁，是月十六日抵家，二十六日而夫人卒(据赵谱)。词中故有千山杜宇"送得归人，不遣居人住"之语。"自是精魂先魄去，凄凉病榻无多语"：似夫人病剧，昏迷时多，十日病榻相对，已不复能作诀别语。此与纳兰

422

容若之"别语忒分明，午夜鹣鹣梦早醒"（《南乡子》"为亡妇题照"），异而不异。魂先魄去，民间俗传如此，入词弥觉酸辛。下片"见说他生，又恐他生误。纵使兹盟终不负，那时能记今生否！"从东坡"纵使相逢应不识，尘满面，鬓如霜"（《江城子》）、容若"待结个他生知己，还怕两人俱薄命，再缘悭剩月零风里"（《金缕曲·亡妇忌日有感》）中化出，而与容若更近。第二首之"斗柄又垂天直北，官书坐会岁将阑，更无人解忆长安"，第四首之"香印成灰，总作回肠字"，写尽客中哀思，无可奈何。第五首之"不成抛掷，梦里终相觅。醒后楼台，与梦俱明灭。西窗白，纷纷凉月，一院丁香雪"：则缠绵固结到永无可解。"西窗白"二语，悲凉顽艳，恍已一刹置身"一片白茫茫大地真干净"的终极境界。又：静安悼亡作。（系于1907年）

刘烜　这是一首悼亡诗。1907年夏，王国维得到夫人莫氏病危的消息，即赶回海宁，时已届弥留之际。"自是精魂先魄去，凄凉病榻无多语。"已不能说了。夫人已不能说话，诗人再向她"往事悠悠容细数"，其中的滋味就更令人心碎了。既然不能说话了，就期望于说来世吧。其实，来世也说不清的。十日后，莫氏病故，王国维经历了一场中年丧妻之痛。王国维在对他的旧作重新选订时，曾对此诗批过几个字："洞心骇目之言。"可见，他自己重读这首词，仍然感到有深切的感染力。

周锡山　王国维在印度佛学方面的根柢，从他的论著包括一些敦煌学的论文中可知，也是相当全面深入的。和西学一样，印度佛学在他的创作中也有很多生动的体现，如《蝶恋花》"落日千山啼杜宇"之下阕云：（引本词下阕从略）将佛教的三世观编织进无限悲痛、凄凉的情思之中。

吴蓓　如果我们把悼亡词视作情词中感情最为深挚、浓烈、情感张力最强的喷发点，那么此词在情感表现上，有着感性为理性所圈缚的印记。对来生的怀疑意味着对今生誓约的疑虑，而今生盟誓是世间深情者的常举，对它的疑虑，便透析出对人世情爱的根本性的怀疑，这显然已踏入悲观主义之河。静安小词的不同寻常意味似乎正是基于对爱情有着一种整体的、理性的观照，而这种观照又是基于悲观主义人生哲学的。（《无可奈何花落去》）

周一平、沈茶英　此阕写了他 1907 年六月（阴历）自京奔里，抵家十日后莫夫人即去世。十日中莫夫人话语艰难，本想以来生安慰，这又靠不住，来生和今生一样充满痛苦。"福祉之进步更无望于未来之世界，而宁增其苦痛。"这里人间痛苦的意境更深一层了。

钱剑平　王国维自结婚后常年在外，很少有机会在海宁合家团聚，妻子生病不能照顾对全家老小更不能尽责。此时，赶回家却看到如此情景，内心痛苦是可以想见的。（系于 1907 年）

祖保泉　（前引纳兰性德《金缕曲·亡妇忌日有感》）两家所抒之情，各有胜处：纳兰发抒三年来的悠悠思念，情调柔缓；王氏在新丧之后，发抒深刻的沉痛，情调激越。在词坛上，论悼亡之作，纳兰、王氏之什，并足传世。（《解说》）

菩萨蛮

高楼直挽银河住。当时曾笑牵牛处。今夕渡河津。牵牛应笑人。

桐梢垂露脚。梢上惊乌掠。灯焰不成青。绿窗纱半明。

据赵万里《王静安先生年谱》载：光绪三十三年丁未（1907年）六月，莫夫人病危，王国维十六日从北京赶回海宁，二十六日莫夫人病卒。这首词提到"今夕渡河津"当作于七夕，是在莫夫人死后不久所写。

七夕是每年农历的七月七日，传说牛郎织女在这天晚上渡河相会，因此古代妇女多在七夕陈设瓜果酒炙祭祀牛、女二星，并向织女乞巧。所以有人说，七夕是妇女的节日。而在1907年的七夕，王国维的夫人去世只有十一天，也许刚刚办完丧事，他一个人形只影单，又适逢乞巧节之夜，其内心之悲伤可想而知。

"高楼直挽银河住。当时曾笑牵牛处"暗中用了一个典故。李商隐《马嵬》诗有句曰："此日六军同驻马，当时七夕笑牵牛。"那是写唐玄宗与杨贵妃的故事。陈鸿《长恨歌传》说，天宝十载唐玄宗与杨贵

银河：晴朗的夜晚在天空可见的那条云状光带。又名天河、银汉。｜**笑牵牛**：唐李商隐《马嵬》二首之二："此日六军同驻马，当时七夕笑牵牛。"牵牛，即河鼓，隔银河和织女星相对，俗称牛郎星。神话传说：织女是天帝孙女，长年织造云锦，自嫁河西牛郎后，就不再织。天帝责令两人分离，每年只准于七月七日在天河上相会一次。俗称"七夕"。相会时喜鹊为他们搭桥，谓之鹊桥。｜**河津**：天河的津渡。唐李白《避地司空原言怀》诗："弄景奔日驭，攀星戏河津。"｜**桐梢**：桐树的枝梢。南宋陈德武《浣溪沙》词："月落桐梢杜宇啼。"｜**露脚**：露滴。唐李贺《李凭箜篌引》诗："露脚斜飞湿寒兔。"｜**惊乌**：受惊的乌鸦。唐许浑《登蒜山观发军》诗："别马嘶营柳，惊乌散井桐。"｜**绿窗**：绿色的纱窗，指女子居室。前蜀韦庄《菩萨蛮》词："劝我早归家，绿窗人似花。"

妃避暑于骊山，七夕之夜二人在华清宫的长生殿单独相处，"因仰天感牛女事，密相誓心，愿世世为夫妇"。李商隐"笑牵牛"的"笑"，张相《诗词曲语词汇释》认为是"羡慕"之意。但从王国维这首词看，他用当时"曾笑牵牛"，今夕"牵牛应笑人"来做对比，这个"笑"当有嘲笑、议论之意。他说：当初我们两人成双成对的时候曾议论、嘲笑织女和牵牛每年只能相见一次，可是现在看来我们错了，织女和牵牛每年一次的相见是永恒的，而我们人的成双成对却是无常的。今天晚上牵牛和织女又相会了，我们两人却已人天永隔。现在该轮到织女和牵牛嘲笑我的形只影单了。

在这里，"高楼直挽银河住"其实也不是单纯写景，其中也包含了对同样景物在不同心情时的两种不同感受。因为，夜晚的星空是不断运行的，星河的变化代表着时间的流逝，而"直挽银河住"则暗有使时间停止的意思：当年妻子在世时两人珍惜相聚的时间，希望星空停止运行，让时间永远停留在相聚的幸福时刻；而现在一个人独对星空不能成眠，希望时间过得快一点儿，但这种时候时间却往往流逝得特别慢。李商隐《嫦娥》诗说，"云母屏风烛影深，长河渐落晓星沉"，而现在的长河却像被高楼挽住永远也不能落下似的，孤独的夜晚好像永远也到不了天明。

下面就接下来记叙这一夜不能成眠的情形。梧桐树梢上滴下露水的声音是极细微的，房间里的人能够听到说明他现在很清醒，并没有睡意。而且，梧桐是秋天最早落叶的树，所以这"桐梢垂露脚"几个字的本身就流露着一种悲伤的气氛。正由于人很清醒，所以当他听到露水滴下来的声音之后马上又发现，原来是一只夜中受惊的乌鸦从树边掠过，才碰落了桐梢的露滴。而这"夜中受惊的乌鸦"，令人联想到魏武帝曹操《短歌行》的"月明星稀，乌鹊南飞"，下边两句是"绕树三匝，何枝可依"。王国维长年出门在外，莫氏夫人在家为他侍奉父母抚养儿女，莫氏夫人死的时候，长子潜明8岁，次子高明4岁，三子贞明不到3岁。亲老子稚，空室生寒，在这种悲凉的情况下，自难免会产生"何枝可依"之感。"桐梢垂露脚。梢上惊乌掠"两句，以一个典型的细节概括了整个不眠的长夜；而结尾"灯焰不成青。绿窗纱半明"两句，则是写长夜终于将尽，灯光已经微弱，窗前也已经见亮了。"绿窗"，古人常常用于写女子居室。居室仍是以前的居室，晨曦仍像以前一样来临，可是室内的灯已经油尽灯枯，"灯焰不成青"了。这仍然属于写景，但于景物中透出了一种物在人亡、心伤望绝的悲哀。

辑评

吴昌绶 此词绝佳。

陈永正 静安料理莫氏夫人丧事毕，返回北京，孤独地度过了这年七月七日之夜，牛郎织女双星渡河相会的传说，使他心中又添了许多哀感。寂寞地坐在窗前，静听那桐梢滴下的泠泠清露。也许，他想起李义山"他生未卜此生休"的诗句了吧？作于丁未年七夕（1907年8月15日）。（《校注》）

陈鸿祥 此词咏七夕。词云"今夕渡河津"，盖谓农历七月七日，俗谓牛郎织女相会之期。……上片之"笑"与下片之"惊"对应。所谓"无我之境，人惟于静中得之"。《人间词话》之说，可以王氏自作之词证之。（《注评》）

佛雏 拟系于1906年5月至1907年10月。

钱剑平 （系于 1907 年）

祖保泉 这首词有没有隐含的复意呢？"高楼直挽银河住"，这"高楼"是常人之居？当我浏览清末民初人毕一拂所作《光绪宫词》及其所录诠证资料，得知"戊戌政变"（1898 年）后光绪皇帝被囚禁于瀛台，帝与隆裕后的夫妻关系完全断绝，连一年一相逢的姻缘也没有，我便产生如此想法：王国维的这首词也为同情光绪帝空度可怜宵而抒情。（《解说》）

应天长

　　紫骝却照春波绿。波上荡舟人似玉。似相知，羞相逐。一晌低头犹送目。

　　鬘云欹，眉黛蹙。应恨这番匆促。恼（《乙稿》作"恼乱"）一时心曲。手中双桨速。

　　词有写美女的传统，但词中美女也有种种的不同，有的是男子眼中作为寻欢作乐之对象的美女，有的是寄托了男子内心某种"幽咽怨悱之情"的美女，到后来，又有了李清照词中那种充满了女性自我感受的真实生动的美女。但花间词中其实还有一类美女，那就是富有民间生活情味的青春活泼的少女，如皇甫松有两首短短的小词《采莲子》，写的就是这样一个少女：

　　　　菡萏香连十顷陂，小姑贪戏采莲迟。晚来弄水船头湿，

紫骝：古骏马名。唐李益《紫骝马》诗："白鼻紫骝嘶。"｜**却**：正，恰。宋晏殊《踏莎行》词："斜阳却照深深院。"｜**荡舟**：划船。南朝梁元帝《采莲赋》："妖童媛女，荡舟心许。"｜**人似玉**：唐温庭筠《定西番》词："人似玉，柳如眉，正相思。"｜**相知**：互相了解，知心。唐韩愈《与汝州卢郎中论荐侯喜状》："或日接膝而不相知，或异世而相慕。"｜**一晌**：指较长时间。南唐冯延巳《蝶恋花》词："一晌凭阑人不见，鲛绡掩泪思量遍。"｜**送目**：投以目光，注视。宋晏殊《更漏子》词："才送目，又颦眉。此情谁得知。"｜**欹**（qī）：歪斜。｜**蹙**：皱拢。｜**匆促**：匆忙仓促。｜**恼**：《乙稿》作"恼乱"。按，《应天长》牌调此处为六字句，《乙稿》是，《君华词》误。恼乱：烦扰、打扰。唐白居易《和微之十七与君别及陇月花枝之咏》诗："恼乱君心三十年。"｜**心曲**：内心深处。《诗·秦风·小戎》："乱我心曲。"朱熹集传："心曲，心中委曲之处也。"

429

更脱红裙裹鸭儿。

　　船动湖光滟滟秋，贪看年少信船流。无端隔水抛莲子，
遥被人知半日羞。

　　其中第二首，也是写船中少女对岸上少年一见钟情，然后又懊恼
自己感情流露的情事。王国维的这首《应天长》，可能就受了这段情
事的影响，并对其有所演绎。这样的词来源于现实生活中的观察，虽
然也是男子眼中的多情少女，但却具有乐府民歌的一种清新活泼的气
息。《人间词》中这种风格的词并不只这一首，其他还有《浣溪沙·爱
棹扁舟》《浣溪沙·乍向西邻》等，都写得单纯而又活泼，美丽而又清新，
表现出了王国维多方面的创作才能。

　　"紫骝"，是岸上少年所骑的马。马的影子倒映在春水绿波中，表
面上写马，其实是写骑马的人。它使我们联想起《浣溪沙》中那"戎
装骏马照山川"的"六郡良家最少年"。"波上荡舟人似玉"的"波"，
承接了"紫骝却照春波绿"的"波"，这叫"顶针"的方法。通过这
一方法，就从岸上的人过渡到了舟中的人。"似相知"是说，两个人
相互之间虽然并不认识，但却有一种很早就相互了解似的感觉，就像
《红楼梦》中贾宝玉初见林黛玉时说"这个妹妹我曾见过的"，那是暗
示两个人之间有一种"夙缘"。"羞相逐"是说，心中很想追上去有
所表示，但终于控制住自己，没有做出这种冒昧的举动。"一晌低头"
是承接那个"羞"字而来的，但"犹送目"三个字，却极生动地写出
了舟中女子在羞愧之中仍然未能忘情的样子。

　　"鬓云欹"是说这女子的发髻低垂，花间词中常用发髻低垂来描写
女子的含羞与多情。"眉黛蹙"，是说这女子正在烦恼。不过，旧小
说中常常描写女子"眉尖若蹙"，那也是一种美丽和多情的象征。为

什么含羞？为什么烦恼？作者说是"应恨这番匆促"。"恨"有"悔"的意思，她到底是后悔匆促之间不该对那男子产生感情，还是后悔匆促之间未能向那男子表达感情？两种解释似乎都可以。这种含混模棱，反而正好生动地衬托出初萌爱情的少女那种既紧张又犹豫并且生怕为人所知的心情。

"恼乱一时心曲。手中双桨速"是说，当女子心中的这一阵慌乱过去之后，对自己刚才的不冷静十分恼火，于是手中双桨不知不觉地划得越来越快。这其实也就是皇甫松词中的"遥被人知半日羞"。不过，皇甫松那一句是直接的叙述，而王国维这里却是通过女子的动作来窥测女子的心理，比皇甫松显得更委婉含蓄一些。

辑评

周策纵　词意婉雅，如所描写之人。虽藻饰拟古，然情态则长新也。

萧艾　"恼一时心曲"，陈本作"恼乱一时心曲"。按《应天长》有令词、慢词之分，令词始于韦庄。尔后填此词者，或减字，或添字，为体不一。然后段第四句，未有作五字者，故以陈本"恼乱一时心曲"为是。

陈永正　此词接近欧阳修词和婉的风格。写荡舟女子对马上少年的倾慕之情，着重刻画女子的心理活动，细腻优美，情致缠绵。作于1907年春。（《校注》）

陈鸿祥　春波、荡舟，皆江南水乡春游景象，当作于海宁家居时，亦属于"情语"而有所"开拓"者。（《注评》）

佛雏 拟系于 1906 年 5 月至 1907 年 10 月。

刘烜 王国维也写爱情诗，有那么一点欢乐的情绪的，我以为只有《应天长·紫骝却照》一阕：（下引本词从略）即使这首词，揣王国维的本意，追求爱情的欢乐，也只是暂时的幻想而已。

钱剑平 女子的情态、心态，纤毫毕现，细腻欢快之情，是王国维 115 首词中不多见的。（系于 1907 年）

祖保泉 此词写少女初恋，乃作者艳想之作……如果谁问：王氏因何写此词？我想，只能用王氏语答之："文学者，游戏的事业也。"供人娱乐，也是一种事业。（《解说》）

菩萨蛮

红楼遥隔廉纤雨。沉沉暝色笼高树。树影到侬窗。君家灯火光。

风枝和影弄。似妾西窗梦。梦醒即天涯。打(《乙稿》作"洒")窗闻落花。

这是一首模仿女子口吻所写的爱情词,她所爱的那个男子的家离她很近,但那个人却似乎离她很远。

"红楼遥隔廉纤雨。沉沉暝色笼高树"中的"红楼",是女子所思念的那个男子的家。李商隐有诗云,"红楼隔雨相望冷,珠箔飘灯独自归",红楼是美丽的,可是它不但"遥",而且"隔"。隔的什么?一个是雨,一个是树。雨,是最容易引起诗人愁思的廉纤细雨;树,是男子所居红楼前的"高树"。这已经是层层阻隔了,作者还要加上"沉沉暝色"的逐渐笼罩。这两句,一方面是尽力渲染男女双方阻隔不通的忧伤气氛;另一方面,又让我们感觉到有一双忧伤而固执的眼睛始终在那里"望"。随着"暝色"的笼罩,这种"望"本来已经没有多大希望了,但忽然之间竟出现了转机——"树影到侬窗。君家灯火光"。

红楼:泛指华美的楼房。唐李商隐《春雨》诗:"红楼隔雨相望冷,珠箔飘灯独自归。"|**廉纤雨:**细微的小雨。唐韩愈《晚雨》诗:"廉纤晚雨不能晴。"|**沉沉:**深沉貌。唐杜甫《醉时歌》:"清夜沉沉动春酌。"|**暝色:**暮色。南朝宋谢灵运《石壁精舍还湖中作》:"林壑敛暝色,云霞收夕霏。"|**侬窗:**女子称自家的窗户。侬,女子自称之词。|**灯火光:**灯烛之光。灯火,亦指代读书人读书学习。宋叶适《巩仲至墓志铭》:"宿艾骇服,以为积数十年灯火勤力,聚数十家师友讲明,犹不能到也。"|**风枝:**风吹拂下的树枝。唐戴叔伦《客夜与故人偶集》诗:"风枝惊暗鹊。"|**西窗梦:**南唐冯延巳《采桑子》词:"一夜西窗梦不成。"|**天涯:**谓相隔极远。

"树影"，是男子家高树的树影；"侬窗"，即后文所说的女子家的西窗。前边渲染了这么浓重的隔绝气氛，而现在男子家楼上出现的灯光竟冲破阻隔，把楼前高树的树影一下子投到了女子的西窗之上。那种沉沉夜色中出现光明和希望的感觉，足以使愁人一振。而且，"君家"和"侬窗"是你我对举，用得很亲切；"到侬窗"的"到"，有一种一切阻隔和距离被豁然驱除的贴近感。先有"树影到侬窗"的结果，然后才有"君家灯火光"的原因，则带有一种出乎意料的惊喜感。然而微妙的是：以前的种种阻隔实际上并没有消失，这种对"君家灯火"的惊喜感和贴近感，仅仅是由"影"造成的。这在一方面写出了女子对楼中男子那种如痴如醉的渴慕和思念，一方面又写出了这种希望的虚幻与渺茫。

"风枝和影弄。似妾西窗梦"，尽管只是树影，但它是由所爱男子楼中的灯光投射而来，在这痴情女子眼中自然与众不同。"风枝"，是被风吹动的树枝。楼外树枝摇动，窗上树影婆娑，姿态十分美丽。"弄"，有一种自我欣赏的姿态。如张先《天仙子》的"云破月来花弄影"，温庭筠《菩萨蛮》的"弄妆梳洗迟"，"弄"字都有一种自娱自乐寻求自我满足的意味。而这种树影在西窗上的婆娑舞姿像什么？这女孩子说：它就像我在西窗下入睡时所做的梦。是什么梦？当然是愿望得到满足的梦。因为接下来她就说，"梦醒即天涯"——这一愿望只能在梦中实现，一旦梦醒之后，她和那个男子之间马上就又有了人世间种种的阻隔，尽管"西窗"与"红楼"实际上近在咫尺，但若想沟通来往则好似远在天涯。这又不同于唐诗"可怜无定河边骨，犹是春闺梦里人"（陈陶《陇西行》）的梦，那是写恩爱夫妻的生离死别，而这首词中女子对男子的思念只是一种单方面的思念。这女子自己知道：她的苦恋，只能在梦中得到回报；她的快乐，只有向梦境中去追寻。

"打窗闻落花"的"打"字，作者最早用的是"洒"，后来才改为"打"。"打"是一个很有力度的字，而花瓣很轻，除非武侠小说中飞花摘叶伤人立死的功夫，本来是用不着"打"字的。作者不用"洒"而用"打"，在客观上是写万籁俱静的深夜之中阵阵落花被风吹到窗上的声音之清楚，像是有某种力量在打窗。但"打"也可以令人联想到打击与伤害。使枝上繁花破碎凋零和使女孩子的青春梦想破碎幻灭，都是一种对美好事物的残酷打击与伤害。而且，花的凋零意味着春天的结束，梦的破灭意味着青春的虚度。这种悲惨的分量也必须用一个有力度的字才可以衬得起来。所以，"打"字也许确实比"洒"字好，它给人一种美丽的理想被击碎的感受，同时也带有一种把人从梦幻中惊醒拉回到现实中的力量。

全词描写了一个沉溺在苦恋之中的女子，虽然她的理想不能够实现，但她那种对恋爱对象的深情投注、那种对冲破层层阻隔的渴望，不但使读者同情，而且使读者感动。王国维后来还写过一首《菩萨蛮·回廊小立》，内容与此相似，也是写一个女子对"东家"男子的思念。如果从写实的角度看，也可能有什么我们不知道的本事在里面。然而我们不要忘记，王国维也是一位"造境"的高手。所谓"境"，不仅仅是自然景物的"境"，也包括人间情事的"境"。花间词人在歌酒筵席上"写境"，其中好的作品往往竟能够"邻于理想"；王国维把自己某种难以直接表达的感情与"要眇宜修"的词体结合起来"造境"，也往往令人觉得似乎实有其事，并非虚构。

这首词属《人间词乙稿》，写作时间当在 1906 年到 1907 年之间。这时王国维初到北京，在清政府的"学部"任事，发表过不少关于教育方面的论文，既有理论探讨，也有针对时弊的实际建议，他对时事政治是有自己的看法的。但此时清王朝已走到末路，纵有良药也难医痼疾。而且他只是学部的一个职员，虽有爱国的热情却无用武之地。目睹腐败黑暗的官场，我们可以想象到一个关心国家前途的读书人内心的苦闷。也许这首词中就有他内心这种难以言说的感情之流露吧？

辑评

吴昌绶 二词（指本词及《菩萨蛮·玉盘寸断》）可删。

周策纵 "君家灯火光"之句颇令人想起莎士比亚之名句："温静啊！是什么光透过了那儿的窗？那是东方，朱丽叶就是太阳。"莎氏之句甚美，静安此等词则富于缥缈幽丽之致。此亦略可见东西诗美之异趣，亦如西方美人之明艳与东方美人之婉约而神秘也。

陈永正 其室则迩，其人甚远。词人在这里当有寄意。青年时代的静安，也总是在追求他的美好的理想，他没有找到政治上正确的出路，他的理想也如梦影般破灭流散了。作于 1907 年春暮。（《校注》）

陈鸿祥 词曰"笼高树""到侬窗"，皆吴越俗语。通首浑朴自然，情趣盎然，有古吴歌韵致。（《注评》）

佛雏 拟系于 1906 年 5 月至 1907 年 10 月。

钱剑平 （系于 1907 年）

祖保泉 这首词，就意境看，有模糊美。"廉纤雨""沉沉暝色""遥隔""灯火光""风枝和影弄""打窗闻落花"等，如此措辞，鲜明地显示了作者着意创造模糊美，力求与女郎单相思的模糊性相侔合。（《解说》）

菩萨蛮

玉盘寸断葱芽嫩。鸾刀细割羊肩进。不敢厌腥臊。缘君亲手调。

红炉赪素面。醉把貂裘缓。归路有余狂。天街宵踏霜。

　　这首词记述了被一位女子招待的一次愉快的晚餐，吃的当是北京的涮羊肉。

　　首句"玉盘寸断葱芽嫩"本没有什么难解之处，但"寸断葱芽"在有意无意之间暗藏着一个典故：东汉陆续因楚王英谋反事件被牵连入狱并受到毒刑拷问，他的母亲千里迢迢到京城探监却被拒之门外，只好做了饭菜送进监牢。狱卒不告诉陆续是谁送来的饭菜，但他一看那饭菜就知道是母亲到京城来了。因为他母亲做菜有一定的规矩：切肉一定要四四方方，切葱每段都一寸长。后来皇帝知道了这件事就赦免了陆续的死罪。为什么赦免他？大概是因为皇帝想：在做菜这种小事上都有一定之规，在家庭遭遇变故的慌乱中都能不改常态，这样的女人是不会教导出谋反的儿子来的。所以，这"寸断葱芽"令人

玉盘：盘子的美称。汉张衡《四愁诗》："何以报之双玉盘。"┃**寸断葱芽**：《资治通鉴》卷四十五载，东汉陆续以楚王英事系狱，其母自吴来洛阳，作食以馈续。续对食悲泣不自胜，治狱使者问其故，续曰："母来不得见，故悲耳。"问何以知之，续曰："母截肉未尝不方，断葱以寸为度，故知之。"┃**鸾刀**：刀环有铃的刀。唐杜甫《丽人行》："鸾刀缕切空纷纶。"┃**羊肩**：羊腿。┃**进**：献上。┃**腥臊**：泛指生肉的气味。《韩非子·五蠹》："民食果蓏蚌蛤，腥臊恶臭而伤害腹胃，民多疾病。有圣人作，钻燧取火以化腥臊，而民说之。"┃**红炉**：烧得很旺的火炉。此当指火锅。┃**赪（chēng）素面**：使素面变红。赪，红色。素面，不施脂粉之天然美颜。┃**貂裘**：貂皮制成的衣裘。┃**缓**：宽松，此指把外衣脱下。┃**天街**：京城街道。唐韩愈《早春呈水部张十八员外》诗："天街小雨润如酥。"

437

联想到女性做事之有规矩、有尺度。也许由于这首小词是以"花间"风格来描写一位并非自己妻子的女士对自己的关怀照料，所以作者在开头一句就用了古代的这个典故以赞美对方的手艺并略免轻佻儇薄之嫌吧？

"鸾刀细割羊肩进"，是说那女士亲手切出薄薄的羊肉片端上来。"不敢厌腥臊"的"腥臊"是指生肉的气味。涮羊肉是直接把生肉放进煮开的锅里去涮，王国维是南方人，大概不太习惯北方人的这种吃法，但因为这是女主人亲手切的肉亲手调和的作料，所以他说"不敢厌腥臊。缘君亲手调"。

"红炉赪素面。醉把貂裘缓"的"红炉"，当是指涮羊肉的火锅。北京人涮羊肉用紫铜火锅，要把锅下的炭火烧旺了才放到餐桌上。烧红的炭火使女主人脸上泛起了红晕，这时候客人也略有醉意，脱下了皮大衣，不再像刚来时那样拘束。这两句写出了晚餐的愉快和宾主间的融洽。

"归路有余狂"写的是回家路上，但我们从那个"余"字可以看出，作者所要强调的还不是归路上的狂而是酒宴上的狂：刚才在女士面前如此无拘无束地开怀痛饮，那也许是作者在一般情况下比较少有的"狂态"了。王国维在《人间词》中不止一次地描写过自己的"狂"，比如像"且向田家拚泥饮，聊从卜肆憩征鞍"是一种抑郁之狂，"呼灯且觅朱家去，痛饮屠苏"是一种放纵之狂，"更堪此夜西楼梦，摘得星辰满袖行"是一种自信之狂，"高歌无和。万舫沉沉卧"是一种孤傲之狂。而在这里，却似乎有些阮籍式的浪漫之狂。据《世说新语》记载：阮籍的邻家妇长得很美，开了一个酒店卖酒。阮籍经常到那里喝酒，喝醉了就躺在那儿睡觉。邻妇的丈夫开始有点儿疑心，可是经过伺察，发现他们根本就没有任何苟且的行为。所以这个"狂"字，暗地里有一种模仿魏晋士人那种不拘礼法的作风之意。

"天街宵踏霜"写得很妙: "天街"是京城的大街,是十分宽阔的; "宵"是夜晚,是寂静的; "霜"是冬夜的严霜,是寒冷的。从"红炉"的室内走上"踏霜"的"天街",这里边便有了一种从暖到寒、从醉到醒的感觉,而这种寒冷与清醒的感觉,正好成了刚才晚餐时那种耽溺与任纵之情绪的一个反衬。

辑评

吴昌绶 (见《菩萨蛮·红楼遥隔》辑评)

萧艾 在京作。疑与卖浆旗下女有关。

陈永正 这完全是北国的情调。写冬夜围炉欢宴的情景,绝非南人所易道也。此词好在一"真"字,当非静安所自夸的"天末同云"之作所及。此词见于《人间词·乙稿》,当作于 1907 年冬。(《校注》)

陈鸿祥 罗振常批曰: "此词豪隽。"红炉颒面、醉脱貂裘,乃北方围炉啖食;葱芽、羊肩,亦北地食俗,故与上首吴侬软语适成对照,有胡人古风。(《注评》)

佛雏 拟系于 1906 年 5 月至 1907 年 10 月。

叶嘉莹 (见《浣溪沙·似水轻纱》辑评)

钱剑平 (系于 1907 年)

祖保泉 写南方女子眼中的北方郎君。作为风俗画看，此词可与《蝶恋花·窈窕胡姬》一首并列，皆写北方风俗。……作者是地道的南方人，而他要为北方男子汉作一幅风俗素描，便借南方女子的双眼作为观察点，串起所要表达的景象，这也可以叫爱情线索吧。（《解说》）

鹧鸪天

楼外秋千索尚悬。霜高素月慢（《乙稿》作"正"）流天。倾残玉椀难成醉，滴尽铜壶不解眠。

人寂寂，夜厌厌。北窗情味似枯禅。不缘此夜金闺梦，那信人间尚少年。

这首词同《浣溪沙·掩卷平生》类似，都是写一种不太容易说清楚的烦恼情绪，不过那首《浣溪沙》写在春天，而这首写在秋天。

秋千一般来说是春天的游戏，陆游有诗曰"秋千蹴鞠趁清明"可以为证。在《人间词》中，还有一首《醉落魄》写的就是春天的秋千："柳烟淡薄，月中闲杀秋千索。"就秋千而言，清明前后本是使用频率最高的时候，在这种时候偏偏被主人冷落，所以是"闲杀"。而这一首是写秋天的秋千："霜高"之时天已渐凉，秋千就没有人去玩了，却还悬在那里没有被拆去，所以用了一个"尚"字。由此我们也可以看出，王国维在用字上是很细致的。

霜高：指秋空高爽。南宋李曾伯《西江月》词："过眼霜高木落。"｜**素月**：明月。晋陶潜《杂诗》之二："素月出东岭。"｜**流天**：在天空中移动。南宋赵鼎《乌夜啼》词："雨余风露凄然，月流天。"｜**残**：将尽。｜**玉椀**：此指玉制的酒杯。椀同碗。｜**铜壶**：古代计时器。以铜为壶，底穿孔，壶中立一有刻度的箭形浮标，壶中水滴漏渐少，箭上度数即渐次显露，视之可知时刻。｜**寂寂**：孤单冷落。汉秦嘉《赠妇诗》："寂寂独居，寥寥空室。"｜**厌**（yān）**厌**：久也。《诗·小雅·湛露》："厌厌夜饮，不醉无归。"｜**情味**：情趣。宋晏殊《更漏子》词："忆得去年情味。"｜**枯禅**：佛教徒称静坐参禅为枯禅。南宋杨万里《晚晴》诗："先生老态似枯禅。"｜**金闺**：闺阁的美称。唐王昌龄《从军行》之一："无那金闺万里愁。"又，指金马门，亦指代朝廷。唐韦应物《答韩库部》诗："名列金闺籍，心与素士同。"

441

"流"本来是液体的流动，天上的星星月亮也能够"流"吗？其实，《诗经》里就有"七月流火"的说法。天高气爽，明月当空，本来是静态，但一个"流"字就使这幅图画有了一种时间之动感，由此就引出了下面两句："倾残玉椀难成醉，滴尽铜壶不解眠。"这两句，无非是说自己的内心十分烦躁，想醉都醉不了，想睡也睡不成。这种意思直接说出来并没有什么太感动人的地方，但作者用了"残"和"尽"两个字来形容"倾"和"滴"的完全与彻底，用了"难成"与"不解"两个词来说明"醉"和"眠"的不能如愿，就使得这两句隐隐有一种虽然已尽最大努力却仍然不能改变事实的悲剧感。为什么难成醉？为什么不解眠？作者没有说。但那"尚悬"的秋千、"流天"的素月和高寒的秋空，似乎在给读者一种岁月流逝和青春不再的感动。这也许是作者在有意与无意之间给读者的提示吧？

　　"人寂寂，夜厌厌"是说，人是孤单冷落的，夜是寂静漫长的。在这样的环境里，就感到"北窗情味似枯禅"。什么是"北窗情味"？在炎热的天气，北窗是房间里最阴凉的所在。自从陶渊明在《与子俨等疏》中说过"常言五六月中，北窗下卧，遇凉风暂至，自谓是羲皇上人"的一番话之后，诗人们就把北窗视为乘凉和消闲的所在。孟浩然说，"炎月北窗下，清风期再过"；王维说，"北窗桃李下，闲坐但焚香"；韦应物说，"群木昼阴静，北窗凉气多"，这些都是所谓"北窗情味"。"北窗情味"是平淡的而不是热烈的，是超脱的而不是执着的，它与"倾残玉椀难成醉，滴尽铜壶不解眠"的那种沉溺与固执南辕北辙。王国维极善于写山水风景，但他的诗词却难以归入文学史上山水田园的一派，因为他的性格与这一派诗人的性格有根本区别。他无法在大自然的山水风景中找到逃避尘世烦恼的所在，就像他无法在哲学中找到解决人生问题的办法一样。不管是佛家禅理还是老庄学说，都扭转不了他对人生的热情与执着，在这一点上他是无可救药的。

因此，在孟浩然他们看来如此惬意舒适的"北窗风味"，在他看起来却如同"枯禅"。

"金闺"可以是闺阁的美称，但汉代金马门也称"金闺"，所以"金闺梦"可以有两种解法，一个是闺中女子之梦，那就是一种追求爱情的梦；另一个是失意男子之梦，也就是男子追求为世所用之梦。从小词的传统来看，它常常以女子口吻来抒写爱情的相思，而且这首词一开始就提到"楼外秋千"，所以似乎是在写一个女子对爱情的追求。但这首词的下片又提到"北窗情味"，令人联想到陶渊明、孟浩然等那些"独善其身"的隐士们的情味，而且说这种情味"似枯禅"，因此这个"金闺梦"就也可能暗示了作者内心始终不肯熄灭的那种入世做一番事业的追求。

但不管是女子之梦还是男子之梦，那都是一种追求之梦和理想之梦。作者说：要不是心中还有这样的梦，我就真的陷入衰老和绝望中无以自拔了。——这里边没有明白说出的潜台词是：不管现实生活多么令人痛苦、烦恼和无奈，但只要每个人内心还保留着当初那一份年轻人的追求和理想，这人生和这世界就是有希望的。

辑评

冯承基 （见《浣溪沙·六郡良家》辑评）

周策纵 《醉落魄》中"柳烟淡薄，月中闲杀秋千索"与《鹧鸪天》中"楼外秋千索尚悬，霜高素月慢流天"同为写月下秋千索之句，而写法迥异。盖前者乃用以衬托"踏青挑菜都过却，陡忆今朝又失湔裙约"之情景，"柳烟淡薄""月中闲杀"皆所以显期待、怅惘、失望之情绪。

后者则用为"倾残玉椀难成醉，滴尽铜壶不解眠"之背景，所欲表现者乃辗转无聊奈之苦痛。"楼外""霜高""素月流天"皆所以给予庄严肃穆与冷清之感，而"尚"悬与"慢"流尤可表无可奈何之烦闷。其特殊动人氛围之造成，绝非偶然。前者是优美之境，后者则近于壮美之境。王维诗"秋千竞出垂杨里"，冯延巳《上行杯》词："柳外秋千出画墙"及欧阳修《浣溪沙》词"绿杨楼外出秋千"皆写动中之秋千。"出"字在欧句中状秋千出现于游人之眼，有"一霎""偶然""突然""无意"诸趣，其妙处与"悠然见南山"之"见"字相颉颃。静安所写者则为静中之秋千，其"尚"字亦足千秋。

陈永正　写客中索莫的情怀。玉杯难醉，残夜无眠，或是当时实况，然词语较庸，未能表达内心的悲感。结处尚深婉有味。当作于1907年秋。（《校注》）

陈鸿祥　末句"那信"，设疑词，《人间词》中数见。非真不信，乃信之过深而致疑耳。（《注评》）

佛雏　拟系于1906年5月至1907年10月。

钱剑平　（系于1907年）

祖保泉　这首词描摹青年对爱情的渴求与失恋的痛苦情状，体现了作者瑰丽温馨的词风。（《解说》）

清平乐

垂杨深（《乙稿》作"小"）院。院落双飞（《乙稿》作"归"）燕。翠幕银灯春不浅。记得那时初见。

眼波曆（《乙稿》作"脸"）晕微流。尊（《乙稿》作"灯"）前却按凉（《乙稿》作"梁"）州。挦取一生肠断，消他几度回眸。

这是一首花间风格的艳词，主要内容是回忆当初见过的一个女子，并倾诉自己对她的一见钟情。《人间词话》所谓"词之雅郑在神不在貌"，在这首词里有所体现。

"垂杨深院。院落双飞燕"是院内的春色，"翠幕银灯"是室内的春色。垂杨的缠绵和双燕的翻飞使人联想到爱情，翠幕的落下和银灯的点起意味着一个温馨夜晚的开始。然而，"记得那时初见"——一句话就把这一切都拉向了一个遥远的回忆。当然，我们也可以把"垂杨深院。院落双飞燕"两句视为眼前的景色，作者由此起兴，想起了当年那个难忘的夜晚。

垂杨：垂柳。古诗文中常杨柳通用。｜**双飞燕**：《古诗十九首》："思为双飞燕，衔泥巢君屋。"｜**翠幕**：翠羽为饰的帷幕。唐杜甫《乐游园歌》："曲江翠幕排银榜。"｜**银灯**：银白色的灯盏。唐王昌龄《长信秋辞五首》之二："银灯青琐裁缝歇。"｜**眼波**：形容流动如水波的目光。唐韩偓《偶见背面是夕兼梦》诗："眼波向我无端艳，心火因君特地然。"｜**曆晕**：脸上泛起的淡红色。｜**尊前**：酒樽之前，即酒筵上。尊，同"樽"。｜**按**：弹奏。唐雍陶《少年行》诗："对人新按越姬筝。"｜**凉州**：凉州令。词调名，唐教坊大曲有《凉州》，由大曲摘遍而为小令词调，因称《凉州令》，宋以后讹称《梁州令》。｜**挦取**：豁出去。取，语助词，犹"着""得"。｜**消**：受用。**他**：指那女子。｜**回眸**：转过眼睛回顾。唐白居易《长恨歌》："回眸一笑百媚生。"

那个夜晚可能有许多节目，但留给作者印象最深的却只有那个女子的神态和她所弹奏的曲调，那就是"眼波麚晕微流，尊前却按凉州"。他说：我至今还记得她当时弹奏的曲子是《凉州令》的曲调，在弹奏的时候，她脸上微微泛起红晕，目光偶尔抬起来看一眼座上的客人。她有没有看到我？我不知道。但我甘愿付出我一生痛苦的代价，来换取能够得到她几次回眸相顾的荣幸——"拚取一生肠断，消他几度回眸"。

这首词写春光的旖旎，写女子的神态，都写得不错。但如果仅仅如此，它也不过是一首模仿花间模仿得很到位的艳词而已，不会给人更深的感发。而它之所以能够引起读者感发的关键，就在于那"拚取一生肠断，消他几度回眸"的感情和口吻。

《人间词》常常模仿甚至套用唐宋词的原句。"记得那时初见"，就是套用了晏几道《临江仙》的"记得小蘋初见"。晏几道那首词很美，把对美人的思念与失落的怅惘写得美丽宛转，余音袅袅，然而那只是晏几道本人的思念，是一个没落贵公子对他所失去的生活之怅惘，读者的联想也只能局限在这个比较狭窄的范围之中。王国维这首词也许不如小晏那首美丽，但却比小晏那首更有言外意蕴。

什么是"拚取一生肠断，消他几度回眸"？每个读者都可以根据自己的理解做出对它的阐释。"这是一种有伤社会风化的不正之思"——说这话的，必然是正统的理学家。"这是一种得不偿失的交易"——说这话的，可能是一个精明的商人。"这是一个不珍惜自己生命的浪子"——说这话的，可能是一个饱经世故的老者。"这是一种真正伟大的爱情"——说这话的，多半和词中那个男子一样，是个执着固执的"傻瓜"。

可是古往今来，这样的"傻瓜"却并不少。他们默默地付出，默默地忍受，不求理解也不求回报，为了某种并不能由自己独占的、追求人类美好前途的事业，可以心甘情愿地付出自己的一切直到生命。对他们来说，"拚取一生肠断，消他几度回眸"也就够了，甚至他们之中的大多数人在生前死后都得不到这种"回眸"的荣幸。可是他们愿意——"亦余心之所善兮，虽九死其犹未悔"（屈原《离骚》）。

爱情，本来是最富有象喻性的题材。花间词中好的作品，其佳处就在于能够引起读者这种言外的联想。但花间词中富于言外意蕴的作品，大多是以女子口吻写的，如韦庄《思帝乡》的"妾拟将身嫁与一生休"，牛峤《菩萨蛮》的"须作一生拚，尽君今日欢"等。至于那些以男子口吻直接来写的作品有两种情况：一种流于浅薄或轻佻，如欧阳炯《南乡子》的"胸前如雪脸如莲"，张泌《浣溪沙》的"晚逐香车入凤城"等；另一种虽然感情很真挚很深厚，但却过于密切地结合了作者自己的身世和感情的事件，因此反而限制了读者向更大范围去联想的可能，如韦庄有许多作品就是如此。

王国维这首词是以男子口吻写的，却既不流于轻佻也没有局限在"本事"范围中，应该说是一种新的尝试。他心里可能未必像晏几道那样真的有一个"小蘋"在，但也正因如此，他才能不受"真实"的限制，突破"爱情的事件"，写出这种富有象征意义的"爱情的本质"来。

辑评

祖保泉（见《蝶恋花·昨夜梦中》辑评）

萧艾《人间词话》谓词家多以景寓情，专作情语而绝妙者，曾不多见。又称："余《乙稿》中颇于此方面有开拓之功。"殆指"拚取一生肠断，消他几度回眸"之类耶？

陈永正 全是晏小山的风调。语意虽佳，然终嫌有摹拟之迹。静安学北宋，每有此病，惜哉！作于1907年春暮。（《校注》）

陈鸿祥 此词亦当属王氏自许专作情语，而"有开拓之功"者。（《注评》）

佛雏 依叔氏，"艳词"极写男女欢昵，应属于"眩惑"，以其能刺激意志（情欲），而非移走意志，故不在"优美""壮美"之列。王氏对此稍加变通，他肯定发乎真情的一类"艳词"，而摈斥专事眩惑的"儇薄"一类。既然诗是人生理念的再现，此等绮语至最真切处，亦可通于人的理念，即成为人类的内在本性之最真实、最充分的揭示。故他反复称引牛峤《菩萨蛮》之"须作一生拚，尽君今日欢"二语，甚至说：假如"孔门用词"，则牛氏此词"必不在见删之数"。他自己的《清平乐》（垂杨深院）中的"拚取一生肠断，消他几度回眸"，也显有牛氏的影子。又：拟系于1906年5月至1907年10月。

吴蓓 词中的"拚取一生肠断"，从牛峤《菩萨蛮》词而来："玉楼冰簟鸳鸯锦，粉融香汗流山枕。帘外辘轳声，敛眉含笑惊。 柳阴烟漠漠，低鬓蝉钗落。须作一生拚，尽君今日欢。"牛峤的这两句，王士祯《花草蒙拾》评为"狎昵已极"，彭孙遹《金粟词话》以为乃作艳词的"尽头语"。静安似乎非常欣赏这类将情推入极致的直露手法，曾一再化用。若论王、牛二词的短长，《清平乐》较雅，没有牛词香艳狎昵；但如果从情的感染力度着眼，牛词二句似更胜一筹：牛句出自女子声口，那种为了取悦于"君"而不惜拼尽全心全力的痴情让人感动、让人爱怜，甚至于让人有几分心痛心酸！联系自古以来男女关系中女子所处的那种特定的身份地位来看，这样的痴话由女子口中道出，显然比王词的男性

448

口吻更具感情冲击力。牛词因这两句而使全词貌俗而神粹；王词"拚取一生肠断"虽表白已之情痴，但也意绾女方姿态娇美，虽字面雅过牛词，倒透出一丝平俗。（《无可奈何花落去》）

马兴荣 王国维在《人间词话》中说："词家多以景寓情，其专作情语而绝妙者如牛峤之'甘作一生拚，尽君今日欢'，顾敻之'换我心为你心，始知相忆深'，欧阳修之'衣带渐宽终不悔，为伊消得人憔悴'，美成之'许多烦恼，只为当时，一饷留情'，此等词古今曾不多见。余《乙稿》中颇于此方面有开拓之功。"所说确实不错，"拚取一生肠断，消他几度回眸"，就是专作情语而绝妙者，较之上述诸人词可以说是有过之而无不及。

钱剑平 （系于 1907 年）

祖保泉 王氏此词，虽写女意决绝相爱，不为儇薄。王氏二十七八时，博览唐、五代、两宋词集，锐意填词，多方学习，偶作"艳词"，有检束，亦可取。（《解说》）

浣溪沙

花影闲窗压几重。连环新解玉玲珑。日长无事等匆匆。

静听斑（《乙稿》作"班"）骓深巷里，坐看飞鸟镜屏中。乍梳云髻那时松。

这首词描写一个爱情失意的女子在寂寞孤独中仍对那失去的爱情有所思念，因此表面上平静悠闲，实际上却总是无法抑制住内心的骚动。

"花影闲窗压几重"是说，花影的浓荫一层又一层地笼罩着寂静闺房的窗口。"花"的芬芳，"影"的幽暗，"闲"的寂静，"压"的沉重，营造出一个既芬芳美好又封闭压抑的环境。"连环新解玉玲珑"，是说窗内女子正处于刚刚失恋的状态之中。解连环的故事出于《战国策》的《齐策》：齐襄王的王后君王后是一个聪明的女子。齐襄王死后君王后执政，秦始皇用解开玉连环的难题来刁难齐国，齐国大臣没有人能解开玉连环。君王后用铁锤砸破连环，解决了这个难题。这个故事本来是赞美君王后的机智。可是，用整块玉雕成的连环本来是无法解开的，以砸破来解开它当然是一种机智，但同时也是一种强硬无情的

闲窗：寂静的窗口。唐姚合《题刑部马员外修行里南街新居》诗："闲窗连竹色，幽砌上苔文。" | 压：覆盖，笼罩。| **连环新解**：《战国策·齐策六》："秦始皇尝使使者遗君王后玉连环曰：'齐多知而解此环不？'君王后以示群臣，群臣不知解。君王后引椎椎破之，谢秦使曰：'谨以解矣。'"君王后，战国齐襄王的王后。宋周邦彦《解连环》词："信妙手能解连环。" | **玉玲珑**：此处指玉连环。| **等匆匆**：为什么如此忙碌。等，相当于"何""底"。
斑骓：毛色青白相杂的骏马。唐李商隐《无题》诗："斑骓只系垂杨岸。" | **镜屏**：框立在地上的镜子。宋秦观《寄题赵侯澄碧轩》诗："卷帘几砚成图画，倚槛须甓入镜屏。" | **乍**：才，刚刚。| **云髻**：高耸的发髻。三国魏曹植《洛神赋》："云髻峨峨，修眉连娟。"

处事手段。所以后来周邦彦写了一首《解连环》的长调说，"信妙手能解连环，似风散雨收，雾轻云薄"。他用的是男子口吻，写的是爱情被女方生硬断绝之后男方的怨。意思是说："你果然是一个妙手，竟能把我们之间不能解开的感情如此轻易地解开，就好像什么事情都没有发生过一样！"而现在这首词是女方的口吻，写的也是这样一种感情的断绝，所谓"新解"，说明这件事就发生在不久之前。

爱情已经失去了，在夏日漫长的白天里又无事可做，内心本该平静无波才是，但为什么心里总是忙忙的好像有许多放不下的事情呢？"日长无事等匆匆"，是个问句，可以是作者在问，也可以是那个女子扪心自问。"匆匆"不一定是真的在忙着做什么，而是一种心中有事坐立不安的样子。在这里，环境的静和内心的不静形成了对比，从而暗示了这个失恋的女子心中并没有真正放下对那个与她断绝的男子的感情。

"静听斑骓深巷里"，似乎是盼望；但明知那男子不会再来了，却下意识地注意着深巷里车马的声音，又似乎不是盼望而只是过去遗留下来的一种习惯。"坐看飞鸟镜屏中"的"镜屏"，是一种立在屋内的镜子，这镜子上可能刻有飞鸟的花纹，所以是"坐看飞鸟"。这两句，都是写这个女子在百无聊赖之中消磨时间的举动。但"静听"和"坐看"是一种外表的"静"，它们呼应了上半阕的"花影闲窗"和"日长无事"；"斑骓"和"飞鸟"却暗示了一种内心的动，它们呼应了上半阕的"等匆匆"。动静相对，虚实相生，极含蓄地写出了这个女子表面上平静悠闲、内心深处却对前事不能忘怀的微妙心情。由此，便引出了最后的一句"乍梳云髻那时松"。"乍梳云髻"是现在，"那时松"是对过去的回忆。"云髻"是一种高耸的发髻，代表着女子的严肃和矜持；而低垂的发髻和披散的乌云则往往暗示着某种浪漫的情思，如温庭筠的"倭堕低梳髻，连娟细扫眉"、《子夜歌》的"宿昔不梳头，丝发披两肩"都是如此。

这首词，写出了一个孤独、矜持的女子内心中的骚动。在经受了失恋的打击之后，她表面上似乎已经平静下来，但在内心深处却无法压制住对爱情的回忆和期待。细细品味起来，这种心情其实也不仅仅属于失恋的女子。有人说，征服全世界容易，而征服自己的内心最难。所以，佛教《金刚经》在一开始就提出"云何能住""云何降伏其心"的问题。禅宗的六祖惠能，就是因为听到"应无所住而生其心"这一句话而悟道。但对于我们一般人来说，要控制自己的"意马心猿"则实在不容易，尤其是当我们所关心和牵挂的对象都在"此岸"而不在"彼岸"的时候。

辑评

周策纵 昔张宗橚以"情致缠绵，音调谐婉"为倚声家语，若以词句为诗，则嫌"软弱"。余意"软弱"之论，固不全真，若李商隐之诗，实诗中之词也，其佳处正在缠绵谐婉。然词固不可缺此婉约之致。虽苏、辛豪宕，胜者犹存委曲。至如静安《浣溪沙》句云"静听斑骓深巷里，坐看飞鸟镜屏中，"固可当"言近而指远"，然情致音调，皆近于诗而远于词。殆词中之诗耳。

陈永正 此词写闺中的春思。下片刻画百无聊赖的情态入神。如果说有寄意的话，或者是抒发文人失职之悲感吧。作于 1907 年春暮。(《校注》)

陈鸿祥 此词点题在"斑骓"。项羽被围垓下，有"力拔山兮气盖世，时不利兮骓不逝"之歌。沈德潜注云："呜咽缠绵，从古真英雄必非无

情者。"词云"斑骓深巷",喻远人归来;"飞鸟锦屏",示美人情思。亦属情语。(《注评》)

佛雏 拟系于 1906 年 5 月至 1907 年 10 月。

钱剑平 (系于 1907 年)

祖保泉 写艳想:少妇春日无事,玩玉佩,盼郎归。……"乍梳云鬓那时松"原应作"那时乍梳云鬓松",填词因格律需要,遂倒装。"那时"即口语"nèi时",指静坐盼郎归之时。"乍梳"谓乍乎梳理一下头发。请注意:闺中少妇梳头乃是日常生活中的事,此时说"乍梳"是表明少妇情绪不稳定。"云鬓松"表明她随手梳理两下,任其松散。"女为悦己者容",郎君未归,她哪有心思打扮!(《解说》)

浣溪沙

爱棹（《乙稿》作"掉"）扁舟傍岸行。红妆素萏斗轻盈。脸边舷外晚霞明。

为惜花香停短棹，戏窥鬓影拨流萍。玉钗斜立小蜻蜓。

词有一个描写女性的传统，但不同时期不同作者笔下的女性形象各有不同。这些作品中的最佳者，可以通过词中女子形象写出很深的意境和很高的格调。如欧阳修的《蝶恋花·越女采莲》就是如此（参见叶嘉莹《唐宋词十七讲》第七讲）。其次是生动真切地写出女子可爱的姿态以至委婉的情意，如花间词中韦庄的《浣溪沙·清晓妆成》，女词人李清照的《减字木兰花·卖花担上》等。第三类则是男性作者以一种带有情欲的眼光来描写他所见到的歌舞卖笑的女子，这类作品在花间词和北宋词中最多，如欧阳炯《南乡子·二八花钿》、张先《梦仙乡·江东苏小》等。如果做简单归类的话，则王国维这首词应该归在第二类。

首先，"爱棹扁舟傍岸行"的"爱"和"红妆素萏斗轻盈"的"斗"两个动词极具性格；而"红妆"和"素萏"的对比强调了人物与背景相映生辉的美。仅开头这两句，就已勾画出一个很有性格的美丽活泼

棹：船桨，此处用作动词，指划船。晋陶渊明《归去来兮辞》："或命巾车，或棹孤舟。"**红妆**：美丽的女子。｜**素萏（dàn）**：白色的荷花。｜**斗轻盈**：比赛谁的姿态更美。唐韩愈《戏题牡丹》诗："幸自同开俱隐约，何须相倚斗轻盈。"｜**舷外**：船的两侧。｜**短棹**：划船用的小桨。五代阎选《定风波》词："扁舟短棹归兰浦。"｜**流萍**：漂荡的浮萍。唐杨炯《浮沤赋》："触流萍而欲散。"

的女子形象。接下来"脸边舷外晚霞明"的"明"字，又用晚霞的光线给人物勾出了一个醒目的轮廓。这种明丽的色调和自然风光的背景，就与一般晚唐五代文人写女子常用的绣帷罗幕、鸳枕锦衾等绮艳之词有了一种审美趣味上的不同。

"为惜花香停短棹"是对荷花的赏爱，"戏窥鬓影拨流萍"是对自己的欣赏。这两个动作连在一起，暗示了女子与荷花比美的用心。这里边，就有了作者在《虞美人·碧苔深锁》中所说的"且自簪花坐赏镜中人"的那种自矜自尊的姿态。不同的是，《虞美人》那首词完全是象喻的；而这首词却不见象喻的用心，只是要描画出一个生动活泼的女子形象而已。"玉钗斜立小蜻蜓"可作两种解释，一是头上斜立的玉钗远看很像一只小蜻蜓；二是玉钗上真的落下了一只小蜻蜓。蜻蜓和女子本来没有什么必然的关系，但它给画面带来一种动态，给欣赏者一种"动"的期待，这种动态正好进一步烘托了全词所要表现的那种"天然去雕饰"的自然美。

这首词以真切生动取胜，本没有什么深意，但它与前边提到的韦庄词、李清照词仍有一些不同。花间词中的女子都是男性作者眼中的女子，而在男性作者眼中，最美丽的女子是那些渴望为爱情而奉献的女子。虽然这种感情写到极点比较容易产生象征意义，但那千篇一律的思妇怨女也很容易使人感到厌烦。李清照以女性作者来写女性自己的形象，其真切生动和清新娇美自然是男性作者所不及的，但她所表现的仍是一种渴望得到男子欣赏的心态。为什么会这样？这与整个传统儒家文化的男尊女卑有关。正如臣子的价值决定于有没有一个君主来欣赏一样，女子的价值也决定于有没有一个男子来欣赏，即古人所谓的"士为知己者死，女为悦己者容"。而思妇怨女的形象之所以被认为美，也正是由于在这种思想影响下所形成的审美趣味所致。可是从王国维这首词中我们可以看到：作者心目中最美的女性不是传统上那种等待男子欣赏的女性，而是追求自我的美好和活泼自然之情趣的女性。这是一种摆脱了封建社会人身依附和人性压迫的新的审美趣味。在这种追求个性和自然美的审美趣味之中，我们也可以隐约体会到作者对自我人格的追求。

因此，这首词虽然从表面上看是模仿"花间"传统的作品，但是它带有一种清新健康的气息，为现代人所乐于理解和接受。

辑评

吴昌绶 "脸边"语微妙，惜稍欠透达。

周策纵 至其《浣溪沙》中"为惜花香停短棹，戏窥鬟影拨流萍"，虽"直而能曲"，惟未得空灵之趣。

陈永正 词中写泛舟的少女，纯是《花间》格调。辞语秾丽，然终嫌有造作之迹，不及唐五代词的天然意态。作于 1907 年。（《校注》）

陈鸿祥 此首有欧阳修《采桑子》"轻舟短棹西湖好"韵致，而红妆轻盈、舷边拨萍、戏窥鬟影、玉钗斜立，恰似江南水乡新郎新娘划舟回门，嬉戏途中情状，实为人间自出机杼之作。（《注评》）

佛雏 拟系于 1906 年 5 月至 1907 年 10 月。

钱剑平 （系于 1907 年）

祖保泉 别有风趣，可视为一幅水乡风情图。（《解说》）

浣溪沙

漫作年时别泪看。西窗蜡炬尚汍澜。不堪重梦十年间。

斗柄又垂天直北，官书坐会（《乙稿》作"客愁坐逼"）**岁将阑。更无人解忆长安。**

　　王国维在他的妻子莫氏夫人去世后曾写过好几首悼亡词，这就是其中的一首，1907 年冬写于北京。

　　"漫作年时别泪看。西窗蜡炬尚汍澜"两句，如果只考虑意思而不考虑平仄格律，本应该颠倒过来先说蜡烛再说别泪，因为这是作者独坐在客舍西窗之下，看着蜡烛的燃烧才想起了妻子的生前。蜡烛在燃烧时会流下蜡油，一滴一滴像人在流泪，尤其是红色的蜡油，容易让人想到"红泪"或者"血泪"。"汍澜"，是眼泪疾流的样子。作者说：妻子的音容永远不会在现实中重现了，我现在姑且把蜡泪的流淌视为往年妻子在世时为分别而流的那些眼泪吧。为什么要这样说？因为王国维在 1896 年 11 月与莫氏成婚后不久就离家到上海去工作，后来又东渡日本留学及在南通、苏州任教，1906 年远赴北京，而莫氏在

漫作：姑且当作。｜**年时**：当年，往年时节。｜**西窗**：唐李商隐《夜雨寄北》诗："何当共剪西窗烛。"｜**蜡炬**：蜡烛。唐李商隐《无题》诗："蜡炬成灰泪始干。"｜**汍**（wán）**澜**：泪疾流貌。晋欧阳建《临终诗》："挥笔涕汍澜。"而此处是指蜡泪。｜**斗柄**：北斗七星，第一至第四星象斗，第五至第七星象柄。古人根据初昏时斗柄所指方向来决定季节：斗柄指东为春，指南为夏，指西为秋，指北为冬。｜**官书**：官府的文书。｜**会**（kuài）：计算，总计。《周礼·天官·冢宰》："岁终，则令百官府各正其治，受其会。"郑玄注："会，大计也。"｜**岁将阑**：一年将尽。｜**解忆长安**：唐杜甫《月夜》诗："遥怜小儿女，未解忆长安。"解，懂得。

1907年8月初病危，王国维从北京赶回海宁10天之后莫氏就死了。二人结婚十年会少离多，我们可以想象，在这十年中莫氏有多少次流着眼泪为丈夫收拾行装。也许那时两个人都把团聚的希望寄托在未来，可是谁能料到人生无常，就连这短暂的相聚也是不能长久的！倘若早知要付出这样的代价，当初对事业和工作会不会做另外的选择？所以是，"不堪重梦十年间"。这三句，眼前的形象中叠加着过去的形象，真实的形象中叠加着象喻的形象，而这一切又都在无声地倾诉着作者内心对妻子深深的思念和愧疚。

"斗柄又垂天直北，官书坐会岁将阑"两句都是说时间已到岁暮，但其中也含有对光阴流逝和客居失意的悲伤。"斗柄"，是北斗七星的柄。随着大地的运转，斗柄的方位是在不断变化的。古人根据初昏时斗柄所指方向来辨认季节：在傍晚天刚刚黑下来的时候，斗柄指东是春天，指南是夏天，指西是秋天，指北是冬天。"斗柄又垂天直北"，是说冬天又到了。"官书坐会"的"会"，指官府各职能部门年终的审计，即《周礼·天官》所说的"岁终，则令百官府各正其治，受其会"、"以月要考月成，以岁会考岁成"。1907年王国维经罗振玉推荐在北京成立不久的学部总务司行走，充学部图书馆编辑，相当于政府机关的一个职员。这一句，是以年终统计的例行公事来强调一年的光阴马上就要结束了。王国维初到北京住在罗振玉家中，生活上难免有寄人篱下之感；而且他对北京官场的人事环境也并不满意，在《乙稿》中的另一首《浣溪沙·七月西风》里也曾流露过思归之意。"官书坐会"在《乙稿》中原作"客愁坐逼"，把这种郁郁不乐的心情表达得更加明显；《观堂长短句》改为"官书坐会"，则显得比较含蓄，二者各有长处。

在岁暮的傍晚，在客舍的窗下，而且还在失意的郁闷中，我们可以想象，一个人在这种情况下是多么想念家乡和亲人。可是家乡怎么样呢？王国维的父亲在上一年的冬天去世，他的妻子在这一年的夏天去世，是"更无人解忆长安"！

"更无人解忆长安"，出于杜诗。杜甫在安史之乱中把妻子儿女留在鄜州，自己到灵武去投奔肃宗，途中被叛军掳到长安。杜甫这个诗人是不大写爱情的，但是他在长安写了一首对妻子情意绵绵的相思之作《月夜》："今夜鄜州月，闺中只独看。遥怜小儿女，未解忆长安。香雾云鬟湿，清辉玉臂寒。何时倚虚幌，双照泪痕干？"杜甫与妻子只是"生离"，"小儿女"虽不懂事却还有母亲照顾；而王国维与妻子是"死别"，他的长子这一年才8岁，小儿子还不到3岁。妻子死了，家中情形可想而知。"更无人解忆长安"，这一句里边不但包含他自己悼亡的悲苦，也包含了对小儿女的忧虑挂怀。而且，正是这种痛苦的感受更加使作者想到妻子在世时自己长年离家在外给妻子造成的伤害。因此，结尾这一句实际上又呼应了开头一句的"漫作年时别泪看"。

这首词的感发真切自然，它的景物、形象与口吻中都包含有真挚的感情，因此能够给读者一种很直接的感动。

辑评

萧艾　一九〇七年还海宁料理莫夫人丧事完回京作。其时长子潜明才八岁，次子仲闻六岁，三子贞明三岁，故曰"无人解忆长安"也。

陈永正　此词写岁暮中的客愁，中有刻骨之痛。静安悼亡词中，以此最为沉挚，盖其内涵亦更深厚也。读之令人掩卷怃然，不怡累日。当作于1907年冬。（《校注》）

陈鸿祥　此词点题在"十年"一语，盖追怀亡妻。……"官书坐会"，乃取意于欧阳修《泷冈阡表》："汝父为吏，常夜烛治官书。"他身为"胥吏"，数年岁月在学部图书局"治官书"即编译书刊中流逝。(《注评》)

佛雏 （见《蝶恋花·落日千山》辑评）

马华 等 王国维反对作词用典，以用典过多，会失却真情故。这首词却连用唐诗之典，绝无牵强、堆砌之感，而是非常贴切自然，其原因在于情感的深挚。

钱剑平 （系于1907年）

祖保泉 "官书"指官府公文。"坐"为"坐办"的省略。清代，朝廷的非常设机构，置"坐办"僚属，负责办理日常事务。作者当时任"学部总务司行走"，亦"坐办"之流。"会"，即适逢其时。全句谓：坐办公务，打发时光，荏苒已岁暮了。(《解说》)

蝶恋花

　　忆挂孤帆东海畔。咫尺神山，海上年年见。几度天风吹棹转。望中楼阁阴晴变。

　　金阙荒凉瑶草短。到得蓬莱，又值蓬莱浅。只恐飞尘（《乙稿》作"尘扬"）沧海满（《乙稿》作"遍"）。人间精卫知何限。

　　从题材上看，这是一首求仙的词。但在我国诗词传统中，有的时候，求仙象征了对理想的求索。从屈原的"吾将上下而求索"（《离骚》），到李清照的"蓬舟吹取三山去"（《渔家傲》），都表现了这样一种"求索"的主题。不过，这首词与一般"求索"内容的作品相比，其中又有新意。一般作品都是写求索而不得的悲哀，这首词却是写求索目标之幻灭所带来的悲哀。

　　"忆挂孤帆东海畔。咫尺神山，海上年年见"，是写求仙的开始。

东海：渤海，亦泛指东方之海。唐王维《早朝》诗："仍闻遣方士，东海访蓬瀛。" | **咫尺**：比喻距离很近。 | **神山**：传说中神仙居住的山。《史记·秦始皇本纪》："齐人徐市等上书，言海中有三神山，名曰蓬莱、方丈、瀛洲，仙人居之。" | **风吹棹转**：《史记·封禅书》："自威、宣、燕昭使人入海求蓬莱、方丈、瀛洲。此三神山者，其传在渤海中，去人不远，患且至，则船风引而去。盖尝有至者，诸仙人及不死之药皆在焉。其物禽兽尽白，而黄金白银为宫阙。未至，望之如云，及到，三神山反居水下。临之，风辄引去，终莫能至云。世主莫不甘心焉。"棹，船桨，借指船。 | **望中**：视野之中。唐岑参《南楼送卫凭》诗："鸟向望中灭。" **金阙**：神仙所居的黄金宫阙。参见"风吹棹转"注。 | **瑶草**：传说中的仙草。 | **蓬莱浅**：晋葛洪《神仙传》卷二《王远》：麻姑自说："接待以来，已见东海三为桑田。向到蓬莱，水又浅于往昔会时略半也。岂将复还为陵陆乎？"方平笑曰："圣人皆言，海中行复扬尘也。" | **飞尘沧海满**：见"蓬莱浅"注。 | **精卫**：古代传说中的神鸟。传说炎帝之女在东海被淹死，灵魂化为精卫，常衔西山之木石以填东海，事见《山海经·北山经》。 | **何限**：多少，几何。

战国时的一些君主及秦皇、汉武，都曾派人入海求仙，而且传说中蓬莱、方丈、瀛洲三神山就在东方的渤海中，"去人不远"。君主的使节们去得，一般人当然也去得。所以这首词虽然一开始就"造境"，却有真实的历史根据。作者用了一个"忆"字，说明这追求从很久以前就开始了。"孤帆"，象征着独自一人。因为，敢于付出一切代价去追求理想的人向来是不多的。作者说：那美丽的神仙世界对我的诱惑实在太大了，记得有一天，我终于下定决心独自挂帆出海去寻求那美丽的世界。"几度天风吹棹转"是写追求中的艰难。"几度"和"忆"遥相呼应，令我们联想到追求过程的时间之久和追求中所遇到的挫折之多，而由此也更可看出这一追求行为的坚决和百折不挠。不过，"天风吹棹转"也不完全是虚构而是有历史依据的。《史记》中说，这海上三神山虽然"去人不远"，但"临之，风辄引去，终莫能至"。这真是一个神奇的所在：它向人间显示它的美丽吸引人们去追求，却又使追求者历尽艰辛而最后依然失望。

如果仅仅到此为止，那么作者不过是重复了一个颇有象征意味的历史传说。虽然追求而不得，但至少追求者那种对理想的固执和百折不挠的勇气并不因其失败而失去价值。然而，作者接下来的一句却使追求者的一切奋斗变得毫无意义——"望中楼阁阴晴变"。

李白的古乐府《远别离》曾把娥皇、女英的故事写得那么悲惨恐怖："雷凭凭兮欲吼怒，尧舜当之亦禅禹"，舜莫名其妙地死在南巡的路上，尧也曾经被舜囚禁，一向被儒家奉为神圣的尧、舜、禹之禅代竟也有如此黑幕！这真是太可怕了。要知道，当一个人用他的一生去追求一个理想时，他是把它看得比自己的生命还重要的。可是如果在某一天他突然发现，这个理想原来是用谎言堆砌的，根本就没有追求的价值，那时他会怎样？在爱尔兰作家伏尼契的小说《牛虻》中，十九岁的亚瑟曾经为此而自杀，因为他心中的信仰在得知他所崇拜的神父蒙泰尼里原来是他亲生父亲的那一瞬间就完全崩溃了。"望中楼阁阴晴变",看起来普普通通的一句话,仔细品味,其中就包含有这种令执着的追求者难以承受的打击力量。尤其是在沧桑巨变,旧的价值观念面临消亡、新的价值观念还没有建立起来的时候,这种失落所造成的打击更为普遍。20世纪初的中国,就处在这样一个巨变的时代。传统的儒家思想与先进的西方科学、闭关自守与全盘西化、守旧与革新、保皇与革命,所有这些矛盾斗争,任何一个真正关心国家命运的人都无法逃避。从"百日维新"的热血到"预备立宪"的骗局,从学习西方的热情到被西方列强瓜分的惨痛,从辛亥革命的成功到军阀当权的混战,短短几十年内风波迭起,中国人经历了一次又一次的希望和一次又一次的失望。有多少人曾为了美好的理想而奋斗和流血,又有多少人曾为了理想的失落而颓废和悲观。也许,今天的历史学家可以平静地为他们做出是非的判断;但设身处地想一想那些身在巨流漩涡之中的人们,我们又怎能苛责他们的失误与悲观?"望中楼阁阴晴变"——当你的船在近距离一次又一次被风吹开的时候,你忽然之间就发现了仙山楼阁那阴暗的一面。天下再没有比这更严重的打击了!

"金阙荒凉瑶草短",这就是海上神山真实的面目,也是你曾经真诚地追求过的那个美好理想的真实面目。但是作者说:这也许并不是它本来的面目而是我的命运不济,所以"到得蓬莱,又值蓬莱浅"。这两句,口吻颇为敦厚,有点儿像作者在另一首小词《临江仙》中所写"郎似梅花侬似叶,揭来手抚空枝。可怜开谢不同时,漫言花落早,只是叶生迟"的口吻。因为,那海上仙山毕竟是你曾经梦寐以求的理想,你怎能忍心彻底否定它?就像一个痴情的女子,宁可把造成悲剧的原因归咎于自己,也不肯对心目中那最完美的偶像有丝毫的怨言。"又值蓬莱浅"用了葛洪《神仙传》里的典故,说是蓬莱附近的海水已经比过去浅了一半,莫非东海又要变成飞满了人间尘土的陆地了吗?

东海变成了陆地，蓬莱山也就不再是神仙境界的仙山。那么，你为了追求它而付出的那些艰苦和牺牲还有什么价值！这是第一层悲哀。蓬莱山本来是神仙居住的所在，神仙是永生不死的。所以，历代帝王和求仙者向往蓬莱，其实就是追求那种永生不死的神仙境界。而如果连蓬莱仙岛都有化为陵陆的那一天，那么这个世界上还有什么是永恒的？还有什么是值得追求的？这是第二层悲哀。

这前两层悲哀，还可以说是个人的悲哀。而"只恐飞尘沧海满。人间精卫知何限"则进一步把个人的悲哀推向了整个人间的悲哀。如果说，"到得蓬莱，又值蓬莱浅"还只是一个变化的趋势，那么"飞尘沧海满"就是变化的结果了。蓬莱仙境一旦化为乌有，象征着人类理想追求的彻底破灭。作者说，万一将来真的有那么一天，则人间还将有多少执着于追求的怨魂化作立志填海而永远不能达到目的的精卫！古代传说，炎帝之女被淹死在海中，她的灵魂化为精卫鸟，每天从西山衔了木石去填东海。这是一个刚强的弱者，她的意志感天动地而又愚不可及。王国维喜欢写这样的形象，与此相似的另一个形象是《蝶恋花》中的"辛苦钱塘江上水。日日西流，日日东趋海"。精卫和江潮所代表的矛盾冲突，也正是王国维内心中的矛盾冲突。宇宙自然的规律与人类的意志愿望、追寻求索的精神需要和这种需要的难以满足，这些矛盾永远是文学中重要的主题，而王国维就特别喜欢写这样的主题。这与他处在那样一个动荡的时代有关，也与他那理智的冷静与直觉的热情兼长并美的性格有关。

这首词虽然象征的含义比较明显，但它所象征的那种人类在追寻求索中的希望与失望，却给读者留有很宽广的联想空间。我们似乎不宜把它局限在比较狭窄的政治思想问题上，而应该从更广泛的人生和哲学的角度去欣赏它。

辑评

冯承基 （见《点绛唇·万顷蓬壶》辑评）

陈邦炎 （见《点绛唇·万顷蓬壶》辑评）

陈永正 清朝末年，政治黑暗腐败，国事已到无可收拾的地步。满腔"忠悃之忱"的词人，怀着极度不安的心情，注视着封建王朝一步步走向崩溃，他已知道无力可回天了。作于1907年。（《校注》）

陈鸿祥 这首《蝶恋花》词，意在写"金阙""蓬莱"之虚幻，表明惟不惮于"阴晴变"而以"精卫衔木"的精神去登大学问之"神山"，才能达到"纯学术"之"仙境"。这正是人间的积极处。（《注评》）

佛雏 拟系于1906年5月至1907年10月。

周一平、沈茶英 此词是说，精卫衔木石填海，将海填满就满足，而"人间精卫"恐怕将海填满也不会满足，何况海又是填不满的呢！人的欲望是无限的，总得不到满足，因此总处在痛苦之中。这是此词的"意境"。

钱剑平 （系于1907年）

祖保泉 这首词托意孤舟游神山而偏遇"天风吹棹转"的治学道路上的烦闷。……"孤舟"实指作者自己。"东海畔"指从日本传来的学问——新学（日语、英语、数、理、化、欧西哲学等）。"神山"，乃是对外来新学的美称。"海上"，虽泛指海中、海滨，亦可专指上海一地。词句"海上年年见",即在上海已可年年见到新学。……"到得蓬莱,又值蓬莱浅。"很明显,句尾一个"浅"字流露了他对新学中某些思潮有所不满……他反对留学生革满清封建统治的"命"……他提出"精卫填海"应该有界限。(《解说》)

杨柏岭 从首句看,这首求仙词似乎带有词人于光绪二十七年(1901)秋东渡日本求学的经历,然即便是,从境界的营造看,词人已经将此经历虚化,强化了其中的象征意味。(《王国维词"人间"苦痛的新体认》)

谒金门

孤檠（《乙稿》作"灯"）侧。诉尽十年踪迹。残夜银钉无气力。绿窗寒恻恻。

落叶瑶阶狼藉。高树露华凝碧。露点声疏人语密。旧欢无处觅。

　　这首词发表于《乙稿》，佛雏先生将其列入悼亡之作。但从"诉尽十年踪迹""露点声疏人语密"等句的口吻来看，这首词不太像是悼亡而更像是写多年不见的老朋友在灯下长谈忆旧。

　　"孤檠"即"孤灯"，它常常暗示着人的孤独，而"诉尽十年踪迹"，则说明旁边还有一个倾诉的对象，那应当是个多年未见的老朋友。因为，"十年踪迹"在你自己的一生中虽然占有很大比重，但对别人来说却是微不足道的。没有人愿意花时间听你絮絮叨叨地讲述你十年中平凡的经历，只有一种人除外，那就是关心你惦念你的老朋友。"诉尽"，强调了讲述内容之多和讲述时间之长，以致一夜时间都快要过去了，灯油都快要点完了，灯光渐渐暗下来，好像已经没有了燃烧的力气。"绿窗"，是女子居室的纱窗，说明谈话地点是在内室。接待客人一般在厅堂，可以请到家人居住的内室做彻夜长谈的，当然是比较亲密的知交。

孤檠（qíng）：孤灯。檠，灯台。南宋陈允平《绮罗香》词："孤檠清梦易觉。"｜残夜：夜将尽时。唐王湾《次北固山下》诗："海日生残夜，江春入旧年。"｜银钉：银白色的灯盏。恻恻：寒冷貌。宋周邦彦《渔家傲》词："几日轻阴寒恻恻。"｜瑶阶：石阶的美称。唐崔颢《七夕》诗："瑶阶金阁数萤流。"｜露华：露水。唐杜甫《江边星月二首》之二："况乃露华凝。"｜旧欢：昔日的欢乐。晋潘岳《哀永逝文》："忆旧欢兮增新悲。"

黎明前有一段时间是最黑暗最寒冷的，所以是"绿窗寒恻恻"。谈天一直谈到后半夜，忽然发现灯光已经暗了，窗外寒气逼人，这就呼应了"诉尽"那种对谈话的专心致志的投入。所以，这"诉尽十年踪迹"也给人一种把心中郁塞都在长谈之中吐尽的感受。"残夜银钉无气力"，是以灯的燃烧将尽来反衬人的谈兴正浓；但也可以从另一个角度来体会，那就是一个人向久别重逢的老友倾诉了十年甘苦和胸中郁闷之后所感到的那种精神上的松弛和舒缓。而"绿窗寒恻恻"，则起了一个承上启下的作用，把读者的视线从室内引向了窗外。

"落叶瑶阶狼藉。高树露华凝碧"两句的好处，在于俯仰之间的对比。抬头看，树上未落的叶子还是一片碧绿，夜间的露水凝结在树叶上闪闪发光。低头看，地下已开始有落叶，它们纵横散乱在石阶之上，告诉人们秋天已经到来。倘再深求的话，则高处露华凝碧的美丽和地上落叶狼藉的散乱亦给人一种好景无常的感受，人生的悲欢与得失，不也就在这俯仰之间吗？

"露点声疏人语密"是接着"高树露华凝碧"而来的。夜深之时万籁俱静，唯一可以听到的，在室外是树叶上凝结的露水珠滴下来的声音，在室内则是老朋友的谈话声。而一"疏"一"密"的对比，则突出了友情给人的温暖和安慰。然而，尽管友情给人温暖，忆旧使人兴奋，但旧日的欢乐与青春的年华毕竟已经像逝水一样永远不能再回来了。就像瑶阶上狼藉的落叶永远不会再有"高树露华凝碧"之美一样，十年之后饱经风霜的"我"也不再是十年前那个充满青春活力的"我"了，所以是"旧欢无处觅"。

这首词写的是旧友相聚作长夜之谈，但谈话内容作者只用"诉尽十年踪迹"做了一个简单的概括，他的重点其实还在写景。但谈话中所有那些温暖与安慰、凄楚与悲凉的感受，却都在写景之中流露出来了。

辑评

陈永正　此调用入声韵，繁弦促拍，宜于表现内心抑郁不伸的感情。试诵一过，当能体会到词人气结肠断的深悲。词字多用齿音，声情一致。静安自评其词"往复幽咽，动摇人心"，观此信焉。作于1907年冬。(《校注》)

陈鸿祥　词云"诉尽十年踪迹"，又云"旧欢无处觅"，盖亦追怀亡妻莫氏。(《注评》)

佛雏　(见《蝶恋花·落日千山》辑评)又：静安悼亡作。莫夫人"来归"在1896年，逝世在1907年。词中"诉尽十年踪迹"及前首"不堪重梦十年间"，均指此。系于1907年。

钱剑平　(系于1907年)

祖保泉　这也是一首悼亡词，1907年秋作于北京，回忆往年在家乡与妻子深夜谈心情况，以及今宵思念的悲伤。(《解说》)

喜迁莺

秋雨霁，晚烟拖（《乙稿》作"扡"）。宫阙与云摩。片云流月入明河。鸱鹊散金波。

宜春院，披香殿。雾里梧桐一片。华灯簇处动笙歌。复道属车过。

诗中有一体叫作"宫词"，以七言绝句为主，内容皆宫廷生活的纪实。王国维有一首诗与宫词相类："双阙凌霄不可攀，明河流向阙中间。银灯一队经驰道，道是君王夜宴还。"（《戏效季英作口号诗》六首之四）这首《喜迁莺》的情境，就很像那首诗。

秋雨方霁，暮烟四合，天色渐渐黑下来，皇皇的宫殿高耸入云，和灿烂的星空连成了一片。天上的星空是浩瀚而邃远的，人间的皇宫是壮丽而神秘的，天人相应，浑然进入同一画面。"片云流月入明河"描写了天上的明月、银河和浮云，其构思似出于宋之问《明河篇》的"已能舒卷任浮云，不惜光辉让流月"。宋之问那两句是写明河渐没时的情景，而王国维这一句是写刚刚入夜时的情景。天上的云在流动，但

拖：下垂，披覆。《汉书·司马相如传》："宛虹拖于楯轩。"《乙稿》作"扡"。扡，同拖。｜**摩**：迫近，接近。三国魏曹植《野田黄雀行》诗："飞飞摩苍天。"｜**片云流月**：唐宋之问《明河篇》："已能舒卷任浮云，不惜光辉让流月。"｜**明河**：天河，银河。｜**鸱(zhī)鹊**：汉宫观名，在长安甘泉宫外。｜**金波**：指月光。见《浣溪沙·似水轻纱》注。｜**宜春院**：唐长安宫内宫伎居住的院名。｜**披香殿**：汉宫名。｜**复道**：楼阁间架空的通道，也称阁道。唐宋之问《明河篇》："复道连甍共蔽亏。"｜**属车**：帝王出行时的侍从车，借指帝王车驾。《汉书·张敞传》："车迎之日，惟恐属车之行迟。"颜师古注："不欲斥乘舆，故但言属车耳。"

给人的感觉却不是云在动而是星和月在动。当明月从云中流出来的时候，它的金波霎时间就洒满了皇宫内院。

"鸂鶒"是鸂鶒观，为汉武帝所建。诗人们常常喜欢用汉唐的地名人名来指代当代的人和事，这种习惯很难说没有一种今不如古的感慨在里边。北京的故宫也许没有汉唐宫苑的规模之宏大，但作者把它写得如此高远、明丽，集中了天上的美和人间的美。"宜春院"是唐代宫中歌舞伎住的地方，"披香殿"是汉代后宫的宫殿，这依然是以汉唐的宫院指代故宫宫院。"梧桐"，是凤凰所栖的树。《诗·大雅·卷阿》说："凤凰鸣矣，于彼高冈。梧桐生矣，于彼朝阳。"那是赞美西周太平盛世祥和的景象。"宜春院，披香殿。雾里梧桐一片"的梧桐，既有"一片"之繁盛，又有"雾里"之朦胧，表面上是写宫中夜景的美丽，暗地里则有一种对古代太平盛世的向往。更何况，作者不但以天上的星空和人间的宫殿构成一种壮丽的景色与气度之美，又加上了以音乐与灯光渲染的人世欢娱之美——"华灯簇处动笙歌，复道属车过"。在那灯光密集的地方突然传来了奏乐声，原来是天子的车驾出来了，现在正走在楼阁间架空的通道上。

宫词一般以写实为主，纵然有所影射，影射的也都是些具体的实事。但王国维这首词所追求的却不是王建宫词或花蕊宫词那种纯粹以纪实见长的风格，而是所谓"大诗人所造之境，必合乎自然，所写之境，必邻于理想"的那种境界。这一点，我们从他《人间词》的大多数作品中是可以看得出来的。这首《喜迁莺》主要写宫中夜景，除了写景纪实之外似乎并没有任何其他意思。但作者把浩瀚的星空和帝王的宫阙结合起来，用壮丽的宫院建筑来衬托天子宫中游乐的意兴和威仪，这描写就造成了一种引人产生联想的"境界"。尤其是，这种"境界"的精神气度与晚清时局及光绪皇帝的真实处境相去甚远，以至形成了一种对比：晚清的时代是黑暗的、压抑的，而词中所写的境界却是光明的、发扬的。这里边，应该有王国维对帝制下之理想盛世的渴望与追求在。这种渴望追求与他年轻时所写的《咏史二十首》中对汉唐经济文化领先世界的赞美是一脉相承的。

辑评

吴昌绶　词境甚高，如读唐人诗。

周策纵　《喜迁莺》上半阕："秋雨霁，晚烟拖，宫阙与云摩。片云流月入明河。鸹鹊散金波。"仿佛后主词。

萧艾　在京作。宜春院、披香殿，皆在长安。披香殿汉代即有，后世沿称。宜春院为唐代内庭别院。此词涉及宫廷，或意有所指。据刘烜同志《王国维〈人间词话〉的手稿》一文，王氏自批此词曰："词境甚高，必读唐人诗。"唐人诗中涉及宫廷者不少，如骆宾王《帝京篇》云："复道斜通鸹鹊观，交衢直指凤凰台。"卢道邻《长安古意》云："复道交窗作合欢，双阙连甍垂凤翼。"又，王氏《戏效季英作口号诗》六首之四，措词与此词甚接近，个中情节终莫名。又，1923年《国学丛刊》一卷四期刊登毕一拂《光绪宫词》八首，其二云："别鹄离鸾意若何，宫墙其奈是银河。一年两度嵩呼日，常作天孙七夕过。"原作者在此诗之后书称："自戊戌后，孝钦防闲德宗綦严，至禁隆裕与帝同居处。帝所御寝殿，虽距后宫甚迩，孝钦乃筑一墙于其间，以断其交通……一年中惟帝与后万寿日特许后至帝宫同席一餐。"不敢附会，妄测词意，仅录供参考而已。

陈永正 写晚清的宫廷生活，无甚深意。《人间词话》中痛斥的所谓"游词"，即此是也。静安强调"写真景物真感情"，"即对一草一木亦须有忠实之意"。虚浮矫饰，游词是病。《人间词话》谓李白词"纯以气象胜"，后世唯"夏英公之《喜迁莺》差堪继武"，此词亦全仿北宋夏竦的应制词《喜迁莺》的格调，徒写宫中高华壮丽的气象，终乏真切之感。作于 1907 年秋。（《校注》）

陈鸿祥 罗振常批曰："此首亦摹花间者。"然而，"《金荃》《浣花》能有此气象耶？"盖"宜春"，唐室之繁华；"披香"，汉武之昌盛。《〈人间词乙稿〉序》所谓"骎骎乎两汉之疆域，广于三代；贞观之政治，隆于武德矣"，词人"高蹈乎八荒之表，而抗心乎千秋之间"，其词境高古，虽唐人无以过之。然而，高则高矣，曾几何时？中国历史上最后一个封建王朝亦随"宜春""披香"流水去，而王国维自己却在 1924 年冯玉祥率部架炮"逼宫"中充当"扈从"，乘上了逊帝溥仪之"属车"，岂不哀哉！（《注评》）

佛雏 《喜迁莺》之"秋雨霁，晚烟拖。宫阙与云摩。片云流月入明河，鸂鶒散金波"，意在与夏竦《喜迁莺》（霞散绮）争衡，终存模拟之迹。拟系于 1906 年 5 月至 1907 年 10 月。

钱剑平 （系于 1907 年）

祖保泉 《喜迁莺·秋雨霁》写慈禧严禁光绪帝后同居处事，《蝶恋花·月到东南》写宫中"恩和怨"，《菩萨蛮·高楼直挽》写七夕"牵牛"星"笑"人不能相会等，隐射之义极明显。凡此皆属宫中阴影留痕之什。（《解说》）

蝶恋花

　　翠幬轻寒无著处。好梦初回（《乙稿》作"还"），枕上惺松（《乙稿》作"忪"）语。残夜小楼浑欲曙。四山积雪明如许。

　　莫遣良辰闲过去。起瀹龙团，对雪烹肥羜。此景人间殊不负。檐前冻雀还知否？

　　王国维服膺叔本华的学说，认为生活的本质就是欲望，欲望不能满足就产生苦痛，欲望满足了就产生倦厌，而人生就像钟表之摆，"实往复于苦痛与倦厌之间者也"。然而，他自己却并非不能欣赏人生乐趣之人。只不过他有一种深思的天性，所以即使在充分享受人生乐趣的时候，仍然保持着他那种反思和联想的本质。这首词，就是在写文人雅兴的同时，又对其有一种比较与反思，从而与那些单纯写人生享受之乐的作品有所不同。

　　"翠幕轻寒无著处"是说，虽然外边下了一夜雪，可是美丽而温暖的帷幕之中却没有一点点寒意侵入，因此睡在里面的人竟不知道外边下雪了。"好梦初回，枕上惺松语"，是说天快亮的时候，睡得很舒

翠幬：翠色的帷幕。幬，同幕。宋柳永《望海潮》词："风帘翠幕。"｜**轻寒**：微寒。晏殊《鹊踏枝》："罗幕轻寒。"｜**无著处**：没有安置的地方。谓轻寒被翠幬所阻，难以侵入床帷之内。**惺松**：形容刚睡醒时神志和眼睛还处于模糊不清的状态。｜**四山**：四下里的山。唐杜甫《乾元中寓居同谷县作歌七首》其五："四山多风溪水急。"｜**闲过去**：等闲度过。｜**瀹**（yuè）：煮。｜**龙团**：宋代贡茶名，饼状，上有龙纹，故称。｜**肥羜**（zhù）：肥嫩的羊羔。《诗·小雅·伐木》："既有肥羜，以速诸父。"｜**殊不负**：确实没有辜负。殊，很，极。｜**冻雀**：寒天受冻的鸟雀。南宋洪适《西江月·雪中》："冻雀盈枝堪画。"明石珤《夜坐偶述》："檐前冻雀夜不语。"

服的人从一个好梦中醒来，在枕上模模糊糊地说一些似梦似醒的话。"残夜小楼浑欲曙。四山积雪明如许"，写出睡醒的人刚刚注意到窗外雪景的那种欣喜的感觉：现在还没有到天亮的时候，为什么窗外那么明亮？原来是下了一夜的雪，四外山上的积雪把小楼都照亮了。唐人祖咏有诗曰："终南阴岭秀，积雪浮云端。林表明霁色，城中增暮寒。"（《终南望余雪》）王国维这首词中四山积雪和楼内轻寒的构思，也许就受祖咏的这首诗的影响。

春夏秋冬各有各的乐趣，对雪围炉饮酒作乐的趣味是暑天体会不到的。白居易诗曰，"绿蚁新醅酒，红泥小火炉。晚来天欲雪，能饮一杯无"（《问刘十九》），那真是深谙"寒趣"之言。要知道，良辰美景并不一定仅限于春日，只要没有冻馁之忧，饮酒赏雪的快乐绝不逊于饮酒赏花。所以他说，"莫遣良辰闲过去。起瀹龙团，对雪烹肥荠"——当我发现夜间下了如此好雪之后，赶快起床瀹上一壶好茶，煮上一锅美味，准备慢慢享受这上天赐予的良辰美景。

如果只是到此为止，那么这首词也不过是写一般的文人情趣而已。但王国维写词是不肯沦于一般的。他在结尾笔锋一转说："此景人间殊不负。檐前冻雀还知否？"人在户内而雀在户外，内外之寒暖迥然不同。檐前冻雀求生不暇，哪里有赏雪的兴趣？同样，一个人倘若连生存的基本需求都满足不了，还谈得上什么高雅不凡的情趣？王国维以前还写过一首题为《冯生》的诗说：

众庶冯生自足悲，真人何事困馕飴？家贫且贷河侯粟，行苦终思牧女糜。溟海巨鹏将徙日，雪山大道未成时。生平不索长生药，但索丹方可忍饥。

清高如庄子，神圣如佛陀，在他们大道未成的时候同样需要温饱。

既然如此，我们怎能苛责困于饥寒的大众缺乏诸如理想、信仰等精神上的追求？王国维说过："人生之问题，日往复于吾前。"《冯生》这首诗，就是王国维对人生问题的思索；而"此景人间殊不负。檐前冻雀还知否"，则是他这种思索在小词中的流露。

辑评

蒋英豪 "翠幕轻寒无著处"，是借用晏同叔《蝶恋花》的"罗幕轻寒"和《清平乐》的"银屏昨夜微寒"。

萧艾 在京作。

陈永正 小词写冬日围炉烹荈的闲适生活，表现了文人的情趣。末句忽作转折，微露词旨。此词见于《乙稿》，当作于 1907 年初冬。（《校注》）

陈鸿祥 王国维论"此种境界，可谓千秋壮观"，曾引谢灵运《岁暮》诗中之"明月照积雪"，当为此词"四山积雪明如许"所从出。由此转写腊月岁阑，品茗吟诗，境界全新。末句"檐前冻雀还知否"乃取意于苏轼"拣芽分雀舌，赐茗出龙团"（《以大龙团报垂云新茶》）而戏为之，更添情趣。（《注评》）

佛雏 拟系于 1906 年 5 月至 1907 年 10 月。

钱剑平 （系于 1907 年）

祖保泉 当作于 1906 年三月，此时，王氏随罗振玉到北京，得暇曾游居庸关、青龙桥、八达岭等景点……作者游览的路程为：京城→南口→居庸关→青龙桥→八达岭；并在青龙桥住一宵，时在山中杏花正开的三月。……苏轼两句，分明指出"雀舌""龙团"为茗茶，很清楚。王氏词中的"檐前冻雀"是鸟雀，这也很清楚。（《解说》）

苏幕遮

倦凭阑，低拥髻。丰颊修眉，犹是（《乙稿》作"有"）年时意。昨夜西窗残梦里。一霎幽欢，不似人间世。

恨来迟，防醒易。梦里惊疑，何况醒时际。凉月满窗人不寐。香印成灰，总作回肠字。

这首词不以哲理取胜而以感情的盘郁、凄怆见长，当是王国维在他的原配夫人莫氏去世后不久所写的悼亡之作。

"倦凭阑，低拥髻。丰颊修眉，犹是年时意"是写梦中所见的逝者。王国维家庭生活并不丰裕，与莫氏婚后一年多即赴上海谋生，此后又来往于南通、苏州，并去过日本，虽然也回海宁，但没有长时间逗留过，与夫人自然是聚少离多。《人间词甲稿》里有一首《蝶恋花》"阅尽天涯离别苦。不道归来，零落花如许"，可能就是写夫人病中的憔悴。可是夫人死后，他在梦中所见的她却是"丰颊修眉"，完全是未病时

拥髻：捧持发髻，写女子含愁之态。旧题汉伶玄《赵飞燕外传》附《伶玄自叙》："以手拥髻，凄然泣下，不胜其悲。" | **丰颊修眉：**丰满的面颊和长长的眉毛。宋葛胜仲《江城子》词："丰颊修眉，鹤氅拥仙翁。"按，1940年商务印书馆《海宁王静安先生遗书》作"秀眉"，但《乙稿》及1923年《观堂集林》、1927年《海宁王忠悫公遗书》皆作"修眉"，据改。| **年时意：**当年的神情意态。年时，当年，往年时节。意，意思，神情。| **西窗：**李商隐《夜雨寄北》："何当共剪西窗烛。"**幽欢：**幽会的欢乐。宋柳永《昼夜乐》词："何期小会幽欢，变作离情别绪。"| **人间世：**人世。宋陈师道《平翠阁》诗："欲置湖上田，谢绝人间世。" **凉月：**秋月。南朝齐谢朓《移病还园示亲属》诗："停琴伫凉月，灭烛听归鸿。"| **香印：**即"印香"，用多种香料捣末和匀做成的一种香。南唐冯延巳《采桑子》词："玉娥重起添香印。"| **回肠字：**指盘香烧尽之后香灰的形状。秦观《减字木兰花》词："欲见回肠，断尽金炉小篆香。"

的模样。莫夫人只活了三十四岁，与作者结缡只有十年。她那极为短暂的"丰颊修眉"的时光却不能与丈夫共享，几乎全在"凭阑"的等待和"拥髻"的悲哀之中白白度过了。"犹是年时意"，妻子那时的那种年轻美貌的模样和哀怨的姿态一定已经给作者留下了印象，可是他那时也许不在意，也许以为两人来日方长还可以等待，完全没有想到两人的缘分只有这短短的十年。现在两人已经幽明永隔，而妻子当年的形象却在思念中不断加深从而出现在梦中。

"昨夜西窗残梦里。一霎幽欢，不似人间世"中的"昨夜"，暗中与下半阕的"凉月满窗人不寐"呼应，点出这首词所写的内容是在回忆昨夜的梦。"西窗"暗用了李商隐的诗，不过李商隐那首诗是写对团聚的期盼，这里却只是写昨夜的一个"残梦"，所以"西窗"二字更见凄惨。"幽欢"，通常是指男女幽会，但它夹在"残梦""一霎""不似人间世"之间，那个"幽"字就多了一种"幽明"的暗示。因此这上半阕表面是写一个"幽欢"之梦，其中却隐隐造成一种"是阴间而非阳世"的气氛，暗示了梦中那女子已不是活在世上的生人。儒家本不言鬼神，但有的人情之所至，有时也宁可把幽冥之事当真，以保留心中那一份与死去的亲人重逢的愿望。可是"一霎幽欢，不似人间世"又点出了阴世重逢的感觉完全不同于人间团聚的悲喜，"一霎"的短暂和"幽"的虚无缥缈抵销了"欢"的快乐，已属于幽明两个世界的生者和死者，是再也找不回当年共同生活在人世时所未加珍惜的那些欢乐了。

"恨来迟，防醒易。梦里惊疑，何况醒时际"，写得真是曲折盘旋、细腻婉转、极具词的语言特征。这几句，还是在回想昨夜的那个梦。梦是不能由人控制的，作者在妻子死后苦苦希望做一个再见到她的梦，而这样的梦总是迟迟不来，好容易来了却又非常短暂。人在梦中本没有清醒的意识，梦中所见之人只是自己的潜意识所造成的幻影。明白这个道理却又渴望保持着清醒的意识在梦中见到所念之人，这是人在痛苦中的一种痴念。梦里有这种念头时就已经醒了，不能再享受梦的麻醉；醒时有这种念头就不能入梦，徒然带来失眠的折磨。昨夜零乱不全的"残梦"，如今凉月满窗的"不寐"，就是这种矛盾的心理状态所造成的结果。于是，在这凉月满窗的不眠之夜，就有了充满伤心绝望而又无法放弃的结尾两句，"香印成灰，总作回肠字"。"香印"即"印香"，它是芬芳的，代表着对妻子的回忆与思念。"灰"，使人想到"死灰""寒灰""灰心""灰灭"，它们都代表着死亡和绝望。可是，"香印"虽然已经"成灰"，而这灰仍要呈现为一种"回肠"的形状。这里用了秦少游"欲见回肠，断尽金炉小篆香"的含义。"篆香"是盘香。盘香烧尽之后，落在地上的香灰仍作回转之形，但已是寸断的寒灰了。"香印成灰，总作回肠字"二句，既有佛家"如梦幻泡影"的空无和绝望，又有诗人"虽九死其犹未悔"的执着。只不过，遗恨已成，断肠何益，明知断肠无益，却在"成灰"之后还要"作回肠字"，这种意象表达了作者内心悲伤所造成的痛苦煎熬。

辑评

周策纵 "昨夜西窗残梦里，一霎幽欢，不似人间世。""恨来迟，防醒易，梦里惊疑，何况醒时际？"此亦余所谓"无可奈何"也，然犹自悯悯人之处。若"醒后楼台，与梦俱明灭，西窗白，纷纷凉月，一院丁香雪"，若"坐觉无何消白日"，若"老尽莺雏无一语，飞来衔得樱桃去"，则是静安之悲天处。

陈永正 开头即写梦境，然梦中已有凄凉之意，梦醒之后，更难以

为怀。静安伉俪情深，于此可见。《人间词话》赞美"以血书"之文学，此真以血书者也。1907年冬作于北京。（《校注》）

陈鸿祥 冯延巳《鹊踏枝》十四首之四："花外寒鸡天欲曙。香印成灰，起坐浑无绪。庭际高梧凝宿雾，卷帘双鹊惊飞去。 屏上罗衣闲绣缕。一晌关情，忆遍江南路。夜夜梦魂休谩语，已知前事无情处。"当为人间"香印成灰，总作回肠字"所从出，而情致过之。（《注评》）

佛雏 （见《蝶恋花·落日千山》辑评）又：疑亦悼亡作。系于1907年。

马华 等 "恨来迟，防醒易"两句很耐寻味。来是指思念的人归来，人难以归来，故恨。恨又无法解脱，只有借梦境来求得暂时的安慰，故希望梦长不醒。

钱剑平 （系于1907年）

祖保泉 上片的"昨夜西窗"与下片的"凉月满窗"，共同烘托出全词的意境。《乙稿·序》有"词之以意胜者"和"以境胜者"的微微差别，我以为这首词就是"以意胜者"的一例。（《解说》）

浣溪沙

本事新词定有无。斜行小草字模糊（《乙稿》作"这般绮语太胡卢"）。灯前肠断为谁书。

隐几窥君新制作，背灯数妾旧欢娱。区区情事总难符。

在我开始评说这一首词以前，我想先把我之所以选录了这一首词作为评说之例证的原因，略做简单之说明。本来在王氏词例中以叙写情事为主的属于"造境"之作，还有不少其他很好的例证，即如其《虞美人》词的"碧苔深锁长门路"一首，《蝶恋花》词的"莫斗婵娟弓样月""昨夜梦中多少恨""黯淡灯花开又落"及"百尺朱楼临大道"诸首，就应该都是以叙写情事为主而隐含有幽深丰美之意蕴的造境之作。而且这几首词一向早就被读者所传诵。樊志厚的《人间词乙稿·序》也曾经对其中的"百尺朱楼"及"昨夜梦中"诸首大加赞美，谓其"意境两忘，物我一体，高蹈乎八荒之表，而抗心乎千秋之间"。我们如果举引这些王氏的代表作来加以评说，本来原有不少可供发挥之处。

本事：真实的事迹。《汉书·艺文志》："丘明恐弟子各安其意，以失其真，故论本事而作传。"｜**定有无**：究竟有还是没有。定，究竟。｜**斜行小草**：南宋陆游《乌夜啼》词："弄笔斜行小草，钩帘浅醉闲眠。" 斜行，古有斜界纸，用于书写，后因以"斜行"指代词章。小草，草稿。 此句《乙稿》作"这般绮语太胡卢"。绮语：谓纤婉言情之辞。胡卢：胡卢提。糊里糊涂，不十分清晰的意思。｜**隐(yin)几**：靠着几案。隐，凭依。《庄子·齐物论》："南郭子綦隐几而坐，仰天而嘘。"｜**区区**：小，少，形容微不足道。《左传·襄公十七年》："宋国区区，而有诅有祝，祸之本也。"又，犹方寸，形容人的心，引申谓真情至意。《玉台新咏》繁钦《定情诗》："何以致区区？耳中双明珠。"

482

但本文既为篇幅及体例所限，对其"写境"与"造境"之作中的以景物为主及以情事为主的词例，都只能各举一首为例证，因此在选择考虑其去取之际，自不免煞费周章。最后我却终于决定选取了所抄录的这一首《浣溪沙》词，对于那些传诵众口的佳作则只好忍痛割爱了。

我之所以做了这样的选择，其原因盖有以下数端。第一是因为其他诸首既已为读者之所熟知，自然不须我更费笔墨来加以评说；第二是因为其他各首之为"造境"的象喻之作，多属一望可知，而这一首《浣溪沙》词则自其表面所叙写的情事来看，乃大似但写"闺情"的写实之作，然而事实上这首词却含有极为幽微深曲的喻说的意蕴，故尔值得加以评说；第三是因为其他诸词纵然亦有深微之意蕴，然其所蕴含者乃大多为王氏之作品中较为常见的情意，即如其《虞美人》之"碧苔深锁长门路"一首词末二句所写的"从今不复梦承恩。且自簪花坐赏镜中人"，所表现的乃是虽在孤独逸毁中也依然保有的一份高洁好修的持守，这与他的《蝶恋花》之"莫斗婵娟弓样月"一首词中，末二句所写的"镜里朱颜犹未歇。不辞自媚朝和夕"的意境，便大有相近之处。再如其《蝶恋花》之"昨夜梦中多少恨"一首词中，所写的"梦里难从，觉后那堪讯"二句所表现的梦中之追寻与醒后之失落的悲哀，则与他的《苏幕遮》之"倦凭阑"一首词中所写的"梦里惊疑，何况醒时际"的意境大有相似之处。又如其"黯淡灯花开又落"一首《蝶恋花》词所写的"但与百花相斗作。君恩妾命原非薄"二句，所表现的对于所爱之对象专一而不计报偿的深挚之情，则也与他的《清平乐》之"斜行淡墨"一首词中所写的"厚薄不关妾命，浅深只问君恩"的意境大有相似之处。更如他的"百尺朱楼临大道"一首《蝶恋花》词所写的"陌上楼头，都向尘中老"二句，所表现的虽然处身在高楼之上，然而也终难逃于向尘中同老的既哀此人世又复自哀的感情，便也与他在《浣溪沙》"山寺微茫背夕曛"一首词中所写的"可怜身是眼中人"的意境大有相似之处。凡此种种，都足以证明王氏这几首名词中之意蕴，虽然也有幽微深婉的极可赏爱之处，然而其意境却大多为王氏词中之所习见，且其性质亦大多同属于有关人生之情思与哲理。然而我们现在所要评说的这一首"本事新词定有无"的《浣溪沙》词，其所蕴含的却并非王氏词中所习见的有关人生的情思与哲理，而乃是一种关于创作的艺术上的反思和体悟。像这种用小词来写艺术方面的反思和体悟的意境，本已极为罕见，而且王氏更能全以写"闺情"的极自然真切的"写实"之手法表出之，则不仅罕见更属难能。这种开创与成就，自是极可重视的，故乃决定选而说之。以上既说明了我们之所以选取了这首词的种种原因，下面我们就将对于这首词尝试一加评说了。

先从这首词表面所写的一层情意来看，则其所写者固原为闺中的一种儿女之情。词内有"君"，有"妾"，"君"是写词的人，"妾"是读词的人。开端一句的"本事新词定有无"是写所谓"妾"的女子在读词时所产生的一种猜测忖度的心理，其意盖谓：这首新词中所写的情意究竟到底有没有一段爱情的本事呢？"定有无"之"定"字，就正表现了读词之女子的定欲知其"有无"之真相的一种迫切的心情。而下一句的"这般绮语太胡卢"，则正点明了这一首新词之所以引起此一读词女子之猜测的一些重要的因素，因素之一是为其有"这般绮语"，因素之二则是为其叙写得"太胡卢"。所谓"绮语"者，指的自然是一些温柔缠绵的绮艳言语，这自然是引起此读词之女子以为其中有爱情"本事"之猜测的一个重要因素。而"太胡卢"则是谓其所写者却又极为幽微隐约使人难以做真实之确指，这是使得此读词之女子对其中之本事又感到终于疑想难定的又一个重要因素。（按：此句在《观堂集林·缀林》所载之《长短句》中，原作"斜行小草字模糊"，则但写其书法字迹之模糊，与上句之所谓"本事"无关。本文所据乃陈乃文辑本之《静安词》，与上句正相承应，于义较胜，故从之）以上二句所写是此一女子由读词而引起的猜想。然而引起此女子之猜想者，原来还不仅是由于词中之"绮语胡卢"而已，其尤足引人猜想者则是由于此女子眼中所见之男子在写词时所表现的一种深挚投注的感情，故乃有第三句之"灯前肠断为谁书"之语。曰"灯前"，是此一男子写词时所处之地；曰"肠断"，是此一男子写词时所有之情。夫深夜灯前固原为引人幽思遐想之时地，而心伤肠断则又为何等深挚恳切之情怀。此所以使人疑想其所写者必有爱情之本事之又一因也。然而却又以其"绮语胡卢"而难以测知其本事之究竟谁指，故乃有"灯前肠断为谁书"之内心之疑问也。

以上前半阕之所写，既都是此一读词之女子对于词中之"绮语胡卢"所引起的疑问，于是后半阕乃接写此一女子欲对词中之本事更做进一步之探寻的努力。换头二句"隐几窥君新制作，背灯数妾旧欢娱"，写此一女子遂凭倚于此写词之男子的书几之侧而窥视其新写成之词作，然后背灯回面而仔细计数其自身与此一男子之间所曾有过的种种旧日欢娱，其意盖在于欲以求证此男子词中之所写是否与女子自身所计数之欢爱之果然相符也。而最后乃发现此词中所写之情事，与其记忆中所细数的旧日之欢娱之终然难以相合，故乃结之曰"区区情事总难符"。"区区"二字在此句中，盖可能有双重之取意。其一，可以为私心所爱之意，如辛延年之《羽林郎》一诗，即曾有"私爱徒区区"之句，可以为证。其二，可以但为琐细纤小之意，此为一般人所习用之意。如此则承上句之"数妾旧欢娱"言之，此所谓"区区情事"，自当指此女子心中所计数之种种私爱中之琐细之情事。而计数之结果，则是"总难符"。于是此词开端所提出的"本事新词定有无"之疑问，乃终于不能求得一现实之情事以印证之矣。

以上是我们从这一首词表面所写的闺中儿女之情事所做出的极简单的解说。观其所使用之词语，曰"本事"，曰"绮语"，曰"灯前肠断"，曰"隐几"，曰"背灯"，曰"君"，曰"妾"，曰"欢娱"，曰"区区"，若此之类，既都表现有一种儿女之情的色彩，加之以其叙写之口吻又极为生动真切，是则此词乃大似果然为一首但写儿女闺情的"写境"之作矣。然而私意却以为此词实为一首"造境"的喻说之作。我之所以做此想者，一则盖因其叙写之口吻虽然亦复生动真切，然而却实在并未表现有任何真正属于现实的爱妒悲喜之情。如果以此词与王氏其他果然写儿女之情的作品相比较，则如其《鹊桥仙》（绣衾初展）一首之写离别后的欢会。《蝶恋花》（阅尽天涯离别苦）一首之写生离之后又面临死别的哀痛，就不仅都有王氏与其妻子莫夫人之生离死别的本事可为印证，而且其全出于主观叙写之口吻所表现的欢欣与哀悼之情便也都是明白可见的。而这一首《浣溪沙》词，则不仅假托为"妾"之口吻以写出之，而且此所谓"妾"者，在全篇整体的背景中，似乎也已化成为被叙写之情事中的一个客体了。于是此词中所叙写之情事遂亦因而整个化成了一种以情事为主的被叙写的事象，于是遂产生了一种象喻之可能性，此其一。再则这首词中的每一句词似乎都喻说了一种属于创作的体验和情况，这当然绝不可能仅只是出于巧合，而必是出于有心的象喻，此其二。因此下面我就将要把我个人所见到的这首词中的一些象喻的意思，也略加说明。

先说第一句"本事新词定有无"，所谓"本事"，在中国传统诗词中一般大概有广狭二义：广义的"本事"可以指任何作品凡其中内容之有真实事件可指者，皆可谓之为有"本事"；至于狭义的"本事"，则一般多指作品中涉及有关于男女之爱情事件者，则谓之为有"本事"。此词之所谓"本事"，自当是指狭义的爱情事件为言，而谈到爱情事件，则往往最易引起读者探寻的兴趣。可是在中国的旧道德传统中，爱情又往往被人认为是一种极不正当的事件，于是在这种观念中，遂形成了两种情况。一方面是读者对于爱情事件的探寻，既往往怀有极强烈的兴趣，而另一方面则作者对于此种爱情之猜测，又极力想做出并无其事的表白。这两种情况本已相当复杂，而使这种情况更加复杂起来的，则是中国的诗歌又有着一个以爱情为托喻的悠久的传统。于是一切芳菲悱恻的诗篇，遂同时都可以给读者以爱情及托喻的双重联想，于是对于其中"本事"的是非有无当然也就极易引起人们的争议。如何解决这些争议，这在中国诗歌的研讨中本已成为一项重大的课题。而王氏此词的开端一句，却以"本事新词定有无"短短的七个字，就扼要地掌握了有关诗歌之创作和评说这样如此重大的一个问题，这种统摄一切的识见和这种精妙的表现手法都是不凡的。不过王氏所想要表述的却还不仅是一个文学上的泛泛的问题而已，他所要表述的实在更特别指向了一种词的特质，所以他便不仅在首句提出了"新词"两个字，而且更在下一句的"这般绮语太胡卢"中，以外表的写实之语，描述了词在文学艺术方面的一种特质，而这种描述则与王氏在《人间词话》中所提出的说词之理论正相吻合。王氏曾谓"词之为体，要眇宜修"，所以如果把词与诗相比较，则词当然比诗更多"绮语"。王氏又曾谓"诗之境阔，词之言长"，还曾谓"词之雅郑，在神不在貌"。可见诗中之意境虽然可以较词更为开阔博大，但每为显意识中可以指说之情事，而词之特质则更在其能予人以一种意在言外的长远而丰富的联想，故其妙处所在，也就更难于像诗一样从外貌所写之情事做切实之指说，因此自然就不免成为"这般绮语太胡卢"的一种特质了。

以上还不过是但就词之特质言之而已，若再就词之作者言之，则词之写作与诗之写作原来也有一个极大的分别，那就是诗人在写诗时往往都在显意识中明白地有一种言志之用心，因此诗歌之内容乃往往有一个鲜明的主题，可以为读者所察见。词人在写词时则往往只是为一个曲调填写歌词，即使后世之词已经不再真正地付诸演唱，但写词之人在写作小词时也往往仍是但以写伤春怨别之词为主，并不在词中明白地表达言志之心意。因此词之写作，就作者言之也同样不免于有一种"绮语胡卢"之致。只不过词人之写词，虽在显意识中往往并没有明白的言志之用心，可是在写作过程中却又往往会不知不觉地把自己内心中最深隐幽微的一份情感之本质投注流露于其中，是以就其隐意识中的深挚之情言之，自然亦可以有断肠之痛，然而若就其显意识言之，则却并不一定可以在理性上做出确切的说明。而此词之"灯前肠断为谁书"一句，就恰好极为委曲而贴切地传述了这一份虽然断肠也难以明白言说的深隐的情思。这正是只有在词之写作中才能体会到的一种感受。

至于下半阕的"隐几窥君新制作，背灯数妾旧欢娱。区区情事总难符"三句，则就其表面所写的现实情事来看，其所谓"君"与"妾"，固分明为一男子与一女子，一为写词之人，一为读词之人，当然应该是两个人。然而若就其更深一层的象喻来看，则此两人实在乃是作者一个人的双重化身。如我们在前面论及"王词意境之特色"一节中所言，王氏在其词论中，原曾提出过"观物"与"观我"之说，我当时对此曾加以解释，说"若把景物作为对象来加以观察叙写，则是一种'观物'之作"；若把自己之"情意"，"作为对象来观察叙写，便是一种'观我'之作"。可见能写者固然是我，能观者也依然是我。而且此能观的我还不仅只是能观其自我之情意而已，同时还更能对其写作之自我也取一种能出乎其外而观之的态度。因此这首词中所写的"君"与"妾"表面虽是二人，然而却实系一人，写词之"君"是我，窥词之"妾"也是我，还有背灯计数旧欢娱的，也仍然是我。盖以一般作者在写作之际，往往同时也另有一个我在观察和批评。而自我观察和批评的结果，则往往会觉得自己所写的并未能将自己真正所感的加以充分适当的表达。此种情况盖正如陆机在其《文赋》中论及写作时之所言，"每自属文，尤见其情，恒患意不称物，文不逮意"。此正所谓"区区情事总难符"也。

何况小词情致之深隐幽微固有更甚于一般其他诗文者，则其"区区""难符"自亦更有甚于陆机《文赋》之所言者。昔陆机以赋体写为文论，曾为千古之所艳称。今兹王氏乃以极短小之令词的体式，用象喻之笔写出了含蕴如此丰美的词论，这在词之写作的领域中，自然是一种极可重视的开拓和成就。

辑评

吴昌绶　此可删。

顾随　这首词很怪。余所懂未必是静安原意，此词乃一女性所言，一个女性见其丈夫写作而有此感。一个词人有二重人格，一个我在创作，一个我在批评。一个大作家都有此二重人格，否则作品不会好，因其没有自觉。此词也可视为静安自己批评自己之作，二重人格。(《顾随文集》)

陈永正　这也许是作者对他的词集的一份"说明书"吧。他要向读者说清楚，特别是要向后世的笺注者说清楚：不必细细推求每一首词的"本事"。因为，一、词中的绮语可能是美人香草式的譬喻，逐句坐实之，则会弄出笑话；二、即使是真的写恋情，也容许有艺术加工，不一定与事实全符。1907 年春作于海宁。(《校注》)

陈鸿祥　词云："隐几窥君新制作，背灯数妾旧欢娱。"红袖添香，倚几夜读，境虽似旧，意则全新。"新词"谓所作《人间词》，在情语方面颇有开拓之功。(《注评》)

佛雏 拟系于 1906 年 5 月至 1907 年 10 月。

马华 等 它是一首心理词，全词描写的是一位少妇偷读丈夫情词而引起的细腻心理，而词的真正主角则是她的丈夫。他或许根本不爱自己的妻子而别有所爱，并为之断肠，但只能以词来表达这种情感。"斜行小草字模糊"，模糊的岂止是字，更是一种模糊的感情。少妇或许很爱她的丈夫，也以为丈夫一心爱着自己，但当她读了这些词以后，又会是一种怎样的心理呢？全词含蓄地写出一种感情变异和人生无奈的境界。

钱剑平 （系于 1907 年）

祖保泉 从女性角度写伴郎夜吟的闲情。……女主人公对"新词"的批评，正是逗人爱的小嘀咕，真有小风趣！"本事新词"正产生在这对夫妻之间，妙！（《解说》）

彭玉平 《人间词话》中的相关观念，其实已经部分先酝酿于其创作之中，并有了初步成型的理论文字。从创作之体会到词论之建立，其间的路径有迹可循。《浣溪沙》（本事新词定有无）一词则为勘察其词与词论的关系，提供了一个非常有价值的个案。（《从"论词词"到〈人间词话〉》）

虞美人

　　金鞭珠弹嬉春日（《乙稿》作"弄梅骑竹嬉游日"）。门户初相识。未能羞涩但娇痴。却立风前散发衬凝脂。

　　近来瞥见都无语。但觉双眉聚。不知何日始工愁。记取那回花下一低头。

　　顾随先生有云："《苕华词》是静安先生后来改定，故多有歧异。虽间有不如《人间词》者，然泰半较胜。"而这首《虞美人》，恐怕就属于那改定后"不如《人间词》者"。

　　在《乙稿》中，这一首的开头是"弄梅骑竹嬉游日。门户初相识"。"弄梅骑竹"，是写两小无猜的男孩和女孩。结合下半阕的"近来瞥见都无语"来看，那是写从小就认识的一个女孩子。作者说：当初小的时候在一起玩，我就已注意到她的美丽，那时这女孩天真可爱而又丝毫不懂男女之情，当她站在那里耍小孩子脾气的时候，风吹散了她的黑发，衬着那凝脂般洁白的皮肤，那美丽的姿态给我留下了深刻的印象。

金鞭珠弹：以金为鞭，以珠作弹，形容豪贵少年。唐孟浩然《大堤行寄万七》诗："王孙挟珠弹。"唐李白《行行且游猎篇》："金鞭拂雪挥鸣鞘。"此句《乙稿》作"弄梅骑竹嬉游日"。弄梅骑竹，语出唐李白《长干行》："妾发初覆额，折花门前剧。郎骑竹马来，绕床弄青梅。同居长干里，两小无嫌猜。"后以"青梅竹马"形容男女儿童之间两小无猜的情状。｜**娇痴**：天真可爱而不解事。唐宋之问《放白鹇篇》："幼稚骄痴候门乐。"骄，通"娇"。｜**凝脂**：凝固的油脂。用以形容洁白柔润的皮肤。《诗·卫风·硕人》："肤如凝脂。"｜**瞥见**：一眼看见。宋晁端礼《水龙吟》词："马上墙头，纵教瞥见，也难相认。"｜**工愁**：谓懂得忧愁。工，善于。清况周颐《蕙风词话》卷五："非深闺弱质，工愁善感者，体会不到。"

可是后来这女孩子长大了，偶尔看见我也不再跟我说话，只是眉头微皱，好像有无限的心事。她是从什么时候开始改变的？哦，想起来了！就是从我们花下相遇她见到我忽然低下头去的那一次。言外之意就是，这女孩子对于男女之情开始有了敏锐的感受了。

诗人李白有一首五言乐府《长干行》，述说了一个女子从天真烂漫的小女孩到羞涩寡语的少妇，再到为爱情而忠贞等待的思妇这样一个发展变化的过程。那首诗是以女子本人的口吻写的，虽然没有什么寓托的用心，但却能够曲尽其情，写出了一种委婉而又单纯的女性心态之美，极具乐府民歌真实生动的特色。王国维这首词开口就用了李白那首诗中"弄梅骑竹"的典故，可见他对李白那首诗是有所借鉴的。

然而，词的传统与乐府诗的传统不同；同样写美女爱情的小词，用女子口吻和用男子口吻之间亦有微妙的区别。所以，王国维这首词有它的好处，也有它的缺点。

乐府诗本是"缘事而发"的民歌，有浓厚的民间生活气息。因此文人在仿乐府诗的时候，其态度也是认真的和写实的。像李白的《长干行》就是写一个普通民间女子的生活，她的美不在绮罗香泽和缕金镂玉，而在于生活经历和内心感情的真实动人。词就不同了，它是文人在歌酒筵席上用来娱乐的作品，即所谓"递叶叶之花笺，文抽丽锦；举纤纤之玉指，拍按香檀"（欧阳炯《花间集·序》）的"花丛中的歌"。早期文人在写词的时候皆持一种游戏和消遣的态度，用浪漫的眼光去赞美眼前的美女并想象她们对自己的爱情。在这些词中，以女子口吻所写的作品往往因其对爱情的执着与奉献而产生一种超出于爱情主题之外的"境界"，从而成为这类词中出色的作品，如温庭筠的《南歌子·倭堕低梳髻》、韦庄的《思帝乡·春日游》等。至于以男子口吻所写的作品，则可以分为两类：一类与诗相近，是以感情真挚取胜的，如韦庄的《谒金门·空相忆》《女冠子·昨夜夜半》等，词本是诗中一体，因此这一类亦不失为佳作；另一类并没有真挚的感情，只是逢场作戏或者以一种含有情欲的眼光去观察女子，如张泌的《浣溪沙·晚逐香车》、欧阳炯的《南乡子·二八花钿》等，这一类就未免"等而下之"了。《人间词》中有不少爱情词是以男子口吻写的，一般都写得感情极深厚，如那些悼亡之词；另外也有写得极有"境界"的，如《蝶恋花·昨夜梦中》之类。但这首词却不是以感情也不是以境界取胜，而只是以语言的生动自然和人物描写的传神入微取胜。它之所以看起来还不像张泌《浣溪沙》和欧阳炯《南乡子》那样轻佻偎薄，只是因为"弄梅骑竹"令人联想到李白《长干行》中所写的那个非常"本色"的中国古代传统女性，她使人产生更多的怜爱之意而不是风情之想。

但"金鞭珠弹嬉春日"就不同了。"金鞭"和"珠弹"本来就是唐代诗人描写豪奢少年的常用之词，更何况这四个字出于南宋诗人陆游的一首《无题》诗"金鞭珠弹忆春游"，据周密《齐东野语》记载，那是陆游思念他在蜀中所认识的一个妓女的。王国维用了这个出处，就使得后边那些"娇痴""散发""凝脂""工愁"都变成了一个冶游男子眼中的美貌女子之风情作态，失去了"弄梅骑竹"所造成的那一份朴实本色的美的联想。

王国维为什么要这样改呢？我们设想，那个女孩子也许确有其人，作者以前可能确实对此一女子曾有好感，因而写了这首词。但后来其人已嫁，为掩饰这段感情，作者才故意改动，使此词变成了与那个女子毫不相干的一首"花间"风格的"侧艳之词"。

辑评

吴昌绶 首句宜酌。

周策纵（见《荷叶杯·戏效花间体》辑评）

陈永正　写小儿女娇痴的情态如画，佳则佳矣，然非北宋人情调。清人王小山、郑板桥每有此种。初学者好之、效之，扭捏作态，易堕恶道，不可不慎也。1907年作于海宁。（《校注》）

陈鸿祥　此首亦情语。词中"不知何日始工愁，记取那回花下一低头"，殆与韦庄《荷叶杯》"记得那年花下，深夜，初识谢娘时"意境相近。然"未能羞涩但娇痴，却立风前散发衬凝脂"，韦庄一派能有此情致耶？通首写少女情窦初开，一片纯情，自非寻常花前月下可比。（《注评》）

佛雏　拟系于1906年5月至1907年10月。

钱剑平（系于1907年）

祖保泉　这首词的观察点很明白：由男少年眼中看小女孩由娇痴不懂事到情窦初开的逐渐成长过程。这是作者写艳思的作品之一。……第一句修改后的好处在于给小男孩增加了几岁，有点懂事了，这样才符合常情。（《解说》）

齐天乐

蟋蟀 用姜石帚原均

天涯已自悲秋（《乙稿》作"愁"）极，何须更闻虫（《乙稿》作"愁"）语。乍响瑶阶，旋穿绣闼，更入画屏深处。喁喁似诉。有几许哀丝，佐伊机杼。一夜东堂，暗抽离恨万千绪。

空庭相和秋雨。又南城罢柝，西院停杵。试问王孙，苍茫岁晚，那有闲愁无（《乙稿》作"此"）数。宵深谩与。怕梦稳春酣，万家儿女。不识孤吟，劳人床下苦。

姜石帚：夏承焘《姜白石词编年笺校》中有《石帚辨》，谓姜石帚非姜白石，乃宋末元初杭州士子，清人误以石帚为白石，"近代易顺鼎、陈锐、王国维皆以为疑，但皆未详著其说"。然而王国维在此处显然仍是以石帚为白石。姜白石，南宋词人，有《齐天乐》咏蟋蟀（其词见辑评）。｜**原均（yùn）**：原韵。均，"韵"的古字。｜**天涯**：天边，极远的地方。《古诗十九首》："相去万余里，各在天一涯。"｜**虫语**：指蟋蟀的叫声。｜**瑶阶**：石头台阶的美称。｜**绣闼（tà）**：装饰华丽的门。唐王勃《滕王阁诗序》："披绣闼，俯雕甍。"闼，内门。｜**画屏**：有画饰的屏风。唐温庭筠《更漏子》词："画屏金鹧鸪。"｜**喁（yú）喁**：形容人语声。清纪昀《阅微草堂笔记·滦阳续录三》："惟闻封闭室中，喁喁有人语，听之不甚了耳。"｜**哀丝**：哀婉的弦乐声。此"丝"以弦乐声喻蟋蟀声，亦兼指织机上的丝。｜**伊**：第三人称代词。｜**机杼（zhù）**：织机。《木兰诗》："不闻机杼声，唯闻女叹息。"｜**东堂**：东厢的厅堂。唐韩愈《示儿》诗："东堂坐见山，云尽山相吹嘘。"｜**离恨**：因离而产生的愁苦。南朝梁吴均《陌上桑》诗："离恨煎人肠。"｜**万千绪**：万千个头绪。绪，丝头。｜**相和（hè）秋雨**：谓蟋蟀声似与秋雨声互相唱和。｜**罢柝（tuò）**：柝声停止。柝，古代巡夜人敲以报更的木梆。｜**停杵（chǔ）**：谓停止捣衣。杵，捣衣用的棒槌。｜**王孙**：蟋蟀的别名。《尔雅·释虫》"蟋蟀"邢昺疏："蟋蟀一名蛬，今促织也……楚人谓之王孙，幽州人谓之趋织，里语曰'趋织鸣，懒妇惊'是也。"｜**苍茫**：模糊不可得知貌。唐杜甫《乐游园歌》："独立苍茫自咏诗。"｜**闲愁**：无端无谓的忧愁。｜**谩（màn）与**：随便对付。谩，通"漫"。唐杜甫《江上值水如海势聊短述》诗："老去诗篇浑漫与。"｜**梦稳春酣**：谓春梦方酣。｜**儿女**：谓青年男女。唐王勃《送杜少府之任蜀州》："无为在歧路，儿女共沾巾。"｜**孤吟**：独自吟咏。唐姚合《送杜立归蜀》："旅梦心多感，孤吟气不平。"此处用以喻蟋蟀的叫声。｜**劳人**：忧伤之人。《诗·小雅·巷伯》："骄人好好，劳人草草。"此处以劳人喻蟋蟀。｜**床下**：《诗·豳风·七月》："十月蟋蟀入我床下。"

这首咏蟋蟀的长调用了姜白石的原调原韵，从结构到细节也有许多相似之处。

"天涯已自悲秋极"的"悲秋"可以作两种不同的理解。一种是天涯游子的个人之悲，一种是直到天涯的整个人间之悲。如果考虑到与结尾之悲悯人间的呼应，则后一种理解似乎较好。因为蟋蟀本是小虫，那些"瑶阶""绣闼""画屏"也都是深宅庭院精巧细致的构造，试想，开端若没有"天涯"这个开阔的意象，而换一个诸如"客心"之类专指游子的词，上片就显得比较狭窄，不够分量，难以与结尾那一份沉重的感情相匹敌。

作者说：整个人间现在已经完全是一片秋天的忧愁，何必再添上你蟋蟀发出的这种令人伤心的声音！而且，这种声音还与那漫天的秋色不一样。你可以躲进深宅庭院不去看那漫天的秋色，可是你躲避得了这小虫的声音吗？它可以"乍响瑶阶，旋穿绣闼，更入画屏深处"。这几句，一个"乍"字，再加一个"旋"字，又跟一个"更"字，步步进逼，颇有一种月黑风高入室伤人之势。但作者马上让你放松："喔喔似诉。有几许哀丝，佐伊机杼。"它并没有伤害你的能力，只是像我们人一样喔喔诉说着自己的悲哀，把它那一点点细微的声音融入你织机的纺织声而已。这是一个转折。但紧接着又是一个转折——然而，你也不要小觑了这小虫的声音，它虽柔弱但又十分坚韧，可以"一夜东堂，暗抽离恨万千绪"。这小虫在你房间里一夜不停的叫声，不知不觉就把你心中千丝万缕的愁绪都勾引出来了。"抽"字和前边的"哀丝"相搭配，而"哀丝"这个词在这里是可以有多种含义的，它既指织机上的丝，又指蟋蟀那令人悲哀的声音，同时，"丝"又可谐"思"，暗喻"离恨"的情思。

上片的描写紧扣所咏之物的蟋蟀，用笔有张有弛，而在这张弛之间就暗暗把人的感情融合进去了。这样，就为下片做好了铺垫。

"空庭相和秋雨"是说，下雨了，院子里已经没人了，蟋蟀仍然在叫，似乎在和秋雨之声互相唱和。"又南城罢柝，西院停杵"是说，城里打更的木梆声已经停止了，西院捣衣的杵砧声也停止了，所有的人都休息了，可蟋蟀还是不肯住声。所以作者说："试问王孙，苍茫岁晚，那有闲愁无数？""王孙"是蟋蟀的别名，《尔雅·释虫》说，楚人把蟋蟀叫作"王孙"。但在一般情况下，"王孙"这个词本是对贵族子弟的称呼，而且《楚辞·招隐士》中"王孙游兮不归，春草生兮萋萋"的"王孙"又兼指远游不归的隐士。于是，这里边就引入了远游在外的人。"苍茫"本来是一种旷远无边的样子，如李白有"明月出天山，苍茫云海间"（《关山月》）；而旷远无边则难免有模糊不清之感，所以王昌龄说，"篷隔苍茫雨，波连演漾田"（《沙苑南渡头》）；正是这种旷远和模糊不清的样子，有时就给人一种对前途渺不可知的迷茫之感，如杜甫《乐游园歌》的结尾两句，"此身饮罢无归处，独立苍茫自咏诗"，那"苍茫"两字就传神地写出了旅食京华的杜甫在宴罢人散之后那种迷茫、失落、看不到人生归宿何在的凄凉之感。这里的"苍茫岁晚"给人同样的感觉：一年快要结束了仍然客居在外，这种生活什么时候是尽头呢？远游的王孙固然是满腹凄凉，但蟋蟀虽然也叫王孙却只是一个小虫而已，为什么在它的叫声中也传达出这么多愁苦凄凉？

　　"宵深谩与"的"谩与"，有"随便对付"的意思。作者对蟋蟀说：夜已经很深了，你就随便一些，不要再这么认真地叫了，你这样叫是没有用处的，因为大家都在睡觉，恐怕没有人能听懂甚至根本就没有人在听你的叫声。"怕梦稳春酣，万家儿女"是倒装句，本应是"怕万家儿女梦稳春酣"。就是说：恐怕世上那些青年男女都沉浸在世俗的享乐和梦想之中，完全听不懂你那些吟咏中所包含的孤愤，那么你岂不是白白地耗尽了自己的精力与感情！——这话就比较沉重了。试想，整个《人间词》的用心又有多少人能够领会到？作者内心那些复

497

杂的痛苦又有多少人能够理解？可是作者不是还在吟还在咏吗？既然如此，又何必去劝蟋蟀！因此，这其实只是一种牢骚。夜鸣是蟋蟀的本性，吟咏是诗人的天职。有的人可以因为失去知音而摔碎瑶琴永不再弹，而作者则似乎更多地继承了儒家的使命感和责任感，他为人间的痛苦而悲哀，为众生的麻木而悲哀，因此纵然"高歌无和"也仍然要继续吟咏。问蟋蟀为什么夜鸣不已，这是一种无理之问，但正是在这种无理之问中，包含了作者心中那种无人理解的孤独之苦。

辑评

王国维 （见《水龙吟·开时不与》辑评）

蒋英豪 亦与白石《齐天乐·咏蟋蟀》同有"不离不即"之致。

陈永正 和古人的名作，是件吃力不讨好的事。《齐天乐》咏蟋蟀词，是南宋词人张镃约姜夔席间同赋的。张、姜两词，素称名作，尤其是姜词，更为历代选家所必取。兹录如下，以供参看："庾郎先自吟愁赋，凄凄更闻私语。露湿铜铺，苔浸石井，都是曾听伊处。哀音似诉。正思妇无眠，起寻机杼。曲曲屏山，夜凉独自甚情绪？　西窗又吹暗雨。为谁频断续，相和砧杵？候馆迎秋，离宫吊月，别有伤心无数。豳诗漫与。笑篱落呼灯，世间儿女。写入琴丝，一声声更苦。"静安不善长调，此词于原作亦步亦趋，殊少新意，韵律亦疏，未为合作。姜石帚，前人以为石帚即姜夔之别号，近人始疑其非，夏承焘先生《石帚辨》一文辨之甚详。梁启超有《吴梦窗年齿与姜石帚》一文，谓静安亦尝以为疑，但未详著其说。作于1907年秋。（《校注》）

陈鸿祥 其意亦在"与晋代兴",推陈出新。(《注评》)

佛雏 《水龙吟》(开时不与人看)咏杨花,《齐天乐》(天涯已自悲秋极)咏蟋蟀,虽自出新意,终未完全摆脱苏、姜的格局。王词的立脚点自不在是。又:拟系于 1906 年 5 月至 1907 年 10 月。

钱剑平 (系于 1907 年)

祖保泉 我以为这首咏物步韵的词,写得很明畅,难得;托物抒情,稍嫌风情不足,不耐久久玩索。又,此词录入集中,可供填词学徒细加揣摩。(《解说》)

点绛唇

波逐流云，棹歌袅袅（《乙稿》作"缓缓"）凌波去。数声和橹。远入蒹葭浦。

落日中流，几点闲鸥鹭。低飞处。菰蒲无数。瑟瑟风前（《乙稿》作"中"）语。

　　王国维在《人间词话》里提出"有我之境"和"无我之境"的概念。对于"无我之境"，他只举出两首诗的例证而没有举词。在《人间词》里，他写的这首《点绛唇》要算是很接近他所说的"无我之境"的。

　　"波逐流云"写得很美。这里的"云"不是天上的云而是水中的云影。天上的白云在飘动，水中的云影也在飘动。水面波浪层层起伏，似乎是在追逐水中的白云，而棹歌悠扬，歌声又在追逐远去的波浪。歌声本来无形无体，但"凌波"这个词，让我们想起曹子建笔下"凌波微步，罗袜生尘"的洛神。这就使得大自然中的白云、绿波、歌声似乎都有了生命，都在天水之间追逐、嬉戏。

　　"数声和橹。远入蒹葭浦"是说，橹声似与歌声相和，那声音也越

流云：此处指水中流动的云影。唐韩偓《驿楼》诗："流云溶溶水悠悠。" | **棹歌**：行船时所唱之歌。汉武帝《秋风辞》："箫鼓鸣兮发棹歌。" | **袅袅**：形容声音婉转悠扬。唐杜甫《猿》诗："袅袅啼虚壁，萧萧挂冷枝。" | **凌波**：在水上行走。三国魏曹植《洛神赋》："凌波微步，罗袜生尘。" | **蒹葭浦**：长满芦荻的水滨。唐刘禹锡《武陵书怀五十韵》："露变蒹葭浦，星悬橘柚村。" | **闲鸥鹭**：闲鸥野鹭，亦用以喻退隐闲散之人。 | **菰蒲**：菰和蒲，皆生于浅水中的草本植物。南朝宋谢灵运《从斤竹涧越岭溪行》诗："蘋萍泛沉深，菰蒲冒清浅。" | **瑟瑟**：象声词。汉刘桢《赠从弟三首》之二："亭亭山上松，瑟瑟谷中风。"

来越远，渐渐没入远处的蒹葭之中，听不见了。"蒹葭"，可以是写实，但同时又有出处。它出于《诗经·秦风》的《蒹葭》：

> 蒹葭苍苍，白露为霜。所谓伊人，在水一方。溯洄从之，
> 道阻且长。溯游从之，宛在水中央。

这个出处很妙：在蒹葭深处的"伊人"，可以是一个美人，可以是一个理想，也可以是你认为世界上最好的某一种东西。你可以远远地看到它却总是无法接近它。因此，这"远入蒹葭浦"就因"蒹葭"一词而产生了一种悠长的远韵。

歌声和橹声消逝了，但大自然的美景是无穷无尽的。范仲淹《岳阳楼记》说，"朝晖夕阴，气象万千，此则岳阳楼之大观也"，其实所有自然界的风景都是如此，在不同的时间、不同的角度，甚至观赏者不同的心情下，会展现变化万千的面貌。随着流云、棹歌和橹声的慢慢消失，水面又渐渐染上了落日的金晖，金色的波面上不知何时飞来了几只水鸟，是"落日中流，几点闲鸥鹭"。现在，在同一个景框之中，又换上另外一幅美丽的图画了。形容鸥鹭他用了一个"闲"字，"闲"可以是安静，也可以是悠闲，总之它们不同于那些归巢的暮鸦或觅食的燕雀之各有各的目的，它们在水面上不慌不忙地嬉戏，似乎也陶醉于景色之中。人们常说"闲鸥野鹭"，那是用来比喻退隐闲散之人的。这画面里虽然没有人，却令读者感受到一种安闲与适意。而且，作者还要给这幅安闲静谧的图画配上一种声音的效果，"低飞处。菰蒲无数。瑟瑟风前语"——这真是静处闻天籁了。菰蒲是最普通的水中植物，作者不说它"风中响"而说它"风前语"，似乎它们也在传达着大自然中某种神秘的信息。

不过我们也要注意到，在这首词里，尽管作者对白云、绿波、棹

歌赋予生命，对菰蒲、鸥鹭做了拟人化的描写，但他并没有给它们涂上自己生命意志的色彩。他变换了一个角色，用一种摆脱了自我意识的眼光去体会大自然的天籁，于是发现"则夫自然界之山明水媚，鸟飞花落，固无往而非华胥之国、极乐之土也"（王国维《红楼梦评论》）。这种境界，不同于"失行孤雁逆风飞"的悲惨，不同于"已落芙蓉并叶凋"的凄凉，也不同于"辛苦钱塘江上水，日日西流，日日东趋海"的那种矛盾冲突。这里的"我"和"物"之间并没有得失利害的关系。"我"是无意识的，"物"是无目的的，二者因缘凑泊，合二而一，就形成了这幅傍晚水面的天然图画。这应该就是《人间词话》中所说的那种"以物观物，故不知何者为我，何者为物"的"无我之境"了。

在王国维的《人间词》中，这种"无我之境"的作品是比较少的。而且从词的特色来看，这首词虽然也很有韵味，但毕竟不如《浣溪沙·天末同云》《蝶恋花·百尺朱楼》等词的言外意蕴那么丰富与深厚。其原因就在于，王国维这个人的性格执着，感情强烈，更适合于"有我之境"的作品。因此，在《人间词话》中，他虽然强调过写无我之境是"豪杰之士能自树立"，但实际上他最赞美的词家如李后主、冯延巳等人的词，仍然都是"有我之境"。不过尽管如此，他能够很成功地写出这种"无我之境"的境界，足以证明他的才气是多方面的。

辑评

周策纵 具见诗人对音响感觉之敏锐，一若可以听月光、辨雾语。试看其以云引波，于波见韵，写歌声是何等柔和、轻盈而幽远。写菰蒲风前细语，闲闲数笔，如闻大自然之脉搏。令我读之，灵魂颤栗！

萧艾 苏州作。

陈永正 写秋江上的情景，意浅语熟，似佳实非佳。此等作最易误人，所谓"麒麟楦"者是也，赖笔力尚健，不至于苶弱耳。1907年春作于海宁。（《校注》）

陈鸿祥 全词深致，端在末句"瑟瑟风中语"。（《注评》）

佛雏 另如，"落日中流，几点闲鸥鹭。低飞处，菰蒲无数，瑟瑟风前语"：点染秋江，萧然入画，就真有点如闻其"语"了。又：拟系于1906年5月至1907年10月。

叶嘉莹 （见《浣溪沙·路转峰回》辑评）

钱剑平 （系于1907年）

祖保泉 这首词，可谓王氏的"渔父之歌"，写景细致，着意借渔父之眼，显示视觉形象。……前贤渔父词，无一例外地表达"乐在风波"的超脱意趣，而王氏渔父词在结尾处，明显地流露出凄凉的意味。这是王氏忧郁性格的流露呢，还是他对渔父词的创新呢？我以为两者兼而有之。（《解说》）

蝶恋花

　　春到临春花正妩。迟日阑干，蜂蝶飞无数。谁遣一春抛却去。
马蹄日日章台路。

　　几度寻春春不遇。不见春来，那识春归处。斜日晚风杨柳渚。
马头何处无飞絮。

　　在《乙稿》中，这首《蝶恋花》和后边的两首《蝶恋花》是排在
一起的一组，后边两首分别标为"其二""其三"。而且，这三首《蝶
恋花》在内容上也有关联。第一首从春天的美丽写起，然后写到春日
的虚度和寻春的不遇；第二首接写寻春不遇而归来之后的悲伤；第三
首写春天已经彻底失去之后的思考。在写法上，第一首以"景"胜，
第二首以"情"胜，第三首似以"理"胜。

　　"临春"是地名，那是南朝陈后主所建的一座极为豪华的楼阁，名
叫"临春阁"。不过，作者取用这个词与陈后主无关，他只是强调楼
阁的美丽并为了重复那个"春"字：美丽的春天来到了美丽的临春阁，

临春：临春阁。南朝陈后主至德二年于光照殿前建临春、结绮、望仙三阁，皆以沉香木为
之。后主自居临春阁，张贵妃居结绮阁，龚、孔二贵嫔居望仙阁，皆有复道交相往来。见
《陈书》《南史·张贵妃传》。｜妩（wǔ）：娇美可爱。｜迟日：春日。《诗·豳风·七
月》："春日迟迟。"｜谁：疑问代词，相当于"什么"。｜遣：使，令。｜章台路：章台街
是汉代长安城中一条繁华街道，因位于章台之下而得名，《汉书·张敞传》载张敞下朝后走
马过章台街，自以便面拊马，即此。后常作咏长安的典故，也用作娼楼妓馆或游乐场所的代
称，如欧阳修《蝶恋花》词："玉勒雕鞍游冶处，楼高不见章台路。"｜杨柳渚：杨柳岸边。
渚，水边。宋黄裳《减字木兰花》词："飞出深深杨柳渚。"

而且是在临春阁前的花开得最美的时候。只此"春"字的重复，已经渲染出浓浓的春意，更何况还有"迟日阑干，蜂蝶飞无数"的描写。我们应该注意到：在这三首词中，只有这几句描写了春天的美好和繁荣，而且写得如此饱满，如此有生气。而在此之后，虽然也有很好的写景之句，但那里边所透露的就只有遗憾、怅惘和哀怨、悔恨了。

　　"谁遣一春抛却去"——是什么把这美好的春光如此轻易地打发掉了？是"马蹄日日章台路"。"章台路"，是西汉首都长安城中一条繁华的街道。欧阳修有一首《蝶恋花》说，"玉勒雕鞍游冶处，楼高不见章台路"，写的是思妇因男子在外游冶不归而悲哀。而这里这两句虽然看起来也像是从思妇的角度出发写她的怨，但若结合下边来看，又似乎是从游子的角度出发写他的"悔"。

　　游子出外寻欢作乐，思妇一人在家固然悲哀，可是游子在外边果然就寻到真正的欢乐了吗？没有。作者说他是"几度寻春春不遇。不见春来，那识春归处"。几度寻春，费尽千辛万苦，不但始终没有看见自己心目中那真正的春天，而且连春天到底在什么地方都不知道。这令我们联想到《甲稿》中的那首《阮郎归》："美人消息隔重关。川途弯复弯。沉沉空翠压征鞍，马前山复山。　浓泼黛，缓拖鬟。当年看复看。只余眉样在人间，相逢艰复艰。"

　　心中的美人没有寻到，而时光却在悄悄流逝，转眼已经是"斜日晚风杨柳渚。马头何处无飞絮"的时候了。"斜日晚风"是一日之暮，"飞絮"代表着一春之暮。两种"暮"的意象之重复，再加上满天飞絮的迷茫，令人联想到在付出了青春时光和艰苦努力的代价之后却没有能够实现理想的那种无所适从的怅惘和彻底落空的悲哀。"马头何处无飞絮"——无论朝哪个方向走，眼前都是一片迷茫。

　　这本是一首传统形式的游子思妇伤春之词，但其所写景物却能够引发我们产生多种的联想。比如，它可以使我们联想到：作者从年轻时就离家在外，虽说是为了求学和谋生，但也不能说不是为了追寻自己心中的理想。为此，他和家人长年离别，以致莫氏夫人的早逝成为他终身的遗憾，这是爱情的落空。而他对哲学的失望，不能说不是一种理想的落空，他尽其一生不知疲倦地追寻，而他所追寻的目标却真是"不见春来，那识春归处"！正如他在《乙稿》的另一首《蝶恋花》中所说的："忆挂孤帆东海畔。咫尺神山，海上年年见。几度天风吹棹转。望中楼阁阴晴变。　金阙荒凉瑶草短。到得蓬莱，又值蓬莱浅。只恐飞尘沧海满。人间精卫知何限。"海上到底有没有真正的神山？人间精卫的执着到底有没有价值？这是作者在人生追寻道路中的痛苦与迷惘。而他之所以产生这样的痛苦与迷惘，是因为他其实始终都不肯放弃他的追寻。

　　倘若我们再换一个角度来联想，则词中"春到临春花正妍。迟日阑干，蜂蝶飞无数"的景象是否可以使我们联想到作者在《咏史》《杂感》诸诗中所歌颂过的我们民族历史上的辉煌？其实还不仅是汉唐，在清王朝的历史上也有过康、雍、乾的"盛世"。可是从鸦片战争以后，一页页沉重的历史压得中国人抬不起头来。他们那一代人不是没有追寻过振兴的道路，从虎门销烟到洋务新政，从戊戌变法到义和团运动，各种办法都试过了，却始终没能找到一条走得通的道路。从 1840 年近代史的开始一直到王国维写《人间词》的时候，关心国家前途命运的中国知识分子有多少人能够摆脱"几度寻春春不遇。不见春来，那识春归处"的困惑与彷徨？王国维虽然对人生问题日益悲观，但对他来说，悲观并不等于放弃。我们只看他在这首词中反反复复用了多少个"春"字，就可以明白他对春天的爱是多么热烈，对春天的期待是多么迫切！至于寻春不遇给他带来什么样的痛苦，我们就要接着看他这"伤春三部曲"的第二部"袅袅鞭丝冲落絮"。

辑评

王国维 （见《浣溪沙·天末同云》辑评）

陈乃文 静安以文学革命巨子，揭橥"词以境界为主"之说，格高韵远，缠绵婉约之致，能使宋人坠绪，绝而复续。其佳者如《浣溪沙》之"只恨当时形影密，不关今日别离轻"，《蝶恋花》之"几度寻春春不遇，不见春来，那识春归处"，方之小山、少游，何多让也。

冯承基 （见《点绛唇·万顷蓬壶》辑评）

陈永正 此词为静安自赏之作。《人间词话》故引樊抗父（志厚）之说，谓此数阕"凿空而道，开词家未有之境"。并云："余自谓才不若古人，但于力争第一义处，古人亦不如我用意耳。"词人所谓的"第一义"，当自严羽《沧浪诗话》"以禅喻诗"而来："学者须从最上乘具正法眼，悟第一义。"又，"论诗如论禅，汉魏晋与盛唐之诗则第一义也"。这"第一义"，据叶嘉莹解释，"就是诗人内心深处的一种兴发感动的力量"，也就是达到静安所谓的"境界"。至于此词，是否能"妙悟天成"，"开词家未有之境"，则尚待讨论了。词中的寓意难明，大概也是叹息王朝的没落和自己理想的破灭吧。1907 年春作于海宁。（《校注》）

陈鸿祥 词中"春"字凡七见，而绝无复沓之感。或一句而二"春"，上片起句之"春到临春"是也；或双"春"叠用，下片起句之"几度寻春春不遇"，是也；或单"春"孤出，所谓"一春抛却"，而展众芳芜秽之意象；或二"春"对应，所谓"不见春来，那识春归处"而添美人迟暮之感怀。可谓字字沉响，语语见工。（《注评》）

佛雏 拟系于 1906 年 5 月至 1907 年 10 月。

钱剑平 （系于 1907 年）

祖保泉 “寻春春不遇”中的“春”字，有象征性，指国运之“春”、人生之“春”，否则不可解。大自然对世人无私，人活着自然要经历春夏秋冬，怎能“几度寻春春不遇”？作者“春不遇”，必有隐情，可以断言。（《解说》）

彭玉平 作者在一词之中连用五个“春”字，以示追寻之迫切。人生之无端与季节之飘忽彼此映衬，尤其是作者以盛写衰的写法，更增添了此词的情感与思想力度。（《以哲人之思别开词史新境》）

蝶恋花

　　袅袅鞭丝冲落絮。归去临春，试问春何许。小阁（《乙稿》作"阁"）重帘天易暮。隔帘阵阵飞红雨。

　　刻意伤春谁与诉（《乙稿》作"无说处"）。闷拥罗衾，动作经旬度（《乙稿》作"卧"）。已恨年华留不住，争（《乙稿》作"那"）知恨里年华去。

　　这是王国维以三首《蝶恋花》所组成的"伤春三部曲"中的第二首。
　　"袅袅鞭丝冲落絮"是从前一首的"马头何处无飞絮"接下来写的。寻春之人离开临春阁，走马杨柳渚，是为了寻求那更为广阔的人间大地的春天，可是他所看到的却只有代表着春天已经离去的漫天柳絮。"袅袅"，是柔弱的和摇荡不定的，以"袅袅"的鞭丝冲开那满天的飞絮，那种似有若无而没有着力之处的感觉，就包含有一种徒劳的努力和无奈的迷茫。所以说，这一首词的上片虽然从表面上看仍然是描写暮春之景，但从第一句开始就已经在不经意之中带上了很浓重的内心情意的色彩了。前一首开头的"春到临春花正妩"是写临春阁前春色的美丽，

袅袅：摇荡不定貌。南朝宋谢灵运《拟魏太子邺中集》之八："白杨信袅袅。" | 鞭丝：马鞭，借指出游。南宋陆游《乍晴出游》诗："却乘新暖弄鞭丝。" | 临春：见《蝶恋花·春到临春》注。 | 何许：如何，怎样。宋张炎《蝶恋花》词："弄舌调簧，如问春何许。" | 小阁：内室，卧室。唐白居易《重题》："日高睡足犹慵起，小阁重衾不怕寒。" | 红雨：比喻落花。唐李贺《将进酒》诗："桃花乱落如红雨。" | 刻意伤春：唐李商隐《杜司勋》："刻意伤春复伤别，人间惟有杜司勋。"刻意，着意。《庄子》有《刻意》篇。 | 谁与诉：与谁诉。宋晏殊《渔家傲》词："密意深情谁与诉。" | 动：每每，常常。 | 经旬：十天。 | 争知：怎知。宋柳永《八声甘州》词："争知我、倚阑干处，正恁凝眸。"

而这一首的"归去临春，试问春何许"，是在人间大地寻春不遇之后又返回临春阁，寄希望于那里曾经有过当时却未加珍惜的春色。但那里的春色现在怎么样了呢？是"小阁重帘天易暮。隔帘阵阵飞红雨"——原先阳光灿烂的"迟日阑干"，现在变成了昏暗闭塞的"日暮重帘"；原先生意盎然的"蜂蝶飞无数"现在变成了惨淡悲凄的"隔帘红雨"。大环境的春天没有寻到，小环境的春天也已经失去了。寻春不遇，所以"归去临春"；悲伤郁闷，所以"小阁重帘"。在另一首《蝶恋花·斗觉宵来》中王国维也写过："此夜清光浑似昨，不辞自下深深幕。"躲进小阁放下重帘，是为了不忍再目睹外界那一片凄惨的春归景象，但春归景象是仅仅放下重帘就可以眼不见心不乱的吗？末代王朝江河日下，国家命运前途未卜，那真是风雨飘摇落花满地了。作为一个中国人你不可能不对国家的命运有所关怀，因此，你也就无法寻得一个逃避这些打击的地方了。

　　"刻意伤春谁与诉"这一句，在一定程度上证实了我们这种联想并不是凭空的。因为"刻意伤春"一语出于李商隐的一首绝句《杜司勋》："高楼风雨感斯文，短翼差池不及群。刻意伤春复伤别，人间惟有杜司勋。"杜司勋就是杜牧。杜牧关心国事，喜欢谈兵论政，但由于生在晚唐衰世，不能实现他的抱负，所以常常把忧国伤时之慨和困顿失意之感寄寓在伤春怨别的作品中。许多人欣赏杜牧的诗，却不一定真正理解他那些悲慨，只有李商隐能够从杜牧的伤春之作中看到他忧国伤时的怀抱。由此我们看到，杜牧的伤春至少得到了李商隐的理解，而现在作者的"伤春"又有谁能够理解？所以他说"刻意伤春谁与诉"。"谁与诉"，《乙稿》作"无说处"，意思是一样的，都有一种无人理解的孤独与悲哀。正因如此，所以才"闷拥罗衾，动作经旬度"，闷了就围裹着被褥躺在床上，动不动就躺上十天。那种因失望而产生的极度心灰意懒，都通过"动作经旬度"的行为表现出来了。寻春，是为了留住美丽的年华。寻春不遇已经是一种遗憾，因寻春不遇而悲哀憾恨，又使所剩无多的年华也在痛苦和心灰意懒中流逝，这就是一种更深痛的遗憾了。更何况，"已恨年华留不住，争知恨里年华去"的那个"恨"字令我们联想到的，不仅仅是对个人虚度年华无所作为的憾恨，同时也有对当时整个国家在此危亡局面下犹自迁延因循无所作为的憾恨。

辑评

周策纵 （见《浣溪沙·掩卷平生》辑评）

陈永正 全词之旨在"刻意伤春"四字。用意与上篇（"春到临春"）略同，当为同时之作，然词语稍浅露。1907年春作于海宁。（《校注》）

陈鸿祥 此首词与上首"春到临春"蝉联。"春到"抛却，"寻春"不遇，人的一生不就是在这样的"抛"与"寻"中，如柳絮杨花般"飞"去了吗？（《注评》）

佛雏 拟系于1906年5月至1907年10月。

马华 等 这是一首感叹时光流逝、人生短暂的词。也属于古典诗词的永恒主题之一。

周一平、沈茶英 （见《玉楼春·今年花事》辑评）

钱剑平 （系于1907年）

祖保泉 这首词当作于北京，而回忆往年在江南春末小病情景……时年三十有一的作者，颇有痴男怨女的情怀，词中抒情颇有"花谢花飞飞满天，红消香断有谁怜"的意味，可是我以为不能把这首词看成是才子佳人的故作多情。人们应知，作者写此词时，已有亡妻之痛，这种哀痛，夹杂在对往事的回忆中，我以为是可以理解的。（《解说》）

蝶恋花

　　窗外绿阴添几许。剩有朱樱，尚系残红住。老尽莺雏无一语。飞来衔得樱桃去。

　　坐看画梁双燕乳。燕语呢喃，似惜人迟莫（《乙稿》作"暮"）。自是思量渠不与。人间总被思量误。

　　这首词是《蝶恋花》"伤春三部曲"的第三部，其内容与前两首有所不同。从时间上，前两首是从初春写到暮春，而这一首是写初夏。伤春为什么直伤到初夏？这里边就有一种美好时光完全流失之后的思索与检讨在。这首词从表面上看，仍是以客观景物的描写为主，但其中的"老尽莺雏"和"画梁双燕"，似有某种象喻的含义。

　　"窗外绿阴添几许"，用杜牧"绿叶成阴子满枝"意，暗示春天已经过去，夏天已经到来。樱桃是夏天最先成熟的果类，所以古代常用于祭祀的献礼。如《礼记·月令》的"仲夏之月"就有"羞以含桃，先荐寝庙"的话，"含桃"就是樱桃。唐代君主也常常把初夏内园中新摘的樱桃赏赐给百官尝新，这在唐代许多诗人的作品中都有记载。

朱樱：樱桃之一种，成熟时呈深红色。晋左思《蜀都赋》："朱樱春熟，素柰夏成。" **系**：拴缚。宋杨万里《红锦带花》诗："何曾系住春归脚，只解萦长客恨眉。" **残红**：落花。此以落花指代暮春景色。唐王建《宫词》："树头树底觅残红。" **莺雏**：幼小的莺。宋周邦彦《满庭芳》词："风老莺雏，雨肥梅子。" **衔得樱桃去**：唐李商隐《深树见一颗樱桃尚在》："惜堪充凤食，痛已被莺含。" **画梁**：有彩绘装饰的屋梁。唐卢照邻《长安古意》诗："双燕双飞绕画梁。" **双燕乳**：一对燕子在哺雏。 **呢喃**：燕鸣声。唐刘兼《春燕》诗："多时窗外语呢喃。" **人迟莫**：谓人之老去。莫，"暮"的古字。 **自是**：自然是。唐王建《宫词》："自是桃花贪结子。" **思量**：思考。 **渠不与**：它不参与。渠，指燕。

正由于樱桃熟时春去不远,所以作者说:"剩有朱樱,尚系残红住。"现在已经到处都是浓浓的绿荫,只有樱桃那一点点深红,尚能唤起一些对春天的记忆,好像留下了一点点暮春残花的颜色。

"老尽莺雏"一语值得品味。"莺雏"是指幼小的雏莺,"老尽"的莺就不能叫莺雏。周邦彦《满庭芳》词中虽有"风老莺雏",但那是说雏莺在风中渐长,而不同于这里以"老尽"做"雏莺"的定语。"老尽莺雏",就是"完全变老了的莺雏"。"老"而且"尽",这话说得有些苛刻:雏莺对这个世界是好奇的、敏感的,而成年的莺对这个世界就没有那么多好奇和敏感,只剩下如何在这个世界上生存下去的稻粱之谋了。莺衔樱桃有出处,李商隐有一首诗就叫作《深树见一颗樱桃尚在》,其中有句曰"惜堪充凤食,痛已被莺含"——这颗樱桃本可以给最高贵的凤凰作食物,可惜现在却被最平凡的莺吃掉了。而王国维在这里是说:老去的莺雏对那唯一维系着春天记忆的樱桃并没有一点点珍惜之心,一声不响地就把它衔去吃掉了。如果说"剩有朱樱,尚系残红住"象征着对理想的最后一点希望,那么"老尽莺雏无一语。飞来衔得樱桃去"就象征了现实对这种希望的无情否定。倘若作再深一步的思考,则你也不能说莺雏是错的,因为当现实与理想之间存在太大的距离的时候,纵然你自己可以忽视生存而坚持理想,但你没有理由责备别人不这样做;甚至,在老于世故的人群里,你的理想被视为幼稚,你的追求被视为笑柄,这也不是不可能的。而且倘若再深一步来讨论的话,则你敢说你的理想就是可以实现的吗?谁能保证它不是纸上谈兵或海市蜃楼?我们常常开导那些对未来充满了梦想的年轻人说"你要现实一点儿"。而当他们真的变得"现实一点儿"了的时候,是否也就变成了那只知谋生求食的"老尽"的"莺雏"了呢?

实际上,生存的需要不仅仅包括求食谋生的需要,还包括繁衍后代的需要。因为繁衍后代等于延长个体生命有限的生存时间,使新的生命继续在欲望的"偿"与"不偿"之间沉浮。正如王国维在《〈红楼梦〉评论》的第一章中所说的：

> 然一人之生，少则数十年，多则百年而止耳。而吾人欲生之心，必以是为不足。于是于数十年百年之生活外，更进而图永远之生活，时则有牝牡之欲家室之累，进而育子女矣，则有保抱扶持饮食教诲之责、婚嫁之务。

因此当他在写求食的莺雏之后接着写哺雏的双燕时，就不由得不使人联想到他在不久之前研究过的这些叔本华哲学的观点。"老尽莺雏"和"画梁双燕"都在为生存与繁衍而奔忙，并在这种奔忙之中自得其乐。那么从它们的角度又是怎么看待万物之灵的人？比如说人的伤春、人的理想和人的痛苦？也许它们会觉得人很可笑：人总是脱离现实去思考那些过去和未来的事情，结果却恰恰放弃了眼前生活的快乐，岂不是很傻？

可是作者马上又否定了对双燕的这种猜测。"自是思量渠不与"——禽鸟是不会思考的，因此才会对现实的生活状况如此满足，不感到一点儿痛苦。它们当然就更不会为人的迟暮而惋惜悲哀。

然而人会思考是否就证明人是幸运的呢？完全不是，因为人的一切悲剧就在于人会思考——"人间总被思量误"。思考，是智力与理性的表现。王国维在他的另一篇论文《叔本华之哲学及其教育学说》中曾谈到过智力与欲望的关系，他说："一切生物，其阶级愈高，其需要愈增，而其所需要之物愈精，而愈不易得，而其知力亦不得不应之而愈发达。"因此，智力是为满足人比动物更高级的欲望之要求而生的；而欲望又正是使人生如"钟表之摆"，"往复于苦痛与倦厌之间"的根源（见王国维《〈红楼梦〉评论》）。所以，"人间总被思量误"

的结论之中，实际上已经融入了叔本华的西方哲学思想。这是这首《蝶恋花》与一般"伤春"之作的根本区别。

辑评

冯承基（见《浣溪沙·六郡良家》辑评及《浣溪沙·山寺微茫》辑评）

周策纵（见《苏幕遮·倦凭阑》辑评）

祖保泉（见《蝶恋花·昨夜梦中》辑评）

夏承焘、张璋 此词写春感与离情。暮春天气，绿肥红瘦，正是恼人季节。加上"所思在远道"，更难乎为情。"渠不与"，谓所思的人，不与共晨夕。"总被思量误"，谓总被相思所误。

陈永正 全词关键在"迟暮"一语。如义山所云"刻意伤春复伤别"，借惜春以寄慨。1907年春作于海宁。（《校注》）

陈鸿祥 词云："老尽莺雏无一语，飞来衔得樱桃去。"盖化用杜甫"香稻啄余鹦鹉粒，碧梧栖老凤凰枝"（《秋兴八首》之八）。老杜由"栖老"而叹"白头吟望苦低垂"，王氏则由"老尽"而"惜人迟暮"。《人间词》中除"梦"之外，又有一字迭见，曰"误"。"人间总被思量误""思量"者，非思索宇宙、人生之问题，乃汲汲于功名利禄、谋划于声色享乐之中耳。（《注评》）

佛雏 （见《蝶恋花·斗觉宵来》辑评）又：拟系于 1906 年 5 月至 1907 年 10 月。

施议对 王国维对于人生怀有"极深之悲观主义"，他以为人生缚于生活之欲，只是痛苦而已。所谓伤春怨别情绪，实际上也是生活之欲的体现。他主张文学及美术，应当遗弃一切"关系"与"限制"，才能得到解脱。因此，这首词对于思量的看法，当与这种在生活之欲中求解脱的思想有关。这就是说，他已经认识到，对于自然物象变化的伤感情绪，对于悲欢离合的怨恨情绪，一切"思量"都将带来痛苦，但是这痛苦又是很难解脱的。他把这一人生体验，即人生哲理，写到词中来，指出"人间总被思量误"，这确是前人所未曾道及的。（《人间总被思量误》）

杨敏如 这首《蝶恋花》堪称静安词观察细密、意境浑融的最佳表现……静安为词学北宋欧阳修的深美意境，尤其欣赏欧词此种："平芜尽处是春山，行人更在春山外"，"故欹单枕梦中寻，梦又不成灯又烬"等，一句剖成两句重复其词，递进其意，使感情的表达更深沉些，意境的刻画更凝重些。他自己多次模仿，做得更好，如："已恨平芜随雁远，暝烟更界平芜断"，"已恨年华留不住，争知恨里年华去"。他的创造和发展表现在以哲理判断作结，如"人间事事不堪凭，但除却'无凭'二字""人间总是堪疑处，惟有兹疑不可疑"等。这首词的结语便是类似的一个范例，它深厚有力，耐人寻味，提高了小词的思想价值。

杨进成、王成纲 王国维……词作以抒写"人间苦"为多。这首《蝶恋花》堪称其代表作。这首词的趣旨是"人间苦"。从思想方面来说，这种心态无足称道；但从艺术方面来说，却颇能实践词人的词学理论。

高阳里 这首《蝶恋花》一个显著特色便是意境浑融。观堂词并非一味追踪欧阳修等前贤，而是有其创新，他的创新又是打上时代烙印的。他是世纪之交，尤其是 20 世纪开始时的俊彦，他的强项是西方哲学、逻辑学、美学、伦理学，所以，其词蕴有哲学思辨。这首词与传统伤春词之不同正在于此。他的"思量"，是以思辨意识、忧患意识作底蕴的，因此，"人间总被思量误"亦成为警句。

马华 等 "残""老"等字，表面是写花鸟，实际上是写诗人自己。花鸟的无语更衬托出诗人心中难以言尽的千言万语。

周一平、沈茶英 叔本华认为人是最高等的有意识的生物，智力、文化越进步，欲望愈多，越无法满足，越痛苦。燕子虽也有痛苦，但它没有思想，它的痛苦和人间的人是不能比拟的。

王步高、邓子勉 这首词因伤春残而感美人迟暮……时光易逝，红颜易老，它是不会给你更多的美好时光来等待的，故云总被相思误，这是无奈，当然，悔恨之感也许有些。

徐培均 此词上片写春景，下片写离情。如樊志厚《观堂长短句序》所云："真能以意境胜。"

钱剑平 （系于 1907 年）

陈志明 此词所表现的，既是生活化的哲理，也是寓有哲理的生活场景。故虽是一幅幅的日常小景，却有言近旨远、韵味隽永的艺术效果。

祖保泉 词的末句"人间总被思量误",即人有智力,有"所欲",能认识人的生活即是苦痛,且苦痛与生命俱生,因而也说明了生而为人实在是个错误。这首词,可以说是典型的王国维词:直观性强,有"花间词"的派头,又有浓郁的悲观主义色彩,这在清末,无第二人。(《解说》)

点绛唇

屏却相思，近来知道都无益。不成抛掷。梦里终相觅。

醒后楼台，与梦俱明灭。西窗白。纷纷凉月。一院丁香雪。

佛雏先生将此词列入"悼亡"之作。可是此词虽发表于 1907 年 11 月，但其中提到"一院丁香雪"，当作于春季，而王国维的夫人莫氏死于 1907 年 8 月，因此不大可能是悼亡之作。而且，"屏却相思，近来知道都无益。不成抛掷。梦里终相觅"，亦不大像悼亡口吻。"悼亡"，是一种感情的"事件"。纳兰成德《金缕曲》说，"三载悠悠魂梦杳，是梦久应醒矣"，又说"我自中宵成转侧，忍听湘弦重理。待结个、他生知己。还怕两人俱薄命，再缘悭、剩月零风里"，那是写一个感情的"事件"。《人间词》里有一首《蝶恋花》说，"自是精魂先魄去。凄凉病榻无多语"，又说"纵使兹盟终不负。那时能记今生否"，那也是写一个感情的"事件"。而这首词里显然不是写那样一个感情的"事件"，它是写一种明知相思无益而又不肯放弃的感情的"境界"。在莫氏夫人去世之前发表的《甲稿》中，作者就不止一次地表现过这种

屏（bǐng）却：谓退除或抛掉。屏，除去，排除。却，助词，用在动词后边，表示动作的完成。| **相思**：1940 年商务印书馆《海宁王静安先生遗书》之"长短句"作"想思"，误。《乙稿》及 1923 年《观堂集林》之"长短句"、1927 年《王忠悫公遗书》之"长短句"皆作"相思"，据改。| **不成抛掷**：即抛掷不成。谓无法忘却。| **明灭**：忽明忽暗，忽隐忽现。唐李白《梦游天姥吟留别》诗："云霓明灭或可睹。" | **西窗**：唐李绅《别双温树》诗："植向西窗待月轩。" | **纷纷凉月**：杜甫《陪郑广文游何将军山林十首》之九："绤衣挂萝薜，凉月白纷纷。" 纷纷，盛多貌。凉月，多指秋月。| **丁香雪**：雪一样的白丁香。丁香，落叶灌木或小乔木，花紫色或白色，春季开，有香味，多生在我国北方。

520

境界。像《蝶恋花·昨夜梦中》《阮郎归·美人消息》等，都是以爱情相思为依托，以一种盘旋反复的固执和不肯放弃的姿态引人产生超出爱情主题之外的更广阔的人生联想。这首词也是如此。这首词的上片，似从冯延巳《蝶恋花》的"谁道闲情抛掷久，每到春来惆怅还依旧"化来，但其口吻的悲哀又过于冯词。古人说"思君如明烛，中宵空自煎"，那是指相思的无益；古人还说"凝恨对残晖，忆君君不知"，那是说，不能够得到对方回应的相思更是无益。所以，"屏却相思，近来知道都无益"——一开口就是理性的反省。但相思无益本是很简单的道理，作者却在经历了一翻徒然的自我煎熬之后，直到"近来"方才"知道"，这里边就有了一种很沉痛的感情上的盘旋。可是接下来"不成抛掷。梦里终相觅"，马上又否定了"屏却相思"的理性决断。这是又一层的曲折盘旋。人可以在显意识里努力克制某种念头，但这些念头不一定就已消失，而是进入人的潜意识在梦中出现，而梦就不是人的显意识所能控制的了。作者在这里用了一个表示行为动作的动词"觅"，这很微妙。"梦"是被动的、无意识的，"觅"却是主动的、显意识的。这说明，作者实际上并没有摆脱那种徒然的自我煎熬，在梦的朦胧恍惚之中仍保持着意识的清醒和意志的追求。叔本华认为，意志的欲求造成了人类的痛苦。那么，人在清醒时摆脱不了痛苦的控制本已是一种宿命的悲哀。而人在短暂的睡梦之中都不能够得到片刻的安宁，仍然摆脱不了痛苦的控制，那真是上天对人的残酷惩罚了。所以，上片四句以一种盘旋反复的姿态，写出了无望的相思所带来的痛苦。人的理性不但无助于排除这种痛苦，反而更清晰地加深了它的烙印。

"醒后楼台，与梦俱明灭"，写梦醒后的迷离恍惚之感，其构思也许得自晏几道《临江仙》的"梦后楼台高锁，酒醒帘幕低垂"，或杜甫《梦李白》的"落月满屋梁，犹疑照颜色"。但晏几道《临江仙》接下来是对美人的回忆，杜甫《梦李白》接下来是对故人的担忧，而王国维接下来的最后三句"西窗白。纷纷凉月。一院丁香雪"则是对内心那种寒冷与无望的放大和投射。

月光是白色的，丁香花也是白色的。白色是一种冷色，缺少温情，缺少慰藉。"丁香"在诗人笔下虽常常和爱情有关，但这里所写的既不是"丁香颗"也不是"丁香结"，而是"丁香雪"。雪是寒雪，月是凉月，一片素白，一片凄凉，颇有点儿像佛经所说的"诸色皆空"或《红楼梦》所说的"落了片白茫茫大地真干净"。但细味"丁香雪"的意象，却又不是单纯的空幻和绝望。昔人有句咏白丁香云："月明有水皆为影，风静无尘别递香。"白丁香的皎洁与幽香，给这幅寒冷、空幻而又忧伤的画面增添了一种"美"的品质，而"美"的存在，则意味着通往理想的道路并未断绝，人类未来的希望依然存在。

辑评

周策纵 （见《苏幕遮·倦凭阑》辑评）

夏承焘、张璋 这是一首情词。上片一、二两句谓知道相思无益，决心放弃相思了。可是相思是抛撇不了的，所以在睡梦中还是要去寻他。下片写醒后情景：梦中楼台，还隐约可见，若明若灭。最后以景语作结，用月光下的白丁香来烘托人的孤寂和惆怅。

缪钺 王静安本是有理想的，虽然理想难以实现，而仍固执追求，但是其结果往往还是一场梦幻。《点绛唇》词更是抒发了这种人生感慨。（《述论》）

陈邦炎 （见《蝶恋花·辛苦钱塘》辑评）

陈永正 这是一首刻骨铭心的情词。相思是无法摆脱的，在梦中，在醒后，它总是揪紧着情人孤寂的心。此词结语，真可谓"物我两忘"，在缥缈恍惚的追寻中，别有一种幽清的韵致。在静安抒情小词中，当以此等作品为极则。1907年春作于海宁。（《校注》）

陈鸿祥 此首亦属情语。南唐中主李璟有"青鸟不传云外信，丁香空结雨中愁"之句。此词以"屏却相思"发语，而以"一院丁香雪"收尾，情意纯真，堪称词中"仲夏夜之梦"。（《注评》）

佛雏 （见《蝶恋花·落日千山》辑评）又：疑亦悼亡作。（系于1907年）

章泰和 这首小词，语言浅显易懂，把相思之情和相思之苦生动地抒发了出来。富有民歌风味，具有很强的艺术感染力。

王英志 这首词始终未点明害"相思"病的主人公是男还是女，但全词流露出的那缠绵悱恻的情调，表现出的那细腻曲折的心理，都暗示读者，词的主人公是一个少妇。因此这是一首思妇词。

李如鸾 此词结尾最为精彩。沈伯时《乐府指迷》上说："结句须要放开，含有余不尽之意，以景结情最好。"这个以景结情的结尾，妙处就在于托出一种"不隔"的境界，这也正是王国维词作所全力追求的。

刘伯阜、廖绪隆 此词收入裒集于一九〇七年十月的《人间词乙稿》，时王氏前妻莫夫人新丧。从词表现的满纸相思、一腔幽怨来看，疑为悼亡之作。词以相思为主线，贯穿全篇。上片写因相思而得梦，下片写因梦而添相思。意切情浓，感人至深。

鲁西奇、陈勤奋 此词表面上写的似乎是男女恋情，而真正的目的则是象征人生对理想的追求终归于幻灭。

马华 等 王国维心目中的不隔，应该是在浅显而能与读者当下照面的文字中，还要蕴含有深沉悠远的意味，使读者由作者之文字领受一番境界，做到语虽近而情遥。他反对假借典故、词藻来填补空虚。这首《点绛唇》即明白如话，本不需多加解释。但细细玩味，确有深沉的意境蕴含词中，情感曲折缠绵。

钱剑平 （系于 1907 年）

祖保泉 乃悼亡之作，1907 年 9 月作于北京。（《解说》）

清平乐

斜行淡墨。袖得伊书迹。满纸相思容易说。只爱年年离别。

罗衾独拥黄昏。春来几点啼痕。厚薄不关（《乙稿》作"但观"）**妾命，浅深只问**（《乙稿》作"莫问"）**君恩。**

　　这是一首很传统的"思妇之词"，或者也可以说是"弃妇之词"。因为从词中我们可以看到：虽然这女子接到了她所爱男子的信，但并不相信那男子在信上所说的"满纸相思"。她似乎已经有了被弃的预感。

　　"斜行淡墨"是很潦草的笔墨，但由于是"他"的信，所以这女子很珍重地把它藏在袖中随身携带。信里说了许多思念的话，但思念的话谁不会说？假如他真的如此思念，为什么就不肯回来呢？"满纸相思容易说。只爱年年离别"，这个意思，王国维在另一首词《西河》里也用过："倘有情，早合归来，休寄一纸无聊相思字。"这种用意可能出自《花间集》中牛峤《应天长》的"别经时，无限意。虚道相思憔悴。莫信彩笺书里，赚人肠断字"。不过如果追究起来，它应该还有一个更早的出处，那就是《论语·子罕》中孔子对几句有关爱情的古诗之评论。那首古诗说："唐棣之华，偏其反而。岂不尔思？室

斜行：倾斜的行列，指书写文字的行列。唐白居易《江楼夜吟元九律诗成三十韵》："斜行题粉壁，短卷写红笺。"｜**袖**：此处用作动词，谓藏于袖中。｜**伊**：他，指所爱男子。｜**书迹**：笔迹，墨迹。此处指其人之书信。前蜀韦庄《谒金门》词："不忍把伊书迹。"｜**罗衾**：很薄的被。南唐李煜《浪淘沙》词："罗衾不耐五更寒。"｜**啼痕**：泪痕。唐岑参《长门怨》诗："红粉湿啼痕。"

是远而。"意思是:唐棣树的花翩翩摇摆。难道我不想念你?可是你的家实在太远了,所以我不能去看你。于是孔子就发表议论说:"未之思也,夫何远之有?"意思是:他根本就没有想念,倘若他真想念的话,无论有什么险阻都会去的,难道还怕远吗?当然,孔子的本意是勉励他的学生坚持对"道"的追求,但这评语也是对那些在爱情上言不由衷者的"诛心之论"。

"罗衾独拥黄昏。春来几点啼痕"是写"怨"。因为春天本应是温暖的和充满希望的,但"罗衾独拥"有一种寒冷的感觉,"黄昏"有一种面对长夜的感觉。"啼痕"其实就是"泪痕",为什么不用"泪痕"?除了格律上的原因之外,恐怕也与"啼"字所能带给人的感发联想有关。因为,人的哭泣是"啼",鸟的鸣叫也是"啼"。传说蜀望帝死后化为杜鹃鸟,啼声悲切,往往叫到嘴里流出血来,即所谓"杜鹃啼血"。所以,"啼"与"痕"结合起来,令人联想到的不但有泪痕而且有血痕。轻轻带过一个"春"字,点出这种悲凉和绝望的情绪发生在美好的春天,这种背景与感情的反差就更增加了人物的凄凉之感。

"厚薄但观妾命,浅深莫问君恩",顺读就是"但观妾命厚薄,莫问君恩深浅"。把"厚薄"和"浅深"放在前边做主语,是为了起一个强调的作用。这两句,接在如此悲哀的"罗衾"两句之后,颇有收敛性情以归于"温柔敦厚"之意。这种思想,也完全是传统的"诗教"所提倡的。在等级森严的封建社会,女子的命运完全决定于男子,被宠幸是命,被抛弃也是命,封建道德要求她们认命而不怨。然而如前文所述,这个女子其实是有怨的,而且怨意很深。因此,这首词就在怨情的流露和刻意的收敛这种矛盾的感情之中,委婉曲折地传达出古代女子在现实中和在精神上都不得自由的那种负重的心境。

如果联系王国维对"命"这个哲学问题的论述来看这首词,我们就会发现,在王国维的心里很可能也存在着类似的心境,这与他对"意志自由"问题的悲观看法有关。"斜行淡墨"这首词既见于《乙稿》也见于《观堂长短句》，当作于 1905 年至 1907 年之间。而恰恰在 1906 年，王国维发表过一篇讨论"命"的文章《原命》。在那篇文章中他介绍了西方的"定业论"和"意志自由论"之争，并指出康德和叔本华对意志自由的解释都有不能自圆其说之处。他认为，人对自己行为的选择必然受到过去、现在、个人、民族等种种因素的制约，因此从来就不是自由的。那么，既然人的意志不能自由决定自己的行为，人对自己的行为是否就不必有责任感了呢？王国维认为不可以。因为，像责任、悔恨这一类的感情，虽然是承担了本不应由自己承担的"果"，但它们可以造成此后行为的"因"，因此是有其实在价值的。他的这种观点，实际上是在承认命定的前提下还要担负起对未来的责任。这是一种美德，但同时也是一种重负。事实上，在中外历史上都不乏这样的人：人生给他们带来的痛苦远远大于欢乐，然而他们对人生奉献的却是他们自己最美好的东西。太史公司马迁在给他的朋友任安写的一封信中曾一气列举过许多这样的典型："文王拘而演《周易》，仲尼厄而作《春秋》；屈原放逐，乃赋《离骚》；左丘失明，厥有《国语》；孙子膑脚，《兵法》修列；不韦迁蜀，世传《吕览》；韩非囚秦，《说难》《孤愤》；《诗》三百篇，大底贤圣发愤之所为作也。"而司马迁自己，不也是这样的一个典型吗？对于命运的不公平，他们不是没有"怨"，但他们在承受命运的同时也承担起自己的责任，为这个薄待了他们自己的世界做出了无私的奉献。——"厚薄但观妾命，浅深莫问君恩"！

我们不能说王国维这首词就一定是在写他对人生责任问题的看法，但他这种对人生责任的看法实在也是他心目中人生道德修养的最高标准。而这种标准，恰恰与封建社会对女子所要求的道德标准有其相似之处。因此，这首看起来思想和主题都很"旧"的小词，在这样的背景之下就有了超出它表面的思想与主题之外的言外意蕴。

还有一个需要说明的问题是：1923年王国维发表《观堂长短句》的时候对这首词作了修改，结尾这两句被改为："厚薄不关妾命，浅深只问君恩。"这在意思上，和原来的两句是完全相反的。"但观妾命""莫问君恩"是一种温柔敦厚的担荷与克制；"不关妾命""只问君恩"是一种颇具锋芒的反抗与指责。辛亥革命之后，"五四"新文化运动的兴起唤醒了中国人的自我意识，封建道德对人性的压迫在中国首次遭到了激烈的否定，这对作者的思想不可能没有一点儿影响。另外，辛亥之后政局的混乱，军阀们的拥兵自重和谋求私利，再加上王国维1923年"入值南书房"后目睹了连这个关起门来做皇帝的小朝廷中也有这么多钩心斗角的丑恶行径，他心中那种愤懑和失望大概也需要找个地方来发泄。所以也许我们可以这样说："但观妾命""莫问君恩"是王国维哲学观念和伦理观念的自然流露，"不关妾命""只问君恩"是王国维对现实不满的借题发挥。修改前与修改后相比较，前者的"怨"比较曲折顿挫，因而有一种不尽之味；后者的"怨"比较直率尖锐，把意思说得很清楚。如果按《人间词话》的理论来评价，修改后的结尾似不如修改前的结尾更具"词之言长"的特色。

辑评

吴昌绶 稍易数字。

祖保泉 （见《蝶恋花·昨夜梦中》辑评）

夏承焘、张璋 此词托意恋情；从结语看，当还含有政治内容。

陈永正 《金元明清词选》评："此词托意恋情；从结语看，当还含有政治内容。"所论甚是。此词寄意深微，然亦因追求"寄托"而生"隔"。1907年春暮，静安受罗振玉之荐，学部尚书荣庆命在学部总务司行走，充学部图书局编辑，主编译及审定教科书等事。作者初入官场，纵使他日的命运难知，但对"君恩"早已深心铭感了。（《校注》）

陈鸿祥 《人间词乙稿》起始于1906年春夏间，迄于1907年冬十月，凡四十三首，此为最后一首。《西厢记》"除纸笔代喉舌，千种相思对谁说"，此词云"满纸相思容易说"，乃反其意而着力于"离别"，极言相思之深，非"书儿、信儿，索与我恓恓惶惶的寄"（《西厢记·叨叨令》），所能消其"啼痕"。所谓"言有尽而意无穷"，人间以此"斜行淡墨"之词稿作殿后，亦正含此意。（《注评》）

佛雏 拟系于 1906 年 5 月至 1907 年 10 月。

马华 等 "厚薄""深浅"，属互文。这两句的言外之意是：我不怪自己的命运不好，只愿丈夫对我的感情真挚深沉。如此，即使长年离别也无怨了。古代妇女的命运由此可知。

钱剑平 （系于 1907 年）

祖保泉 下片后两句写思妇在愁肠百结之际，对夫君寄予没奈他何的希望。说是自己的命运如何，无关紧要；而夫君对她的恩爱乃是决定她命运的关键所在。作为封建社会的思妇，这点希望多么惹人怜惜！那两句说得多么斩截！王氏填词，有心创造"意决而辞婉"的句子，这首词的末两句之所以大加修改，改动了内容，也改动了措辞的力度，为的就是要达到这点要求。（《解说》）

清秋歸蕩蕩眼看白日去昭昭人間爭度漸長宵

蝶戀花

月到東南秋正半雙闕中間浩蕩流銀漢誰起水精簾下看風

前隱隱聞簫管　涼露淒衣風拂面坐愛清光分照恩和怨苑

柳宮槐渾一片長門西去昭陽殿

菩薩蠻

回廊小立秋將半婆娑樹影當階亂高樹是東家月華籠露華

碧闌干十二都作回腸字獨有倚闌人斷腸君不聞

觀二十四

開封關葆謙上虞羅福葆同校

甲、乙稿之外的词

本卷的11首词分别属于《观堂集林》之"长短句"和《苕华词》。其中被收入"长短句"的3首是：

《浣溪沙》（已落芙蓉），

《蝶恋花》（月到东南），

《菩萨蛮》（回廊小立）。

浣溪沙

已落芙蓉并叶凋，半枯萧艾过墙高。日斜孤馆易魂销。

坐觉清秋归荡荡，眼看白日去昭昭。人间争度渐长宵。

执着是王国维的本性，而悲哀和绝望是他的本性在一定社会历史环境中所酿成的情绪。人有的时候是受情绪左右的。这首悲秋的词，其中就渗透着一种悲哀绝望的烦恼情绪。

"已落芙蓉并叶凋，半枯萧艾过墙高"是描写秋天萧瑟的景象，"日斜孤馆易魂销"是写作者的情绪。这是古人写悲秋题材时常用的套数。如柳永《八声甘州》的"对潇潇暮雨洒江天，一番洗清秋。渐霜风凄紧，关河冷落，残照当楼"，也是以秋天萧瑟的景象起兴，逐渐过渡到自己的悲哀。"日斜孤馆"，就是"残照当楼"。因为，一日将暮的傍晚和一岁将暮的秋天都令人联想到人生的将暮，而在这人生将暮的时候，你在精神上却还像一个羁居客舍的旅人一样，没有自己的归宿，这是深可悲哀的。但需要注意的是，"已落芙蓉"两句中，还含有一些古人悲秋作品中不太常见的东西在里边。

芙蓉：荷花的别名。屈原《离骚》："制芰荷以为衣兮，集芙蓉以为裳。"｜**萧艾**：艾蒿，臭草。屈原《离骚》："何昔日之芳草兮，今直为此萧艾也。"｜**孤馆**：孤寂的客舍。宋秦观《踏莎行》词："可堪孤馆闭春寒，杜鹃声里斜阳暮。"｜**魂销**：即"销魂"，谓灵魂离体而消失，形容极度悲伤。江淹《别赋》："黯然销魂者唯别而已矣。"｜**清秋**：明净爽朗的秋天。宋柳永《八声甘州》词："对潇潇暮雨洒江天，一番洗清秋。"｜**荡荡**：空无所有貌。｜**白日去昭昭**：宋玉《九辩》："去白日之昭昭兮，袭长夜之悠悠。"白日，太阳，阳光。昭昭：明亮。｜**争度**：怎样度过。｜**渐长宵**：一天比一天长的夜晚。

古人悲秋作品中的秋景是用来起兴的，因此一般都是写眼前实景。而"芙蓉"和"萧艾"两个词出于《离骚》，它们本身又是有象征意义的。屈原《离骚》说，"制芰荷以为衣兮，集芙蓉以为裳"，那是以服饰的芳洁象征君子内心的芳洁；"户服艾以盈腰兮，谓幽兰其不可佩"，那是以服饰的恶劣象征小人内心的恶劣。屈原《离骚》还说："何昔日之芳草兮，今直为此萧艾也？岂其有他故兮，莫好修之害也。"那是说，当时那种社会环境使许多人不注意自己品德操守的修养，因而从芳洁的君子变成了龌龊的小人。所以，"已落芙蓉"两句虽看起来是"写境"，其实也有可能是"造境"。王国维说：在我们当前这个世界，芳洁的芙蓉不但花已落去，连叶子也都彻底凋零了；龌龊的萧艾却比芳洁之物有更强的生命力，它不但还没有完全枯萎，而且得意地在墙头招摇，自我感觉良好。这种景象，也许确实是当时眼前所见的景色，但"萧艾"与"芙蓉"对举，再加上"半枯"和"过墙高"的形容，实在颇有些调侃的味道：在这个世界上，小人道长，君子道消，黄钟毁弃，瓦釜雷鸣，真是一切都颠倒了！似写实景而又暗含有寓托的深意，似含深意而实际上又是现实的写景，这正是王国维最拿手的本领。不过，就上片而言，主要是通过对比抒发对社会现实的不平和愤慨，这种感情仍属于古人"悲秋"的所谓"坎廪兮，贫士失职而志不平"（宋玉《九辩》）的传统。那仍然只是一种个人不遇的感伤。所以是"日斜孤馆易魂销"。"魂销"，是形容极度悲伤的样子。

但到了下片，作者就开始把个人不遇的悲伤导向他的主旋律——对整个人间的悲悯了。"坐觉清秋归荡荡"是说，秋天虽然凄凉，但秋天的一切也正在消失，继之以更为凄凉的冬天。"眼看白日去昭昭"是说，白天很快也就要过去了，继之以漫长的黑夜。这一句，用了宋玉《九辩》中的"去白日之昭昭兮，袭长夜之悠悠"。"坐觉"有一种突然惊觉的感触，"眼看"有一种无能为力的凄怆。这两句的口吻，使人感到一种宿命已定无可奈何的恐惧与悲哀。这就与古人的悲秋有所不同了。因为，一个人既然悲秋，就没有放弃对春天的希望；既然不平，就没有失去对公平的期待。所悲者，只是属于自己的时间已经不多而已。但王国维的悲哀并不是只对他自己的，而是对整个人间的，他的关怀更加博大，他的失望也就更加深重。所以这里"人间争度渐长宵"简直有一种末世长夜即将来临的口气。因为在秋天的节气里，"秋分"是昼夜均等的一天，过了秋分，白天就一天比一天短，夜晚就一天比一天长。人间需要光明，但从此光明越来越少；人间恐惧黑暗，但从此黑暗越来越多。这就是未来的必然趋势。如果你的智慧不足以看清这个趋势，你也许还可以同古人一样，用不平的愤慨和牢骚来发泄你的悲哀；可是如果你的智慧足以看清这个趋势，那么除了为人类的宿命悲悼之外，你还能怎么样？"争度"，是"怎样度过"。这是一个疑问句，其中充满了对人间未来的担忧与焦虑。

把"悲秋"的烦恼写到这等地步，大约也只有精研过叔本华悲观哲学的王国维能够做得到。但我们也必须注意到：如果王国维真的能像叔本华所主张的那样否定自己的意志，跳出人生轨道的圈子，他也就不会如此烦恼。而他之所以有如此烦恼的情绪，正是出于他本性中那种对人生放不下的关怀。

辑评

周策纵 是写时间悲剧之佳作，亦最能有悲天悯人之慨。

陈邦炎 （见《浣溪沙·夜永衾寒》辑评）

陈永正 写悲秋的情怀而不落俗套。以诗法入词，骨格硬朗。起二语，写景中有寓意，芙蓉菱谢，萧艾得时，正是清末政治局面的写照。然冠以"半枯"二字，深讽入骨。1908年秋作于北京。(《校注》)

陈鸿祥 此词1908年秋作于北京。据年谱：王国维于1908年正月二十九日（3月1日），由莫太夫人（前妻莫夫人生母）"自为大媒"，主婚续娶。夫人潘丽正，时年二十二岁，知书贤淑。春三月，携眷北上。嗣是以后，即由潘氏夫人操持家政，乃得以专心治学，并取"词山曲海"之意，题其居处曰"学学山海居"。夏五六月间，辑校唐五代二十一家词。七月，撰《词录》。八月，撰《曲录》。故词曰"清秋归荡荡""白日去昭昭"，正是其手不释卷、笔不停挥的著述生活中一闲趣也。此词及以下诸词，与甲稿词之"往复幽咽"、乙稿词之"苍凉激越"不同，词风趋平缓恬淡。(《注评》)

佛雏 此词出于甲、乙稿之外，仍属原《人间词》的范围。词中情调几于万般无奈，似作于"饱更忧患转冥顽"之后，故系于此(1907年)。

蒋哲伦 作者三十一岁那年的夏天，前妻莫夫人去世，本词很可能作于这年的秋季。伤感之人本已度日如年，更哪堪这漫漫长夜，长夜漫漫！王国维是个悲剧性的人物。他的悲剧不在于投昆明湖自杀，而在于一生探求人生和美的价值，却为悲观的厌世主义所围，最终未能找到它的真谛。

马华 等 首句实化用李璟《浣溪沙》"菡萏香消翠叶残，西风愁起绿波间"，第三句又化用秦观"可堪孤馆闭春寒，杜鹃声里斜阳暮"句。这两句都是王国维相当欣赏的词句。

周一平、沈茶英 这阕词写了人间是一片凄凉、一片黑暗，如漫漫长夜，无破晓之时。都是厌世、出世哲学的反映。

钱剑平（系于 1907 年）

祖保泉 细审其内容，当作于 1907 年秋半。……乃是作者当时孤馆独处而又厌倦那种生活方式的写照。（《解说》）

彭玉平 当王国维在 1908 年秋写下这首词时，也许只是由清末官场的黑暗腐败而料想其未来的不堪命运。但在当时，王国维更多的只是对现实的"履霜"之感，对未来"坚冰"可能到来的深切忧虑。而在 1918 年编定《履霜词》时，王国维顿然感觉当年预感的忧患居然如此精准而深重地到来，虽然对光宣之间词作进行重定，自是"履霜"最切合当时心境，但若论及 1918 年之时的现实和心境，则这首《浣溪沙》则跃出众作，成为最具表现力、最贴合时代的作品。因为十年前的"渐长宵"终于到了十年后"今日之坚冰"的时候了。（《抄本〈人间词〉、〈履霜词〉考论》）又：此词对清末政局的暗喻是一方面，直陈 1918 年前后王国维的心境才是更切实的。在 1917 年张勋复辟过程中，王国维的心境也随之起伏。王国维虽然不是实践意义上的复辟派，但在精神上是支持张勋的。（《王国维的"忧世"说及其词之政治隐喻》）又：按照王国维《履霜词跋》之意，王国维抄录成集之时乃属于"坚冰"之期，则集中 24 首词应该大致都可归入"履霜"之时。但在王国维的眼里，集中诸词地位并不均等。那么，最重要的是哪一首呢？王国维在《履霜词》跋文里虽然没有明说，但他在编选后曾致信沈曾植，特别提到"末章甚有'苕华''何草'之意"。这意味着这殿末的一首，乃是此集的结穴所在。（《曾经"苕华""何草"意，都入〈浣溪沙〉调中》）

蝶恋花

月到东南秋正半。双阙中间，浩荡流银汉。谁起水精帘下看。风前隐隐闻箫管。

凉露湿衣风拂面。坐爱清光，分照恩和怨。苑柳宫槐浑一片。长门西去昭阳殿。

这是一首"宫怨"之词，出《甲稿》《乙稿》之外，被选入《观堂长短句》中，当作于 1907 年 11 月以后。

王国维的诗和词在意思上时有雷同之处。如这首词中"双阙中间，浩荡流银汉"的景色，就与《戏效季英作口号诗》之四中"双阙凌霄不可攀，明河流向阙中间"的景色相同。而《喜迁莺》词中的"宫阙与云摩。片云流月入明河"及《隆裕皇太后挽歌辞九十韵》中的"明河界披垣"亦与此景类似。秋天的银河，在天空特别明显；双阙巍峨，天上的银河似从宫门双阙间流出。天上的浩瀚结合了人间的雄伟，王国维似乎对这景色有某种特别的感受，所以才在他的诗和词中不止一

双阙：古代宫殿、祠庙、陵墓前两边高台上的楼观。《古诗十九首》："两宫遥相望，双阙百余尺。"| 银汉：天河，银河。唐沈佺期《古歌》："水晶帘外金波下，云母窗前银汉回。"| 水精帘：用水精制成的帘子。水精，同"水晶"。唐李白《玉阶怨》诗："却下水精帘，玲珑望秋月。"| 箫管：排箫和大管。泛指管乐器。《诗·周颂·有瞽》："既备乃奏，箫管备举。"| 坐：因为。唐杜牧《山行》诗："停车坐爱枫林晚。"| 清光：谓月光。唐杜甫《一百五日夜对月》诗："斫却月中桂，清光应更多。"| 苑柳宫槐：谓宫苑中的树木。| 长门：汉宫名。汉武帝陈皇后失宠，被罢退居长门宫，求司马相如为作《长门赋》。后因以长门借指失宠女子居住的寂寥凄清的宫院。| 昭阳殿：宫殿名。汉武帝时后宫八区中有昭阳殿，成帝时赵飞燕居之。后世小说戏剧多以昭阳指皇后之宫。

次地抒写。

"谁起水精帘下看。风前隐隐闻箫管"是说：在这秋月下有不眠之人卷帘观赏夜空，听到随风传来的一阵箫管之声。那是有人在陪伴君王作长夜的饮宴娱乐。"水精帘"的晶莹剔透令我们联想到帘下之人的聪明美丽，"风前"而且是"隐隐"的箫管声使我们联想到她心中的忧愁和疑虑。《喜迁莺》中的"华灯簇处动笙歌。复道属车过"完全是以叙述者的口吻作客观的叙述，而"风前隐隐闻箫管"则是从失宠女子的视点出发，其中已隐隐包含了她内心的感受。这就为下片内容做好了铺垫。

"凉露湿衣风拂面"，令人联想到李白《玉阶怨》诗中的那个女子。"玉阶生白露，夜久侵罗袜"，但是她"却下水精帘，玲珑望秋月"——坚贞、皎洁，有一种对光明和高远的追求。而王国维笔下的这个女子虽然也在望月，虽然也有怨情，但却在怨情之中含有一种"理"的思索："坐爱清光，分照恩和怨。""清光"此处是指月光。君王的宠爱有偏有向，而明月的月光却是光明无私的。不管对寂寞孤独的失宠者还是对炙手可热的得宠者，不管对长门宫还是对昭阳殿，明月都不吝惜洒下它那一片美丽的清光。"坐"，有"因为"的意思。因为喜爱这美丽而慷慨的月光，所以才忍受着凉露的侵袭和秋风的吹拂，久久地停留在明月的清光之下。

但"理"的思索还没有到此为止。"苑柳宫槐浑一片。长门西去昭阳殿"把"理"的思索又推进了一步：那炙手可热的"恩"和寂寞孤独的"怨"又有什么区别？在月光之下，皇宫里所有的树木都是差不多的，所有的宫殿也都相距不远，皇宫里虽然有这么多得宠和失宠的恩恩怨怨，但整个皇宫却是同荣共衰。其实，整个大清朝不也是如此吗？所谓"千载荒台麋鹿死。灵胥抱愤终何是"(《蝶恋花·辛苦钱塘》)，在永恒的月光之下，所有那些人间的"恩"和"怨"都是不能久长的，因此并没有真正的价值。一般来说，"宫怨"之词都是以"情"见长，而王国维这首词却从"情"归结到"理"，这是他试图把传统的"宫怨"题材写出新境界的一种尝试。

——词中这个失宠的女子，令我们联想到隆裕。隆裕是慈禧太后的侄女，由慈禧太后指定为光绪帝之后，但光绪帝宠爱珍妃，并不喜欢隆裕。当然，王国维写这首词的时候珍妃已死而隆裕与光绪尚在，但隆裕虽贵为皇后，却在皇帝生前孤独寂寞得不到爱情，在皇帝死后作为寡妇被人欺凌摆布，实在是一个很不幸的女人。隆裕死后王国维曾作了很长的挽歌辞，对她的不幸表示同情。诗中就有"齐纨虽暂弃""长门自昔闲"之类的话。珍妃惨死井中，隆裕在清亡后抑郁而死，恩怨虽然悬殊，但结局却同归于不幸。而她们的这些不幸，又是和整个大清朝的衰落息息相关的。

辑评

吴昌绶 此词绝佳。二"双"字须酌。"箫管"或写"笭"字，然终近复。"爱煞"二字亦须酌。

萧艾 在京作。此词与《喜迁莺》似相关联。或云：影射光绪与珍妃一段情事也。终不敢臆窥。且一承宠，一弃置，都不类世间所传清宫秘事。

陈永正 借用宫词的体裁，以寓对"君国"的情思。封建宫廷中，专制君主和宫人的关系，纯粹是主奴关系，宫人们仰承君主的鼻息，盼望能得到恩宠，这与文人们希冀进入朝廷，谋取官位是一致的，所以历

来文人宫词中的宫怨，实质上也就是文人失意时的怨愤。作于1908年秋。（《校注》）

陈鸿祥 此词亦作于北京，时为 1908 年仲秋。凉露、清光，皆纪实。苑柳宫槐、长门昭阳，当感发于辑录曲目及批校唐五代诸家词，并无其他"寄托"。（《注评》）

佛雏 以上六首（指本词及《菩萨蛮·西风水上》《蝶恋花·落落盘根》《醉落魄·柳烟淡薄》《虞美人·杜鹃千里》《菩萨蛮·回廊小立》）出于甲、乙稿之外，仍属原《人间词》的范围。据 1909 年 3 月《人间词》手抄稿，系于 1908 年或 1909 年早春（3 月以前）。

钱剑平 （系于 1908 年）

祖保泉 （见《喜迁莺·秋雨霁》辑评）又：作于 1907 年中秋前后，在北京。作者以"偶开天眼觑红尘，可怜身是眼中人"的哲人心态，从浩渺的天宇自然现象说起，落实到皇宫中的"恩和怨"，亦即人世的恩和怨。最后以汉代宫中恩怨故事了结此篇——这显示作者只能为人世恩怨兴叹而已。（《解说》）

菩萨蛮

回廊小立秋将半。婆娑树影当阶乱。高树是东家。月华笼露华。

碧阑干十二。都作回肠字。独有倚阑人。断肠君不闻。

这首词可以和另一首《菩萨蛮·红楼遥隔》结合起来看。那一首是《乙稿》里的，这一首不见于《乙稿》而属于《观堂长短句》。两首词都是写一个女子因爱上东邻的男子却得不到回报而苦闷。它们之间有什么异同？我们不妨试做比较。

"回廊小立秋将半"，是写那个相思的女子在自己家庭院里徘徊，在庭院的回廊中小立。"秋将半"，应该是在白露的节气，这时天气已经转凉。时已入夜为什么还在回廊中小立？我们可以随着那女子的目光看到她注意力所在的地方——"婆娑树影当阶乱"。"婆娑"这个词，既可以形容人的舞姿，又可以形容树木枝叶纷披的样子，而在这里恰好把两者结合起来，说的是月光投在地上，树影姿态美妙，好像人在翩翩起舞。这一句，与"红楼"一首中的"风枝和影弄"，一个是写地上树影，一个是写窗上树影，其姿态有异曲同工之妙。"当

回廊：曲折回环的走廊。唐杜甫《涪城县香积寺官阁》诗："小院回廊春寂寂。"| 婆娑：舞貌。《诗·陈风·东门之枌》："子仲之子，婆娑其下。"亦用以形容树木扶疏、纷披的样子。唐杜甫《恶树》诗："方知不材者，生长漫婆娑。"| 东家：东邻。唐杜甫《逼侧行赠毕四曜》诗："东家蹇驴许借我，泥滑不敢骑朝天。"| 月华：月光。唐张若虚《春江花月夜》诗："愿逐月华流照君。"| 露华：露水。唐杜甫《江边星月》诗："余光隐更漏，况乃露华凝。"
碧阑干十二：李商隐《碧城》诗："碧城十二曲阑干。"阑干，同"栏杆"。十二，形容数量之多。| 回肠字：谓栏干曲折如回肠的"回"字。回肠，反复翻转的愁肠。秦观《减字木兰花》词："欲见回肠，断尽金炉小篆香。"

阶乱"三个字比较复杂。它本来也是形容树影舞姿的，但"乱"字本身有缭乱、混乱的意思。而且，"阶"也给人一种高低不平的感觉。这些都起着一种暗示的作用：那回廊小立之人表面上是在宁静地欣赏月下树影的姿态，内心却正在纷乱和波动之中。为什么会如此？原来，"高树是东家"——树影是从高树上投下来的，高树是东邻楼前的树，而她所爱的那个男子，就住在高树后的红楼里，高树的树影都这么美妙，更不用说高树和高树遮掩下的红楼了。在这个女子的眼中，那里是"月华笼露华"——皎洁的月光笼罩着晶莹明亮的露水。连用两个表示光彩的"华"字，那地方在她的心目中真是有不可仰视的美丽和神圣！这两句，和"红楼"一首中的"树影到侬窗，君家灯火光"都是写一种来自高处的光明，意境很相似。不过相比较而言，"月华笼露华"更偏重于写美丽的景，而"君家灯火光"则比较偏重于写心中的情。

"碧阑干十二"，用了李商隐《碧城》诗的"碧城十二曲阑干"。"十二"是泛指栏干曲折之多，而栏干的曲折又暗示了倚栏人内心的哀怨曲折。"都作回肠字"，是进一步把栏干的曲折比作愁肠的曲折。南朝民歌《西洲曲》云："鸿飞满西洲，望郎上青楼。楼高望不见，尽日栏干头。"那望郎而不见的女子当然是愁肠曲折，但她所爱的人可能在远方某个地方也在思念着她，隔断他们的只是千山万水的空间距离。而现在这个女子所思念的对象近在咫尺却不能与她相见，是"断肠君不闻"。这个在月光下独自倚栏的女子，她心目中的向往，她单方面的苦恋，她藏在内心不欲流露出来的幽怨，可以说是余音袅袅，不绝如缕了。

这首词是否有本事我们不知道，但它写出的是一个"爱情的事件"。其中"婆娑树影当阶乱""月华笼露华"等句子写得很美也很耐人寻味，我们可以从这些美丽的景色描写之中体会那倚栏女子的相思向往和她的百转柔肠，但我们不能够离开这个女子的"爱情事件"去做其他更广阔的联想。不是我们不愿意去联想，而是词作者没有在文本中为我们提供太多的这方面的可能。

"红楼"那一首就不同了，它从一开始就以细雨、暝色、高树等意象制造了浓厚的隔绝气氛，而那使"树影到侬窗"的"君家灯火光"，实在是对冲破隔绝的一种渴望。我们可以想象，那女子在西窗下所做的梦，正是一个冲破一切阻隔与所爱之人相会的梦。这可以是一个爱情的故事，但又不局限于爱情的故事。它写出了一种"感情的境界"，这种境界在《人间词》的其他作品中不止一次地出现过。例如《蝶恋花》的"窣地重帘围画省。帘外红墙，高与青天并。开尽隔墙桃与杏。人间望眼何由骋"，就写出了一种对帘内之人超越重围一骋望眼的渴望。这种身处重围渴望突破的境界，可以说是《人间词》的基本境界之一。而《人间词》之所以有这样一种境界，又与作者受时代影响所形成的基本意识形态有关。20世纪初的中国在列强瓜分和清政府的昏庸统治下日趋衰败，当时的知识分子对这种黑暗的时代处境感到窒息，渴望尽自己的努力找到一条强国的出路。他们经受过种种沉重的打击，许多人因此而产生失望情绪，但那并不代表他们就放弃了心中的理想。比如李叔同的出家，在他自己看来，那只是换了另外一条道路来继续他理想的追求。王国维也是一样，纵然他在辛亥之后改变研究方向而专事考据，但在他那些为祖国传统文化研究开创出新方法和新道路的累累成果面前，我们有什么理由说他是"封建老顽固"或者说他的思想是"反动"的？正由于作者内心有如此复杂深厚的感情，当这些感情有意或无意地流露在他所创作的词里边的时候，就会使词产生一种"境界"。对于这类词，我们只去搜寻爱情的本事，或只作狭隘的政治立场方面的联想，是远远不够的。它是作者品格、心态和情操的一种反映。这种反映在五代和北宋词中也有，尽管它提高了词这种歌酒娱乐之作的品位，但那常常只是一种无意识的流露；而在南宋词中，这种反映就变成了作者有意识的追求，不过这样做的结果有时也难免产生人工造作的痕迹，不能像五代北宋词那样自然浑成。王国维对北宋词和南宋词的这些长处和短处是有所体会的，因此他的《人间词》追求一种"意与境浑"的高度。也就是，把心中的"意"甚至哲理的"思"非常自然地与词中的"境"打成一片，以收"羚羊挂角无迹可求"之妙：你没有办法证明他是有意，但实际上他又分明不是无意。"红楼"一首，就属于这一类的作品。

而"回廊小立"这一首与"红楼"那首又有所不同。它虽然也有"高树是东家，月华笼露华"的描写，但那更多的只是一种对光明与美好的憧憬和向往，而不像"红楼"那首有一种更具体更强烈的环境与愿望之冲突的对比。"红楼"一首给人的印象是女子内心强烈的渴望，"回廊"一首给人的印象是女子内心委婉曲折的哀怨。论词语和词境的美丽则"红楼"不如"回廊"，论象喻的可能则"红楼"胜于"回廊"。从这两首词中，我们可以看到作者对传统的继承和对意与境之结合的探索。

辑评

周策纵　"婆娑树影当阶乱"浅语有深致。

陈永正　所写的也是上首《蝶恋花》（指"月到东南秋正半"）的"恩""怨"之意，但更为凄婉，盖其怨亦深矣。下片之意亦屡见于前人诗词中。碧阑、倚阑、回肠、断肠，从字面取巧，格调不高。作于1908 年秋。（《校注》）

陈鸿祥　罗振常于此三词后跋云："右三词（指本词及《浣溪

沙·已落芙蓉》、《蝶恋花·月到东南》）厕《观堂长短句》之最末，乃甲乙稿成后作。"又云："《浣溪沙》《蝶恋花》为戊申作，因其时曾以此二首为余书箑也。"戊申即1908年。罗氏并据王氏自注《观堂长短句》作于"乙巳至己酉"，推断此词当作于己酉，即1909年。实则，此首"回廊小立秋将半"与上首"月到东南秋正半"，时序相续，应皆作于1908年秋八月间。词云"碧阑干十二，都作回肠字"，亦当辑校词曲中感发，并表明：作者已不再"以词自娱"，只是偶感而作。（《注评》）

佛雏（见《蝶恋花·月到东南》辑评）

钱剑平（系于1908年）

祖保泉 这首词，抒发秋夜怀念亡妻之情……下片末两句加重语气，点明全词主旨。"我""断肠"，"君不闻"，哀痛如此，又无可奈何，惨！这首词，融情于景，情景相生，凄凉境界自见，画家之妙笔可比。（《解说》）

菩萨蛮

西风水上摇征梦。舟轻不碍孤帆重。江阔树冥冥。荒鸡叫雾醒。

舟穿妆阁底。楼上佳人起。蓦入欲通辞。数声柔橹枝。

    这首词写出了舟行的游子在漫长旅程中所感到的孤独无聊以及由此而在想象中产生的绮思浮想。

    "西风水上摇征梦"七个字传达了不少信息，每个字都有不可缺少的作用："水上"和"征梦"的"征"说明这是离家远行的人在水路舟行途中；"梦"是一种潜意识的自由浮现，它呼应了下片那种浪漫的自由想象；"西风"暗示了游子有羁旅伤秋之悲；"摇"字有一种颠簸动荡之意，船当然在颠簸动荡，游子坐在窄小的船中虽然没有什么活动余地，但他内心的意念也可以在颠簸动荡。"舟轻不碍孤帆重"是说船行之快。但"帆重"与"舟轻"是一个对比，这个"重"，也令人联想到孤独的游子心情郁闷之沉重；这个"轻"也令人联想到游子内心意念自由驰骋之轻快。一个人在寂寞无聊赖的时候放纵自己的思维进行无边无际的想象，应当说也是一种宽慰寂寥的方法。

征梦：远行旅人之梦。征，远行。｜**冥冥**：昏暗貌。《楚辞·九章·涉江》："深林杳以冥冥兮，乃猿狖之所居。"｜**荒鸡**：指三更前啼叫的鸡。《晋书·祖逖传》："中夜闻荒鸡鸣。"｜**叫雾醒**：谓在鸡叫声中大雾渐渐消散。｜**妆阁**：妇女的居室。唐王维《班婕妤三首》之三："怪来妆阁闭，朝下不相迎。"｜**蓦（mò）入**：突然进去。｜**通辞**：传达话语。《仪礼·士昏礼》"下达纳采"唐贾公彦疏："未行纳采已前，男父先遣媒氏女氏之家，通辞往来，女氏许之，乃遣使者行纳采之礼。"曹植《洛神赋》："无良媒以接欢兮，托微波而通辞。"｜**柔橹枝**：此处指船橹轻摇的声音。橹，外形似桨，但较大，安在船尾或船旁。

"江阔树冥冥。荒鸡叫雾醒"笔力很雄壮：船行江心又逢夜雾，真是天地晦冥，万物遁踪。但随着远处江岸传来鸡叫，天渐渐亮了，雾也开始消散。漫天大雾，一叶小舟，寂静沧江，数声鸡啼，这肃静苍茫的景色愈发衬托出舟中之人的孤寂和渺小。

与这两句景色的开阔浑茫对比，"舟穿妆阁底，楼上佳人起"突然变为精致秀丽。意念的驰骋是可以不被时空限制的，如果你一定要追究游子的船怎么会从苍茫的江心一下子跳到江南的小溪，那就未免死于句下了。这两句，既可以是时空的跳跃，也可以是意念的驰骋。也就是说，既可以是当时也可以是回忆，既可以是真实也可以是想象。由此倘若我们再回顾那"江阔树冥冥。荒鸡叫雾醒"的景色，其实也同样有点儿虚实莫测的感觉。

"舟穿妆阁底"指的是江南那种半边悬空架在小溪边的屋舍。作者想象，那应该是一个美女的妆阁，当行人的小舟咿咿呀呀地从阁下穿过时，声音就惊动了楼上的"佳人"——这真是一个可以尽情发挥的爱情题材，小说家和戏曲家可以抓住这个由头构思出一个浪漫故事，诗人则可以借此传达出他们内心中本来就有的一种浪漫情思。白居易乐府诗《井底引银瓶》说："妾弄青梅倚短墙，君骑白马傍垂杨。墙头马上遥相顾，一见知君即断肠。"才子佳人，一见钟情，后人就由此演绎出《墙头马上》的杂剧来。苏东坡说得更妙："墙里秋千墙外道。墙外行人，墙里佳人笑。笑渐不闻声渐悄，多情却被无情恼。"（《蝶恋花》）墙头马上犹有窥面之机，墙里墙外则只闻其声而未见其人。王国维在这里写得却比他们还妙：白居易是两相钟情，苏东坡是墙外多情而墙内不知，而王国维这里所写的只是游子枯坐舟中时两岸风景入眼所引起的意识之流动。

"通辞"这个词常用来指男女之间爱情话语的传达；"蓦入"，指突然闯入妆阁。那么，"蓦入欲通辞"的是谁？是舟中游子？还是游子的梦魂？其实都不是，结尾一句说得明白，是"数声柔橹枝"——游子船上的几声轻柔的摇橹声。既没有墙头马上的邂逅，也没有"多情却被无情恼"的幽怨，一切都没有发生。真是水面无风涟漪自起，摇荡人心之后又归于无迹可寻。曹植《洛神赋》说，"无良媒以接欢兮，托微波以通辞"；李商隐《离思》诗说，"无由见颜色，还自托微波"。微波既可以传递信息，轻柔的橹声当然也可以传递信息，不然怎么会有"楼上佳人起"？但这一切都不过是枯燥旅途之中的过眼风光而已，我们只能说这风光之中流动着游子内心一种不甘于枯燥岑寂的浪漫情思与遐想，而不宜把它落实为某种具体的梦境或现实的情节。

我们还可以设想：当游子从美丽的遐想回到现实的时候，眼前依然是枯燥的旅途和狭小的船舱。在人生旅途中，我们有时候不是也有这种感受吗？

辑评

周策纵 "江阔树冥冥，荒鸡叫雾醒。"近代印象派画鲜有此美。

蒋英豪 正因为王国维视一切景语为情语，《人间词》写景的地方很多，而且都写得极鲜明。如《菩萨蛮》：（下引此词上片从略）借用王先生的话，写景如此，方是不隔。

陈永正 吴昌绶手钞本《人间词》，钞于宣统元年（1909）三月，录入此词。故此词当作于1908年秋。以纪梦为题材，追忆江南故里的生活。上片写水乡的晨景。过片二句，未至苏州、无锡一带的人，是无法体会其妙处的。收二句有"江上数峰青"的神味。（《校注》）

陈鸿祥 据罗振常补注，此首及以下三首（指《蝶恋花·落落盘根》《醉落魄·柳烟淡薄》《虞美人·杜鹃千里》），均作于戊申，即 1908 年。年谱载：戊申正月初二（1908 年 2 月 3 日），王国维返抵海宁，为继母叶太夫人治丧，故可断此数首皆作于海宁。王国维异日有咏江南诗云："家家门系船，往往阁临水。兴来即命棹，归去辄隐几。"（《昔游》六首之二）可与此词"舟穿妆阁底""数声柔橹枝"比观。（《注评》）

佛雏 （见《蝶恋花·连岭去天》辑评）又：（见《蝶恋花·月到东南》辑评）

钱剑平 （系于 1908 年）

祖保泉 这首词，写浙东北水乡人家夜航晨归的情景，写得生动，可视为一幅乡风图。……轻舟已到家，只要轻轻摇橹，使小舟定位，故曰"数声柔橹"。"枝"，"枝撑"的省略，动词为叶韵，只好移位句末，意思是：摇橹枝撑着船头定位，才能使归来者跨上阶梯，进入水阁（家）。（《解说》）

蝶恋花

　　落落盘根真得地。涧畔双松，相背呈奇态。势欲拚飞终复坠。苍龙下饮东溪水。

　　溪上平冈千叠翠。万树亭亭，争作拏云势。总为自家生意遂。人间爱道为渠媚。

　　这首词像一幅山水画，构图很有层次：近景是姿态奇特的涧畔双松，它们像两条本来要飞上天去的龙，不知为什么折回头来探入涧底的溪水；远景是平冈上的群树，它们一片翠绿，把枝梢高高地伸向云端。"万树"欣欣向荣，"双松"自得其乐，宁静的自然美在神不在貌，很有点儿王维山水诗的意境。但这首词实际上和王维的山水诗并不相同。王维的山水诗常常是"以物观物"，完全写大自然的自在之美，并无人世间得失利害的观念，可以说真的达到了一种"无我之境"。王国维这首词表面上也是写大自然的自在之美，而且结尾还特意强调了这

落落：独立不群貌。汉杜笃《首阳山赋》："长松落落，卉木蒙蒙。" | **盘根**：谓树木根株盘曲纠结。北周庾信《至老子庙应诏》："毨毛新鹄小，盘根古树低。" | **得地**：得到适宜生长之地。南朝梁沈约《高松赋》："郁彼高松，栖根得地。" | **拚（fān）飞**：飞行轻捷的样子。拚，同"翻"。《诗·周颂·小毖》："肇允彼桃虫，拚飞维鸟。" | **苍龙**：此喻松。唐齐己《灵松歌》诗："乍似苍龙惊起时，搅雾穿云欲腾跃。" | **平冈**：指山脊平坦处。南朝梁沈约《宿东园》诗："平冈走寒兔。" | **千叠翠**：无数层的翠绿。 | **亭亭**：高耸貌。汉张衡《西京赋》："干云雾而上达，状亭亭以岩岩。" | **拏云势**：犹凌云之势。拏，同拿。唐僧鸾《赠李秀才诗》："骏如健鹘鹗与雕，拏云猎野翻重霄。"亦喻志向高远。唐李贺《致酒行》："少年心事当拏云，谁念幽寒坐呜呃。" | **生意遂**：谓生命力的要求得到满足。 | **为渠媚**：为它而做出美丽的姿态。渠，它，指"人间"。

一点。可是从他所用的形象和口吻来看，总不免让我们觉得他有一些没说出来的意思。

首先是"双松"和"万树"的对比：双松的位置是"涧畔"，它们的姿态是"坠"，是"下饮"；万树的位置是"溪上平冈"，它们的姿态是"争作擎云势"。这种位置和姿态的对比很容易使人联想到左思《咏史》的"郁郁涧底松"和"离离山上苗"。而且还不只如此。松树通常给人的印象是高大凌云，而王国维"双松"的姿态却是"势欲拚飞终复坠。苍龙下饮东溪水"。这两句虽然写出了双松的奇特美，但"欲"的愿望和"拚飞"的努力终归于"坠"的结果；"苍龙"不能在天为云雨而不得不"下饮东溪"，这种姿态给人一种受到强大的外在压力而不得不痛苦地收敛的感觉，它使人联想到陆龟蒙《怪松图序》的"有若龙挐虎跛壮士囚缚之状"和王勃《涧底寒松赋》的"攀翠岿而形疲，指丹霄而望绝"。只不过，陆龟蒙和王勃笔下的松树是被迫的，不遂意的，而王国维笔下的松树似乎是自由的、遂意的。这已由"落落盘根真得地"和"总为自家生意遂"两句表明。

但是我们要注意："落落盘根真得地"套用了杜甫《古柏行》的诗句，杜甫的原句是"落落盘踞虽得地，冥冥孤高多烈风"。这两句之间本是转折的关系。杜甫说：独立不群的古柏虽然占据的地势很好，可是它长得太高太直了，高处多风，木秀于林，风必摧之。作者既然套用了杜甫的上一句，自然也就想到了杜甫的下一句，双松之"呈奇态"，同样是出于环境所迫，而不是出于它的自由选择。所以，这首词中的山水风景其实就是人间世界的一个侧影，作者试图为这幅山水风景染上老庄超脱旷达的出世色彩，但他所用的那些意象却固执地流露出一种属于入世之儒家思想的对于人生不能得志的愤慨和不平。因此，这首词貌似"无我之境"，其实却有固执的"自我"在。

可能作者自己也感觉到了这首词中"形"与"意"之间的矛盾，

所以在结尾忽翻新意："总为自家生意遂。人间爱道为渠媚。"这是进一步超脱，完全从"以物观物"的角度出发，指出树的姿态是为了适合自己生活环境的需要，可人却总喜欢从中看出人的感情和心态，这是对大自然的曲解，是不足以欣赏大自然之美的。话说得很有哲理而且切中文人习性。文人以大自然景物为遁逃薮本是常事，比如李白就说过"相看两不厌，只有敬亭山"（《独坐敬亭山》）；辛弃疾也说过"我见青山多妩媚，料青山见我应如是"（《贺新郎》）。作者自己也写过这一类句子，如《游通州湖心亭》之"山川非吾故，纷然独相媚"，《过石门》之"生平几见汝，对面若不识。今夕独何夕，着意媚孤客"，《踏莎行》之"是处青山，前生俦侣。招邀尽入闲庭户。朝朝含笑复含颦，人间相媚争如许"等。可是，现在他却站在哲学家的立场上把生活中的这一点点慰藉也否定了，这是对文人，尤其是对自己的一个强烈的反讽。

由此我们可以看出作者内心很复杂的感情状态：他要写出一种"无我之境"的自然山水风景，却不能达到那种"无我"的境界；他要表现老庄的超脱却总是堕入儒家的执着；他要翻出哲理的新意却无意中作出对自己的反讽；他告诉读者这首词没有托意反而使读者不能摆脱托意的联想。然而，也正是这些矛盾形成了这首词中很丰富的言外意蕴，足以让读者慢慢去咀嚼品味。

辑评

蒋英豪 上半咏松，颇能得松苍劲之神而臻不隔。下半阕末二句则极有哲学意味。

552

萧艾　涧畔双松，平冈万树，挐云奇态，饮水雄姿，穷妍尽妙，游人心醉，此亦寻常写景语耳。然缀上末两句则含有无穷意味，耐人寻思。人世间原有此种事，譬如明明出于心之所善，著书立说，而世人以为曲学阿世者。岂静安当时亦遭伦父之误会耶？疑作于旅京游长城时。

陈永正　这是一首咏松的词，以涧边盘曲的双松与冈头争高的万树作比，写在不同环境中松树各种不同的生态。描画了一幅壮美的劲松图。末二句是全词的主旨。词人认为，松树的高低不同之态，都是为了适应生活环境的，而人们却凭自己的主观想象，把它们人格化了。作于1908年。（《校注》）

沈茶英　这里写了"万树""争作"按自己的意志欲望生长，而人生呢？虽也充满意志、欲望，然总不能遂心如愿，因此同时又充满痛苦。

陈鸿祥　系于1908年戊申二月（《年谱》）又：王国维自幼随乃誉公鉴赏书画，此词当在海宁家居期间观画兴发而作。杜甫《戏为双松图歌》，以"请公放笔为直干"结句，前人称其"气苍力厚，亦是枯秃笔扫来"。此词赞其"根"而不称其"干"，复以"人间爱道为渠媚"之"媚"字作结，教人固"根"自律，勿作"挐云"媚上凌下之势。寓意深邃。（《注评》）

佛雏　此词摹写涧畔"双松"、平冈"万树"：相倚相背，或飞或坠，蜷曲则"苍龙"而下"饮水"，峻直则"亭亭"而上"拿云"，呈现出一幅多样而统一的颇近壮美的图画。末二句"总为自家生意遂，人间爱道为渠媚"，似从此自然图画中"悟"出自然美之所以为美。词中两"势"字，值得注意。老杜咏孔明庙前古柏，有"落落盘踞虽得地，冥冥孤高多烈风"之句，似亦重在摹此古柏之"势"，故王氏有取于此。在王氏看，自然美跟这种"总为自家生意遂"之"势"很有关系，能"观"出此"势"，而艺术地再现之，这就从自然美转为艺术（包括诗词）作品中的"风景画"或者"画中之诗"了。又：（见《蝶恋花·月到东南》辑评）

钱剑平（系于 1908 年）

宫内保 "涧畔双松"莽撞地张开枝叶伸向天空的姿态，当然就成了委身于"生意"、任其操纵的姿态。但是，以前人们总是感叹惊讶于松的雄姿，并由此感受到美，但却不能理解它为何形成这种异样之形。而"人间爱道"即达观之士，则寄托其憧憬思慕于松的专一性，在那里感受到一种同情、同感。（《王国维的〈人间词〉》）

祖保泉 我读这首词，觉得以之与龚自珍的《病梅馆记》并读，颇见两位精神状态的差异。龚氏认为，奇态的梅是"病梅"，是由"文人画士"孤僻之癖造成的；而龚氏要解放"病梅"使"复之""全之"，能自然成长。而王氏对"涧松"持逆来顺受态度，从而宣扬环境决定论。（《解说》）

醉落魄

　　柳烟淡薄。月中闲杀秋千索。踏青挑菜都过却。陡忆今朝，又失湔裙约。

　　落红一阵飘帘幙。隔帘错怨东风恶。披衣小立阑干角。摇荡花枝，哑哑南飞鹊。

　　王国维对贺铸词评价不高，在《人间词话》中曾说："北宋名家以方回为最次。其词如历下、新城之诗，非不华赡，惜少真味。"还曾说："小山矜贵有余，但可方驾子野、方回，未足抗衡淮海也。"然而他这首小词的构思却很像来自贺铸的一首词《凤栖梧》：

　　　　挑菜踏青都过却。杨柳风轻，摆动秋千索。啼鸟自惊花

　　自落。有人同在真珠箔。

柳烟：柳树枝叶茂密似笼烟雾，故称柳烟。前蜀韦庄《酒泉子》词："柳烟轻，花露重。"
杀：副词做补语，表示程度之深。| **秋千索**：秋千的两根长绳，此处指代整个秋千。宋朱淑真《生查子》词："闲却秋千索。"| **踏青**：旧俗清明节有踏青、扫墓的习惯，故亦称"踏青节"。| **挑菜**：旧俗农历二月初二日仕女出郊拾菜，士民游观其间，谓之挑菜节。宋张耒有《二月二日挑菜节大雨不能出》诗。| **过却**：过去。南唐冯延巳《思越人》词："寒食过却，海棠零落。"| **陡忆**：猛然想起。| **湔（jiān）裙约**：谓上巳日与女伴出游的约会。上巳，旧时节日名。汉以前农历三月上旬巳日为"上巳"，魏晋以后，定为三月三日，不必取巳日。《后汉书》志四《礼仪志上》："是月（永平二年三月）上巳，官民皆洁于东流水上，曰洗濯祓除去宿垢疢为大洁。"宋贺铸《忆秦娥》词："湔裙淇上，更待初三。"湔，洗涤。| **落红**：落花。| **小立**：短时间站在那里。| **哑（yā）哑**：象声词，禽鸟鸣声。唐李白《乌夜啼》诗："黄云城边乌欲栖，归飞哑哑枝上啼。"

淡静衣裳妆□薄。闲凭银筝，睡鬟慵梳掠。试问为谁添
瘦弱。娇羞只把眉颦著。

　　两首词都写出了女子在春天的一种慵懒和无聊的情绪，但贺词沿
袭了花间词的传统，把主题很明显地归结到美女爱情；而王词虽然也
是写美女爱情，下片却隐隐有一些思索和反省的味道，从而拓宽了读
者感发联想的空间。

　　春天日暖风和，其景色呈烟雾朦胧状，所以人们常常用"柳烟"
和"花雾"来渲染春深时的景色。而"柳烟淡薄"，则象征着春日繁
华已经快要过去了。而且，不但春天的时光快要过去，今天的一整天
也快要过去了，月亮已经升起，月光已经照到了秋千上。"秋千"是
娱乐游戏之物，"闲杀秋千"，其实是说人之无意于游戏娱乐。但"闲
杀"二字，也可以令我们看到那两根长长的秋千索静静地垂在月光下
一动不动的样子。与贺铸的"杨柳风轻，摆动秋千索"相比，王国维
的这两句写景景中有情，静中含动，似乎略胜一筹。然而这两句人工
作意的成分较重，又似不如贺铸那两句轻松自然。

　　"踏青挑菜都过却"，来自贺铸的原句。旧时女子很少出门，一年
之中只能借几个节日的机会外出游玩，而这几个节日主要在春天。踏
青节就是清明节，清明前后大家都到郊外去踏青、扫墓。挑菜节在农
历二月初二，挑菜就是挖野菜，其实也是一个到郊外游玩的借口。王
国维在这里又添了一个"湔裙"，湔就是洗涤，古人在农历三月的"上
巳节"，要到水边去洗涤一番，以祓除不祥。这里的"湔裙"即指上巳节，
"上巳"本指三月上旬的巳日，可是后来就定在三月初三日了。旧时被
关在闺中的女孩子们，一年之中所盼的也就是这么有限的几次出去游
玩的机会。可是词中的这个女孩子，却把踏青节和挑菜节都放过去了，
今天一直到傍晚月亮上来的时候才突然想起来又忘记了和女伴上巳出

游的约会。为什么如此慵懒和失魂落魄？作者没有说，但显然与伤春情绪有关，这是在开头两句就已暗示过的。

下片的用意完全出自贺铸的"啼鸟自惊花自落"。贺铸这一句本来就略有些思索推理的味道，经王国维一演绎，那种思索与推理的味道就更浓了。"落红一阵飘帘幕"是说，一阵落花在帘幕前飘过，由于帘内人所能看到的画面有限，所以她以为那些落花是被风吹下来的。这样推理也不是没有根据，因为李后主就说过"林花谢了春红，太匆匆，无奈朝来寒雨晚来风"（《相见欢》）。可是当她披上衣服走出去站在阑干角处观看时，却发现刚才错怪了东风，原来是一只飞鹊在花枝上跳动，现在它已经"哑哑"地啼叫着飞走了。随着它的叫声，又是一阵落花飘落下来。

但是花落与人何干？更何况这个女子似乎对一切都失去了兴趣，为什么对落花情有独钟？那是因为，花的飘落使人联想到朱颜的凋谢——"惟草木之零落兮，恐美人之迟暮"（《离骚》）。不过，作者在这里却不仅仅是慨叹花的零落，他还要探究花落的原因。在《人间词》里，"帘幕"常常代表着一种隔离和封闭的环境，如"小阁重帘天易暮"（《蝶恋花》）、"窣地重帘围画省"（《蝶恋花》）等。隔着帘子眼界封闭，想当然地认为花落是东风所致；走出帘子来到栏干边，发现花落原来是飞鹊所致，这是眼界的一次拓宽。然而，松柏苍劲，经寒暑而不凋，春花斗艳，尽一时而零落，难道春花零落的责任就全在"东风"和"飞鹊"吗？正如孺子之歌所谓"沧浪之水清兮，可以濯我缨；沧浪之水浊兮，可以濯我足"，孔子说："清斯濯缨，浊斯濯足矣，自取之也。"（见《孟子·离娄上》）中唐诗人王建有一首宫词说得好："树头树底觅残红，一片西飞一片东。自是桃花贪结子，错教人恨五更风。"女子以色事人，没有自身的价值所在，当然会随着色衰而凋落，并时时为此而恐惧；但若像庄子所说的那位藐姑射之神人，连大旱和洪水都莫奈之何，更不要说什么东风或飞鹊了。

当然，这些联想都是由那"披衣小立阑干角。摇荡花枝，哑哑南飞鹊"的意味深长的画面所引起的。贺铸的"啼鸟自惊花自落"虽然简洁，却没有形成这样的画面，所以也就不容易引起更多的联想。

到本世纪初，清王朝已失去一次又一次振兴的机会，除了军事、经济等方面的落后之外是否还有其他更深刻的原因？今天的历史学家可以就这个问题写出一篇洋洋洒洒的论文来，可是当时的知识分子就未必能够分析得这么清楚。在那个走出帘幕独倚栏干注视着"哑哑南飞鹊"的女子身上，是否也有作者自己的影子？我们不能够肯定。因为作者纵有此意他也并没有直接说出来，所以我们不能把自己的联想硬说成作者的本意。

辑评

周策纵 （见《鹧鸪天·楼外秋千》辑评）

陈永正 闺中春日的闲愁。思春女子对一切都已无心，清明的踏青春游，上巳的湔裙幽会也等闲过却了，她只怨春天消逝得太快——为什么当初却没有抓紧机会尽情欢乐呢？静安也许是借以抒发志士失时之慨吧。作于 1909 年春。（《校注》）

陈鸿祥 系于 1908 年戊申二月（《年谱》）又：词云"隔帘错怨东风恶"，盖取意陆游《钗头凤》之"东风恶，欢情薄"，王实甫《西厢记》之"好句有情怜夜月，落花无语怨东风"（第二本第一折）。柳烟淡薄，佳人思春，尤添不尽春意、春情。（《注评》）

佛雏 （见《蝶恋花·月到东南》辑评）

钱剑平 （系于 1908 年）

祖保泉 全篇主旨，教人以实际行动来珍惜青春。……在诗词里"惜春"是老调头，写得直露便味同嚼蜡；王氏此词，写得含而不露，耐人思量。（《解说》）

虞美人

杜鹃千里啼春晚。故国春心断。海门空阔月皑皑。依旧素车白马夜潮来。

山川城郭都非故。恩怨须臾误。人间孤愤最难平。消得几回潮落又潮生。

　　王国维生长在浙江海宁，那里是有名的观潮胜地。《人间词》中写钱塘潮水的，除了《蝶恋花·辛苦钱塘》之外，就是这首《虞美人》了。两首词的立意是相近的，都抒发了作者内心那种情与理的矛盾以及由此带来的不平和愤懑。但比较而言，《蝶恋花》更为激愤，似峡中巨浪，

杜鹃：鸟名，又名杜宇、子规。相传为古蜀王杜宇之魂所化。春末夏初，常昼夜啼鸣，其声哀切。| **春晚**：春暮。宋欧阳修《雨中花》词："花残春晚。"| **故国**：故乡。唐曹松《送郑谷归宜春》诗："无成归故国，上马亦高歌。"| **春心**：春景所引发的意兴。《楚辞·招魂》："目极千里兮伤春心，魂兮归来哀江南。"| **海门**：内河通海之处，此指钱塘江口。南宋曹勋《临江仙》词："台升吴岫顶，乐振海门潮。"| **皑（ái）皑**：雪白貌。| **素车白马**：送丧的车马。《后汉书·独行传·范式》："乃见有素车白马，号哭而来。" 此处指伍子胥，参见《蝶恋花·辛苦钱塘》注。| **夜潮**：潮水每日两次，此指夜间之潮。宋张先《望江南》词："际天拖练夜潮来。"| **城郭非故**：用丁令威成仙化鹤事，且极言并城郭亦非当年。传说汉代辽东人丁令威学道于灵虚山，后成仙化鹤归来，落城门华表柱上。有少年举弓欲射之，鹤乃飞，徘徊空中而言曰："有鸟有鸟丁令威，去家千年今始归。城郭如故人民非，何不学仙冢累累。"见晋陶潜《搜神后记》卷一。| **恩怨**：恩与怨，常偏指怨恨。宋叶梦得《避暑录话》上："是一言之间，志在报复而自忘其过，尚能置大恩怨乎？"| **须臾**：片刻，短时间。唐李白《相逢行》诗："光景不待人，须臾发成丝。" | **误**：错误，引申为迷惑。| **孤愤**：耿直孤行，愤世嫉俗。《韩非子》有《孤愤》篇。《史记·韩非传》索隐："孤愤，愤孤直不容于时也。"| **消得**：此谓怎禁得起。南宋杨炎正《蝶恋花》词："昨日解醒今夕又。消得情怀，长被春僝僽。"

奔腾撞击,有一种不肯甘心之势;《虞美人》则更为沉痛,似大江东去,平静浩荡,有一种已知一切已无可挽回之悲。

"杜鹃千里啼春晚",开头一句,就把读者带入了一片充满悲哀的广阔空间。杜鹃又名杜宇,传说古代蜀望帝杜宇失国,其魂化为杜鹃,杜鹃总是在春末夏初时昼夜哀鸣,一直啼到口中流出血来。所以屈原《离骚》说:"恐鹈鴃之先鸣兮,使夫百草为之不芳。""鹈鴃"即杜鹃鸟,它的叫声宣告了春天的结束。"春晚"就是春末。所谓"暮春三月,江南草长。杂花生树,群莺乱飞"(丘迟《与陈伯之书》),那正是一春中最美的时节,但也是春天即将消失的时候。"杜鹃千里啼春晚"是说:在连绵千里的暮春景色中,已经到处都是杜鹃鸟的哀鸣了。这真是一幅开阔、艳丽而又凄凉的长轴画卷,冯延巳《蝶恋花》的"梅落繁枝千万片"有其凄艳而无其开阔,杜甫《秋兴八首》的"瞿唐峡口曲江头,万里风烟接素秋"有其开阔却无其艳丽。

"故国春心断"的"春心",是被春景所引发的一种美好的意愿。而春天是一个万物开始生长的季节,春天的意愿当然就是对生命之未来的美好憧憬。不过我们要注意"春心"这个词,古人常常把它和"伤""损"一类的词连用。例如《楚辞·招魂》说:"目极千里兮伤春心。"杜甫《送贾阁老出汝州》说:"艰难归故里,去住损春心。"至于李商隐的《锦瑟》诗则说:"望帝春心托杜鹃。"那更是充满了理想幻灭的悲伤与迷惘。由此可知,自古以来,越是美好的愿望越是容易失落,生命的意志似乎永远也拗不过命运的安排。

从 1906 年秋到 1908 年初,王国维的父亲、前妻、继母相继去世。1908 年暮春,王国维携带家眷离开故乡海宁北上入京。可以设想,这首词也许就是在这一路上触目伤怀有感而发的吧?

词的开头两句,画出了一幅凄美的"千里暮春图",其中流露着一种深深的眷恋之心和幻灭之感。然而,接下来的"海门空阔月皑皑,

依旧素车白马夜潮来"两句，却以一种开阔豪放之致使这首词从低回
走向高昂。"素车白马"指的是古代传说死后成为潮神的伍子胥。据《太
平广记》引《钱塘记》的记载，伍子胥因屡次直谏而被吴王夫差所杀，
临死时嘱咐自己的儿子说："我死后你把我的头挂在城门上，把我的
尸体投入江中，我一定要亲眼看到吴国的败亡。"从此之后，钱塘江
的潮水就越来越汹涌，经常有人看见伍子胥乘着素车白马出现在潮头
之中。这是一个死而不休的、执着于复仇的灵魂，王国维在《蝶恋花》
中曾赞美钱塘江潮所代表的这种精神为"英雄气"。这两句，是写钱
塘夜潮的景象。南宋周密在他的《武林旧事》中曾生动地描写过钱塘
潮起时的壮观，他说当潮水涌来的时候，"大声如雷霆，震撼激射，
吞天沃日，势极雄豪"。"海门"二句，就写出了这样一幅开阔雄豪
的画面。不过我们应该注意到：结合开头两句来看，这幅画面应该不
是眼前所见，而是故乡夜潮景象在作者心中的留影。它在开阔中有苍
凉，雄豪中有孤寂，奔放中有执着，而且还叠加了一个复仇幽灵的幻象，
因此并不完全是现实的再现，而是心灵对现实景象的折射。那月下的
海面和潮头的幽灵已经有一种悲壮之美，而"依旧"的百折不挠又有
一种誓不屈服之意。人们常常说王国维生性悲观，但我们也不可忽视
他还有生性执着的一面。他的悲观像一往不返的东流之水，他的执着
就像奔腾回溯的西向之潮。"辛苦钱塘江上水。日日西流，日日东趋海"，
实际上就是他自己无意之中对自己性格的真实写照。前人写钱塘江潮
的作品很多，但大多是比较现实的描写，很少有人写出他这样的"境界"。

　　不管是眼前的景还是心中的景，这首词的上片是以写景为主的，
但情与景融合得非常紧密；下片以议论为主，不过议论中也包含了很
深沉的感情。"山川城郭都非故"，来自丁令威化鹤的典故。据陶潜《搜
神后记》载，辽宁人丁令威离家学道千年，成仙后化鹤归来，故乡已
经没有他认识的人了。他就在空中徘徊并作歌一首，结尾两句是，"城

郭如故人民非，何不学仙冢累累"。意思是说：山川城郭是永恒的而人是无常的，人要想摆脱无常就应该学道成仙。在我国历史上确实有不少人为追求永恒而学仙学道，但直到今天也没有哪一个人真正实现过生命的永恒。"山川城郭都非故。恩怨须臾误"，是把这个对永恒问题的探讨又推进了一步：丁令威用山川城郭的永恒来对比人的无常，但山川城郭能够算是永恒的吗？《蝶恋花》词中也说过，"千载荒台麋鹿死"，吴王修建的姑苏台在吴国灭亡之后就变成了麋鹿游戏的荒野，那麋鹿游戏的荒野在几千年的光阴中又几经变化？既然山川城郭都不是永恒的，沧海桑田都能够互变，那么区区人类还有什么永恒的希望？"朝菌不知晦朔，蟪蛄不知春秋。"和大自然相比，人的生命是最短暂的，这短暂生命中的恩恩怨怨与庄子《则阳》篇所挖苦的那种"蜗角之争"又有什么区别？一代人的恩怨在他们自己看来可以是轰轰烈烈，但用不了多久就会被下一代人忘记。既然人的自身都不能永恒，哪里存在什么永恒不灭的恩怨？

其实，"山川城郭都非故。恩怨须臾误"就是重复了《蝶恋花》中"千载荒台麋鹿死，灵胥抱愤终何是"的意思。对上片中"海门空阔月皑皑。依旧素车白马夜潮来"的雄豪景象来说，则是一个无情的反讽。而我们说过，钱塘江潮的形象可以说是王国维自己的个性和内心矛盾的写照。那么，这种反讽实际上是针对他自己的，是他自己理性认识与感情的执着之间发生矛盾的产物。当一个人的理性把问题的趋舍利弊分析得很清楚的时候，他的感情却固执地走向理性的反面，这就是王国维既似有心又似无意地寄托在钱塘江潮水形象中的象征意义。

话说到这里似乎已经说尽了，《蝶恋花》那一首就是到此截止。可是以王国维那种深思的性格，他现在还要把关于永恒问题的探讨再推进一步："人间孤愤最难平。消得几回潮落又潮生。"这个问题涉及：人的自身既然不能永恒，人类那些高尚的精神能不能永恒呢？

"孤愤"，是一种因耿直高洁而不容于世之愤。先秦法家韩非子有《孤愤》篇，论的就是人主是非不明、智能与忠贞之士易受排斥的不平。屈原《离骚》的"亦余心之所善兮，虽九死其犹未悔"就是一种孤愤，太史公司马迁为完成《史记》"就极刑而无愠色"也是一种孤愤。"举世皆浊我独清，众人皆醉我独醒"的人在生前多半会遭厄运，但他们那种坚持自我的精神难道不是人间黑暗中的一线光明吗？他们人已经死了，如果那种精神也随着他们而灰飞烟灭，那么人世间还有什么光明和希望？王国维说：我承认这种精神"最难平"，它不会随着人的死去而轻易熄灭。然而，那也只是相对的而不是绝对的。"消得"，是"怎么禁得起"。"几回潮落又潮生"在这里有两方面的含义：一方面它是一个时间长度的概念，另一方面它又代表着一种时代的更迭和世事的反复。前者是一种自然的消磨，后者是一种人为的消磨。在这两种无情力量的消磨下，不管你是肉体还是精神，不管你有多么宝贵多么坚贞，你能禁得起吗？你迟早会被这两种力量所摧毁，所消灭！——这当然是一种近于绝望的悲观。

其实古人也不是没有说过这一类的话。像苏东坡《念奴娇》的"大江东去，浪淘尽千古风流人物"，就也包含有这样的意思。但苏东坡的个性旷达，能够把人生看作一场梦，得放手时便放手，因此能够自己把自己从悲观中解脱出来。而王国维的个性执着，"人生之问题，日往复于吾前"，他以理性的头脑给自己提出一个又一个难以解答的人生问题，因此常常把自己逼到人生的死角。不过，也正是由于他内心中有如此激烈的矛盾和困惑，所以他笔下的钱塘江潮才与别人笔下的江潮不同，能够在开阔奔放之外另有一种沉重盘郁的意蕴，使读者见仁见智，产生十分丰富的感发联想。

辑评

萧艾 一九〇七年海宁作。

陈永正 这是一首眷念"故国"的词，充满了屈原式的孤愤。王国维在《屈子文学之精神》一文说："屈子自赞曰廉贞……其于怀王又有一日之知遇，一疏再放，而终不能易其志。"他又一再赞美伍子胥死义的精神，看来他早已做好为清王朝"殉节"的打算了。1908 年春，静安自北京返海宁，续娶潘氏为妻。此词当作于是年春暮。(《校注》)

陈鸿祥 系于 1908 年戊申二月(《年谱》)又：史载，汉初枚乘《七发》"疾雷闻百里；江水逆流，海水上潮"，为诗文中最早记载钱江潮，辞曰："其始起也，洪淋淋焉，若白鹭之下翔。其少进也，浩浩溰溰，如素车白马帷盖之张。"《人间词》中"素车白马夜潮来"，殆出于《七发》。"山川城郭都非故"乃追忆幼随乃誉公去海门观潮，而今重返故里，父丧妻亡，又孤身为继母治丧，故感慨如此。(《注评》)

佛雏 (见《蝶恋花·月到东南》辑评)

刘烜 这首词写得比上一首(指《蝶恋花·辛苦钱塘》)更概括，估计是后作。他观故乡潮，依然思念"依旧素车白马夜潮来"，伍子胥给他的印象太深了。下片却依他的哲理来宣扬须臾的恩怨、难平的孤愤，只能在潮落潮生中消磨掉。又：(见《蝶恋花·辛苦钱塘》辑评)

周一平、沈茶英 这里抒发了王国维对清朝的眷恋、对清末革命浪潮的仇恨。这是他内心痛苦的重要组成部分，一直到他投昆明湖死，才解除了这一痛苦。

钱剑平 王国维辛亥东渡和 1916 年回国后填的词，却呈另一景象。如《清平乐》，"旧人惟有何戢，玉宸宫调曾谙。肠断杜陵诗句，落花时节江南"有怀旧哀音，《虞美人》中"故国春心断"及下片（下引本词下片从略）都有明显的对社会变化不满的情感倾向，也有人认为是怀念亡清之作。其实，这类词是表达对辛亥革命后那段剧烈动荡、黑暗岁月的不满，不一定要与亡清联系起来。鲁迅不也留下很多揭露那段时期社会黑暗的作品吗？强调艺术表现力的王国维，主要是在艺术表现上下功夫，他的词越到后来，其词作在艺术上老辣味越是浓烈。（系于1908年）

祖保泉 这首词中的"孤愤"，似不宜套用韩非的"孤愤"，解作"孤愤，愤孤直不容于时"；而应该考查王氏当时的社会环境以及他对社会演变的根本看法。……王氏游学日本，五月因病回国。就在这短短几个月内，王氏函复罗振玉，有这么几句："诸生骛于血气，结党奔走，如燎方扬，不可遏止。料其将来，贤者以殒其身，不肖者以便其私。万一果发难，国是不可问矣。"显然，王氏已看到了我国在日本的留学生，倾向革命排满，已如火燎原，而二十五岁的他，却着意维护满清。……钱塘江潮落又潮生，是永恒的，王氏所忧虑的"国是"还能"消得几回"钱塘江潮？王氏为此忧心如焚。（《解说》）

彭玉平 （见《蝶恋花·辛苦钱塘》辑评）

鹧鸪天

庚申除夕和吴伯宛舍人

绛蜡红梅竞作花。客中惊又度年华。离离长柄垂天斗，隐隐轻雷隔巷车。

斟醑醑，和尖叉。新词飞寄舍人家。可将平日丝纶手，系取今宵赴壑蛇。

据赵万里《王静安先生年谱》，这首词作于庚戌年（1910年），此时王国维来北京已经四年了，家眷亦已来京。但他对北京似乎尚未认同，仍有一种年华老大依然作客他乡之感。不过他在北京已经有了

庚申：1920年。按："庚申"有误，详见本文讲解及辑评。|**吴伯宛**：吴昌绶，浙江仁和（今杭州）人，字伯宛，号松邻，又号甘遁。光绪二十三年举人，官至内阁中书，民国后曾任司法部秘书。著名刻书家，著有《松邻遗集》《吴郡通典备稿》，辑有《松邻丛书》等。|**舍人**：唐代官制有中书舍人，负责替皇帝草拟诏书，是文人士子企羡的清要之职。清代内阁职权不大，内阁中书品级亦不高，但由于也是负责政府文字工作的，故以"舍人"称之。|**绛蜡**：红烛。宋苏轼《次韵代留别》："绛蜡烧残玉斝飞，离歌唱彻万行啼。"|**作花**：开花。南朝宋鲍照《梅花落》诗："中庭杂树多，偏为梅咨嗟。问君何独然，念其霜中能作花。"|**离离**：历历分明。《尚书大传》五《略说》："昭昭如日月之代明，离离若参星之错行。"|**长柄垂天斗**：谓高高挂在天空的北斗七星。|**轻雷**：喻车声。汉司马相如《长门赋》："雷殷殷而响起兮，声象君之车音。"|**醑醑（lǔ xǔ）**：美酒。宋曾觌《青玉案》："满泛香蒲斟醑醑。"|**尖叉**：作诗的险韵之代称。宋苏轼有《雪后书北台壁》与《谢人见和前篇》诗，都用"尖""叉"字为韵，是用险韵的著例。**丝纶手**：谓替皇帝拟写诏书的手笔。宋刘克庄《卜算子》词："应念南宫老舍人，闲袖丝纶手。"丝纶，指帝王诏书。《礼记·缁衣》："王言如丝，其出如纶。"|**系取**：擒拿。|**赴壑蛇**：喻即将逝去的光阴。宋苏轼《岁暮思归寄子由弟三首·守岁》诗："欲知垂尽岁，有似赴壑蛇。修鳞半已没，去意谁能遮。况欲系其尾，虽勤知奈何。"

567

一些新朋友和老朋友，吴昌绶就是其中一个。王国维曾把手抄的《人间词》交给吴昌绶审定，并按照吴的意见作了不少修改，可见二人在对词的爱好上是气味相投的。除夕送岁，元日试笔，自是文人雅兴。大年夜还忙着诗词唱和，说明二人于此道皆兴致不浅。

"作花"，就是开花。"绛蜡红梅竞作花"是说，在除夕的夜晚，红烛烧出了烛花，红梅也开出了梅花，好像它们在大年夜争着开花，谁也不甘落后。这一句有声有色，烘托出过年的喜庆气氛。但接下来"客中惊又度年华"却是一转。因为，对小孩子来说，过了除夕就又长大了一岁，是值得庆祝的；但对大人来说，过了除夕生命中就又少了一年，未免就有些感伤了。一般的酒筵上敬酒都是从年长者敬起，唯有新年的屠苏酒是从座中最年幼者敬起，就是这个缘故。不知不觉中就到了一年的最后一天，而且这一年仍是在羁旅他乡的"客中"度过的，所以用了一个"惊"字。

"离离长柄垂天斗"是抬头看天上，人们常用"斗转星移"来形容季节和时间的变化，所以，注意到天上的斗柄是慨叹时间的流逝。"隐隐轻雷隔巷车"是侧耳听门外的声音，北京人的风俗是在除夕午夜过了十二点之后就开始出门拜年，现在隔巷已隐隐传来车马声，说明午夜已过，新的一年已经到了。"离离"，是看得清清楚楚；"隐隐"，是听得模模糊糊。这两句都是叙写年夜的景物和情事。

上半阕以写岁末除夕之景为主，兼及羁旅他乡虚度年华的感慨。下半阕是写新春换岁时文人的意兴。"斟醁醽"，是饮最好的美酒；"和尖叉"是写最难写的那种押"险韵"的诗。苏东坡有《雪后书北台壁》诗二首，分别押下平声"十四盐"和"六麻"的韵，末尾两句分别是"试扫北台看马耳，未随埋没有双尖"，"老病自嗟诗力退，空吟冰柱忆刘叉"。盐韵和麻韵都是窄韵，"尖""叉"二字更难组织出合用而又自然的词语。但苏辙和王安石皆步原韵写了和诗，而且苏东坡自己又写了《谢人见和前篇二首》仍然步自己的原韵，末句仍押"尖""叉"二字。这是文人逞才斗技的一种难度较大的高雅娱乐。"新词飞寄"，写出了作品脱稿后急于要朋友评赏的迫切心情，而且还不仅仅希望评赏，更希望朋友在这除夕之夜也一展身手与自己唱和。"可将平日丝纶手"是恭维吴昌绶。吴昌绶曾任内阁中书，这个官职令人想到唐代的中书舍人。在唐代，那是一个令读书人羡慕的清要之职，地位相当于皇帝的秘书，负责替皇帝拟写诏书，担任此职的一般都是文章高手。"丝纶"就是指帝王诏书。以写诏书的大手笔来写"和尖叉"的诗词当然是轻而易举不在话下的，所以这一句恭维里有催促。"系取今宵赴壑蛇"，仍用了东坡诗意。苏东坡早年任凤翔府签判，曾因"岁暮思归而不可得"写了三首诗寄给他的弟弟苏辙，其中第三首《守岁》云："欲知垂尽岁，有似赴壑蛇。修鳞半已没，去意谁能遮。况欲系其尾，虽勤知奈何。"表现了一个有理想的人在岁暮之时对光阴流逝的焦虑。比较而言，王国维这首虽然也提到客中度岁的悲伤，但只是一篇应酬唱和之作，并没有太强烈的焦虑之感。金人王渥有诗云，"栖栖活计依檐雀，冉冉年光赴壑蛇"，那种客中的感慨和焦虑就要深得多。王国维这首词结尾两句的好处：一是所用"赴壑蛇"之典恰好切合除夕守岁的时间，二是所用"丝纶手"之词亦很切合对方身份而暗含褒扬之意。只可以说，这是一首写得不错的应酬作品。

关于这首词的写作时间存在一些问题：《苕华词》本文中标题为"庚申"（1920年），目录中标题为"庚戌"（1910年）；北京国家图书馆所藏《人间词》手稿标题为"庚子"（1900年）。按理说，本应以手稿为准，但手稿中这首词是附在最后的，而且从其应酬之作的性质、从作者与吴昌绶来往的时间来看，都不像是庚子年那么早的作品，显然存在笔误。另外，手稿中此词后边有"又删得四十二首""戊午四月重定一本存廿四首"等字样，可见此词也不会作于戊午年（1918

年）之后。所以"庚申"（1920年）也存在误印的可能。

王国维的学生赵万里在《王静安先生年谱》中将此词系于"庚戌"年，这一点大家都无异议。但问题出在：这首词到底写于庚戌的"元日"还是"除夕"？这中间的时间误差整整一年，按公历算就有1910年和1911年的不同。佛雏《王国维诗学研究》系此词于1911年1月，陈鸿祥《王国维年谱》系此词于"庚戌元日"（1910年2月10日），周一平、沈茶英《中西文化交汇与王国维学术成就》系此词于"庚戌除夕"（1911年1月29日），陈永正《王国维诗词全编校注》亦系此词于1911年1月29日（庚戌除夕）。

今查北京国家图书馆所藏吴昌绶手稿有"己酉岁除"所作《鹧鸪天》一首及"庚戌元日"再赋《鹧鸪天》一首，并录如下：

> 镜里跏趺揽鬓华。尘中踯躅送年涯。朝衫贳酒官仍隐，病榻摊书旅即家。
>
> 灯吐穗，窖移花。凤城春色几分赊。不知筋力新来懒，笑对西山看晓霞。
>
> 己酉岁除偶成小词，检梦窗癸卯除夜之作，用韵巧合，因亦以《思佳客》（按：即《鹧鸪天》）名之。庚戌元日甘遯志。

> 我本天公虮虱臣。万人海里著吟身。战寒酒力禁持夜，佛座花光供养春。
>
> 簪胜巧，换符新。几家箫鼓动城闉。众中乞与清闲法，障面车轮九陌尘。
>
> 庚戌元日再赋《鹧鸪天》呈人间先生正和。弟昌绶

吴昌绶在己酉除夕写了第一首《鹧鸪天》，用韵与南宋词人吴梦

窗在"癸卯除夜"所写的一首《鹧鸪天》巧合，而且内容都是在度岁时感慨自己作客他乡虚度年华。王国维这首《鹧鸪天》用的也是同一个韵，内容也是写他乡度岁之慨，显然就是和吴昌绶那一首的，而且词中催促吴昌绶再和。吴昌绶在第二天庚戌元日写的第二首《鹧鸪天》开头就说"我本天公虮虱臣。万人海里著吟身"，这是回应王词"可将平日丝纶手，系取今宵赴壑蛇"二句的。所以他说"再赋《鹧鸪天》呈人间先生正和"。因此，王国维这一首《鹧鸪天》当从陈鸿祥，系于"己酉岁除"或"庚戌元日"，也就是公历1910年2月9日晚上或10日早晨。手稿上的"庚子除夕"及《苕华词》的"庚申除夕""庚戌除夕"，皆为作者或编者的笔误。

辑评

赵万里 （系于宣统二年庚戌三十四岁）

萧艾 吴伯宛名昌绶，号耘存，伯宛其字也。浙江仁和人，清末官内阁中书，精校勘，能诗词，辑印宋、金、元、明本词四十种，所谓双照楼刊本，颇有名。据沈本按语："庚戌，诸本皆作庚申，据赵著《王静安先生年谱》校正。"甚是。庚戌为一九一○年，时作者三十四岁，在学部任职，与吴伯宛过往颇密。

陈永正 《人间词话》云："诗之三百篇、十九首，词之五代北宋，皆无题也，非无题也，诗词中之意不能以题尽之也。""诗有题而诗亡，词有题而词亡，然中材之士鲜能知此而自振拔者矣。"静安词甲乙稿中，除二、三咏物之作外，率皆无题。晚年之词，今仅存四篇应酬唱和之作，并皆有题，未免有悖初衷了。吴伯宛，即吴昌绶（1868—1924）。浙江仁和人。有《松邻遗词》一卷。舍人，吴昌绶曾官内阁中书，故称。作于1911年1月29日。（《校注》）

　　陈鸿祥　此词乃今所见王国维在辛亥清亡前所作最后一词，犹不失为《人间词》遗响。其时，吴昌绶亦供职学部，与罗、王过从甚密。吴雅好版本目录之学，勤于辑校词曲，并以"双照楼"名义刊行。王氏曾以其所辑宋、金、元明词为基础，补其缺佚，撰成《词录》。吴亦好诗词，王氏曾选录《人间词》赠之。此词王氏自题"庚戌除夕和吴伯宛舍人"，据吴致王氏书札，实为"己酉除夕偶成小词""庚戌元日再赋《鹧鸪天》呈人间先生正和"，故王氏和词应在"己酉除夕"或"庚戌元日"（参见《王国维年谱》庚戌正月）。词云"绛蜡红梅"，乃由宋代杜安世"烧残绛蜡泪成痕"化来。此时，王氏正在批校杜安世词集《寿域词》，并作跋记其校毕时间为"宣统庚戌收灯夜"。盖"收灯夜"典出晏殊《正月十八夜》诗中"楼台冷落收灯夜"句，即元宵后之正月十八日，时为1910年2月27日，益可证人间和吴君《鹧鸪天》，乃将"己酉"误书为"庚戌"，故特一并补记之。（《注评》）

　　佛雏　"庚戌"，《苕华词》误作"庚申"，据赵《谱》改。庚戌除夕已属1911年1月。（系于1911年）

　　周一平、沈茶英　《王忠悫公遗书·苕华词》目录题"庚戌除夕……"，而正文题"庚甲除夕……"，甲子无"庚甲"，误。《王静安先生遗书·苕华词》目录题"庚戌除夕……"，正文题"庚申除夕……"，当将《忠悫遗书》"甲"字改"申"字。王国维手稿此词题"庚子除夕……"，"庚子除夕"，当1901年2月18日，时王国维尚未与吴昌绶交往。赵万里《王

572

静安先生年谱》系于"庚戌"，从之。（系于 1911 年 1 月 29 日）

钱剑平 （系于 1911 年）

祖保泉 这是一首酬应之作，无深意，但彼此用险韵，显本领。搞这种文字游戏，一要博学，二要机敏，吴、王两人皆是当行老手。（《解说》）

彭玉平 从末句"系取今宵赴蛰蛇"之"今宵"来看，"己酉除夕"应该是最合理的时间。（《新词飞寄舍人家》）

陈永正 此词作于 1910 年 2 月 9 日。（《笺注》）

百字令
题孙隘庵《南窗寄傲图》（戊午）

楚灵均后，数柴桑、第一伤心人物。招屈亭前千古水，流向浔阳百折。夷叔西陵，山阳下国，此恨那堪说。寂寥千载，有人同此伊郁。

堪叹招隐图成，赤明龙汉，小劫须臾阅。试与披图寻甲子，尚记义熙年月。归鸟心期，孤云身世，容易成华发。乔松无恙，素心还问霜杰。

孙隘庵：孙德谦（1873-1935，一作1869-1935），字受之，一字益庵，别号隘堪、隘堪居士、隘庵居士。苏州吴县人，历任江浙两省通志局编纂，东吴大学、大夏大学、交通大学教授，辛亥革命后移居上海。著有《刘向校雠学纂微》《太史公书义法》《古书读法略例》等。| **南窗寄傲**：晋陶渊明《归去来兮辞》："倚南窗以寄傲，审容膝之易安。"| **戊午**：1918年。| **楚灵均**：屈原字灵均，战国楚人。| **柴桑**：指陶渊明。柴桑本为古县名，治所在今江西省九江市西南，晋以后历为浔阳郡和江州治所。陶渊明故里在柴桑，故历代常以柴桑指代渊明。| **招屈亭**：在湖南常德。明嘉靖《常德府志》载有"屈原巷"，并言"东门外旧有招屈亭、屈公祠"。| **千古水**：指沅江。沅江流经常德，入洞庭。| **浔阳**：陶渊明的家乡，今江西九江。| **百折**：谓经过许多曲折。| **夷叔**：伯夷、叔齐的并称。陶渊明《饮酒二十首》之二："积善云有报，夷叔在西山。"| **西陵**：即西山，指首阳山，伯夷、叔齐耻食周粟，逃到首阳山采薇而食，饿死在山中。| **山阳下国**：陶渊明《述酒》诗："山阳归下国，成名犹不勤。"山阳，西汉昌邑王刘贺被立为帝，不久又被废，仍归昌邑，国除为山阳郡。又，魏文帝曹丕废汉献帝为山阳公。下国，诸侯国。按，陶渊明《述酒》诗语极含混，"山阳"二句当是用前代典故暗指当时宋武帝刘裕废晋恭帝为零陵王之事。| **千载**：从陶渊明的时代到清末民初，已有一千多年。| **伊郁**：忧愤郁结。宋苏轼《答程全父推官书》之二："随行有《陶渊明集》，陶写伊郁，正赖此耳。"| **招隐**：《楚辞》有《招隐士》，本义是招隐居者出仕，但后来演变为招人归隐。晋左思、陆机皆有《招隐》诗。| **赤明龙汉**：道教指天地开辟以后用来计时的年号。《隋书·经籍志四》："（道经）以为天尊之体，常存不灭。每至天地初开，或在玉京之上，或在穷桑之野，授以秘道，谓之开劫度人。然其开劫，非一度矣，故有延康、赤明、龙汉、开皇，是其年号。"| **小劫**：佛家谓天地一成一毁为一劫，经八十小劫为一大劫。道家亦有小劫大劫的说法。王国维《游仙》诗有："劫后穷桑号赤明，眼看天柱向西倾。"**须臾阅**：片刻之间就经历过。| **披图**：展阅画图。| **寻甲子**：谓寻找图画上的时间之记载。

《百字令》即《念奴娇》，由于它整整一百个字，所以也叫"百字令"；又由于苏东坡用这个牌调写的那首《赤壁怀古》特别有名，所以也有人把这个牌调叫作"大江东去"。"南窗寄傲"这句话，出于陶渊明《归去来兮辞》中的"倚南窗以寄傲，审容膝之易安"。由此可知，《南窗寄傲图》乃是一幅以陶渊明归隐为主题的画图。"戊午"是1918年，这时王国维正在上海为哈同编杂志并在其"仓圣明智大学"教书。这几年他的学术著作极为丰富，同时也结交了沈曾植、朱祖谋等不少前清遗老的朋友。这首题画的长调，亦属应酬之作，在用典和构思上很见功夫。但正因为用典过多，使人读起来难免吃力，并产生一种"隔"的感觉。

　　"楚灵均后，数柴桑、第一伤心人物"，是以屈原比陶渊明，说他们两个是历史上最令人伤心感动的人物。屈原和陶渊明相似吗？从表面上看，他们似乎是两种不同类型的人。屈原是激烈又执着的，不然他怎么会自沉汨罗！而陶渊明是隐士，在人们印象里，隐士都是淡泊而且超脱的，怎么会和屈原一样？可是要知道，陶渊明是宁可乞食也不肯为五斗米折腰的。作为一个读书人，他本来不是没有用世的志意，但晋宋之交那黑暗恶劣的社会环境就像肮脏的泥沼，所谓"新沐者必弹冠，新浴者必振衣，安能以身之察察受物之汶汶者乎"（《楚辞·渔父》），所以他宁可放弃用世的志意甚至放弃温饱的生活，也要保持自己身心的清白。他那二十首《饮酒》诗，真诚地表白了自己内心的

义熙：东晋安帝年号。义熙十四年（418）刘裕弑安帝。| **归鸟心期**：谓像归鸟寻找一个安栖之处一样的心愿。心期，心愿。陶渊明有《归鸟》诗。| **孤云身世**：谓一生像孤云一样飘荡不定。陶渊明《咏贫士七首》之一："万族各有托，孤云独无依。"| **容易**：谓变化的进程很快。南宋陆游《宴西楼》诗："一年容易又秋风。"| **华发**：白发。南宋吴文英《八声甘州》词："华发奈山青。"| **乔松**：高大的松树。| **无恙**：问候语。| **素心**：淡泊之心。陶渊明《移居二首》之一："闻多素心人，乐与数晨夕。"| **霜杰**：此指松树。陶渊明《和郭主簿二首》之二："芳菊开林耀，青松冠岩列。怀此贞秀姿，卓为霜下杰。"

抑郁和曲折反复，俨然就是另一种风格的《离骚》。所以，王国维才会把他们两个相距数百年的历史人物联系起来。"招屈亭前千古水，流向浔阳百折"的"招屈亭"，在湖南常德。屈原被流放时曾流浪在沅、湘一带，常德就是沅水流经之处。据明嘉靖《常德府志》记载，常德府城内有屈原巷，府城东门外有招屈亭和屈公祠。关于招屈亭的记载还可以上溯到唐代，中唐刘禹锡做过朗州司马，朗州的州治就在常德。他曾写过一首诗，诗中说："昔日居邻招屈亭，枫林橘树鹧鸪声。一辞御苑青门去，十见蛮江白芷生。"（《酬朗州崔员外与任十四兄侍御同过鄙人旧居见怀之什时守吴郡》）沅水经过常德流入洞庭湖，洞庭湖水与长江是相通的，而长江又流经陶渊明的故乡浔阳，即现在的江西九江。所以王国维说它"流向浔阳百折"。这"百折"二字，除了水流的曲折之外，也令人联想到人生和历史之变化与发展的艰难曲折。

　　"夷叔西陵，山阳下国，此恨那堪说"连用典故，其出处都在陶诗。陶渊明《饮酒》诗之二说："积善云有报，夷叔在西山。善恶苟不应，何事空立言？"而陶渊明这几句又取意于《史记·伯夷列传》的"天道无亲，常与善人，若伯夷、叔齐可谓善人者非邪？积仁洁行如此而饿死"。因此，引用伯夷、叔齐，当然是赞美他们"耻食周粟"的高洁品格。"山阳下国"，用了陶渊明《述酒》诗的"山阳归下国，成名犹不勤"。而"山阳归下国"本身也有典故：西汉昭帝死后无嗣，霍光迎立昌邑王刘贺为帝，不久又把他废掉，让他仍回昌邑，其王爵也被取消，昌邑国改为山阳郡。另外，三国的时候魏文帝曹丕篡汉，废汉献帝为山阳公，这件事距离陶渊明的时代更近。而在陶渊明的时代，宋武帝刘裕废晋恭帝为零陵王，然后又把他杀死，其手段比前人更为残酷。因此，陶渊明的"山阳归下国"当然是以霍光的专权和曹丕的篡汉来暗喻刘裕的专权及其篡晋。那么，由这些典故来看，王国维在这里就有可能是以此来暗喻袁世凯的篡清了，王国维对袁世凯极为反感，他在《颐和园词》的长篇歌行中就曾说："那知此日新朝主，便是当年顾命臣。"还说："寡妇孤儿要易欺，讴歌狱讼终何是。"这是对袁世凯的鄙视和谴责，但那不一定就说明他准备做清室的遗老孤臣。因为，背信弃义和欺孤凌寡的行为，自古以来就是为传统道德和一般读书人所不齿的。

不过到此为止，"此恨那堪说"的"恨"，从表面上看说的仍然是陶渊明的"恨"。而接下来的"寂寥千载，有人同此伊郁"，就开始明确地引入了今人。这里这个"有人"，指的是《南窗寄傲图》的主人或画者，当然也可以包括现在和主人一起赏画的人。作者说：他们这些人的"伊郁"，和当年屈原与陶渊明的"伊郁"是相同的。那么，王国维认为他们有怎样一种共同的"伊郁"呢？

"堪叹招隐图成，赤明龙汉，小劫须臾阅"，又用了许多典故。"赤明""龙汉"是道教指天地开辟以后用来计时的年号。"劫"，是佛家和道家都用的说法：整个地球毁灭一次就是一"劫"，若干"小劫"积成一个"大劫"。后来人们就把人间的灾难也视为"劫"，改朝换代之时的兵祸当然也是"劫"。王国维说：在我们看招隐图的这短短时间里，就好像亲身经历了人间历史上所有的"劫数"。"试与披图寻甲子，尚记义熙年月"的"义熙"，是东晋安帝的年号。义熙十四年刘裕杀安帝立恭帝，东晋实际上已等于灭亡。恭帝的年号是元熙，只有一年多时间刘裕就取而代之，改元永初。以晋比清，这个"尚记义熙年月"当指这幅画是在清朝灭亡之前所作，很可能是光绪年间的作品。也有人指出，这幅画上所题年月应当是"戊午"。因为刘裕杀晋安帝的"义熙十四年"是"戊午"年，而这首词写于1918年也是"戊午"年，这是一个巧合。王国维后期所写的几首词在人工技巧上很下功夫，在词语中有意暗藏这一巧合也是很有可能的。

然而这两句的意思尚不止于此。因为《宋书·隐逸传》里还记载了这样一件事，说陶渊明"自高祖王业渐隆，不肯复仕。所著文章，皆题其年月，义熙以前，则书晋氏年号，自永初以来，唯云甲子而已"。而《宋书》作者沈约的这一段话，其目的实在是为了说明陶渊明的不仕是作为遗老在为东晋"守节"。由此可知，王国维所说的"同此伊郁"是说清朝遗老们与陶渊明"同此伊郁"，而"尚记义熙年月"则是赞美清朝遗老们像陶渊明一样为前朝"守节"。——可是附带说一句，东晋王朝昏暗腐败，陶渊明在它未亡时就不肯向它"折腰"，又何必在它既亡之后为之守节？纵然他真的"自永初以来唯云甲子"，那恐怕也是因为他同样瞧不起刘裕的为人因而连他的年号都不肯用而已。由此想到，王国维为写应酬之作而以陶渊明比前清遗老当然是小觑了陶渊明，而王国维死后被人们列入前清遗老，岂不是也同样被小觑了吗？

"归鸟心期，孤云身世"说的是陶渊明的人格，因为"归鸟"是陶诗里常用的一个意象。陶有一首四言的《归鸟》诗，另外他的《饮酒》诗第四首，也是专门写归鸟的：

> 栖栖失群鸟，日暮犹独飞。徘徊无定止，夜夜声转悲。厉响思清远，去来何依依。因值孤生松，敛翮遥来归。劲风无荣木，此荫独不衰。托身已得所，千载不相违。

在这首诗里，归鸟的形象就是陶渊明自己的形象，归鸟的选择也就是他自己终身归隐的选择。这就是"归鸟心期"的心愿。陶渊明也用孤云的形象比喻过自己。在《咏贫士》的第一首中他说："万族各有托，孤云独无依。暧暧空中灭，何时见余晖。"一个人来到这个世界上本不该没有一点建树，但既然身在乱世又想保持清白，也就只有像孤云一样自生自灭了。这就是"孤云身世"的悲哀。而假如你长期处在这样的悲哀中，很快就会老去，所以是"容易成华发"。"乔松无恙，素心还问霜杰"的"霜杰"就是"霜下杰"，这还是用的陶诗。因为陶诗《和郭主簿》说，"芳菊开林耀，青松冠岩列。怀此贞秀姿，卓为霜下杰"。"乔松无恙"是问候，问候的对象乔松就是"霜下杰"之一的青松。"素心"，本来是指一个人的本心。但陶渊明《移居》诗中有"闻多素心人，乐与数晨夕"，那个素心指的是淡泊之心。在这里这两个意思并不矛盾，因为淡泊之心也就是陶渊明的本心。作者说：陶渊明虽然有"归鸟心期"和"孤云身世"的悲哀，但他那淡泊名利的本心并没有改变。这一点，只有同为"霜下杰"的乔松能够理解。

不可否认，这首词和下边的两首词都有前清遗老口吻的嫌疑，这首词中的"乔松""归鸟"等形象也是用来褒美遗老的。但我们也要理解，由于王国维的好朋友罗振玉是遗老，所以王国维后来交的许多朋友也都是遗老。从王国维的一些书信中我们可以看到他并不喜欢这个圈子，但他不得不应酬这个圈子。他自己在《人间词话》中曾大力反对写应酬的词，但他后期写的这几首词却都是应酬性质的。也许我们应该体谅，他身在这个圈子里自有其不得已的苦衷。如前文所言，王国维对溥仪母子确实怀有一种同情之心，对袁世凯则怀有一种鄙薄之意。而且，是儒家传统道德观念使王国维在清亡后陷入"遗老"的圈子并越陷越深不能自拔。这也许都是他的局限所在。但我们同样不能够否认，王国维并不是前清遗老而是中国二十世纪的文化巨人。对于他的死虽然人们有各种各样的说法，但正如陈寅恪在他的碑文中所说，他是为"独立自由之意志"而死，不是为"一人之恩怨、一姓之兴亡"而死。从王国维的身上，我们看到了传统文化对当时那一代人的正面影响和负面影响，同时也看到了他们那一代人对传统文化的执着。

辑评

赵万里 （系于戊午四十二岁）

萧艾 孙德谦，字隘庵，一作隘堪、益庵。浙江元和人。一九一九年与王静安同时应沈曾植聘，任《浙江通志》编纂。孙氏著述甚多，其《太史公书义法》及《刘向校雠学纂微》颇有名。王氏尝序其《汉书艺文志举例》，不甚称道。世人有谓静安题况周颐《香南雅集图》一词为眷怀清室之作者，予颇不以为然。惟此词纯属遗老口吻，词人顽固之态可哂。沈约《宋书》尝谓陶渊明不忘晋世，所著文章，皆题年月。义熙以前，则书晋氏年号；永初以来，唯云甲子而已。其说恐未必然。至静安以渊明例亡清遗老，渊明地下有知，当引为奇耻。

陈永正 静安在 1911 年辛亥革命爆发后，携眷随罗振玉移居日本京都，专治经史之学。1916 年回国后，为《学术杂志》编辑，继续从事甲骨文及考古学的研究。本词作于 1918 年。词中借题图以寄寓"亡国遗臣"的感慨。（《校注》）

陈鸿祥 此词作于戊午，即 1919 年。王国维在上海。罗振常在此词及以下诸词后跋云：观堂于己酉即 1909 年和吴昌绶《鹧鸪天》后，即不作词。"偶作之，仅肆应而已。"故此词虽赞"楚灵均"，但绝非真欲做隐居首阳山下，"耻不食周粟"之伯夷、叔齐。不过如顾颉刚所说，置身"遗老"群中，"虚与委蛇"而已。其时，孙隘庵亦应沈曾植聘请，参与编纂《浙江通志》，故与王氏颇有交往。王氏在致罗振玉书信中，曾屡次提及孙隘庵其人及其在上海"遗老"群中活动情况，对其人品、学问，评价都不高。故词中所谓"第一伤心人物"云云，乃题词之"肆

应”语耳。（《注评》）

佛雏 至于辛亥东渡，回国（1916）后所填诸阕，大都悼念清室覆亡之作。如《百字令》（作于1918年）之“夷叔西陵，山阳下国，此恨那堪说”、“试与披图寻甲子，尚记义熙年月”，《霜花腴》（作于1919年）之“回首凤城花事，便玉河烟柳，总带栖蝉”，《清平乐》（作于1920年）之“旧人惟有何戡，玉宸宫调曾谙。肠断杜陵诗句，落花时节江南”等，均属亡国哀音，且含矢忠不二之意。（系于1918年）

祖保泉 把孙德谦写成十足的遗老，未必完全可信。自称孤傲者和亡清遗老，不是等同的概念。……我总觉得，人们不能凭“遗老，指改朝换代后仍然效忠前朝的老年人”这一粗略概念来看待民国年间的所有遗老。我们只能对具体人做具体分析。对遗老们自比伯夷、叔齐、屈原、陶渊明，我们只要看穿，那不过是他们着意美化自己。（《解说》）

彭玉平 后人使事用典，尤其数典同时运用其中，作者一般多分别择取某典故之一端一义，妙合成思，其前后绾合关节之处，正须读者慧眼识出，方不负作者深隐之文心。若各典皆完整融入作品中，则作品主题也必歧思纷出，汗漫无归，茫然不知所终矣。而民国遗民之心本有多种表现形态，有对前朝的眷恋、对现实的回避，也有对纯白之心的自许、对凛然气节的坚守，凡此皆为其内涵。所以王国维将孙德谦上拟伯夷、叔齐、屈原、陶渊明等，其所瞩目之处其实各有分别。如果能认同这一点，也许对王国维从历史中引出如此多的人物，就多了更深一层的理解。（《北窗无此闲逸》）

霜花腴

用梦窗韵补寿彊邨侍郎（己未）

　　海湑倦客，是赤明、延康旧日衣冠。坡老黎村，冬郎闽峤，中年陶写应难。醉乡儘宽。更紫英、黄菊尊前。剩沧江、梦绕觚棱，斗边槎外恨高寒。

　　回首凤城花事，便玉河烟柳，总带栖蝉。写艳霜边，疏芳篱下，消磨十样蛮笺。载将画船。荡素波、凉月娟娟。倩郦泉、与驻秋容，重来扶醉看。

用梦窗韵： 南宋词人吴文英号梦窗，有《霜花腴·重阳前一日泛石湖》。| **补寿：** 后补祝寿。| **彊邨侍郎：** 朱祖谋（1857—1931），又名孝臧，字古微，号沤尹，又号彊邨，浙江归安（今湖州）人，光绪九年（1883）进士，历官编修、礼部侍郎、广东学政等职。辛亥革命后隐居上海。朱祖谋初以诗名，后弃诗而专为词，与王鹏运、郑文焯、况周颐合称"晚清四大家"，其为词初学吴文英，晚又肆力于苏轼、辛弃疾，著有词集《彊邨语业》，又校辑唐五代宋金元词集179种刻为《彊邨丛书》，为研究词学之重要资料。| **己未：** 1919年。是年9月王与朱同应沈曾植之聘，任《浙江通志》分纂。| **海湑（chún）：** 海边。汉班固《东都赋》："西荡河源，东澹海湑。"| **倦客：** 客游他乡而对旅居生活感到厌倦的人。南朝宋鲍照《代东门行》："伤禽恶弦惊，倦客恶离声。"| **赤明、延康：** 见《百字令·楚灵均后》注。| **衣冠：** 士大夫，官绅。旧题汉刘歆《西京杂记》卷二："故新丰多无赖，无衣冠子弟故也。"| **坡老黎村：** 苏东坡晚年谪居海南，海南为黎族聚居之地，故云。| **冬郎闽峤（jiào）：** 晚唐诗人韩偓以不附朱全忠被贬，后携家入闽，依王审知以卒。韩偓小字冬郎，故云。闽峤，指福建。| **中年陶写：** 见《浣溪沙·夜永衾寒》"哀乐"条注。陶写，谓怡悦情性，消愁解闷。| **醉乡：** 醉酒后神志不清的境界。| **紫英：** 紫色的茱萸。古俗农历九月九日重阳节佩茱萸以祛邪辟恶。| **尊前：** 酒樽之前，指酒筵上。| **沧江：** 诗人用此词常指居江湖之远。唐杜甫《秋兴八首》："一卧沧江惊岁晚。"| **觚（gū）棱：** 宫阙上转角处的瓦脊成方角棱瓣之形，故谓之觚棱。借指宫阙，亦因之借指京城。宋秦观《赴杭倅至汴上作》诗："俯仰觚棱十载间，扁舟江海得身闲。"| **斗边槎外：** 用昔人乘槎入天河事。晋张华《博物志》卷三："旧说云天河与海通。近世有人居海渚者，年年八月有浮槎去来不失期。人有奇志，立飞阁于槎上，多赍粮，乘槎而去。十余日中，犹观星月日辰，自后茫茫忽忽，亦不觉昼夜，去十余日，奄至一处，有城郭状，屋舍甚严，遥望宫中多织妇。见一丈夫，牵牛渚次饮之。牵牛人乃惊问曰：'何由至此？'此

"霜花腴"是吴文英自度曲，其词中有"霜饱花腴"句，故取为调名。朱祖谋为词曾学吴文英，所以王国维用吴文英的自度曲并用吴的原韵作词为朱祝寿。王国维说他自己为词"不喜作长调，尤不喜用人韵"，并认为寿词当"为词家所禁"（《人间词话》），但后来亦难免俗。

　　朱祖谋比王国维大二十岁，在前清中过进士，官至侍郎、学政，辛亥后隐居上海，可以称得上是比较典型的"遗老"了，所以给他写寿词也必须扣紧他"遗老"的身份，才算得体。王国维这首长调自始至终扣紧了这个主题，不像一般人写寿词常常堆积一些祝寿的吉祥话，而是体会朱祖谋的感情，写出他心中的憾恨，因此虽然是寿词，却流

人具说来意，并问此是何处。答曰：'君还至蜀郡访严君平则知之。'竟不上岸，因还如期。后至蜀问君平，曰某年月日有客星犯牵牛宿，计年月，正是此人到天河时也。"此言斗边槎外，则有身在局外无能为力的意思。｜**凤城花事：**谓旧京繁华的日子。凤城，京都的美称。｜**玉河烟柳：**旧北京有玉河。陈宗蕃《燕都丛考》："兵部街之后，为东、西河沿，昔时有桥三：在城根者曰南玉河桥，在（东）郊民巷者曰中玉河桥，在长安街者曰北玉河桥。民国十四年（1925）砌为暗沟。芳草丹卉，杂植其上，昔日垂垂之柳，久已无存。"又引《顺天府志》："玉河新柳，昔人题咏甚夥，今两岸垂杨亦殆尽矣。"｜**写艳霜边：**此"艳"谓菊花，因菊花傲霜而开。写，刻画描写。｜**疏芳篱下：**此"芳"亦谓菊花，因陶渊明有"采菊东篱下"。疏，阐释经书及其旧注谓之"疏"。｜**消磨：**此指用掉。｜**十样蛮笺：**古代蜀地出产的十色笺纸。明杨慎《墐户录·十样蛮笺》："韩浦诗曰：'十样蛮笺出益州。'《成都古今记》载其目曰深红，曰粉红，曰杏红，曰明黄，曰深青，曰浅青，曰深绿，曰浅绿，曰铜绿，曰浅云，凡十样。又有松花、金沙、流沙、彩霞、金粉、桃花、冷金之别，即其异名。"｜**载将画船：**谓以画船载之。画船，装饰华美的游船。｜**素波：**白色的波浪。汉武帝《秋风辞》："横中流兮扬素波。"｜**凉月娟娟：**秋月明媚。娟娟，明媚美好的样子。南朝宋鲍照《玩月城西门廨中》："未映东北墀，娟娟似蛾眉。"｜**倩：**请，求。｜**郦泉：**《艺文类聚》卷八十一载："《风俗通》曰：'南阳郦县有甘谷，谷水甘美，云其山有大菊，水从山上流下，得其滋液。谷中有三十余家，不复穿井，悉饮此水，上寿百二三十，中寿百余，下七八十者名之大夭，菊华轻身益气故也。司空王畅、太尉刘宽、太尉袁隗为南阳太守，闻有此事，令郦县月送水二十斛，用之饮食。诸公多患风眩，皆得瘳。'"又载："盛弘之《荆州记》曰：'郦县菊水，太尉胡广久患风羸，恒汲饮此水，后疾遂瘳，年近百岁。非惟天寿，亦菊延也。此菊甘美，广后收此菊实，播之京师，处处传植。'"｜**与驻秋容：**为我留下这秋天的颜色。秋容，秋天的颜色，亦指人的容颜。宋韩琦《九日水阁》诗："莫嫌老圃秋容淡，自爱黄花晚节香。"｜**扶醉看：**谓带醉赏花。南宋俞国宝《风入松》词："明日重扶残醉，来寻陌上花钿。"

露着一种悲哀的情调。

"海濞倦客，是赤明、延康旧日衣冠"说的就是朱祖谋。朱在清朝灭亡后隐居上海，故称之为"海濞倦客"。"赤明、延康旧日衣冠"是说他在改朝换代之前曾在朝为官。"坡老黎村，冬郎闽峤，中年陶写应难"，是用北宋苏轼、晚唐韩偓遭遇贬斥后的心情来比喻朱彊村现在的心情。"中年陶写"用了《世说新语》中谢安与王羲之一段对话的典故。谢安对王羲之说："中年伤于哀乐，与亲友别辄作数日恶。"王羲之安慰他说："年在桑榆，自然至此，正赖丝竹陶写。恒恐儿辈觉，损欣乐之趣。""陶写"，有陶冶性情和抒发郁闷的意思；"应难"是揣测料想之词。若把人生比作一场戏，则中年正是戏的高潮，很难做到平淡冷静地对待眼前的一切失意与悲伤。镇定、超脱如谢安者，尚未能摆脱中年哀乐，须赖丝竹陶写，更何况一般的读书人！

不过，丝竹陶写是一个办法，饮酒也是一个办法，陶渊明就说过，"酒能祛百虑，菊解制颓龄"（《九日闲居》）。所以作者说："醉乡尽宽。更紫萸、黄菊尊前。"菊花是秋天开的花，茱萸是九月九日重阳节登高佩戴的东西，而王国维这首词又正是作于九月。因为他在1919年9月与朱祖谋同应沈曾植之聘，任《浙江通志》分纂的工作，这首"补寿"的词应该就是这个时候写的。

然而，菊和酒就真的能排遣掉心中的憾恨吗？王国维以他自己对理想的执着推想到朱彊村对前清朝廷的执着："剩沧江、梦绕舰棱，斗边槎外恨高寒。"这里边又用了不少典故。"沧江"，用了杜甫《秋兴八首》"一卧沧江惊岁晚"的意思。"舰棱"本指宫阙屋顶瓦脊转角处的形状，这里因宫阙而借指京城，即北京。因此，"梦绕舰棱"亦含有杜甫《秋兴八首》"每依北斗望京华"的意思。"斗边槎外"用了张华《博物志》中乘浮槎入天河遇见牵牛星的故事；"高寒"则用了苏东坡《水调歌头》的"高处不胜寒"，而那一句曾被宋神宗视为"苏轼终是爱君"。总之，这几句是设想朱彊村虽然远居上海却心念君主，无时无刻不为清朝王室的处境担心忧虑。

杜甫的《秋兴八首》前三首重点写夔州景色，第四首是一个过渡，后四首则重点写对长安景色的回忆，这种写景的转移表达了身在夔州的杜甫对长安的迫切思念。王国维的这首长调似乎也沿袭了这一思路，上片写在上海饮酒赏菊，结尾两句是一个过渡，而下片就完全是对北京景色的回忆了。

"回首凤城花事"的"凤城"，当然是指北京；"花事"，可以作为春天的象征。朱祖谋于光绪九年踏上仕途，那时的局面虽已比不上清王朝全盛的日子，但和现在王室的寄人篱下相比，也勉强可以称为"花事"。但他下边所描写的景色，却显然是秋天而不是春天，这里边就已经带上了一种悲哀的情绪。"玉河烟柳"曾经是北京的一景，据近人陈宗蕃《燕都丛考》记载：旧北京有玉河和玉河桥，"民国十四年砌为暗沟。芳草时卉，杂植其上，昔日垂垂之柳，久已无存"。此词写于民国八年，玉河烟柳尚在。"栖蝉"，本不一定是秋天的蝉，但由于"便玉河烟柳，总带栖蝉"这一句中"便"和"总"的转折，使我们感觉到这栖蝉应该是与美丽的玉河烟柳之春色不大谐调的一种凄凉的声音，令人想到秋天的残蝉。而且，他接下来就完全是写秋天了。"写艳霜边"和"疏芳篱下"是对仗的，霜边篱下的芳艳，当然是指菊花，因为陶渊明曾称菊花为"霜下杰"并写过"采菊东篱下"。不过，"写"和"疏"两个字用得很有特色：古来文章有"作"有"述"，"写"应当属于作，"疏"应当属于述。但现在"写"与"疏"的对象不是文章却是"芳"和"艳"的菊花，这就很有意思。因为，朱彊村是有名的词家，而词这种体裁从"花间"开始就有一个用于歌舞娱乐和只写美女爱情的传统。美女和爱情，那也是可以用"芳"和"艳"来代表的。但也正由于这个原因，词被称为"曲子"或"诗余"，总是有点儿难登大雅之堂。不过，词早在北宋就实现了"诗化"，到了清代，词学理论也发展起来，词的身份已经大大提高了。所以，用"写"和"疏"来表现词的创作与阐释，那是推尊词体，而推尊词体同时也就是推尊朱彊村的成就。对朱彊村这样的学者来说，这种赞美是很得体的。

"消磨十样蛮笺"也是用典，"十样蛮笺"是古代蜀地出产的十色笺纸，有种种美丽的名称。在这里同时也是指写在蛮笺上的作品，蛮笺的种类之多和颜色之美，也就代表了作品的多与美。"载将画船"就是"用画船来装载"。装载什么？作者没有说。可能是菊花，可能是蛮笺，也可能是"写艳"和"疏芳"的人。当然也不妨联想得更远一些——也可能是写艳疏芳之人心中那些沉重的幽怨。"荡素波、凉月娟娟"写得很美，但"凉月"之寒和"素波"之白却给这种美丽染上了一些凄凉。

"郦泉"也有个典故。据《艺文类聚》转引的东汉应劭《风俗通义》记载：南阳郦县有一个"甘谷"，甘谷的山中水源处有一种菊花，水从菊花处流下，味道是甘甜的，当地人因喝这种水而长寿，一般都能活到百岁以上，凡七八十岁就死去的人都被视为夭折。先后在南阳做过太守的东汉王畅、刘宽、袁隗等都因喝这种水治好了病。另外，《艺文类聚》还转引南朝盛弘之的《荆州记》说：东汉胡广不仅因喝这种水治好了病，活到了近百岁的高龄，而且他还曾把这种菊花移栽到了京师。这里的"倩郦泉、与驻秋容，重来扶醉看"是说：请郦泉的神奇泉水为我们留下秋天这美丽的颜色吧，我们今后还会到京城来饮酒赏菊。这仍然是想念和赞美京城秋日的景色，但"秋容"两个字又有出处。宋韩琦《九日水阁》诗说，"莫嫌老圃秋容淡，自爱黄花晚节香"，那其实是写一种"晚节"的品格。所以，"与驻秋容"和"重来扶醉"表面是写对京城秋景的喜爱和留恋，暗中又含有对朱彊村长保晚节和健康长寿的祝愿。

这本是一首祝寿之词，也就是《人间词话》中所说的"羔雁之具"的作品。它在妥帖与工巧方面胜过《人间词》中的长调，但在感发力量方面似不如以前所写的作品。

辑评

赵万里　（系于己未四十三岁）

周策纵　静安尝痛诋梦窗词，既谓其"砌字"，"雕琢"，"归于浅薄"，"六百年来，词之不振，实自此始"，又称其"不求诸气体，而惟文字之是务，于是词之道熄"。论吴词固未必允。至谓："词人观物，须用诗人之眼，不可用政治家之眼，故感事怀古等作，当与寿词同为词家所禁。"尚有高论。乃其己未（1919）自作《霜花腴》一词竟"用梦窗韵补寿疆邨侍郎"，可谓难于自律矣。其在此处用梦窗韵，或犹可解释，盖因疆邨素喜学之。然静安素主鲜"隶事"，而此词中如"坡老黎村，冬郎闽峤"之句，亦复难免。其上半阕几无一语可诵。《人间词》集中最后四首系戊午（1918）至庚申（1920）三年间所制，全系应酬作品，既多隶事之句，且惟有怀念旧朝，感叹身世，除少数例外，情感亦至为枯窘。此时新文学运动正已风起云涌，而静安是时既已由文学复逃于故纸龟甲中，且不能接受新潮流，宜其于文学创作成强弩之末也。惜哉！

萧艾　朱祖谋，又名孝臧，字古微，号沤尹，又号疆邨，浙江归安人。光绪进士，授编修，仕至礼部侍郎。辛亥后，寓居上海。一九三一年卒。祖谋早岁以诗名，中交临桂王鹏运，改填词。晚年整理历代词籍，对词学作出贡献。有《疆村丛书》传世。其自为词，专学吴梦窗，影响甚巨。静安生平论词，痛诋梦窗，俨然视彊邨为敌国。而其言曰：彊村学梦窗，情味较梦窗反胜。学人之词，斯为极则。殆调和之论欤？一九一九年沈曾植主持《浙江通志》编务，朱、王同时受聘为编纂。朱氏生于一八五七年七月廿一日，时年六十二岁。王氏比他小二十岁。是年九月，王始与共事，故题为"补寿"。《人间词话》尝讥词至南宋以后，已成为羔雁之具。不谓作者自身亦若是！且依梦窗韵填词，未免阿好已甚。梦窗《霜花腴》词"旧宿凄凉"句，静安改用"梦绕觚棱"。觚棱，出《西都赋》。盖指堂殿转角处。用明朱氏不忘朝廷，尊其为遗老也。

陈永正　此词作于 1919 年己未。时静安寓居上海，兼任哈同办的所谓"仓圣明智大学"教授，并应藏书家蒋孟蘋之请，为他编写《密韵楼书目》，又参加纂修《浙江通志》的工作。在这期间，与清室遗老沈曾植、朱孝臧、况周颐、吴昌绶等同游，思想也日益与他们接近。是年朱氏寿辰，命人绘《霜腴图》，取吴梦窗词"霜饱花腴"之意，在沪词人如况周颐等皆填《霜花腴》词为寿。静安此词，为寿辰过后补作。这首寿词中，也可以嗅到静安的遗民气味。（《校注》）

陈鸿祥　此词作于己未，即 1919 年。其时，朱祖谋与王国维同在上海。盖朱氏时年六十二岁，词云"补寿"，当为补其六十之寿。王国维在《人间词话》中曾痛诋"美刺投赠之篇"，又以为"寿词"与"咏史、咏古"皆为词人所鄙弃。而所以作此"补寿"词，不过借以抒陶渊明"采菊东篱下"之情怀，亦属应酬之作。（《注评》）

佛雏　（见《百字令》辑评）

祖保泉　王氏填写这首词极其认真，也极力呈现自己的填词才能。"用

梦窗韵"而能写得如此畅达，难得！遗老们惺惺惜惺惺，不足怪！当作历史资料看，何妨？（《解说》）

　　彭玉平　此词语言雅丽，用典甚多，意象密集、跳跃而潜气内转，颇有吴文英词的神韵，亦可见出王国维的词艺虽专力于"境界"一途，而于他途，非不能也，实不为也。（《一个遗民写给另一个遗民的"友声"》）

清平乐

况夔笙太守索题《香南雅集图》（庚申）

蕙兰同畹。著意风光转。劫后芳华仍婉晚。得似凤城初见。

旧人惟有何戡。玉宸宫调曾谙。肠断杜陵诗句，落花时节江南。

据况周颐的学生赵尊岳《蕙风词史》记载，《香南雅集图》是梅兰芳到上海演出时况周颐请著名书画家吴昌硕所画。集会是在赵家举行的，题画者四十余家，画也增加到五幅，朱祖谋写了三首《十六字令》，

况夔笙太守：况周颐（1859—1926），字夔笙，号蕙风，广西临桂（今桂林）人，光绪五年（1879）举人，曾任内阁中书，后以叙用知府分发浙江候缺补用，曾入两江总督张之洞、端方幕，辛亥革命后流寓上海，卖文为生。一生致力于词，尤精于词论，著有《蕙风词》《蕙风词话》等，与王鹏运、郑文焯、朱祖谋合称"晚清四大家"。太守，即知府。| **香南雅集图**：赵尊岳《蕙风词史》："畹华去沪，越岁更来。先生属吴昌硕为绘《香南雅集图》，并两集于余家，一时裙屐并至。图卷题者四十余家。画五帧，则吴昌硕、何诗孙（二帧）、沈雪庐、汪鸥客作也。彊村翁每会辄至，先生属以填词，翁曰：'吾填《十六字令》，而子为《戚氏》可乎？'于是先生赋《戚氏》，翁亦赋《十六字令》三首，合书卷端。"畹华，京剧艺术家梅兰芳字畹华。香南，况周颐《蕙风词话》续编卷二："潞府妙滕臻禅师，僧问金粟如来为甚么却降释迦会里。师曰：'香山南，雪山北。'闺秀吴蘋香（藻）词名香南雪北，本此。"又，王国维《人间词话》："蕙风《听歌》诸作，自以《满路花》为最佳。至《题香南雅集图》诸词，殊觉泛泛，无一言道著。"| **庚申**：1920年。| **蕙兰同畹**：屈原《离骚》："余既滋兰之九畹兮，又树蕙之百亩。"蕙兰，两种香草。畹，泛指园圃。| **著意**：用心用意。**风光转**：景色变化，亦暗指政局变化。| **劫**：见《百字令》注。| **芳华**：芬芳的花草。| **婉晚**：此处用同"婉娩"。婉娩，女子柔顺貌。《礼记·内则》："女子十年不出，姆教婉娩听从。"又，柔美、美好貌。宋王安石《后殿牡丹未开》诗："红襆未开知婉娩，紫囊犹结想芳菲。"| **得似**：怎似，何如。| **凤城**：指京城。| **旧人**：故人。| **何戡**（kān）：唐长庆时著名歌者。唐刘禹锡《与歌者何戡》诗："旧人唯有何戡在，更与殷勤唱渭城。"| **玉宸宫调**：《新唐书·礼乐志》：《凉州曲》，其声本宫调。贞元初，乐工康昆仑寓其声于琵琶，奏于玉宸殿，因号玉宸宫调。| **谙**：熟悉。| **杜陵**：杜甫。杜甫祖籍杜陵。| **落花时节**：唐杜甫《江南逢李龟年》诗："正是江南好风景，落花时节又逢君。"

590

况周颐写了一首长调《戚氏》，合书卷端。王国维这首词既云"索题"，当亦是应况周颐要求所写的题画之作。"香南"一词出于《五灯会元》所载禅宗问答之"香山南，雪山北"，后人因以"雪北香南"泛指北方和南方，而在这里显然是以香南指上海。况周颐《戚氏》有句曰"暂许对影香南"，说的就是在上海看梅兰芳的戏。

应邀填词也属于一种应酬文字。而一篇好的应酬作品，第一要做到内容切合主题，第二要做到语言和口吻切合对方的身份。王国维这首词在这两点上都做得恰到好处。首先，它用了嵌字的技巧和唐诗、《楚辞》的典故来写文人听歌赏画的集会，写得很典雅也很美丽，适合这种集会的气氛。另外，词中那些芬芳美丽的词语和古代诗歌的典故用于描写梅兰芳这样一个专门饰演女性角色的京剧名伶是很恰当的。但与此同时，词中还含有另一层言外之意，那就是晚清旧臣在改朝换代之后的故国之思，这种感情属于况周颐、朱祖谋他们这个文人圈子，是一种所谓"黍离之悲"的亡国遗老的感情。不能说王国维自己就没有一点儿这种感情，否则他也不会进入这样一个文人圈子，但我们已经读过王国维的《人间词》，我们知道这种感情并非王国维思想感情的主旋律。

梅兰芳名澜字畹华，兰芳是他的艺名。这首词在上片的"蕙兰同畹"和"劫后芳华"两句中，就暗嵌了"兰芳"和"畹华"四个字。这真是很巧妙，但其巧妙还不止于此。因为"蕙兰同畹"出于屈原《离骚》的"余既滋兰之九畹兮，又树蕙之百亩"，而这两句中的蕙和兰两种芳草，是喻指贤人君子的，所以"蕙兰同畹"既嵌有梅兰芳的名和字，又兼指香南雅集的诸君子，一语双关。而"著意风光转"，既可以是舞台上的风光，也可以是时局、政坛上的风光，同样是一语双关。"劫后芳华仍婉晚"的"劫"，仍是用了宗教关于人间劫数的说法，所喻指的当然是几年前发生的清朝灭亡这件大事。"婉晚"的"晚"，疑为

"婉"字之误。因为一般来说，"婉晚"是"迟暮"的意思，不适合用于形容当时名声日盛将达巅峰的梅兰芳。"婉娩"虽然有时候也可以用同"婉晚"，作"迟暮"讲，但更多的时候是用于形容女子柔顺美好的样子。京剧行当的青衣不同于花旦，饰演的一般都是那些姿态柔顺、举止稳重、形象美好的女性。因此，用"婉娩"这个词来形容梅兰芳在舞台上的形象是再合适不过的。王国维1906年随罗振玉到北京，1911年随罗振玉离京去日本，那时梅兰芳只有十几岁，已在北京搭班演出，王国维应该听过他的戏。而现在梅兰芳已经二十多岁，正处在声名鹊起的时候，所以王国维用"芳华"和"婉娩"这样的词来赞美他。值得注意的是下一句，"得似凤城初见"。"凤城"是"凤凰城"的省称，古人称京城为凤凰城，这词的字面是很美丽的。"得似"是"怎么能像"，实际的意思是"不像"。为什么不像？那就很值得品味了。二十几岁的梅兰芳和十几岁的梅兰芳自然有所不同，这是第一层意思；从另一个角度看，当初清朝还没有灭亡的时候士大夫们在京城听梅兰芳的戏，和现在清朝已经灭亡之后亡国的遗老们在上海听梅兰芳的戏，那种气氛和感受当然也是有所不同的，这是第二层意思。但我们从那"劫后"的"仍"和"得似"这样的口吻中，似乎还能够品味出一点点"弦外之音"。那就是，"婉娩"的美好柔顺固然是形容妇女的，但传统文化对士大夫要求的"温柔敦厚"与"婉娩"的美好柔顺似乎也有某些相似之处。说遗老们在经过了亡国的打击之后仍能保持着一种美好温柔的姿态，这看起来似乎是一种赞美。但我们不要忘记"劫后"这个时态状语之沉重。对于为人臣子者来说，亡国是何等天翻地覆的大事！传统文化要求士大夫讲求"气节"，在经历了"亡国"这种大事之后，既不能忠君死节，那么最起码也要隐姓埋名终此一生。而这些亡国后的士大夫现在却在上海吟风弄月，交往名伶，留图绘影，以为雅事，这难道是值得炫耀的吗？他们现在的样子和当年在北京时的样子当然不一样了。那么当年在北京是什么样子？王国维也说过，那是"金马岂真堪避世，海鸥应是未忘机"（《浣溪沙·七月西风》）——争权夺利，假公营私，尔虞我诈，不知大厦之将倾。现在，既已无权可争无利可夺，当然也就只有在歌舞享乐之中显一显名士风流了。

这种联想并非没有一点点根据。1917年张勋复辟，许多遗老兴冲冲地北上"猎官"，而在张勋失败之后又纷纷作鸟兽散。王国维很瞧不起他们这种投机政客的行径，曾在给罗振玉的信中说："此次负责及受职诸公，如再觍然南归，真所谓不值一文钱矣。"（《王国维全集·书信》1917年7月14日致罗振玉）古人是很看重"出处"之道的，尤其是在乱世之中。张勋复辟实在是北洋军阀政府当权者之间钩心斗角争权夺利之中的一个过场。而那些支持他的人，又有几个是有目光有理想的？很多人不过是不甘寂寞想借此投机捞个官做而已。王国维不一定想在这首词中涉及对这些人的看法，但词这种东西是很微妙的，有时候不经意中就会把感情流露出来。

这首词的下片提到了唐代两位著名的歌者，对梅兰芳当然是一种很切合的比喻和赞美。但这两处唐诗的出处，却都表现出一种今昔盛衰的感慨，这种感慨仍然是与遗老们亡国的感慨相应的。"何戡"，是中唐长庆年间的著名歌者，用以喻指梅兰芳；"玉宸宫调"，是唐代乐工在皇宫里演奏过的燕乐曲调。京剧是在清代形成、发展并盛极一时的一个新剧种，亦常入宫演出，故以"玉宸宫调"称之。但需要注意的是，"旧人惟有何戡"这一句出于中唐诗人刘禹锡的一首绝句《与歌者何戡》："二十余年别帝京，重闻天乐不胜情。旧人唯有何戡在，更与殷勤唱渭城。"刘禹锡参与永贞革新，失败后被贬出京城，二十多年又回到长安，写过好几首感慨今昔盛衰的七言绝句。除了这一首之外，还有《再游玄都观》的"百亩庭中半是苔，桃花净尽菜花开。种桃道士归何处，前度刘郎今又来"等，对京城政坛人物颇含讥讽之意。至于王国维在引用刘禹锡的诗句时是否也有这种联想，我们就不好猜测了。

"肠断杜陵诗句，落花时节江南"，用的是杜甫的《江南逢李龟年》："岐王宅里寻常见，崔九堂前几度闻。正是江南好风景，落花时节又逢君。"李龟年是开元、天宝时的著名歌者，在长安红极一时，安史之乱后流落江南，贫困潦倒，杜甫和他在潭州偶然相遇，就写了那首诗。江南的美丽和落花的凄凉交织出一种盛世不再的背景，那里边饱含着许多说不出来的怅惘与悲凉，所以是"肠断杜陵诗句"。而"香南雅集"的上海也是江南，又恰好与结尾一句的"落花时节江南"相呼应，这也是很巧妙的。

王国维在辛亥革命前并没有做过清政府的官，本不是遗老。而且他也早就发现那些不甘寂寞的遗老们其实并没有什么真正的理想和持守，只不过借保皇为自己捞取一些政治资本而已。然而由于种种原因，他却始终未能从这个圈子里拔出脚来，以至最终只能以自杀来摆脱，这是他个人的不幸，也是中国学术界的不幸。在这首词里，他流露出一种对已灭亡的封建王朝之思念与留恋的感情，那自然不必讳言。从艺术上看，这是一首小令，小令宜以自然的感发为主而不宜以人工安排的工力和技巧为主。这首词当然不可以说没有一点感发，但作者在词中用了许多技巧和典故，着意追求的是一个"巧"字，这种做法与前边的两首长调一脉相承，而与整个《人间词》的作风相比，则有了比较明显的改变。

辑评

赵万里 （系于庚申四十四岁）

祖保泉　当王国维由清室的小小忠臣，变成亡国遗老的时候，他已很少填词。但偶有所作，与其他遗老一样，只作复辟的梦呓而已。这只要看看他特别注明的，以甲子纪年的几阕词，便清清楚楚。为节省篇幅，举一阕较短的为例。（下举本词从略）这阕词自注写于"庚申"，即一九二〇年。什么叫"香南雅集图"，可要稍加解释才得明白。清亡后，遗老们北则集中于天津，南则集中于上海，南方的这些自命为"兰蕙"的遗老举行了"雅集"，还要画一张"雅集图"来纪念这个"胜会"。王国维当时在上海躬逢"盛事"，所以况周颐要他"题香南雅集图"。这词说，遗老们如同生长在一个园圃里的兰蕙一样，注意着气候的转变——表示他们彼此惺惺惜惺惺。他们今朝相见，不禁想到当年在京城初见的情景，怎能不感慨系之！他们今天当筵听歌，歌者是当年的朝廷供奉，怎能不闻歌呜咽！这也如同飘零的诗人杜甫和歌者李龟年在潭州（今长沙市）相遇一样，闻歌掩泣，罢酒而已。遗老们自以为得意的，就是"劫后芳华仍婉晚"——在清廷覆灭后，他们还能自由自在地活着。他们互相祝愿："乔松无恙，素心还问霜杰。"

萧艾　庚申为一九二〇年，静安四十四岁，居上海。此词之后，尚未发现他作。

陈永正　况氏曾以会典馆纂修，叙劳用知府，分发浙江，故称太守。本词作于1920年。1916年，梅兰芳赴上海演出，以"黛玉葬花"、"嫦娥奔月"等剧轰动一时。况蕙风是梅兰芳的戏迷，特往观赏，并为赋词多阕。梅氏邀上海名流，作"香南雅集"，为图以记此时盛事，遍征文人题咏。在这应酬之作中，也可看到王氏的遗老立场。（《校注》）

陈鸿祥　此为今所见王国维生前所作最后一首词，作于庚申，即

1920 年。其时，况周颐落拓上海，卖文为生。王国维对其"窘态"，甚表同情。"香南雅集"当指听歌，即今之所谓观摩歌舞戏剧之类。况君于自题《雅集图》之外，复请王氏题词，乃不得不"肆应"之。丙寅（1926），王氏任教清华研究院，犹旧事重提，谓况君自作《题〈香南雅集图〉》诸词，"殊觉泛泛，无一言道著"，实指其附庸风雅，不懂戏曲。（《注评》）

佛雏 （见《百字令》辑评）

钱剑平 （系于 1920 年）

张尔田 夔笙梅性勃发，菊梦再酣，以六十之翁与裙屐连茵接席，可谓风光转蕙矣。尊词善道人心事，固宜为所激赏也。《王国维未刊来往书信集·张尔田致王国维》

祖保泉 王氏以李龟年喻梅兰芳，借以抒发遗老的"肠断"之情。按：安禄山叛乱，杜甫、李龟年才流落江南；梅兰芳辛亥革命后南来演出，怎能说是类似李龟年流落江南！遗老的着意乱比，清清楚楚。梅兰芳先生任何时也没有把自己看成是李龟年式的人物！王氏在糟蹋梅兰芳！（《解说》）

陈永正 《蕙风词话补编》卷三："辛酉暮春，畹华南下，香南雅集，仅阅日而图成。"是以香南雅集当为辛酉（1921）之事。《赵谱》作"庚申"，当误。……吴藻《香南雪北词自序》谓其所居处"地多梅花"，"因取梵夹语，题其室曰'香南雪北庐'"。故以"香南"指"梅"，雅集亦专为梅氏而设。（《笺注》）

596

彭玉平 对勘《小说月报》第十一卷第七号"文苑"一栏所载此词，下阕文字未见变化，上阕则变化甚大，原文为：

　　　　蕙兰同挽。着意光风满。诸老风情浑未减。雪北香南题遍。

　　王国维在后来的修改稿中，不仅将韵字全部更换，在写法上也有了很大变化。原上阕歇拍不过描述诸老为《香南雅集图》题词之意，而修改后的歇拍则改写自己与梅兰芳的交往经历，回到作者自身。经修改后，此词虽用典不少，但相关典故尚属浅易，且其中不失妙心。……此词虽影写时事、关乎人物，但实在由古至今的笔法中，将歌艺的传统与关于时代变化的深沉之思绾合来写。其思虑之深湛、笔法之灵动，实可圈可点，整首词作切人、切艺、切事、切史，堪称是首佳作。(《梅兰芳与况周颐的听歌之词》)

总　评

樊志厚　王君静安将刊其所为《人间词》，诒书告余曰："知我词者莫如子，叙之亦莫如子宜。"余与君处十年矣。比年以来，君颇以词自娱。余虽不能词，然喜读词。每夜漏始下，一灯荧然，玩古人之作，未尝不与君共。君成一阕，易一字，未尝不以讯余。既而睽离，苟有所作，未尝不邮以示余也。然则余于君之词又乌可以无言乎！夫自南宋以后，斯道之不振久矣。元明及国初诸老，非无警句也，然不免乎局促者，气困于雕琢也。嘉道以后之词，非不谐美也，然无救于浅薄者，意竭于摹拟也。君之于词，于五代喜李后主、冯正中，于北宋喜永叔、子瞻、少游、美成，于南宋除稼轩、白石外，所嗜盖鲜矣。尤痛诋梦窗、玉田，谓梦窗砌字，玉田垒句，一雕琢，一敷衍，其病不同而同归于浅薄。六百年来词之不振实自此始。其持论如此。及读君自所为词，则诚往复幽咽，动摇人心，快而沉，直而能曲，不屑屑于言词之末，而名句间出，殆往往度越前人。至其言近而指远，意决而辞婉，自永叔以后，殆未有工如君者也。君始为词时亦不自意其至此而卒至此者，天也，非人之所能为也。若夫观物之微，托兴之深，则又君诗词之特色，求之古代作者，罕有伦比。呜呼，不胜古人，不足以与古人并，君其知之矣！世有疑余言者乎？则何不取古人之词与君词比类而观之也！光绪丙午三月山阴樊志厚叙（《人间词甲稿序》）

去岁夏，王君静安集其所为词，得六十余阕，名曰《人间词甲稿》，余既叙而行之矣。今冬复汇所作词为乙稿，丐余为之叙。余其敢辞！乃称曰：文学之事，其内足以摅己而外足以感人者，意与境二者而已。上焉者意与境浑，其次或以境胜，或以意胜。苟缺其一，不足以言文学。原夫文学之所以有意境者，以其能观也。出于观我者，意余于境；而出于观物者境多于意。然非物无以见我，而观我之时又自有我在。故二者常互相错综，能有所偏重而不能有所偏废也。文学之工不工，亦视其意境之有无与其深浅而已。自夫人不能观古人之所观而徒学古人之所作，于是始有伪文学。学者便之，相尚以辞，相习以模拟，遂不复知意境之为何物。岂不悲哉！苟持此以观古今人之词，则其得失可得而言焉。温韦之精艳所以不如正中者，意境有深浅也。珠玉所以逊六一，小山所以愧淮海者，意境异也。美成晚出，始以辞采擅长，然终不失为北宋人之词者，有意境也。南宋词人之有意境者，唯一稼轩，然亦若不欲以意境胜。白石之词，气体雅健耳，至于意境则去北宋人远甚。及梦窗、玉田出，并不求诸气体，而惟文字之是务，于是词之道熄矣。自元迄明，益以不振。至于国朝，而纳兰侍卫以天赋之才崛起于方兴之族，其所为词，悲凉顽艳，独有得于意境之深，可谓豪杰之士，奋乎百世之下者矣。同时朱陈，既非劲敌，后世项蒋，尤难鼎足。至乾嘉以降，审乎体格韵律之间者愈微，而意味之溢于字句之表者愈浅，岂非拘泥文字而不求诸意境之失欤？抑我观物之事自有天在，固难期诸流俗欤？余与静安均凤持此论。静安之为词，真能以意境胜。夫古今人词之以意胜者莫若欧阳公，以境胜者莫若秦少游，至意境两浑，则惟太白、后主、正中数人足以当之。静安之词，大抵意深于欧而境次于秦。至其合作，如甲稿《浣溪沙》之"天末同云"、《蝶恋花》之"昨夜梦中"，乙稿《蝶恋花》之"百尺朱楼"等阕，皆意境两忘，物我一体，高蹈乎八荒之表而抗心乎千秋之间，骎骎乎两汉之疆域广于三代，贞观之政治隆于武德矣。方之侍卫，岂徒伯仲。此固君所得于天者独深，抑岂非致力于意境之效也！至君词之体裁，亦与五代、北宋为近。然君词之所以为五代、北宋之词者，以其有意境在。若以其体裁故而至遽指为五代、北宋，此又君之不任受，固当与梦窗、玉田之徒专事摹拟者同类而笑之也。光绪三十三年十月山阴樊志厚叙（《人间词乙稿序》）

赵万里 是岁（光绪三十一年乙巳，1905年）先生于治哲学之暇，兼以填词自遣。先生于词独辟意境，由北宋而反之唐五代，深恶近代词人堆砌纤小之习。先生尝谓六百年来词之不振，实由此故。樊志厚《人间词甲稿序》……按此序与《乙稿序》，均为先生自撰，而假名于樊君者。先生于《自序》中，亦谓："近年嗜好已移于文学，而填词亦于是时告成功。"又云："虽所作不及百阕，然自南宋以来，除一二人外，尚未有能及者。"此言也，或以为自视过高，然细读先生之词，有清真之绵密，而去其纤逸，有稼轩、后村之闳丽，而去其率直。其意境之高超，三百年间，惟万年少、纳兰容若差可比拟，余子碌碌，实不足以当先生一二词也。

陈乃文 词自南宋以还，蹶而不振也久矣！元明诸老，气困于雕琢，嘉道而还，意竭于摹拟；其异军突出，独标一帜者，窃惟纳兰侍卫耳。侍卫之词，遥情逸韵，一唱三叹，论者以重光后身称之。二百年来无人与之颉颃；有之，其王静安先生乎？静安以文学革命巨子，揭橥"词以境界为主"之说，格高韵远，极缠绵婉约之致。能使宋人坠绪，绝而复续。其佳者如《浣溪沙》之"只恨当时形影密，不关今日别离轻"，《蝶恋花》之"几度寻春春不遇，不见春来，那识春归处"，方之小山、少游，何多让也。中年而后，君颇致力于殷墟甲骨流沙木简，撰述专书，蜚声艺苑，人知其为考证批评之中坚，或不知其文章之洵美且邃，近世实无其匹。此静安词之所以重行对校，刊为专集之所由兴也。

冯承基 读静安此类词，时时见古人面目，如入委托商行，虽觉琳琅满目，率非自家物也。……大抵王词，如名伶般演，声容并茂；喜怒哀乐之发，亦无不中节，然终觉是戏。其病在有意为之，亦造境之说，有以自误（造境之说，见《人间词话》）。又如宋人刻楮，三年成一叶，非不精工；而挥洒之致，参拔之奇，概乎未见。其病在刻意为之，类贾岛吟诗，未免落小家样；亦尊小令之说，有以自误（尊小令之说，亦见《人间词话》）。故王词一涉中长调，便不能精神贯注，一气呵成，读之令人有七宝楼台之感，职是故也。

左舜生 （引《静安文集续编》自序二从略）以王先生之绝顶聪明，而又好学深思不倦，何以于词独表示这样自信的坚强？我是这样假定过：也许他这两篇《自序》是他刚过三十的时候写的，多少难免有点少年人的夸大？及进而略涉他对于词所下过的工夫，及他对于词的基本见解，更进而玩索他自己的作品，乃不能不把我这个假定完全放弃，觉得他的话乃是确有把握之言，普通少年人的夸大习气，在他是完全没有的。

周策纵 王国维词令人读之有"无可奈何"，"似曾相识"之感。古今大悲剧诗人无不使人有此感也。其令人有"无可奈何"之感者，因其往往以沉重之心情，不得已之笔墨，透露宇宙悠悠，人生飘忽，悲欢无据之意境，亦即无可免之悲剧；其令人有"似曾相识"之感者，则因静安所写，要皆其自己所谓"常人之境界"为多，所谓"常人皆能感之而惟诗人能写之"，"遂觉诗人之言，字字为我心中所欲言，而又非我之所能言"是也。

自清末西学东渐以后至"五四"以前，能熔近代感情与想象入旧体诗词而足以惊心动魄，移情沁人心者，寥寥无几。在诗，当推康有为、梁启超、谭嗣同、苏曼殊；在词，则王国维一人而已。……正长素所谓："新世瑰奇异境生，更搜欧亚造新声。"此殆"五四"以前诗坛之空谷足音，而结束数千年来旧体诗词之绝响也。

静安之挚情与想象，有得之于屈原处；其五言之渊朴，与词中往往含物我合一之趣，则受渊明之熏染尤深；其词之风格，恢宏郁邑，则最近于冯延巳。而其所写，要皆出于己观，故能有独立之生命。

蒋英豪 王氏《人间词话》，为论极高，但《人间词》所能做到的，与他所持的标准颇有距离。在百多首词中，无愧于他自己的标准而可以传世的，大概只有十首左右。立论易奇，下笔难巧，才高如王氏，也难免贻眼高手低之讥。

王宗乐 物我都忘意境浑，苕华风调自清新，簪花谁赏镜中人（王氏《虞美人》词有"且自簪花坐赏镜中人"句）！乱世孤身悲落羽（王氏《浣溪沙》词有"陌上金丸看落羽"句），高峰倦眼觑红尘（王氏《浣溪沙》词有"偶开天眼觑红尘"句），争教湖水宿诗魂！

钱钟书 老辈惟王静安，少作时时流露西学义谛，庶几水中之盐味，而非眼里之金屑。（《谈艺录》）

祖保泉 王氏生当清室倾覆灭亡之际，面对苦难的中华民族，他考虑的不是民族的新生，而是竭力扶持衰朽的清廷，使之苟延残喘。并且在清室既亡之后，还梦想着复辟。总之，从政治立场看，他的词所反映的思想是反动的。

缪钺 吾国古人诗词含政治与伦理之意味者多，而含哲学之意味者少，此亦中西诗不同之一点。叔本华哲学思想是否纯正，乃另一问题，而静安能将叔本华哲思写入诗词，遂深刻清新，别开境界。余平日持论，谓在近五十年诗词作者之中，王静安应据一重要地位。近人喜言新诗，诗之新不仅在形式，而尤重内容，王静安以欧西哲理融入诗词，得良好之成绩，不啻为新诗试验开一康庄。（《诗词散论》）

诗中透露哲理，本来是古已有之。……不过，古人这些词，并非有意要谈哲理，只是因为作者平日阅历世变，体验人生，胸中有所领悟，在作词时，很自然地流露出来，使词的内容增加深度。至如王静安，则是有意识地以词表达哲理，即他接受叔本华的学说又经过自己体验而形成的一种人生哲学。(《述论》)

王文生　《人间词》的另一特色，即在于"通古今而观之"。他不是就事论事，而是在一个广阔的时间空间里来认识事物的深刻意义。

陈邦炎　静安词中的所思所感，既有其在叔本华哲学影响下所形成的悲观主义人生观，又有在前人词中惯见的伤春悲秋、怨离恨别、哀年华、愁永夜、叹行役、诉相思，种种传统的词人感情。两者是杂糅在一起而不可分的。说它完全是旧的，只把它看成是老古董，固然不对；说它完全是新的，只把它看成是舶来品，同样不行。(《论静安词》)

陈永正　作小令，不能依仗工力，须赖作词者的性灵、情致，才可能在短小的篇幅中表现深厚的意境。王国维词取径似乎偏狭，内容也嫌单调，其实作者正特意在这小小的天地中回旋，以期得到自我的面目。(《词注》)

顾随　纳兰词只是不失赤子之心，此外更无什么东西。……静安先生欣赏纳兰词，而他自己是富于成人思想的。这也许是静安先生伟大处。(《顾随文集》)

静安先生不但美而且太孤高了。一般人不肯走的路他走，不肯做的事他做，虽明知这条路是冷清的，且总这么悲哀。无论在家庭、社会、国家，不当这样孤僻冷淡地生活。因此静安先生词亦为寂寞的境界。(《论

王静安》)

Joey Bonner An experienced reader of lyrics, taking Wang Kuo-wei's collection of lyrics as a whole, would probably not mistake his work for that of a Sung lyricist; too many of his lyrics express ideas, explore worlds, and contain stylistic features that are distinctively Wang's own and "un-Sung." We may suppose that Wang wrote movingly about such things as romantic yearning, parting sorrow, and the passage of time because these themes were, in a sense, his themes. That is to say, Wang was probably no stranger to the emotions that he explores so sensitively in those of his lyrics which are written on the traditional topics of Chinese poetry.

沈茶英 他用"人间"命名词集，是表示他对人间的厌倦，表示他向往超脱人间——出世。在他的笔下，"人间"二字已不仅仅是一个和日常生活相联系的普通名词，也不是像《稼轩词》《放翁词》《片玉词》《酒边词》等等只是普通的字号和平常的含义，而是一个和哲学思想相联系的哲学名词。就如不是几点钟的"时间"，而是哲学范畴的"时间"一样。"人间"是他厌世、出世哲学理论的概括和艺术化。

陈鸿祥 《人间词甲稿》都六十一阕。其目次与罗振常手批而刊入《观堂诗词汇编》之甲稿词同。至谓此六十一首之写作时地，难以一一指实。揆词意，大致可做如下推断：六十一首之绝大部分，当作于赴苏任教，"以填词自遣"之际，约当甲辰秋冬至本年正、二月之前；其中，又有大半作于苏州，小半则作于返海宁休假期间……《人间词乙稿》，凡四十三阕。年来阅历渐深，又遭父丧妻亡，故见于其词，较之"往复幽咽，动摇人心"之甲稿词，益显沉郁苍凉。其词境，或以为与清初纳兰性德（容若）及万寿祺（年少）为近。至其写作时地，由词意度之，当起自丙午（1906年）夏抵京以后，迄于本年（1907年）七、八月间，其作于北京及海宁者，或各居其半。（《年谱》）

佛雏 要之，《人间词》亦属"中学西学""互相推动"（王氏语）的艺术产物。诗人以骚雅之笔，写"忧生之嗟"；一面企慕独与天地精神相往来，一面又欲与永叔、少游以至纳兰辈相颉颃。其于人生，"若负之而不胜其重"；于"尘嚣"，若避之而惟恐其不远。故词中现实成分之稀薄，视其诗文尤甚。诗人欲以此兴复"六百年来词之不振"的局面，诚戛戛乎其难。然《人间词》毕竟曲折地透露了封建末世的某些惨淡图景及某种心灵状态，又毕竟有其不类传统词学的某些新的艺术"造境"与新的"写境"在，故以此一支中西"合璧"的"异军"，殿清亡以前千余年之词坛，则是完全胜任的。

施议对 统观王国维所作词，与其他人不同之处乃在：善于将西方哲理引入词中，以象征方法填词。因此，王国维所作，题材虽仍不出春花秋月、离别相思等范围，但他所表现的思想却往往是别人所未曾有的。（《人间总被思量误》）

严迪昌 《观堂长短句》专工小令。《人间词话》以"境界"说和"隔与不隔"的批评著称于世，其词颇印证实验这些理论主张，故极自信，并自视甚高，而小令则较能实现"快而沉、直而能曲"的追求。（《清词史》）

刘蕙孙 季英先生说自己写诗填词都是信手拈来，很少字斟句酌，也不存稿。写得快，也丢得快。静安先生则是苦吟。一阕小令往往推敲三四天，慢词则要一周半月。

叶嘉莹 私意以为，王词之意蕴实在乃是兼有我们在前文所提出的"歌辞之词""诗化之词"与"赋化之词"之多种因素，而并非可以将之简单地归属于任何一类的。先就歌辞之词方面的因素来说，王氏之词既多以短小的令词之形式为主，且颇富于直接的感发，这可以说是与第一类词的相近之处；然而王氏之词却又并非真如第一类歌辞之词之并无意于抒写自我情志的应歌之作，而是果然在显意识中具有强烈的言志抒情之用心的，如此当然便与第二类所谓诗化之词又有着相近之处了，但王氏对自己之情志却又并不作直言的叙写，而往往仍藉第一类歌辞之词所常用的形象及情事以表出之，故其性质乃又仍近于第一类词而并不完全属于第二类之词了；若再就其第三类词之关系言之，则王氏对自己之情志既往往并不作直接的叙写，而常取象喻之方式以表出之，是则与第三类赋化之词之有心安排为托喻之作的性质，当然就也有相近之处了。只是王氏的叙写方式却又与第三类词之全以安排勾勒来铺写长调者并不全同，而是以安排托喻用于小令之中的。而且其所托喻者多为一种哲理之思致，此与第三类词之多以政治伦理为喻托之内容者当然也有所不合。像这种兼有以往旧传统词的多种特质，但却又并不完全归属于其中任何一类的情况，实在就是王词的一种特质，也正是王词在词之意蕴方面的一种开拓。

如果按照我们对词之演进所提出的歌辞之词、诗化之词及赋化之词而言，则王氏所开拓的词境，或者可以称之为一种"哲化"之词。这种超越于现实情事以外，经由深思默想而将一种人生哲理转为意象化的写作方式，对于旧传统而言，无疑是一种跃进和突破。这种开拓对于后世之词人而言，本来应该大有可供发挥的余地。只是由于五四以来的白话文及白话诗之兴起，使王氏所开拓出来的词境，未能得到应有的发扬与继承。然而王氏自身所完成的如此精微深美的哲化的意境，这种开拓的眼光与成就，则是永远值得我们尊敬的。（《论王国维词》）

单世联　在发现叔本华哲学的根本矛盾后，王曾对尼采表示过兴趣。……王赞赏尼采在一定程度上解决了叔本华伦理学中的矛盾，他认为尼采学说是叔本华哲学的完成。王国维是在告别哲学之际接触尼采的，故而尼采的审美人生在他的思想中没有得到充分发展，真正代表王诗词特色的，还是那些揭呈人生痛苦、寻求精神解脱的作品，它们是叔本华哲学与古典文艺形式的完美统一。

吴蓓　强分诗词畛域可能是一种保守的观点，但泯灭诗词疆界也必然导致词本体属性的消亡。愈到晚清近代，诗词合流的趋势愈是明显，这恐怕也是词之不振的一个原因。一种文体，当它失去赖以安身立命的特质的时候，它的存在价值和欣赏价值便要大打折扣。有一点是作为词学家的王国维始料未及的，那就是今天看来，他的不少词作与他在《人间词话》中所极力推崇的唐五代北宋小词实已异趣。而这种不同，并非简单的横向比较意义上的风格的不同，而是从中可透析出的词的某种最可宝贵的情质已然丧失。（《无可奈何花落去》）

王振铎　王国维能诗善词，创作虽不甚丰，但每作都不同凡响。尤其是他的一百多阕词，有个一贯的艺术追求，即创造意境。在词学上他潜心习古学古，但作词却力求超古、越古，独创新的境界，指向更高、更普遍的立意。

刘烜　一个有哲学兴趣的美学家，一个有唤起国人知觉现实生活痛苦的思想家，创作中有一点哲理的意味，公平地说是难免的。如果形成自己的风格特色，更是可贵。所以，实际上，王国维有的词"意"颇突出，警句诱人，为人传诵。

张新颖 钱钟书有这样的评论："老辈惟王静安，少作时时流露西学义谛，庶几水中之盐味，而非眼里之金屑。其《观堂丙午以前诗》一小册，甚有诗情作意，"接下去又说道，"惜笔弱词靡，不免王仲宣'文秀质羸'之讥。"从我们正在讨论的问题的立场来看，钱钟书"水中之盐味"的赞语似嫌轻巧，它道出了外来的西哲思想的内化状态，却没有在意在世纪之初的历史情境中王国维以个体生命承接和溶化现代意识的内在苦痛；"笔弱词靡""文秀质羸"的挑剔可谓一针见血，但这个从王国维诗词创作的整体来看显然存在的弱点，仅仅在写作的修辞、风格范畴内是解释不清的，它仍然与王国维对待人生苦痛的方式——一种或者可以称之为不堪承担者的承担方式——紧密相关。

赵遐夫 如果说王氏之《人间词话》在理论上为词学开一新的天地，那么，他的《人间词》一百一十五首便是从创作实践上的开拓与建树，而其中的《浣溪沙》"山寺微茫""天末同云"等，便是他悲剧人生的病历卡，这上面既写入当时社会的浓血，也写入了叔本华哲学的致癌因子。

钱剑平 王国维填词高于一般词人的是，他在填词的同时也在进行理论思考，对词作的创作进行理性的分析。他的《人间词甲稿·序》《人间词乙稿·序》，他的《人间词话》就是最好的例证。他以他的诗词理论指导他的创作，他的创作又反过来丰富他的诗歌理论。

以下增补：

宫内保 据我观察，《人间词》最大的特色，是套用以往文学作品的境，在其中加入静安自己的"意"，从而造出新的"境"。要之，是一种所谓"换骨夺胎"。（《王国维的〈人间词〉》）

张尔田 尊词循颂，颇有黝栗之色，故当佳作。并世词流变鉴，要为一作手，疆村终觉努力不如其自然耳。

饶芃子、李砾 王国维的诗词创作之不同，既显示着他对中国古代诗词作为两种不同的诗歌文体之特性的认识，即显示着王国维的诗学观词学观的不同；又包含着他对传统文学观念的反省，包含着一种对新的文学观念与文学批评标准的思考。

徐晋如 王国维在《人间词话》中实采取了两重标准。一方面在衡量文学史上大多数作家时，他倡导"即使造假也不要紧"的境界说，另一方面具体到李煜、纳兰性德这样的作家，他又不得不称赞他们的以血书之，他们的自然真切。而具体到王国维自己的创作，也明显存在着与其理论矛盾相应和的实践的矛盾。……正是因为静安对文学的"真"抱有的是这样一种见解，他的主题先行的《人间词》绝少成功之作。《人间词》几乎都作于1904—1907年间。作者并非因为心中有苦难需要宣泄，生命中有哀伤需要痛悔，却是采取了完全冷静的旁观的态度，去俯看人间的悲欢。

张兵 作为叔本华哲学思想信奉者的王国维，倾心于佛教，是因为两者在根本思想上存在着共同的渊源。王国维在接受叔本华哲学思想的同时，也接受了佛教的哲学思想。这一点，在他倾情创作的《人间词》中得到了鲜明的反映，只是以前的研究者对此并没有清楚地看到。

彭玉平 "人间"一词曾为王国维强烈关注，而《庄子》中则有《人间世》一篇，王国维与庄子之关系于此值得留意。……王国维在诗词中对人生的看法，对自我的感觉，对今生的安排，对来生的虚妄之感，都

浸染了比较明显的庄子情怀。(《王国维诗词中的〈庄子〉意象及其精神》)

缪钺说王静安"以欧西哲理融入诗词",我对此不能苟同,因为此说太过局限于哲学的"欧西"背景了,事实上,王国维对人生的哲学之思主要停留在中西哲学的会通处,而且这种会通乃是以中国哲学为底蕴的。(《关于王国维词学评价的若干问题》)

吴亚娜 王氏……其词作虽不能与其词论相比肩,而只能列为学人之词,然其词作中仍有一些自然真切的意境浑融之作品,故亦不可抹煞王氏词作之价值。王国维在以手中笔蘸心中情,以学人之思而欲作追步五代北宋的自然真切之词,拓宽了词径。其词作作为其理论的实践意义是值得肯定的。

曹章庆 对于执着的理想境界,王国维在整体上往往用象征的手法造境,而在局部上,在过程中又往往以写实手法加以细腻的描绘。质言之,王国维所谓"托兴之深"在于整体,而"观物之微"表现在局部,这就是我们对王国维《人间词》执着精神境界创构特点的基本理解。

屠潇 王词的关注度近年逐步提高,研究的趋势越来越细密,但大多数论文承袭较多,主要围绕细节讨论,少有重大突破;关于王词的优劣争论,只重视填词技巧而忽略了更重要的内涵。王词的真正意义在于新旧并存,开拓出新局面,为当时词坛带来清新空气。

杨柏岭 王国维擅长以哲人之眼观察人间万象,洞察生命本质,并且乐于以诗人之笔传达他的"洞察力"。可以说,这是王国维词十分突出的特点。(《王国维词"人间"苦痛的新体认》)

夜晚填词的习惯,致使王国维的词多呈现暮色、夜色意象……人们很少关注王国维夜间填词习惯对词作风格的影响。前文分析的夕阳意象中的暗而未黑、夜间意象中的黑中有亮等词境着色，正如张尔田曾致信王国维所云："尊词循颂，颇有黝栗之色，故当佳作。(《书斋夜观，学人本色：王国维的词心、词境及词学观》)

从疑问、经否定，继而推理分析，终至结论，这一哲学认知逻辑成为王国维填词常用的艺术构思方式。(《王国维"直观"说与"托兴"象征的填词新实践》)

附录

樊志厚　《人间词甲稿序》载于《教育世界》丙午（1906）四月七期 123 号。
　　　　《人间词乙稿序》载于《教育世界》丁未（1907）十月十九期 161 号。

吴昌绶　《人间词》手稿眉批，1909 年。

赵万里　《王静安先生年谱》，载于《国学论丛》第一卷第 3 期 1928 年 4 月。

陈乃文　《静安词》，世界书局，1933 年 3 月。

冯承基　《闲话王静安词》，载于王德毅《王观堂先生全集》附录　台北：文
　　　　华出版公司，1968 年。

左舜生　《王国维的词》　载于王德毅《王观堂先生全集》附录　台北：文华出
　　　　版公司，1968 年。

周策纵　《论王国维人间词》　香港：万有图书公司，1972 年 3 月。

蒋英豪　《王国维文学及文学批评》　香港中文大学崇基学院华国学会，1974
　　　　年 4 月。

王宗乐　《苕华词与人间词话述评》　台北：东大图书公司，1976 年。

钱钟书　《管锥编》第一册　北京：中华书局，1979 年 8 月。
　　　　《谈艺录》　北京：中华书局，1984 年 9 月。

祖保泉　《试论王国维的词》载于《词学》第一辑　上海：华东师范大学出版社，
　　　　1981 年 11 月。

缪钺　　《诗词散论》　上海：上海古籍出版社，1982 年 11 月。
　　　　《王静安诗词述论》　载于《王国维学术研究论集》第一辑　上海：华
　　　　东师范大学出版社，1983 年 9 月。

夏承焘、张璋　《金元明清词选》北京：人民文学出版社，1983 年 1 月。

萧艾　　《王国维诗词笺校》　长沙：湖南人民出版社，1984 年 6 月。

王文生　《王国维》　载于《中国历代著名文学家评传》六　济南：山东教育
　　　　出版社，1985 年 5 月。

陈邦炎　《论静安词》　载于《中国古典文学论丛》第三辑　北京：人民文学出

版社，1985 年 12 月。

《人间只有相思分——说王国维的一首写梦之作》 载于香港《大公报》，1990 年 10 月 5 日。

《朱颜辞镜花辞树——说王国维的一首蝶恋花词》 载于香港《大公报》，1989 年 2 月 24 日。

王词鉴赏 载于《金元明清鉴赏辞典》王步高主编 南京大学出版社，1989 年 4 月。

陈永正 《王国维词注》（署名田志豆） 香港：三联书店香港分店，1985 年 12 月。

《王国维诗词全编校注》 广州：中山大学出版社，2000 年 3 月。

顾随 《顾随文集》 上海古籍出版社，1986 年 1 月。

《论王静安》 载于《词学》第十辑 上海：华东师范大学出版社 1992 年 12 月

Joey Bonner *Wang Kuo-Wei: An Intellectual Biography* Harvard University Press Cambridge, Massachusetts, and London, England 1986.

沈荼英 《王国维为何以人间命名词集》载于《华东师范大学学报》(哲社版)，1987 年第 1 期。

陈鸿祥 《王国维诗词中的佛学用语》 载于南京《文教资料》， 1987 年 1 月。

《王国维年谱》 济南：齐鲁书社，1991 年 12 月。

《王国维传》 北京：团结出版社，1998 年 8 月。

《〈人间词话〉〈人间〉注评》南京：江苏古籍出版社，2002 年 7 月。

佛雏 《王国维诗学研究》 北京：北京大学出版社，1987 年 6 月。

施议对 《人间总被相思误》 载于香港《大公报》，1988 年 11 月 18 日。

《潮落潮生几换人间世》 载于香港《大公报》，1992 年 11 月 13 日。

章泰和主编 《历代词赏析辞典》 牡丹江市：黑龙江朝鲜民族出版社，1988 年 11 月。

孙映逵 《蝶恋花》 载于《古典文学知识》，1989 年第 6 期。

王英志 王词鉴赏 载于《金元明清词鉴赏辞典》王步高主编 南京：南京大学出版社，1989 年 4 月。

蒋哲伦 同上

杨敏如　同上

吴奔星、施新亚　同上

钱仲联　《王国维蝶恋花词赏析》载于《古典文学知识》，1989年6月。
　　　　　王词鉴赏　载于《全清词鉴赏辞典》贺新辉主编　北京：中国妇女出版社，1996年12月。

周瑞宣　王词鉴赏　载于《中国历代诗歌名篇鉴赏辞典》俞长江等主编　农村读物出版社，1989年12月。

严迪昌　《清词史》江苏古籍出版社1990年1月。
　　　　　《金元明清词精选》江苏古籍出版社　1992年12月。

刘蕙孙　《我所了解的王静安先生》载于《王国维学术研究论集》第三辑　上海：华东师范大学出版社，1990年2月。

叶嘉莹　《论王国维词》载于《词学古今谈》缪钺、叶嘉莹著　台北：万卷楼图书公司，1992年10月。

熊高德　王词鉴赏　载于《历代词分类鉴赏辞典》张秉成主编　北京：中国旅游出版社，1993年1月。

李如鸾　同上

单世联　《试上高峰窥皓月　可怜身是眼中人》载于《社会科学战线》1993年第2期。

刘伯阜、廖绪隆　王词鉴赏　载于《词林观止》陈邦炎主编　上海古籍出版社，1994年4月。

吴蓓　《成也萧何　败也萧何——以作者为基点论王国维人间词》载于《浙江学刊》1994年第6期。
　　　《无可奈何花落去——以文本为基点论王国维人间词》载于《浙江学刊》1999年第3期。

朱歧祥　《悲情与哲思——王国维人间词选评五》载于台北：《国文天地》第11卷第2期1995年7月。
　　　　　《悲情与哲思——王国维人间词选评六》载于台北：《国文天地》第11卷第5期1995年10月。
　　　　　《悲情与哲思——王国维人间词选评七》载于台北：《国文天地》第11卷第11期1996年4月。

王振铎　《〈人间词话〉与〈人间词〉》郑州：河南人民出版社，1995年8月。

柏丽 　《王国维〈鹧鸪天〉词补释》载于《中国文化》，1995 年 12 月。

谭汝为 　《人间词话·人间词》　北京：群言出版社，1995 年 12 月。

刘烜 　《王国维评传》南昌：百花洲文艺出版社，1996 年 12 月。

杨进成、王成纲　王词鉴赏　载于《全清词鉴赏辞典》贺新辉主编　北京：
　　　　　中国妇女出版社，1996 年 12 月。

王昆仑、贾灿琳　同上

张志英　同上

雷绍锋　《王国维读书生涯》武汉：长江文艺出版社，1997 年 10 月。

马兴荣、朱惠国　《梅影笛歌》北京：中国青年出版社，1997 年 11 月。

程观林　《万里西风》北京：中国青年出版社，1997 年 11 月。

高阳里　《花笺春心》北京：中国青年出版社，1997 年 11 月。

张新颖　《王国维现代意识的变动过程》载于《文艺理论研究》，1998 年 2 月。

赵逵夫　《悲剧人生的自我观照——读王国维的〈浣溪沙·山寺微茫〉》载
　　　　　于《甘肃高师学报》（社科版）第三卷第二期，1998 年。

艾治平　《清词论说》上海：学林出版社，1999 年 7 月。

袁英光　《王国维评传》上海：上海人民出版社，1999 年 8 月。

鲁西奇、陈勤奋　《纯粹的学者——王国维》汉口：湖北教育出版社，1999 年
　　　　　8 月

马华 等《王国维诗词解析》长春：吉林文史出版社，1999 年 10 月。

周一平、沈茶英　《中西文化交汇与王国维学术成就》　上海：学林出版社
　　　　　1999 年 12 月。

王步高、邓子勉　《元明清词三百首注》天津：天津人民出版社，2000 年 1 月。

徐培均　《婉约词萃》上海：华东师范大学出版社，2000 年 7 月。

钱剑平　《一代学人王国维》上海：上海人民出版社，2002 年 10 月。

莫砺锋　王词鉴赏　载于《元明清词鉴赏辞典》　上海：上海辞书出版社，
　　　　　2002 年 12 月。

马祖熙　同上

孙琴安　同上

马兴荣　同上

邓红梅　同上

萧华荣　同上

胡邦彦　同上

陈志明　同上

增补辑评著作目录

书：

宫内保　《王国维的〈人间词〉》（王水照、保苅佳昭编《日本学者中国词学
　　　　论文集》407 页，上海：上海古籍出版社，1991 年）

祖保泉　《王国维词解说》（安徽教育出版社，2006 年 11 月）

张尔田致王国维书（《王国维未刊来往书信集》252 页，北京：清华大学出版社，
　　　　2010 年 11 月）

陈永正　《王国维诗词笺注》（上海：上海古籍出版社，2013 年 10 月）

刊：

饶芃子、李砾　《人间词和〈人间词话〉审美鉴赏理论的形成》（《文艺理论研究》
　　　　2005 年第 4 期）

徐晋如　《从〈人间词话〉与〈人间词〉看王国维的理论矛盾》（《博览群书》，
　　　　2006 年 1 月）

张兵　《论王国维〈人间词〉的多维文化背景》（《重庆大学学报（社会科
　　　　学版）》2006 年第 12 卷第 1 期）

　　　《王国维的一首〈浣溪沙〉词刍议》（《中国文学研究》第十二辑，
　　　　2008 年 9 月）

马大勇　《"偶开天眼觑红尘"：论王国维词》（《文艺争鸣》，2013 年 1 月）

彭玉平　《关于王国维词学评价的若干问题》（《中山大学学报（社会科学版）》
　　　　2013 年第 2 期）

《王国维词学与罗振常、樊炳清之关系》(《四川大学学报（哲学社会科学版）》，2013 年第 3 期)

《王国维诗词中的〈庄子〉意象及其精神》(《文史知识》，2013 年 3 月)

《抄本〈人间词〉、〈履霜词〉考论》(《文学遗产》，2013 年第 6 期)

《王国维的"忧世"说及其词之政治隐喻》(《文艺研究》，2015 年第 4 期)

《曾经"苕华""何草"意，都入〈浣溪沙〉调中》(《文史知识》，2017 年 1 月)

《除却天然欲赠浑无语》(《文史知识》，2017 年 2 月)

《潮落潮生，几换人间世》(《文史知识》，2017 年 3 月)

《以哲人之思别开词史新境》(《文史知识》，2017 年 4 月)

《王国维〈蝶恋花〉〈虞美人〉的一题二调》(《文史知识》，2017 年 5 月)

《从"论词词"到〈人间词话〉》(《文史知识》，2017 年 6 月)

《"与晋代兴"与王国维长调创作的矜持之心》(《文史知识》，2017 年 7 月)

《秋士之感与有我之境》(《文史知识》，2017 年 8 月)

《一个遗民写给另一个遗民的"友声"》(《文史知识》，2017 年 9 月)

《王国维、况周颐与梅兰芳》(《文史知识》，2017 年 10 月)

《新词飞寄舍人家》(《文史知识》，2017 年 11 月)

《北窗无此闲逸》(《文史知识》，2017 年 12 月)

《梅兰芳与况周颐的听歌之词：民国沪上的艺文风雅》(《复旦学报》，社会科学版 2019 年第 1 期)

吴可 《花熏存香 笔耕留痕》(《文化与诗学》，2013 年 9 月)

吴亚娜 《批评之锋与创作之笔》(《嘉兴学院学报》，2015 年 9 月)

曹章庆 《王国维〈人间词〉执着精神探析》(《广东海洋大学学报》，2015 年 10 月第 5 期)

屠潇 《王国维词作评骘研究》(《嘉兴学院学报》，2016 年 3 月)

高继海 《王国维的词评与词作》(《河南大学学报》，2017 年 5 月第 3 期)

杨柏岭 《王国维词"人间"苦痛的新体认》(《学术界》，2019 年 7 月)

《书斋夜观，学人本色：王国维的词心、词境及词学观》(《中国文学研究》，2020 年第 4 期)

　　　　《王国维"直观"说与"托兴"象征的填词新实践》(《文艺理论研究》,
　　　2021 年, 第 2 期)

陈洪　　《"高楼"与"尘刹"》(《人民政协报》, 2019 年 8 月 12 日)

陈世旭　《王国维的境界》(《文学自由谈》, 2020 年第 6 期)

黄水秀　《〈人间词〉哲学意蕴分析》(《汉字文化》, 2020 年 10 月第 20 期)

· 《人间词甲稿》 载《教育世界》第 123 号 丙午（1906）第七期

· 《人间词乙稿》 载《教育世界》第 161 号 丁未（1907）第十九期

· 《观堂集林》之《缀林·长短句》 乌程蒋氏密韵楼印 癸亥（1923）

· 《海宁王忠悫公遗书》之《观堂集林·缀林·长短句》——《观堂外集·苕华词》民国十六年（1927）海宁王氏排印石印本

· 《彊村遗书》之《观堂长短句》 民国二十二年（1933）刊本

· 陈乃文编《静安词》 上海：世界书局 民国二十二年（1933）三月

· 沈启无编《人间词及人间词话》北平：人文书店 民国二十二年（1933）十二月

· 《海宁王静安先生遗书》之《观堂集林·缀林·长短句》、《苕华词》民国二十九年（1940）二月 商务印书馆长沙石印本

· 《观堂集林》之《缀林·长短句》 北京：中华书局 1959 年 6 月

· 王德毅编《王观堂先生全集》 台北：文华出版公司 1968 年

· 《王国维先生三种》之《苕华词》 台北：育民出版社 1971 年 4 月

· 《王国维先生全集》 台北：大通书局 1976 年

· 《王国维遗书》全 16 册（据商务印书馆 1940 年版影印） 上海：上海古籍书店 1983 年 9 月

· 《王国维遗书》全 10 册 上海：上海书店出版社 1983 年 9 月第一版 1996 年 8 月第二次印刷

· 萧艾编《王国维诗词笺校》 长沙：湖南人民出版社 1984 年 6 月

· 田志豆编注《王国维词注》 香港：三联书店 1985 年 12 月

· 《观堂长短句》《词学》第五辑 上海：华东师范大学出版社 1986 年 10 月

· 周锡山编校《王国维文学美学论著集》 太原：北岳文艺出版社 1987 年 4 月

· 王振铎编《〈人间词话〉与〈人间词〉》（选本） 郑州：河南人民出版社 1995 年 8 月

·谭汝为校注《人间词话·人间词》 北京：群言出版社 1995 年 12 月

·《王国维文集》之《人间词·苕华词》、《人间词·观堂长短句》 北京：中国文史出版社 1997 年 5 月

·马华 等编著《王国维诗词解析》（选本）长春：吉林文史出版社 1999 年 10 月

·陈永正校注《王国维诗词全编校注》广州：中山大学出版社 2000 年 3 月

·陈鸿祥编注《〈人间词话〉〈人间词〉注评》南京：江苏古籍出版社 2002 年 7 月

·李科林校注《人间词话·人间词》合肥：安徽人民出版社 2002 年 9 月

增补新版目录

·国家图书馆善本特藏部特藏名家手稿《〈人间词〉〈人间词话〉手稿》杭州：浙江古籍出版社 2005 年 8 月

·祖保泉《王国维词解说》 合肥：安徽教育出版社 2006 年 11 月

·谢维扬、房鑫亮主编《王国维全集》 杭州：浙江教育出版社 2010 年 9 月

·陈永正笺注《王国维诗词笺注》 上海：上海古籍出版社 2013 年 10 月

王国维词：新释辑评

[加] 叶嘉莹 安易 编著

产品经理 _ 许婷婷　　装帧设计 _ 付诗意　　版式设计 _ 向典雄　　产品总监 _ 应凡

技术编辑 _ 顾逸飞　　责任印制 _ 刘淼　　策划人 _ 吴畏

营销团队 _ 毛婷 阮班欢 孙烨

鸣谢（排名不分先后）

南开大学迦陵学舍　张静　闫晓铮　林曦　刘朋　王专

果麦
www.guomai.cc

以 微 小 的 力 量 推 动 文 明

© 叶嘉莹 安易 2022

图书在版编目（CIP）数据

王国维词：新释辑评 /（加）叶嘉莹编著；安易编
著 . -- 沈阳 ：万卷出版有限责任公司，2022.10
ISBN 978-7-5470-5948-7

Ⅰ. ①王… Ⅱ. ①叶… ②安… Ⅲ. ①王国维（
1877-1927）一词（文学）一诗歌评论 Ⅳ. ① I207.23

中国版本图书馆 CIP 数据核字 (2022) 第 059688 号

出 品 人：王维良
出版发行：北方联合出版传媒（集团）股份有限公司
　　　　　万卷出版有限责任公司
　　　　　（地址：沈阳市和平区十一纬路 29 号　邮编：110003）
印 刷 者：北京盛通印刷股份有限公司
经 销 者：全国新华书店
幅面尺寸：145mm×210mm
字　　数：550 千字
印　　张：20
出版时间：2022 年 10 月第 1 版
印刷时间：2022 年 10 月第 1 次印刷
责任编辑：胡　利
责任校对：刘　洋
装帧设计：付诗意
ISBN 978-7-5470-5948-7
定　　价：98.00 元
联系电话：024-23284090
传　　真：024-23284448

常年法律顾问：王　伟　版权所有　侵权必究　举报电话：024-23284090
如有印装质量问题，请与印刷厂联系。联系电话：021-64386496